天舟虎飛

雲霧的新生

黃文海／著

目錄

人物簡介

雲霧中學

◆一年一班學生：席復天　一大……
陳永地　土也
萬木黃　阿萬
方曉玄　曉玄

◆一年二班學生：夏心宇　小宇
孫成荒　孫子
周士洪　小洪
李新宙　阿宙

◆雲霧中學廚子：白手

◆庫房管理人　：何如

◆雲霧中學校長：柳葉

席復天親友

◆父親：席林風

◆母親：絲雨

◆叔叔：林志新

◆嬸嬸：路嬌

◆小學同學：吳大山　呆鵝

◆小學同學：朱光力　狂牛

◆幽靈同學：羊立農　羊皮

◆心靈輔導老師：梅揚

◆梅揚老師之妻：梅師母

◆體育氣功老師：張龍

◆火車司機員：朱鐵　紅雲人

◆幽靈火車司機：叢林

楓露中學一年級

◆哥哥：崔少勇　小勇

◆妹妹：崔少丹　小丹

崔小兄妹親友

◆父親：崔一河

◆母親：田星荷

◆大伯：崔一江　黑馬面

◆叔叔：崔一海　獨眼龍

◆大師伯：過九堂

◆二師伯：秦威

◆斷鼻、塌鼻：呂東

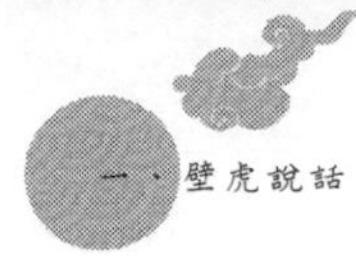

一、壁虎說話

夜晚的「石頭板」小鎮，悄無聲息。小鎮邊上有兩排灰磚低矮的小屋佇立，巷口一盞昏黃路燈有氣無力照著小巷。幾隻飛蛾在燈光下繞飛著，看上去是靜夜中唯一有生氣的東西。

遠在巷底的一間小屋，路燈已無力給予它丁點光亮。小屋中，一叫席復天的男孩在他小窩中躺著，腦袋瓜中胡思亂想著一堆雜事。

今天早上，席復天沒參加他小學畢業典禮，導師找不著他，拍畢業紀念照時，他的位子也就一直空著。

學校裡稍後得知，席復天沒來參加畢業典禮是因爲他當時和他校學生打架，當場許多人受了傷，他被警方抓去留置在拘留所裡了。

兩年前某天，席復天的父母突然失蹤，警方在他家附近搜山許久一無所獲，便將他父母列爲失蹤人口。

鄰人故舊都當他父母死了，辦了場簡單隆重的告別式，追念他們心目中的兩位大善人。

父母失蹤後幾天，席復天的叔叔帶他回叔叔家，靠著他爸媽留下的一點積蓄，讓他在鎮上的「石頭板小學」繼續讀書。

那之後，席復天性情大變，成了師長眼中的問題學生，師長已不能用年幼、無知、調皮來形容他，那根本就是叛逆、殘暴、凶狠……無可救藥！

小五、小六兩年，席復天打架鬧事、混幫結派、偷竊搶奪、欺騙師長、勒索同學，壞事幹盡，被記了兩大過兩小過弄到留校察看，幾乎被退學。

其中有幾回闖了大禍，被抓到拘留所待上兩天，出來非但不改好，反而更加暴戾，還差點進了少年感化院。

叔叔在工廠做小工收入微薄，有三個年幼孩子要養，家計負擔很重。三天兩頭，叔叔爲了席復天還被請到學校向老師同學道歉賠不是。

嬸嬸的心情一天到晚都很壞，有事沒事就對席復天大吼大叫，叔叔看了無奈，只一旁裝聾作啞。

今天傍晚，叔叔從拘留所領回了席復天。晚飯後不久，嬸嬸便又指著席復天冷嘲熱諷，「死小鬼，家裡連米都不夠吃，你怎不在拘留所給人關到死啊！去叫人家警察養你，去叫人家警察給你飯吃。左右鄰居沒一個不知道我們家出了你這個壞胚子，我這張臉每天都不知往哪擺！你最好給我滾，能滾多遠就滾多遠！你啊，小學讀完就是你天大的造化了，別還在那作什麼春秋大夢，想去上什麼中學！哼，呸！」

席復天雖然在外頭逞強鬥狠，但碰上嬸嬸，人在屋簷下，並不回嘴。側臉看了眼幾步外坐著的叔叔，叔叔正翹腳看報，只見他把報紙拉了高，遮住了臉。

嬸嬸一看叔叔那樣子，更是怒不可遏，轉向叔叔，「死鬼，你倒是講話呀！賺那一點屁錢還打腫臉死充胖子，養了這麼個只會吃閒飯混幫結派的死小鬼，你以爲老娘我是開救濟院的啊？」

叔叔將手中報紙往地上一扔，起身往門外走去。

「死鬼，只要我一講你，你就那死德行，我，哇……」嬸嬸哇喇大哭，「我……我不要活了。」

席復天悄悄走開，躲進了他的小窩。

小窩在廁所牆邊，是叔叔用幾片舊木材和門板釘釘隔出的小空間，裡頭就兩張榻榻米大小，躺下時頭頂上有盞小燈泡掛垂著。

叔叔家不大，全部加加也不過二十幾塊榻榻米。

一個堂弟叫朝禮，兩個堂妹，一個叫秀芬，一個叫秀芳。三兄妹平時在榻榻米上爬來爬去，跑前跑後，哭哭鬧鬧。

席復天喜歡和三兄妹逗玩，身上如有酸梅，糖果，他會趁嬸嬸不在時，偷偷地塞給他們吃，哄著他們。三兄妹很高興有人陪他們玩，但只要嬸嬸一轉回來，席復天便立刻閃躲開去。

席復天躺了一會兒，伸手扭亮了小燈，燈光一亮，腦袋瓜中的思緒更加混亂。

「去找外公。」忽然有一細微的聲音傳入耳中。

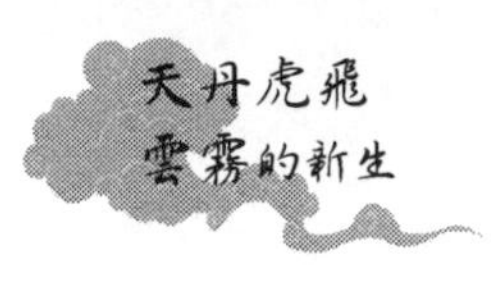

「啊？」席復天彈坐而起，「噢！」一頭撞上了頭頂上方的小燈及木板。

慌忙扶好搖晃的小燈，從門板隙縫往外看。

客廳裡正在餵小堂妹吃飯的嬸嬸聽到響聲，回頭向他的小窩瞧看，席復天兩眼迅速離開門縫再躺下。

過了一會兒，「去找外公，嘎嘎。」。又有聲音，這回席復天人沒動，只眼球四下轉動。

一小小灰影在左門板隙縫中竄出。

「壁虎？」席復天看見一隻壁虎，笑了笑，「這房裡壁虎多著呢，見怪不怪。」但席復天旋想到，剛才「嘎嘎」那兩聲，是壁虎叫的不會錯，但那句「去找外公」，開玩笑，不可能是壁虎說的吧。

一隻壁虎來到席復天眼前正上方木板上，席復天兩眼一眨也不眨盯著牠看，壁虎張口，「去找外公，嘎嘎。」

席復天一聽，迅雷不及掩耳伸出右手一把抓住壁虎。壁虎在席復天抓住牠時，小掙扎一下，把尾巴弄斷了。

「尾巴斷了！」壁虎又張口。

「你……你會講人話？」席復天驚訝極了。

「去找外公，嘎嘎。」

千眞萬確，席復天太驚訝了，他親眼看到、親耳聽到那隻壁虎又張口講話了。

席復天藉著昏暗燈光在榻榻米上找看，看到了，一截尾巴正扭跳著。他伸出左手，抓起斷尾，往壁

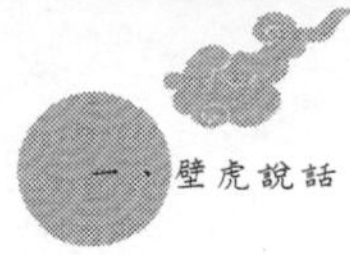

虎身上斷尾處摸摸接接。

「噢，沒接上，對不起，要是我爸媽在就好了。」

「沒關係，會再長的，嘎嘎。」

席復天驚訝中放了壁虎，壁虎就在附近打轉，沒走遠。他覺得奇怪，就四處看看，看是不是還有其他壁虎，想再抓一隻來看會不會一樣也會講人話。

忽然，「啪！啪！」好大聲，「死小鬼，開什麼鬼燈，你以爲電不要錢啊，渾球！馬上給我關掉！」是嬸嬸，她一面大力拍打門板，一面大吼。

席復天立刻關了小燈，一兩絲光線穿透門板隙縫照射進來，席復天睜大眼躺著，大氣不敢喘一下。想到這小窩中有隻壁虎陪著還和他說話，席復天心中似乎還有了點依靠及安慰。

又過了約半小時，「叩，叩。」有人敲門板，席復天不敢動，裝睡。

「復天，是我，叔叔。睡啦？」

門板隙縫大了些，席復天睜眼看著叔叔，叔叔頭上戴著他喜愛的灰色破棒球帽，帽沿破損垂著線鬚鬚，帽上繡的一個咖啡色棒球手套已磨爛脫色。

「復天，來，叔叔跟你說說話，我們到外頭說去。」叔叔轉身，往屋外走去。

席復天只好起身跟了上去，瞄一眼壁上的鐘，十點三刻了。經過嬸嬸及堂弟妹身旁時，他低垂著頭，快步走過。

跟著叔叔走到巷頭，再走過了兩三條小路，路上沒見有人。兩人來到一處空地，有幾個大石頭散放著，一盞路燈昏昏的亮著。

叔叔自己在一石頭凳上坐下，指著身旁的另一石頭凳說，「來，復天，坐。」

席復天坐下。

「嘎嘎。」一小小聲聲傳入席復天耳中，席復天暗自一驚。

叔叔自隨身的牛皮紙袋中取出一個小發糕，一枝小紅燭。

叔叔將小紅燭插在小發糕上頭，用打火機點燃了紅燭，再將插了紅燭的發糕放置在側邊一塊橫著的大石頭上，大石邊上有紅漆寫的「鵬程公園」四個大字。

這裡席復天常來，很熟悉。

「復天，今天是你生日，十二歲的生日，叔叔祝你生日快樂。來，吹熄紅燭，許個願吧。」

席復天看看叔叔，看看紅燭發糕，眼中有淚，輕輕吹熄了紅燭。

「許個願吧。」叔叔又說。

席復天點頭，低下頭去暗自許了個願：「找到外公。」

抬起頭，見叔叔將發糕朝他舉了兩下，遞了上來。

「謝謝叔叔。」接過發糕便吃了起。忽想到一事，便悄悄地在左手掌上放上一些發糕碎屑，靠腿邊平放。沒一會兒，真的，是牠，是壁虎，爬上了他手面吃起碎屑，弄得手掌癢癢。

叔叔說，「復天，你，你不知道，叔叔我工作的……那間工廠倒了，叔叔……昨天失業了，我還沒敢跟你嬸嬸說，叔叔很抱歉，我們家……說眞的，再也……養不起你了。」

「啊？」席復天大爲驚嚇，看著眼前的叔叔，面頰削瘦，嘴巴上下佈滿鬍渣，無神的兩眼在灰帽沿的線鬚鬚下暗淡著。

「這是你家的大門鑰匙，你回家去住吧，那裡……那裡……至少可遮風避雨。其他事，對不起，叔叔……再也幫不了你了。」

「叔叔，對不起，我……」

「你家那房子，本來叔叔想變賣，換了錢也好幫助你讀書的。但叔叔想，要是賣了房子，你嬸嬸一定會把錢全收了去，根本幫不了你，房子交還給你比較好。回去吧，山路晚上不好走，白天走好些。」

「叔叔，對不起，我給您帶來……麻煩。」

「沒關係，叔叔知道，你父母走得早，沒人瞭解你。叔叔忙著工作顧不了你。嬸嬸脾氣不好，叔叔痛苦，你也不好過。是叔叔沒用，唉，連幫你買車票的錢都沒有。」

「沒關係的，叔叔，明天一早，我……走路回去。」悄悄地將手上剩下的發糕收入褲口袋，不敢吃光，下一餐在哪還不知道，「叔叔，你那打火機可以給我嗎？」席復天看著叔叔手上的打火機。

「哦，拿去吧，還有一盒火柴也給你，山上燒柴火，煮東西吃，都用得上。」叔叔把打火機和口袋摸出的一盒火柴都給了他，並伸手摸了摸他頭。

兩人又坐了一會兒，叔叔說，「我們回去吧。」

席復天跟著叔叔回家，隨即躲回了小窩。心中起伏不定，六神無主，叔叔家雖不溫暖，但至少還是個吃飯睡覺的地方，如果離開了，吃睡馬上就會面臨問題。

呆坐了一會兒，悄悄地把幾件自己的衣褲塞進了書包，然後盤起腿打坐，努力讓心靜下。

半夜十二點過後，屋裡燈全熄了，席復天又多等了一些時間，確定叔嬸一家子全睡熟了才拎了書包，躡手躡腳摸黑穿上他破舊的布鞋走出屋子。才走出叔叔家，突然想到，「壁虎？……」要轉身跑回。

「嘎嘎。」兩聲傳來。

「哈，你有跟來啊。」席復天在月光下找著，看見壁虎就趴在書包上，便邁開大步向前走去。他實在沒勇氣再在嬸嬸面前出現，趁夜溜走再好不過了。

席復天的家住山上，叔叔嬸嬸鎮上的家在山腳下。這條山路太熟了，小時候爸爸常帶他往叔叔家跑。爸爸和叔叔兩人是結拜兄弟，叔叔名叫林志新。後來，叔叔娶了嬸嬸，爸爸才較少去叔叔家。偶而會聽媽說嬸嬸太愛錢了，有錢，還有點感情，沒錢，她可是一點情面都不給的。

夏夜，月光淡淡，星星滿天。席復天心中想著許多事，回自己家是好，可是，沒錢，沒東西吃喝，那以後的日子該怎麼過？到鎮上學校上了兩年的小學，以後，還能有機會繼續上中學嗎？沿路有些野生的柑橘，百香果，番石榴……，他隨手摘下幾個，塞放在書包空隙中。心想，肚子要真餓的話，水果還可以充一下饑。

二、雲霧中學

烏雲遮住淡月，席復天偶爾會打著打火機照亮一下路。走著，走著，一抬眼，看見黑漆漆的林中有許多閃閃發光的小點，忽上忽下忽左忽右，「哈，是螢火蟲。」

「嘖嘖。」

壁虎叫聲變低了，「奇怪。」席復天低頭用打火機照看，「不可以！」一把抓住壁虎掐住牠喉嚨，「張開，快！」

看到壁虎口中正含住一隻螢火蟲，席復天一時情急，叫牠張口。壁虎被掐住喉嚨，只得張大了口，螢火蟲從牠口邊一閃一閃爬出，歪歪倒倒，趴在席復天手掌上，看不清楚螢火蟲受傷情形，但至少被嚇到半死，站不穩更飛不起。

席復天將牠虛握在右手掌中，隔了幾分鐘，感覺螢火蟲有了活動力，才打開手掌讓牠出來，螢火蟲就在他手掌上爬來爬去，沒有離開。

「啊，對了，你一定是餓壞了。」席復天左手伸入口袋，摸了些發糕碎屑，平放在左手掌上，「壁虎，來，吃吧。」

好一會兒，左手掌上才有癢癢的感覺，「嘻，對不起哦，忘記你餓了。」席復天將左手掌抬高到眼前，「螢火蟲很可愛的，以後別吃螢火蟲，好不好？」

「嗯，好，嘖嘖。」壁虎邊吃發糕碎屑邊點頭。

「謝謝。」好細微的聲音傳來。

「啊？」席復天一驚，回轉頭到處看，「這聲音？不是壁虎？」

「是我，你肩上。」細微的聲音又傳了來。

「啊，你……也會講人話？」席復天太驚訝了，看到右肩上一閃一閃的螢火蟲，「這是怎麼回事？我怎麼聽得到壁虎和螢火蟲說的話？以前不會這樣子的呀。」

又飛來兩隻螢火蟲，也停在席復天右肩上，一閃一閃的。

「『小虎』要吃我，是『一大哥』救了我，我剛才向『一大哥』說了『謝謝』。」螢火蟲講話，席復天聽得清清楚楚。

「嘻，你說誰是『一大哥』，誰是『小虎』啊？」席復天好奇。

「你是『一大哥』，那隻壁虎是『小虎』。」

「我是『一大哥』？壁虎是『小虎』？」席復天不解。

「是我跟螢火蟲『飛飛』說你叫『一大哥』的，嘎嘎。」

「你？」席復天猛然回頭看向左手掌。

「我跟螢火蟲『飛飛』說，你的『天』字是『一大』合起的那個『天』，可叫你『一大哥』。我是壁虎，就叫我『小虎』，螢火蟲牠自己說他叫『飛飛』的。」壁虎說了一堆。

「哇，你剛才不是要吃螢火蟲？你們還互相講話？還互相聽得懂？」拍了下腦門，「完了，完了，我大概是太累了。」

「剛才那是誤會，我餓昏了，平常我是吃素的。獸禽昆蟲間都有互相傳話的本事。一大哥，你得趕路，快一點回家去，不然，天亮後，你嬸嬸肯定會追上來，那你就慘了，嘎嘎。」

「天呀，壁虎，哦，小虎，你怎會懂這些？你怎又知我嬸嬸會追上來？」

「你嬸嬸睡醒後，發現你不在，一定到處查看，看你有沒有偷走什麼東西。」

「我才不會偷走她什麼東西。」

「就有。」

「就有什麼？」

「一隻壁虎，嘻嘻，哈哈……嘎嘎……」

「嘿，別笑，我告訴你，我嬸嬸睡醒後，發現你不在，鐵定會大吼大叫，『一隻壁虎把她的死小鬼給偷走了！』，哈哈……」

「嘻嘻，哈哈……」幾陣細微的聲音笑到猛拍翅。

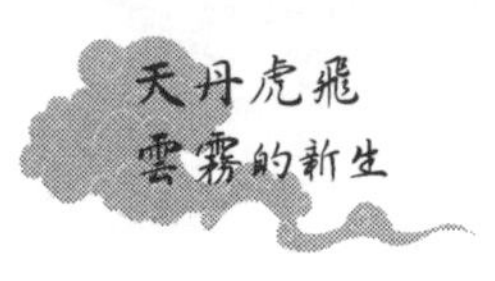

「一大哥，你在叔嬸家，可沒這麼敢說笑哦。」

「嘿，在叔叔家我又沒對象可說話，我要是隨便亂說笑，我那胖嬸說不定會把我打成一隻蛤蚧乾。」

「蛤蚧乾？那是什麼？」

「死壁虎。」

「嘻嘻，哈哈……」又是小翅幾陣猛拍。

「眞幽默，太晚了，我要去睡了。」小虎掉頭要鑽進書包，補說，「但，一大哥你不能睡，得趕路，叫飛飛照亮山路，快一點回家。你嬸嬸追上來的話，別叫我，我可不想變蛤蚧乾。」

「哈哈，喔，天啊，我居然認識一隻壁虎，一隻螢火蟲？牠們還和我聊天說笑。」笑了笑，搖了搖頭，大步前行。眼前突然亮了許多，「嘩，那麼多螢火蟲，謝謝你們，飛飛。」

到家時，太陽已出來一陣子了。席復天打開木板大門進到屋裡，屋裡還滿乾淨的。他在屋裡繞了一圈瞧瞧看看，然後，把大門反扣上，走到房間睡覺，睏死了，倒頭就在木板床上睡著了。

不知睡了多久，屋外一陣咆哮加拍門聲傳來，「死小鬼，你給我滾出來，這房子已經不是你的了，你還敢回來？我知道你在裡面，開門，你給我滾出來。」

席復天被吵醒，躺著不敢動。睜眼看看，大概中午了，心想，嬸嬸一定是搭鎮上運貨卡車上山的，她不會捨得花錢買票搭客運的。

「小虎，你在哪？我嬸嬸眞的追來了。」席復天壓低聲音。

沒回音。

「一大哥，小虎從鐵門下鑽出去了。」細微的聲音傳來。

「哦，是飛飛啊，你說哪個鐵門？」

「廚房後面啊。」

「廚房後面？那，哪有什麼鐵門？」

「有啊，你來看。」飛飛一飛，轉出房間，席復天斜揹書包，揉眼跟上。

「咦，廚房後面怎有一道鐵門？」席復天張大嘴。

廚房，鍋碗，瓢盆，柴薪，甚至他小時用的一個玻璃奶瓶，全都是舊時樣，兩年了，沒變！但，廚房什麼時候裝了道鐵門？那本是一扇嵌了玻璃的木板門才對啊。

「先打開鐵門看看，也許躲一下也好。」飛飛說。

「那外面不就是個院子，想躲也躲不了。」說著，又看了眼奶瓶，「嘿，小虎和飛飛以後可住在這奶瓶裡。」順手將奶瓶塞進書包。

「呯！咚！」

「糟！嬸嬸撞開前門了！」席復天反射動作，右手大力推向鐵門，隨之「啊？」大叫一聲。

那門是軟的？空的？假的？腦袋未來得及多想，席復天已摔跌出鐵門，但左手還緊抓著鐵門的邊框。

「抓住我！快！」聽見小虎大叫的聲音。

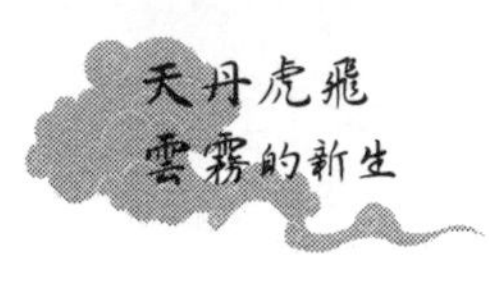

席復天一眼看到小虎趴在門邊柱上，想都沒想，右手立刻向牠伸去。小虎也伸出左前手像是要抓住他右手，同一時間，席復天也聽見耳邊有奮力拍翅的聲響。他腦中飛快閃過許多畫面，但應該全不是眞的，那熟悉的院子，花草，小樹……怎麼全不見了？那扇鐵門，是假的，軟的，還是空的？席復天感覺是小虎拉住他右手，飛飛抓起他左肩。

「席……復天，腳……往下踩，沒……問題的，……那麼……沒……膽？」背後有男生說話。

「可是……」席復天往下看，腳下似乎是空的。

「腳踩下來，放心吧。」背後另有女生說話。

席復天將腳盡力伸長，試探地往下踩去，好像腳尖有碰觸到實地的感覺。

「奇怪啊？」正懷疑，一眼看見嬸嬸在廚房門前怒氣沖沖走過，才一秒又退回看，席復天一驚，放開雙手就往下跳，鐵門隨之自動關上。

「咦？」席復天感覺自己是站在地上，可是，看不到土地。

「席……復天，歡迎，歡……迎來到『雲霧中學』。」

一個男生，一個女生走上前來。

「這是什麼地方？我踩在……雲霧上？」席復天驚魂未定。

「沒錯，是……雲霧，來，跟……我們來。」

兩人轉身走去。

男生回頭說，「別忘了……你的……好朋……友。」

「什麼？喔，小虎，飛飛，來，跟上。」

耳邊聽到了嘎嘎聲及拍翅聲，席復天才跨大步追上兩人，「他怎知道小虎和飛飛？腳下踩的竟是雲霧，太神奇了，我家後院呢？」席復天邊走邊想，邊四面八方看著。

「老師叫我們先去吃飯。」女生回頭說。

「喔。」席復天隨口應著，這才想到肚子真餓了。

在厚厚雲霧中走著，隱約看見幾棟青瓦灰石柱的建築隨著山勢上下，顯現在青綠山巒及濃厚雲霧中。走了一段時間，轉過兩三道長長迴廊。

「好漂亮。」席復天忍不住讚嘆，「喂，你們怎知道我的名字，可以告訴我你們的名字嗎？這裡到底是什麼地方？」

「我叫……萬木黃，千萬……的萬，木頭……的木，黃色的……黃，這『雲……霧中……學』，嗯，是學生讀書……的地方。」男生說話。

「我叫方曉玄，曉以大義的曉，玄武門的玄。等一下再跟你說其他事，我們先去吃飯吧。」女生說。

席復天笑笑，那叫萬木黃的胖男生，講起話來不是很靈光，結結巴巴的，嬌小的方曉玄，嗯，伶俐多了，連介紹名字都有學問。忍不住多看了方曉玄一眼。看她眉清目秀，皮膚白晰，頭髮短齊，身穿白衣藍裙，腳下白襪黑鞋，很是俏麗可愛。

在雲霧中走了一段路，三人走入一間大屋。

「到……了。」萬木黃指著眼前一張方桌說，「坐……吧。」

這是一間又寬敞又明亮的餐廳，有許多方形木桌，一張方桌附四張木椅。三人在一張方桌前坐下，萬木黃和席復天坐對面，方曉玄坐席復天右手邊。

「很……餓吧，『一……大』。」萬木黃歪嘴笑笑。

「你……叫我『一大』？」席復天一驚。

「你的……『天』字是……『一大』合……起的……那……個『天』，對不？」萬木黃翹起一腳晃動起來。

「你，認識小虎和飛飛？」

「什麼……虎呀飛的……貓啊蟲的？我哪……認識？」萬木黃聳聳肩，縮了縮胖脖子，頭往上仰。

「那你……剛叫我『別忘了你的好朋友』，是怎麼回事？」席復天覺得這胖男生故意耍弄他，聲音大了，人站了起。

萬木黃也站了起來，俯身向席復天，大聲說，「姓……席的，不……爽啊？想……打架……」，話沒講完，「呼！」鼻上已中了一拳，摀住口鼻頓坐椅上，有血絲自手指縫流出。

「席復天！你幹嘛打他？那『別忘了你的好朋友』是老師要我們提醒你的。」方曉玄站起向席復天叫著。

「席……復天！你……夠膽，居然……打我，你不……知死活！」萬木黃又站了起來，用右手抹了兩下血水，搞得嘴鼻紅紅。

「『二大』是小虎和飛飛叫的，你……才『一小』呢！」

「什麼……『一小』？」

「『一小』合起是你的那個『木』啊！木！頭！」

「我為……什麼……要比你低……低一……級？人家……叫我『萬……哥』的！」兩人隔著方曉玄，嘴上互不相讓。

「你們兩個是在搞什麼啦？」方曉玄大伸雙手阻止二人。

「你叫我『二大』，我就要叫你『一小』，一大一小。」席復天大笑幾聲。

「轟隆隆……」一串巨響像打雷打到附近，三人嚇一大跳，同時轉頭往外看。

「老師來了！嘎嘎。」

席復天一聽立刻坐下假裝沒事，還拉了一下方曉玄坐下。

萬木黃仍大大俯身向著席復天掄起右拳，「我告……訴你，席……復天！你……最好向……『萬哥』我……道……道歉……」

一灰衫灰褲中年男子走到萬木黃背後，在他雙肩一壓，「跪下！」

萬木黃連頭都來不及回，雙膝一軟，「咚」，跪在地上。

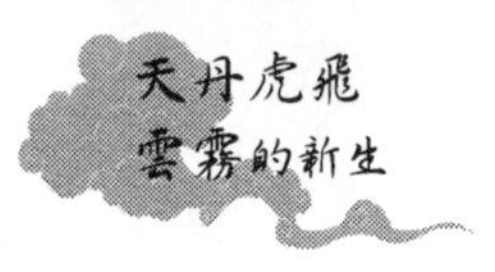

三、梅老師

「怎麼回事？」中年男子問道。

席復天看那灰衫灰褲的平頭中年男子，面色紅潤，黑髮短直，精神飽滿，站在萬木黃背後，用銳利的眼神看著他。

「報告老師，我和萬木黃吵架，我打了他一拳……」席復天站起，但話沒說完……

「跪下！」男子低吼一聲。

「才不……」席復天才想抗拒，竟雙膝一軟，「咚」跪在地上，他滿心滿臉全是驚訝，想站卻站不起來。

「方曉玄，妳去廚房弄三份餐點來。」

「是，老師。」方曉玄往餐廳後方走去。

「席復天，小學打架打不夠？上中學還打？」

席復天滿心訝異，那老師看上去和顏悅色，但，說起話來聲如洪鐘，才叫跪下，自己居然雙膝一軟

說跪就跪，這，丟臉丟到家了。怎麼會跑來這種詭異的地方？那老師腰桿挺直站著，身高大約一米八，體格瘦高精實，兩眼炯炯有神。

「報告老師，我知道錯了，以後不敢打架了。」席復天一看這局面就知道自己占了下風，心想，「他們對我似乎一清二楚。」立刻先認錯，再靜觀其變。

「席復天，打架嚴重違反本校校規，你才來沒一會兒就打架哦。」老師仍一臉和顏悅色。

「對不起，老師，席復天知道錯了。」

「嗯，以後叫我梅老師，梅花的梅。」

方曉玄弄了三份餐點回來。

「方曉玄，妳和壁虎小虎，螢火蟲飛飛先吃。這兩個打架的同學看來不餓，還有力氣打架，等他們跪好半個鐘頭，自己起來去廚房弄餐點吃。」

「是，梅老師。」方曉玄照做。

席復天大驚失色，看一眼萬木黃，萬木黃也是相同神色。席復天再一想，那兩盤飯菜，叫小虎，飛飛吃？開玩笑，怎麼可能，那兩個小傢伙？叫牠們留些給我總可以吧。

但，接下來的景象，讓席復天驚嚇到爆。

他親眼看見小虎，飛飛上桌，吃起了餐點，沒多久，兩大盤飯菜竟然就在他眼前消失無蹤，是被吃光了嗎？天啊，席復天懷疑起自己的眼睛。

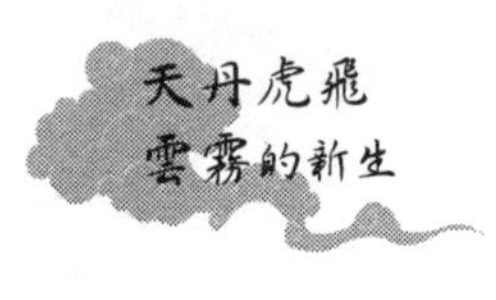

「萬木黃，方曉玄，你們比席復天早來半天，早飯是在這吃的，已知本校吃的是全素，也已懂得餐廳禮節，壁小虎、螢飛飛牠們也懂。稍後教一下席復天，『一粥一飯，當思來處不易。』」梅老師轉身要走，忽又轉身回來，「今後，你們切記，在這學校有四個字別說。」

三人看著梅老師，梅老師欲言又止，沾了點水在桌面寫「一大一小」四個字。

「一大……一小？」萬木黃念出聲來。

「轟隆隆……」又一串巨響像打雷打到附近。

「萬木黃……噓……」梅老師看他一眼，搖搖頭，轉身走出餐廳。

「萬木黃，你……又說了那四個字！」方曉玄說他，但自己也一臉迷惑。

「我……我……」萬木黃傻住。

席復天用右手指狠掐一下右大腿，「噢，痛，完蛋了，這……不是夢！」

方曉玄收好三份吃完的盤子往廚房走去。

「喂，席……復天，你站……不站……得起來？」桌子那頭，萬木黃伸長脖子向席復天望看。

「我要是站得起來還會跪著？喂，萬木黃，這學校，這老師，這奇怪的一些東西，你原先不知道嗎？」

「不，不……知。」

方曉玄走回來坐下，聽萬木黃繼續說著，「我也是才來，什麼……事也……不了解，不……了解。」

「那你怎麼來的？」席復天問萬木黃。

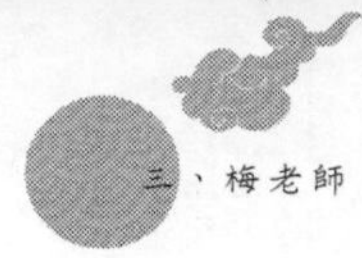

「我外公送我來的。」

「外公？」

「我小學……逃學太……多，沒法……畢業，爸媽……工作太忙，管不了我。外公說要……送我上個……特……別中學，天……沒亮，就……帶我去一……個公園，見了……梅……老師，之後，就……上了……火車，就……把……我帶……來這了。」

「方曉玄，那妳怎麼來這學校的？」席復天轉問方曉玄。

「我，也是外公送我來的。」方曉玄說，

「啊，也是外公？」席復天很驚訝。

「是啊，我外公最疼我了。我爸媽在外地工作，我是外公和外婆帶大的，我從小體弱多病，小學因爲請病假太多，沒參加畢業典禮。外公帶我見梅老師，我也一樣，坐火車來這裡，要在這上中學了。」方曉玄說。

席復天突想到，「喂，小虎，飛飛，你們在哪？」

「在這裡，嘎嘎……」席復天低頭看見小虎從褲袋探出頭，頭上趴著飛飛。

「你們兩個小傢伙，我以爲你們會留些飯菜給我，結果吃光了。剛才，眞的是你們吃完那兩盤飯菜的？」

「梅老師說……不能說，嘎嘎。」

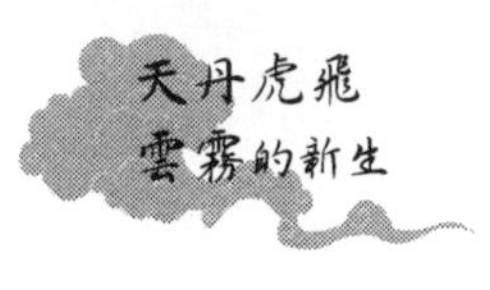

「喂，席復天，你不……覺得你……很詭異哦，一個……人那樣……低頭……自……言自……語……跟神經……病一樣。」萬木黃說。

「你才神經病，咦，你們兩人，聽不到小虎、飛飛說話？」席復天訝異，「那，你們剛才有沒有看見小虎、飛飛吃完了那兩盤飯菜。」

「有啊，一隻壁虎，一隻螢火蟲，那有什麼？他們可能也是梅老師的學生，早上吃飯時，餐廳另一邊，有一班是鳥雀昆蟲，有一班是爬蟲動物，我是不知道他們會不會說話，但大多時間很安靜的。」方曉玄疑惑地看著席復天。

「這……太奇怪了，對了，你們……有沒有想過……要逃走？」席復天看著兩人。

「逃走？」方曉玄搖搖頭，「我，我不想，我外公和外婆年紀大了，我又常生病，這裡有梅老師他們會照顧我。」

「我……我想……再多……看看，嗯，梅老師……算很和氣的了，我小學……那些老師……可……可兇了，一不……乖，就找……家長來……罰我站，所以我，可才……逃學的。但，這裡……吃素，我吃……慣了大魚……大肉，這，這……我再想……一想。」萬木黃回著。

「喔，那我要是逃走，你們可不許向老師告密。」席復天說。

「別說……大話了，你跪在……跪在……地上，想站都……站……不起來。梅……老師……這關，你就……過不了，還……想逃？」萬木黃嗤之以鼻。

「萬木黃，你……」席復天試著挪動膝腿，仍然無法移動，心中又驚又氣，「梅老師他這用的是什麼招術啊？」

半個鐘頭後，兩人可以動了便站起，要去廚房弄餐點來吃，方曉玄，萬木黃領著席復天往廚房走去。

「來，同學先報上姓名，大廚我姓白，叫白手，呵～呵～」廚子是個矮胖的光頭伯伯，圓圓的臉，笑呵呵向三人說。

「萬……木黃。」

「哦，萬木黃，好，這一盤給你。」

「謝……謝伯伯。」

「席復天。」

廚子臉上似乎驚訝了一下，再笑瞇瞇盯著席復天看，「哦，是『一大』啊，哈，歡迎你來。來，這一盤是你的。」

「伯伯，您……知道我？」

「哦，我這有事先接到的通知，有學生名單，呵呵……」

「伯伯，這裡……只有……素菜……吃嗎？」萬木黃一旁問道。

「沒錯，你可學學席復天啊，他從小就吃素。」

「伯伯，您怎知道我從小就吃素？」席復天奇怪。

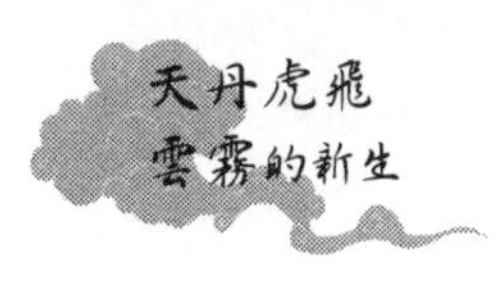

「你每次吃葷菜都吐，我這有通知，都知道，呵……」

「我是吃葷就吐，伯伯，但我可沒想過我是吃素的。」席復天很是奇怪，又想想，說，「哦，在自己家和叔叔家，因沒什麼錢，平常都吃些蔬菜果子，幾乎沒吃過肉。只有和朋友在一塊才會吃到葷，卻是一吃就吐，原來我是從小就吃素，可從來沒人告訴過我。」

萬木黃，方曉玄兩人好奇地看向席復天。

謝過白伯伯之後，三人走回座位，席復天，萬木黃低頭猛吃起。

「梅老師說，吃完飯你先去領學生制服，穿好制服，我們三個再一起去接新同學。」方曉玄向席復天說。

「對了，你們穿的制服是這學校發的啊？我沒有錢，買不起制服。還有，這飯錢以後要怎麼還啊？」席復天問。

「梅老……師說學校……會安排。」萬木黃頭也沒抬回他話。

「席復天，吃飯一定得吃乾淨，梅老師說過『一粥一飯，當思來處不易。』因爲，這些菜多是學校裡自己種的，米也是學校委託山下村民種的，要特別珍惜！」方曉玄提醒席復天，「還有，你剛才打了萬木黃一拳，你要向他道歉。」

「什麼？道歉？才不……」席復天突然停下，四下看看，他想到大半個鐘頭前，剛說完「才不」兩字，就「咚」跪在地上了，轉向方曉玄，大聲說，「方曉玄，妳也管太多了吧！」

只見方曉玄臉一陣紅一陣白說不出話，眼淚隨之漱漱流下。

「好，好，別哭，我道歉就是……」席復天站起身向萬木黃一鞠躬，「對不起，你他……他……」

「叫『萬……哥』。」萬木黃頭也不抬。

席復天拿起木餐盤就要砸過去，又瞥見方曉玄流淚的臉，放下了木餐盤，「好，好，『萬哥』，對不起。」向萬木黃又鞠了一躬。

「『一……大』，嘿，謝……謝啦，今後……我阿萬和你就是好……兄弟了，不用……互稱……『哥』了。有……事，我……一定……跟你……同一國。」萬木黃抬頭笑笑。

「呵，好小子，阿萬，有你一套，好，佩服！」席復天舉右手大姆指比向萬木黃，「可是阿萬，我覺得，你說話是不是都會重複，結巴啊？很奇怪呢，沒想辦法改一改嗎？」

「我外公……也叫……我改，可就……改……不了，再……說吧。」

「哈，哈……」席復天，方曉玄都笑。

席復天還聽見小虎嘎嘎笑，飛飛拍翅笑。

四、雲霧火車站

吃完飯，萬木黃、方曉玄帶席復天去領學生制服。被服庫房是一位老婆婆在管理，老婆婆有著圓胖紅臉及花白頭髮，頭後挽了一髮髻，一副和藹可親模樣，笑嘻嘻說，「婆婆我姓何名如，大家叫我何婆婆，你叫什麼名字？」

「何婆婆，您好，我叫席復天。」

「哦，是……是『一大』啊，都長那麼大啦？」

「婆婆，我？您……」席復天朝兩旁看，萬木黃及方曉玄兩人兩臉疑惑。

「吶，這是你的制服，鞋襪，枕頭，被子，運動衣褲鞋、睡衣褲，收好。前頭出去那邊右轉，一班男生宿舍01號是你的床位。」何婆婆用大布袋裝好了被服交給了席復天。

「謝謝何婆婆。」席復天鞠躬。

「好，好……」何婆婆笑眯眯看他。

三人走向宿舍，

「太怪異了，他們都知道我叫『一大』，知道我要來？」

「一定……是你……做了……太多壞事，人家……早就……知道你了。」萬木黃念念有詞。

「你說什麼？」方曉玄問阿萬。

「就是，我……怎麼和一……個壞人認識……還做了朋友？真……糟糕！」萬木黃搖頭。

「阿萬，我人不壞，只脾氣壞而已。我只是奇怪，他們怎都知道我叫『一大』，還知道我要來？對了，小虎，飛飛……」席復天轉問，「小虎，飛飛，你們早知道我叫『一大』？」

「你的『天』字是『一大』合起的那個『天』，我們才叫你『一大哥』的。」小虎從他手中抱捧著的一大袋被服中探頭出來說。

「你這個小東西，好，好，算了，問了也白問。」

走進了宿舍走廊，在一房間門口停下，「一大，到……了。」萬木黃指著眼前的一扇門，再回頭向方曉玄說，「方……曉玄，那，妳在……這等一……下子，我們……很快……出來。」

方曉玄點點頭。

兩人走進宿舍，一大看去，中間是走道，左右靠牆各排了二十幾張床，每張床的床頭邊有一書桌，椅子，床下有一木箱，木箱應是放被服，雜物用的。

「一大，這是……你的床，旁邊……是我的。」

「喔，好。」

席復天換好制服，白色短袖上衣，藍色短褲，白襪黑皮鞋，一身乾淨清爽，「阿萬，這身制服太合身了，我從沒穿過這麼乾淨又舒服的衣服，看，這上面繡了『雲霧中學』，還繡了的我的名字，班級，一年一班，這 11001，是學號吧？哇，連襪子，枕套，被套，運動衣褲、睡衣褲都有我的名字及學號，這太棒太神奇了！」

「是，我學號是 11……004，方曉玄……是 11……003。」

「喔？」席復天突叫起，「喂，小虎，飛飛。」忙在換下來的衣褲及被枕中翻抖。

「一大哥，別找了，我和飛飛在你的新褲子口袋裡享受這新新的味道哩，呼，清爽呵，嘎嘎。」

「哈，有你的，我還怕一堆被服壓壞你們了。」將被服雜物收入床下木箱，轉向萬木黃，「好了，阿萬，我們走吧。」

阿萬點點頭，「喂，你……這樣……叫小……虎，飛……飛，念念……有詞，我……會被你……搞成……成神經病。」

「怪你自己聽不到他們說話。」

「哦。」阿萬悻悻然往外走去。

「換好啦？那，走吧。」方曉玄見兩人出來。

「方曉玄，妳換上制服時，也覺得很合身？也繡好了妳的名字嗎？」席復天看見方曉玄就問。

「是啊，還有班級，一年一班，和學號 11003。」

「妳不覺得奇怪嗎？學校怎麼會事先知道妳的事？」

「外公啊，一定是我外公去說的。」方曉玄回。

「又是外公？」

「好了，一大，別管這些了，走，去車站接人。」方曉玄催起。

「妳也叫我『一大』？」

「大家都這樣叫，不然呢？」

三人向山徑走去，腳下雲霧縹緲，朦朧中可見許多大小樹木，有樟樹、楠樹、松柏等，山徑旁，有蘭花，繡球花，野菊，空氣清新，很是涼爽。大約走了一小時，一小火車站出現眼前，白底站牌上寫著「雲霧」兩個藍色大字。

「火車站？這山上有火車站？」一大很是吃驚。

「我就……在這……下……車的。」阿萬說。

「我也是。」方曉玄接說。

「雲霧」火車站的雨簷，站牌，月台，長椅，小亭……，一眼望去，全是白色，只有站牌上「雲霧」兩字是藍色。車站在雲霧中忽隱忽現，如夢似幻，好美，一大看傻了。

「我們去坐在月台椅上等吧。」方曉玄說。

三人便往月台上走去，坐在椅子上等火車。

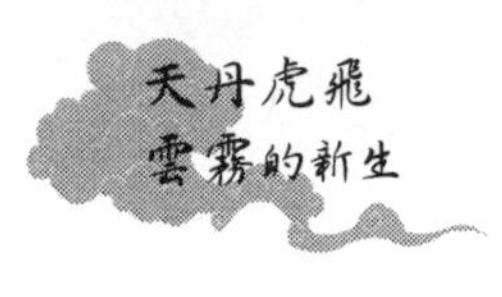

「不曉……得火車……過了……這站，往哪……去？」阿萬喃喃。

「不曉得坐這火車可逃往哪去？」一大隨口說。

嗚～一聲汽笛傳來，煙囪噴出一大管黑煙，一列紅身藍頂的小火車駛進月台，緩緩停下，車門開了，有幾個大約同齡的男女生從車窗和車門往外探頭看。

一大看向一車門，隨即用右手遮住半臉，並將嘴湊上阿萬耳朵，「阿萬，我們是好兄弟，你一定會幫我，對吧？」

「當然，我阿……萬最……夠意思了，我……幫……」

話沒說完，一大左手用力拉了阿萬右手跑向那車門，「別多說，來，幫我打他……快……」

阿萬沒加思索，和一大兩人已打向一剛下車的男生，拳腳交加，打得那人躲來躲去，那人偶而也伺機還擊一兩下。月台上亂哄哄，有人叫喊，有人跑開。那男生眼看打不過兩人，拔腿往月台外跑去。

阿萬想追上去，一大回頭看見方曉玄一臉不高興，就趕緊拉住阿萬別再追了。

「你們幹嘛打那個同學？」方曉玄氣呼呼走來。

「我……」一大正要說，背後嗚～汽笛聲大響，煙囪噴出一大管黑煙……。一大轉身，怔了一下，隨即一個箭步跳上火車，車門隨即關上。

一大跑到車窗口，喊叫道，「阿萬，要不要逃，快，從車窗跳進來……」

阿萬跑了兩步，遲疑了下，再想跑上追去，火車已開走了。

一大從車窗探出的頭縮了回去，大大喘了一口氣，跌坐在車廂內的綠皮椅上。

隔了一會兒，一大突從座椅上跳起，「這火車……咦？沒動？」他大驚，「可是，車窗外……月台在倒退，這怎麼回事？」環顧車廂內，空無一人，「慘了，小虎，飛飛，你們在哪？」一大全身上下拍摸口袋。

「嘎，一大哥，我跟飛飛都會被你害死了啦，這火車不會動，是月台在動啦。」

「你眞笨，什麼火車不會動月台在動？」

「眞的，而且……很危險啦！唉唷，嘎嘎。」

「小虎，你可不能騙我！我，啊，完了。」一大腦袋瓜轟轟然。

「現在沒完，沒人找得到我們，那才眞的完了。」

「那，快，想想看有沒有什麼辦法，我……跳車。」

飛飛細細的聲音回他，「別跳，一大哥，我看過窗外，只有雲霧和深不見底的懸崖，別說你了，我飛出去都會頭暈。」

「啊？」一大往外看去，一片白茫茫，連花草樹木都不見了蹤影，偶爾透過雲霧還看得見峭壁直插而下。冷冷的雲霧湧入車窗，清涼打在臉身，一大看車廂內一個人也沒有。「就只有一節車廂？」

他頹然靠向一張椅子的椅背上，「沒有火車聲，沒有人聲，沒有蒸汽聲，這火車也太安靜了吧？」

一大想了想，努力定下心，起身順著走道，從前到後一張一張椅子檢查，還偶而彎腰往椅下看，「眞

沒人？這……」看窗外，全是白矇矇的山霧，偶而可見到一些樹影子。小小車廂，簡簡單單，也不可能藏得住東西或人。前後門看出去，有時還看得見鐵軌，大多時，連鐵軌都看不見，「麻煩大了，上了怪車了。」一大喃喃。

過了許久，小虎來說，「一大哥，好像……火車要靠月台了，嘎嘎。不是，是月台要靠火車了。」

「月台？小虎，飛飛，拜託你們再看清楚，是什麼地方？」

「哇，是『雲霧』火車站，這……」飛飛飛到車頂看得遠。

「什麼？『雲霧』？飛飛你……沒看錯？」

「沒看錯，是剛才上車的雲霧火車站，月台上還有……萬木黃，方曉玄，還有被你打的那個人，還有……哇，梅老師。」

「啊？我怎又回到雲霧火車站了？這太奇怪了。梅老師也來了，我，我，完了，眞……眞的完了。」

火車靠月台停了，不，好像是月台靠火車停了。嗚～一大嚇了一跳，一聲汽笛大響後，煙囪噴出一大管濃濃黑煙。

「咔咔……」聽來好似這節車廂扣上了另一節車廂的聲音，車門開了，一大不敢下車，直到看見方曉玄上車叫他，才低著頭下車。

下了車，一大抬起頭一看，又是一驚，眼前一大紅色橫幅布條當面展著，「祈福天虎飛飛平安歸來」

「天虎飛飛？」一大搞不清楚這是怎麼回事？

「天，是你，虎，是小虎，飛飛就是我啦，梅老師祈福我們平安歸來。」飛飛說。

「哦？」一大走向梅老師，「梅老師，對不起，我……」

「好，好了，你們平安回來就好。」梅老師轉身拆下橫幅布條，「走吧，我們回學校去。」和顏悅色地仔細上下看看一大後，便往月台外走了去。

一大低下頭，在月台的木板上用力跺了幾腳，又彎下身用手摸摸月台，四下看看，搖了搖頭，跟上梅老師向學校方向走去。

阿萬、曉玄湊到一大身旁。

阿萬問，「嘿，我以為……你真的……逃出……去了，怎麼……你你又……回來了？」

「太神奇了，阿萬，火車好像……不會動，是月台在動。」

「你……神經？什麼……火車……不……動？」阿萬懷疑的眼神看他。

「你不見了一個禮拜，梅老師可真的急壞了！」一旁方曉玄說。

「一個禮拜？」一大猛地停住腳步，「方曉玄，妳說什麼？我不見了一個禮拜？」

被一大和阿萬打的那個同學靠了過來，「你好，一大，我叫陳永地，永久的永，田地的地，同學都叫我『土也』，就是把『地』拆了開的『土也』兩字。我和阿萬已是好同學了，阿萬他說你習慣第一次見面就打人家，那是你歡迎新同學的方式，打得越厲害，就越歡迎。」

一大看了下阿萬，會心笑笑，向陳永地說，「『土也』，嘿，好玩的外號。是，我，那是習慣，嘿，但習慣不太好，我以後會改，對不起，不好意思，歡迎。」接著又問，「對了，你坐火車，怎麼坐的？怎麼來的？」往土也頭臉身上打量，看他臉上還留有傷痕，心中還眞過意不去。

「我外公送我到『山風』小站，和幾個差不多年紀的同學一起坐火車，外公告訴我在終點『雲霧』站下車，就這樣。」

「外公？終點『雲霧』站？那，火車有動嗎？」

「當然有動，火車繞著山盤旋而上，沒動的話，我怎麼到這？」陳永地一臉不解。

「喔……」一大不知該再說什麼，轉向阿萬，「阿萬，梅老師他……」用左姆指偷偷指前面十來步遠走著的梅老師背影，「對你打了土也那事，有沒有罰你跪？」

「有，可是……他……他一聽我說你跳……上火車，是朝……左手邊……方向去的，他就……趕緊……叫我起來，帶我……去找……其他老師……商……商量。」阿萬急急回他。

「當晚，梅老師就帶了紅色大布條來，和我們一起裁了黃布的字，縫在紅布上，做成『祈福天虎飛飛平安歸來』橫幅布條。都已經很晚，他還跑去雲霧車站，把布條拉了展開在月台柱子間。」曉玄接著說。

「喔，我感覺去了才幾個鐘頭，你們卻說我不見了一個禮拜，這太……奇怪了。」一大拍了下自己額頭。

「一大，我看是老天罰你吧，你別以爲我不瞭你爲什麼看到我就打啊？嘿嘿。」土也嘿嘿兩聲把阿萬，曉玄引了湊上來聽。

「土也，這，好啦，我老實說好了……」頓了下，「就是小學畢業典禮那天，我帶了一票朋友去和土也帶的一票朋友，嗯，打架，土也剛才，不，那天，他一出火車門，我就認出他了。居然在這山裡也能碰上他，我便先下手爲強。」一大轉向土也深深一鞠躬，「土也，我向你道歉，對不起。」

「一大，你那麼喜歡打架哦？」方曉玄杏眼圓睜。

「好啦，我以前……是不太乖，我會改，我發誓。」伸出右手併攏五指。

「這可是你說的，不改的話，再送你去坐紅火車，一輩子別回來，讓你再也見不到我們！」方曉玄說。

「你有……有聽到……曉……玄說……的嗎？一大同學。」阿萬大聲。

「有啦，好，以後我要是再打架，我任由你們處置，或把我丟到深山去，別再看見我。」

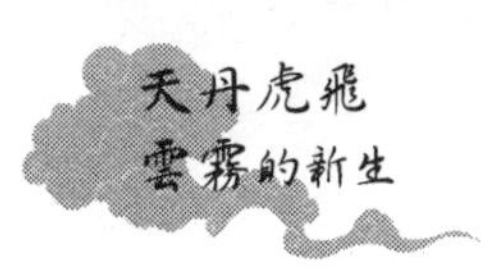

五、奶瓶的動畫

回到宿舍，很晚了，宿舍內已入住了許多新同學，大多睡了。

一大當晚發了燒，方曉玄、萬木黃和陳永地去找梅老師。梅老師和師母一起來照顧一大，還煎了草藥讓他服用。一大躺在床上，師母摸著他額頭說，「你這孩子，什麼不好玩，偏找紅頑童……還往北……，多危險啊，你……爸媽……」

「別說這些，嚇著孩子。」梅老師使眼色制止師母，轉身說，「萬木黃，方曉玄，陳永地，太晚了，你們先去睡吧，席復天受了風寒，沒事，吃了藥睡一覺，明天就會好的。」

方曉玄走出門，回對面女生宿舍去了。

萬木黃坐上自己床沿，怔怔地看著席復天這床。陳永地的床鋪和席復天隔著走道，他累了，已躺下睡了。

梅老師將席復天扶起趺坐床上，他上床盤坐席復天背後。萬木黃看到梅老師在席復天背後用雙手貼住他的肩胛和腰腎處，萬木黃明白那是在幫助席復天運氣調息，他的外公就曾這樣幫他運氣治過風寒。

約半小時後，梅老師下了床和師母準備離開，梅老師跟萬木黃說，「如果席復天半夜有什麼不對勁，就來老師宿舍找老師，多晚都可以。」

「好的，老師，師母，晚……安。」

看梅老師和師母走了，一大叫萬木黃，「阿萬，你在我床腳掛著的書包找找，裡頭有一個玻璃奶瓶，麻煩你拿給我。」

「奶……瓶？」萬木黃奇怪，但還是起身走向他的書包，拿出一奶瓶，「這……個嗎？你……怎帶奶瓶？嘻，你是餓……餓……啦？」

「不是啦，要給小虎和飛飛住的，請你幫我扭開奶嘴蓋子。」

「這……麼回……事！小……虎，飛飛，進……來。」

「拜託，牠們好像只和我說話吧？」

「喔，對……對喔。」

「小虎，飛飛，你們兩個，來，住這瓶子裡，來……」一大說。

「飛飛住就好了，我住瓶子外頭，我怕進去容易出來難，瓶子滑我又沒翅膀。」小虎說。

「喔，那，飛飛，你自己住就好了。」

「好，嘻，太棒了。」小翅拍拍進了玻璃瓶。

「一大，你又……又神經了，好了，不管了，我……要去睡……睡了。」阿萬嘟囔。

「好，晚安。」

一大將玻璃奶瓶放在床頭書桌上，把奶嘴瓶蓋隨手丟入了抽屜最裡面，躺下身去。

飛飛在玻璃奶瓶中一閃一閃亮起。

「一大哥，飛飛在瓶子裡畫圖，嘎嘎。」小虎在叫。

「小虎很吵哦。」一大翻身坐起，半睜疲累的眼向玻璃瓶看去。就只看到螢火蟲的一閃一閃亮光，好睏，忽然，一道紅光閃出，「哇，那是什麼？啊，是、是、是紅……紅火車！」

一大看了，嚇一跳，卻也馬上精神一振，壓低嗓子叫，「阿萬，阿萬，來，快來看，別開燈，土也……土也。」

等了會，都沒回應，只聽到一片細微的打呼聲。

黑暗中，一大仔細地看那玻璃奶瓶，在一閃一閃的螢光下，瓶身斷斷續續地顯示出一些動畫。有一列紅火車由瓶子底部盤旋而上，火車頭的煙囪噴出黑煙，呼嚕呼嚕前行，但聽不到聲音。

一大又四下看看，黑夜中，同學都已熟睡了。

「司機？」一大見到暗暗的火車頭中，有一團紅色霧氣，「紅色的雲霧？還忽散忽聚？像個人形，哇，他在……他在開火車？」

一大心慌地四周望了望，仍黑漆漆的，「那團紅色雲霧是火車司機？他眞的在開火車？」一大摸摸

腦門，好像還在發燒，正遲疑著，卻看見一張人臉貼向瓶身，朝他吐了下舌頭，還擠了下右眼！一嚇，在床上倒退了兩屁股。

「那紅色雲霧人，剛才是……吐了下舌頭，我……沒看錯吧？」黑暗中瞪大了眼。

「喂，小虎，小虎，你在哪？」一大低聲叫。

「嘎……」小虎聲音很小，似乎不在身邊。

「小虎……你……有沒有看到？」

「嘎……」聲音還是很小。

「他，他扮鬼臉，吐舌頭，還擠眼！小虎……有沒有看到？」

「嘎……」

「小虎，你是不是睡啦？這……」一大的心噗通狂跳，「啊，看，我，我們在一節小火車車廂裡，快看……」

一大看到自己在車廂裡，還有和小虎、飛飛說話的情景。他注意看，「啊，那一節火車像……像是在飛，不像在鐵軌上？所以才像是……火車沒動，月臺在後退？」

再看，「哇呀，是那紅色的雲霧人，他，他用手舉起了火車讓火車前進！那是……在雲上飛？紅雲托住了火車的一節車廂……在飛！我？喂，小虎，小虎……」一大驚聲小叫。

「一大哥，有人來了……」一大忽聽到小虎說話，見到寢室外有手電筒光線閃動，「小虎……」一

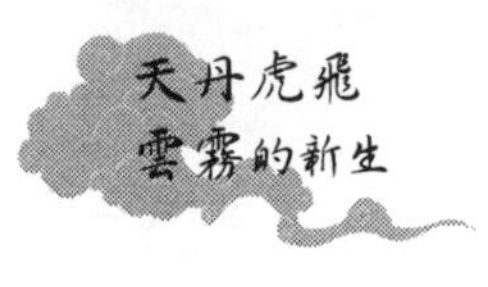

大低聲叫，沒有回應。

寢室門開了，手電筒光線先到，一大立即躺下，裝睡。

等光線晃動幾下，離開之後，一大爬起再看瓶子，「不亮了？」

「飛飛……」他拿起了瓶子叫飛飛。

「一大哥，叫我？你怎不睡？想做螢火蟲啊？」

「你剛才在幹嘛？」

「我？沒幹嘛呀，就在瓶子新家爬上爬下玩耍。」

「那，你有沒有看到……紅火車？還有紅色雲霧……的人？」

「沒，一大哥，你做夢啦？」

「不，不是夢！不知道……小虎看到沒，奇怪。」喃喃說著，「師母說的紅頑童，難道是說紅火車？還是說紅色雲霧人？」

「小虎……」一大又低聲叫。

「我剛才跑開，去追蚊子玩，可沒吃牠們，好像有聽到一大哥你在叫我？」小虎回道。

「是，那……算了，我好睏，要睡了。」隨即倒頭睡了去。

一覺醒來，陽光透過窗簾射入很是耀眼，往鄰床阿萬那邊看了下，沒人。一大起身，看整個寢室空空的，一個人也沒。

走去漱洗一番，再回寢室時，看見阿萬和土也坐在他床沿。

「你好點沒，梅老師叫我們來找你吃午飯，你可以去吃嗎？」土也先問一大。

「啊？吃午飯？都中午啦？我睏到天昏地暗，睡死了。我沒事了，可以去吃。欸，你們都幾點起床？早上都幹嘛去了？」一大匆匆問。

「梅老……師說……說你發燒，讓你多……睡。早上……公雞啼，就……起床，種……菜，養雞……吃飯……」阿萬結巴著。

「你們都穿運動服和運動短褲？那，我換衣服去。對了，等一下我有精彩的事跟你們說，等我一下……」一大神祕兮兮。

土也即說，「精彩？一大，你要是聽到我們要講的事，你可能……就不敢說你那事會有什麼精彩了！」

土也，阿萬兩人也一付神祕樣，還四下張望。

「哦？」一大滿臉的期待。

「先去吃飯再說，快。」土也催著。

「好，好。」

三人進了餐廳，「哇，都坐滿啦，這麼多同學。」一大好奇。

「我們四人同桌，梅老師說的，就那桌，方曉玄在招手的那桌。」土也邊說邊走。

方曉玄已在餐桌上坐等，見三人走來，對一大說，「好點沒有，待會兒多吃點，很快就可恢復體力了。」

一大看方曉玄，「咦，妳臉上也有神祕的感覺喔。」

坐定後，一大看看土也，阿萬，想著他們會有什麼精彩事。

梅老師走過來，摸摸一大額頭，「沒燒了，多吃點飯菜就有體力了。」

「謝謝老師。」一大站起身向梅老師鞠了一躬。

一大坐下，指向最靠牆那裡邊問道，「最裡面那邊，空著桌椅都沒人坐，是還有新同學沒到嗎？」

有半人高的木板隔開了視線，坐著時看不到靠牆那邊的情形。

「我說過嘍，那裡，有一班是鳥雀昆蟲，有一班是爬蟲動物，我曾瞄到過。」方曉玄接話。

「哦？」

梅老師往前走，拿起掛在脖子上的哨子吹了下，「嗶」一聲，「同學們注意，吃飯時說話要儘量小聲，好，開動！」

一大伸長頸子往前看去，最前面長桌坐著七、八個大人，有男有女，「長桌中間那一頭光亮，白眉，白鬍的是誰？」

「校長，姓柳，柳宗元的柳。」方曉玄回他。

「慈眉善目，應比梅老師和善。」一大隨口說著。

「想……不想試……試看？看校長……是不……是比……比較和……善？」阿萬對一大裝了個鬼

臉。

「我可不想，這裡……太怪異了。」一大搖手。

「低頭！嘎～」聽到小虎大叫，一大立刻低頭，趴伏在桌。

一大還沒搞清楚小虎幹嘛叫他低頭，卻傳來土也大叫一聲，「噢！」接著大吼，「是誰用泥巴丟我？找死！」

一大隨即抬眼，看見身旁土也的臉上居然沾了一臉的爛泥。

土也跳起往一大背後衝去，緊接著聽到劈里啪啦推翻桌椅聲。

一大回頭看，三、四桌之外，有三個男生已迅速站了起來，擺好陣式，正面迎向衝上去的土也。

「阿萬，快，快……幫土也。」一大一步跳起，回身跟上土也，阿萬也沒遲疑跳起跟上。

六個男生立即打成一團翻滾在地，桌椅飯菜翻倒了一地，其他同學紛紛走避。

忽然間，六個男生像凝結了般，當場定住，有站，有躺，有正在揮拳的，有正在抬腳的，全都定在當場。

一渾厚的聲音在一大左耳傳來，「梅老師，待會吃過飯，讓這幾個同學去好好打坐，面壁思過。」

「是，校長。」

一大注意到自己雙眼還能動，看那對方三人都歪斜站著，一個高大兩個稍矮，臉手上都有血痕。看看土也，臉上的爛泥糊得鼻嘴都是，還有一兩小坨濺到了肩上胸前，看上去狼狽又好笑。再看土也

膝旁是仰跌在地的阿萬，阿萬兩眼也正骨碌碌轉著看他。一大想笑，但笑不出。

「這六位同學，聽著，待會兒把現場清理乾淨，把桌椅扶好，把翻倒的飯菜重新盛上，去沖洗一下，吃過飯後在餐廳門口向老師我報到。好，開始動作！」梅老師緩緩說著。

校長已回到前面長桌坐下，一大看一眼梅老師，還是那麼和顏悅色。

梅老師才說完，六人的手腳就能動了。一大和阿萬很自然地就開始動作，先去扶好桌椅，而土也和那三人卻愣在原地，看看手，看看腳，一副難以置信神情。

「土也，別站那了，快過來幫忙。」一大叫著。

「喔……」土也抓抓頭，先跑去洗手間，洗了手面，再回來清理剛才打得零亂的地方。

方曉玄也走來幫著重新盛上打翻的飯菜，「又打架，你們……好討厭。」邊做邊念。

一大、土也、阿萬三人聽在耳裡，只假裝沒聽到。

清理好後，大家才再回桌坐下，繼續吃飯。

「土也，改天一定要討回來，要不是我低頭閃過，那爛泥巴準打在我後腦杓上。」一大邊吃邊說。

「好，一定要討回來。可是，一大，你後腦有長眼睛啊？」土也奇怪。

「沒，是小虎叫的，我一聽到，立刻、馬上、瞬間就低下頭去了。」

「小虎？喔，是……是你的壁虎。」

「小虎，小虎，來，上桌，向土也哥介紹一下自己。」

小虎蹦一下跳到桌上，爬向土也，嘴巴張張合合。

「土也，我翻譯一下，小虎向你說：『土也哥，被人臉上摔了爛泥，打架沒打成，還被校長定在地上，太遜了！』」

「喂，眞的假的？一隻壁虎說的？」土也急問。

「哈，唬你的啦！小虎是說：『土也哥，你好！』」

「哦，哈，好，小虎，你好。」土也將臉靠近小虎。

「小虎，土也哥也向你問好。」一大轉述，「好了，小虎，上我肩膀休息。」小虎點點頭轉身順一大的手爬上肩膀。

土也瞪大眼，「哇，哈，我連牠說話都聽不見，你竟然可以和牠互相說話，哇，這世上絕對沒有比這更神奇的了！」

「有，土也，我叫螢火蟲飛飛也向你問好？你看好不好？」

土也傻住，說不出話來，只見阿萬和曉玄在竊笑。

「對了，小虎，飛飛，你們兩個餓不餓？」一大側臉說話。

「我和飛飛吃過了，就在木板隔間那邊吃的。」

「那就好。」一大抬眼看，土也正在看他，張口結舌。

「校長……也不……是比……較和……善。」阿萬說。

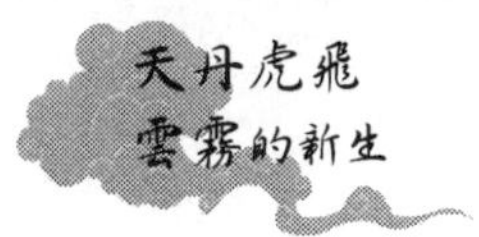

「剛才我們是被校長定住了？你們好像知道是怎麼一回事。」土也看向一大和阿萬。

「喔，我們剛來那天，梅老師就教過我們了。」一大慢條斯理的說。

六、禪房打坐

吃過早飯，一大、土也、阿萬三人在餐廳門口向梅老師報到，沒多久，另三個同學也到了。

「陳永地，萬木黃，席復天，你們三人站這。」梅老師叫了名字，三人就照老師手指的位置站定。

「孫成荒，周士洪，李新宙，來，你們三人站在他們三人前面，面對面。」那三人有點不情願站了過來，但在兩步外站定。

「再往前一步。」梅老師說。

那三人小小挪前一步。

「不想移動是吧？那，兩邊一齊向前，鼻尖頂鼻尖，動作。」

六個同學愣了一下，但還是照做，一齊向前挪動。

「高個兒對高個兒，矮個兒對矮個兒，鼻尖碰到鼻尖才停。」梅老師又說。

幾人按高矮換了位置，席復天面對孫成荒，陳永地面對李新宙，萬木黃面對周士洪。

鼻尖才碰到鼻尖，萬木黃就忍不住笑了出來。

「笑？誰笑誰就再加罰。」梅老師加上一句。

六個同學就鼻尖頂鼻尖，每個人都滿臉大汗，不是因爲天氣熱，主要是忍的，忍得耳朵癢，臉冒汗。

隔了約兩三分鐘，梅老師背著手踱開步，走遠了點。

孫成荒冷不防踢了席復天一腳。

「噢！」席復天本能一叫。

梅老師聽見聲響，回頭沒看到什麼。隔了一會兒，又踱了開去。

「飛飛，飛飛……」席復天低頭小聲叫。

「幹嘛？一大哥。」耳邊小音回答。

「飛飛，去爬對面三人的大腿。」很小聲說。

「好。」

很快的，只見孫成荒，周士洪，李新宙三人或猛扭身子，或伸手抓腿。有人癢到受不了，「啪，啪……」伸手往腿拍打，還忍不住笑了起。

梅老師很快走了回來，「孫成荒，周士洪，李新宙，笑什麼？你們三個，退後一步，向後轉。」

三人悻悻照做，正想辯解，聽梅老師說，「跪下！」竟膝腿一軟，「咚」，全跪下了，三張臉滿是錯愕！

席復天偷偷地笑了下。

「席復天，跟老師來。」梅老師向席復天說，轉頭朝餐廳內走，「螢飛飛跟上」，加了一句。

席復天一聽，腿軟了一下，「完了。」只能跟上，耳邊有不安的拍翅聲。

餐廳內，老師拉把椅子坐下，「席復天，坐。」老師指著身旁另一椅子。

「不用，老師，對不起。」席復天仍站著。

「好，你就站著。席復天，你很聰明，本性也不壞，但這兩年心走偏了。老師希望你在本校努力改過向善，好好學習做人。老師知道，是孫成荒先動手，用泥巴丟你，小虎叫你低頭，泥巴才打到陳永地臉上，接著你們才還手的，孫成荒剛才偷踢了你一腳……」

席復天聽著聽著，兩眼越睜越大。

「孫成荒他們，雖是隔壁班學生，但大家還是同學，同學之間有問題，不能用打架解決，碰到事情，可向老師反應。老師不會打罵你們，最重只罰跪一下，好讓你們虛浮半空的心離土地近些，也好反省，懂吧？」

席復天呆立，但用力眨了下眼，點了下頭表示懂。

「螢飛飛。」老師叫。

「在。」細小聲回答。

席復天一聽，差點昏倒。

「螢飛飛，當席復天叫你做不對的事情時，你不能全部照做，懂吧？」

「是，老師，我懂，以後不敢了。」細小聲回著。

席復天「咚」跪了下地，「老師，對不起，我……」

「不用跪，你發燒才剛好，老師不罰你跪。以後，有機會再將功補過，起來，我們出去，走。」老師起身，扶了席復天一把，席復天失魂般跟上。

「來，你們三個，起立。」老師叫孫成荒，周士洪，李新宙三人起身，「因爲你們笑，老師才加罰你們，下次，不可用泥巴丟同學，也不可打架，懂吧？」

「懂！」三人渾渾噩噩回答。

「好，六個人一起，跟老師去打坐，面壁思過。」老師走出餐廳走廊，往山坡上走去，六人跟著。

行走中，席復天拉了土也，阿萬一下，小聲說，「梅老師會和飛飛互相說話。」

「啊，眞的？」兩人驚訝。

「我完蛋了，梅老師對我的所作所爲，好像沒一樣不知道的。」席復天垂頭喪氣，才一下，又興頭一起，「喂，你們知不知道，剛才那三個傢伙爲什麼扭身又抓腿還大笑？」

「不……知道。」兩人異口同疑。

「嘻，孫成荒偷踢了我一腳，我就叫飛飛去爬他們三人的大腿，他們癢得受不了，才笑到……，呵，被老師罰跪！活該。」

「你……神勇啊！一大。」土也豎起大姆指。

「有什麼用？梅老師全都知道！腳下雲霧那麼厚，連孫成荒偷踢我一腳，梅老師他也知道！」

「梅……老師知道？超厲……害，喔，那，以後怎……怎辦？」阿萬念道。

「得找一個梅老師不知道的地方。」土也回說。

「那，不……可能吧？不……可能。」阿萬又念。

席復天腦中忽地閃過一片紅影，偷笑了一下，心情好了些。

穿過一片暗暗的松樹林子後，眼前是一片平坦青草地，草地中有一間比餐廳還大的長形木造平房坐落著。六個同學跟著梅老師走向平房。平房大門右側寫了一個粗大的黃漆「禪」字，門楣上掛了一木匾，寫著：「修身養性」四個黑漆大字。

走入房裡，房裡鋪的是木質地板，兩側的牆邊整齊疊放著許多長寬各約 50 公分的方形稻草墊。有三片半人高的長木板將大大的房間前後隔開成四部分。木板跟餐廳裡隔開一班鳥雀昆蟲，一班爬蟲動物的隔板相似，只是這房裡的三片木板都是有點鏤空的，仔細看的話，前後還是能約略看得見彼此動靜。

「六位同學，把鞋脫了，一人去拿一個稻草墊，面對前方白牆，一字排開，每人左右間隔一公尺，打坐，面壁思過。」梅老師說。

六人照做，拿了稻草墊，面對前方白牆，一字排開坐在墊上，雙腿盤起打坐。

「來到『雲霧中學』的每個同學的父母或長輩都教過你們打坐練氣，差別只是練的時間或長或短。

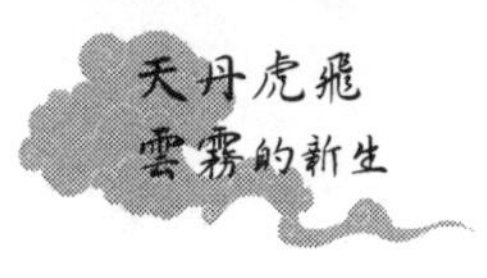

老師再提示一下要領：打坐時，雙眼微閉，盤腿靜心，右手放在左手上，手面朝上，疊放於大腿上，先彎腰用口哈三口氣，挺直腰身，舌頂上顎，鼻緩緩吸氣入丹田，意守丹田，鬆、靜、守，靜坐調息。丹田在臍下一寸三分約兩指幅位置。盤腿時，雙盤、單盤、散盤都可以。有同學因家庭因素，或父母不在，而中斷了打坐功課，健康的身心還被打架鬧事給污染了。現在，一切從新開始，好好修身養性，老師會協助同學調息。待會兒老師加完氣後便會離開，一個鐘頭後，自行收功，收功要領，左右手互搓，再雙手抹面搓腰，收功後，各自回宿舍或看書或整理內務。好，聽到了就舉起右手。」

背對老師的六個同學全舉起了右手。

接下來，老師在每個同學的背後盤腿而坐，分別加氣之後離開了房間，六個同學靜靜的打坐調息。

約半個鐘頭後，「一大哥，你好。」有聲音傳來。

一大睜眼，往右側悄悄地看了一下另五個同學，見他們全在專心打坐，便又坐正身子微閉雙眼，繼續打坐。

「一大哥，你好。」又傳來聲音。

一大又睜眼，並往短褲口袋摸看。

「一大哥，牠在你左後牆邊，嘎。」小虎從袋口探頭說。

一大轉頭朝左後牆邊看，「哇！」小聲驚叫「那是……蛇？」冷汗直冒，想伸長手去拍鄰座的土也，又怕驚嚇到他。

「一大哥，你好，我叫蚯蚯，別害怕，我也是梅老師的學生，我在後面打坐調息，噺～」那蛇大了聲。

一大心中一驚，「蛇在說話，而我也聽得到？」往右再看了下五個同學，「他們應該沒聽到，或看到那蛇的動靜。」

再慢慢轉頭朝左後牆邊看，哇，那蛇可不小，蛇的身體比大碗公碗口還粗，蛇的身長比自己的身高還長，蛇身顏色灰褐中帶點黃斑，昂首吐信朝自己方向盯看著。

「小虎，你聽得到那蛇說話嗎？」看小虎點頭，「那，你去幫我問問牠有什麼事，但請牠別靠過來。」一大小聲說。

「好。」小虎一溜煙跑開。

隔了會，小虎回來，爬上一大左肩說，「蚯蚯說，牠要拜託你幫牠抄《心經》，一百零八遍。」

「哇，爲什麼？幹嘛找我？」一大差點叫出聲。

「蚯蚯說，牠犯了錯，不小心吃掉了我們學校生蛋的母雞，被梅老師逮到，牠自願在菜園中工作懺悔，像蚯蚓一樣鑽地鬆土，好幫助蔬菜果樹快快長大。牠今天早上工作累了，所以，梅老師讓牠來這打坐調息。」

「有這種事？咦，奇了，抄《心經》？牠怎不自己抄？還一百零八遍？那我得抄多久啊？」

「蚯蚯說，牠沒手。」

「你有，牠怎不找你幫牠抄？」

「幽默，你看過壁虎拿筆寫字的嗎？」

「哈，逗你的。對了，牠沒腿，牠怎盤腿打坐？」

「蚯蚯有說，牠全身盤起打坐。」

「聰明！但牠怎就認定我會幫牠抄呢？」

「梅老師叫牠找你幫忙的，牠以後會照著抄本念經，好一心向善。」

「是……梅老師？那，好吧！蚯蚯，是哪兩字？」

「是蚯蚓的蚯，是梅老師取的名字。」

「又……梅老師？那，好吧！小虎，你去跟蚯蚯說我答應牠了，但牠最好回後面打坐去，免得突然出現嚇到人。」

「好。」小虎跑開去。

約又過了半個鐘頭，陸續聽見有人搓手在收功，一大還想再坐一會，卻聽見土也在大聲說，「喂，剛剛你們到底是誰用泥巴丟我的，給我小心點！」

「是我……孫成荒，怎麼樣？」大個子孫成荒大聲回著。

「你找死！他……」土也跳起。

一大快速睜眼，伸長手一把抓住土也的手，附耳上去說了些話，土也會意點了點頭又再坐下。

隨後，一大拉了土也、阿萬起身，向另三人說，「好了，我們不計較了，一起打坐，是同學，也是同修，緣分得來不易。這樣子，早上大廚白伯伯送了我一些非常美味的點心，我放在宿舍。禪房是好地方，打完坐如能吃些美味點心就再好不過了，我們想去拿來吃，你們想不想一起嘗嘗？」

一大聽到有人咕嚕一聲，在吞口水。

孫成荒想了下，走上前氣焰囂張地說，「好極了，你識時務，你像是孫哥我肚裡蛔蟲，知道孫哥中午打架沒吃飽，好，快去快回，我們就在這等著。」

「不過，這空蕩蕩的大屋，我們不在，就剩你們三人，不會害怕吧？害怕的話，就跟我們一道走。」

一大有意激他。

「害怕？我孫成荒活這麼大，還沒碰過讓我害怕之事，我們就在這等，但是，點心最好美味，否則，哼……」孫成荒掄起右拳。

「好，好，那……我們儘快回來，走……」一大推了土也、阿萬，快快穿上鞋，往門外走去。

一出門，一大就拉了土也、阿萬快速跑到禪房後，向高高的氣窗裡低聲喊：「蚯蚯，一大哥要走了，想在大門口和你碰個面說再見。」

「好，我就來，嘶～」一大確定蚯蚯聽到了，立即拉了土也、阿萬低姿快跑到大門口外約二十公尺遠的松樹坡旁，找一高高密密的草堆趴下躲起。

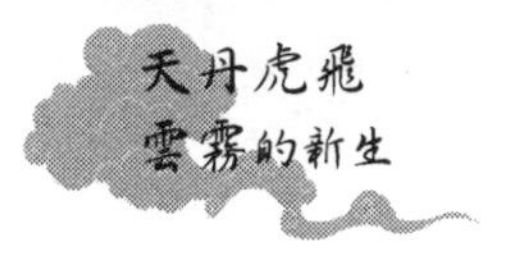

「你剛剛向誰說話？」趴下後，土也問一大。

「同學。」一大兩眼緊盯大門。

「你有……同學在……裡面？剛才……怎沒介……介紹……一下？」阿萬趴下，一急又結巴得厲害。

「那同學長得醜，算了，以後有機會再介紹。我跟你們說，注意看門口，姓孫的那三人，很快就逃……」

一大話沒說完，門口那咚咚哐哐飛跌出三人，手抓著鞋沒來得及穿，頭也不回，哇哇大叫直往山坡下飛跑而去。

一大低聲笑說，「嘻，我們的仇報了！」

土也、阿萬看見那三人如此狼狽逃跑，只覺不可思議，回頭盯看一大。

「喂，看我幹嘛？我就說我那同學長得醜嘛！」一大起身，拍拍身上草土，「走吧，回宿舍去。」

七、和蛇同學飆風

回宿舍的路上，經過餐廳時恰巧碰到方曉玄和另兩位女同學。

「妳們要去哪？」一大忙問方曉玄。

「去火車站接人。」方曉玄和兩女同學腳步沒停。

「去火車站？」三人追上。

「梅老師叫我們去的，說是要接一個女同學，這最後一個同學報到後，學校就準備要開學了。」方曉玄邊說邊走。

「我跟妳們去。」一大跑步跟上，一想到火車站，紅火車，心跳加速！

方曉玄停了腳步，「你不可以去，梅老師特別交待說，『不可以找席復天去雲霧火車站，免得他又跳上紅火車。』」

「啊？」一大愣在當場。

「那我和阿萬跟妳們去。」土也一步跨來。

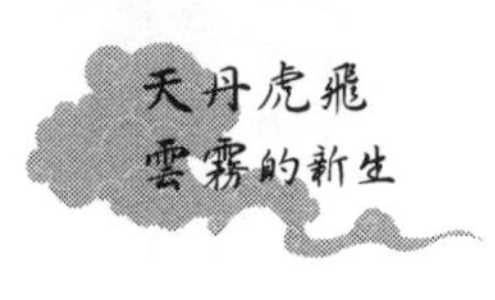

「好啊，梅老師沒說你們兩人不能去，我們三個女生也有點怕，雖然梅老師說這條路百分之百安全。土也，阿萬，那，走吧。一大，你回宿舍休息好了，回頭見。」方曉玄說。

幾人揮手笑著，快快走了。

一大頓時失落，看餐廳裡，空空如也。回宿舍？土也，阿萬又不在，「喂，小虎、飛飛，想到要去哪嗎？」

「回宿舍抄《心經》去，一百零八遍，你說要抄很久的，早抄早好。」小虎從褲口袋冒出頭，頭上趴著飛飛。

「也是，小時候我剛識字時，我爸媽就要我背《心經》，後來會寫字，就練習抄寫，如用原子筆抄就快，毛筆抄就慢。可我爸媽都要我用毛筆抄，說什麼……是要讓我『修身養性』。」

「哦？」小虎搖頭，「這我可不懂。」

「啊，對了，那蚯蚯有沒有說，要用原子筆抄？還是毛筆抄？」

「牠沒說。」小虎又搖頭。

「管牠，用原子筆抄就好了，一條蛇，哪懂什麼原子筆毛筆的？」一大說完，又想了想「不對，是梅老師叫牠找我抄的。『修身養性』，對啊！梅老師也就是要讓我『修身養性』！那禪房的門上不就寫著這四個大字。啊！不妙！」

「一大哥，你在想什麼？」飛飛細聲問。

「我回打坐房一下，去問問蚯蚯。」一大轉身跑上坡去。

脫了鞋，走到禪房後側，見蚯蚯全身盤起正在打坐吐納，噺噺有聲。一大不打擾牠，便十步外站等。

蚯蚯停止噺噺吐納聲，散開了盤身。

「蚯蚯，不好意思，沒打擾你吧？」一大說。

「沒有，一大哥怎麼回來了，你其他同學呢？」

「喔，三個被你嚇跑了，兩個上……上火車站去接人了。」

「那三個，我有說叫他們別怕，他們聽不懂，對不起啦。」

「沒關係，誰叫他們聽不懂，沒事。」

「另外兩個上雲霧車站去的，可就不是我嚇的了。」

「當然不是……，咦？你曉得那火車站叫『雲霧』？」

「嗨喲，一大哥，我是地頭蛇耶！這山林雲霧中，哪裡沒我的蛇跡呀。你想像不到的，我從這裡到雲霧車站，你眼都沒來得及眨一下我就到了。瞬息間翻山越嶺，那眞是……」忽停下，唉了一聲，「再會翻，也翻不過梅老師的五指山。」

「哈哈哈……」一大大笑，「哎喲，我也跟你差不多，再聰明搞怪也翻不過梅老師的五指山。」

「哈……噺……，想從前，我口叼一隻雞，背扛一山鼠，照樣雲裡來霧裡去，不過，一切都過去了，現在，我吃素、耕地、鬆土，還有打坐、吐納，不但心理上感覺到平靜多了，身體上也覺得更強壯

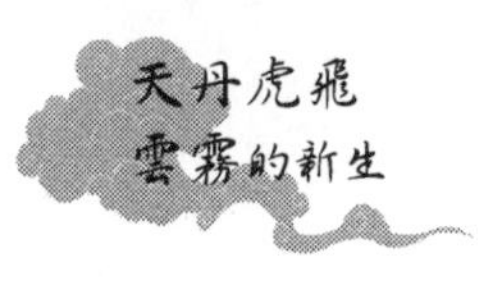

了，眞的是要謝謝梅老師！」

「是，是。喂，等等，你口叼一隻雞，背扛一山鼠？還能……跑？」

「當然！只稍爲比平時慢一點點而已，我啊，人稱『過山刀』的，沒別的長處，就是跑得快。一大哥你不信？跨上背來試試看，讓同學我載你飆車，不，飆風，飆蛇去！」

「我？才不……」一講「才不」兩字，又四下看了看，忽有一念閃過，「那、嗯，載我去雲霧火車站逛逛，你……敢不敢？」

「敢不敢？嘿，小看我？」

雲霧火車站，紅火車，紅雲人……實在太誘人了。一大腳一抬，跨上蚯蚯的背。

「抱緊，還有……口袋裡的同學，都抓牢了。」蚯蚯緩緩地滑溜出禪房。

緊接著，有強風霧氣迎面呼嘯掃過，「呼呼呼……」，一大根本無法睜眼，只得雙手緊緊環抱蚯蚯的頸脖。

「好啦，一大哥，到了。」聽見蚯蚯說話，一大睜眼，『雲霧』兩字就在眼前。

「天呀，蚯蚯，這……這……這，小虎、飛飛，看……」伸手往褲口袋裡摸，沒動靜，等摸出小虎、飛飛，兩個小傢伙都四腳朝天昏倒在一大手心上，隔了好一會兒才悠悠醒來。

「一大哥，我到月台下的草叢中避避，怕火車到站嚇到人，待會兒你逛好了就叫我，我馬上接你回校去。」蚯蚯說。

「好，好。」一大四面八方小心瞧看，隨口回著，「看來，方曉玄，阿萬，土也他們還沒到。」

嗚～，一大忽聽見一汽笛聲傳來，煙囪高噴的黑煙已清晰可見，那列熟悉的紅身藍頂火車倏倏地駛進月台，緩緩煞停，一大先跑向車頭，往裡看，沒看到什麼。後頭車廂門開了，只有一個女生從車門走下，一大快步迎上前去。

「方……曉玄？」一大愣在那女生面前。

那女生沒理他，四面張望。

「妳是方……？喔，不，我是雲霧中學的席復天。」

眼前這女生和方曉玄還眞像，但仔細再看看清楚，這女生的頭髮綁了一束及背馬尾，方曉玄的頭髮是齊耳的短髮。

「喔，你是雲霧中學的，你好，我是夏心宇，說是有位女同學會來接我的，我……」聲音比方曉玄的細而高些。

「是，她等下……」話沒講完，眼角閃過一團紅色東西。

一大還沒來得及想，那一團紅色東西就飛快移到他身後，用力抓住他往火車門推去。

「紅雲人！」一大心中一驚，張口大叫，「蚯蚯！」

一閃灰褐如箭飛來，「咚」一聲，一大已坐在蚯蚯背上，涼颼颼的霧氣迎面呼呼，一大緊抱蚯蚯，心怦怦狂跳。感到蚯蚯慢了下來緩緩滑溜時一大睜開了眼，看是回到禪房了。

「一大哥，回來了。」聽見蚯蚯說話，一大發現自己已坐在地板上。再看，沒錯，是禪房。

「呼……呼……」一大連喘幾口大氣，搖搖頭，「蚯蚯，我剛做了個夢……夢見你載我去了雲霧火車站，看見紅火車，看見紅雲……」

「不是夢，這下，你該知道我有多快了吧。哈哈，不信？再來一次。」

「完了，不是夢，喂，小虎、飛飛。」一大低下頭伸手往褲口袋裡摸，兩個小傢伙昏昏的爬出，一大轉頭問，「蚯蚯，你剛才有沒有看見紅雲？一朵紅雲，像……人形的。」

「你是說晚霞啊？晚霞每天傍晚都有，樹形、山形、花形、人形……」

「喔，那……不是……」一大問不下去，又低下頭，「小虎、飛飛，醒了沒，那，我們回宿舍了。」站起身往禪房門口走去，「謝謝你，蚯蚯，我們回宿舍去了，再見。」

「再見。」蚯蚯回說，「哦，對了，一大哥，忘了跟你說，要用毛筆抄，就是抄《心經》，要用毛筆抄，梅老師說的，不好意思，拜託你了。」

一大昏昏然，「喔，用毛筆，知道了。」走到門口，「我剛才沒穿鞋？」看到原先脫下的鞋，才又更加回了點神，「那紅雲人，不會對那夏……什麼的女生和土也、曉玄他們怎麼樣吧？」心又怦怦跳起，穿上了鞋，往宿舍走去，仍昏昏然。

回到宿舍，宿舍靜靜的。同學有躺著休息的，看書的，寫字的，很安靜。席復天只覺昏昏睏睏，就往自己的床上躺去。「咦，這是？」床上有張長方形大照片。席復天看了幾遍，照片上方有「石頭

板小學第二十八屆畢業生紀念」字樣。沒看到自己在照片中，當是別人放錯位置了的。

隨手打開床頭書桌抽屜，想收起照片。抽屜一開，他愣住了，抽屜中竟有毛筆、墨硯、宣紙……，也有鉛筆，原子筆，筆記本，席復天當然認識這些文具，「這得花多少錢啊？」他第一個念頭閃過的就是錢。

上小學時，其他家境好的同學才有的全新全套文具，這會兒，竟全出現在自己的書桌抽屜中，他東看西看，只想多確定這床、書桌、抽屜、文具……是屬於他的。看來看去，還眞是不太確定。將照片夾在筆記本中，輕輕關上抽屜。他雙手枕著腦袋躺在床上，想著想著，睡著了。

「一大，一大，起床了！」

「喔。」一大被吵醒，睜開眼看，看床邊站了阿萬，還有土也。

「起床，吃晚飯了，走。」土也說。

一大坐起，「嘿，你們回來啦，對了，方曉玄……在哪？」

「在女生宿舍，喂，那女生和方曉玄還眞像……」土也說。

「知道了，喔，我是說方曉玄她……喔，回來了就好。」一大說。

「新……同學……叫夏……夏……心宇。」阿萬說。

「喔。」一大隨口回著。

「一大，那……夏心宇說，她下火車時，見到一個雲霧中學的同學，叫席復天的……」土也抓頭說。

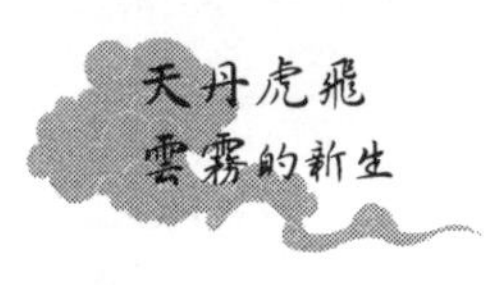

「啊？我……？」

「方曉玄笑她神經病，因爲老師說席復天是不可以到雲霧火車站的，席復天應該是在宿舍睡大頭覺才是，方曉玄沒說錯，這床上躺著的難道不叫席復天嗎？眞是的，哈……」

「……」

「對了，夏心宇說，她有用手機拍到，證明她眞的在火車站見到過一個雲霧中學叫席復天的人。」

「啊？走，我們吃飯去。」一大一驚，忙說走。

三人小跑到了餐廳，方曉玄已在位子上招手了，阿萬、土也逕自走向自己位子。一大卻站在餐廳大門入口，四處看著，啊，看到了，夏心宇。想過去問她手機拍到自己的事，但旋即停下腳步。他看到的夏心宇居然是和孫成荒，周士洪，李新宙坐同一桌！

「有……這種事？」一大忿然，逕走向自己的位子。

「一大，這會是你嗎？笑死人了，我看不是……」曉玄和阿萬、土也本低頭在看東西，見一大來了，就指著桌上東西問他。

「手機？」一大的心怦怦大跳。

「夏心宇說她有用手機拍到你。」曉玄把手機遞給一大。

一大一看大笑一聲，「哈，這……怎可能是我嘛？」那手機螢幕上，只顯示出一雙小腿和穿在腿腳上的一雙紅襪子！

「看吧，怎可能是一大，一大和我們一樣，只穿白襪子，至少他應該有穿鞋吧！可別說是一大夢遊，還穿了雙紅襪子夢遊，哈……」曉玄笑著。

一大收住笑，心中快速轉念，「是紅雲人，他推我時紅色的雲蓋住了我的腿腳和白襪子，蚯蚯衝來救我，可能正好撞歪了夏心宇的手機，這……」一抬眼，三人正盯著他看。

「嗶」～「開動！」傳來梅老師的哨音和口令。

「嘿，吃飯，吃飯。」一大只好笑笑叫大家吃飯。

眼下四菜一湯，啊！哇，全是紅色！一大揉揉眼，沒有啊！

「喂，土也，中午時，你不是說有精彩的事要說？說來聽聽，看夠不夠精彩。」一大想岔開話題。

「哦，對，你有沒有看過蚯蚓？」

「當然有。」

「那，有沒有聽過蛇來當蚯蚓的？」

「當然，呃，沒有！」一大馬上想到蚯蚯，卻裝作沒事。

「這學校很怪異，你不覺得？」

「當然，我跟阿萬第一天就見識過了。」

「但，最怪異的是，山坡上那一大片菜園鑽孔鬆土的直徑比這大碗碗口還粗，我家是耕田種地的，那直徑，哈，一看便知，是條大蛇！而且，速度飛快，定是條『過山刀』！」

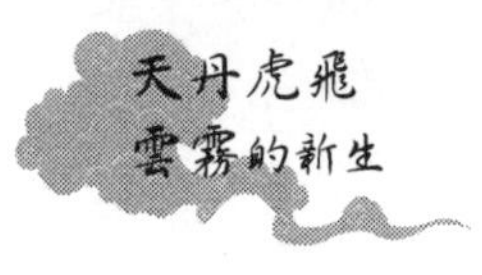

「噗！」一大噴飯，「哇哈，眞有你的。」

「阿萬和曉玄他們早上在菜園中，看我比著那鬆土的直徑，聽我說這故事時，都嚇得面色蒼白，你聽聽夠精彩吧！」

阿萬，曉玄點頭，依然面有懼色。

「精彩，精彩。」一大表情神祕，頓了下，「但……嘿，我跟你們說個續集，更精彩！」

「續集？」三人異口同聲。

「對，我和阿萬、土也下午在禪房，一起打坐的有姓孫的三人，梅老師，還有誰？你們知不知道？猜猜看……」一大神祕地在三人臉上掃看。

「還有誰？」三人搖頭。

「嗶～」「同學們注意！」梅老師站起說話，「明天早上，七點半用早點，之後，九點整，在操場舉行開學典禮。操場的位置是在此餐廳北面，是餐廳出去往右走的山坡上，距餐廳大約十五分鐘行走路程。爲避免找不到路，老師會安排領路者，帶領各位同學們一一前往。服裝，著正式學生制服，男生，白色短袖上衣，藍色短褲，白襪黑皮鞋。女生，白短袖上衣，藍色褶裙，白襪黑皮鞋。好，吃完晚飯，回寢室自習或休息，十點整床上晚點名，就寢。以上，如有問題，可以隨時來問老師。」

老師說完後，土也催著：「一大，快，繼續說。」

一大傾身往前，向三人神祕地說，「還有……一條蛇！」再仰身向後，笑看三人。

「哇！」三人三種表情，土也有點興奮，阿萬低頭到處看，曉玄摀口怕怕。

「嘿，別怕，牠算是我們的同學，同學，就不可怕了吧。牠叫蚯蚯，是梅老師取的名。」

一大把蚯蚯如何犯錯，吃了學校的母雞，如何被梅老師逮到，自願在菜園中像蚯蚓一樣鬆土工作懺悔。因工作累了，梅老師讓牠到禪房打坐調息，他因聽到蛇說話，才互相認識的，又說了如何安排蚯蚯嚇跑孫成荒三人之事，……

「嘩，太精彩了，是同學，那就不可怕了。」曉玄笑了。

「原來，醜同學就是……蚯蚯……，嚇得……孫……成荒那三人……落荒……而逃，哈……哈……太好了！」阿萬一臉開心。

「所以，你說的應該就是和我說的那故事同一回事，算是精彩的續集。」土也難掩興奮。

一大把昨晚玻璃奶瓶看見紅雲人的事，還有答應幫蚯蚯抄《心經》、坐蚯蚯去雲霧火車站、碰到眞正的紅雲人及夏心宇……等事都暫時略下，以後看情形再說。心想，其中許多事不可思議，連自己都不太相信。

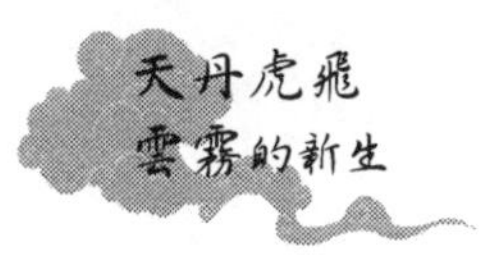

八、開學典禮

「聽土也說，那叫夏心宇的女生和妳長得很像，妳以前認識她嗎？」一大問曉玄。

「夏心宇和我……確是很像，我們碰面時，兩人也都很驚訝。但，她紮了馬尾，我和她不認識，也從沒見過，她來自大都市，家境富裕，她來時本想連筆電，名牌衣服和包包全帶來的，她外公不准，所以她只偷偷帶了手機，可是，她發現手機在這收不到訊號。」

土也插嘴，「喂，一大，你可知道，夏心宇是二班的，而居然是和姓孫的那三人坐同一桌！那邊，你回頭看一下就知道。」

「我……」一大已知道，只假裝回頭看一下。但這一看，發現夏心宇正在朝他看，還向他揮手，一大立即轉回了頭。

「她……走過……走……過來了。」阿萬揮手。

「嗨，方曉玄、萬木黃、陳永地，你們好，吃飽啦？」背後有細細高高的聲音傳來，「這位同學是？」

夏心宇走到一大身邊看他。

「席復天啊！妳不是……說見過？」土也疑問。

「喔，這位同學是席復天啊？那可能……是我弄錯了。」夏心宇說。

「看吧，我就說，除非一大是夢遊去火車站，不可能啦，還穿了雙紅襪子？呵……」曉玄笑說。

「席復天，你好，我是夏心宇，二班的，很高興認識你。」夏心宇頓了下，再環顧四人笑笑地說，「晚霞照天晴，雲彩映人紅，練神復還虛，雲霧現頑童。」

一大一聽觸電般站起，看大家表情驚訝，又隨之滿面堆笑坐下，「夏心宇，妳好，我也很高興認識妳，妳……長得和方曉玄眞像，哈，但願火車站那，不會有人和我長得也像。」

「喂，人家夏心宇多詩意，你怎回得那麼爛？」土也說一大。

「嘿，那，不好意思，抱歉。」一大站起鞠躬。

「好了好了，晚了，我們該回宿舍了，夏心宇，我和妳一起走，來。」方曉玄站起身，牽了夏心宇的手，走了。

「好像……姐妹。」阿萬看著兩女同學背影。

「走了吧，我們也回宿舍。」土也站起走了。阿萬、一大跟上。一大左看右望，滿腹心思。

宿舍中，一大跟土也、阿萬在笑笑鬧鬧，一大突想到，「對了，我看到一張什麼小學的畢業紀念照，放在我床上……」去打開床頭書桌抽屜，拿出照片，「就這張，不知誰放的。」

土也、阿萬看照片。

「我……也……有……」阿萬去他書桌抽屜也拿出一張照片。

「對，我也有……等一下。」土也三兩步跳過走道，自他書桌抽屜拿出一張照片走回。

「是我的……小學的……畢業……紀念……照，我……不在……」阿萬指著一個空位。

「我也看出這是我小學的畢業紀念照，我那天也不在，我，嘿，去和一大打架去了。」土也指著照片的一個空位。

「喔，曉得了，這張，是我小學的畢業紀念照，沒錯，我那天也沒到，嘿，就是去和土也他們打架去了，好陌生，我居然不記得我的小學。」歪著頭想，「可是這照片怎出現在這？」

三人想不通，算了，不想了。

「咦，一大，你喝牛奶啊？」土也指指一大床頭書桌上的玻璃奶瓶。

「飛……飛住的……啦。」阿萬回了。

「喔，你給螢火蟲住的？一閃一閃亮晶晶，一大，叫你的螢火蟲在玻璃瓶中一閃一閃，再唱唱歌，一定好玩。」

「唉喲，飛飛哪會唱……」一大忽停下，看看兩人，「喂，十點點完名熄燈後，你們如有興趣，來看這玻璃奶瓶，會有好玩的。」

「什麼好玩的？」土也急問。

「到時候你們來看就知道了。」一大低下頭，「飛飛，回玻璃瓶去，快熄燈了。」

「好。」小翅拍拍。

「小虎，小虎……」一大叫，「嘿，看來又不見了。」

「小虎去追蚊子玩去了。」飛飛回頭說。

「喔，那，我知道了，你去休息，晚安。」

「土……也，你看，一大……這種自言……自語樣，會……不會把人……搞……瘋？」阿萬念道。

「我已經瘋了。」土也兩眼呆呆的直視一大。

「各位同學，晚點名。」梅老師來了，一一在每位同學床邊點名。點完名，熄燈，「各位同學，晚安。」

「老師，晚安。」

梅老師走了，土也、阿萬又坐回一大床上，安靜看著飛飛在玻璃瓶中一閃一閃，爬上爬下。

「就這樣？一閃一閃，沒什麼嘛？」幾分鐘過了，土也打起哈欠。

「噓，再等一下……」一大回著。

過了一個鐘頭，飛飛依然在玻璃瓶中爬上爬下，一閃一閃。土也、阿萬分別爬回自己床上去睡了。

一大又等了一會，見沒動靜，也睡下了。

也不知睡了多久，聽到小虎在叫，「一大哥你看嘛，飛飛又在瓶子裡畫圖，嘎嘎。」

一大立刻起身坐起，朝玻璃瓶看去，「啊！又是紅雲人！」睡意大消，「是紅雲人，他在推我上火車！

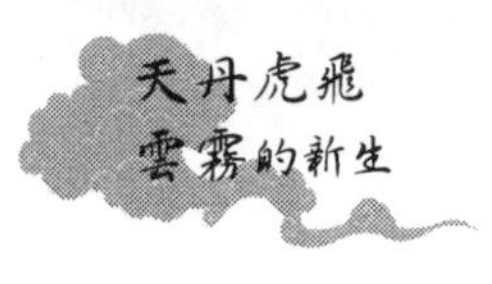

夏心宇……拿了手機要舉起，咚，我忽然間不見了，紅雲人傻傻站著，他不曉得是蚯蚯把我給飛快載跑了……」一大摒住氣，隔了會兒，「啊，紅雲人拿著一張紙，給夏心宇看……」

一大貼近玻璃瓶，想看仔細那紙上有什麼，紅雲人竟轉身將紙貼上玻璃瓶朝向一大，這下一大看清楚了：「晚霞照天晴，雲彩映人紅，練神復還虛，雲霧現頑童。」

「哇，這……」一大移近阿萬的床，推他。沒反應，用力又搖又推，阿萬迷迷糊糊，「幹……嘛？一大？」

一大正要說話，「哇，沒了……」玻璃奶瓶又回復了原先的一閃一閃。

「沒事，沒事，你睡。」鬆開推阿萬的手，坐回自己床沿，「是……毛筆字？」一大喃喃自語。

「小虎，小虎。」一大低聲叫，沒回音。好睏，一大躺下，昏昏睡去。

「喔～喔～喔……」公雞啼，一大醒了，躺在床上。

「喔～喔～喔，一大哥～哥～哥～起床喔～」公雞又啼，一大清楚聽見那公雞邊啼還邊叫他名字。

一大心想昨天早上可能發燒的關係，沒聽到雞啼，今早可聽得清清楚楚，只好起床先去漱洗，走出寢室，漱洗完，在走道遇上夏心宇，兩人互道早安，夏心宇說，「席復天，你昨天一定是在玩躲迷藏，我就知道，所以我不會拆穿，看你表情，都裝作沒見到過我，你是不想讓方曉玄他們知道，對不？」

「嘿，嗯……嗯……」一大只好順著她的話，點了點頭。

「我只奇怪，你怎麼會一下子消失了，只留一張寫了毛筆字的紙張在我面前飄了飄，不久又不見了……」

「嘿，嗯……嗯……」一大想不出如何回她。

「我很好奇，你怎麼辦到的？哪天教教我，我不會跟別人說的，第一步……是不是……要……先不穿鞋？」

「夏心宇，公雞在叫我，我得走了。」一大搪塞著要走。

「酷啊！席復天，你實在是太酷了。」夏心宇雙眼圓睜，盯看一大。

「喔，那，再見。」一大笑笑，揮揮手，回寢室去。

早飯吃著，「嗶～」

「同學們注意。」梅老師站起來說，「今天早上行程安排如下：

九點，在操場舉行開學典禮；

十點，在禪房，說明打坐及相關課程；

十一點，在菜園果園，說明耕種及相關課程；

十二點，回此餐廳用午餐。

因爲學校幅員廣大，上下坡路徑複雜，雲霧濃厚，且有的同學沒帶手錶，爲了避免同學們迷路及抓不準時間，在新生訓練行程及活動中，老師安排了領路者引領各位，以便準時抵達各定點，無須帶

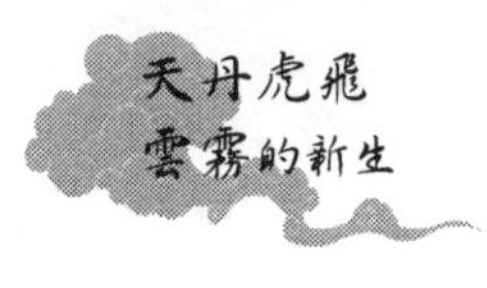

任何文具或用品。好，現在時間，八點十分，領路者會在同學離開餐廳時開始帶路。以上說明完畢，繼續用餐。」

阿萬向餐廳門口看去，「沒看……到什麼……人？誰來……帶路……啊？」

夏心宇走來，「席復天，我有帶手錶，你跟我走？」

席復天還沒回答，看到方曉玄、陳永地、萬木黃三人全在疑惑地看他和夏心宇。

「夏心宇，公雞在叫我，我……跟牠走……」一大裝傻。

「你實在是太酷了……公雞可是你的『領路者』？我……」

「嘿，夏心宇，妳常跑這桌，妳不怕孫成荒他們不高興哦？」土也打斷她的話。

「我很你說，這席復天他又酷又神祕，孫成荒他們……哪比得上他，哼。」

「夏心宇，我們三個昨天中午才和孫成荒三個大幹一架，打得天昏地暗，妳還好不在，不然妳嚇都嚇死了，回去吧，免得……」土也繼續說。

「哇，你以為我怕打架啊？昨天，昨天要是我在，那……」

「不好意思，夏心宇，公雞在叫我，我眞要走了……」一大起身。

「哇，你……眞……太酷了。」夏心宇眼光隨著一大離去背影移動。

方曉玄、陳永地、萬木黃三人也起身向門口走。

一隻蝴蝶飛來，「一大哥早，我是你的『領路者』。」

「啊？是蝴蝶……」一大驚訝，回頭見到另三隻蝴蝶飛到方曉玄、陳永地、萬木黃三人眼前。

「哈，阿萬、土也、曉玄，『領路者』是蝴蝶。」一大說。

「哇，好棒，每人都有一隻耶。」曉玄拍手，「我的是『紅紋鳳蝶』，一大你那是『端紅蝶』，土也的是『環紋蝶』，阿萬的是『斑粉蝶』，好美哦。」

「蝴蝶的種類，妳怎都知道？厲害。」土也稱讚曉玄。

「我在山林中長大，對蝴蝶小有認識。」曉玄回答。

「一大，你剛一直說……公雞……公雞在……叫你，我還……以為『領路……者』是……公雞。」阿萬好奇。

「哈，那是一早公雞啼，我醒了，躺在床上。卻聽見那公雞啼叫『喔～喔～喔，一大哥～哥～哥～起床喔～』我用那來打發夏心宇，假裝的……」突打住，看見三人都在盯看他，「好好，當我沒說……沒說……」

「那，這蝴蝶牠有沒有跟你說什麼？」土也歪著頭問一大。

「當然有，哦，蝴蝶說，『待會兒若有人問：蝴蝶有沒有跟你說什麼？』，你就跟那人說：『蝴蝶說那人是個呆子！』」

「哈哈哈……」四人笑成一堆。

回頭看去，每人都有一隻蝴蝶，翩翩飛在眼前帶著路。

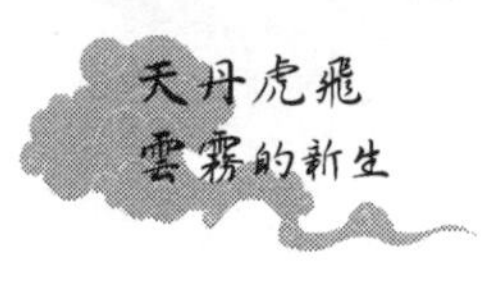

九點前，同學們在蝴蝶引領下，陸陸續續到了操場，操場是山坡頂上一平坦寬廣的空地。操場四周圍是高大的松柏，熱熱的陽光穿透樹木灑在地上。

木製座位上有每位同學的學號，同學按學號找到座位坐好後，學號便消失了，仔細看，原來學號是好多紅黃色的小瓢蟲趴在椅背橫板上排成的，此刻瓢蟲全飛走了，蝴蝶也飛開了。

四人一排，一班有八排，共32人。一年一班男生24人，女生8人。第一排，由左至右，依序是學號11001席復天、11002陳永地、11003方曉玄、11004萬木黃，……

右邊是一年一班，中間隔著約五公尺寬的走道，左邊是一年二班，男生25人，女生7人。第一排，由左至右，依序是學號12001夏心宇、12002李新宙、12003周士洪、12004孫成荒……

在同學第一排前方距離約十公尺的一排原木椅子上，柳校長坐中央，左有四人、右有四人。

就坐好，校長站起來說話：

「各位老師、同學，我是本校校長，名叫柳葉，柳樹的柳，樹葉的葉。今天很高興，在此主持第十二屆雲霧中學新生入學開學典禮。本校三年一屆，到各位同學畢業後才有下一屆新生入學，如此，師長們能在未來整整三年的日子裡全心全意陪伴各位同學成長，一直到畢業。這裡是操場，也是戶外教室，今後，大型典禮、同樂會、比賽，都會在此舉行。同學背後那些建築物，是各班級教室、資訊室、實驗室、教職員室及校長室，再過去是圖書館……

本校現有一年級一、二兩班，共六十四人。另有一年三班是鳥雀昆蟲班，一年四班是爬蟲動物班，

其同學數目不定，牠們平時多待在田野樹林中棲息，只有吃飯、上課、受了傷或打坐調息時，才會來到校內。本校的宗旨：眾生平等，品德優先。人與人之間，或與鳥雀、昆蟲、爬蟲、動物之間，甚至與花木蔬果之間，都務必秉持相親相愛，相互扶持的態度。本校以品德爲重，學業其次，因此，修身養性之相關課程，比如打坐，相對重要……」

一大無聊，輕輕踢了土也的腳一下，小聲說：

「校長的頭好亮，不怕太陽曬啊？」

「『校長的頭好亮，不怕太陽曬。』校長下次會戴頂帽子，謝謝學號 11001 席復天同學的發問及關心。」

「啊？」一大似被閃電打到，全身觸電，十幾公尺外，那麼小聲，校長居然聽得見！

所有同學都朝向一大看來，他雙唇緊閉，腦袋已死。

「席復天同學，不用怕，校長也很喜歡開玩笑的。還有沒有其他同學有問題？」校長眼光掃過，沒人問問題，「好，那，我來介紹在座的師長：由我右手邊第一位介紹起：

梅揚老師：心靈輔導老師，

井欣美老師：語文文學老師，

方元老師：數學資訊老師，

張龍老師：體育氣功老師，

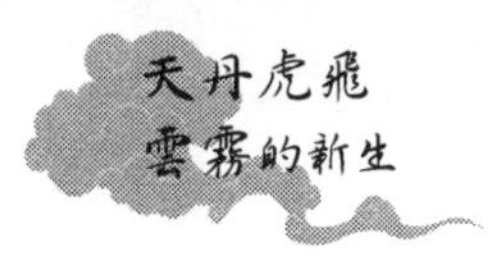

蘇文南老師：農事耕種老師，
成在功老師：魚牧養殖老師，
尹水章老師：天文地理老師，
全里平老師：中醫藥理老師。
希望各位同學在雲霧中學的每一天都過得充實愉快。」
一大看到校長用小指頭在空中寫著所介紹老師的名字，寫時居然有文字顯示在空中，還有不同顏色，要介紹下一位老師時，用手掌抹一下，抹掉上一位老師的名字，再寫下一位老師的名字。心中驚訝不已，但不敢再多說話。
每位老師在校長介紹時，起立，點頭，坐下。校長說完後，梅老師走到同學面前，「開學典禮禮成，現請領路的蝴蝶，帶同學參觀室內教室，參觀完畢後，十點整，在禪房集合。」
「看到沒？校長剛才用小指頭在空中寫字！」一大忙不迭向土也，曉玄，阿萬說。
土也，曉玄，阿萬都點頭，表示有看到，大家也都是一臉訝異。
蝴蝶又飛回來領路，走在青瓦灰柱建築廊下時，一大一直在踮腳往前看，並靠近曉玄問，「妳和阿萬那天接我時，是不是走這條路？」
「是走過這走廊，怎麼？想家啊？」曉玄回著。
「不，不是。」

「想逃跑？」

「不，只是，想知道……」

「其實，過了這走廊，前面雲霧很濃很厚，那天，我和阿萬是靠金龜子領路的，我們也不很清楚怎麼走。」

「哦？靠『金龜子』領路？」

「嗯，就像現在，靠『蝴蝶』領路。」

「哦……」

走走看看教室、資訊室、實驗室、教職員室及校長室，圖書館之後，一大便和阿萬、土也、曉玄跟著蝴蝶，一路說說笑笑的往禪房而去。

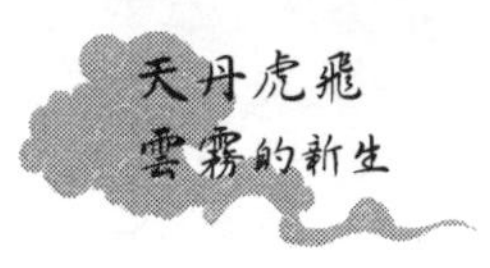

九、暗藏玄機毛筆字

來到禪房前幾十步遠處，土也用肘碰了下一大，「你看……」往門口方向看去。

「哇，哈……」一大忍不住笑出，阿萬看了也笑，曉玄聽一大說過的故事，也在笑。

只見孫成荒，周士洪，李新宙三人在禪房大門口探頭探腦，不敢進去。

夏心宇走來，「席復天，你膽子大，你去幫那三個膽小鬼壯壯膽好不好？說什麼……那房裡有……蛇，好多同學都進去了，那三個膽小鬼還不敢進去。」

「我？嗯，這樣子，他們三個如果願意叫我們四人哥哥姐姐的話，我就壯膽去把那……蛇哥哥請出來跟他們三個認識……認識……」

「酷，酷……斃……了！」夏心宇話沒聽完就跑去跟三人說。

遠遠地看夏心宇似乎和三人爭吵，夏心宇不理他們，獨自一人氣呼呼先進禪房去了。孫成荒，周士洪，李新宙三人轉過身，惡狠狠地大步走向一大他們。一大四下看了下，沒其他同學和老師，就跟阿萬、土也咬咬耳朵，擺好姿勢，準備迎戰，曉玄往前一步，大大張開雙手，想攔阻孫成荒三人。

當孫成荒三人衝到一大他們面前時，卻突然停住，睜大眼盯住一大，「哥……哥……姐……姐……姐……哥……哥……」胡言亂語叫著，臉色蒼白。隨之慢慢後退，再轉身快跑閃進了禪房門裡。

「一大哥，你好。」一大只覺肩背涼涼，近耳處傳來熟悉的聲音，「今天人太多，我就不進禪房打坐了，再見，嘶～」

「嘶～，再見。」一大馬上故意發出大聲的嘶聲，及小小聲的再見。

曉玄，還有阿萬、土也盯看著那三人慢慢後退，閃進了禪房，滿心迷惑。

曉玄回頭問一大，「你剛才幹嘛發嘶聲？他們三個……怎嚇得那個樣子？」

「哈哈，喂，你們可聽到他們三個叫我們『哥哥姐姐』了。」一大笑呵呵。

三人以迷惑的眼神盯看一大，一大笑說，「幹嘛啦？我就只學蛇嘶嘶幾聲，那三個膽小鬼就叫哥哥姐姐了，哈……」

十點鐘，全體同學到齊，坐在禪房地板的草墊上。

「我是張龍老師，也是教各位同學的氣功老師。」年紀輕輕的老師穿著寬鬆的淺青色衫褲，走動在兩班同學間，說著類似梅老師昨天教一大等六個同學打坐面壁思過的內容。一大沒用心在聽，反正從小就跟父母打坐，打坐已是每天必修功課。

一大回憶起小五、小六時，自己每天的情緒起伏很大，但半夜在叔叔家的小窩中，因沒事幹，也爲了想把混亂的心平靜一些，打坐的時間反而多了許多。

老師說，「每個同學的父母或長輩都教過你們打坐練氣，只是同學練的時期有長有短，學號越前面的，練氣的時間就越長，值得同學學習……」

有同學看向一大，一大向同學們笑了笑。一大同時想到，夏心宇是二班的 12001 號。

老師繼續說，「打坐練氣的時間長短不是最重要的，重要的是要讓浮動雜亂的心安定下來。像梅老師，他是我的師父，他當年安定了我走偏的心。而柳校長又是梅老師的師父，同樣的，當年他也安定了梅老師雜亂的心。老師我的心願，是希望能和師父、師公一樣，在此爲同學們盡點心力，安定同學們走偏、浮動、雜亂了的心……」

一大不禁多看了看眼前這位年輕的氣功老師。

十一點時離開了禪房，同學們在菜園前集合，聽老師說明耕種相關課程。蘇文南老師，農事耕種老師，成在功老師，魚牧養殖老師，在現場指導同學們初步瞭解耕種、養殖等相關知識。從老師處得知，農魚牧作物、產品及蔬果收成後，除部份供師生食用外，有鄰近村民會來收購，換得的金錢統由學校運用在同學們日常生活開銷所需。領路的蝴蝶多在菜園、花圃、林間棲息，老師說，如果同學在學校內或廣大的菜園果園中，甚至水塘牧區迷了路，可以用力拍手三響叫「蝴蝶」，很快的就會有蝴蝶飛來，平安地帶領同學回到宿舍。如果走出了學校範圍，拍手三響，若蝴蝶沒來，還會有金龜子或鴿子來領路。

解散後，土也拉著一大、阿萬、曉玄在菜園中看蛇跡，有些鑽孔鬆土的直徑眞有大碗碗口般粗，「好小子，梅老師叫牠『蚯蚯』，當牠是大蚯蚓，蚯蚯果然厲害。」一大嘖嘖稱奇，又想到蚯蚯載他往返火車站的超快速度，「嘿，眞太神了。」

午飯時，發下了日課表：

本校排定課表之基本精神，是要讓同學「養成自主思考精神及培育完善人格」，上課內容由各科老師安排，沒有固定課本。

（每週一～五，著運動服裝）

05:50～06:20 菜園澆水種菜、餵養禽畜、採收蔬果。

06:30～07:15 餐廳早餐

07:30～08:30 禪房打坐

（每週一～五，著學生制服）

09:00～09:50 第一節課

10:00～10:50 第二節課

11:00～11:50 第三節課

12:00～13:00 餐廳午餐

13:00～14:00 午休

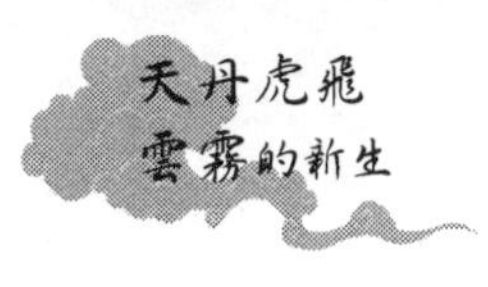

14:00～18:00 校內自由活動，穿著不限

18:30～19:30 餐廳晚餐

19:40～21:30 晚自習及自由活動

22:00 就寢

一大看了日課表，「唷，一星期才上五天課，而且只有上午班。」直覺不太可能，更令人驚訝的是，沒有固定課本。

下午和晚上都沒課，太自由了。和阿萬、土也、曉玄手上的日課表比對後，全也都一樣，阿萬、土也、曉玄三人也一臉難以相信。

梅老師站起說，「同學們注意了，校長說過『本校的宗旨是：眾生平等，品德優先。本校以品德爲重，學業其次。』因此，日課表即依此一宗旨排定。同學們要善用自由活動及自習時間，讓心靈成長，生活充實，師長們則在一旁扮演指導和教導的角色。」

午飯過後，下午沒課，同學們多在宿舍整理雜物。阿萬、土也兩人本躺在床上說話，沒多久睡著了。一大沒睡意，打開抽屜，看到毛筆紙墨硯等，想到了要替蚯蚯抄《心經》乙事。鋪好紙張，磨好墨，拿了毛筆蘸墨，恭敬地寫上：《般若波羅蜜多心經》

「咦？這字體……」一大停下，看自己剛寫的字。一大耗著所有心思，努力回想昨晚那紅雲人拿的紙張，尤其是那毛筆寫的筆跡：「晚霞照天晴，雲彩映人紅，練神復還虛，雲霧現頑童。」

「對了，那紙張，除了我，還有夏心宇看過……」一大腦中一閃，迅速放下筆，離開寢室，跑到對面女生宿舍，請一位女同學進去叫夏心宇。

夏心宇出來，「哇，席……，哦，一大，你找我？」

「『一大』？哦，是曉玄告訴妳的吧？沒關係，好朋友都這麼叫我的。」

「我的好朋友都叫我『小宇』。」

「喔，小……小宇，那，我想問妳，妳在火車站看那張寫了毛筆字的紙張，那字體，有沒有什麼特別地方？」

「你是指……楷書、行書、隸書、篆書、草書那些？」

「妳懂？」

「當然，修身養性，打坐，書法……我都懂，那張紙上寫的是行書，一看便知。」

「是行書，我也知。」

「一大，你總神祕兮兮的，眞酷，對了，我手機有拍到那紙張，你不會想看吧？」

「妳……有拍到那紙張？」一大眼睛一亮，「我當然想看……」

「那，你等一下，我去拿手機，太酷了。」

很快，小宇回來，開了手機電源，「吶，就這張。」

「昨天……沒看到這張？」

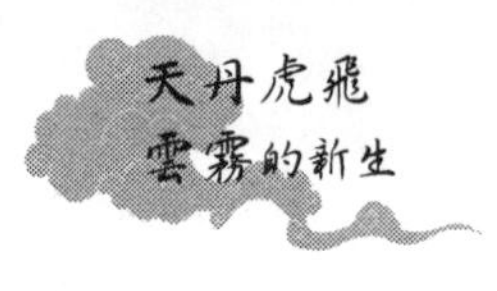

「哦，我不覺這有什麼啊，就一張紙而已，我還念了內容，你們也沒人問啊。」

「喔，是，但，這……看不清楚。」

「可以放大，來……我教你。」兩人腦袋湊在一塊盯著螢幕。

「看不出有什麼特別地方，可以借我……回寢室慢慢看嗎？」

「可以，你如果發現什麼酷事，可要先告訴我。」

「好，好，沒有公雞在叫我，但，我得走了，謝謝妳。」一大對小宇態度好了些，盯著手機，走回寢室。

「哈，太有趣了，酷……」小宇在背後開心說道。

一大走回寢室，坐在書桌前，仔細看那一筆一劃，看來看去，終於，「咦？『童』字上面這點……」放大到最大。

以前，一大爸爸喜歡抓著他的小手練習毛筆書法，爸爸偏愛行書字體，每寫完一張，就用自己和一大的小拇指在紅印泥上沾一下，然後在紙張末端捺印上父子倆小姆指印，那動作有趣，往往逗得一大呵呵笑。

「這代表這張書法是我們父子倆共同完成的，呵……」爸爸也很快樂。

一大很驚訝，看到『童』字上面這一點，很像是用小拇指印上的，比例上，指印子比其他筆劃小些，可是那一點不是紅色，是黑色，像是墨汁印。

「那……會……是？」想到爸爸在紙張印上父子倆小姆指紅印後，又整張撕了、燒了，看了反正就是新奇有趣，一大印象深刻，東想西想，躺上床，昏沉睡去。

晚飯開飯前，一大走向夏心宇那桌，孫成荒已警覺的站了起來，周士洪，李新宙跟進。

夏心宇看了說，「人家一大是來找我的，孫子、小洪、阿宙，沒你們的事，坐下啦。」

「是呵，要是打架，我不會一個人來。」一大笑笑，「我是來還小宇手機的。」把手機交給小宇，「謝謝妳，小宇。」

「喂，『小宇』是你叫的哦？」孫成荒吼向一大。

「孫子，是我要一大這麼叫的，不行嗎？」小宇站起。

「嘿，小宇，妳叫他一大，那妳怎叫我『孫子』？」孫成荒的臉脹成肝色。

「你本來就是孫子，上回你說一大他肩膀上……有什麼蛇？那就把你給嚇得跟個孫子……沒兩樣！」

「我？小洪、阿宙也有看到啊。」孫子大叫。

一大強忍住笑。

「梅老師走過來了。」小虎一旁說。

「小宇，再見。」一大立刻轉頭走向自己餐桌。

「嘿，是不是公雞在叫你啦？再見囉，嘻……」小宇嘻嘻哈哈。

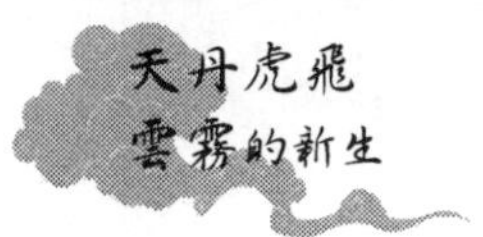

「小宇，妳說什麼……公雞？」一大聽得見背後孫成荒問小宇。

「一大肩膀上有隻公雞在叫一大回去，懶得理你。」小宇沒好氣。

「哪……有什麼……公雞？」孫成荒問。

梅老師走了過去，隔了會兒，聽到一聲「嗶」，「開動！」

十、資訊室

一早起床，同學們穿著運動服，先在菜園種菜、餵養禽畜及採收蔬果，用過早餐後，去禪房打坐，再到各教室上課。

這天，第一堂課下課時，剛上完資訊課的夏心宇，跑到隔壁教室找一大，「我問你，小拇指印……嗯，是幹嘛用的？」

「喔，上福利社用的。」

「福利社？」

「尹老師教的，喔，『天文地理』課，妳還沒上到吧？小拇指印……跟福利社『小指頭掃描感應器』……」一大頓了下，「欸，說來話長，隔幾天妳上了尹老師的課，自然就會知道了。」

「哦，我只是要問你知不知道，如果一個字上面的一點是用小拇指印上的，那是幹嘛用的？」

「啊？」一大聽了當場觸電，「小宇，妳說清楚。」

「我們班剛上資訊課，我把我手機裡那四句話輸入電腦，放得很大，看出來那些字裡面有一點，像

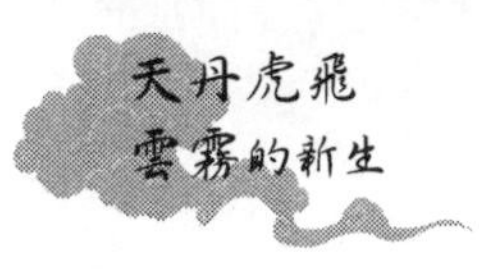

是指印，小拇指印。」

「啊？」

鈴～上課鈴響了

「小宇，午飯過後，妳有沒有空？」一大急急說。

「嘻，有空啊，怎麼，想約我？太……酷……了。」

「兩點鐘，資訊室碰面。」

「好呀，我一定到。」小宇兩眼圓睜。

「記得，手機帶上，就妳我兩人，再見。」

「好，再見。」

中飯過後，阿萬、土也回宿舍睡午覺，一大也跟回宿舍。在阿萬、土也睡著後，一大小跑步到資訊室，在廊下等著。

沒多久，小宇來了。兩人走進資訊室，「嘩，這些電腦都那麼新啊！這得花多少錢啊？」一大另拉了張椅子來，和小宇在一電腦桌前坐下。

「那你還沒看到，教資訊的方老師對電腦軟硬體講得多生動又深入呵。」小宇打開了一部電腦電源。

「小宇，妳對電腦很懂？」

「普通啦，這裡的電腦比我以前用過的先進，螢幕超薄……」隨身小包中摸出一付細黑框眼鏡戴上。

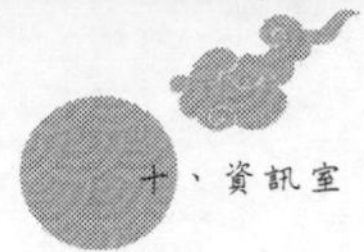

一大看著戴上細黑框眼鏡的小宇，眼鏡片閃映著螢幕的亮光，有點呆住。

「這樣盯著女生看，很沒禮貌哦。」小宇眼睛盯著螢幕。

「啊？喔。」一大立刻轉看螢幕，「嗯，我小學裡，全校只有三台舊電腦，螢幕又大又厚又重，嗯，妳在大城市……是應該……電腦新點。」隨口說著。

「你可以盯著看，可是……要先說。」

「看螢幕還要先說？」

「我是說看女生啦！」

「啊？」

「哈哈……」小宇笑到馬尾晃動。

一大懊惱的低下頭去，正看見飛飛爬在袋口，就低聲說，「飛飛，麻煩你去門口把風，有人來的話，告訴我一聲。」

「梅老師說，不對的事情不能照做。」

「門口把風，又不是壞事，好，好，那，我改，請去門口看看，拜託啦，有人來告訴我一聲。」

「這還差不多。」

「你在幹嘛？」

一抬眼，小宇疑問的眼光在鏡片後圓睜盯著他看。

「這樣盯著男生看，很……有……禮貌哦？」

「哈……」小宇一笑，「你反應夠快，可是你剛才在幹嘛？」

「我，嗯，在自言自語。」

「不是，你剛才是在和什麼人講話，我有聽見。」

「沒……有。」

「你會不會覺得自己很怪異？什麼蛇呀、公雞、毛筆字、火車站、夢遊……，一堆怪異事，都好像和你有關。」小宇看見螢幕出現字又興奮了，「嘿，看到沒，我再放大些。」

「這螢幕……眞是清楚，不像我小學那些電腦。」

「解析度高嘛，嘿，等一下，就這『照』字，下面四點最左那一點，看到沒，最左一點……是小拇指印。」

「啊？」一大注意到了，只是他原來在手機上看到的是「童」字上面那一點，兩人說的不是同一點。

「這可以列印嗎？」一大問。

「可以啊，我幫你。」

兩人將每一句的五個字分別複印了一張 A4 紙，整篇二十個字的複印了一張 A3 大紙。一大捲了，拿手上。

「印得好，太……酷……了。」一大讚到。

「學我講話？」

「我……」

「哈哈……」小宇又笑得馬尾亂晃，「再跟你說這新電腦的另外一個功能，你如和家裡或朋友或任何人通信，寫好信和對方的地址，在電腦前碰一下，系統會處理把它送出去，對方收到的會是你的原型信。如對方要寫給你，寫好後，寫上『雲霧中學，地址，一年一班，席復天收』去丟到郵筒，學校收了，上這種電腦處理一下，你就可在這種電腦收到對方完整的信了。」

「厲害，但我現在……沒對象可寫信，以後再……」

「喔，那，回宿舍了。有什麼新發現，要告訴我喔。」小宇順手關上電腦電源。

「噢，要回去嘍，飛飛……」叫飛飛時，小宇又盯著他看，一大只好不停叫飛飛，裝傻，「飛飛飛飛……我飛飛飛飛……回去……」直到聽見拍翅聲。

回到宿舍，土也問，「你跑哪去了？」

「我去資訊室，看些書法資料。」搖搖手上紙捲。

「梅師……母來……來找你。」阿萬接著說。

「梅師母？」

「對啊，你發燒那天晚上，梅師母有來過，和梅老師一起來的，不記得啦？」土也提醒他。

「記得，記得，我只是在想我沒做什麼壞事或錯事吧？梅師母……一個人來的？」

「是一個人，她說了，如果你回來得早，可去梅老師家找她，我看你一定又做壞事了，嘿嘿。」土也哼鼻。

「去梅老師家找她？慘了。」一大憂心忡忡。

「一大，你……膽子……不是很大……大嗎？」阿萬笑他。

「去就去……」將紙捲放入抽屜，走出宿舍向女生宿舍後方的教職員宿舍走去，找到「梅揚老師」的門牌，敲門。

「是席復天啊，來，復天，進來坐……」梅師母在房裡看到一大，邊走邊說，拉開了紗門。

「師母，您好。」一大深深鞠了一躬，「您……找我？」偷偷地瞄了眼房內。

「梅老師不在，是我找你，進來坐。」梅師母和藹可親。

一大摒息進入客廳，一顆心七上八下。客廳放有一張三人座，一張兩人座，一張單人座的木椅，上置軟墊，一張長儿，一張小儿，粉白牆壁，方木樑柱，很素雅，舒適。

一大坐下，師母倒了杯水放在他椅子邊的小儿上，「復天，來，喝水……」

「謝謝師母。」拿起水杯要喝，看見水杯旁有一個玻璃奶瓶，停下手，忍不住多看了奶瓶一眼才喝下一口水。

「復天，發燒都好了吧？」

「好了，好了，謝謝師母。」放水杯回小儿上時一個不小心碰到了玻璃奶瓶，「噢！」一大慌忙扶

住快倒下的奶瓶。

「沒事，那只是個舊玻璃奶瓶，我們沒小孩，也沒用過……」

「哦，我……也有一個，是我小時候用的，我還帶來了。」

「帶來啦，晚上餓了可沖奶粉喝，有沒有奶粉？沒有的話，師母拿兩罐給你？」

「不，不用，謝謝師母，沒有，我沒有喝奶粉。」一大感覺很溫暖，好久沒這種感覺了，看著師母溫柔關心的眼神，隨口說「我那空奶瓶就……給飛飛住了。」

「飛飛？」

「哦，是……一隻……螢火蟲。」

「哈，我說……復天很乖嘛，養了隻……螢火蟲？會照顧昆蟲的孩子，哪會壞？梅老師的管教……是太嚴格了點吧？」

「不，梅老師的管教不嚴格，我有錯，他才……他才……」

「螢火蟲……只養一隻啊？給他找個伴，我看那玻璃奶瓶，你就拿去，反正我也用不著。」

「啊？」

「玻璃奶瓶你拿去，還有幾個蘋果，你跟我來一下廚房，待會兒一起拿回去。」師母把奶瓶拿了，往屋後走去。

一大遲疑了一下才跟上，看見有一幅字軸懸掛在客廳和房間隔間的白牆上，是：

《般若波羅蜜多心經》

「觀自在菩薩行深般若波羅蜜多時照見五蘊皆空度一切苦厄舍利子色不異空空不異色色即是空空即是色受想行識亦復如是舍利子是諸法空相不生不滅不垢不淨不增不減是故空中無色無受想行識無眼耳鼻舌身意無色聲香味觸法無眼界乃至無意識界無無明亦無無明盡乃至無老死亦無老死盡無苦集滅道無智亦無得以無所得故菩提薩埵依般若波羅蜜多故心無罣礙無罣礙故無有恐怖遠離顛倒夢想究竟涅槃三世諸佛依般若波羅蜜多故得阿耨多羅三藐三菩提故知般若波羅蜜多是大神咒是大明咒是無上咒是無等等咒能除一切苦真實不虛故說般若波羅蜜多咒即說咒曰

揭諦揭諦波羅揭諦

波羅僧揭諦菩提薩婆訶」

另一旁掛了較小的一幅字軸，寫著：

「練精化氣

練氣化神

練神還虛」

一大停下腳步仔細看著，師母回過頭說，「那是《心經》。」

「是，師母，我知道。這是行書，毛筆字寫的。我最近……在幫一條……，嗯，幫一個同學抄《心經》。」

「眞的啊，復天眞是乖，還會幫同學抄《心經》，我得跟梅老師說說，別管你管得那麼嚴。」

「別別別說，師母，沒關係，謝謝師母，別說……」

一大兩眼其實正盯著的是那小幅字軸，在「練神還虛」「練」字的「糸」右下角那點，他看見了一個小拇指印，是黑色的，是墨汁按印的。

師母從廚房轉回，走近一大，繼續說，「爲善不欲人知，嗯，很好，那師母就不說，但這奶瓶還有幾個蘋果，你一起拿回去。」奶瓶和幾個蘋果放入一袋子，交給一大，一大只好接過，師母說，「快開飯了，回去吧。」

「好，謝謝師母，那，我走了。」

一大回到寢室，寢室已空空如也。他將蘋果袋放在床上，再取出空奶瓶，把旋開的瓶蓋奶嘴丟入抽屜最裡面，空奶瓶放在書桌上和原先的奶瓶略比了比，還眞的是一模一樣。

三步併兩步往餐廳衝去，剛跨入餐廳，卻遠遠看到自己位子上坐了一個身穿黑衣黑褲的大人，一大本能反應，立即縮腳退回餐廳外，閃躲到一根廊柱後。

那人的一邊站著校長，另一邊站著梅老師，三人皆背對著門口。這種場面，一大太熟悉了，小五、小六兩年間，他惹出的是非沒少過，常被通知到訓導處或校長室報到。而報到時，總會看見一個大人坐在位子上，一邊站著校長，另一邊站著導師或訓導主任。那一個坐在位子上的人，不是被他欺侮霸凌的同學家長，就是要來學校堵他的狠角色。一兩次經驗後，一大都會在進入訓導處或校長室時，躲在外頭先偷瞄一下，情況不對，就腳底抹油，溜！

「小虎，小虎。」

「小虎去那邊吃晚餐了。」細細聲在耳邊回著。

「哦，飛飛，我位子上坐了個穿黑衣的大人，不知道是什麼人？」一大躲在廊柱後，露半眼遠望，看見阿萬、土也、曉玄面色凝重坐著。

「一大哥，你等一下。」拍翅飛走的聲音。

梅老師背著手，身子前傾，似在細聽那人講話。一大遠遠看見梅老師背在背後的右手手掌打開，闔上，又打開。

飛飛回來了，「一大哥，那人口氣很兇，梅老師打開手掌給了我這個。」

「喔，我看。」一大接過飛飛抓住的一牙籤頭大小的小紙頭，打開按平，「咦？空白？」翻了另一面，仍空白。

「飛飛，來，在小紙頭上閃點亮光，快。」

飛飛來到紙上，一閃一閃，見有一字，「溜」，一大毫不遲疑，轉身拔腿就跑，耳邊傳來聲音，「一大哥，快，跟我來。」傍晚的濛濛暗霧中，一大看到一隻蝴蝶，「是蝴蝶？」

上坡下坡，跑了許久，好像都跑過大菜園了，又好像在樹林中穿梭了一陣，還差點摔兩跟頭，才聽到蝴蝶急急說，「一大哥，這裡，快躲進去！」

不加思索，一大一頭鑽進了一個類似洞穴的地方。還沒喘過一口氣，竟聽見黑暗中傳來大聲的「嘶～嘶～」

「哇？蛇洞！」

「哦？是一大哥，我說誰那麼大膽。」暗處有聲音。

「蚯蚯？」一大摒住氣，「飛飛，給點亮光，快。」

嘩，這麼亮，一看，好幾十隻螢火蟲飛來，「飛飛，眞有你的，同伴還不少嘛。」轉過頭，「哈，蚯蚯，居然眞是你，呼，嚇了我一跳，看我跑得一身大汗。」

「一大哥，梅老師說，帶你到這最安全，好，我走了。」蝴蝶說了就飛走了，一大本想問牠問題，想想，算了。

「發生什麼事了？嘶～」

「我也不清楚，不知惹上什麼人？有一個大人，穿一身黑，坐了我餐廳的位子，而校長，梅老師似乎對他，不曉得是尊敬還是害怕？梅老師讓飛飛暗地傳給我一小紙頭，上面寫了個『溜』字，我就溜啦，蝴蝶帶我到你這，喔，飛飛是螢火蟲，他跟你見過的壁虎，小虎，都是我的好朋友。」

「我知道，嘿，一大哥，這麼聽來，此黑衣人不懷好意，嘶～」

「呼，嘎嘎……」

「是小虎？喂，小虎，你在哪？」一大聽得見小虎叫聲。

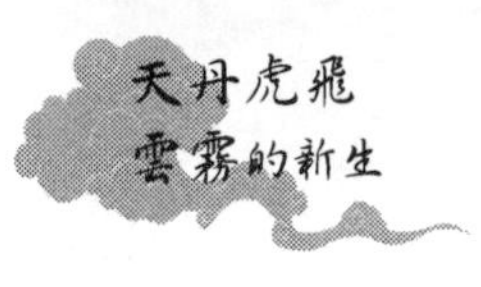

「呼，一大哥，累死我了，嘎……在這……」小虎爬上一大手掌，累得癱軟，「嗨，蚯蚯，你好……呼……這……是你家啊？」

「小虎，這是我家，以後有空可常來，哈，嘶～」

「你打呼不會亂嘶嘶叫的話，我就常來，我怕吵。」

「哈……哈……哈……」大家笑，沖淡了些緊張氣氛。

「一大哥，那黑衣人說要宰了你。」小虎爬上一大右肩。

「啊？爲什麼？我又不認識他。」一大驚訝。

「是我聽到爭吵聲，就去躲在你的餐桌底下聽，那黑衣人的右眼還戴了黑眼罩，是個獨眼人。他說要找席復天報仇，說席復天的爸媽對他有殺兄毀家之仇。」

「啊，我爸媽？他們對黑衣獨眼龍幹過殺兄毀家的偉大事業？哦，不是……是錯誤示範！可是，不像啊，我爸媽老老實實，是行善助人的大好人，不像我，哦，我本來也是很老實善良的，後來……環境所逼，嘿，才……」

「校長跟獨眼人說，『那是你哥哥自己搞的』，但獨眼人狠狠地回說，『今天不把席復天交出來，我就把整個學校給翻過來！』」

「哇，他……好熟悉的口氣，我這兩年常聽。」一大笑了笑。

「一大哥，據我了解，這方圓百里，深山絕谷，雲霧迷漫，藏著很多高人。有些事，不是像你以前

單單打打架就能擺平的，你想想，連校長和梅老師都似乎對他有所顧忌，還叫你溜到我這洞裡，這人的來歷應該不簡單。」蚯蚯說。

「欸，蚯蚯，你說話和分析事情有條有理的，像個大人，不，老人家，嗯，是老蛇家。我今年十二歲，您老蛇家到底多大歲數？我看不出。」

「唉喲，我不算老，人年和蛇歲的計算本就是兩回事。我這是『智慧』！在這地靈人傑加蛇傑又雲霧繚繞的崇山峻嶺中，我沒事就打坐練氣，你說，怎不生智慧嘛，嘻⋯⋯。」

「喔，你說的對，很對，打坐生『智慧』。那獨眼龍看來是個厲害角色，得用『智慧』好好分析一下。」一大點頭，「對了，你這裡沒吃的吧？我是說，人吃的，我還沒吃晚飯。」

「這時候，外面也找不到什麼可以吃的，嘶～」

「啊，對了，我床上有幾個蘋果，可是我不可能回去拿。」

「小事，我去，三分鐘來回。」蚯蚯說道。

「哈，太好了，那，拜託你了，順便把我床腳掛著的書包拿來，裡面有打火機和一盒火柴，你這裡太黑了。」一大高興有蚯蚯幫忙，描述了一下宿舍床位，「對了，蚯蚯，可別嚇到人哦。」

「不會啦，天黑，我長得也黑，沒人看得到我，走了～」

蚯蚯很快回來，口上叼了個書包，書包裡有打火機、火柴、一袋蘋果，還放了一條小被子。

「哇，蚯蚯，你太貼心了，謝謝。」拿出一顆蘋果就啃，「欸，小虎、飛飛、飛飛的同伴們，還有蚯蚯，要吃自己吃，我打開袋子，蘋果全放在袋上，嗯，好甜，是梅師母送給我的。」打亮打火機讓大夥看清楚。

窸窸窣窣聲在洞穴中迴響著，大夥吃起了蘋果。

十一、蛇洞中過夜

想著事，聊著天，一大心中充滿快樂，「對了，飛飛，你同伴不少，有空請牠們去家裡玩。」

「喔，好啊。」飛飛在耳邊拍翅。

「梅師母送了我一個玻璃奶瓶，和原先你住的奶瓶比了比，一模一樣。兩個玻璃奶瓶，夠你帶一百個朋友來玩了。」

「一百個？眞的呀？一大哥，謝謝你，嘻……」

一大轉向蚯蚯，「蚯蚯，我才剛開始抄《心經》，你再等等，我盡量快，但用毛筆寫，想快也快不了。」

「沒關係，抄好一張就給我一張，貼在這洞穴裡邊，我早晚讀念，修身養性。」

「好，你這裡晚上冷不冷？」

「不算冷，你蓋個小被子，夠暖了，我會在洞口幫你守著，等黎明時，公雞一啼，我就躲進來，嘶～」

「公雞一啼就躲進來？爲什麼？」

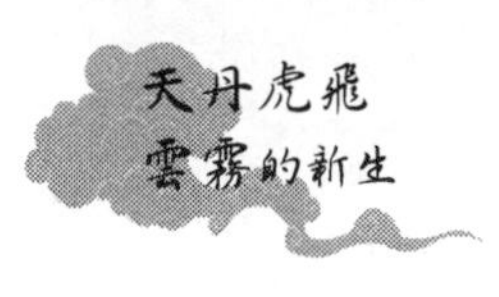

「唷，殺妻之仇啊！我吃了他家母雞，是我的錯，哪天他要是逮到我，把我當蚯蚓吃了，我也沒話可說。」

一大想到獨眼龍要找他報殺兄之仇之事，還有以前打架，如打傷了人家，人家一定會討回來，如自己受傷，也會想去加倍討回，打來打去，好似沒有停止之日。但，又想到，他和土也，以前是死對頭，在這裡竟成了好朋友，這……

「等一下，那公雞啼，我聽過，是不是這樣『喔～喔～喔，一大哥～哥～哥～起床喔～』牠邊啼，還邊叫我名字？」

「啊，對，就是牠，我也聽到牠是這樣啼叫的。我還想問你，看你是不是跟牠很熟，那也好幫我勸勸牠，『冤冤相報何時了』，『冤家宜解不宜結』，我已改過向善了，對吧！」

「哈，對，就是這兩句話，我想說卻說不出來，蚯蚯，你有學問，有智慧。可是，那公雞，我不熟，只聽過聲沒見過面。有機會見了，我保證……會好好勸勸牠，『冤冤……相報何……時了』，『冤……家宜解……不宜結』，哈，好……」

隨意聊著，吃著蘋果。吃過，一大睏了，將打火機放入褲口袋，裹上小被，不久就睡著了。

公雞啼了，一大醒來，往洞口外看去，可見到一絲微光，又聽公雞啼叫「喔～喔～喔，一大哥～哥～哥～起床喔～」

蚯蚯已躲回洞內深處，不想太靠近洞口，避免碰到公雞。

一大清醒後，忽聽見一老人家蒼勁的聲音，「小朋友一大，睡在我家，暖不暖和呀？」

「啊？」一大看不清周遭，找出打火機點了火，「咦，這像是木頭，這是樹洞。」順著點亮處用手上下摸著。

「小朋友一大，我家暖不暖和呀？」老人家的聲音又來了。

「蚯蚯，蚯蚯，你聽到了嗎？有人叫『小朋友一大』。」

「是樹爺爺，這紅檜巨木，照人類的算法，兩千多歲嘍，你可以回答他。」蚯蚯從暗處懶懶地發出聲音。

「樹爺爺？樹……也會說話，而我……也聽得見？」

「從人的觀點看，人是高等靈，其實各種動物、昆蟲、爬蟲、禽畜也有靈性，草木蔬菜也都有靈性的。兩千多歲的樹爺爺，他的靈性超高，會說話還讓你聽得見，不足爲奇。」

「樹爺爺，您家很暖和，我睡得很好，謝謝您。」一大大聲回答。

「呵，呵，好，很好，你在這學校要學著助人和行善，如此就會心生喜樂。像蚯蚯，牠現在就比以前快樂得多了。」

「樹爺爺，謝謝你，我會努力的。」

「呵，呵，好，小朋友一大，我看到遠處有三個小朋友跟著一隻公雞向這走來，看樣子，是來找你的。」

「嘶～，嘶～，嘶～」

一大還沒反應過來，已聽見蚯蚯發出不安的聲響。

「蚯蚯，別著急，別著急，我出去看看……」一大走出洞口，先抬起頭往上看去，晨霧迷濛，「哇呀，樹爺爺，你長得那麼高大啊，從雲霧腳下長到雲霧頂上去，太厲害了。」

「呵，呵，……」樹爺爺開心笑著。

「一大哥，你好，呱呱……」另一聲音傳來。

一大往上瞧看，迷濛霧中有隻黑烏鴉棲在高枝上，「喔，是你叫我？黑烏鴉？我好，也祝福你好。」

一大大聲問好。

「謝謝你，一大哥，祝福我的人可不多啊，你是好人，呱呱……」黑烏鴉拍拍翅，高興的樣子。

「謝謝你，黑烏鴉，我可不是什麼好人，但，正在努力改好，哈……」

一大再看，樹身子又粗又圓又巨大，總得十來個同學手牽手，才有辦法圍抱！蚯蚯的洞穴在這一超級大樹的樹根頭下，樹根糾結，錯綜複雜，四面八方又另有許多大小樹木圍繞，就算有人找來或走過大樹，也很難發現樹根下有個洞穴。

「昨晚黑暗之中，跟著蝴蝶飛奔，看不清這裡的景象，梅老師讓我躲在這裡，應可保證沒人找得到。看來，那獨眼龍是個難惹的傢伙。」一大喃喃自語。

一大隨意往樹林邊緣走去，見前方有一險坡，近看坡壁幾近垂直往下切去，坡上稀稀疏疏的長著些

許雜草灌木。下望，底下有一圓形小水潭，距自己站立之處恐至少有百公尺落差。小水潭有瀑布白練般垂下，連結到另一較大的圓形水潭，兩個水潭在清晨薄薄霧靄中若隱若現，閃閃生光。

飛飛微喘飛來說，「一大哥，來的是阿萬、土也和曉玄。梅老師說獨眼人找不到你很生氣，清晨時走了。梅老師見大公雞司晨完後沒事，就讓牠帶你的好同學來找你回去。」

「好。」一大轉身往來路走回。

「咯、咯、咯……」才聽到咯咯叫，便見到一隻大公雞撲翅快速跑來，「一大哥，咯、咯，你好，這幾天我都一早和你打招呼，叫你起床，你有……聽到嗎？」

「哈，大公雞，謝謝你，早上啼啼就好，不用特別叫我嘛。」

「我知道，因為……你喜歡賴床，所以，咯……」公雞笑。

「我的天，我喜歡賴床這種……丟臉事，連這裡的公雞都曉得？」

「你，除了特別喜歡賴床外，還常丟石頭打早上啼叫的公雞，所以我們都清楚，咯、咯……，你可叫我『咯咯』。」

「丟死人了，對不起，『咯咯』，可別拿我當仇人，以後不會了，那個，那個……『冤家……宜解不宜結』，是吧？」

「對，梅老師叫我來，就是他常常告訴我『冤家宜解不宜結』的。認識一大哥很好呀，咯、咯，以後我們都是好同學，互相幫助，互相照顧。」

「喔，好極了，那……那……蚯蚯，也是好同學，能不能跟牠也……『冤家……宜解不宜結』？」一大趁機幫蚯蚯說情。

「蚯蚯？你說那蛇！不，絕不！那條陰險狡詐的長蟲，對我有殺妻之仇！你知道嗎？」大公雞撲上撲下，生氣極了。

「……」一大不知所措。

「唉喲，一大，累死人……了啦，跑這麼……遠來躲……」曉玄喘噓噓來到，一旁的阿萬、土也也喘得厲害，滿面是汗。

土也喘著，「呼，一大，那獨眼傢伙要真敢動你，我跟阿萬一定幫你，呼，居然堵人堵到學校裡來，太小看我們了，但奇怪，校長和梅老師卻對他沒有動作，還叫你躲起來……」

「一……一大。」阿萬湊上，「那傢伙……實在又大……又壯，不然，我跟……土也……昨晚……就打他了，呼……」

「你昨晚……睡哪？一大。」曉玄問。

「那洞裡……」指指樹洞，看了公雞一眼，沒講出「蛇」字。

「哇，你真膽大，那……洞……要是……有蛇，你不……慘了！」阿萬看向那洞叫著，一大立刻食指直在唇上，「噓……」

來不及了，大公雞立即撲上撲下生氣，一聽到「蛇」字，牠就抓狂。

「不說了，我回去再跟你們說，稍等一下，我進去拿我的書包。」一大走去鑽入洞穴，很快拿了書包出來。

「一大，你不會說你晚上帶書來看吧？哈……」土也笑笑。

「這裡面書有一堆，我自己是沒帶書，我書包裡只帶了打火機和火柴，點亮了洞穴，我一個人安安靜靜地看了好多書，今早，看天，一片蔚藍，看我，氣質滿滿。」

「氣質滿滿？我看是……唬唬爛爛！那書名叫什麼？」土也一臉不信。

「『冤冤相報何時了』，『冤家宜解不宜結』。」

「啊？」

「喂，好了啦，該回去了。」曉玄催起，「一大，回去先洗洗乾淨再吃早飯。」

「喔，那，我們往回走，好像真跑得太遠了，嗨，公雞大哥，咯咯，再麻煩你帶路，我們回去。」

一大高聲叫著，回頭，又見三對眼睛盯看他，「哦，那公雞在叫我們……跟……牠走……」

四人嘻嘻鬧鬧往學校裡走去。

「喂，我問你們，如果，一隻公雞跟一條蛇互相不爽，有沒有解？」一大看公雞在前面領路，小聲問三人。

「這也要管？有你病。」土也、阿萬舉拳要打一大。

曉玄卻停下腳步：「《西遊記》裡，唐三藏師徒西天取經，碰上妖怪蠍子精，孫悟空和豬八戒打牠不

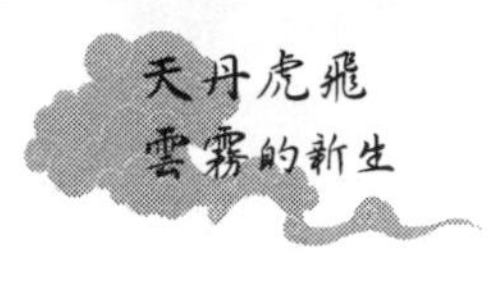

贏，經觀音菩薩指點，請了昴日星官幫忙捉妖，昴日星官就是大公雞，大公雞一出現，蝎子精便一命嗚呼了。至於蛇呢？人類的始祖女媧和炎黃，傳說是人頭蛇身的，古希臘還尊蛇爲醫神哩！公雞對上蛇，我覺得，很難說誰比較厲害。」

「哇、哇，曉玄，妳才最厲害，書讀得多，就是不一樣，阿萬、土也，看來我們要多學著點。」一大讚美有加，「還好，我昨晚有看了兩本書，『冤冤相報何時了』，『冤家宜……』」話沒講完，阿萬、土也的拳頭眞打了下去。

追追跑跑，到了菜園邊，公雞跑回，「一大哥，我要回家去了，前面的路你們熟，我就不去了。」

「謝謝你，咯咯，以後我不再賴床，更保證不丟石頭打啼叫的公雞了，所以，早啼時不用再叫我名字了，再見嘍。」

「咯，好的，還有，一大哥，蚯蚯的事，我會問問梅老師看怎麼辦？大家都勸我『冤家宜解不宜結』，我了解的，再見了。」公雞向菜園另一邊的雞舍跑去。

一大揮了揮手，轉向三人說，「菜園看不見有同學在，那，我先回宿舍，你們直接去餐廳，待會兒見。」便快跑了去。

一大回到餐廳用早餐時，梅老師走來，「席復天，老師知道你躲得安全，那叫崔一海的人，校長和我會和他持續溝通，他說的和事實不符。他兄長崔一河之事和你父母沒關係。老師讓你暫時避開他，是怕他無理取鬧，傷及無辜。」

「是，謝謝梅老師。」一大站起鞠躬。

一大這些日子的所見所聞，讓他相信一點，在這學校裡，校長和梅老師應是可以信賴的，至少，他們不會傷害他。

土也靠上一大，「有沒有種，我們就去找那叫崔一海的，給他好看！」

「對啊，一大，這種……小事，我們……三個……三個……能解決，你不會……說你沒種吧？」阿萬也鼓他。

「誰沒種啊！你們才……」一大火了。

「叩、叩、叩……」曉玄用指節敲桌面，「喂，同學，你們三個可不可以回答我一個問題？」

「當然可以。」三人異口同聲，一致看向曉玄。

「你們三個加起來，打不打得過梅老師？」

「當然打不過。」三人又異口同聲，很肯定。

「好，梅老師見到那姓崔的，都趕緊叫一大躲起來，想想，那崔一海好惹嗎？更何況，姓崔的還是單槍匹馬來學校的，連校長在場，他也照樣大小聲！如果姓崔的當場眞要蠻幹，就算校長加梅老師能制住他，很可能也會受傷或傷及無辜。還有，你們連姓崔的底細都不清楚，你們認爲你們三個加起來打得過他？我說，謀定而後動才有勝算。」

「這……」阿萬、土也沒話可說。

一大接下，「好，看吧，曉玄她不只有知識，更有智慧，跟蚚……，哦，跟我的想法一樣，謝謝土也、阿萬你們的心意，但，要……謀……完……後，才能……動，曉玄說的對……」

「謀定而後動！」曉玄補上。

「對，就是這句，哈，我正要說。」一大打哈哈。

十二、福利社

早餐時，梅老師宣佈：「開學至今已有一段時日，同學大致都熟悉了學校的環境。今天是星期六，校方今後於每星期六開放福利社，開放時間，中午十二點到晚上八點，同學們可自行前往採買所需物品，晚上，則開放給夜行動物或昆蟲等同學。尹老師已將福利社的位置及同學們使用福利社的規則詳細說明過了，梅老師在此不再重複。早餐後即前往禪房打坐，之後，自由活動。如有問題可以問老師。各位同學，週末愉快。完畢。」

一大、土也、阿萬、曉玄一起走出餐廳。

夏心宇跑來，「一大，你知道福利社的位置嗎？」

「尹老師說過啦。」

「可是，你說，這餐廳周圍有福利社嗎？孫子他們找了幾遍，也沒找到。」

「孫子？」一提孫成荒，一大興致又來了，「小宇，孫子再叫我們四人哥哥姐姐一聲的話，我就帶他去福利社。」

「我才不要他叫我姐姐，叫都叫老了，討厭。」曉玄搖頭。

「應該叫奶奶，孫子要叫奶奶，那才對。」土也湊上。

「你，欠打。」曉玄重重拍了下土也的肩。

「哈哈哈……」大夥笑得開心。

「看你們常嘻嘻哈哈，好令人羨慕，好了，言歸正傳，你們有沒有人知道或見過福利社門口在哪？」小宇說。

「小宇，反正中午十二點以後，吃完午飯，妳跟著我們走就得了，別管孫子他們。現在要去禪房打坐，一起走吧。」

一大說完，五人便一起往禪房走去。

「一大，我還以為你會說，到時公雞會來帶路呢？」小宇加一句。

「嘻……」土也、阿萬、曉玄忍不住笑出。

「說眞的，公雞今早是沒叫我，我還滿想念牠的……」才講一半，身邊四人都停了下腳步。

「看來，覺得一大怪異的可不只我一人。」小宇說。

一大好像沒聽到，「打完坐，我就去找公雞聊聊……」

四人一聽，全快步閃了去。

「喂，回來……」一大叫道。

四人真轉了回來，尤其小宇，一臉迷惑對著一大，「禪房外真有隻公雞在那，不會真的是來等你的吧？」

「啊？那，我去問問牠……」一大詭詭一笑。

土也、阿萬、曉玄見怪不怪，心中大約有數，都在偷笑。

「嗨，大公雞，您來找我呀？」一大跑上前去。

「咯咯，一大哥，你好，對，我來找你要跟你說，我和蚯蚯和好了。」大公雞咯咯叫，興奮地不斷拍翅。

「聽到沒，牠說知道福利社的門口。」一大向小宇眨眼。

「天啊！太……酷了。」

一大抬起雙臂，打彎，上下大力拍動，「大公雞，太好了，咯咯……呀……嘿……咯咯……咯咯……呀……」

「你跟牠說什麼？」小宇問一大。

「吶，就這樣，來，抬起雙臂，打彎，上下大力拍動，就像公雞拍翅一樣。妳這樣跟牠說話，就會聽懂牠說什麼了。」

小宇就上下拍動起雙臂，拍了會兒，「臭一大，你唬我，我根本聽不懂牠在說什麼，牠就只……咯咯咯咯而已呀。」

「唉呀，錯了，小宇，對不起，牠是公雞，牠剛才說……牠只跟公的……就男生……說話。」

「那，我找……孫子來……」

一大瞄見土也、阿萬、曉玄三人強忍著笑。

「小宇，上課了，晚點再問……」一大勸阻。

「等下公雞就跑掉了。」

「不會，不會，我請牠……下課後再過來。」

「喔。」

「咯咯，太好了，我們上課去了，拜拜。」一大向大公雞說，推著大家進禪房。

聽到背後公雞興奮地拍翅大聲說，「一大哥，梅老師說，可叫蚯蚯抄《心經》一百零八遍算是道歉。『冤家宜解不宜結』嘛，我去跟蚯蚯說了，牠也同意，我們已和好了。」

「喔，那太好了，再見。」一大在禪房門口朝外揮了揮手。

靜下心，準備打坐。一大雙眼微閉，盤腿，右手放在左手上，手面朝上疊放腿上，彎腰，呼三口氣，舌頂上顎，含胸拔背，鼻孔緩緩吸氣……忽停住，「呀，蚯蚯牠沒手！」一大的一顆心就再也靜不下來了，腦袋老在計算著「108x2=216」。

「席復天，心無雜念，打坐要鬆、靜、守，腦袋瓜裡別盡在那算算術。」張老師在背後提醒，一大一驚。

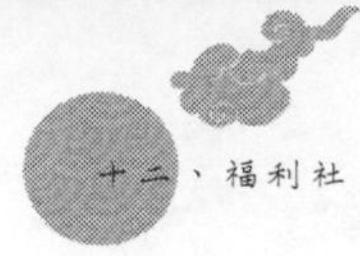

一個鐘頭過去，有同學收功了，一大懶得動，仍盤坐著。

「喂，那大公雞眞又回來啦，你聽……」土也過來拍一大。

「喔。」一大懶懶起身。

「一大，來……來……來……快。」阿萬在門口猛向一大招手，曉玄在一旁摀口笑著。

一大，土也走到門口一看，「哇，哈哈哈……」兩人狂笑。

只見孫子彎身面對公雞，正上下大力拍動起雙臂，口中咯咯叫著，小洪、阿宙兩人在一旁張手圍攔著公雞。

「看那呆子，眞是個……孫子！笨！」聽到小宇的聲音。

「嗨，小宇。」一大回頭。

「一大，公雞剛跟我說『一大騙人』。」小宇冒出一句。

「啊？公雞說的？」一大愣了下。

「哼。」小宇走了開去。

那邊孫子三人累了，不玩了，坐在一邊喘氣。

公雞跑向一大，「一大哥，我剛想到一事又跑回來，你說說看，我叫蚯蚯抄《心經》一百零八遍，蚯蚯牠沒手，還要用毛筆，會不會太爲難牠了？我……」

「我，嗯，我會再去問問蚯蚯。咯咯，你先回去，」心中酸苦。

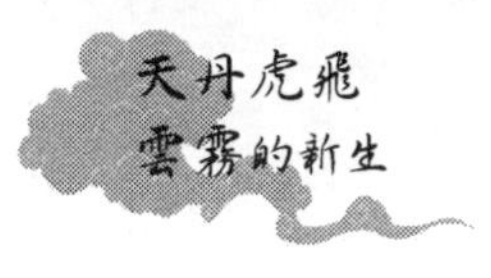

「好。」公雞走了。

一大和土也、阿萬、曉玄慢慢走向宿舍。

午飯過後，小宇跑來，「一大、土也、阿萬、曉玄，我跟你們一起去福利社。」

「小宇，孫子在生氣了。」土也指她桌那邊。

「管他，說他笨，他還不承認，哼。」

「公雞沒跟孫子講福利社的門口在哪嗎？」一大看小宇。

「他跟我說，公雞說的，福利社不歸公雞管，歸麻雀管。」

「後來呢？」曉玄忍不住問。

「他們三個待會兒要去找一隻麻雀問，還問我要不要一道去。」

「哇，哈……哈……」大家笑成一堆。

「小宇，妳不怕我騙人？」一大提個醒。

「被騙子騙，總比被笨人要好一點。」接著小宇轉了口氣，「可是，一大，你要眞騙我，我就會去報告梅老師。」

「喔，不，不，不……我不會騙妳，我發誓，不會！」舉右手五指伸直，「好啦，我們……一起走。」

只要聽見「梅老師」三個字，一大就神經一緊，不敢多說。

走出了餐廳，一大、土也、阿萬、曉玄很一致的往餐廳的左後方走去，小宇亦步亦趨跟著。

「哈，我們猜得沒錯，看，就這扇鐵門。」一大說著，五人面對眼前一扇鐵門上下看著，「看到沒，鐵門上方，白蝴蝶排出了『福利社』三個大字。」

「眞的耶，白蝴蝶，『福利社』太酷了。眞就在餐廳的轉角，孫子說他們照尹老師說的在附近找了好幾遍都沒找到，我經過這裡也沒看見有這扇鐵門呀？」小宇滿是懷疑。

「當初，阿萬、曉玄來我家接我上中學時，就出現了一扇從沒見過的鐵門。所以，當尹老師告訴我們說，『餐廳邊上有扇鐵門』時，我們就想，是要等時間到了，鐵門才會出現。」

「這，太酷了，太不可思議了。」小宇睜大眼。

「11001」，一大對鐵門報學號，鐵門隨即打開，一大走進鐵門內。

「11002」，土也跟進。

「11003」，曉玄進來了。

「11004」，阿萬隨之進來。

「12001」，小宇順利也進來了。

五人碰頭，再往前走，下了二十幾個階梯，一片雲霧門卡在眼前左右橫著，土也跑上，「我先。」

「土也！」，他大喊一聲，大步衝向雲霧門，說時遲，那時快，「呯」，土也彈了回來，蹲坐在地。

阿萬見狀，隨之也喊了一聲「阿萬！」，往前一跨，也一樣，「呯」，彈了回來，更慘，摔個四腳朝天。

兩人搗鼻嗯呀，其他三人見狀快笑死了。

「唉喲，笨！尹老師說，雲霧門前報上姓名，你該叫『陳永地』，你該叫『萬木黃』啦！它才不認得什麼土也、阿萬的，傻裡傻氣。」曉玄指著兩人損著，「看著，我來。」

「方曉玄」，曉玄才報完姓名，雲霧門「忽」一下消失了，曉玄跨步走了過去，雲霧門又闔上了。

「看到沒，小宇，來，妳先。」一大回頭向小宇說。

小宇上前，「夏心宇」，然後一步跨去，一大趁雲霧門一開，緊跟小宇衝上，「呯！」一大被彈了回來，小宇過去了。

「唉唷，厲害，太厲害了，我以為會成功的。」一大叫著。

這下，有三個人在搗鼻嗯呀叫著。

好一會兒，三人不唉了，才「陳永地」，「萬木黃」，「席復天」分別報上名字，一次一個，通過。

「一大，你不會笨到也報上『一大』吧？」曉玄驚訝迎上。

「一大他沒報姓名，他是想跟我一起混過來。」小宇笑說。

「那你比土也、阿萬還笨。」曉玄說一大。

「不是我笨，是這門……太聰明了。」一大回頭望門讚嘆。

「餐廳下面還眞有個福利社，看來，什麼東西都有的樣子，有好些同學都在那逛著了。」幾人五嘴六舌往內走去。

「唉呀！」一大突叫了一聲，大家全停下腳步看他。

「沒事，沒事……」一大拉了曉玄到一旁，「我跟曉玄說句話，你們繼續……繼續……」

土也、阿萬、小宇三人聽了繼續往前走去。

「什麼事？」曉玄問一大。

「小虎，飛飛沒跟進來。」

「啊？」

「牠們原都在我褲口袋裡的，妳幫我想想，怎麼辦？」

「哦，那，我們只有……再出去找。」兩人匆匆忙忙，報上姓名，報上學號，回到鐵門入口處。

「嘎嘎」聲傳來，還有小翅拍拍聲，「一大哥，我們被鐵門給擋了出來。」小虎，飛飛爬上一大手掌。

「曉玄，找到牠們了。」

「對了，要報上學號才進得去，你問牠們學號。」

「大家都要報上學號才進得去，你們學號多少？」一大問。

「不記得。」小虎，飛飛異口同聲。

「牠們……不記得學號。」一大向曉玄說。

「那，有辦法，昆蟲是第三班，叫飛飛從 13001，13002……一路喊去，爬蟲是第四班，叫小虎從 14001，

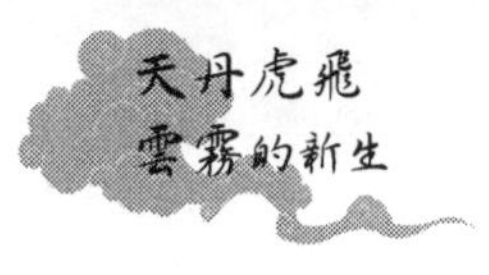

14002……一路喊去，總會喊對的。」

「哇，聰明！」

一大將話傳給了飛飛，小虎。好不容易，終於念到了。飛飛是13018，小虎是14023。

大家順利過了鐵門，來到雲霧門前。

「小虎，對著雲霧門喊『小虎』。」一大指前方。

「小虎」，小虎喊了，雲霧門沒開。

「曉玄，小虎喊了『小虎』，雲霧門沒開。」

「那，小虎虎、小壁虎、壁上虎、壁小虎、小阿虎……隨便叫看看。」

一大將話傳給小虎，念到「壁小虎」時，門「忽」地開了，小虎跑了過去。

「飛飛，你試試，螢火蟲、蟲螢火、火飛飛、飛飛蟲……啊，對了，是『螢飛飛』，梅老師叫過你……」

叫了「螢飛飛」，飛飛成功飛過。

進入雲霧門後，一大叮嚀，「飛飛，你學號是13018，全名叫『螢飛飛』，小虎，你學號是14023，全名叫『壁小虎』。別忘了，以後都用得上。」

「好。」

找到了土也、阿萬、小宇。小宇問，「剛才是什麼事耽擱這麼久？」

「嘿，沒事。」一大搶說，「你們有沒有發現什麼有趣的東西啊？」

「文具、日……用品，該有的……都有了。」阿萬說。

「水果、零食……也沒需要，每餐都吃得飽飽的。」土也加上一句。

「我想找手機電池，型號不對，沒合用的，其他，像土也、阿萬說的，不太需要。」小宇也搖頭。

「看來，你們沒買東西，那，尹老師說的『指頭掃描感應器』就沒用上嘍，走，去找個來試試看。」一大建議。

看上去，幾個角落的牆上都低掛著電子儀器模樣的東西。一大走向靠近的一台，「就這台好了，誰先試？」

一大看了四人，沒人說話，「那，我先。」

看了眼儀器上的說明，儀器的名稱是「小指掃描感應器」。

一大把右手小指頭放上掃描感應器的小指頭形狀處，螢光幕上立即顯示出「席復天」，接著有許多數字跳動上捲，數字後附有一行簡單說明。等到顯示的數字停止跳動上捲，一大定睛一看，「哇，-4,850，負的，糟糕。我看看，左側是加分，是好的，右側是扣分，是壞的，說明上寫些什麼……」

+100……幫助受傷小動物　　-300……不服長輩管教

+100……幫助同學　　-250……打架傷人

+150……幫助窮人　　-300……霸凌同學

+100……愛護堂弟妹　　-50……校服費

……

總計　-4,850

「慘，這，加分短短，扣分長長，沒正積分。」一大搖搖頭，移開了小指頭。

「我來。」土也把右手小指頭按上掃描感應器。等了會兒，數字停止了跳動，「唷，也負的，-4,650。」

看了看說明，也是打架、傷人、霸凌……居多，和一大差不多。

大家看阿萬，阿萬卻對曉玄說：「曉玄，妳……先，我常打……架，數字……一定難……看。」退到了一旁。

曉玄就伸出手，把右手小指頭按上掃描感應器，數字上捲，不久，停了。

「嘩，曉玄是正的，+2,850，厲害，厲害。」一大稱讚，看看說明，有：

+150……扶老人過馬路　　-100……不聽父母話

+200……接濟貧苦同學　　-50……搭公車忘了讓位

+100……唱歌讓父母開心

……

總計　+2,850

之後，小宇也照做，「哦，小宇也是正的，+2,150，厲害，女生，都比較乖。」土也說著，湊上看螢光幕，「你們聽聽，小宇最後面的加分很有趣，什麼……幫同學操作電腦、列印毛筆字……，扣分也很有趣，什麼……騙同學和公雞說話……」

一大、小宇眼神相交一會，會心一笑。

「唉喲，這樣，不是做什麼事全都被記下了，酷是酷，好像，好像……太高科技了點。」小宇嘟囔。

「別緊張，今天第一次，是我們大家一起看，以後自己來看自己的，別人也不會知道。」一大安大家的心。

「這是要我們多做善事，少做壞事。尹老師說的，功過、善惡、好壞全會記錄，用加減數字表示，一部分數字會用來當同學存款，可扣款來福利社買東西、理髮……等等，就和用錢一樣，看到負的數目，就要努力變正嘍。以後，連種菜收成、打掃環境等……工作所得都會算是加分。男生如果少打架鬧事，就不會扣那麼多分了，我覺得，滿好的。」曉玄說。

「也對，我少打架鬧事，數字就會好看，以後要常來這自我檢討一下，嘿。」一大苦笑。

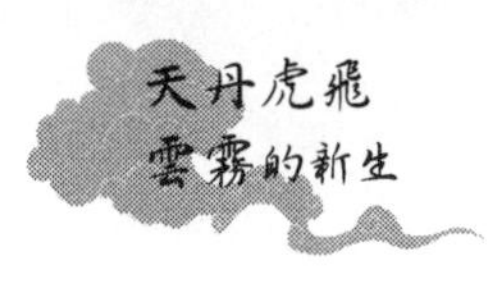

十三、掃描毛筆字

回宿舍後，大夥睡午覺去。一大看土也、阿萬熟睡後，爬起床，將那幾張毛筆字的列印紙取出，找了小剪刀將「照」字下面四點最左那一點和「童」字上面那一點剪下，放入一小信封，再放入上衣口袋。

「小虎、飛飛，你們在哪？」

「嘎~，一大哥，我在這，飛飛和同伴在奶瓶裡。」

「哦，哪隻是飛飛啊？這兩個奶瓶裡，共有三、五隻螢火蟲。」一大靠近奶瓶看。

「一大哥，我在這。」其中一瓶口爬出了一隻螢火蟲。

「喔，走，小虎、飛飛，跟我來。」

「好。」小虎、飛飛進了褲口袋。

一大直奔福利社的鐵門入口處，「小虎、飛飛，出來，來，報學號。」

「唉唷，一大哥，怎又跑來福利社？學號……學號……唷，學號……學號？」兩個小傢伙想不出來。

「臭小子，不用腦筋，飛飛，你學號是13018，小虎，你學號是14023，還好有我。」

「嘻嘻……」

進了鐵門，下了階梯，到雲霧門前，一大等著。

「嘿，壁小虎，螢飛飛，不會連姓名也不記得吧？」

「喔，壁小虎」

「螢飛飛」

「一大，不，席復天」

都過了雲霧門。

「一大哥，你也會忘了姓名呵？」小虎笑。

「都是被你們小傢伙給搞亂了。」一大朝「小指掃描感應器」走去。

「嘻……」飛飛振翅笑著。

「還笑，小虎、飛飛，從今開始，你們兩個每天背學號一百遍，背姓名一百遍，我隨時抽背，那你們下次來福利社就可自己來了。」

「唉喲，太多了啦，會傷害到腦筋的啦。」小虎唉著，「每天背二十遍、十遍就好啦？拜託啦，一大哥。」

「那，好，每天背學號十遍，背姓名十遍，我只是希望你們記得，不是要罰你們。」

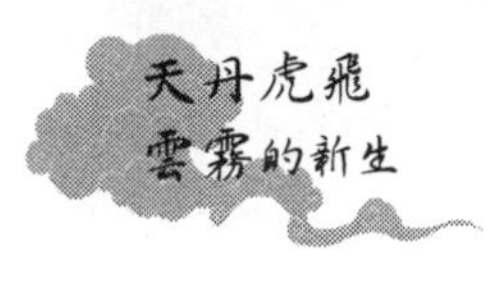

「耶，好。」小虎、飛飛高興。

一大從上衣口袋拿出剪下之小指印紙頭，先將「童」字上面那一點放在小指形上，螢光幕上顯示出「果林哲」，數字跳動上捲，等了許久，數字才停止跳動，一大看了下，「哇，天呀，+58,426,250，這……個、十、百、千、萬、十萬、百萬、千萬，五千八百多萬！這誰啊？『果林哲』？您，一定是聖人吧！」

+1000……救人一命

+1000……救狗一命

+1500……資助窮人

+1000……救人一命

+1000……救人一命

總計　+58,426,250

又多看了幾眼，「哇，這人……還有助人抄錄《心經》加兩百，有救動物一命加一千，有除暴安良加一千……，扣分呢？不小心踩到螞蟻扣一百，生氣罵人扣五十，……佩服啊，『果林哲』，我十分確定，您是一個如假包換的聖人！」

「助人抄錄《心經》，抄一篇可以加兩百分？嘻，200x216=43,200，感謝前輩指點，請受弟子，學生，徒弟，晚輩席復天一拜，再拜，三拜。」一大合掌，一邊念著，一邊換上「照」字下面四點最左那

一點，放在小指形上。

螢光幕上顯示出「英若芙」，數字跳動上捲，也是等了許久數字才停。一大看著，「嗯，不差，眞不差，+47,905,210，這……有四千七百多萬！這「英若芙」……好，算是聖人二號。我確定，您也是一個不折不扣的聖人！嗯，救人一命、救動物一命、濟助窮人……善事做了一堆，扣分呢？不小心踩到一隻蟑螂扣一百，忘了爲鼠留飯扣五十，……。前輩，佩服，佩服。也請受弟子，學生，徒弟，晚輩席復天一拜，再拜，三拜。」拜完，收回了小指印紙頭。

「小虎、飛飛，要走嘍。」一大看看四周，有幾個同學在逛看，忽想到一事：「喂，等一下，小虎，來，你先上來，右手的小指，對，放在這小指形上。」

「一大哥，這……」小虎疑惑。

「別動……看螢光幕，喔，有耶……『壁小虎』，嘿，小虎，哦，你最近有偷吃蚊子，扣一百分。」

「啊？被發現了。」

「只兩隻，後來沒吃了，還有助人，幫助昆蟲，加一百分，算不錯了，加加減減，還正的，+1,630分，好小子，比我強，好了，可以下來了。」

「飛飛，來，你也上來，你……就就……整隻趴在這小指形上。哈呀，也有，不錯，不錯，『螢飛飛』，你也是正的，+1,180分，有幫助人、有照亮黑暗……，沒犯過大錯，好小子，也比我強，好，那，都掃描好了，我們走吧！」

轉過一貨架，看見一個同學從一旋轉小門走出。「咦，這裡還有個門？」一大問了那同學，同學回他，「裡面是理頭髮的地方」。

「理頭髮？」一大想想，土也、阿萬、曉玄、小宇不在，自己頭髮也不長，下次再來好了。

看小虎、飛飛開心，一大心情滿愉快，大夥走出了鐵門，一大突說，「咦，不對，蚯蚯如果來的話怎麼辦？牠又沒手。」

「用右眼對著機器的小指形，尹老師說過。」小虎回著。

「是嗎？尹老師有說過？我怎沒聽到，那，尹老師有沒有說？如果假如或許蚯蚯右眼瞎了，怎麼辦？還有，小虎、飛飛、蚯蚯，嗯，都不長頭髮，所以，應該用不著來福利社理頭髮。」

「天！」小虎，飛飛搖頭。

「叫我？」

回到宿舍，一大沒什麼睡意。看土也、阿萬還睡得很香。

腦中又浮現了「助人抄錄《心經》加兩百分」的念頭，「嘻，200x216 遍=43,200 分。」不自覺地快樂一笑，「我抄完幾篇後就可以增加好多分，呵，真是好機緣，天助我席復天呵！說起來，最該感謝的應該是梅老師，對，他就是要我修身養性，就像我爸媽當年要求我的一樣。」

先去洗了擺到已經乾了的毛筆及硯台，鋪上紙，磨好墨，拿了毛筆蘸墨汁，恭敬地一筆一筆寫：《般若波羅蜜多心經》

寫完一篇，看著，想著自己從前在爸爸教導下學的「行書」，雖沒像爸爸寫的那麼好，但也算不錯了。記得爸爸常說最喜歡王羲之《蘭亭集序》的行書字體，說那是穩健中帶有飄逸的行書美字。

之後，又寫好了第二篇，看阿萬伸懶腰要起床了，一大便收好了紙筆墨硯，要去和阿萬說話。

阿萬倒先說了，「一大，要吃……晚飯了……吧？好……餓哦。」躺著拍拍肚子。

那頭躺在床上的土也聽到說話聲，一步跨來。

「快了。」一大隨口說。

「喂，一大，阿萬，我剛做了個夢，滿奇怪的。」土也說。

「什麼……什麼……夢？」阿萬問。

「夢裡，我好像講不出三字經，連話到嘴邊都講不出。」

「笨，人之初，性本善，性相近，習相遠，苟不教，性乃遷……」阿萬一口氣念了。

「哇，阿萬，你居然沒有口吃？」一大誇他。

「是哦？我……從……小背的……背的……」

「喔。」

「我是說打架要罵人的那……三字經，不是你說的這個。」土也加強語氣。

「喔，他……他……他……，巜……巜……，王……王……」阿萬驚訝，坐起身，「咦，我也講不出。」

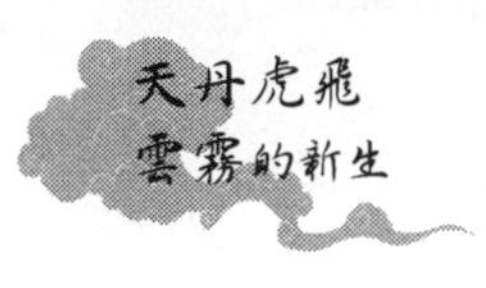

「我試試。」一大一旁說，「ㄍ……ㄍ……，王……王……王……」

「別試了，看你嘴巴都扭曲歪斜了。」土也笑一大，「記得從前小學時和你打架，你一罵起人來，我的祖宗八代都被你給全罵完了，順得很，到這裡之後，是從沒再聽見你罵髒話了。」土也面有疑問，「我好像也是跟你一樣，奇了。」

「這學校真的玄事一堆，看來連罵人都禁了，厲害。」一大喃喃。

「管人管心要先管口，是吧？這學校，是有他的道理。」土也說。

晚餐時，梅老師宣佈：「之前假日，少見有同學洗衣褲、被單或打掃環境的。老師現在再說一次，要趁著假日，沒課的日子，將自己的衣褲、被單、枕頭套、襪子，等自行清洗乾淨，晾在宿舍邊的曬衣繩上，還有要自行清掃床鋪四周環境。明天周日早上，按寢室床位順序，四人一輪，輪流清洗浴廁，要自動自發，管理好自己的衛生。」

「我希望是隻昆蟲，不用穿衣蓋被，不用洗衣洗被，也不用清洗浴廁……」一大低聲念道。

「如有同學想變成昆蟲，不用穿衣蓋被，不用洗衣洗被，也不用清洗浴廁的話，飯後找老師報到，老師會設法將他變成一隻昆蟲。」梅老師一說，引來哄堂大笑。

一大則驚到全身麻痺，笑不出來，土也、阿萬、曉玄也一臉訝異。

「一大哥，當昆蟲也沒那麼好啦，像我等下就要去替換蝴蝶排『福利社』字型，晚上閃閃發光，那同學才找得到『福利社』。當昆蟲，也要站崗當班的，也有煩惱的。」飛飛在耳邊輕聲說。

一大恍然有悟，「喔，飛飛你辛苦了。」，再轉向土也、阿萬、曉玄說，「嘿，我剛才才知道，當昆蟲也辛苦，像飛飛等下還要去替換蝴蝶排『福利社』字型閃起亮光呢。」

「喔，所以嘛，芸芸眾生，也就是一切生物，所有生靈，各有各的苦與樂，平時相處呢，本就應互相幫助，互相照顧，互相分享的，那是一種緣分，難得的緣分。」曉玄說。

「是的，方……老師，學生我……瞭解了。」一大用尊敬的語氣說，土也、阿萬也點頭。

『師者，所以傳道，授業，解惑者也。』，我哪算是老師呀？」曉玄搖手。

「妳不是老師，妳，剛升上校長了。」一大回說。

「嘻……」

「一大，明天星期天，我們先洗衣服、洗廁所，弄完後，你有沒有什麼節目？」土也眼中有所期待。

「睡……覺。」阿萬搶說。

「又睡？學校那麼大，你不想多探險一下？」一大酸他。

「對呀，學校是要我們『養成自主思考及培育完善人格』，不是要我們『養成時時睡覺及迷糊打混』，去福利社的經驗就是個活生生的例子，學校是要我們能自己面對及解決難題。」曉玄說，「我一有時間，就想去圖書館看書。」。

「聽曉玄分析得多好，她就是因為看了很多書，對事情的看法就比我們清楚，那，我們都跟曉玄去圖書館，好不？」一大說。

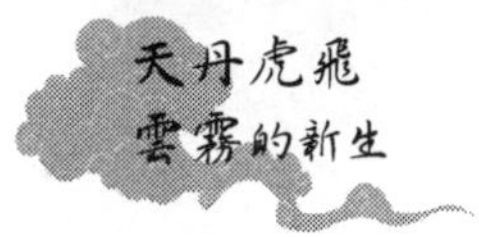

「……」土也、阿萬沒出聲。

「土也、阿萬，我們四個可是一桌吃飯的好同學。去圖書館一起看書也理所當然。」一大又說。

「好啦，好。」土也、阿萬也想不出其他主意。

十四、神祕的圖書館

星期天早上，同學洗了衣褲、被單等，趁陽光正好，晾在曬衣場，然後，再去清掃寢室及清洗浴廁。

中飯後，小宇來問，「曉玄，你們今天下午要幹嘛？」

「我們上圖書館一起看書，妳也來吧！」曉玄說。

「太好了，我跟你們去。」

吃完飯，一大、土也、阿萬、曉玄、小宇五人就朝圖書館走去。走進圖書館，只見整個圖書館安安靜靜，窗明桌淨。館中有十幾張長方型木製閱覽桌，各桌配有八張木椅。約二十排比人還高的書架在閱覽桌側整齊排列。館中無人管理，同學們自動自發，看完的書，自行歸回原位。

五人坐下後，就各自找喜歡的書看，環顧館內，另有六、七位同學在看書。一大注意到在入門處的邊上有一長桌，桌上放有幾部查詢資料及書籍的電腦，就向小宇說，「小宇，我們幾個裡面大概妳最懂電腦，妳教我們快速找書名或人名的方法，好不？」

「那有什麼問題。」小宇走向一部電腦，教了大家快速搜尋書名或人名的相關方法，一大及土也、

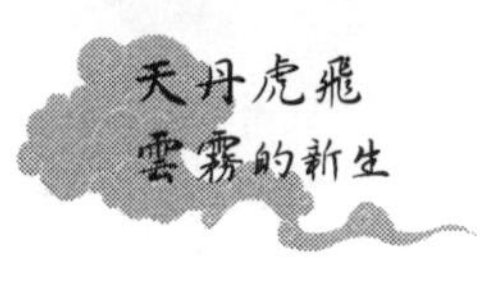

阿萬、曉玄都來圍看，見小宇說得頭頭是道，好生羨慕。等大家又回座各看各的書去之後，一大一人還坐在電腦前，他鍵入「果林哲」三字，搜尋……

沒相關書名，只出現一行資料：

果林哲，中醫師，氣功師。志願：濟世助人。

再鍵入「英若芙」三字，搜尋……

也沒相關書名，也只出現一行資料：

英若芙，中醫師，氣功師。志願：濟世助人。

跳回首頁，一大回到座位，繼續看書去。翻到了一本佛書，看到「三界」一詞：「三界，一爲欲界，二爲色界，三爲無色界，三界在人身中，煉精者可超欲界，煉氣者可超色界，煉神者可超無色界。此三界都是凡夫生死往來的境界，所以佛家行者是以跳出三界爲目的。」

一大不太懂意思，想問曉玄，卻在此刻耳邊傳來飛飛拍翅驚惶地說：「一大哥，慘了，小虎，小虎，掉……掉下去了！」

「噓，這是圖書館……」一大低聲說，但一轉念，「哦，沒關係，反正別人聽不見。」

「你要我和小虎每天背學號，背姓名十遍，剛才小虎正對著一本書背著自己學號時，就掉進……書洞去了，我差點也掉了進去，洞很黑，還好，我反應快，飛走了，小虎沒翅膀，就……不見了！呼……」

「啊？」一大一驚，猛地站了起來。

「幹嘛呀？一大。」小宇見狀問道。

土也、阿萬、曉玄也抬起頭看一大。

「尿……尿急。」

「你有……毛病……哦？」阿萬笑他。

大家笑笑，不再理一大。

「我，去……一下……廁所。」一大離開位子，「飛飛，那本書在哪裡？」

「前面，右轉，直走，還前面……就這……到了。」

「哪裡？」

「地上。」

「地上？」一大往腳下看，「這……是木板，咦？是木板拼成一本書的圖案，書本還是打開的，飛飛，你說小虎……小虎對著這本書，正在背著自己學號就掉進書洞去了，洞裡還很黑？」

「對呀，書翻過一頁，小虎就……」

「飛飛，你去叫土也、曉玄他們來……，呃，不對，我們一起去……，啊，不對，飛飛，你去多叫幾隻你的同伴來……」一大快步轉身走回座位。

一大假著笑臉，走向土也、阿萬、曉玄、小宇。「哈囉，我剛才碰上一件怪異的事。」

「馬桶裡？」土也詭詭一笑。

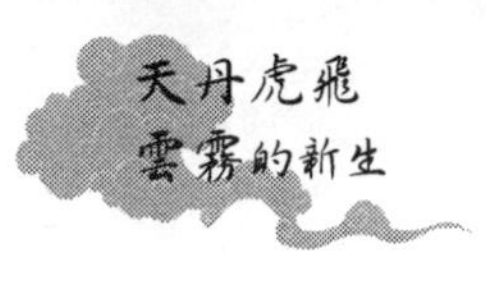

「不是啦，是路上，經過的路上……」

「什麼怪異的事？」小宇問。

「有一扇門，報上學號，就會打開……」

「毛……病？福……利……社……嘛。」阿萬笑說。

「不是福利社，是一本書。」

「一本書？」大家不明白。

「把書都歸位，走，去看看去。」一大說。

大家把書放回書架，跟一大走。

「在哪裡？」走了一段路，看一大停了腳步，土也問道。

「就這……地上。」

「地上？木板嘛？」大家都往腳下看。

土也看了看，便在那打開的書圖案上蹦來跳去，開著玩笑，「一大，你就愛騙人，開什麼玩笑，哈，我就報 11002……」

說時遲，那時快，「唰！」一頁書翻過……

「啊……啊！啊！」幾人腳下一空，什麼也抓不住，咚，咚，咚，咚，咚，全掉進書下黑洞去了。

黑暗中幾人摔落在地，哇喇哇喇地叫，看不見任何東西，抬頭看，頂上的一絲亮光隨即消失了，摸摸地上，還好，像是掉在軟沙上。

一小點閃光飄忽了來，又一小點，哦，越來越多亮點閃閃發光飄來。

「一大哥，我跟下來了，還有我一些同伴。」

飛飛的聲音傳來。

「飛飛？喔，謝謝。」

「哎唷，這什麼地方啊？真黑，還好有幾隻螢火蟲。」小宇黑暗中說。

「曉玄、阿萬、土也，發點聲音，你們都沒事吧？」一大問道。

「我……還好。」曉玄回答。

「都是……土……也，這……太黑了。」阿萬的聲音。

「好啦，是我不對，對不起，照理說，我只報了我的學號，應該只我一人通過，掉下來，誰知道……」土也口氣無奈。

「情況和福利社不一樣，這是地板上一本打開的書，當然一翻頁，我們站在書上的人就全都往下掉了嘛。」小宇說。

「這螢火蟲的閃光幫忙不大，還是都看不見，我好像有帶打火機。」一大說。

「等一下，別打打火機！」曉玄急急制止，「一大，我們要先弄清楚，這底下有沒有易燃氣體之類的，例如瓦斯、沼氣……等，小心一點總是好的，不然會爆炸。」

「喔喔，知道了。」一大轉頭，低聲說：「飛飛來，把你同伴全聚過來，到我手上。」打開雙掌面朝上，一會兒就來了十幾隻，兩手亮閃閃，亮光比較集中了。

一大先看地上，好像是細沙，再將亮光移向每人臉上，都還好，「那，我先走走看看去。」

「一起去吧。」曉玄出聲。

「呃，好。」一大回答。

「一大哥，有人來了，嘎嘎。」

「小虎？」一大壓低聲音，馬上把兩手掌中空合起，把螢光藏在上衣內，「噓，有人來了，大家趴低。」

有手電筒亮光遠遠晃了兩下，「霸子叫我們到這洞裡，也不知什麼時候才能出去？想到就一肚子氣……」一個粗粗的男聲迴盪傳來。

「嘿，小聲點，給霸子聽到，你就慘了！」另一冷冷尖尖的男聲回說。

「我怕什麼？這樣窩著，還不如死了算，這陣子，每天啃乾糧，就沒吃飽過，再這麼樣，我可什麼都不管了，就衝出到山下館子去，吃他喝他個飽死醉死，做個爽死鬼也好。」

「說的也是，悶得人都快瘋了。喂，我問你，你敢不敢，我們現在就出去，去吃他喝他個飽？」

「我不敢？笑話，嘿，我看，是你不敢吧！」

「誰怕誰？敢的話，說走就走。」

「好，走。」

手電筒亮光又晃了起，兩人走動及嘻笑聲越來越小，終至聽不見了。

「小宇，幾點了？」曉玄問。

「快五點了。」小宇將錶湊近一大合起的兩手掌借光。

一大把兩手掌打開，點點螢火又飛散各處。

「一大，得想辦法離開了，晚餐時老師沒看見我們，有理也說不清了。」曉玄說。

「就摸黑走吧。」土也也不耐。

「問題是什麼也看不見，再等一分鐘，我朋友會告訴我們怎麼出去。」一大回答。

「你朋友？一大，你不會又說公雞吧？」小宇說。

「不是，是夜間部的朋友，公雞……是晨間部的。」

黑暗中有人竊笑。

「嘎～，好了，一大哥，可以走了，我會跟你說方向，飛飛牠們會在頭上閃亮光，雖不夠亮，還是有幫助。」小虎在一大耳邊說。

「可以走了，來，我們一個牽一個，別掉了。」一大站起。

一大、曉玄、小宇、阿萬、土也……依序牽了手。

「一大哥，靠右扶牆……一直走……對……」小虎就在一大的耳邊，「然後，有岔路……右轉……

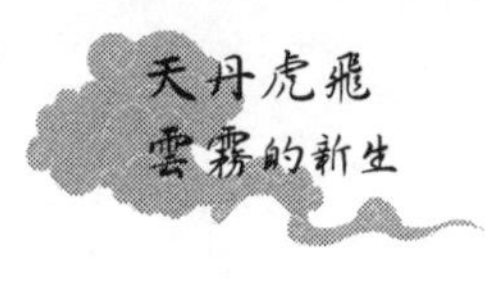

再直走……」

「真黑啊……真……黑……看……不見。」阿萬念著。

「左轉，扶牆，對，右轉，直走……」小虎說著。

一步一步，一大踏著軟軟的沙，領著後面的同學向前走著，「這裡……怎會有沙？」一大嘀咕。

「牆上潮潮的，是濕氣重吧。」小宇說。

「嗯……」土也附和。

繼續走著，大家只偶而交談一兩句，大多時間，都沒人說話。

「呼！」

「哇，我踢到東西，噢，痛！」一大唉唉叫。

「對不起，一大哥，你腳下有石階，一步一步踩，往上……」小虎急說。

「小心，腳下有石階……往上……」一大向後傳話。

石階似乎很長很陡，走著走著，聽到大家的喘氣聲。

「哇，這……石階，有多少級呀？」小宇的聲音。

「妳要不要走回去從頭算？」一大咯笑一聲。

「瘋啦，還走回去？快走啦，臭一大，這黑暗地方再待久一點啊，我可能就會忘了你那張愛騙人的嘴臉了。」小宇損著。

「我可不會忘了妳，今後我只要看到曉玄，嘿，就會想到妳了，妳掉了也沒關係。」一大又咯笑。

「曉玄，妳幫我踢他啦。」小宇氣呼呼。

「等下出去再踢，現在兩腳發軟，沒空，呼……」曉玄喘著，引來一陣低笑聲。

「一大哥，快到出口了，走完長石階，就剩一小段平路，快了……」小虎說。

「還這麼黑？」一大奇怪。

走完石階，走過一小段平坦的路，似乎踏上了一方平台。

「一大哥，就這了。」小虎說。

「這？看不見啊，哪有出口？」一大搞不清楚。

「再往前兩步……」

「好……」往前又走了兩步，四周瞬間亮起，「哇！」一大嚇了一跳。

「嘩……」好刺眼，大家一陣驚呼，隨即閉眼，遮眼，揉眼……

適應了亮光後，一大才注意到腳下又是木板拼成的一本書圖案，書本也是打開的。應是剛才當腳踩上圖案時，圖案立即發出亮光，頭頂上的兩盞燈也同時亮了。

「媽媽呀，太酷了。」小宇嘆著，一看錶，「唷，都六點了！」

「我們……走了……一個鐘頭……一個……鐘頭了！」阿萬滿臉不可思議的表情。

「六點半要吃晚飯，喂，快，全上來吧，沒選擇了。」一大看著大家說，「咦？」他瞥見剛走過的

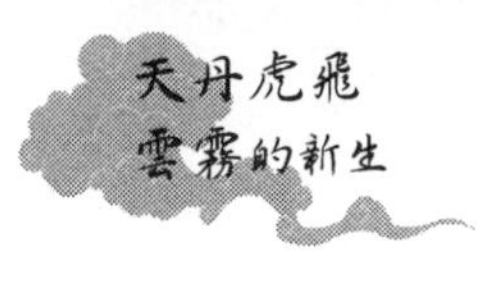

走道左右牆上有書本的圖案，每本書也都是打開的，一個個圖案沿著牆壁排列下去。大家已全站到地上打開的書本圖案上，「小虎、飛飛。」一大低聲叫，聽到嘎嘎及拍翅聲，心想都到了。

「11001」，一大說了學號，沒動靜，呼，直冒汗！

「噓，安靜……」一大又大聲喊了一次：「11001」。

一頁書「刷」翻過，幾人腳下一空，咚，咚，咚，咚，咚，全往下掉落。不高，沒原先入口那邊高，還是草地！大家驚魂甫定，「這是哪裡？」幾人跌坐草地上，都在四下張望。

是個花圃，像是跌落在一花房下面，但，看來看去，沒人認得路，不曉得如何回餐廳。

「叫蝴蝶，快……」曉玄用力拍手三響，叫起「蝴蝶，蝴蝶……」

很快有蝴蝶飛來，幾人趕緊跟上蝴蝶，飛跑回宿舍，洗洗手面，再快快轉往餐廳。

「呼，哈，剛好趕上……」餐廳已坐滿同學，「對了，別向其他同學說今天的事，小宇，尤其是孫子那三個，拜託。」一大進餐廳門時叮嚀了一下。

「才不會，放心，今天啊，眞太……酷……了。」小宇笑笑，「你改天介紹你的……夜間部朋友給我認識，好不？」

「喔，好。」

十五、大蛇不滿烏鴉

「那兩人說的『霸子』是指什麼？」吃完飯，曉玄問道。

「是『大哥』的意思。」土也回答。

一大抬頭看到前排師長們正在離開餐廳。

「以……後少去圖……書館，免得碰上……壞人。」阿萬說。

「我不怕，我還要常常去。」一大大了聲，「下次去，記得要帶個手電筒。」

「夠種！一大，你還要下那地道啊？我陪你。」土也拍胸脯。

「好，去……我也……也去。」阿萬一急，結巴厲害。

「咚。」一聲，一隻花花綠綠的玩意兒蹦跳上了桌面，嚇了大家一跳。

隨之，見孫子靠了過來說，「變色龍，嘿，讓你們幾個認識一下，孫哥我的寵物，福利社買的。」

幾人抬眼，見孫成荒神氣巴拉，周士洪，李新宙跟在後面，小宇跑上來，「孫子，你幹嘛？」

「我幹嘛？哼……」孫子看了眼小宇，再靠近看一大「席復天，我……你……他……他……，ㄍ……」

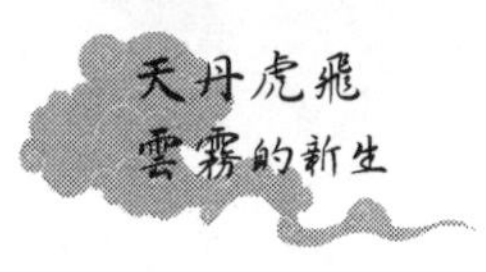

「ㄍ什麼?叫哥哥啊?乖，大聲點……」一大坐在椅上斜眼看孫子，孫子罵不出，脹得臉紅。

「變色龍?了不起啊?趕快拿走，滾遠點。」土也指了指桌上。

「我是來警告你們，你們以後不可再來找小宇。」

「孫子，你有毛病啊?那是我的事，你也要管?」小宇罵道。

「我可以不管妳，但誰要再敢來找妳，就是孫哥我的敵人，尤其是這姓席的。」

「你神經啊?一大惹到你啦?」小宇又罵。

「他心裡有數!要我，哼，玩一隻四腳爛蛇，當寶啊?我的變色龍是四腳爛蛇牠舅舅!上次丟泥巴本就是要砸那四腳爛蛇的，哼，躲得快，但躲得了初一，躲不了十五……」

「呼!」話沒說完，下巴已被一大由下往上重重打了一拳。

孫子應聲往後倒下，身邊一張椅子也跟著他吭咚倒下。同學們都圍上觀看，周士洪，李新宙立即蹲下，拍搖著孫子，要拍醒他。

土也、阿萬、曉玄站起身，不知如何是好。

小宇拉拉一大，「一大，這……」

「我去找梅老師自首……」一大往外走，在門口碰上急急走來的梅老師。

「報告老師，我……打了孫成荒一拳，他……」

「跪下!」

一大根本無須反應，雙膝已自動打彎，「咚！」跪在地上。

梅老師走向孫成荒，探鼻息、掐人中、把腕脈……，然後讓一旁同學扶他坐在一張椅上，將右手掌按住孫成荒的腦心，微閉起雙目。

幾分鐘後，孫成荒悠悠醒轉。梅老師的右手掌仍一直按在孫成荒的腦門心上，沒放手。

「孫成荒，現在……覺得怎麼樣？」梅老師問。

孫成荒抽眼瞄看了一下在門口跪著的席復天，說，「老師，我整個頭痛得要命，被打到全身是傷，我……可能會死掉，席復天他……太狠太毒了，居然這樣子毒打一個同學……」

「孫成荒，你不挑釁傷害他的壁虎，席復天才懶得動你一根汗毛！你自找的，他也只不過給你一拳，你卻說他毒打你？你眞是個……孫子！」小宇氣呼呼。

梅老師看了看圍觀的同學，「好了，二班的同學，過來扶孫成荒回寢室去。」

周士洪，李新宙上前，一人一邊架起孫成荒，孫成荒還記得找回他的變色龍一起走。走到門口，還向跪著的席復天說，「他……他……，你給我當心一點！」

同學們陸續散去，梅老師走到席復天旁邊，說，「席復天，三分鐘後，自行起立回寢室去，離開時，餐廳燈記得關。到圖書館看書，又走了許多路，夠累了，今天不多罰你，早點休息。做人，要學會控制情緒，不懂，可向蚯蚓學學，牠可只是一條蛇。」說完，走了。

席復天聽到了，但說不出一句話來，怔怔地看著梅老師背影離去。

回寢室後，席復天向土也、阿萬說，「累了，我洗澡去，待會兒，我早點睡……」說罷，便蹲下去翻找換洗衣褲。

小虎探頭說，「一大哥，變色龍說牠不喜歡孫成荒，孫成荒常虐待牠，嘎嘎。」

「哦，那孫子眞壞呵，他還說你是隻四腳爛蛇，又說變色龍是你舅舅！那次他丟泥巴本就是要咂你的，你叫我低頭，我們躲過，泥巴才打到土也的。」

「喔，所以，你幫我出氣，給了他一拳？」

「是他太過份了，我忍不住才……，對了，小虎，那變色龍眞是你舅舅嗎？」

「那，孫子是你爺爺嗎？嘎嘎。」

「哇，哈，哈，今晚終於還有個笑話可笑了，哇，哈，哈……」一大笑到站起又蹲下。

一旁土也看向阿萬，「你看一大是不是神經刺激過度，看他那笑聲和動作，恐怖死了。」

「嗯，恐……怖，算了，別……理他，洗……澡去，早……點睡。」阿萬打呵欠。

隔了幾天，星期四下午，一大沒睡午覺，帶上了兩張毛筆寫好的《心經》，小虎、飛飛跟著，去找蚷蚷。

路不是很熟，費了番工夫才找到那棵巨木。走到巨木下，「咚」一聲，有東西自上方丟下地來，一大往上看，「喔，是黑烏鴉。」

「呱，是一大哥啊，不好意思，沒打到你吧？呱……」烏鴉拍了拍翅。

「沒有，黑烏鴉，你丟什麼下來啊？像是果核。」

「是，是，呱……」黑烏鴉飛走了。

「樹爺爺，您好。」一大順便問候大樹爺爺。

「呵呵，好，一大小朋友，你好。」樹爺爺回答。

一大走到樹洞，「蚯蚯，蚯蚯……」向洞裡叫著。

「一大哥啊，請進，嘶～」

「哈，蚯蚯，你在家啊！」進入洞內，「啊，又忘了帶手電筒了。」洞內黑，一大看不見。

「沒關係，我黑暗中看得清楚。」

「哎唷，蚯蚯，我是說我看不見，又一個夜間部的……」

「我，夜間部的？呵……」

「蚯蚯，我帶了兩張毛筆寫好的《心經》給你。」

「太好了。」

「我打亮一下打火機，我還帶了膠帶，幫你把一張貼在內壁上，那，你就可以隨時念經了。」

「另一張呢？」

「可先送給公雞咯咯。」

「哇，好你個一大哥，你都知道了？眞是幫了我個大忙，我都不好意思再向你開口。你知道，我沒

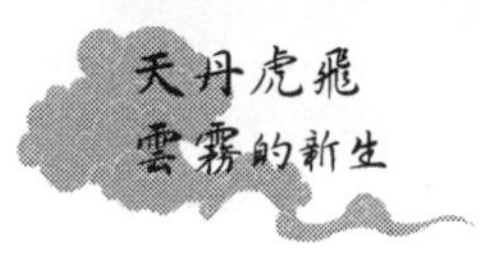

手……」

「我知道，沒問題，108 遍 x2=216 遍，就當作是積功德，這樣想好些。貼好了，我坐洞口去，那亮……」

「一大哥，你和四個同學星期天在花圃玩啊？」

「啊？」一大一驚，「嗨呀，這學校裡難道架滿了針孔攝影機？梅老師知道我的一舉一動我沒話說，你，一條蛇，我的天，也知道我幹什麼去了？」

「我說過，我是地頭蛇，這一帶我瞭如指掌。」

「你又沒手。」

「瞭如……尾巴……」

「哈，然後呢？」

「其實，那星期天之前，我就注意到有幾個鬼鬼祟祟的傢伙進出花房。其中有個他們叫『霸子』的，是獨眼……」

「啊？是他？」

「誰？」

「崔一海！我那天跑到你這裡躲了一夜，爲的就是躲他。」

「喔，連起來了。那你得小心他，那傢伙渾身充滿著邪氣、惡氣、濁氣，碰上，不死也傷，嘶～」

「喔，是嗎？」

「後來，星期天晚上我經過花圃，感應到你走過留下的味道，看出共有三男兩女的學生鞋印子，所以，嘿，知道你們去過地底圖書館。」

「喔。咦，你也知道『地底圖書館』？」

「豈只知道？我還進去過呢。」

「你進去過？」

「我地頭蛇呵！念 10041，就進去啦！」

「念 10041？是特別的通關密碼？」

「沒什麼特別，如果我在圖書館入口那，念 14001 就可，但從花圃這出口倒著進去，我念過『蚯蚯蛇』，『14001』沒用。但倒著念，『10041』和『蛇蚯蚯』，嘿，就管用了！想來是為了要翻回前一頁，所以是要倒著念，嘶～」

「翻回前一頁，倒著念？有道理，那你是說，你學號是『14001』，全名『蚯蚯蛇』？」

「答對啦！奏樂，喇，喇，答，喇，喇……」

「好個蚯蚯蛇，哇，那，你是一年四班一號？」

「正是敝蛇在下我，嘶～」

「高啊！」

「智慧！」

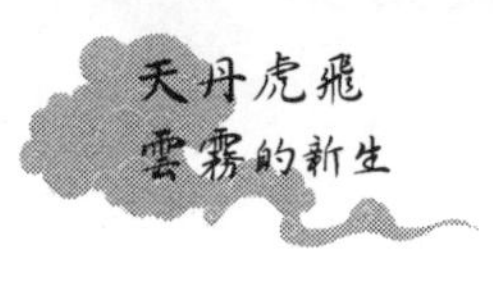

「難怪梅老師要我向你學學。」

「大家同學，互相學習，不用客氣。」

「那天要是有你在，我們五個也不會那麼摸黑走了一個鐘頭，要是坐你背上，一陣風就回宿舍了。」

「也不是，你氣練得不錯，我揹你一個，算輕的，跑起來不費力。要是五個一起，我可憐的腰骨八成又得斷一次。」

「喔，你是說你腰骨斷過？那，後來你是怎麼弄好的？」

「跑太快撞到大石頭，當時，別說梅老師，連柳校長都沒辦法，後來，我遇上了一個高人，他把我腰骨給接上了，我當時痛到昏死，沒看仔細那個高人的樣貌。」

「我小時候也看過我爸媽幫人接過腿骨，手骨，指骨那些的。」

「那你爸媽肯定也是高人，哪天……引薦引薦？」

「嗯，再說吧。對了，那地底圖書館黑到天昏地暗，我們有聽見兩個人在說話，你曾經有聽到、看到什麼特別東西嗎？」一大問，但又馬上轉口，「不對，你也是夜間部的，就算是在黑暗之中，照聽、照看不誤。」

「那裡也有燈啊，你沒注意到？」

「有燈？我不知道。」

「只要腳踩石階中央或走道中央，頂上就會有燈亮起，每盞燈間隔約十幾公尺吧，不過，最好還是

帶支手電筒去。」

「唷，偏偏我們是扶牆貼著邊邊走，難怪一路摸黑。對了，蚯蚯，我最後出來前，好像看見左右牆上，有打開書本的圖案，那些圖案順順的排列下去，你有注意到嗎？」

「有啊，打開的書本圖案，大小有如你張開的手掌。」

「嗯。」

「只是不知那崔一海和幾個鬼鬼祟祟的傢伙沒事躲在裡面幹什麼？」

「我……不清楚。」一大搖搖頭。

「哪天找個時間，我跟你進去，看他們在幹什麼。」

「嘿，好，我哪天得空，就來找你。」一大興奮。

「但，得先確定那崔一海不在附近，碰上那股邪氣，會倒楣的。」

「你覺得梅老師，甚至於柳校長，也都沒法對付他？」

「也不是這樣說，明槍易躲，暗箭難防，君子碰上小人，正氣遇上邪氣，雖說故事結局多半是『邪不勝正』，但是過程中誰會受到傷害，很難說，姓崔的那股氣，夠邪！」

「有道理，欸，那花圃距離這兒遠嗎？」

「在菜園南邊，離這直線距離至少兩公里，加上坡度高低，對你來說，不近。」

「嗯，那天為了趕回去吃晚飯，跑到累死人了，更沒想到，吃完飯，被一同學激了上火，一氣之下，賞了他一拳，還被梅老師罰跪。」

「哈哈哈，嘶嘶……，被梅老師罰跪？哈……」

「你沒被梅老師罰跪過？笑得那麼爽。啊，對了，你沒腿，想跪？也沒辦法，哈……」

「所以嘍，他就罰我用是毛筆抄《心經》。」

「欸，不對，罰的是你，卻變成我抄。一百零八遍，還沒抄完，你和公雞和解，又是抄《心經》。結果呢，又變成我抄，再加一百零八遍，這……」

「就當作積功德，你說的呀，謝謝你了。」

「我看，你絕不能再做壞事，或是與其他人或蟲魚鳥獸結仇，否則，你一被罰，我就抄經，到時候，別說中學三年畢不了業，給我六年也畢不了，當不完的學生，那就不好笑了。」

「那，嗯，烏鴉，算不算？」

「烏鴉？」

「對，烏鴉。」

「喂，烏鴉牠在樹頂，你在樹底，井水跟河水那個，什麼……算不算？」一大吞了口口水。

「那臭烏鴉沒事就從空中往地上吐果核、丟石頭……，咂到我好幾次。」

「完了，完了，我他……命苦，你們可千萬千萬別發展成仇。」

「我也不想啊。」

「媽呀，108x3=324，完了，蚯蚯，梅老師說你最能控制情緒，還要我向你學的。」

「我是情緒控制得很好，跟那烏鴉也求過幾回，但牠變本加厲，還對著我家大門口大小便，換作是你，你忍得下這口鳥氣？」

「我？」

「還好我智慧高，目前確實還在忍。」

「這這這這這……，你……讓我跟牠說，好不？讓我跟牠說……，你繼繼繼繼繼……續忍，拜託。」

一大突覺自己成了結巴阿萬了。

十六、鳥雀理髮廳

星期六，吃完中飯，「福利社裡有地方理頭髮，你們誰想去理髮？」一大說著，看看土也、阿萬、曉玄。

土也、曉玄說頭髮還短，以後再去，阿萬則說想睡午覺。

「那，我就……一人去嘍。」一大說。

一大的頭髮是滿長的，小五、小六時，反正大人或師長連管他人都管不了，誰還會去管他的頭髮？於是，一大就任頭髮長長了去，即使有時想去理理，也因沒錢而作罷。偶而幾個麻吉會互相幫忙，用剪刀修修剪剪彼此過長的頭髮，但每次修剪完一看，跟狗啃的差不多，實在是頗為無趣！

來到旋轉小門前，一大上下打量，發現小門右側上方是有個藍、白、紅三色的燈筒，但燈筒沒亮，也沒旋轉。他記得理髮廳門口都會有這三色燈筒標誌，但燈筒若沒亮，也沒旋轉，就代表理髮廳還沒開始營業。一大轉身向他處看看，但背後卻傳出一打呵欠的聲音，「呵～有人來啦？」

「小虎、飛飛，你們在說話？」

「不是我們，在那裡，你的背後，嘎嘎。」

一大回頭，往上看，有隻松鼠在燈筒邊上，豎晃起鬆鬆的尾巴。

「哈，是隻松鼠，牠，嘿，開始跑步了！哈，燈筒轉了，亮了。」一大驚喜。

「哦，是一大哥，你好。呼，我是小松鼠，叫『松松』，我負責轉燈筒，不好意思，剛才我好像睡著了。」一對亮黑眼珠看著一大，手腳沒停，依然跑著。

「哈，這太帥了，松松，你好，你知道我？」

「當然，但我爸媽可警告過我，看到席復天，外號『一大』的，最好離他遠一點，我看過你的相片，知道是你。」

「哦，離我遠一點？爲什麼？」

「我爸媽說，你沒事就會用彈弓打松鼠！」

「……」一大傻眼。

聽到有嘖嘖竊笑和拍翅聲傳來。

「可是，我看一大哥你，不太像壞人。」

「我是……是壞人，曾經是，但，現在，我……我努力改好中。」

臉上不只三條線。

「滿難相信的。」

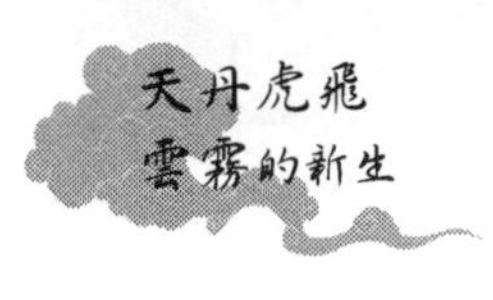

「什麼？你不信我改好？不信你去問……同學，蚯蚯和咯咯，就是一條蛇和一隻公雞，我還幫牠們兩個抄《心經》呢！各一百零八篇，而且是用毛筆……」

「一大哥，就算我信，可我爸媽他們恐怕滿難相信的，這……」

「那，很簡單，松松，麻煩你轉告松爸松媽，我一大沒別的長處，我可為他們抄《心經》祈福添壽，也為我自己悔改作保證！二話不說，一百零八篇！」

「真的？那，我跟他們說。」

「呃，等一下……嗯，十篇，十篇，好不好？」一大有點反悔。

「你幫一條蛇和一隻雞各抄《心經》一百零八篇，幫松鼠只抄十篇？看不起松鼠哦？我會跟我爸媽說。」

「唷，等等，別說，別說，好，好，一百零八篇，就一百零八篇……」

「一人一百零八篇，不，一鼠一百零八篇，祈福，添壽。」

「一鼠一百零八篇？兩鼠兩百一十六篇？喂，松松，你……」

「那，還有我……不然，三鼠……」

「松松，好，好，就……就兩鼠兩百一十六篇，說定了，就這樣……」

「要用毛筆喔。」

「當然，那……才有誠意……修身養性，嘿，是，修身養性。」

「一大哥，那，報上學號，請進。」

一大渾渾噩噩，上前一步，推了旋轉小門，忽起頑心，故意倒反學號，喊了「10011」。

小門立刻反向旋轉，嘩嘩啦啦，一直轉。一大被轉得頭昏眼花，像個陀螺，歪歪倒倒，還摔倒了幾次，又匆匆爬起，門還在繼續反轉……。還好，似乎聽見飛飛大喊「13018」，旋轉門才停下，接下來再正轉，終於將一大轉入了理髮廳，但整個人跌坐在門邊地上。

「歡迎光臨。」一大聽見了聲音。

「呱呀，我還以為是一條蛇呢？」

昏頭轉向的一大聽見一似曾聽過的聲音。

「呱呱你呀，就是這麼的調皮，一大，來，婆婆扶你起來。」

一大又聽見另一聲音，也似曾聽過。

他被扶到一張椅子上坐下，頭昏眼花，幾分鐘後，腦袋瓜才清楚了些。眼睛左右轉看一下，「這……是……鳥園？這……」一大看見一些鳥雀，啊，還有隻全身烏黑的大烏鴉。

「一大，我是何婆婆，管理被服的何婆婆，還記得吧？」

一大從鏡中看去，背後站著的是頭髮花白，紅臉圓胖的何婆婆。

「喔，何婆婆，我當然……記得，您好，您好，這，這裡是……？」一大滿腹疑雲。

「理髮廳啊，你是來理髮的，不是嗎？」

「何婆婆，是……我是來理髮，可是……這……」

「喔，何婆婆我也是個理髮師，這些鳥雀，都是你的同學，星期六來這打工，賺點零錢零食，那隻黑烏鴉，你認識的，是『呱呱』，牠常在林子裡那紅檜巨木上棲息玩耍的。」

「呱呱？黑烏鴉？喔，是，是，我……認識……認識。」一大腦筋實在一下轉不過來，「那巨木頂上的小黑點烏鴉，居然這麼大隻，還來這理髮廳打工？」

「一大哥，不好意思，那旋轉門只要聽見念反學號，就馬上反向旋轉，是我設下的小機關，嘿，我弄了防蛇用的，沒想到卻害到你。」呱呱撲了下翅膀，搧來一陣涼風。

「防蛇？」

「對啊，那條愛挑剔的臭長蟲，我就聽過牠在花圃那沒事倒念著學號玩，牠要是來這，哼，本鴉必讓牠轉成……嘿，一碗蛇羹。」呱呱自鳴得意。

一大知道呱呱在說蚯蚯，暗叫不妙，「呱呱，你很聰明，但你別忘了，蛇沒頭髮，牠不會上理髮廳的。」

「嘿，我猜牠總會來這逛逛玩玩的，一大哥，你有所不知，那蛇沒手，卻神通廣大，牠竟有辦法抄《心經》去向公雞道歉，還一百零八篇，用毛筆哩。」

「……」一大心底一震，有苦說不出。

「我偷偷跟你說，那蛇是條功夫蛇，來無影去無蹤，我有翅膀，跟蹤牠居然常常跟掉，嗯，牠，眞

的很有智慧。但，我倒要試試，我這三班一號的聰明頂呱呱，比牠那四班一號的智慧臭爬蟲，誰厲害？」

「……」一大仍說不出話。

「一大，我要幫你理頭髮了，別淨聽呱呱在那裡胡說八道。」何婆婆插了口。

「好，麻煩您了，婆婆。」

「來，把右手小指頭放上這感應器的小指頭形狀那，理一次髮，扣五十塊。」何婆婆指指鏡子邊上的「掃描感應器」。

「喔。」一大將右手小指頭貼放上感應器一下。

何婆婆開始幫一大理頭髮。

「哦，剛才說『歡迎光臨』的是八哥呀？」一大鏡中看見門邊架上棲了隻八哥。

「對，那『歡迎光臨』是八哥說的。」呱呱接口，「一大哥，熱的話跟我說一聲，我用翅膀幫你搧涼。」

「喔，謝謝你，呱呱，三班一號，這麼說，你的學號就是13001嘍。」

「如假包換，呱～」

「呱呱，『冤家宜解不宜結』。」

「嘿，最近這詞好像流行歌歌詞一樣，每人都朗朗上口，大家也都勸我『冤家宜解不宜結』，可那蛇……」

「哇，那隻金絲雀好美呵，在唱歌的是畫眉鳥吧，呵，布穀鳥在報時了，還有……綠繡眼，啁啾啁啾的，這眞像鳥園哩。何婆婆，鳥雀們說話，妳聽得見嗎？」一大顧左右而言他。

「聽得見，我常跟牠們聊天的，但，有時牠們幾個還眞吵，吵得我頭疼。」何婆婆說著，又問「一大，以後，你若衣服褲子破了，扣子掉了，都可以來找婆婆幫你補。」

「謝謝婆婆，不好意思，我自己補就好了。」

「哪有什麼不好意思的，婆婆的眼力及手腳靈活得很，儘管拿來就是了。」

「那，好，謝謝婆婆。」一大心中有溫暖湧上。

「一大哥，如果我出題，叫那臭長蟲用毛筆抄《心經》一百零八篇，來化解我和牠的恩怨，你說，牠會不會照辦？呱……」烏鴉又說。

一大心一緊動了下頭，卻被剪子戳了下，「噢！」

「唉呀，別亂動嘛，多危險，我看看，哦，還好，沒流血。」何婆婆急看一大的頭。

一大急了說：「呱呱，你幹嘛爲難人家嘛，都是同學，你要是不從高空吐果核，丟石子，甚至大小便，不就沒事了。照理說，應該是你抄《心經》向人家道歉，怎麼反過來了？」

「那蛇，有功夫的，我可沒牠厲害。」

「牠沒手，你還有爪，應該你抄。」

「我又沒學寫過毛筆字。」

「慢慢練嘛，我還不是一樣，慢慢練的，到現在才寫得像個樣子。」

「呃，一大哥，你會毛筆字？那，如果，你能幫我寫，那就太完美了。」

「不行，我課業繁重，沒時間。」一大警覺，立刻回絕。

「那，梅老師的毛筆字應該不錯，你看，如果我去求他，他會不會幫我寫？」

一大的心七上八下，覺得自己似乎很愚蠢，幹嘛有事沒事挖個坑，就算自己沒跳下去，也會被人給推了下去，「梅老師才沒空管你這種芝麻小事，不信？你問問何婆婆。」

何婆婆停了剪刀，「一大，我看，這種小事叫呱呱去找梅老師太小題大作了。你們一班二班，大概沒人會背完整《心經》的，更沒人會用毛筆寫完整《心經》的。說來說去，還就只有你會，你就幫幫呱呱嘛，好心會有好報的。」

「這？」一大看到鏡中何婆婆的懇切模樣，接不上話，他還真懷疑這學校裡遍地都裝了針孔攝影機！

「一大哥，那，這樣好了，呱呱我載你飛了到處去玩，也好報答你，尤其是火車站，可有趣了，那雲霧火車站，有朵紅色的雲……」

「紅色的雲……」一大心臟被閃電打到一般，「好，好，好……，喂，呱呱，看你如此誠意，我就答應幫你抄《心經》，一百零八篇就一百零八篇，就用毛筆抄，如何？」

「哇，哈，呱呱呱呱～，謝謝你，一大哥，哇，哈，呱呱～」翅膀猛搧，好涼快，「對了，一大哥，

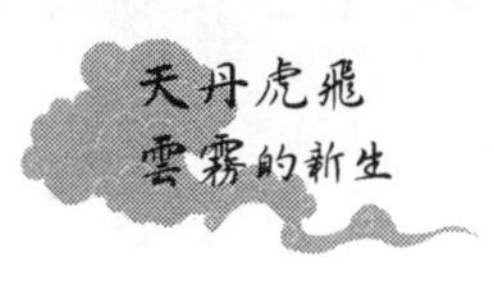

一隻烏鴉和一條蛇和解，還做了朋友，會不會很奇怪？」

「那，烏鴉和人類做朋友，會不會很奇怪？」

「哇，哈，說得好！何婆婆和一大哥你，都是我的人類朋友，一點也不奇怪，不奇怪。我去和一條蛇做朋友，應該也不會奇怪的，哈，呱呱……」一對翅膀又猛搧了起。

「校長不都說了，『本校的宗旨：眾生平等，品德優先。』我動不動就愛打架鬧事，梅老師說蚯蚓最能控制情緒，要我向牠學習，我現在也會想了，有些事，如果能多忍耐一下，應該是比較好。」

「好，好，呱哈……」

兩隻小燕子銜了條小毛巾給一大，一大驚喜接過。何婆婆說，「頭髮理好了，小毛巾是給你擦臉的。回宿舍沖個澡，順便就把頭也洗了。」

「呵，眞好，謝謝小燕子，謝謝何婆婆，謝謝呱呱。」

一大內心湧上好多莫名感動。

「一大哥，我才該謝謝你，呱～」烏鴉說。

「好了，別客氣了，那，我回去了。」

「出那門記得學號別念反了。」烏鴉提醒。

「哈，你，太酷了。何婆婆、呱呱、小燕子、金絲雀、八哥，各位再見嘍、」

「歡迎光臨。」八哥說。

「那八哥還沒學會說『謝謝光臨』呢，呱哈……」

「喔，那，歡迎光臨。」一大也照八哥說的說。

「哈哈哈……」背後傳來一堆笑聲。

出了門，「一大哥，要走啦？我跟我爸媽說了，他們要我特別謝謝你，再見了。」小松鼠探頭。

「嘿呀，差點兒忘了你，不謝，再見了，松松。」一大手揮揮，向宿舍走回，「小虎、飛飛，只可惜你們沒頭髮，看到沒，理髮也是一大樂趣呵，以前我怎沒發現？都忘了問呱呱，牠滿身羽毛，用不用理？自己理？還是找別人理？」

「天，又來了……」小虎、飛飛搶著往口袋裡鑽。

一大停下腳步，自言自語，「一百零八乘五，唷，等於五百四十篇！席復天，這下子，你還眞是……當不完的學生了。」

十七、奶瓶不見了

上午第三節課是中醫課。

全里平老師將投影機接上筆電，投影顯示人體經絡圖，及圖旁一些說明文字：

「《四穴總歌》歌訣

肚腹三里留，腰背委中求，

頭項尋列缺，面口合谷收。」

老師用指示筆指圖講著：「任脈在前，督脈在後……，今天讓同學們先初步認識足三里、委中、列缺及合谷等四個穴位，以及針灸按摩的概念……」

同學們聽著，跟著老師在腿上手上指出穴位，並瞭解各穴位的功效。

過了大半堂課，一大感覺肚子有點餓，昏昏欲睡，昏看著中年壯碩的全老師在眼中化成一彎腰駝背的老學究，好睏！

感覺右側的土也推了他一下，一大驚醒過來，看看臺上老師，再四下看看，沒什麼動靜，回看土也。

「有個人在窗外鬼鬼祟祟的，在你左邊……」土也低聲說。

一大聽了，往左邊窗外看，但伸長了脖子也沒看到什麼人，索性站了起來。

「席復天，有問題嗎？」

「啊？」一大看臺上老師朝他問，嚇一跳，隨口亂扯，「老師，我是想問，呃，穴位和氣功……有什麼關係？」

底下有人在笑，一大看到前排曉玄也回頭看他。

「哦，席復天，問得很好。穴位是氣血出入匯聚處，和氣功有很大關係，都關係到氣的運行及運用。氣的運行，要個人從修練中慢慢體會，修行練氣之人，平時打坐練功，也學習在穴位針灸按摩，除了可自己強身外，也可救人……」

「看到了，一個黑衣人，是不是？」一大低頭向土也說。

「老師走過來了。」土也慌忙搖手。

老師已來到一大面前，「席復天，老師剛才說的足三里、委中、列缺及合谷四穴，你指出給老師看看。」

「我……足三里、委中、列缺、合谷……」一大看剛才投影顯示的圖文沒了，是老師將筆電闔上了。便憑模糊記憶，大概指了四穴位置。

「合谷、足三里兩穴接近，另兩穴完全指錯。席復天，老師剛才在回答你的問題，你卻在看窗外，

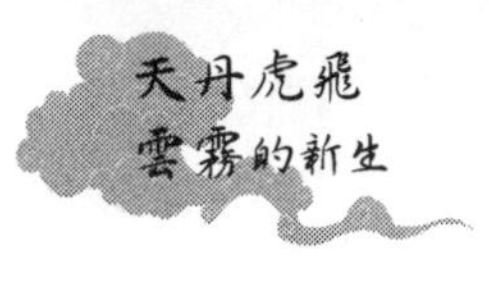

你說，老師是不是該罰你？」

「罰，呃，跪嗎？」一大半開玩笑，還嘻皮笑臉。

「跪下！」老師一說，一大膝腿一軟跪了下地。

老師走回講臺，向同學們說，「這便是氣的運行及運用的示範動作。一個人，如內氣充沛，可發放外氣，外氣強勁，可救人、可傷人，也可叫人跪下。」

班上同學們有驚嘆聲，也有嘻笑聲。

「席復天，你還有沒有其他問題，老師可再回答你。」老師朝他笑了笑。

「呃，老師，我怕再問……一問題，老師又罰我。」

「既然已罰你跪，老師就不再罰你了，你問吧。」

「呃，老師，你能不能教我解開這下跪的功法？」

「哈……哈……」全班哄堂大笑。

「好了，別笑了。席復天，你的問題很好，但老師我目前功力淺，你是我第一個叫跪下的人，我只會叫人跪下，還不會解跪，我練好後會教你。」

「哈……哈……」全班又笑。

一大再也沒法嘻皮笑臉了。

老師接著說：「席復天，這樣一直跪著也不是辦法，我想待會兒找個功力高的老師來……，幫你解跪，我看請梅老師來好了。」

「啊？」

「梅老師如果沒空來，那就要麻煩幾位同學等一會下課後，扛著席復天到餐廳，順便找梅老師幫忙。」

一大很確定，除了耳朵外，自己已死了。

飛飛在一大耳邊：「一大哥，窗外有人在監視你。」

「我看到了，別煩我，飛飛。」

「另外一人，把兩個玻璃奶瓶從宿舍裡偷走了！」

「啊？」一大想起身，「噢，我……動不了。」

「一大哥，我看得很清楚，窗外那個人，鼻樑斷掉過，從宿舍裡偷奶瓶的那人，右眼眉毛有一道疤，他們都穿黑衣黑褲黑鞋，哇呀，我，我，無家可歸，嗚……」

「不哭，不哭，飛飛，我一定會幫你找回奶瓶，那個渾……渾……，竟敢惹我席復天！」

十幾分鐘後，聽到全老師說「下課，來兩位同學，幫個忙扛席復天到餐廳，老師會請梅老師幫忙。」

土也和阿萬只好走上前，拖拉著扛起一大，阿萬嘟囔：「你……很重……很……重耶。」

「喂，阿萬，我都已經這麼悲慘了，還嚕哩嚕囌，快，走了啦。」

土也和阿萬扛起膝腿彎著的一大，又好氣又好笑。

曉玄一旁問：「一大，剛才上課你幹嘛站起來？」

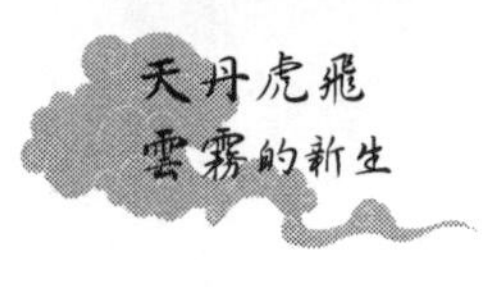

「土也說有一個人在左邊窗外鬼鬼祟祟的，我就往外看，看不清楚……自然就站了起來。」

「什麼樣的人？」曉玄繼續問。

「哦，那人，穿黑衣黑褲，閃閃躲躲的在窗外，朝著一大看，呼……」一旁土也回著，喘著。

「那渾……鼻樑是斷的。」一大咬牙切齒。

「你千……里眼啊！」阿萬叫到，「呼，你……重……死了。」喘得厲害。

「我是說，要是被我碰上，一定打斷他鼻樑！」一大右手握拳揮舞了下。

三人搞不懂一大在說些什麼。

來到餐廳門口，看見小宇打招呼，背後有孫子、小洪、阿宙站著。

「一大，你怎麼了？」小宇疑問滿臉。

「練功啦！」一大沒好氣。

「他，練……跪功！一看就知道，哈哈哈……」傳來孫子的譏笑聲。

土也手一鬆，衝上去推了孫子一把，隨之扭打起。一大頓失支撐，和阿萬一起滾倒在地。

孫子三人圍打土也，阿萬迅速爬起，加入戰局。

一大不能動，嘴可沒閒著，「孫子，你……他……他……他……你給我當心，我一定會把你打成孫子的孫子。」

「別打了！」曉玄、小宇一旁叫著。

許多同學聚上觀看。

一熟悉聲音傳來，「跪下！」打架的五人立即跪下，加上原就跪著的一大，六人全都跪在地上。

梅老師在六人之間走走看看，沒一會兒，說，「好，現在全都站起來！」

六人面面相覷，沒人敢動。

「全都站起來！」梅老師又說了一遍。

六人緩緩起身，一副不可置信模樣。

「現在是中飯時間，你們去洗洗手面，先吃飯，下午兩點，禪房報到，解散。」

梅老師看著六人起身，走進餐廳，「席復天，你等一下。」梅老師背後叫住一大，一大轉身面對梅老師，心臟狂跳，「你的兩個玻璃奶瓶被偷走，梅老師會幫你找回來，你不可以自己去找，知道不？」

一大愣了幾秒，才點頭「喔」了一聲。

「好，那，進去洗洗手面，先吃飯。」

「是，老師。」

回頭走入餐廳，一面走一面小聲問，「飛飛，玻璃奶瓶被偷，你有跟梅老師說？」

「沒有啊。」

「哦，那，沒事。」一大搖搖頭。

才坐上餐椅，土也就說：「一大，為什麼梅老師只叫我們跪一下，就叫我們起來吃飯，滿奇怪的。」

「我也不知。」一大心中也有疑問。

「那，剛才梅老師叫住你，有什麼事？」

「我放在宿舍書桌上的兩個玻璃奶瓶被偷了，很奇怪，但梅老師要我不可以自己去找，他會幫我找。」

「有事，一定有事。」曉玄喃喃地說，「應跟那在教室窗外的黑衣人有關係，他盯著一大，應該有另一人……在宿舍下手。」

「正是。」一大看看三人，說：「好啦，是飛飛告訴我的。窗外那人，鼻樑斷掉過，在宿舍裡偷奶瓶的那人，右眼眉毛有一道疤，都穿黑衣黑褲黑鞋，這下子，飛飛無家可歸了，唉……」

「喔……那……」三人盯著一大看，似乎清楚，又似乎不清楚。

「反正，如周圍出現鼻樑斷掉或右眉有疤的人，就留意點。」一大說，「連奶瓶也偷，怪了。」

一大突打住，壓低聲音叫著：「飛飛，飛飛。」

「在這。」小翅拍拍。

「飛飛，你，還有你的朋友最近全都別去找奶瓶，也別飛到奶瓶裡去玩，聽到沒，可能有危險，你沒事別離開我身邊。」

「喔，知道了。」

一大心神不寧，飛飛夜晚在奶瓶內閃閃發光，可畫出一些圖，難道說……「喂，土也、阿萬、曉玄，我們去找奶瓶，好不好？」一大看向三人。

「可別被……梅老……師知……知道。」阿萬吐舌。

「把你的想法說來聽聽，我奉陪。」土也看一大。

「對，先把你的想法說出來，大家研究一下，看來那奶瓶是有什麼祕密。」曉玄點頭加意見。

「那奶瓶……」一大示意三人湊近，壓低聲音，「夜晚時，飛飛在奶瓶內閃光，奶瓶上會畫出圖畫，動畫，我看過，有紅火車、紅雲的人，很玄。」

「喂，怎沒聽你說過？」土也急問，看阿萬、曉玄，也同樣神情。

「我當時有叫你和阿萬起來看，但你們都睡死了，而且，說眞的，我自己也搞不太清楚，所以才沒說。」

「叫飛飛趕快躲起來，他們下一步可能要偷飛飛。」曉玄急急向一大說。

「喔，我剛跟飛飛說了，不只牠，連牠的朋友都別去找奶瓶，也別到奶瓶裡去玩。」

「那……從哪裡找……找……起？」阿萬問。

「圖書館的地下。」一大說。

「啊？」三人都睜大了眼。

「記不記得，在地底圖書館，我們聽見過兩個人說話的聲音，我懷疑，是他們兩個搞的鬼。」一大繼續說。

「那……等下就去……去。」阿萬等不及。

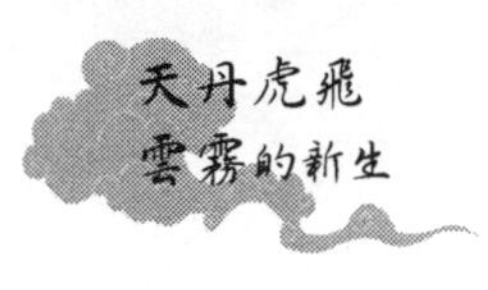

「笨，下午兩點，我們要禪房報到。」土也拍了下阿萬肩頭。

「喔，對……對哦。」

「禪房報到，打完坐後，時間夠的話，我們就去地底圖書館。」一大建議。

「我也去。」曉玄說。

「喔，好，那，妳在禪房後等我們。」一大說。

下午，一大、土也、阿萬、曉玄提早十分鐘先到了禪房，曉玄一人走去禪房後方等著。

隔了會兒，孫子、小洪、阿宙也到了，神氣巴拉地走進禪房。

梅老師隨之來到，叫六人面壁打坐，跟上回罰六人情形一樣。但，梅老師沒留在禪房內，一人在門外走道踱步並向四面八方瞧看著。六個人是靜靜的面著壁打坐，眼睛卻沒靜下，老往門外偷瞄。

「一大。」土也低聲，「梅老師走了。」

一大起身拍拍土也和阿萬，「走。」三人往外溜去。

孫子、小洪、阿宙三人見狀，也不打坐了，準備起身。

一大三人出了禪房，四下看看，沒有梅老師蹤影，就跑去找曉玄，曉玄身邊竟站著小宇！

「小宇？妳怎在這？」一大問，土也和阿萬也奇怪。

「孫子說，梅老師今天很怪。好像會發生什麼事，我便先一步來禪房後等著看，沒想到，曉玄也在這，等下我要跟你們去地底圖書館。」小宇說。

「喔，那，就一起走吧。」一大說。

五人小跑步離去。

「往哪方向？」土也邊跑邊問一大。

「花圃，那邊，往南。」

「去……地底……圖書……館出口？」阿萬喘問。

「對。」一大腳下沒停。

跑過大菜園，果園，快到花圃了。

一大突然停步，還迅速趴倒在地，其他四人發現有異，也迅速趴倒或蹲低，躲在灌木叢後。

「看到沒？」一大低聲，「校長，梅老師，還有兩個穿制服的警察，一輛警用吉普車。」

「有，有。」幾人從灌木隙縫中往前看。

「校長，梅老師，都在，一定有大事。」小宇嘻嘻兩聲。

「噓……」一大回頭叫小宇小聲，卻看到後方遠處有人影，「糟了，他……，孫子他們也來了。」

一大小聲，指指右後方約三、四十公尺外的樹林。幾人回頭看，孫子三人正躲在大樹後，放低身子，也在朝校長，梅老師方向偷看。

「我們爬近些，這裡看不清楚。」一大轉身匍匐而行，在灌木叢中左彎右拐，找路前進。土也和阿萬跟著。曉玄、小宇蹲低前行。

聽到了說話聲，一大示意大家停下。

「絕不可能，警察先生，我的學生，我擔保，不會幹這種事。」梅老師在說話。

「梅老師，話可別說太早，他在小五、小六時就是問題學生，什麼壞事沒幹過？派出所，警察局，他可是常客，您不會不知道吧？」一警察說話。

「這聲音，好像……」一大喃喃，「對了，是在地底圖書館，那兩個人中的一個，聲音粗粗的。」

「梅老師，把他交給我們帶回局裡調查，你要是不放心，可以陪他一起來。」另一警察說話。

「這聲音，冷冷尖尖的，是地底圖書館另一個人的聲音，他們……是警察？」一大奇怪著。

「嘶～嘶～」

一大忽聽見一熟悉的聲音，還沒來得及反應，就看見孫子三人在他身後飛跑過去。

「站住！」好大一聲，梅老師吼向孫子三人，三人當場站立不動，同一時間，一大等五人也身不由己，站立了起。

梅老師倒吃了一驚，叫三人站住，眼下卻站住了八人，全直挺挺，無法動彈。梅老師隨即和顏悅色地說，「好啦，課外活動結束了，你們幾個同學，嗯，都回宿舍自習，快去吧。」八個人隨即可移動了。

「等一下！」粗粗聲音的矮胖警察叫了聲，走向一大，後面跟著個瘦高警察。

矮胖警察面對一大，說，「好小子，席復天，天堂有路你不走，哼，殺了人就跑啦？地上躺的那兩

個，頸脖子上全是你小子的指紋，走，跟我們到局裡去。」

「殺人？我沒……」一大難以置信。土也和阿萬靠近一大，一左一右護著他，曉玄、小宇則滿面驚恐。

幾人看前面十幾二十步外的吉普車旁地上，是躺著兩個人，都穿著黑衣黑褲黑鞋。

一大看那矮胖警察的臉，一副賊樣，他的鼻子歪歪的，「他……鼻樑斷過。」，再看後面那瘦高警察的臉，「他……右眼眉毛有道疤！」兩個警察都年輕，二十幾歲的樣子。

「這兩個是假警察。」一大小聲向身邊說。

「……」五人更加靠攏一塊。

「兩位警察先生，不可以在我的學校裡沒憑沒據的帶走我的學生。」校長說話了。

「校長，您這說的什麼話，我剛說了，不放心，您可以陪他一起來局裡。」瘦高警察回頭向校長說。

一大看向梅老師，梅老師把右手悄悄地對著他，打開手掌，闔上，又打開，一大馬上會意，但，兩個警察就在面前，怎麼溜？

一大即想製造混亂趁亂溜掉，「假警察！土也、阿萬，上！」土也、阿萬立即衝上，兩個假警察大步往前用力推開土也、阿萬，伸長手直往一大抓去。

一大閃過，隨之大喊：「蚯蚯！」

咻，一閃灰褐影子竄過，「咚」一聲，一大消失了。

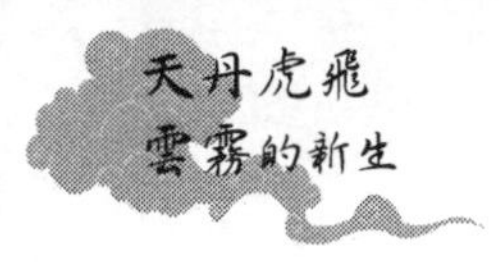

十八、飛飛往生

一大坐在蚯蚯背上，只覺涼氣在耳邊呼呼，很快的，蚯蚯慢了下來，睜開眼，黑漆漆的，到蚯蚯的家了。

「蚯蚯，呼，眞背啊，兩個假警察，竟然說我殺了人要抓我走，還好有你，謝了。」一大驚魂甫定，坐在洞內地上。

「別擔心，校長，梅老師心中有數，他們知道那兩個是假警察。」

「啊？那爲什麼不拆穿他們？」

「校長，梅老師在等幕後大咖現身，那兩個假警察只是小嘍囉。」

「喔，所以校長，梅老師沒動作，只是不讓假警察帶我走。那，地上躺的兩個……？」

「是眞警察，但沒死。校長，梅老師已暗中讓他們氣血放緩，止住了流血，暫停了鼻息，還有救，別擔心，張龍老師在聯絡人了。」

「喔，可是假警察說，地上躺的兩人脖子上，全是我的指紋，這……」

「那不難，他們可從你的奶瓶上弄下來移上去。」

「奶瓶？有一套！」

「他們在宿舍裡偷了奶瓶，梅老師叫張龍老師先報了警，但兩個眞警察不小心反被兩個賊人制住，被打昏，將衣褲對換還嫁禍給你，假警察找藉口要帶你走。你要小心，他們的目標是你，他們認爲玻璃奶瓶中有你的祕密，一直想破解。」

「哦？那幕後大咖會是『崔一海』？」

「也許，也可能還有其他大咖，不然，校長，梅老師，張老師不太可能會一起出現處理這事。」

「蚯蚯，你眞有智慧，分析得這麼清楚。」

「哈，我地頭蛇嘛，嘶～」蚯蚯開心，「對了，那烏鴉呱呱要送我毛筆抄的《心經》，一百零八篇，我看牠有誠意，就和牠和好了。一條蛇和一隻烏鴉居然做起朋友了，哈，你說會不會很奇怪？」

「喔，哪會奇怪？校長說過，『本校的宗旨：眾生平等，品德優先。』你和我和公雞，不也是朋友？」

「嘿，那烏鴉呱呱跟你說的一樣吔。」

「喔，是……是嗎？」

「雖然牠有爪子，可是，用毛筆抄？牠做得到嗎？」

「哎唷，慢慢練嘛，我還不是一樣，慢慢練的。」

「呱呱跟你說的又一樣吔。」

「喔，是……是嗎？」一大心中酸苦，轉話題，「蚯蚯，不好意思，你方便送我回宿舍嗎？」

「沒問題，我們走。」

很快地，一大回到了宿舍。土也、阿萬還沒回來。一大去洗洗手臉，然後躺上床，沉沉睡去。

不知過了多久，一大被土也、阿萬的談笑聲吵醒。

「一大，醒啦！你真不幸啊！」土也移來坐他床邊。

「不幸？」

「當然不幸啦，你錯過了一場精采絕倫的好戲。」土也興致勃勃。

「土也，說，快……說給……給一大……聽。」阿萬也移來坐在一大床邊。

「那兩個確是假警察，抓不到你，居然反過去大罵校長和梅老師，還要拔槍！校長動也不動，也不理他們。由梅老師一人應付，梅老師的功力，厲害極了，在他們身上點兩下，叫他們趴下，起立，倒立，跪下，交出手槍，還叫他們脫下警察制服，換回躺著的那兩人的黑衣褲，兩個假警察完全照做，毫無反抗之力。」土也說得口沫橫飛。

「真的？可惜我不在。」一大坐起身。

「兩個……奶瓶……拿……拿回來了，是在假……假警察身上……小包中……找到的。」阿萬說著，指指一大書桌方向。

「太好了。」一大看向書桌並低聲叫著，「飛飛，飛飛，看到沒，你的家回來了。」

「太好了。」小翅拍拍。

「對了，你喊了聲『蚯蚯』就瞬間消失了，怎麼弄的？」土也問一大。

「我也……嘿，不太清楚。剛剛被你們的談笑聲吵醒，我才知我竟然躺在床上。」一大想反正說不清楚，以後再說。

「後來，我和阿萬，還有孫子他們共五個男生，幫著把兩個假警察綁起，警察局有再派人來，將眞警察送醫院，將假警察帶回去，校長先離開了，嘿，眞刺激。」土也繼續說。

曉玄、小宇來寢室門口叫，「吃晚飯了」，三人起身向門口走去。

曉玄、小宇也問一大瞬間消失是怎麼弄的？一大依舊含糊帶過，只覺眞講出來，她們定會說自己瘋了！

晚上寢室熄燈後，一大坐在書桌前，看著飛飛在奶瓶中爬上爬下，閃閃發光，心中頗爲欣慰。

「這是新的奶瓶，我今晚就住這了，嘻……」飛飛爬上到一大右手邊的奶瓶口說。

「喔，你認得出新舊呵？」

「對呀，舊的那個，瓶口下有兩道裂痕，很細小，你要對著太陽光才看得到。」

「喔，那我白天再看。只是這玻璃奶瓶，看不出有什麼了不起，怎值得他們冒險來偷？」一大搖頭。

突然，那個新奶瓶，在飛飛爬上爬下閃閃發光中，出現了彩光。「哇，又有動畫！」一大緊盯著奶瓶，看見一個男子背影，「咦，是……梅老師？」動畫中的自己正面對潭水，背對那男子，在潭邊

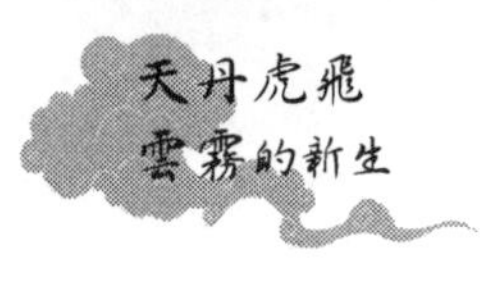

往下看。大片背景是樹林，接下來自己不知何故突然回頭，和男子面對面，不久卻滿臉驚嚇，急急後退，快要跌落，那人不救，還伸出左腳踢他左腿，停了下，再用右手往他胸前一抓又一打，自己彈飛出去往後跌落。自己驚慌得手腳亂舞，張口大叫，只見一影灰褐自邊上閃竄而來，但那人右手立即轉向，指向灰褐影子，一使力，灰褐影子瞬間僵直，也自空中跌落。

一大正看得緊張，奶瓶卻突恢復了原狀，只有飛飛在瓶底一閃一閃。

一大又看了一會兒，不再有動畫了，只好躺下，但很難入睡，腦中盡是剛才的畫面。

「一大哥，喔喔喔……起床了。」迷糊中，一大被公雞啼聲叫醒，一肚子不高興，翻個身還想再睡。

「一大哥，快起來，快起來，飛飛牠……飛飛牠……不知怎麼了。」是小虎在叫。

一大驚起，一步跳向書桌看向右邊奶瓶，飛飛在瓶底，但歪歪地趴著。

「飛飛，飛飛……」一大叫牠，沒動靜，一大馬上倒轉瓶口，將飛飛倒在左手掌，飛飛一動也不動，已僵硬了。一大用右掌虛蓋左掌，讓飛飛在他左手心上護著，一分一秒過去，飛飛仍一動不動。

一大隨即赤腳奔出寢室，直朝梅老師宿舍跑去，在門口大力拍門，「梅老師，梅師母，我是席復天。」

梅老師很快出來，一臉驚訝，「是席復天？你怎麼了？這麼早？」

「梅老師，救飛飛，牠……不動了！」伸出左手掌。

梅老師盯看一大左掌，「飛飛交給我，跟我來。」

一大將飛飛放上梅老師左手掌，跟進屋裡。梅師母也醒了，梅老師向梅師母說，「我和席復天到小

房間打坐，看能不能救螢火蟲飛飛。」

進了小房間，梅老師立即盤腿打坐，示意一大也打坐，一大在他左側盤腿而坐。

飛飛在梅老師左手心，梅老師以右掌虛蓋上左掌，開始調息運氣。

半個鐘頭過去，梅老師滿臉是汗，轉頭向左，「席復天，飛飛……救不活了。」

「……」一大眼淚噗噗落下。

「飛飛耗盡了力氣，老師問你，昨晚，飛飛牠昨晚有什麼異狀？」

「飛飛牠……飛飛就在在奶瓶中爬上爬下，閃著螢光，有畫……圖。呃，是新的奶瓶，梅師母……送我的那個。」一大眼淚不由自主落著。想到那瓶中男子的背影像是梅老師，不敢多說。

「好了，席復天，不難過了。螢火蟲的壽命最多也不過幾個星期，飛飛牠常在你口袋中玩，因吸了你的氣，活得時間算很長了，看，都秋天了，螢火蟲可只在春夏活的。」

「我……我要找那兩個假警察黑衣人報仇！要不是他們偷了玻璃奶瓶，飛飛不會死！」一大哭吼要起身衝出去。

「站住！席復天，別亂來，黑衣人的事，校長、我和其他老師會處理，你不可以去找他們。」梅老師看一大止不住哭泣，便多說了句，「那瓶中動畫的男子……背影是像我，但不是我。」

「啊？」一大一聽，立刻停了哭泣，怔怔望向梅老師「老師，你？」

「老師打坐入定後能看到一些畫面，別奇怪。那人是故意打扮像我，以後你得多留心。」

「那……老師知道……所有的事？」

「一些，老師知道某一些……」梅老師笑笑，安一大的心，「老師待會兒幫你請一天假，你可在宿舍休息，或來陪師母。對了，你看這樣好不好，你去把兩個玻璃奶瓶拿來這裡，順便陪陪師母，奶瓶由老師和師母看著，免得又有人跑到宿舍去偷。」

「喔，好……反正飛飛……都……」一大又流淚。

「好，我去跟師母說說，不哭了。」梅老師起身出了小房間。

師母走進小房間，「復天，你能來陪師母太好了。來，先用肥皂洗洗手。」師母先領一大去洗了手，又拿了一雙橡膠手套和一個小鐵桶給一大，「拿兩個玻璃奶瓶時先戴上這手套，然後，將玻璃奶瓶放進這鐵桶。」

「師母要……弄指紋，對不對？」一大靈光一閃。

「哈，席復天果然聰明！」梅老師在門外聽見，向裡頭說話，「那，快去吧，玄關那自己找雙拖鞋穿，赤腳危險，我也要去校內了。」

一大照做，跑回宿舍去，同學都已出去了，宿舍空空的。一大戴上橡膠手套，將兩個玻璃奶瓶小心地放進了鐵桶，換下睡衣，換上自己的鞋，拎了梅老師的拖鞋。

「一大哥，飛飛死了，我好難過，嘖嘖，嗚……」是小虎在說話。

一大聽了，頹然坐在床沿，「小虎，我也好難過，你跟飛飛是我最好的朋友。」

「飛飛有跟我說過，以人類算法，螢火蟲的壽命很短，牠如果早走，叫我們別太難過，牠明年還會回來。」

「明年回來？才不會哩！牠安慰你的，死就死了，就消失了，像我爸媽一樣，不會再回來了！」

「喔，那……我就不懂了。」

「算了，小虎，去師母那吧，她還等著這兩個玻璃奶瓶，走吧！」

小虎鑽回一大的褲子口袋。

走回到梅老師宿舍，師母接過鐵桶及桶裡兩個玻璃奶瓶走向屋後，叫一大在客廳坐。

坐著坐著，一大又難過起來，想起飛飛陪他度過的快樂日子，從離開叔叔家，走上回家山路到進了雲霧中學到昨晚，幾乎形影不離，「唉，爲什麼？爲什麼人、動物都會死？小虎、小虎，你知不知道你的壽命有多長？你可別早早就……，小虎……」

「……」沒回應。

「小虎，你別又亂跑，這可是梅老師的家。」一大上下左右找看，沒小虎蹤影。

師母從後面走來，端了盤水果，「復天，吃水果。」

「謝謝師母。」一大站起身鞠躬。

「不用多禮，就當在自己家一樣。」

「自己家？我……」

「哦，師母的意思是不用拘束，嗯，你……以前……爸媽在的時候，在家都做什麼？」

「我爸媽在的時候，常有人來找我爸媽，多是些腰酸背痛的人。我爸媽很厲害，這邊按按，那邊壓壓，他們就好了就不痛了，那些人都很佩服和感激我爸媽的。我爸媽從不收人錢，但常有人送米麵、水果、蔬菜來我們家，吃的方面沒問題。晚上，爸媽打坐時，就讓我坐在他們的中間，跟著打坐，我爸也會教我寫毛筆字，他喜歡用行書字體寫，寫完，他還會印上小拇指印。對了，師母，在這裡，好像常看到『小指印』，妳知道爲什麼？」

「哦，打坐練氣，氣練得好則內氣充沛，那從十指發出的外氣又直又強，發放外氣，可治人病也可續人氣，反之，也可傷人身可致人死。印小指印，外人看不懂，但讓氣界同修一觸一看，便知此人練氣練得好或不好，而予以尊卑排序。說來這指紋，沒兩人是相同的，想騙人都騙不了。」

「喔，那我得好好保護我的小拇指。」

「呵，是，小傢伙！」

「師母，我爸媽，您認識嗎？」

「認識，哦，我……你父母是氣界同修中的模範，練氣的人多半認識的。」

「喔，只是，他們太早就死了，我……」

「復天，對死亡這事，你還小不瞭解，但，有生必有死。佛教說死亡是往生，今死是來生的起端，生死是一體的。今生有緣，會來做人父母，會來爲人子女，會來當同學，會來當朋友，今生無緣，

面對面走過都不認識，以後，你慢慢會瞭解的。」

「那，飛飛說牠明年會回來，會是眞的嗎？」

「有緣，就會再相見。」

「我爸媽呢？」

「也……是。」

一大臉上有了一絲笑容，三兩下把一盤水果都吃光了。

「師母，謝謝。」一大又站起身鞠躬。

「不用多禮，不用……」

「師母，我想回宿舍抄《心經》去，那樣，心會靜。」

「哦，吃了中飯再回去吧。」

「不了，謝謝師母。」又站起鞠躬。

「好，好，那，帶些饅頭回去，師母昨晚做的。」師母往後頭走去。

拿著一包饅頭，告辭師母，一大慢慢向宿舍走回。

十九、秋水仙

一大獨自在寢室內靜靜的抄《心經》，中午過後，已抄好八篇，收好筆墨紙張去洗手，回來抓個饅頭就吃。

土也、阿萬吃完中飯回來。

「一大，吃饅頭哦，對了，你剛才有沒有先洗手。」土也說。

「沒洗！」一大沒好氣。

「那快去洗！」土也一把搶走他手中半個饅頭。

「幹嘛，土也，我洗過了啦！喂，我洗不洗手，關你什麼事？」一大搶回了半個饅頭。

「一大早梅老師就叫所有同學洗手，早飯前又催所有同學再洗手。」土也坐上一大床沿。

「奇……怪吧，梅……老師……有說你你……不舒服，請一天……假，但……叫大家……洗手。」

阿萬也坐上一大床沿。

「注意衛生嘛，奇什麼怪。」一大吃了口饅頭。

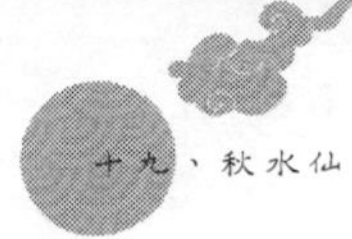

「哦，誰給你的饅頭？」土也問。

「梅師母。」

「你……吃不下飯？中午……只吃……饅……饅頭？」阿萬問。

「嗯，唉，是飛飛，牠死了。」

「啊？」兩人驚訝。

「一大早我去求梅老師救飛飛，沒救活。」

「咦，你那……奶……奶瓶呢？」阿萬看向一大書桌。

「交梅老師保管了，反正飛飛也不在了。」

「哦，也好，梅老師保管，黑衣人就不敢去偷了。」土也想安慰一大。

沒想到一大把剩下一口的饅頭往地上狠狠一摔，大聲說，「黑衣人！他……他……，土也、阿萬，你們一定要幫我，我要宰了黑衣人！」

「啊？」

「要不是他們偷了玻璃奶瓶，飛飛怎麼會死。」

「喔，可是黑衣人已被關進警察局啦，是我和阿萬一起綁了他們的。」土也說。

「黑衣人可不會只有那兩個，崔一海的手下，一定是一夥人，一個黑幫！我……他……」

「崔……一海，我們打……打得……過嗎？」阿萬猶疑。

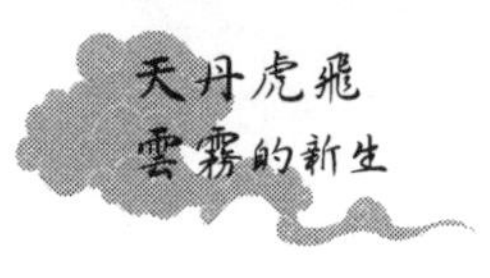

「那我們就謀定……而後動嘛！先計畫好，我們再行動。」一大堅決。

「好，那我們就先計畫，我沒問題！」土也拍胸。

「好，我也……沒問題，沒……問題。」阿萬跟進。

聊了會，三人睏了，各自回床上睡去。

一大睡醒後，懶懶躺著，又想到飛飛，唉聲嘆氣著。

「一大哥，醒啦？嘎嘎。」小虎的聲音。

「是小虎？」一大坐起，「你在梅老師家又亂跑了？」

「哎唷，我只是逛逛梅老師的家而已，你走了忘了帶我走，還說呢？」小虎爬上一大左手掌，「一大哥，什麼是『秋水仙』啊？」

「『秋水仙』？不懂，幹嘛？」

「你離開梅師母後，沒多久，梅老師就回來了。我正在客廳角落。梅師母跟剛進門的梅老師說了一句，『秋水仙加上其他不明東西』。梅老師聽了說，『夠狠、夠毒，可憐的飛飛，我跟校長說去。』轉身匆匆走了。」

「啊？『秋水仙』？『可憐的飛飛』？這，小虎，時間還早，走，跟我去圖書館。」

「要不要帶手電筒？」

「不用，我是去找資料，走。」

到了圖書館，一大在電腦中鍵入了「秋水仙」三字，「哇，劇毒！」立刻起身找了相關的書翻找，接著頹然地說，「小虎，飛飛牠是中毒死的！」

「什麼？嘎嗚～」

「秋水仙是種劇毒！奶瓶，對了，一定是奶瓶裡被他們下了毒，目標是我，卻讓飛飛中了毒！梅老師大概知道飛飛是中毒而死，叫我帶奶瓶過去，用橡膠手套，用鐵桶，還有……洗手，所有同學都洗手，梅師母應是驗出奶瓶裡有秋水仙的毒，才跟梅老師說的。」

「太可怕了，嘎～」

「不怕，一大哥會替飛飛報仇！小虎，這是祕密，別對任何人或任何蟲鳥昆蟲動物說，知道吧？」

「喔，知道。」

「走，回去吧。」

回到宿舍門口，曉玄、小宇在等他，曉玄迎上來說，「土也跟我們說飛飛死了，你很難過，我們來給你打氣，希望你別太難過了。」

「喔，謝謝你們，我，嗯，沒事。」一大臉上擠出一絲苦笑。

「曉玄都跟我說了，我瞭解你跟你朋友飛飛的感情超好，我會祈禱，祈禱希望你早日可回復到和以往一樣快樂調皮的席復天。」小宇做鬼臉逗一大笑，「我還想用電腦繪圖，製作一隻立體螢火蟲送給你，就算紀念飛飛，好不好？」

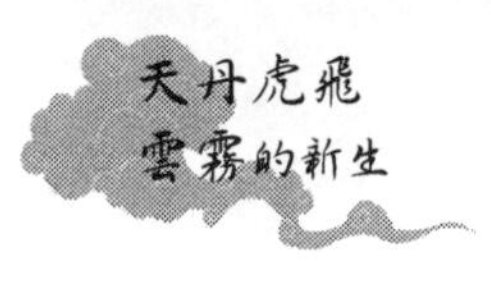

「嘿，一隻立體螢火蟲啊，太好了，謝謝妳。」一大笑了，「能不能再加一隻立體公雞？嘻……」

「曉玄，妳看，我就說一大的本性又酷又皮，這下，顯現出本性了吧！妳還欠我踢他一腳，踢他！」

小宇拉曉玄的手。

「算了啦，小宇，一大在苦中作樂，別鬧了，快開飯了，我們去餐廳吧。」曉玄說。

「還是曉玄善解人意，有智慧又善良。小宇，我就奇怪了，人外表長得像，怎麼心長得不像？」

「呸，好你個一大……」「呯！」小宇一腳踢向他小腿。

「哇，小宇！妳還真踢我，夠毒！」一大「夠毒」兩字才出口，馬上想到飛飛中毒死的可憐樣，又閉口難過起。

曉玄看一大臉上難過，隨說，「好了，不說，不說了，小宇，去叫叫土也、阿萬，去餐廳吃晚飯、」

「喔，好。」小宇只覺一大有心事，不再多說。

見有幾個同學在餐廳門口看東西，一大幾人靠近看，是校方貼的告示：

「注意事項：

平常要勤洗手，尤其飯前飯後，所有同學務必徹底用肥皂洗淨雙手。廚房備餐重地，未經大廚白手同意，任何人蟲鳥獸皆不得擅自進入。若校內發現不明人士闖入，立即向師長反應。

另爲強化校園安全，校方已安排八隻兩歲大的米格魯犬來校。今後，分別由 11001 席復天、11002 陳永地、11003 方曉玄、11004 萬木黃、12001 夏心宇、12002 李新宙、12003 周士洪，12004 孫成荒等八位同學負責照顧及餵養。每隻狗項圈刻有以上八個學號，以資責任歸屬和區別。餐廳後方空地圍有犬舍，各犬不綁狗鍊，不關狗籠，住在開放犬舍，可日夜在校園自由來去。今日晚飯後，上列八位同學逕向管理庫房的何婆婆領取狗狗和狗食。」

看完告示，一大等五人興奮到爆，「米格魯！哇哈！」互相握手歡呼。飯桌上，四個人七嘴八舌，全都在談狗。土也家曾養過狼犬，一大、阿萬、曉玄沒養狗經驗，猛向土也問有關狗的事情。小宇吃過飯跑來說，她也曾養過博美狗，幾人又全轉向她問狗事。

八個人分別向何婆婆領了狗狗和狗食，親蜜地抱著狗狗到狗舍去，餵狗食添飲水，陪著、抱著、玩著，好不開心。狗舍中，一大、土也、阿萬三人和孫子、小洪、阿宙三人刻意離得遠遠地。曉玄和小宇沒顧慮，兩邊都跑。

天色晚了，大家才依依不捨放下狗狗，起身準備回寢室去。

「唔汪，一大哥，謝謝，晚安。」

一大嚇了一跳，定定神，哦，是狗狗11001在對他說話。

「呵呀，可愛的狗狗，我才要謝謝你哩，你讓我忘記了……一些事，晚安，明天一早再來找你玩。」

一大親切揉撫著小狗的頭頸。

回寢室，洗完澡，燈熄了。一大躺在床上，腦袋中盡是狗狗的影子。偶而因看不到桌上玻璃奶瓶的螢光而想起飛飛，傷心，又想到明早得早起餵狗，又開心了。一大感受到師長們照顧學生的用心，

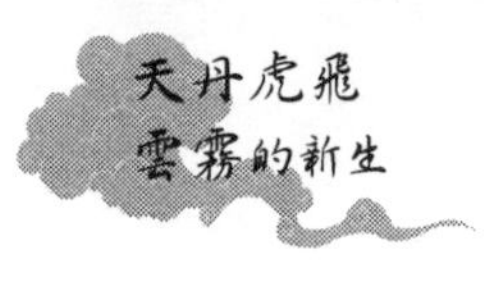

他深深感動，滿心感恩。

一早，公雞剛啼過一大就起床，叫醒土也、阿萬，又跑向女生宿舍，請一女同學進去叫曉玄和小宇，五人匆匆漱洗好，就跑去餵狗、抱狗。還有五分鐘就要去菜園澆水種菜了，還沒看見孫子、小洪、阿宙三人。好吧，五人趕緊也餵了另三隻狗，隨後，所有狗狗自由奔跑了去。

「狗狗 11001，你要帶著牠們幾隻，注意學校裡的安全，餓了就回這裡吃飯，知道嗎？」一大向狗狗 11001 說。

「沒問題，一大哥，你可以叫我『麥片』。」

「『麥片』？爲什麼？」

「以前主人這麼叫的，旁邊這隻叫『檸檬』，前面那隻叫『胡桃』，再過去叫『栗子』、『天星』、『豆豆』、『飛刀』、『公仔』。」

「喔，好，好，『麥片』，先記住你就好，其他的我以後慢慢記，你以前主人是誰？」

「警察局長。」麥片汪汪叫著跑走了。

「哦？」

八隻狗全跑了出去，五人隨之也往菜園快跑而去。

隔幾天，學校發下了長袖上衣，長褲、夾克及毛衣。天氣愈來愈涼了，服裝跟著換季。

吃過中飯，一大坐在床沿看著幾件新制服，「咦，這毛衣，我家好像也有有兩件，但滿舊的……」

手上展開一件深藍色長袖尖領毛衣，尖領前的邊邊上嵌有寬約兩公分的白色V字。

一大想起爸媽小時曾試著給他穿那毛衣，但兩件都太大，始終沒穿。一大未曾想過那是誰留下的舊毛衣，因爲，如果爸媽要穿的話，也又都太小。

突靈光一閃，「難道，難道，我爸媽……曾經讀過雲霧中學？那兩件舊毛衣，不會是我爸媽當年的學生制服吧？」

一大愈想愈覺得那可能性是有的，自己莫名其妙的來上雲霧中學，又可以和昆蟲、鳥雀、蛇狗……說話，還碰上許多玄怪之事。如能找出有關爸媽的多一些資料，或可瞭解一些自己來此的原因。

看土也、阿萬躺在床上打呵欠。

一大小聲叫，「小虎，小虎，你在哪？」

「這裡，嘎嘎。」小虎從棉被中爬出。

「你幹嘛跑棉被裡去？」

「天冷，我又沒外套穿，所以就跑到棉被裡去了。」

「那，我去找何婆婆弄件外套給你。」

「幽默，你看過有壁虎穿外套的嗎？」

「你第一個不好嗎？」

「咳咳，嘎嘎，好，謝了，一大哥，叫我有事？」

「走，跟我去圖書館……找資料。」

到了圖書館，一大在電腦中鍵入了「席林風」，查不出相關人名或資料，鍵入「席林風雲霧中學」，也一樣。

再鍵入了「絲雨」，仍查無相關人名或資料，再鍵入「絲雨雲霧中學」也還是一樣。

「看來，爸媽和雲霧中學……應沒什麼關係。」

想了下，鍵入「席復天雲霧中學」，有，看到了：「雲霧中學一年級學生。」一大關了電腦，準備走出圖書館。

眼角餘光忽瞥見一黑影閃過，一大追上去，沒見任何人，卻發現自己正站在地板那翻開的書本上。

一大立刻說，「小虎，你現在可別背你的學號。」

「喔，知道。」

一大在身上找出兩張乾淨的面紙，在地板書本上抹抹，摺起放入口袋，快步跑向狗舍，麥片已遠遠地朝他奔來。

「麥片，乖。」

「一大哥，你好，汪汪……」麥片猛搖尾巴。

一大取出口袋中的面紙，小心展開，「麥片來，聞這個，記住味道，找出這傢伙，我……」話沒說完，麥片已衝了出去。

「哇，這麼快！」一大跳起，拔腿狂追。

跟著狗的唔汪叫聲和若隱若現的狗尾巴，一大落後約有四、五十步。狂奔了二、三十幾分鐘，一大印象中已跑過了菜園，穿過了樹林，麥片停下……

「咦？麥片……麥片別動！」一大大叫，他聽見憤怒的嘶嘶聲。

「是一大哥！一大哥，叫這狗別追我。」是蚯蚯的聲音。

「媽呀，麥片，退，過來，蚯蚯……那條蛇，是我的好朋友，過來，哎唷，怎麼會這樣？」一大頓足。

麥片跑回一大腳邊，張大口喘著。

猛想到，「蚯蚯，你，剛才有去圖書館？」

「對啊，我去，呃，等下再跟你說。這狗是你的啊？追我追那麼緊，甩都甩不掉，厲害，是隻好狗。」

「原來如此，我去圖書館時，見一黑影閃過，卻沒見到人，以為是有黑衣人從那書本地底入口跑了。我用乾淨衛生紙在地板上抹了抹，叫麥片聞了順著味道追，這狗名叫『麥片』，牠夠厲害，竟追上你了，認識一下，以後大家就是朋友了，哈……」

「唔汪，蚯蚯你好。」

「嘶嘶，哈，麥片你好。」

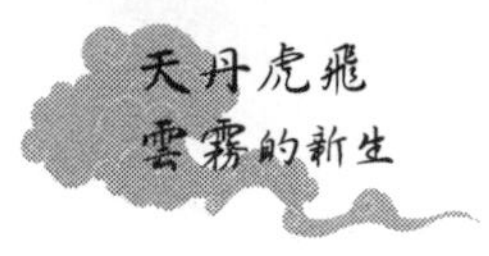

「好極了！蚯蚯，你剛說等下再說，是要說什麼？」

「我在追用『秋水仙』毒害飛飛的人。」

「啊？你……知……道？」一大一驚。

「樹爺爺跟我說的！」

「樹爺爺跟你說的？」一大二驚。

「秋水仙跟樹爺爺說的。」

「秋水仙跟樹爺爺說的？」一大驚爆了。

「這山上的草木花樹，全歸樹爺爺他老人家管，他沒什麼事不知道的。花圃邊上長的幾朵秋水仙，有事也都會向他說的。只是，那幾朵夜晚被人割傷的秋水仙，都說沒看清楚那人的長相，可惜了。」

「不會是那兩個被逮的假警察吧？」

「不確定，一大哥，反正我有空，這線索我會繼續查，以後有麥片加入我們，畫蛇添足，不，是如虎添翼，哈……」

二十、狗狗告狀

星期六下午，一大去福利社的理髮廳送抄好的《心經》給松鼠松松和烏鴉呱呱，松松和呱呱是又感激又感動。

一大剛走出福利社的大門，正巧碰上小宇、孫子、小洪、阿宙四人要進福利社。

「一大，你前陣子在這理過頭髮，對吧？」小宇問他。

「是啊，妳要理髮啊？」一大不想靠近孫子他們，拉了小宇到一旁說。

「不是，我頭髮不長，是孫子要理，我來買個電池，小洪、阿宙順便來逛逛。」

「喔，啊，我差點兒忘了，進理髮廳要倒念學號，像妳的 12001，要念 10021，然後，你們才進得去。」

「為什麼？」小宇不明白。

「那是旋轉門，不然的話就轉不動，我上次來就，哎，我幹嘛好心多嘴，讓孫子他慢慢問去，問到頭髮長到地上……」

「好啦，謝謝你好心。我們進去了，再見。」

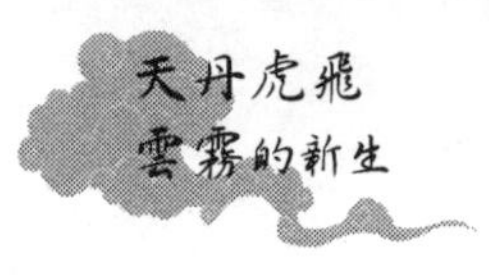

「再見。」

回宿舍後，一大和土也，阿萬閒聊著，一大拿出筆記本，想記下抄錄《心經》及分送《心經》的篇數和對象，免得以後亂掉。便寫下：

蚯蚯 108（自用）

蚯蚯 108（轉送咯咯）

呱呱 108（轉送蚯蚯）

松松 108（轉送松爸）

松松 108（轉送松媽）

計 540 篇

……

正聊著寫著，忽然聽到宿舍門口有大吼聲傳來，接著衝入了孫子、小洪、阿宙三人，小宇跟在後面叫著，「喂……別……」

孫子衝向一大，舉拳就要打去，土也、阿萬跳起阻止，土也抓住孫子的拳頭，叫道，「孫子，這宿舍是一班的，你們二班在隔壁。」

「他……，你管我！姓席的，你……他……耍我！」孫子瞪大雙眼惡狠狠瞪向一大。

一大放下筆記本站起，「我怎麼耍你了？孫子。」

「你跟小宇說，進理髮廳要倒念學號，我……你……他……」孫子的臉脹得紅紅白白。

「我跟小宇說又沒跟你說，我第一次去也是倒念學號啊，也沒怎樣，你找我出什麼氣啊？」

「我……你……他……，姓席的，走著瞧。」孫子憤憤掉頭離去，小洪、阿宙也跟著走了，小宇瞪了一大一眼，也走了。

「哇，一大哥哥，你也太猛了，你無時無刻要不要一下孫子，你很難過是不是？」土也怪腔怪調，

「哈，快說，你怎麼弄他的，看他那灰頭土臉，一副要氣爆的樣子！」

「哦，我跟小宇說進理髮廳的旋轉門，要倒念學號，小宇去跟孫子說了，孫子就倒念學號進旋轉門，結果……就……」

「有聽……沒有……懂。」阿萬有疑問。

「我去也是倒念學號啊，嘿，你們下次去的時候……」一大看兩人，「倒念學號就知道了啦，好玩極了。」

「有詐，其中……有詐，阿萬，下次要理髮時，我們結個伴，以防萬一。」土也直覺有問題，「但是能整到孫子，我個人還是很佩服一大，哈……」

一大拿起筆記本，繼續寫他抄錄及分送《心經》的事項。

晚飯時，又見餐廳門口貼有告示。

土也先跑近看，「哇，孫子他們糗了……」向一大和阿萬念著內容，「12002 李新宙、12003 周士洪，

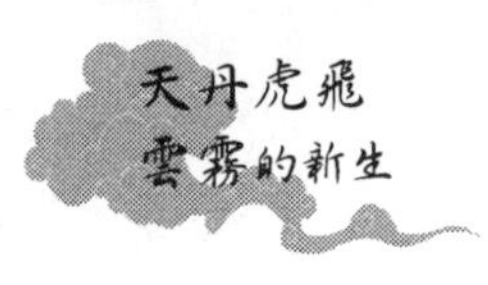

12004 孫成荒等三位同學，對其所負責照顧之三隻米格魯犬未能善盡照顧之責，即日起該三犬移交予 12005 余幸遠、12006 賈立文，12007 何士先三位同學照顧。」

「我就說嘛，活該，孫子他們三個，根本沒好好照顧狗狗。」一大話沒講完，背後冷不防被人猛力一推，整個人飛出踉蹌摔倒在地。

「姓席的，又是你告狀，我跟你拼了！」孫子撲上騎壓在一大身上揮拳亂打，口中哇喇哇喇大吼大叫，一大一時來不及反應，土也、阿萬去拉不成，反被小洪、阿宙纏住扭打成一團。

梅老師和張龍老師快步來到，梅老師叫，「跪下！」，土也、阿萬、小洪、阿宙隨即跪下。但孫子、一大沒聽見，孫子仍騎在一大身上大力揮拳，一大奮力招架。張龍老師使勁拉開了孫子，孫子才虛脫般頹然跪下，一大臉身血跡斑斑，躺在地上喘氣。張龍老師扶起一大，抓了把椅子讓他坐下，叫圍觀同學散去。

曉玄、小宇來到餐廳門口，看到這景象吃驚地站在一旁，說不出話來。

「孫成荒，看來是你偷襲席復天，他來不及回手，你說，爲什麼打他？」梅老師問。

「我……他告我狀！」孫子仍氣憤著。

「他告你什麼狀？」

「他去告我……沒……沒照顧好狗狗。」

「哦？孫成荒，你搞錯了，是狗狗牠們自己來向老師說的。」

「？」孫子一臉問號。

「好，老師這就叫狗狗來。」梅老師嘴巴念念，一聲長嘯。

很快的，狗狗跑來，一共八隻，依學號順序蹲在梅老師腳前，幾人一看全傻了。

梅老師問，「狗狗 12002，照顧你的同學有沒有按時餵你，幫你洗澡？」

狗狗 12002 汪汪唔唔的，像是說了一些話。

一大聽得懂。

「好，狗狗 12002 是李新宙照顧的，狗狗說你兩三天去餵牠一次，五天洗一次澡，還隨便亂洗，是不是？」

李新宙睜大眼看看梅老師，又看看狗狗 12002，無法置信，說不出話。

「來，狗狗 12004，照顧你的同學幾天餵你一次？哦，等一下，老師怕同學聽不懂你說的話，用你的右前腳點地，點一下代表一天。」

狗狗點了五下，然後腳懸半空不動。

「五天半餵一次，孫成荒，是不是？」

孫子張大了口，說不出話，但勉強點了點頭。

「狗狗 12004，照顧你的同學幾天幫你洗一次澡？」

那狗搖搖頭，並將兩隻前腳交叉趴下，孫子一看，大驚失色。

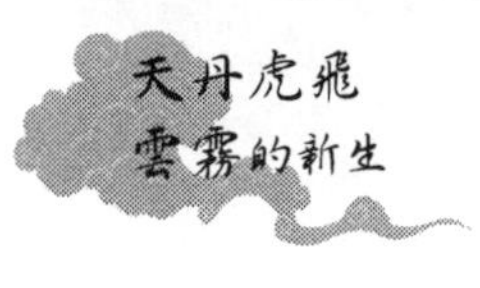

「孫成荒，你從來沒有幫牠洗過澡？本校的宗旨：『眾生平等，品德優先』，你有沒有做到？」

「……」孫子呆住，無言以對。

「好，來，狗狗 11001，照顧你的同學幾天餵你一次？」

狗狗唔汪一陣，腳懸半空不動。

「半天餵一次，席復天很會照顧你。」

「狗狗 11001，照顧你的同學幾天幫你洗一次澡？」

狗狗右前腳點地點了一下。

「一天一次，很好。」

梅老師抬頭問，「哪位同學還有問題？」

沒人回話。

「12002 李新宙、12003 周士洪，12004 孫成荒，面向自己的狗狗說『對不起』五十次。」12002、12003，12004 三隻狗狗走去蹲在李新宙、周士洪，孫成荒三人膝前接受道歉。

三人結結巴巴說著「對不起」，面對一隻狗道歉，三人完全心不甘情不願。

「孫成荒錯怪席復天，席復天可向孫成荒提出懲罰要求，但席復天下午在理髮廳整了孫成荒一次，也犯了錯。兩兩抵銷，互不虧欠。」

孫成荒，席復天兩人想笑不敢笑，有苦不敢言。

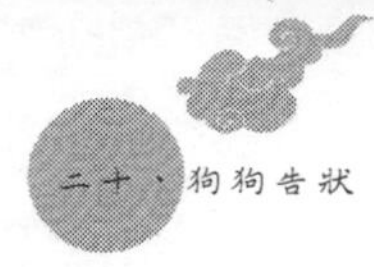

「等一下，嗯，12002、12003，12004三隻狗狗認為李新宙、周士洪，孫成荒的道歉不夠誠意。李新宙、周士洪，孫成荒三人聽好，每人抄《心經》一百零八篇，分別送給你們的狗狗，張貼在狗舍，為表示誠意，要用毛筆抄，三個月內完成，狗狗們會向我報告進度。」

「報告老師，我不會毛筆字，也不會背《心經》，沒辦法抄。」孫子立刻舉手辯說。

「《心經》，圖書館查得到，不然向席復天借範本來抄。毛筆字，不會？慢慢練，席復天還不是一樣慢慢練的，到現在才寫得像個樣子。若三個月內完成不了，數量加倍，到時候，你啊，當不完的學生了！」

老師一席話聽得一大的腦袋瓜轟轟然，看向孫子，他更是一臉苦瓜。

「好，全部起立，去清洗手面，準備開飯。請張老師幫席復天看看傷口，應是皮肉傷，沒有大礙，吃完飯，去上點藥。」梅老師說完，叫狗狗回狗舍，自己走入了餐廳。

餐桌上，曉玄遞給一大幾張面紙，要他擦擦嘴角血跡，「哼，不是你打他，就是他打你，有完沒完啊？」

「曉玄，對不起……」一大低聲說著。

「『對不起』三個字是對狗狗說的。」

「啊？」一大、土也、阿萬全看向曉玄。

「那……我……」一大結結巴巴。

「簡單，你抄《心經》送我，一百零八篇，要用毛筆抄，三個月內完成。」曉玄揚起右手伸直三指。

一大一震，「抄《心經》送妳？曉玄，這……我的手都受傷了，沒……沒辦法寫字。」

「哼，看你沒誠意的樣子，簡單，那就六個月完成。」

一大抬眼看看土也、阿萬，兩人也是很狼狽的樣子，卻都在忍笑。

吃完飯，小宇走來，「一大，我答應你做的，送你。」

「哇，是螢火蟲！」一大驚喜接過，「小宇，謝謝！」

那是一隻用紙張手作的立體螢火蟲，還上了顏色，約小指頭大小，還有螢光燈在尾部一閃一閃，栩栩如生。

「你可叫牠『大飛飛』。」小宇說。

「喔，叫『大飛飛』，太好了，謝謝！」一大眼中有淚。

「腹部有小電池開關，可控制尾部螢光燈，按一下，開始閃光，再按一下，停止閃光。」

「喔，謝謝，小宇，謝謝……」一大滿是感激。

「不客氣。」小宇回著。

土也、阿萬、曉玄三人也拿手作螢火蟲過去看了又看，都向小宇稱讚有加。

一大突嘆了口氣，「唉，這下又奇了，人外表長得像，怎麼心長得不像？」

「呼！」一聲，一大小腿中了一踢，忍痛抬眼，曉玄正圓眼瞪著他。

回到寢室，土也、阿萬先跑去洗澡。一大正要將手作螢火蟲往書桌抽屜放，卻發現有兩個玻璃奶瓶在桌上，想伸手拿看，旋又縮手，看到書桌邊上壓了張小紙條後，才放心拿起奶瓶東瞧西看。小紙條上寫了字：「復天，兩個瓶子已徹底消毒洗淨，交還給你。梅師母。」

「太好了，大飛飛，你可住在裡面。」將手作螢火蟲放入其中一瓶內。

想起一事，「這哪一個是原先我帶來的？哪一個是梅師母送的？飛飛說過，舊的那個瓶口有兩道裂痕，要對著太陽光才看得到，那，改天白天有陽光再看好了。」

拿出筆記本，多記下一筆抄心經的篇數：

曉玄 108（她還踢了我一腳）

「哇，一共六百四十八篇了！」卻又不自覺笑起，「嘻嘻，有伴，孫子他們三個也要抄！不會毛筆字？慢慢練，我還不是一樣慢慢練的，到現在才寫得像個樣子……」想到這幾句，猛回頭看，怎老覺得梅老師就在背後。

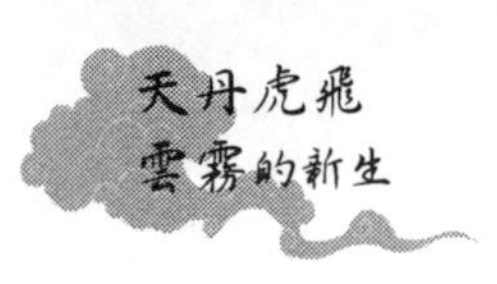

二十一、紅雲人

天更冷了些，一天中陽光出現沒幾分鐘。這天中午飯後，山上濃霧瀰漫，一大、土也、阿萬和大多同學一樣，窩在宿舍睡午覺。

一大在睡夢中聽見狗叫，一跳而起，「麥片？」赤腳跑出宿舍，「麥片，發現什麼了？」

「呱，一大哥，是我啦。」

一大抬頭看見烏鴉呱呱正棲在不遠的老松樹上。

「唉喲，麥片，你別看到黑影就追嘛，那是烏鴉呱呱啦。」

「一大哥，是呱呱叫我叫你的。」麥片唔汪。

「哦？呱呱，你叫我？什麼事？」一大抬頭問。

「穿鞋穿外套，上雲霧火車站，快，我等你。」

「雲霧火車站？」根本不用多問，一聽到雲霧火車站，一大就全身熱血沸騰，「喔，好，你等我，

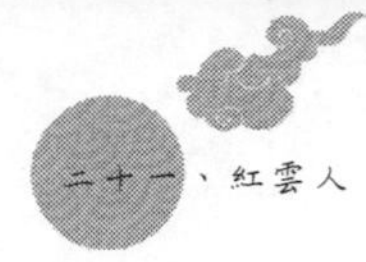

馬上來！」

穿好鞋，穿好外套，一大才出宿舍門，呱呱就飛了下來，「附近沒人，跨上來，快。」

「麥片你回去，我回來再幫你洗澡，再見。」

「好，汪，再見。」

一大往呱呱背上一跳，抓牢頸後羽毛，呱呱噗啪飛起。

「一大哥，你還帶了朋友？」

「喔，是小虎，我的壁虎朋友，在口袋裡。」

「好，都抓好了。」

呱呱迅速飛高，一大半瞇起眼，風在耳邊呼呼吹過，往回瞄上一眼，學校校舍變小，很快就消逝在雲霧裡，飛到雲層上，再往下看，只見雲海翻滾，層巒疊嶂，好壯觀。

一大還在欣賞奇妙美景，呱呱已在下降了，很快就飛落到了月臺上，「到了，來，下來吧。」

「哇哈，呱呱，太神奇了！」一大下了地。

「還有更神奇的，來，跟我來。」呱呱搖擺加跑跳的向月臺邊一條小徑行去，一大跟著。

「一大哥，你氣練得不錯，揹起來不費力，因此你帶了朋友，我就會知道，因爲小虎牠沉沉的。」

「哈，小虎，聽到沒，該減肥了。」

「噢，噢，嗯。」

呱呱鑽入一山洞，往洞深處走去，四周黑暗了起。一大摸摸口袋，打火機有帶，火柴也帶了，想想，火柴盒什麼時候放在制服口袋的，不記得了。

「到了。」烏鴉停下。

昏暗中有紅色反光，一大一看，心驚暗叫，「紅……紅雲人！」他看到一熟悉的紅雲影像，但那紅雲人正側躺在地，吐著舌頭喘著氣。

一大停下腳步，腦袋不安，一片混亂。

「噓，一大哥，他受傷了。」

「啊？他受傷了？」一大腦袋仍只混亂。

「以前我常飛來飛去，有時還穿過他身體取樂玩耍，我昨天傍晚飛過車站沒看見他，覺得奇怪，後來聽到有哀哀吼叫的聲音，才下來查看。他叫我找個『人』幫他，我想，何婆婆年紀大，梅老師我不敢，所以我就只好等你有空時找你了。」

「啊？我……這……，但，他是……怎麼了？」

「他說他被幾個黑衣人弄傷了。」

「黑衣人？」

一大聽到紅雲人是被黑衣人弄傷的，一時間，直覺紅雲人大概跟自己是同一邊的，但還是小心翼翼。

「烏鴉，你怎找了一個小孩來救我？」紅雲人講話了，聲響轟隆隆地震動山洞，洞頂震落一些沙土。

「小孩也是『人』啊！」呱呱回著。

一大驚中有懼，但還是大起膽靠近紅雲人，那紅雲人突圓睜雙眼，「是你，一大？」轟隆隆的聲響迴盪在四面八方。

「嘿，你認識我？你是個人嘛！我原先還以為你是一朵妖雲或一個鬼怪。」一大看清楚了些，側躺在地上一堆破布上的，是個中年男人，有著油黑又糾結的頭髮和滿臉黑短蜷曲的絡腮鬍，眼像牛眼，口像碗公，在破裂的衣褲下看得到古銅色的結實肌肉，相當強壯，身體四周有紅色雲霧聚聚散散。

「你坐過我北上的車，我聽人家叫你『一大』。」

「喔。」

「也因你坐過我北上的車，一票黑衣人才來找我問你的事。」

「我？黑衣人？」

「頭幾回我不理會，後來惹火了我，就把幾個黑衣小嘍嘍打得歪七扭八。」

「好傢伙！」

「但昨天卻出現了一個自稱『姓梅的』傢伙，看到我便出手和我扭打起，我還沒搞清楚，左小腿就斷了！」

「『姓梅的』？」

「我倒在月臺上，還好，那人只是要教訓我，沒想致我於死地。後來，他走了，我就爬到這山洞……」

一大聽了冷汗直冒。

「那『姓梅的』傢伙應不是梅老師，呱……」烏鴉一旁說。

「你……知道？」一大回頭看呱呱。

「梅老師是正派人士，不會隨便打傷人的。」

「這山洞……以前我常來休息打坐，鍋碗和油鹽都有。我已止住血了，一大，可不可以麻煩你幫我煮些熱食，我沒辦法站起來，但須要食物補充體力養傷。」紅雲人說。

「等一下，你要先說說你的大名和來歷，你如果是壞人，我可不幫。」一大想要多知道他的事。

「我叫朱鐵，是開火車的。我是不是壞人，我不知道，但我不會沒事找人麻煩或打人，可是如果有人故意找我麻煩，我就一定會還手打他。」

「喔，那，跟我差不多，嘿，你不算是壞人。好，那你買的米和菜和鍋子放在哪，我有火，燒東西給你吃沒問題。」

「鍋子在那角落，我沒買米買菜，在山洞邊上我之前儲存了些馬鈴薯、紅蘿蔔、也種了高麗菜、包心白菜等蔬菜，得去採了，搬了來煮。」

「搬菜，採菜，這我在學校常做，好。」一大起身，順他指的方向，往角落走去，「哇呀，我幹嘛答應你？這一個巨大鍋子，天！夠我吃十天，夠烏鴉呱呱吃半年了，那菜，我得搬得採多久啊？」

「我受傷，又一天沒吃東西，你就幫幫我。」

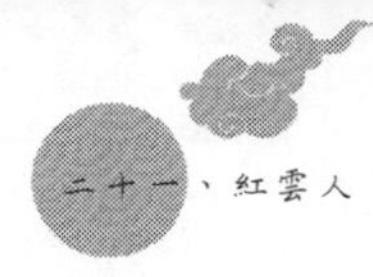

「好吧，我命苦，採菜去。」轉過頭，「喂，呱呱，幫我，這可是你帶我來的，別說你沒責任。」

「我？我又沒手？」呱呱搖頭。

「用你的爪子和聰明的腦子嘛，那一個超級大鍋子，我一個人就算拼了小命搬了菜來塡，塡到明年也塡不滿啊！」

「哈，有了，呱呱呱呱，我去找蚯蚯來！」

「找蚯，哇哈，烏鴉呱呱果然聰明頂呱呱！」

「這話好聽，那我去去就來。」烏鴉說著就往洞外跑去。

一大轉向朱鐵，「嗨呀，鐵哥，你別急，蚯蚯一來，立刻把種的高麗菜、包心白菜等各式蔬菜，唰～唰～兩下，全採來，不必用手挖呀拔的了。加上搬來你儲存的的馬鈴薯、紅蘿蔔，用山泉水洗上一洗，我來煮上一煮，你老兄可就餓不死了。」

「謝謝你，一大，我不知將來怎麼報答你？」

「不必客氣。」一大忽想到，「嘿，鐵哥，你記得我叫一大，那你記不記得，在夏天，有一次，你拿了一張……上面有毛筆字的一張紙，在月臺上，像要給我看的樣子，對，你還想推我上車，那是怎麼一回事？」

「記得，那次我推你上火車，是想帶你再北上玩去，你很輕，我扛起一節小火車廂加上你，飛跑都沒問題，別人太重就不行了。」

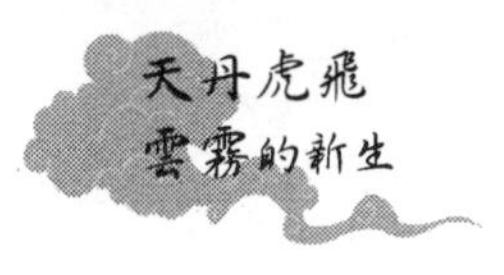

「哦？你……厲害！」

「有你作伴，去穿越一回『時空邊界』，肯定刺激！」

「『時空邊界』？」

「嗯，我一直想去，但一個人去沒意思。你知道嗎？穿越『時空邊界』一趟感覺沒幾個鐘頭，但回到這，嘿，卻已是過了一個禮拜，還眞是讓人感覺跳出三界外了！哈……哈……」大笑兩聲，轟隆隆，又震得洞頂落下一些沙土。

「媽呀，又是『時空邊界』？又是『跳出三界』？等下再問，先說說那毛筆字的紙，好不？」一大既緊張又興奮。

「你是說那張寫了『晚霞照天晴，雲彩映人紅，練神復還虛，雲霧現頑童。』的紙？」

「就是，那是哪來的？」

「哦，有一對夫妻上了我的火車，看見我紅雲繞身，覺得有趣，在火車上寫了送我的，因火車有時會顛，正寫時有兩點顛歪了，他們用小拇指順了一下未乾的墨汁，搞到小指頭都黑了，我挺不好意思的，嘿……」

「夫妻？長得什麼樣？多大年紀？」一大急問。

「就一般平凡夫妻嘛，平凡的很，年紀？看不太出，那夫妻倆都是練氣之人，外表看像四十，也許實際有五十也不一定，你看我，人說我像四十幾，實際都五十多了。」

一大沉思一下，「你五十多歲了？嘿，還眞看不出，那你的紅雲繞身，又怎麼來的？」

「我從小練氣，外公教我練了基本功，但沒幾年就過世了，我自己早也練晚也練，胡練亂練，後來練偏了也不知道停，還在強練。」

「練偏了？」心想，又是外公。

「嗯，氣機亂竄，直到兩條腿神經出了問題幾乎無法走路我才停練，改以加強臂力和腿力等肌肉訓練，還有傍晚對著夕陽靜坐……」

「哦？」

「隔了兩年，腿漸漸可以正常走路後，才再回復練氣，卻發現氣足時，周身就聚了紅色雲霧，氣不足時，紅色雲霧就淡了或散了。」

「是麼？爲什麼？」

「我也不知道爲什麼，後來發現，有打坐練氣的人才見得到我身上的紅色雲霧，也知道特殊照像機也照得到，沒練氣的人看我，就跟一般人沒兩樣。你……應該看得到，現在我受傷氣弱，紅色雲霧就淡了。」

「是，我……」一大還想問，看見蚯蚯，呱呱半揹半拖了一袋東西進洞來。

呱呱邊走邊叫著，「嘿，我這朋友蚯蚯可讓我大開眼界了，一大袋，來，馬鈴薯、紅蘿蔔和高麗菜、大白菜，牠一下子全都採了搬來，也全都洗好了，可以下鍋煮了！」

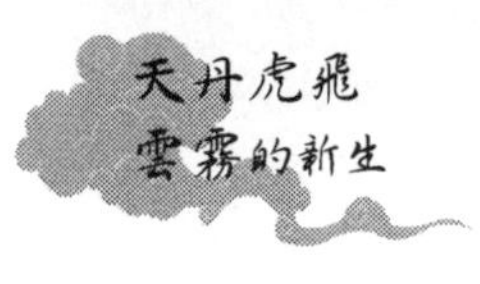

「你們的速度可真是神速啊！謝謝兩位，哦，蚯蚯，這是開火車的朱鐵大哥，認識一下，我生火去……」一大說。

「謝謝你們，蚯蚯，呱呱和一大，你們好心會有好報的。」朱鐵感激著，但看著蚯蚯是條蛇，又有些驚駭。

「朱鐵哥，不用客氣，我們是好同學，本就相處得很好，大家也互相照顧。」蚯蚯說，「我可以看一下你的傷口嗎？」

「哦，你看，斷的是左小腿。」朱鐵臉上難掩驚訝。

「得用煮滾了的清水將傷口清洗消毒乾淨，用棍子固定骨頭。這看來沒中毒，但你的氣很弱，待會兒吃過東西後休息一下，一大哥加上我和呱呱連在一起幫你加氣，我明天一早再去弄些藥草搗碎在你的傷口糊上。」蚯蚯邊看邊說。

「……」朱鐵驚訝得張口結舌，說不出話。

「朱鐵大哥，蚯蚯蛇可是條功夫智慧蛇，牠的話可別不信。」呱呱說。

「哦？」

「好啦，食物煮上了，一大鍋子，另外也煮了鍋水，等下清洗傷口用……」一大走了回來，「鐵哥，如何，安心了吧，吃飽後多休息，相信你很快就會復原了。」

聊著，聊著，食物熟了，朱鐵吃了大半鍋，休息一下後，氣色好了些，一大將他傷口清洗乾淨，用

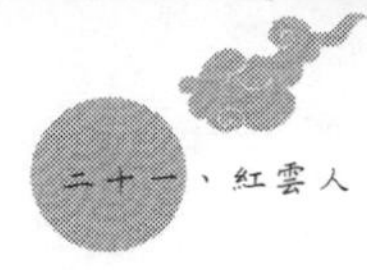

棍子固定住了骨頭。

然後一大聽蚯蚯的話，在前盤腿，扶起朱鐵上半身，以雙掌抵住朱鐵的背，蚯蚯在一大背後盤身，呱呱在蚯蚯背後伏地，合成一氣幫朱鐵加氣，一大見到朱鐵身上紅色雲霧聚聚、散散、聚聚，心中頗感驚奇。持續加氣約半個鐘頭後，讓朱鐵躺下休息。

看看洞外，傍晚了，一大說，「我得回去吃晚飯了。」

「讓蚯蚯送你回去吧，牠反正要回家，我隨便在附近找棵樹就可以睡覺了，鐵哥如有事，叫一聲，我就聽得見。」呱呱對一大說。

「好，鐵哥如果晚上不舒服，我就報告梅老師，送他到醫院去，我這盒火柴留下，鐵哥可用……」一大說。

「那我送一大哥回去了。」蚯蚯說。

朱鐵再三向一大、蚯蚯和呱呱道謝。

蚯蚯揹了一大，很快回到學校餐廳附近。

一大跨下地，蚯蚯說，「等等，我跟你說，那鐵哥斷了的左小腿，連皮帶肉和骨頭都傷口整齊，如果用內力震斷或用腳踢斷，會有骨肉不齊的現象，看來下手的人不是手持利刃就是腳持利刃。」

「哇，蚯蚯，你看得那麼仔細？手持利刃我懂，但有人腳持利刃？這……」

「腳持利刃，我猜是那人鞋子或腳上有玄機，那小腿傷口角度低，從右下往左上劃，那人不太可能

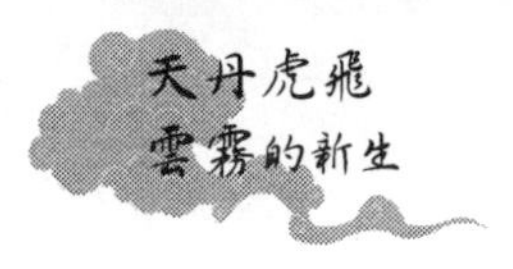

蹲下手持利刃砍鐵哥的小腿下方。呱呱說鐵哥和那人雙手才扭打起左小腿就斷掉，就倒在月臺上了。我猜，那人的右腳內側，或左腳外側有什麼機關或其他東西。」

「再說吧，蚯蚯，我得去吃飯了，餓死了，吃完飯，還要幫麥片洗澡。」一大想走。

「麥片好狗命，我說一大哥，你小腿上……得有東西護住。」蚯蚯還繼續說。

「啊？嘿，我總不能在小腿上綁上鋼片、銅片、鐵片吧，你會不會想太多了？」

「我老實告訴你，那劃秋水仙的刀痕和劃鐵哥左小腿的刀痕幾乎是一樣的，快狠猛準，力道十足，這樣，你懂了吧？」

「啊？蚯蚯，那……？」這下一大懂了，也傻了。

「我今晚想想看……如何防……」蚯蚯一時也不知要如何說，「不然，這樣好了，等想到了再告訴你，吃飯去吧，再見。」

「好，謝謝你，蚯蚯，再見。」

二十二、蚯蚯冬眠

講臺上的女老師是井欣美老師，專教語文和文學相關課程。才上上午第一堂課一大就心不在焉，想到那些黑衣人似乎到處在找他，心中甚是不安。又想到紅雲人朱鐵說的「時空邊界」和「跳出三界」，懊惱自己沒時間多問。

呱呱來過，說朱鐵哥腿傷復原得不錯，休養一個多星期已可以自己爬起來煮東西吃了，呱呱還說，蚯蚯快要冬眠了，要一大有空去找牠，牠有東西要給一大，一大可再多給牠送幾篇《心經》……

「《心經》……」

「一百零八篇！」一大忽地起立。

「哈哈哈……」全班大笑。

「幹嘛啊一大，你瘋啦，快坐下！」土也一旁拉他衣服。

一大回神，見是女老師在黑板寫了《心經》兩字，糗了，是自己聽到《心經》兩字就神經過敏，反應過度。

「席復天。」老師叫住了他，「老師剛說《心經》，好像聽到你說一百零八篇？」

「嗯……嗯……嗯，老師，我弄錯了，嘻……」嘻皮笑臉，看見曉玄回頭看他。

「弄錯了？那是一千零八十篇囉？」老師笑笑說。

「啊？」一大收起了笑。

「你上課心不在焉，背一遍《心經》給老師聽，背得出來就坐下，背不出來就受罰，你說好不好？」

「哈，好，老師，妳不愧是好老師，對學生我……很瞭解。《心經》呵，我會背，我開始背囉。」

一大很有把握，又嘻皮笑臉。

「好，你背。」

「般若波羅蜜多心經，觀自在菩薩，觀自在菩薩，觀自在菩薩……」

一大只覺奇怪，這麼熟的心經，怎麼背得不順。

「繼續。」

「觀自在菩薩、觀自在菩薩，觀自在菩薩……」

一大心中大驚，居然，背不出來！

「咳咳，觀自在菩薩，咳咳，觀自在菩薩……」故意咳兩聲，仍然背不下去。

「好了，不用勉強，不會背沒關係，回去再多背，下次上課，要人在心也在。好，坐下。」

一大坐下，老師沒說罰他，但他還眞希望老師罰他。

看著眼前這位中等年紀的女老師，沒什麼特別之處，每次上課教些語文和文學並解說一些哲理，常會督促同學多上圖書館看書，也常指導同學作文。

一大想到朱鐵哥說的那對搭他火車寫毛筆字的夫妻，是練氣之人，但看去平凡的很。而一大看過他們的小拇指紋的成績，顯示出他們一點都不平凡，反倒是一大心目中的聖人！「果林哲」，「英若芙」，一大用食指在桌上寫畫兩人名字。

抬頭看，黑板上多了幾行字：

「般若～大智慧

波羅蜜多～做好本份，圓滿人生

《心經》～斷眾生生死苦，至高之佛學哲理」

「念讀，背誦，抄錄《心經》，都可以讓紛亂的心靜定下來。」井老師說著，看向一大，「席復天，《心經》的哲理很深，不是背一下抄兩篇，就可以說自己已經很懂了，老師也是要時時自修，才能領悟出其中道理的。你這年紀，現在也許似懂非懂，慢慢自修，你會瞭解更多更深些，知道嗎？」

「是，知……道了。」

下課後，土也湊近一大說，「你說你會背《心經》啊？我背了好久，就是背不起來。」

「嗯，你看井老師她是不是也和校長、梅老師一樣，遠遠地能聽見人說話，遠遠地能叫人跪下，遠遠地……還能管到人家說話，叫人說不出話？」

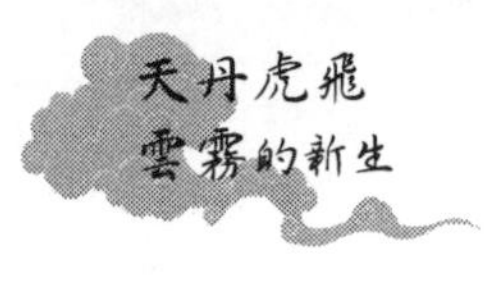

「井老師她？嘿，不會吧？一位女老師，不會吧。」

「我從懂事時就背《心經》，現在隨時隨地背得順順暢暢又流流利利，可是剛才……，玄了，我……好像喉頭卡住了。」

「誰叫你嘻皮笑臉對老師的？你活該。」

「這學校裡，好像，全是……高手。」

下午，一大翻抽屜，見還有兩張抄好的《心經》，就帶在身上，向土也、阿萬說要去校園走走，兩人沒興趣跟，只想睡午覺。

一大和小虎去找蚯蚯，在菜園邊看到麥片，就找牠同行。

「麥片，你以前主人是警察局長，那你應該聽說過一些黑衣人的事。」一大走著，隨口問。

「一大哥，你是想問『斷鼻』和『疤眼』的事吧？」

「『斷鼻』和『疤眼』？哈，對，就那兩個傢伙。」

「聽說被保出去了。」

「啊？你說他們現在被放出去了？」

「對啊，暫時放了，局裡的人說的。」

「那兩個傢伙毒死了飛飛，我的螢火蟲同學啊！」

「毒死飛飛，局裡的人說……好像另有其人，詳細情形我就不清楚了。」

「哦？這……」一大四下看。

「別太擔心了，有我們狗狗警衛在，『斷鼻』和『疤眼』短時間內不會敢來這搞鬼的。」

「哦，這……，謝謝你們呵。」

穿過樹林，來到樹洞，「樹爺爺，您好。」一大抬頭向巨木打招呼。

「呵呵，一大小朋友，我很好，天冷了，你要穿暖和點。」

「好，謝謝樹爺爺。」

「麥片，你在外頭等我一下，我進去和蚯蚯說幾句話。」一大鑽進樹洞內。

「呼嘶～呼嘶～」

「蚯蚯，來，我亮一下打火機，再貼兩張《心經》在你家壁上。咦，你病啦？怎懶洋洋的，聲音都沒了勁。」

「我要冬眠了。」

「喔，對，呱呱說過。」

「那，明年春天再見囉，呼嘶～」

「啊？明年春天？」

「蛇類冬眠，會整個冬天都窩在家裡，當條宅蛇，動都不想動，要到春天才再出來。」

「哇，那麼久，你不怕無聊？」

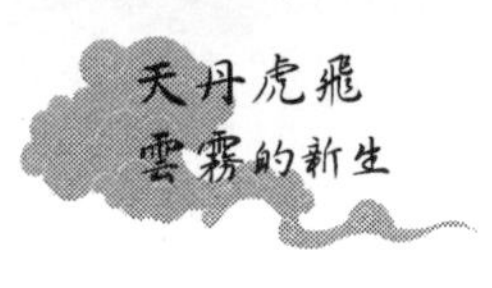

「不會啦，每年冬天都這樣。對了，那枝上掛的東西送你，待會兒順便帶走。」

「那是什麼？」打火機的火靠了過去。

「小心別燒著了，那是我的衣服，人類叫它『蛇蛻』的。可別小看我的衣服，疊兩片套在你的兩隻小腿上，刀槍不入，就算入也是輕微小傷！鐵布衫也不過如此，套上它，就不會像朱鐵哥那樣整個小腿斷了去。」

「那麼厲害？」

「我練氣那麼多年，從身上一層一層脫下的皮，當然厲害。」

「你襪子穿長一點的，把我的衣服包在襪子裡。」

「是哦，可是我……夏天穿短褲，怎麼穿？」

「高手。」

「智慧。」

「這下，我又少一個朋友了。」

「春天很快就到了啦，呱呱、小虎、麥片、咯咯，還有土也、阿萬、曉玄、小宇、鐵哥都在，你的朋友哪會少？」

「也是啊，那好吧，明年春天再見囉，你去眠吧，我走了。」

「再見了，呼嘶～」

一大將幾張蛇蛻取來，壓薄放入外套裡，感覺輕輕軟軟的。

出了洞口，沒看見麥片。

「麥片、麥片……」一大喊了幾聲，沒聽見狗叫，就自行往原路走回去。

走到樹林裡，突然有一陣淒厲的群狗吠叫聲傳來，一大頓覺全身血液凝結，立在當場朝狗吠聲方向張望。忽見麥片飛快跑過他前面不遠處的草叢，一大又叫，「麥片、麥片……」麥片竟沒聽到似地繼續狂吠往前跑去。

不久，狗吠聲沒了，麥片也沒了蹤影，一大左看右看，沒發現任何動靜才又繼續走去。快到宿舍時，麥片從後面追了上來，「汪汪，一大哥，快，救救『檸檬』，快，汪汪……」麥片喘得厲害。

「『檸檬』？『檸檬』牠怎麼啦？」

「受傷了，快，跟我來。」麥片轉身竄了出去。

一大立即拔腿跟上。

大約跑了三百公尺遠，麥片停下，一大看到地上側躺著一隻狗狗嗯嗯呻吟，立即蹲下檢視。

「我們在樹林裡追一件奔跑的黑衣，那是一個人，但看不到人，汪……嗯……」

「檸檬牠左前腳斷了，我抱牠回學校找梅老師去，走。」抱起了檸檬，飛快往梅老師家跑去。

家中只有梅師母在，梅師母看了一眼檸檬的傷勢，便叫一大在客廳坐一下，說會打電話找梅老師回來，自己抱起檸檬往後屋走去。

梅老師很快回來，後頭跟著張龍老師，在門口兩位老師低頭和麥片說了些話，進屋來，一大起身行禮，兩位老師只匆匆舉手打個招呼，就直奔後屋去。一大口袋摸摸，四下看看，不見小虎。

大約半小時後，師母走出來，「復天，你先回宿舍去，順便把門口的狗狗帶回狗舍，餵牠吃東西喝水。受傷的狗狗就留在這，師母會照顧牠。」

「好，謝謝師母，我走了。」一大起身，行禮，走了去。

「麥片，走，回你宿舍，你累了，吃點東西，喝點水去。」麥片隨一大走回了狗舍，「麥片，你說你們在樹林裡追一件奔跑的黑衣，但看不到人？」一大餵牠吃東西喝水。

「嗯，那是一個人，我很確定，但看不到。」

「看不到？那，檸檬左前腳斷掉，是怎麼發生的？」

「奔跑的黑衣突停下，才一秒，檸檬就趴下了，我沒看見怎麼發生的，其他狗狗也沒看見。」

「喔，其他狗狗現在在哪？」

「在花圃守著。」

「花圃？」一大立即想到地底圖書館。

「對啊，那件黑衣跑到那花圃附近就消失了。」

「就消失了？好傢伙，對了，麥片，你有沒有學號，我教……」

「你是說11001？我的學號就跟你的一樣啊。」

「啊？喔，那，麥片，你吃吧。」一大拍拍牠頭。

回到宿舍，小虎來說，「一大哥，梅師母向梅老師和張老師說，『和秋水仙一樣』，嘎嘎……」

「好你個小虎，我就知道你又跑去偷聽了，還聽到什麼？」

「沒別的。」

「就這樣？」

「是被發現了啦！梅老師說：『壁小虎，要守規矩，不可以偷聽，上次你偷聽，你以爲老師不知道？』」

「唷，梅老師實在實在太厲害了。」

一大心中想著那句「和秋水仙一樣」，對，檸檬、朱鐵哥傷勢應都一樣。蚯蚯分析過，但，蚯蚯冬眠了。手伸入外套，摸到輕輕軟軟的蛇蛻，感覺安心了些，心想，「動作得快，今晚洗過澡後，就趕緊把蛇蛻捲在小腿上。」

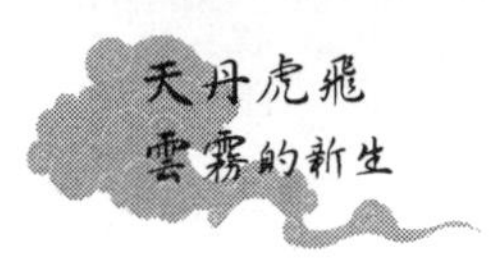

二十三、寒假計劃

「再過二十幾天這學期就結束，寒假有三個星期，你們有什麼計劃？」這天中午吃飯時，小宇跑來一大這桌聊天。

「還沒……睡飽就得……得回……回校。」阿萬嘟囔。

「我要回家，呵，想到又可以坐火車，好期待。」土也說。

一聽「火車」兩字，一大就心中一震。

「我應該會和土也一樣，回家去吧。」曉玄說。

「一大，你呢？你不想回家的話，那來我家玩，好不好？」小宇笑問一大，土也、阿萬、曉玄全看向一大。

「小宇，我想回家，我想回家想得要死～」一大苦笑回她。

「我一個人在家過寒假，不想就知道，一定無聊死了。」小宇嘟嘴。

「帶狗狗回家，妳就不無聊了。」一大加了句。

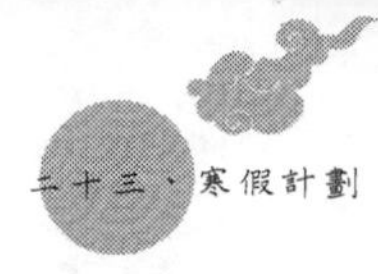

「可以嗎？一大，你確定可以？」小宇興奮。

「不確定，去問狗狗……」一大忽靈光一閃，「啊，小宇，妳可以帶『12002 檸檬』，哦，就是那隻前腳受傷的狗狗回家去照顧，小宇最有愛心了，問梅老師，他應會准的。」

「哈，一大反應確實快，好，我問問梅老師看。」

看小宇開心，一大心中五味雜陳。回家？不敢想，因爲根本無家可回，像玻璃奶瓶被偷那天的飛飛一樣！

「一大哥，吃完飯來找我，宿舍門外見，呱呱……」一大聽見了，朝窗外東看西看，雖沒看到烏鴉，但心情好了些。

「你看什麼？還那麼專注？」小宇順著一大眼光看向窗外。

「烏鴉！」

「呼！」小宇一腳踢向一大小腿。

「妳幹嘛踢我？」

「你才烏鴉！哼！」小宇甩甩馬尾走了。

隔了幾秒，一大突大叫一聲，「哇！嘻……」又賊笑了一聲。

「喂，喂，喂，同學，你眞的瘋啦？」土也推一大一把。

「小宇她踢我，可是不痛！哈哈哈……」一大哈哈笑起。

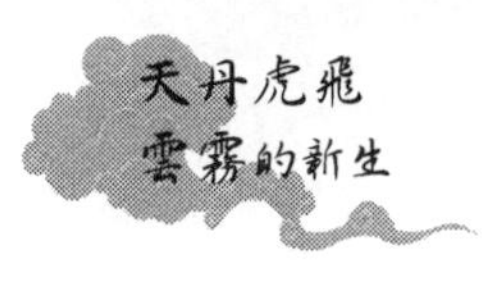

「你幹嘛呀？」曉玄也推一大的手。

「他……是瘋……瘋了。」阿萬喃喃。

一大匆匆吃完飯，藉口上廁所溜回宿舍。

「一大哥，我要去找朱鐵玩，你去不去？呱……」

一大抬頭看，宿舍門口老松上烏鴉呱呱在那叫著。

「當然去，這還用問？」

「好，上來。」呱呱已飛落地上。

一步跨上，烏鴉撲撲雙翅，飛了起。

「一大哥，除了小虎，你還有朋友？」

「沒有啊。」

「咦，這味道，是蚯蚯？不可能啊，蚯蚯冬眠去了。」

「哦~哈，烏鴉……你眞是聰明頂呱呱，那是蚯蚯以前的衣服，牠送我護腿用的，我穿在腿上了，還有多的在我外套裡，你要不要，護腿防寒，效果一流。」

「免了，烏鴉我呢喜歡寒冷，愈冷愈爽，我這一身羽毛足夠了。」

「嗯，在這天上，反正沒別人聽得見，我跟你說，今天一個女同學踢了我小腿一下，哈，居然不痛，後來才想到，我兩腿都穿了蚯蚯的衣服。」

「哇哈，嘿，一大哥，改天我從我窩裡弄堆羽毛送你，你就可以做件羽毛黑衣穿，如何？」

「不用啦，那定會嚇死一票同學。」但一大隨之靈光一閃，「黑衣，呃，我想想，我好好想想……」

他想到了黑衣人。

「下降囉，嘿，看我穿過朱鐵哥的紅雲，抓緊了。」

穿過雲層，一大看見了白色月台嵌在綠樹之中，月台上有一紅點在移動。烏鴉用力撲撲雙翅，再滑翔而下，「咻」接近月台，說時遲那時快，唰～，烏鴉和一大瞬間鑽進了一團紅色雲霧，又撲撲幾下穿飛了出來。

「鐵哥，是我一大和烏鴉呱呱，你好。」一大回頭大喊。

「哈，你們好。」朱鐵用力揮動雙手。

烏鴉掉轉了頭，再次滑翔而下，然後輕鬆飛落在月台上。

一大跳下烏鴉背，站立在月台之上，朱鐵走來，一團紅色雲霧隨即罩上了一大和呱呱。

「鐵哥，你氣色看來好極了，腳傷完全復原了？」一大看朱鐵那巨大結實的身軀和黝黑的臉色，尤其那團紅色雲霧已無鬆散現象，想來他身體狀況應該不錯。

「一大、呱呱，謝謝你們，我大致好了，就斷骨處還沒完全密合，後來有到山下找了醫生打上石膏，農曆年前可拆掉，我想那時就全好啦！」

「那好，朱鐵哥要是不出現在月台上，我的飛行技術就沒地方磨練了。」烏鴉說。

「我保證會好起來，只要火車在我就在，再兩三個星期我就要送學生們返家過年了。一大，坐下聊，我的腿會瘦。」

兩人就在月台椅上坐了下，呱呱則棲在椅背上。

「蚯蚯沒來？」朱鐵隨口問道。

「牠呀，冬眠去了。」烏鴉回答。

「喔，蛇類是要冬眠的。」朱鐵點頭。

「對了，鐵哥，我這還有些蚯蚯以前的衣服，是蚯蚯牠送我護腿用的，這些給你穿在腿上保護好腿，以後碰上大咖黑衣人，至少有保護作用。我已穿在腿上了，今天有一個女同學踢了我小腿一下，你可知，不痛吔，神奇吧。」

「『蛇蛻』啊，嗯，好東西。」朱鐵接過幾張蛇蛻，「蚯蚯牠的內力相當渾厚，那天你們三個幫我加氣，其中有一股陰柔又剛勁的氣直入我丹田，那不是你小孩子的軟綿之氣，也不是烏鴉燥熱之氣。那股氣大補了我的元氣，我看不出蚯蚯牠的歲數，但牠氣練得很好。這些蛇蛻是牠氣血菁華育化而成，必是好東西，我留兩張，其他你還是放你外套裡，天冷，小孩子要注重保暖。」

「好，好。」一大收回了幾張，放回外套裡，「鐵哥，我們學校裡有隻警衛狗也被一個黑衣人弄斷了左前腳，其他狗狗都看不到那人，只見黑衣而已，所以也不知道黑衣人怎麼弄斷了那狗的左前腳。」

「腳刀啊！那傢伙練氣練得精純，氣聚腳側，銳利如刀，已達『氣刀體』一致了，腳刀一踢無堅不摧。那傢伙也可能已達練神還虛境界，狗狗沒練氣，自然看不見他，就像我四周的這團紅色雲霧，沒練氣之狗或人是看不到的。我是能看得到那個和我打架的傢伙，可是他穿連帽黑斗篷，頭臉沒法看清楚。我雙手和他雙手扭打，我氣全在手上，他卻暗中聚氣在腳，我疏忽了下盤，小腿就被他的腳刀一掃而斷。」

「那是腳刀？那我看不看得見他？」

「不確定，也許看不清楚，你的年紀還小，像你看我的紅色雲霧，也有時濃有時淡吧。」

「嗯。」

「你知道嗎？一開始，那些黑衣人起先說要找『席復天』，我還搞不清狀況，後來說『一大』，我才想到原來說的是你。你父母叫什麼名字，為什麼黑衣人說要報仇，還有大人命小孩償……之類的話。」

「我爸叫席林風，樹林的林，風雨的風，我媽叫絲雨，絲綢的絲，風雨的雨，我不知我爸媽和那些人有什麼過節。」

「席林風，絲雨，我……沒聽過，你練氣是跟你爸媽練的？」

「是，從小爸媽打坐時，就讓我坐在他們中間。」

「哦，這麼說，你也練氣練了十來年了。」

「嗯，爸媽他們死後，我還繼續打坐。」

「哦，你父母過世啦？」

「同一天，有人說失蹤，有人說過世，那年我十歲，以後，我就再沒見過他們了。」

「嗯，有點玄，那，你寒假不回家啦？」

「我，唉，無家可歸，雖然有叔叔家可去，但，嬸嬸對我可兇了，算了，待在學校還好些。」

「哈，不怕，男子漢大丈夫，處處爲家。看我，八歲不到家中就沒大人了，流浪街頭有一餐沒一餐的，還不是活過來啦！而且還練了一身好體格和氣功，書本靠自修也沒荒廢掉，如此人生，多好。」

「佩服，比起你，我算幸運的了。」

「你寒假不回家，我們去『時空邊界』走走，如何？」

「『時空邊界』？你是說，你扛火車北上？」

「是呵，其實，北上還是有鐵軌的，只是部分鏽了斷了沒再修理保養，後來就廢棄了，『時空』和『邊界』是兩個舊站，也一併廢棄了。說來有六、七十年了，我聽老一輩火車司機說的。」

「哦，原來是有鐵軌的，『時空』和『邊界』是兩個舊站的名字？」

「我是半扛半推著一節小火車廂在廢棄鐵軌上跑，雲霧瀰漫中像一朵紅雲在扛著火車飛，沒火車頭，不會生噪音，『時空邊界』那地超安靜的。」

「難怪，哦，對了，鐵哥，我上次聽你說『跳出三界』，那是什麼？」

「哦，所謂三界，是佛家的說法。有些修行之人，以跳出三界爲修行目的，有人說三界是在人身之中，也有人在身外尋求『跳出三界』的境界。基本上，隨著年歲歷練增長，每個人會有不同的心境

和想法，要自行體會。那對寫毛筆詩送我的夫妻，算是個活生生的例子，跳出三界去了。他們倆要求我送他們到『時空』車站附近，後來，我就沒再見到他們了。」

「那對夫妻去了『時空』車站那，沒再回來？」

「對啊，也沒什麼，每個人都有自己追求生活的方式嘛，我祝福他們。」

「那，鐵哥，寒假我跟你去『時空邊界』。」一大興致勃勃，「嘿，呱呱，你要不要一道去。」一大轉向烏鴉說。

「好呀，反正我沒事，烏鴉坐火車，貪個新鮮！」

「哈，同伴多，那肯定好玩。」鐵哥笑笑。

「好，那，鐵哥，等我確定時間，再請烏鴉呱呱通知你，你要好好養傷哦。」一大站起身。

「喔，你要走啦？」

「回去餵餵狗狗，再幫狗狗洗澡，就差不多要吃晚飯了。」

「好，好，那，就等你們消息了。」

烏鴉呱呱揹著一大回到學校，直接飛落在狗舍。

麥片走來，「一大哥，慘了，另一隻狗『栗子』的腳也斷了！」

「什麼？」

「我們追黑衣人……」

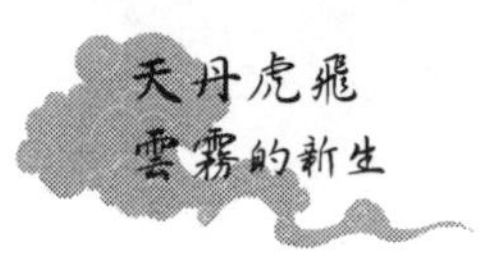

「又是黑衣人？」

「對啊，我們還是只看見黑衣，看不見人。」

「啊，栗子是曉玄的狗！栗子呢？」

「和方曉玄一起在梅老師家。」

「你看這事，有沒有什麼好辦法？」一大轉問一旁的烏鴉。

「教狗狗們打坐練氣。」

「啊？」一大頓了下，「喔，哈，你這烏鴉眞是聰明頂呱呱！」

「免客氣！我會幫著追查黑衣人，那我先走了。」烏鴉拍翅飛去。

幾隻狗兒全沒了勁，一大每隻抱抱，安慰一下。將所有的狗都餵了，再幫所有的狗都洗了澡。弄好後，往餐廳走去。

梅老師神情凝重，背手站在餐廳門口，一旁站著曉玄。

「席復天。」梅老師看見一大走來，「你在這等一下。」

「是，老師。」一大站立並轉向一旁的曉玄，「曉玄，不難過了，妳的狗狗會好的。」

梅老師隨後看見土也、阿萬、小宇和二班的余幸遠、賈立文及何士先，也分別叫住，站在餐廳門口。

梅老師向大家說，「你們都是負責照顧狗兒的同學，現已有兩隻狗，12002 和 11004 分別受到腳傷，並且都是左前腳骨折，經查應是人爲蓄意踢斷的，校方正配合警方查緝……」

同學們面面相覷，低聲交談。

「從明早開始，除了12002和11004兩隻狗在老師安排處所調養外，其餘六隻狗在打坐時間分別由各負責同學帶往禪房，打坐時狗兒蹲坐在各負責同學之左側，跟著同學打坐，隔幾天，我們再幫狗狗『點火』。」

同學們又低聲交談。一大則暗自佩服呱呱聰明。

「另外，寒假期間，學校裡人手不足，老師計劃八隻狗分別由各負責同學帶回家，學校會提供充份狗食一併帶上。由同學陪同狗狗打坐、並餵養照顧。如有不方便的同學，請現在舉手或三日內向老師報告。此是爲了狗狗的健康著想，同學可自由選擇帶或不帶，沒有任何勉強，有沒有問題？」

同學們興奮嘻笑交談，一大看小宇，小宇笑逐顏開，她應該是最高興的。

一大想到自己的寒假還沒有什麼計劃，心中有些亂，也理不出頭緒。

「好，沒有問題的話，同學們進餐廳用餐。」

梅老師說完，走進餐廳去。

二十四、狗狗點火

第一節下課小宇從資訊教室出來看到一大。

「一大，有你的信。」

「我的信？妳別唬我了。」一大根本不相信。

「眞的啦，電腦每天都會顯示誰有信。你可以在校內任何顯示器看內容，或到資訊教室收實體信件，按一下你的小拇指印就可。」

「那，誰……寄的？」

「你把小拇指切給我，我就知道。」

「唷，愛開玩笑。小宇，那，麻煩妳陪我去一趟資訊教室看看，謝謝。」

「走。」

兩人走到資訊教室，有一開著的電腦螢幕顯示收信同學之學號和名字及信件數。

「吶，看吧，『11001 席復天』，有一封信。」小宇指著螢幕上一行文字，「你在後面這指紋區按下你的小拇指印。」

「喔。」一大按了一下小指印。

一封信落入螢幕下方盒中，一大愣了下。

「拿起來就可以了。」小宇說。

「喔。」一大表情疑問，「這麼先進？」拿起信封看了下，「小宇，是……我叔叔寄的，唉。」摺起信放入了口袋。

「怎麼，不想看？」

「嗯，也不是，我先回去上課，晚點再看。小宇，謝謝妳。」

「不客氣，再見。」

上課中，一大忍不住偷偷地看了信，

「復天，

雲霧中學有通知家長的信件寄到你家，叔叔收到了。知道你上了中學，叔叔很欣慰。快過農曆年了，你想不想回叔叔家過年？甚念。叔叔」

一大將信摺了放回口袋，心中波濤翻滾。

下午，一大抓緊時間抄錄《心經》，現在他不用管土也、阿萬問他爲什麼抄《心經》了，就算他們看到了，一定會想那是要抄給曉玄的。

回頭看，躺在床上的土也、阿萬已呼呼睡去。

抄著抄著，「咦？」

見空白紙上有字顯現出來，淡淡的，斜斜的……

一大擱下毛筆，仔細看紙上的字。發現那些字是午後陽光斜入後穿透窗戶反射出來的。幾個字不太會念，也不懂意思，就照著影子一筆一畫將字描寫在紙上。寫好，擱下了毛筆。那些字是：「嗡嘛呢叭彌吽」。

一大四下看，窗戶上沒字，字是從哪反射出的？順著陽光光束找來找去，「啊，是……玻璃奶瓶？」

一大驚訝，在桌面左手邊的瓶子上細細檢視，看了幾次，並無所獲。之後，拿起又看了幾次，還是沒結果。

他突想起飛飛說過的話，便將瓶身對著陽光看，喔，有！從某一角度看去，瓶口的外緣有一列自左到右刻劃的字，淺而細。

一大把瓶子再放回桌面，立在陽光下，調一下位置，又見到一樣六個字「嗡嘛呢叭彌吽」顯現在紙上。

一大沉思半晌，然後把右手邊的瓶子也拿了來，對著陽光看，哦，有裂痕。飛飛說過，「舊的那個瓶口下有兩道裂痕，很細小，要對著太陽光才看得到。」

「嘿，這瓶子是我原先從家裡帶來的那個，用什麼東西做個記號才是……」一時找不到合適東西，看到毛筆，就順手拿來，想著在瓶身上點個黑點，好當記號，「那以後一看就知道這是家裡帶來的，另一個就是梅師母送的。」

「點瓶底好了……」，便倒轉瓶身，把裡頭的手作大飛飛倒出，想用毛筆濡墨汁在瓶底外點個黑點。墨汁多了，流泛開去，一大匆忙拿了張面紙擦拭……

「有字？」一大擦抹瓶底的墨汁時，發現有墨汁擦不乾淨處，湊近看，是刻痕，是刻字的痕跡。因墨汁跑進刻痕，面紙擦不到，所以顯示出一些字。索性用毛筆濡了墨汁把瓶底全抹黑，然後再用面紙擦拭，清楚了，是「活在當下」四字。

再度沉思，乾脆用毛筆再濡墨汁，把瓶身外部全抹黑，然後再用面紙擦拭。這瓶瓶口外緣，自左到右也有一列「嗡嘛呢叭彌吽」，是和梅師母送的那瓶子瓶口一樣的六個字。

換拿梅師母送的瓶子，也把瓶身全抹黑，用面紙擦拭。瓶底現出：「跳出三界」四字。

仔細看過兩個瓶子後，不再見其他文字或異狀，便拿去洗手間將兩隻瓶子澈底清洗掉瓶身的墨汁，回寢室，再拿面紙擦乾水漬，將手作大飛飛放入對著陽光看不到裂痕的新瓶之中。

一大繼續抄錄《心經》，但心中卻也不時會想著，兩個奶瓶爲何刻上一些字？梅老師他們沒兒沒女，卻有一奶瓶在家？兩個瓶上那些字，怎看來似有關聯性？黑衣人拿奶瓶去，是要找什麼祕密？

土也、阿萬醒時，已抄好十篇《心經》，一大收好筆墨紙硯。

土也走來，「一大，我奇怪，幹嘛要狗狗跟著我們打坐？」

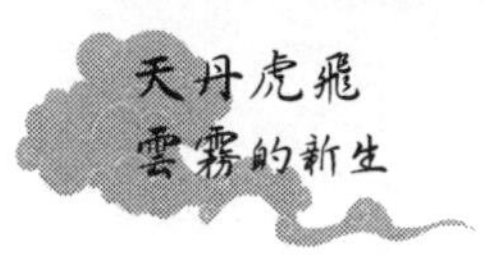

「我們幹嘛要跟著老師、長輩學習打坐？」一大回。

「健康身心，增長智慧啊。」

「狗狗也要健康身心，增長智慧啊，那樣也才能追蹤打擊壞人或黑衣人，不然，怕會再被人家踢斷手腳。」

「嘿，那我不也成了師父了。」

「狗……師父……哈……」阿萬一旁笑說。

「狗的師父！」土也回頭指正。

「哈，喂，寒假要日夜陪狗，沒問題吧？」一大看看兩人。

「我家養過狼犬，這不成問題。」土也說。

「小……小事，狗狗……一……隻而已。」阿萬也說。

「嘿，你可別把狗教成結巴狗。」一大說阿萬。

「唔……」阿萬不敢再言語。

「哎，一大，狗就算結巴，也沒人聽得見。」土也揮手。

「我就聽得見。」一大脫口而出。

「喔，對喔。」土也頓了下，「一大，你可以和昆蟲、爬蟲，還有一堆動物講話，你有沒有想過這技巧是怎麼來的？」

「有想過，但搞不清楚怎麼來的，可是我看校長，幾位老師，不但會和動物講話，還能遠遠地聽到並知道我們講話，這技巧……我想應該跟打坐練氣有關係。」

「那……狗狗……最近受……傷，有跟……你你說……什麼嗎？」阿萬對狗的問題有興趣。

「有，但牠們追黑衣卻看不見人，所以連怎麼被踢斷腳的都沒看清楚。黑衣人應該是練氣練到了某種程度，讓一般沒練氣之人或動物看不見他們。」

「狗要是看不見黑衣人，那穩輸的嘛！」土也說。

「所以，讓狗狗也打坐練氣，就是要牠們看得見黑衣人。」

「一大，厲……害，還知……道……這些。」阿萬舉右拇指。

「烏鴉告訴我的。」

「烏鴉？」兩人異口同驚。

「嘿，別踢我！呃，是兩隻烏鴉，一隻烏鴉和另一隻烏鴉聊天，我不小心聽到的。」

兩人盯著一大看，滿臉疑惑，眞想踢他。

晚飯前，梅老師在餐廳門口又集合了一大、土也、阿萬、曉玄和二班的小宇、余幸遠、賈立文及何士先。

梅老師說，「今晚八點，你們將狗兒帶往禪房，受傷的那兩隻狗 12002 和 11004，則由余幸遠、方曉玄到老師家中抱牠們到禪房。」

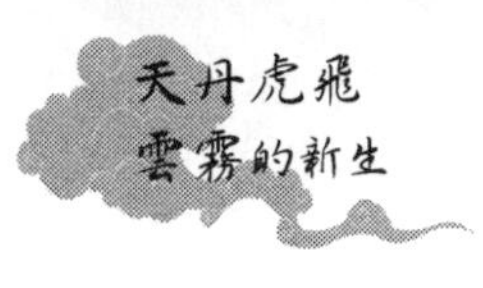

晚上八點，八個同學，八隻狗都到了禪房。梅老師已在禪房開了燈等候。一大看了受傷的兩隻狗，左前腳纏著紗布，精神體力都還好。

「好，老師導引同學分別為你們的狗兒『點火』。11001 席復天的狗先來。」

依梅老師指示，一大盤腿打坐，左手掌按住在他左側蹲坐的麥片頭頂，梅老師盤腿在一大背後，以雙掌在離背半掌處導引一大體內氣機，引一大的氣經其左手掌導入麥片體內，約五分鐘完成。

接下來，11002 陳永地和他的狗，一樣方式，完成了替狗兒的氣功「點火」。

花了一個多鐘點工夫，八隻狗都完成了「點火」。

梅老師擦擦額頭的汗水，說，「各位同學，你們今後算是各狗狗的氣功師父了，請務必善待你們的徒兒。」

同學們以前在家都曾有長輩替他們「點火」，再開始正式練氣的經驗，只是替狗狗「點火」，沒見過，滿新鮮的。因同學們年紀小，功力不足，由梅老師幫助導引運氣，才好替狗狗進行「點火」。

受傷的兩隻狗 12002 和 11004，由余幸遠、方曉玄抱回梅老師家，繼續由老師及師母親自照護，其餘的狗狗由各同學帶回狗舍。

麥片跟一大走，另有三隻跟著土也、阿萬、小宇走，四個人說說笑笑。一大多問了下麥片，確定土也的狗叫「飛刀」，阿萬的狗叫「豆豆」，小宇的狗叫「天星」。

「土也，記得，你的狗叫『飛刀』，阿萬你的狗叫『豆豆』，小宇的狗叫『天星』，我的是『麥片』。」

一大向土也、阿萬、小宇說。

「啊？是……你的狗告訴你的？」土也總有疑問。

「不是，是我徒弟告訴我的！」

「哈，你……」

四人四狗往狗舍去，才轉過餐廳一隅，麥片跟一大說，「一大哥，狗舍有人，要過去嗎？」

「黑衣人？」

「不是，是二班的孫成荒同學和另外兩人。」

「孫子他們？」

「噓……」一大隨之要土也、阿萬、小宇別說話，往後看，另兩位二班的同學及狗狗還沒出現，應還有段距離。

「孫子他們三個在狗舍裡，我……」一大小聲向三人說，「我偷偷去看他們在幹什麼？你們跟狗狗在這等我一下。」

夜暗中，一大低姿潛行，靠近狗舍，趴地觀看。

不久，傳來孫子的聲音：「哈，影印機實在好用，幾秒就印了三百二十四張，我們三個全交差了！這影印的比眞的還像眞的，騙人都騙得過，騙狗，更沒問題。哼，那姓席的，他以爲我會去求他？下輩子吧！小洪、阿宙……貼好了快閃，別給人碰上了。」

沒多久，三人快速跑了，一大看他們是向土也、阿萬、小宇方向跑去，心中忐忑，再低姿潛行，跟著孫子三人往回走。

「小宇，你們怎麼在這？」

孫子的驚訝聲傳到一大耳裡。

「這該我問你吧，孫子，我們在遛狗，你沒看到哦？」小宇沒好氣。

孫子四下張望，「我……我遛我自己，妳……遛狗？三人遛四狗？妳的保鏢怎沒陪妳？」

「呼！」

「噢！」

應是孫子被小宇踢了一腳，一大差點笑出，孫子隨之悻悻然走了，小洪、阿宙跟了上去。

一大、土也、阿萬、小宇會合，另兩位二班的同學及狗狗也到了，六人進狗舍幫六隻狗洗了澡，安頓好。

小宇看兩位二班的同學走了，問一大，「孫子他們剛在這幹嘛？」

「在柵欄上貼了厚厚幾疊紙張，應該是《心經》吧，是梅老師要他們寫給狗狗道歉的。」一大隨口回著。

「我來看……看看，一大……有沒……有帶……打……火機，太……暗。」阿萬問。

「有。」拿了打火機交給阿萬。

阿萬打亮打火機，幾人湊在一起看。

「厲害，用毛筆寫的！」土也嘖嘖兩聲。

一大湊近，「哇！他……，孫子眞夠種！眞……去影印！」才看一眼就火冒三丈。

「怎麼了？一大。」小宇好奇。

「那，是我……我的筆跡，孫子，他……他影印我的……我寫的《心經》！」一大氣到結巴。

「那麼多張啊？太……酷……了。」小宇讚說。

「影印的，當然容易！幾秒就可印百張。」一大氣呼呼。

「你是說孫子偷了你一張原稿，去影印成那麼多張？」土也問一大。

「這影印……的比……眞的還……像眞的。」阿萬亮著打火機翻看。

「原稿，對，原稿，他從哪偷的？」一大腦中飛快閃過蚯蚯、呱呱、咯咯、松松……等處，當然，還有自己的抽屜。可能處多了，算了，要查也查不到。

「去……報……告梅……梅……老師。」阿萬提個醒。

「報告梅老師？我可不敢，孫子是有計劃的耍我！這，我再……再想想。」一大搖頭。

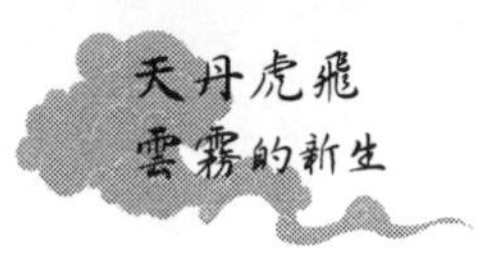

二十五、崔家小兄妹

星期六晚飯之前，梅老師把一大、孫子、小洪、阿宙等四人一起叫到餐廳門口。

「李新宙，你先說，犬舍裡的三百二十四張《心經》，是怎麼來的？」梅老師劈頭就問。

「啊？這……」阿宙無法回答。

「周士洪，那你說。」

「……」小洪也不知該說什麼。

「孫成荒，你說。」

「……」孫子一樣也沒說話。

大家心中有數，梅老師一定知道什麼了。

「那三百二十四張《心經》，全是席復天的筆跡，席復天，你有沒有什麼要報告的？」

「報告老師，沒……沒有。」一大也不知從何說起。

「很好，大家都不說，那李新宙，周士洪，孫成荒你們三人恐有偷竊嫌疑，而且偷竊的是佛學中人

人尊崇的《心經》，不自行誠心抄錄，卻去影印了三百二十四張。校方將討論是否將你們三個先行停止學籍再交給警方，那些狗都是警犬，會協助警方人員偵辦。」梅老師嚴肅的說。

「報告老師，是孫成荒拿了一張毛筆寫的《心經》紙張，要我和周士洪幫忙影印的，我沒有偷竊，也不知他從哪裡弄來的。」阿宙立刻撇清，爲自己辯白。

「阿宙，你……」孫子低聲吼向阿宙。

「周士洪，是李新宙說的這樣嗎？」梅老師問小洪。

小洪沒講話，但點頭默認。

「孫成荒，看來是你偷了或拿了一張席復天用毛筆寫的《心經》，找了周士洪和李新宙去影印，是不是？」梅老師更嚴肅。

「我……我……」孫子一頭大汗，講不出話來。

「報告老師，是我給了孫成荒一張我用毛筆抄寫的《心經》。」一大脫口而出，感覺身旁三人頓時摒住了呼吸。

梅老師靠近一大，雙眼緊盯他，「你說的是實話？」

「報告老師，是！」一大語氣堅定。

梅老師眼光徐徐轉開，「好，那李新宙，周士洪，孫成荒，你們三人偷竊嫌疑可免，但在道德上仍有瑕疵。不認眞抄寫《心經》，卻拿去影印。電腦可是會每週將異常影印份數、影印內容及影印人

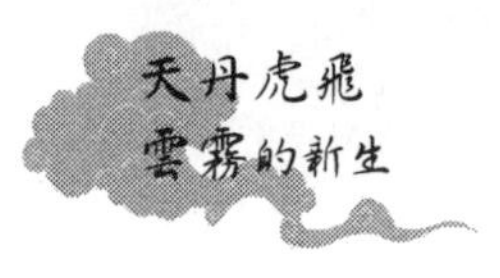

員列出供老師參考的。投機取巧之事，以後不得再犯。」梅老師停了一下，「你們三人回去加倍抄寫《心經》，每人兩百一十六篇以表現誠意，寫好親自交給老師我，下學期四月三十日爲最後期限，有沒有問題？」

「沒有……」三人沒勁地回答。

「大聲點，有沒有問題？」梅老師大了聲。

「沒有！」三人用力回答。

「好，解散，進去用餐。」

飯桌上，「電腦厲害，竟將異常影印資料全列出給老師，孫子他們影印《心經》的事被梅老師發現了，被罰加倍抄寫《心經》，每人兩百一十六篇，以表現誠意。」一大笑笑。

「小宇說那些影印的《心經》跟眞的一樣，毛筆字是你的筆跡，你毛筆字寫得很好嘛！」曉玄看一大。

「普通，普通，多練，多練，寫完給妳的一百零八篇，我的毛筆字會寫得更好！」一大又笑笑。

「兩百一十六篇！」

「什麼？曉玄，妳……」

「表現誠意！孫子他們送狗狗的都加倍了，你送我的當然也要加倍。寫完給我的兩百一十六篇，你的毛筆字會加倍好！」

「我……」一大說不出話，瞥見土也、阿萬在偷笑。

「一大，」小宇走來，「小洪、阿宙想跟你說謝謝，可是孫子和他們兩個吵了起來，還說這一切都是你的陰謀。」

「怎麼回事？小宇。」曉玄聽不懂。

「梅老師說他們三個有偷竊嫌疑，要停止他們學籍並交給警方。一大說，是他給了孫成荒一張毛筆抄寫的《心經》，他們沒有偷竊，梅老師才不追究，只要他們加多一倍抄寫。」

「哇……哇……，一大，你是聖人！你以……以怨報德！」土也豎起大拇指。

「以德報怨啦！」曉玄糾正土也，轉向一大，「一大，你……有好心腸，那，給我的兩百一十六篇《心經》，你不用寫了。」

「啊？妳也以怨報德啊？」一大逗曉玄。

「報你個頭，想寫就去寫啊！」曉玄用力推他肩膀。

「好好，那，這樣好了，曉玄，我還是抄給妳，但就一篇，正正式式恭恭敬敬地抄上一篇，以報答妳的大恩大德，如何？」

「好啦！」

「哈哈哈……」幾人笑得開心。

吃完飯，幾人回宿舍。走在有微弱燈光的廊簷下，一大聽見小虎說，「一大哥，左前方樹林中的樹

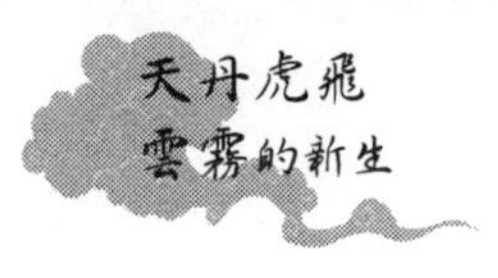

後頭有人找你。」

一大望去，黑漆漆一片，什麼也看不見。走到宿舍門口，一大藉口上廁所，溜了出來，「小虎，是誰在樹後頭找我？」往山坡上走。

「是朱鐵哥，嘎嘎……」

「你該戴眼鏡了，都晚上了，朱鐵哥他腿還不方便，怎……」一大忽看見一飄紅霧，「哇，小虎，厲害，不愧是夜間班的，那應該是鐵哥。」

「唔汪……」

一聲熟悉狗叫聲傳來，「麥片？你在那幹嘛？」一大黑暗中小聲問。

「一大你來啦，是我朱鐵，呵，那狗是來看住我的。」紅霧多了些，一大聽見低沉有力的說話聲，朱鐵壯碩的身體已站立在面前，連一絲小光線都被遮掉了。

「眞是鐵哥，你這時候還來？有事叫呱呱通知我就好啦。」

「下午是有看到呱呱，但這公文是呱呱走後我才收到的。吃了飯，我就慢慢走來，當作散步兼復健，腿還算好。」

「哦，什麼公文？」

「太暗了，我用說的，內容大致是，寒假將至，要我們司機員全力配合輸運你們學校同學返鄉，可是……」朱鐵停下。

「很好呀，可是什麼？」

「公文上有一條特別註明，一年一班11001席復天例外，該生不得上雲霧車站乘坐火車……」

「啊？」

「沒幾天就要放假了，我早點來通知你。」

「喔，謝謝你，鐵哥……」一大喪氣。

「你……犯了校規啦？」

「沒，是……我家就在……那邊教室後面……嗯，不遠，走路就到。」

「原來如此，是我亂擔心了。」

「鐵哥，那……『時空邊界』，這回是不是就去不成了？」

「恐怕是去不成了，沒關係，以後再去，火車是我在開的，避一下風頭，下次一有機會我們就去。」

「好吧，那，你還走路回去啊？要不要我叫呱呱送你？」

「哈，那不把牠壓成鴉肉扁了，算了，我慢慢走。」

「好，那……麥片，我們走，洗澡去。」

「誰是『麥片』？」

「狗狗，我負責照顧的狗狗。」

「喔，這狗叫『麥片』啊，好狗！我才踏進學校，幾隻狗就圍了上來，我說我找『席復天，一大。』

『麥片』就叫其他狗離去，是牠帶我來這的。」

「喔，鐵哥，那你慢慢走，我帶麥片洗澡去了。」

「再見了。」

一大感到背後有一隻大手在他頭上拍了拍，走了。

在黑漆的林中小路走著，一大心情低落，麥片跟著。

「唔汪……」狗忽然低叫。

「麥片，走了。」一大催牠。

「一大哥，有黑衣人，嘎嘎……」小虎在一大耳邊急說。

一大一聽，立即一閃隱身在一旁樹後。

「麥片，來……」一大小聲叫狗，麥片靠上一大腿邊，「麥片，以前你一定會追上去，今天……是不是有什麼不對？」

「一男一女黑衣人，不過，像是小孩，我看得到人形，奇怪。」

「傻狗，你點了火，又跟著我天天打坐，看得到黑衣人人形也不奇怪呀！可是你說黑衣人小孩？是有點奇怪，天這麼黑，還跑出來？」

「汪……汪……汪……汪……」麥片突然兇猛叫起，飛撲出去。一大看不清楚，只覺有個黑影在眼前晃了下，隨即左小腿似被重踢了一下，一大只歪了一歪身，立刻還手朝前方打去，一拳打空，立

即向後退回一步，背靠大樹。

「小虎，告訴我對方位置……」還沒說完，左小腿又被重踢了一下，一大又歪了一歪，但馬上又站直了。

「往前一大步，出右拳，打……」小虎在一大耳邊指揮，一大毫不遲疑，跨前一大步，猛出右拳，打了出去。

「唔……」對方悶哼了一聲。

「右手抬高，擋，左手快出，往右打……」一大照做，似又打到另一人了，感覺兩人身高似乎比自己矮些。

「麥片，去咬男的左腿，咬住別放，快……」一大吼著。

「汪……汪……汪……唔……唔……嗯……」

一大聽麥片唔唔叫，似已咬住了男的腿，正分心，聽到小虎叫，「往左跳開，快……」一大閃神沒來得及跳開，胸肚處似被一重拳擊中，心中大呼不好。

但，一大感覺好像沒事，不痛。

「一大哥，打你的人彈了回去，倒在地上。」

「啊？我看不見，打火機……」匆匆摸到打火機，打亮往前面地下照。

「還眞是黑衣人？天這麼黑，還穿連帽黑斗篷、黑眼罩……全身黑，有毛病？咦？昏倒啦？」一大看那躺著的人鼻下兩頰皮膚白皙，應是個女孩。

往旁邊有狗聲處照亮，另一個黑衣人被麥片咬住了腿，掙脫不了，正在亂罵。是個男的聲音，一大照亮那人，扯下眼罩，確是個男孩。

「好小子，喔，還配夜視鏡，難怪看得到我……」一大把眼罩拿近眼睛看了下，「好啦，朋友，掙扎沒用，我這狗，我沒叫牠鬆口，打雷都不會鬆。去看看你女朋友吧，這麼晚還偷偷約會？嘿，她打了我一拳，自己卻昏倒了！」

「你先叫狗放開我！」男孩叫著。

「麥片，放開他腿，咬住他褲腳，別讓他跑了。」麥片鬆口放開男孩的腿，改咬褲子。

男孩爬向旁邊，「妹，妳怎麼了，醒醒……妹妹……」

「是你妹妹啊？叫她沒用，要掐她人中，用大拇指掐，用力……」男孩照做，一大把火光移到女孩身旁。

「嗯……」女孩悠悠醒轉。

「叫狗放了我，我要救我妹回去。」男孩抬頭向一大說。

「等一下，朋友，你得先說，你們是哪個學校的？叫什麼名字？爲什麼來這裡？又爲什麼打我？」

「我說了，你就放我們走？」

「可以……」

「好，我叫崔少勇，我妹叫崔少丹，是『楓露中學』學生，今天來參觀『雲霧中學』。」

「來參觀？這麼烏七八黑的，你怎不說逛夜市？還有，你們什麼姓不好姓，姓崔？麥片，咬他腿！」

「別咬，別咬，姓席的，你說話不算話！」男孩大叫。

「嘿，你知道我姓席嘛，我看是你自己才說話不像話！你們姓崔，又身穿黑衣，稍等，我要檢查你們的腳！」往兩人腳下看去。

「腳？」男孩驚訝，女孩猛縮腳。

「哥，席天復這人瘋瘋癲癲的，別理他，我們回去。」女孩拉開眼罩說話。

「喂，小妹妹，我叫席復天，什麼席天復。我叫你崔丹少，妳會比較爽嗎？」

「哈……哈……哈，你有……神經病！」女孩笑了。

一大看那女孩，可愛靈秀，大大眼睛，小小嘴巴，笑起來很天真無邪。

「好啦，崔少勇，帶你妹回去吧。我們說來也沒深仇大恨，就當誤會一場，晚了，回去吧。」用手拍了下麥片，「麥片，鬆口，我們走。」

「等下，席復天，我想知道，你被我踢了兩腳，怎還站得住？還有，你是用什麼眞功夫打傷我妹的？」

「哦，我啊，一身賤骨頭，欠踢！你再多踢兩腳，我還照樣站得住……」一大話沒說完，又聽見妹妹在吃吃笑，接著說，「還有，很不巧，我今晚沒用『眞功夫』，只用了『假功夫』打你妹，她一時不習慣，驚嚇過度，所以就昏倒在地了。」

「哈……，哥，就跟你說，他有……神經病！」妹妹又笑。

「這人眞是神神經經的！」轉頭，「妹，我們走，妳走得動嗎？」

「可以，哥，你扶我起來。」

兩人努力站起，男孩往一大手上抓回眼罩，和妹妹互相攙扶著，往黑夜中走去。

「喂，打火機給你們！」一大叫了聲。

「不用，謝謝！」妹妹回答聲自黑暗處傳來。

「麥片，小虎，謝謝你們，沒你們，剛才躺下的八成是我。」一大轉身走去，「對了，麥片，你以前看不見人形的那些黑衣人，你確定是大人？」

「確定，他們衣服外形……高大，是大人。」

「喔，奇了，小小年紀的中學生，晚上來這裡，偏又姓崔？」一大想不透。

回宿舍，聽土也、阿萬在說寒假的計劃，一大不知何去何從，只說也許會去土也、阿萬家玩吧。

一大要去洗澡，脫下外套時，看見蛇蛻，心中「喔！」了一聲，趕緊又檢查小腿，「好傢伙，原來哦，哈，感謝蚯蚯！你老兄的衣服還眞管用呵！」

想著姓崔的小兄妹腳上穿的是黑色軟皮短靴，看不出有何神奇之處？也許，崔少勇年紀輕，有腳刀功夫，但功力可能不足？忘了問他們認不認識崔一海，還有，「楓露中學」在哪裡？

二十六、回家

放寒假前五天，有同學轉告一大，梅師母要他有空去梅老師家一趟。

下午兩點多，一大去梅老師家，梅師母開心開門迎他，一大心情大好，才進玄關，一抬頭見梅老師坐在客廳，立刻心情不大好！

「老師，您好。」還是笑著向梅老師問好。

「席復天，來，坐。」梅老師指指對面位子。

一大坐下，見梅師母走近梅老師旁邊，也坐了下。

「席復天，主要是師母找你來，老師說完幾句話就先離開。」梅老師說。

一大略顯侷促，點了點頭。

「朱鐵，崔少勇，崔少丹非本校人士，你和他們認識或交往都好，但要留意他們周圍出現的人士。」

「哦？是。」一大愣了一下。

「寒假回家去，校方會安排鴿子當你的領路者引領你回家，寒假結束時，再帶你回校。」

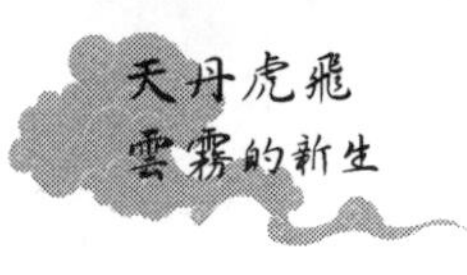

「喔，是。」提到寒假，一大壓根兒沒想回家，這下好了，梅老師等於替他下了結論，多想無益了。

「好，你陪你師母說說話，老師還有事。」

梅老師起身走了。

一大悄悄呼了口氣。

「復天，要回家時，先來家裡一趟，我蒸些饅頭素包讓你帶回去吃。還有，兩個玻璃奶瓶，怕又有人來偷，你可隨身帶著。還有，我會準備一件厚一點的外套給你穿在身上，免得受寒。還有……」

一大聽著師母說話，腦袋嗡嗡，淚在眼底打轉。

「復天，都記住了嗎？」

「有……有……，都記住了。」一大心亂應著。

「還有，一定要記住……」

「什麼？」

「回去千萬別再打架。」

「啊？喔，師……師母，不……不會，絕對不會。」一大心更亂了。

放寒假前，同學們都在忙著打包整理。一大沒勁，尤其在確定兩班那麼多人，只有他一個人不是坐火車回去時，更沒勁了。一大抽空向烏鴉呱呱、松鼠松松、公雞咯咯、何婆婆、白伯伯……告辭，白伯伯還送他幾張厚厚的烙餅帶回家吃。

寒假第一天，用過早飯，同學分批走了。一大用他的舊書包裝了狗食、師母送的饅頭素包、白伯伯送的烙餅、兩個玻璃奶瓶，其中一奶瓶裝著「大飛飛」。把一個書包擠到鼓鼓的，重重的。脫了制服外套，穿上師母送的藏青色半長厚呢大衣。

「嘿，剛來這裡時還想逃，現在，卻不想走。」一大坐在床沿，搖搖頭，啞然失笑。

「小虎，有跟著吧？」

「有，在褲口袋，嘎嘎。」

「麥片，準備好沒？」

「隨時！汪……」

一隻鴿子飛進寢室，「一大哥，準備好沒？」落在一大書桌上，咕嚕嚕的踱步。

「喔，我的領路者來啦，準備好了，走吧。」揹起書包往外走，「麥片，跟上。」

鴿子說，「一大哥，我叫『灰灰』。」

「『飛飛』？能不能換個名字？」

「是灰色的『灰』，因我的羽毛是灰色的。」

「哦，是『灰灰』，你好。抱歉，因爲『飛飛』的名字有人用了。對了，怎不是『金龜子』來領路？」

「夏天有時是金龜子，冬天就多是鴿子了。」

「喔，是呵，都……冬天了。」

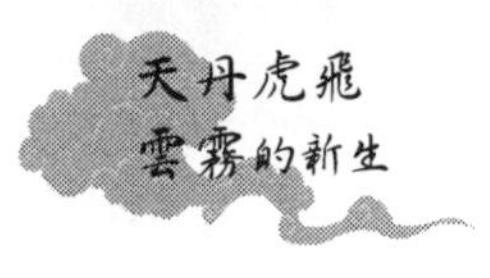

一大默然，穿過熟悉的教室及圖書館，往山坡上行去。灰灰就在他頭頂前方飛著，麥片則在前方幾步外嗅嗅跑跑。轉過幾道彎曲的山路，看著四周圍冬天的山色，冷冷清清，一大更覺心情低落，隨口問，「灰灰，你冷不冷，肚子餓不餓？」

「不冷也不餓，謝謝，就快到了，前面再轉個彎……」

「快到了？」

再轉個彎，麥片回頭望著一大，唔汪叫了兩聲。一大見一扇鐵門出現在眼前，他努力回想夏天來到雲霧中學時的情景，完全聯結不上，那時雲霧迷漫，連路都看不清。

「一大哥，報你的學號。」灰灰提醒。

一大突想到，「糟了，麥片你的學號跟我一樣，怎麼辦？」轉低頭說，「小虎，報你的學號，你先過去。」

小虎報上「14023」，順利過了鐵門。

「麥片，來，我抱著你試試……」一大抱著麥片報上，「11001」，一人一狗也順利過了。

「喔，麥片，可能你是警犬，暢通無阻吧！好了，不管了，反正都過來了。」

一大正說，灰灰也飛了來。

「灰灰，你也來啦，怎不飛回去？咦，你也免報學號？」

「呵，我是警鴿，跟警犬一樣，暢通無阻，梅老師要我跟著你，寒假期間若有什麼事，我可立刻飛

回去向他報告。」

「眞的？太好了，大家一起，有伴，謝了！」

一大往前踏一步，赫然發現，四周景象很陌生。

「這……是廚房？」他記得離開家時，是從家裡那破舊的廚房衝出後門的鐵門，阿萬和曉玄就是在那後門外接他的。現在，這裡四面全是新粉刷的牆，連流理枱、爐具、鍋碗、瓢盆……也全是新的，一大站住沒敢再移動，麥片在腳邊，灰灰在肩上，也都沒動。

「小虎，你……你記不記得我們離開家時，是破舊的木地板和牆板……」一大想到小虎還可問問。

「汪汪汪……」麥片突然狂吠，一大嚇一跳，隨之看見一臉上塗滿了胭脂口紅，身穿灰黑毛皮長大衣，腳蹬黑亮皮靴的肥胖女人正從外廳和廚房間的門走進來，女人睜大眼看向一大，繼而發出一聲尖叫「呀～」便癱軟昏倒在地。

「一大哥，那是你嬸嬸。」小虎在耳邊說話。

「開什麼玩笑？」一大向前想看清那女人。

「老婆，又怎麼啦？叫妳在大門口等，妳偏……」一個穿深色西裝打著花領帶的瘦高男子走進了廚房。一大認得這聲音，但不認得眼前這……看來又高級……又有錢的人。

兩人對看了幾秒，「復天，是你？哇，眞的……是復天。」那男子跨前一步，一大本能後退一步。

麥片在一大腿邊朝那人低吠，那人沒再前進，「復天，我是你叔叔，叔叔，嗯，林志新啊。」

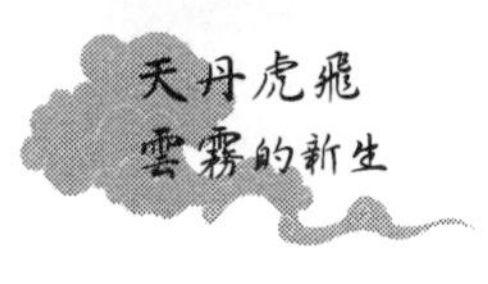

一大終於認出，眼前這梳著油亮西裝頭，嘴角連一根鬍渣都沒有的男子，竟然……是他叔叔，便低低叫了聲，「叔……叔。」

「唉唷，復天啊，學校通知說你早上會到家，我們夫妻倆在大門口外等著迎接你，你……你怎麼跑到……廚房來了？」

「叔……叔……」一大回神，「那是嬸……嬸？」指著地上。

「哦，是……是你嬸嬸，她最近老愛把自己一張臉塗得像猴子屁股似的，我罵過她幾次，不聽，看吧，嘿，連自己姪兒……面對面……都認不出，眞是的！」

叔叔蹲下身去，對嬸嬸又掐又推又喊叫。

「好熱，我……」一大抹抹額頭。

「家裡開了暖氣，你把外套和毛衣脫了。」叔叔抬頭說。

「暖氣？」一大難以置信，上下左右看。

「嗯……嗯……唉……」嬸嬸醒了，叔叔扶她在地上坐著。

「死小鬼，你想嚇死老娘啊？好好大門不走，跑廚房來？還帶了……那些個臭狗爛鳥的，氣死我了！」嬸嬸一罵起來就停不了。

「老婆，別說了，先讓復天回房休息去……」叔叔拉起嬸嬸，往廚房外走，「復天，來……」叔叔回頭叫一大跟上。

走出廚房門，一大愣在當場，客廳又是新的粉刷，原木的新地板，原有的擺設全都變了，房間門及大門位置仍一樣，但也都換成新式樣的門了。天花板垂下的貴重吊燈，讓室內明明亮亮，但刺人眼睛，大白天居然還開著燈。

叔叔把嬸嬸扶到一張大沙發椅上坐下，向大門外叫，「王媽，妳招呼少爺去他房裡休息。」

進來一中年婦人，「少爺，請跟我來，你的房間都整理乾淨了。」

一大全身不自在，還是跟著那叫王媽的婦人走向那自己原來的房間，「少爺，這狗和鴿子……」

一大懂王媽的意思，「哦，麥片，灰灰，去門外玩去……」狗和鴿子就出到大門外去了。

「哇！」房間門才開，一大就暗叫一聲。房間內有一張大沙發床，一對小沙發椅，一張小茶儿，原木新地板，新粉刷的牆面……

一大忍不住轉回頭問，「叔叔，我家……怎麼變成這樣？」

嬸嬸立刻接口，「死小鬼，有得住你還嫌啊？這是你嬸嬸我的家，我愛怎麼弄就怎麼弄！你給我搞清楚，別老在那說什麼你家你家的，這、不、是、你、家！」

「好了，老婆，復天才剛回來，妳就別說了，再隔一個禮拜就要過農曆年了，過完年再說好吧，我們先回去，走了，走。」叔叔把嬸嬸扶到門口，回頭說，「復天，好好休息，冰箱有食物，想吃就弄著吃，除夕下午我們再來，王媽也先跟我們回山下去，再見了。」

聽見門外有汽車引擎發動聲，一大探頭看，看見一部又長又大的黑色轎車。叔嬸王媽上了車，絕塵而去。

一大找到暖氣開關，關了暖氣，再關了所有電燈。打開門窗透氣，然後頹然坐在客廳一張大沙發椅上，把書包放在一旁。坐了一會兒，不習慣，換坐到地板上去。一大對眼前的一切實在感到陌生，這父母留下的房子，看來已不屬於自己的了。

「回家？哼，這也叫回家！」想著，猛跳起跑向廚房，往後門看去，鐵門不見了！後門是一扇嵌了透明玻璃窗的木門，但，是全新的。玻璃窗外，仍是舊時小花園，但花園明顯有人整理過，種滿了各式各樣的花。

一大失望地退回客廳，坐在地板上，「噹，噹，噹……」一大抬起頭，看客廳牆上有個新掛鐘，「十二點了。」

一大起身在大門口喊叫，「麥片，灰灰，小虎，中午了，我弄東西給你們吃。」

等了會兒才見麥片跑來，便倒了狗食餵牠。一大心想，灰灰，小虎可能去玩了，沒再叫，書包中拿出一包子，吃了起。

下午在屋子四周走走，發現屋外牆板重新油漆過，附近雜草也都修剪得短齊，美觀是美觀，但令一大頗感生份，沒勁，去睡個午覺吧。

沙發床太軟，翻來覆去半天才睡著，等睡醒，已傍晚了。開了燈，一大叫狗狗來，餵了狗食，「咦，麥片，你吃得不多啊，怎麼了？」

「灰灰，小虎出去滿久，怎還沒回來？」麥片疑問。

「別擔心，灰灰會飛，小虎聰明，出去一天半天的不算久，也許認識到新朋友了，吃飽我幫你洗澡，就休息去吧。」

晚上十點多，一大躺上床，依舊很難入睡。起身將書包中的食物拿出，啃一個烙餅，其餘食物放入冰箱，見冰箱內有許多蔬果，拿了個蘋果吃了。

見書包中兩個玻璃奶瓶，順手拿出，走去放在床邊小茶儿上，「大飛飛，對了，我來按開你的開關，好久沒看螢光閃閃了。」

坐在床沿看著瓶內螢光閃爍，想起了飛飛，「唉……」嘆了口氣，忽然看見瓶子有東西，「啊！動畫？」一大嚇一跳，「黑衣人？天濛濛亮，這是……？呀，是這屋旁的……小林子！」

他看見瓶內顯示的動畫，有幾個黑衣人在屋子左右樹林及後方竹林中探頭探腦，接下來還進了屋內，「屋內，啊，是新裝潢過的屋內，還進了我房間？啊！」一大全身冒汗，「麥片……不在？不然牠早衝上去了，我……也不在？」

「黑衣人來這？他們要幹什麼？」一大起身跑向門口向黑暗中看去，沒聲沒影，沒什麼異狀。麥片唔唔搖尾靠來，「麥片，外頭有沒有看見什麼人或東西？」

「沒有。」

「好，那……沒事。」

一大回到小房間，靠近瓶子看，動畫沒了，只剩大飛飛的螢光仍在閃……，一大心中感到不安，回頭叫，「麥片。」

麥片跑來，「唔汪，一大哥，睡不著啊？」

「麥片，多留點神，怕有黑衣人出現。」

「好，知道。」

「灰灰和小虎還沒回來啊？」

「沒看到，你去睡吧，有我在，沒問題的。」

「好。」

迷迷糊糊睡了不知多久，一大被麥片叫聲吵醒，「灰灰和小虎回來了。」

「好，回來就好。」翻身又睡。

「一大哥，起來，快逃！」小虎聲在耳邊傳來。

一大跳起，睡意全消，「快逃？爲什麼？」

「你叔嬸出賣你，有黑衣人要來抓你！」灰灰搶著回應。

「啊？那，走，快，走，跟我走……」一大跳下床，迅速穿上衣鞋，將狗食、饅頭、素包、烙餅、兩個玻璃奶瓶以及大飛飛，另加一壺水，一支手電筒……全塞進書包。

走近掛鐘，開手電筒照了下，早上五點不到，外面天還黑漆漆的，「時間夠，等我一下……」

一大在床上棉被下弄了個假人形，再到房子四周陰暗角落帶回五、六個捕鼠夾和捕獸夾，分放在大門口、房間門口和廚房門口、床邊地上及走道等處。

「好了，走……快……」黑暗中，一大往屋右快步跑去，熟悉得很，不走小路，只走草地，斜斜的跑過一條小溪，穿過樹林，直上近旁一座小山，到了山頂上一石洞前才停下。

一大喘著，「麥片、灰灰、小虎都在吧？」

「嘎嘎……」，「汪……」，「咕嚕嚕……」

「好，都在。這石洞很安全，我小時候爸媽常帶我來這，等下天亮後，從這往下看就可看到我家。」

一大靠一塊大石頭坐下，接著問，「灰灰、小虎，你們昨天跟蹤我叔嬸去啦？」

小虎回，「是，我昨天看了你家大大整修過，就和灰灰、麥片商量，大家認爲你叔嬸不是發財或中了樂透，就是弄了歪錢。灰灰揹了我跟上你叔的汽車，後來，我躲在一棟新的豪宅中，聽到你嬸對一穿黑衣的年輕人說：『席復天到了，現就住在我山上家裡，通知大家，去抓住他或幹掉他！』年輕人說：『放心，交給我們，事成後，賭債借債一筆勾銷，新房子老房子全歸你們。』」

一大聽了，「我嬸眞惡毒，我叔又太軟弱，但他們怎會跑去賭博呢？唉！」轉向狗狗，「麥片，難怪你擔心灰灰和小虎，原來你都知道。」

「是怕你擔心，我沒說出來。」

「沒關係，看來，我一大還値不少錢啊！」看見山路上有車燈閃過，「有三輛汽車開上山了。」

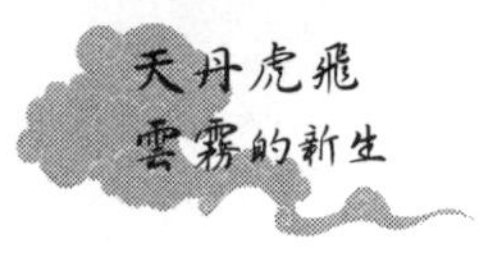

「我飛到屋子那邊去查看一下。」灰灰說。

「好，要小心。」一大叮嚀。

天濛濛亮，遠遠看去，三輛汽車停在離屋子約百公尺外，熄了車燈，有黑影下車，悄悄地靠近屋子四周。

約半小時後，灰灰飛回來了，「一大哥，你太神了，你居然還能算到有時間可以放獸夾，我看到至少有三個黑衣人腳被夾到，哇哇大叫，帶頭的破口大罵：『該死！敢耍我們！』」

「哈，腳被夾到！我只是湊巧算得準。那些獸夾、鼠夾都是以前里長伯發的，但我爸媽從沒用過，說會傷害生靈。小時候我頑皮，腳趾頭就被捕鼠夾夾過，哇，那眞是痛到爆！」轉念一想，「那，我叔嬸可慘了，黑衣人一定會找他們算帳。」

又坐了一會兒，天色又亮了些，看那三輛汽車調頭下山去了。

「好了，他們走了，大家一定餓了，我帶了食物出來，吃早飯吧！吃完再回家去。」

二十七、老朋友新仇人

除夕下午四點多，灰灰飛了來，「一大哥，你叔叔的車快到門口了。」

「唉，剛過了幾天爽快日子……」一大無奈。

門外有車停下聲，有車門開關聲傳來，一大慢條斯理走向大門，「哇，這麼慘？」一大看見嬸嬸拄著拐杖，由王媽攙著，而叔叔左臂吊著繃帶，臉上有黑紫幾塊，後面有兩個男孩跟著。

「叔叔，嬸嬸。」一大打招呼，叔嬸卻當沒一大這人似的，逕自進入客廳在大長沙發上坐了下。王媽去車上拉下一車籃的菜，往廚房忙走去。

「阿天大，你看來混得不錯嘛！」其中一個跟在叔嬸後面的男孩走近一大，上下打量，拍了下一大肩頭。

「你……是？」一大錯愕，眼前這人眼熟，但一時想不起。

「喂，天大，我『呆鵝』啦，不記得囉？」又拍了下一大肩頭。

「啊？喔……喔……，『呆鵝』吳……大山，你怎麼？這……」眼前這人，一頭小捲髮，染成了橘紅色，舊灰外套，破牛仔褲，破布鞋，「你怎麼弄成這樣，呵……」

「流行啊！看……那誰？」呆鵝指背後另一男孩。

一大原就在注意看後面那壯壯的男孩，那男孩看去更誇張，頭髮只有在腦袋瓜中間留著一撮，還染了三、四種顏色，兩邊全剃了青皮，穿著破洞牛仔衣褲，腳上夾了雙人字拖。

「『狂牛』啦！天大，你不是眞做仙去了吧？把我們人間兄弟全忘了哦？他x的！」

「啊，是『狂牛』朱……光力，哇靠，你們也太……流行了吧？」

狂牛也走近一大，「天大，大半年不見啦！好嗎？」

「過得去，來，來，進來坐……」

兩人進屋也各據一沙發坐下，一大沒處坐，就站在靠門處，看著想著，小學一起混的同學，現在怎會和叔嬸搞在一起？

嬸嬸一臉不爽，開口罵起，「死小鬼，你個忘恩負義的東西，完全沒把你叔嬸放在眼裡！那些年幫你繳學費、招呼你吃喝，爲了你，我們傾家蕩產，你拍拍屁股走得乾淨！我們沒了收入，坐吃山空，去賭嘛又老輸，結果弄到山上山下的房子全給輸光了。人家老大看得起我們，給我們錢花，給我們房子住，給我們生意做，人家也要求不多，就只不過要你幫他做點事嘛，老大他說，以前『呆鵝』，『狂牛』都是你在帶的，你是大將之才，他惜才，才一直找你，你個死小鬼，偏躲到天邊去了，眞是個不知好歹的渾蛋！」

「……」一大不說話。

叔叔接著說，「復天，就算叔叔求你了，你要是不答應的話，不但我們兩條老命難保，還連你堂弟妹幾條小命也都會完蛋……」

「……」一大心中震了一下，但仍不說話。

呆鵝看一大老不回話，不爽的站起，掏出一把摺疊刀，晃到一大面前，「天大，我看，你還是回來啦，有大把銀子可花，吃喝玩樂樣樣不少，我們老大說他不會虧待你的，但，你……若不回來，那就別怪兄弟……刀槍……嘿，不長眼睛……」一面說，一面將摺疊刀在一大眼前揮動耍玩，一副挑釁模樣。

「唔……汪汪……」麥片對呆鵝狂吠。

一大正想制止麥片，竟看到呆鵝作勢要用刀射向麥片，立刻右手一揮，打掉了呆鵝手上的摺疊刀，呆鵝一愣，反手一拳打向一大，一大閃過，沒打到。

狂牛見狀，立刻跳起衝向一大，兩人隨即扭打在地。呆鵝也要衝向一大，卻被麥片衝上狠狠咬住右腿，甩也甩不開，滾倒在地，大聲咒罵。

狂牛看來勇壯，卻大多時是被一大壓制在地，一大掛了彩，狂牛被打得更慘。幾分鐘後，狂牛呻吟討饒，「阿天老大，好了啦，我認輸，對不起，別……別再打了……別再打了啦！我認輸，我認輸……」

一大放開了手，起身大吼，「呆鵝，狂牛，我們一起混過，今天你們跟我來這一套，有沒有道義？

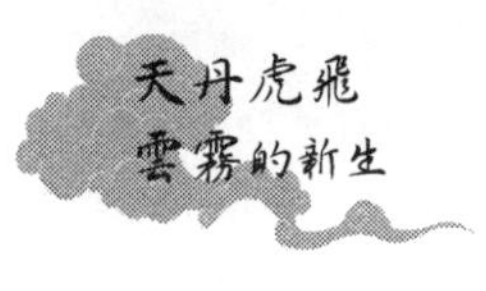

好，既然你們不講道義，我等下叫我朋友來，把你們兩個剁碎了，丟深山裡去！」

呆鵝，狂牛當場傻愣。

叔叔見狀起身說，「復天，別……，他們兩個是叔叔找來，找來……勸你的，沒他們的事，你叫那狗……鬆口，鬆口，放了他們吧。」

一大沒理叔叔，彎腰撿起呆鵝掉在地上的刀，向呆鵝走去，用刀在呆鵝眼前比劃著，「呆鵝，你有種！你剛才用刀玩我，好，現在，你想用哪種方式了斷？自己說，我成全你！」

「哇呀，阿天老大，別……別……」呆鵝兩眼轉向一大叔嬸，「阿叔、阿嬸救我，唉呀……」

「死小鬼，你了不起啊！在這逞強鬥狠有個屁用！有本事，去陰曹地府找你爸媽去，叫你爸媽告訴你，他們把金銀財寶怎麼藏的！」嬸嬸大著嗓門吼叫。

「我爸媽把所有的錢全給你們了，是你們自己賭到輸光光，現在還敢來要我去找我爸媽要什麼金銀財寶？」一大大聲回嗆。

「死小鬼，看我怎麼收拾你，唉喲！」嬸嬸舉起拐杖，想站卻站不起。

「復天，叔叔我，唉，如果你知道你爸媽……把……那些東西……就金銀財寶，怎麼藏，怎麼取，你就……」叔叔欲言又止。

「叔叔，你明知我爸媽沒錢，你也跟嬸嬸說一樣的話？我一直很敬重你，可是，你跟嬸嬸這……這擺明要弄死我嘛，我……」一大頓了下，想了想，「好，算了，你們幾個給我馬上離開，我數到十，

沒離開的話，出了什麼事，和我無關。」

「復天，叔叔……」叔叔還想說話。

「一……」一大已開始數了，另叫了聲，「麥片，鬆口……」

呆鵝瘸著腿爬起，狂牛去攙他，兩人一拐一拐走出門外。

「二……」

「死小鬼，你狠……」嬸嬸咬牙，轉朝廚房叫，「王媽，還搞什麼？走啦！」叔叔去扶嬸嬸，王媽匆忙跑出來也幫著扶。

「三……，四……」

引擎發動，汽車快快地調轉頭，駛離了去。

「五……」

一大走向洗手間，照照鏡子，「哇靠，狂牛那個渾球，手勁果然兇暴，這左半臉……他，瘀青了一大塊！」

去冰箱弄了冰塊裹上毛巾敷在瘀青處，再用手紙沾水擦乾淨嘴角的血跡，翻抽屜找到一罐小護士藥膏，在被抓傷及破皮處塗塗抹抹。

廚房流理台上有些肉類及蔬菜切了一半，一大將葷菜包了放回冰箱，用滾水燙了些素菜，熱了兩個饅頭，端上桌。

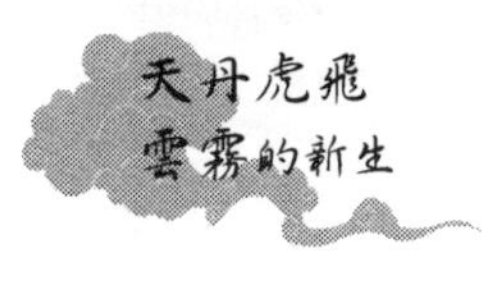

先弄了狗食給麥片吃，再磨些米穀玉米給灰灰吃。

「小虎，碎餅乾你吃不吃？」轉問小虎。

「這屋子四周多的是吃的，你們吃，我出去一下。」

「哈，好，今天是除夕，是人類的過年……的前一晚，大家吃過了年夜飯，準備輕輕鬆鬆，快快樂樂過個好年。好啦，祝大家新年快樂，開動！」

自己一人吃著，很想快樂一些，但就是快樂不起來。

想著小五、小六時和呆鵝，狂牛兩人常在一塊混，不是去追著人打就是被人追著打，瘋狂又刺激。過了大半年，碰了面幾乎認不出來，還大幹了一架！又想到，嬸嬸對自己本就常常惡言相向，早就習慣了，可是叔叔，怎也變了個人似的，變得愛錢，變得陌生！

「我爸媽，哪會來的什麼錢？什麼金銀財寶？他們要有錢的話，我還會窮成這樣？這一切，應全都是黑衣人搞的，他們到底是什麼人？找我到底要幹什麼？」又想到崔少勇，崔少丹兩兄妹，雖穿著一身黑衣，卻可愛又有趣，想著，想著，心情很複雜，一時間理不清楚。

每天打坐、睡覺、吃三餐，再去附近山上走走逛逛，一大心情好多了。

又過了約一個禮拜，一大昏昏沉沉在睡午覺，灰灰飛來，「一大哥，有一淺灰色汽車在山路上，快到了，但不是你叔叔的黑車。」

一大立即滾落床下，「麥片呢？」從門邊小縫往外看，「咦，麥片向那車跑去了？」

車門打開，跑下一、二、三、……三隻狗，全是米格魯！麥片還上前一一嗅聞！一大跳起，「不會吧？」

他先看一女孩從副駕駛座下車，「小宇？」後座又下來兩人，「阿萬、曉玄？」

曉玄手上還抱著一隻狗。

一大跑出大門，衝向汽車，四隻狗在他腳邊亂蹦亂跳，「哇哈，眞是你們呀？我的媽呀，我以爲我神經錯亂了！」

「嗨，一大，你好！那開車的是我舅舅，沒事的話，我就請他回去了。」小宇一臉興奮。

「等一下，那你們……之後怎麼回去？」一大面有疑問。

「小宇建議我們住這裡，不回去了！」曉玄接口。

「不回去？這……」

「反正……我們……都帶了……睡袋，食物……還有狗狗，睡哪……都一樣，你這……裡風……風景美麗。」阿萬補上。

「哦，這樣啊，我是求之不得，太好了！」一大轉向小宇，「小宇，那就請妳舅舅回去好了。」

「哈，好。」小宇去跟舅舅講話，打開行李箱，幾人把睡袋、食物等搬下車。

小宇的舅舅把車調頭開走了。

「一大，你住得還眞舒服呵！」曉玄先走進客廳，「咦，你臉怎麼了，又打架？這裡方圓幾公里都

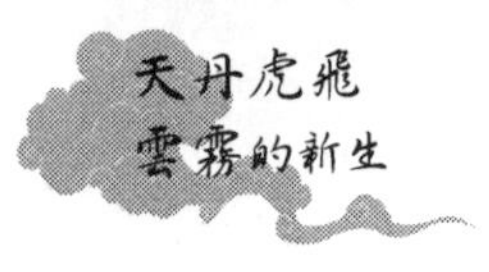

見不著一個人，你還有對象可打哦？」

「是爲了我叔叔、嬸嬸。你們坐下休息一會兒，我待會兒慢慢說……」一大幫三人倒了水喝。

「一大，你注意到沒？土也的『飛刀』也來了。」小宇說。

「當然，連曉玄手上抱著的，加我的麥片一共五隻，我當然有注意到！咦？那……土也他人呢？」

一大心覺有異。

「你叫飛刀問問清楚，我只……知大概，我去找……找土也，沒……找到，在他家……門口……看見飛刀，我叫我……的狗……豆豆去引……飛刀來，我聽不……懂……牠說什麼，找了……曉玄，再找……小宇，才……上山……找你，你這太……遠，又……沒電話……」阿萬越急越結巴。

「來，飛刀，麥片你們過來。」一大叫狗狗。

麥片先說，「一大哥，飛刀都跟我說了，土也哥是被幾個朋友找去吃飯，土也哥帶了飛刀一起去，那些朋友要土也哥『去席復天他家騙他出來，剩下的事有人會處理。』土也哥不願意，還和他們打了起來，土也哥被打昏架走，飛刀獨自跑回家，但土也哥後來沒回家……」

「哇呀，慘了！」一大驚駭不已，「幾天了？」

「連今天……三天。」飛刀回應。

「三天？還好，飛刀來。」一大到門外叫，「灰灰……」

灰灰從屋頂飛下，一大即說，「灰灰，請你和飛刀一起回學校，找梅老師立刻報警，就說『學生 11002

陳永地』被人打昏架走了，請警方救他。」

灰灰和飛刀立即一飛一跑，轉眼消失了蹤影。

小宇問說，「一大，你還眞的能和動物溝通，阿萬他們說你才聽得懂飛刀說的話，我原先還不信，你眞……喔，太酷了。」

「嘿，說眞的，小宇，我也不太清楚怎麼會的，就突然……就這樣了，以前，不方便跟妳說，抱歉了。」

「那，土也到底怎麼了？」曉玄關切。

「土也的朋友要他來騙我出去，土也不願意，就被他朋友架走了，我叫鴿子灰灰和飛刀回校找梅老師報警去了。」

「我……就猜……猜到……有事！」阿萬喃喃。

「我跟你們說，很可能都是黑衣人在搞鬼，他們在我叔嬸賭博輸掉所有錢財和房子後，給我叔嬸很多錢花，還有好房子住，目的看來……是要逼我出面。過年前黑衣人來了好幾個，我逃到後山躲過了。之後我叔嬸又鼓我兩個小學朋友來勸我，說他們老大要找我，結果我和他們大打出手。沒想到，現在他們竟然去動土也，黑衣人看來勢力很大，但我不懂，找我幹嘛呢？」

「一半爲錢，一半爲仇！黑道要找人，不出這兩原因。」曉玄說。

「曉玄說的有道理，我嬸那天火大，居然叫我去地府找我爸媽，叫我爸媽說出金銀財寶藏在哪裡。

我窮成這德行，我爸媽怎會有金銀財寶嗎？眞想不通。」

「這屋子就是你爸媽和你原先住的地方？」小宇問一大。

「嗯。」

「那，你有沒有檢查過天花板，夾層，地下室……，也許你爸媽眞還留了一堆金銀財寶給你！你不知道……」小宇兩眼打轉。

「就算有也沒了，因爲我這次回來，這屋子被大修過，大概該翻的也早都被我叔嬸翻完了。不過看他們的樣子，不像有找到什麼東西，更何況麥片和鴿子灰灰在這待了十幾天，現在又有你們的狗狗來，要眞藏有什麼古怪的東西，牠們早發現了。」

幾人也想不出其他想法，就走到外頭去看看。

「你這裡……光開車上山就得開一個多鐘頭，連電話、電視都沒有，你一個人住在這裡，不悶哦？」曉玄好奇問一大。

「我從小就住在這裡，習慣了，山上很棒的，山、水、風，雲……都棒，空氣也好，晚上看星星月亮，更美。小時候，我和我爸媽住這裡，那感覺，很快樂，眞的很快樂。」

「那你……後來……怎會……怎會變壞了，愛打……架鬧……事？」阿萬問。

「唉，爸媽突然死了，我被叔嬸接到山下鎮上去上小五，突然沒了家，沒了溫暖，也沒了快樂，我就……變了！」

「你叔嬸對你不好？」小宇問。

「叔叔很軟弱，嬸嬸超兇悍又超愛錢，我怎會有好日子過？聽說我爸媽留下來的錢全給了他們，這次回來我才知道，他們居然去賭博，唉。」

傍晚，回到屋裡，大家七手八腳煮飯弄菜，準備吃晚飯。

「一大，有沒有⋯⋯葷的，弄⋯⋯點來，嘿，想吃⋯⋯肉⋯⋯」阿萬東看西瞧問道。

「冰箱有，自己拿，到外面生火烤熟了吃。」一大回他。

「哦，痲⋯⋯煩，我又⋯⋯又不會，算了。」

「哈哈哈⋯⋯」幾人大笑。

吃飯前幾人分別餵了狗狗，小虎自己去外頭吃去了。一大和好同學們在一起，這頓晚飯吃得特別愉快。

晚上坐在門口，燒堆乾柴取暖，看著星月，大家聊到半夜才回屋去，曉玄、小宇睡床，一大、阿萬睡客廳。

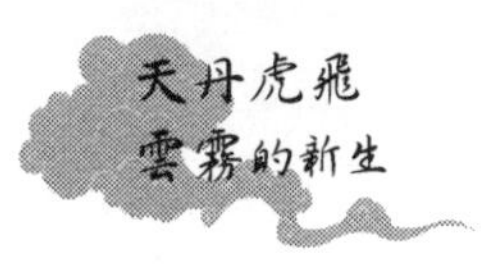

二十八、幽靈火車

第二天一大早，灰灰和飛刀回來了，灰灰說梅老師在牠腳上捲了紙條給一大，一大取了下來，「空白的？喔，等一下……」，去把大飛飛拿來，用螢光掃了幾下……

「席復天：陳永地已安全返家，警方依他要求，會於今午送他到你山屋。你們五人可在小屋一起度過寒假剩餘之五天，於開學日前一天再一起經由廚房後門返回學校。梅老師。」

等阿萬、曉玄、小宇起床後，一大向他們說了梅老師的話，幾個人打坐，狗狗一旁陪著，打完坐，吃早點，然後便和狗狗滿山的跑玩去了。

下午土也到了，大家當英雄般迎接他。

土也說他本來心想下山後，就不回雲霧中學了，很想再回去和以前朋友繼續混去，但沒想到，朋友不顧道義，爲了錢，誰都可以出賣，讓他很難過。被警察找到後，他就發誓不會再和那些朋友往來，一定要回雲霧中學去。

「我曾經和你想的一樣，一直想逃離雲霧，可是在放寒假前，我竟然不想離校。除夕那天我叔嬸帶

了兩個我以前的朋友來，朋友希望我再跟他們混，其實我知道，他們也都是為了錢要出賣我，結果我跟他們大幹一架，唉，說來，我心裡更不好過！」一大頗有同感。

「雲霧眞的很好，老師很會照顧學生，課業又輕鬆，你們應該感到幸運又幸福了。」曉玄說。

「雲……霧只有吃……素……讓我……不好過，其他……都……很好，我一……定會……會回去。」阿萬笑笑。

「別想那些了，寒假沒剩幾天，要好好把握！」小宇說。

一大想到一事，拿出寫著「嗡嘛呢叭彌吽」的紙問大家字怎麼念？代表什麼？

曉玄說：「喔，我外公跟我說過，這是『六字大明咒』，也是觀世音菩薩的幸運咒，要讀成『嗡、瑪呢、貝美、吽』，最後那『吽』，念ㄏㄨㄥ四聲，是氣的源頭，常念可向菩薩祈求達成願望，打坐也可念。」

「曉玄，再念一次，教教我們，下次打坐可念。」小宇說。

曉玄一字一字教著大家，一大口跟著念，心中想著玻璃奶瓶上的刻字。大家聚在一起，快樂地從早到晚都在山中玩到筋疲力竭才回小屋去休息。

距開學日還有三天時，大家吃完中飯後，收拾碗筷，隨口聊著。

灰灰和另一隻鴿子飛來，「一大哥，牠是『米米』，是最近警網加派在山腳巡邏的鴿子。」

「山腳？哦，『米米』，你好，是有什麼發現嗎？」一大看向米米。

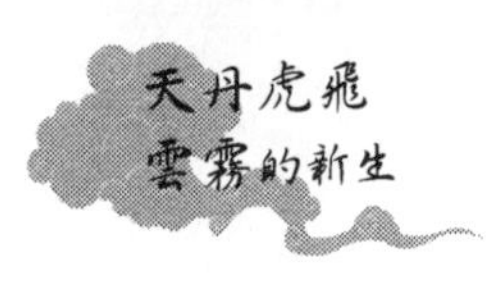

「山腳有五、六部轎車和許多黑衣人集結，我聽他們說，要立刻出發上山找席復天。」

一大即向同學說，「有一票黑衣人上山來了，嗯，保險起見，我們先打包，出去避一下。」

大家聽了便快速打包，冰箱中可用上的素食能拿就拿，每人分別帶上。一大將剩餘狗食，兩個饅頭、三張烙餅、兩個玻璃奶瓶全塞入了書包，手電筒放入大衣口袋，再提上一壺開水。

灰灰說，「那我們再飛去查看。」

一大回說，「好，麻煩你們，謝謝。」

十幾分鐘後，人、狗、小虎……全都上路了。

「一大，我們有三個男生五條好狗，幹嘛躲？」土也喘著，「揹這些，滿重的。」

「上次他們來，被獸夾夾傷了幾個。我以前的朋友來，又被狗咬和被我打傷。你被人架走，之後被警察救出，來了我這山屋，他們如果再出現必定有備而來，而且人數只多不少，別硬碰硬，先到山頂看看情況再說。」

到了山頂石洞，大家將揹的食物、睡袋……等全放入石洞內，幾人在洞口邊聊天邊往小屋方向遙望。

灰灰，米米飛回來，灰灰說，「他們開車的速度飛快，目前在半山腰，大約再半小時就會到。」

「喔。」轉頭向大家說，「黑衣入快到了。」

大家緊張起來，直往小屋方向盯看。

大約半小時後，果然有五、六部黑轎車停在距小屋一兩百公尺外，車上走下二、三十名黑衣人，躲

躲閃閃靠近小屋。

一大幾人和狗狗全趴低了身子，遠遠觀察動靜，兩隻鴿子則飛到屋子附近查看。黑衣人屋內屋外及四周圍繞圈查看，一個鐘頭過去，似乎沒有立刻要走的意思。

灰灰急飛而來，「一大哥，他們要搜山，有三人朝這邊來了。」

「哇，這些人還真不死心！」一大向大家說，「他們有三人朝這邊來搜山了。」

「搜山？他們只三個……，我們從……上面丟……大石塊……砸……砸……他們！」阿萬說。

「他們手上有槍。」灰灰加了一句。

「聽到沒，他們手上有槍！」一大即說。

「啊？有槍！」土也、阿萬張大口。

「石洞有沒有後路？」曉玄問一大。

「我不清楚……」一大搖頭，「後面黑漆漆的，我從沒走進那邊過。」

「以防萬一，如果前面被堵，要早一點找好退路。」

「曉玄說的對。」小宇點頭，看了看錶，「都快三點了。」

「那，麥片，你和豆豆，還有鴿子米米，往後面去探一下路，快去快回。」兩隻狗和一隻鴿子便向後面黑暗處跑去飛去。一大轉頭說：「灰灰，麻煩你，再飛下去查看一下。」

「這些人怎麼追你追得那麼緊啊？」土也問一大。

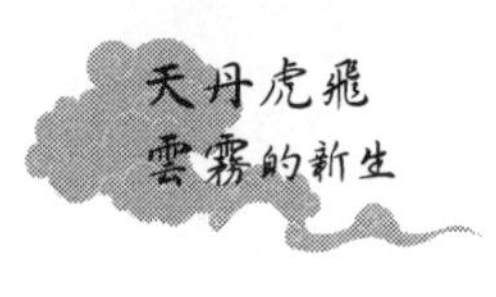

「我也很想知道……」又說，「對了，土也，如果沒有退路，我就一個人出去面對那些人。他們要找的是我，你們全跟此事無關，你們要順利回學校去，繼續讀書，在小屋廚房後面的鐵門報學號，就可以通過鐵門回校去了。」

「喂，我土也可是那種棄朋友於不顧的人嗎？太小看我了吧。」

土也說完，麥片，豆豆，還有鴿子米米也回來了。

「一大哥，後面有路，出了長長的坑洞，有樹林，還有舊鐵軌，沒看見任何人……」麥片說。

「一大哥，那三個人很接近了，再十分鐘就會上到這裡來了。」灰灰飛近來說。

一大忙說，「大家快收拾，只有三分鐘時間，後面有路，往後面走，土也，手電筒給你，你和飛刀走前面。曉玄抱栗子走第二，抱不動時就大家輪流抱，小宇和天星第三，阿萬，豆豆第四，我和麥片墊後，走，我把地上痕跡弄乾淨……」

兩三分鐘後，一大幾人、狗、鴿已消失在黑漆漆的坑洞中，大家靜靜跟著土也和飛刀，在滴水的潮濕坑洞中摸索前行，地勢還算平坦，土也很少亮手電筒，免得暴露行蹤。

走出長長的坑洞，仍見不著天光，一方面山區天黑得早，另一方面巨木樹籐遮蔽了大部分天空。小宇看錶，「走了一個多鐘頭了。」

「灰灰，你找得著回學校的方向嗎？」一大問。

「可以，但地面幾乎看不到路，就算知道方向也走不快，再走一段會看見舊鐵軌，應該會比較好走。」

灰灰回答。

「土也，繼續走，前面會看見舊鐵軌。」一大向在前頭的土也大聲說。

看見舊鐵軌時，天已全黑了，摸黑又走了一段路，見到了一廢棄的小站及月台，大家累了，也餓了，便走進小站裡。

「呼，救人哦，這荒山野嶺，累不死人！」小宇首先放下身上揹的東西。大家也跟著把所有揹的、抱的、提的……物品一骨腦全丟放在站內的地上，氣喘噓噓，累癱在地。

藉著手電筒亮光看這廢棄小站，看得出有售票處，剪票口，候車室，還有候車室內的兩條長木椅，四面牆上掛的風扇，日光燈罩，大多已陳舊鏽蝕。小站建築物除後方被土石草樹壓毀一角外，大致上還算完整。

大家休息了十幾分鐘後，把物品全集中在候車室內，三個男生找來些舊磚破瓦，中空架高，再找些枯枝枯葉，一大用打火機燃起枯枝葉，慢慢地加些粗樹榦，堆成一堆小營火。

「今晚就在這過夜吧，有火，安心點。」一大說。

「那，這是哪裡？」小宇問。

「……」沒人回答。

「拍……手……叫蝴蝶……蝴蝶……來帶……」阿萬說。

「我們有警犬、警鴿，方向都知道，就是森林草籐太密，要花時間才走得出去，蝴蝶來也是一樣！」

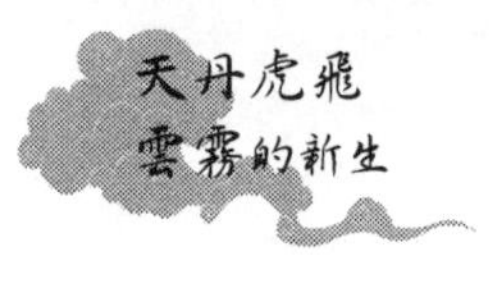

土也看阿萬說。

「還要……走多久呢？」曉玄小聲問道。

隔半晌，一大才說，「天亮後再看吧，現在……晚飯時間，大家該吃點東西了。」

大家翻背包、書包，找出乾糧吃著，狗狗吃著狗食，鴿子、小虎吃著碎饅頭及餅乾。一邊吃，大家一邊又嘻笑玩鬧起來，追呀跑的，乒乒乓乓，大吵大叫。

玩累了，幾人喘噓噓坐在地上聊天。

「小時候，我爸媽沒說過石洞後面還接有鐵軌，可能他們也不知道。」一大說。

「我看，這車站廢棄可能有二、三十年了吧。」曉玄四面看。

「嗯，那時……我們都還沒出生吧。」小宇點頭。

四周圍黑漆一片，大家心中都難免害怕不安。

九點多，曉玄提議，「我們圍個圈打坐，好不？」

「好，好。」大家都同意。

五人分別帶著狗狗，一起圍圈打坐。

打坐打了約一個鐘頭，收功，似乎心定了許多，便準備睡覺。曉玄、小宇共用一睡袋，一大、土也共用一睡袋，阿萬胖，一人獨享一睡袋，但他偏要擠到中央，不願靠外側睡，大家笑他，他也不管，弄得大家嘻嘻哈哈，睡了去。

「一大哥，有火車來了……」是灰灰的聲音。一大很睏，沒睜開眼理牠，但隨即聽見群狗亂吠，一大神經一緊，立刻爬滾出睡袋。

「麥片，灰灰……」一大揉著兩眼，見天已微亮。

「一大哥，火車來了，可是……可是……那……」麥片吞吞吐吐。

「喂，喂，快，快起來，有……火車……來了……我……」一大也吞吞吐吐，看大家睡眼惺忪，面面相覷，自己也不相信。幾人陸續起身，走出剪票口，走上木板月台，腳下長條木板似很陳舊，大家小心地走著。

「你們看，這站站名叫『一大』？嘿……」小宇指著月台上兩片破爛的木板。

「哈，是『天』啦！分開上下兩半了。」土也看了笑笑。

「不是啦，看車站那上面，最左邊的『天』字還在，右邊『人車站』幾字只剩下印子而已，這站站名應叫『天人車站』。」曉玄仰頭往車站上方指去。

一大看鐵軌生了鏽又長滿雜草，抱起麥片問，「麥片，有什麼不對？」

「很奇怪……嗯……嗯……嗯……」麥片發出不安的嗯嗯聲。

「喂，你們猜，火車頭是朝左還是朝右？」一大回頭向幾人叫著，壓抑下自己心中的不安。

「哪……有火……車？一大……愛騙人！」阿萬打著呵欠。

「哈，我看……虛驚一場，回去……吃點東西……走……」一大也懷疑，眼前分明沒有火車，也不

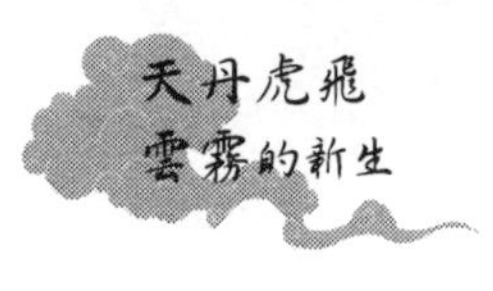

可能有火車，可是麥片和灰灰的語氣及其他狗狗剛才的亂吠，很怪異！

幾人下了月台，走回剪票口。

「嗚～」背後一聲爆響的汽笛聲傳來。幾人被突如其來的汽笛聲一嚇本能地搗耳抱頭，半晌，才回頭看。

哇，一列紅火車正停在月台另一邊，黑乎乎的機車頭呼嚕冒著大管黑煙，咻咻噴著蒸汽。

幾人看傻了。

「火車頭朝左！」土也倒先說了話。

「土也，還幽默啊？這……很邪門，我們……上月台去看看，奇怪……」一大和土也轉身再走上月台，阿萬跟了上來。

「客……客滿？」阿萬小聲。

三人都看見了，三節車廂內坐滿了人。

「哇，是『開往雲霧』的！」土也指車身邊上的鐵牌說。

「曉玄、小宇，來，上來。」一大回頭叫。

「一大，這……怎麼……可能？」曉玄口齒不清，臉色發白。

「麥片、灰灰，這……怎麼……回事？」一大問。

「我……不……知道。」灰灰回答。

「嗯……嗯……嗯……」麥片仍低聲嗯著。

忽然，群狗狂吠，一大回頭一看，有人，不，有「人影」在推小宇上車！

「麥片！帶狗狗……快，去拉住小宇……快。」一大大叫。

小宇停不住，很害怕又很抗拒的樣子往第一車廂而去，像是有人在推在拉她，麥片和其他狗狗沒辦法拉她回來。

「哇，去，土也、阿萬……去……把背包全拿來，快，我去拉住小宇！曉玄，妳去抱栗子……」

一大衝上去，但他碰觸不到那些「人影」！小宇被強拉上車去了！再一回頭，另一些「人影」在推曉玄上車，栗子露齒亂咬，沒用。

土也、阿萬已把背包書包全拿來月台上了。

「土也、阿萬，上車，把背包書包全帶上，狗狗，鴿子上車，快，還有……小虎，喂，小虎，你在哪裡？」一大有看到狗，鴿，摸口袋不見了小虎。

「嗚～」又傳來一聲爆響汽笛聲。

一大看到土也、阿萬、狗狗、鴿子全上了第二節車廂，自己便快步跑向第一節車廂，往內看見小宇、曉玄臉色蒼白站在第一節車廂裡，栗子仍在露齒四面亂咬。

火車緩緩地開動，一大奔向火車頭，往司機員室內看了下，沒看見什麼人！只好停步，並隨之跳上了第一節車廂。

跳上第一節車廂後一大隨即拉了小宇、曉玄便往第二節車廂走，找到了土也、阿萬，個個驚恐全寫在臉上。

「土也，阿萬，我們中邪了，走一步……算一步！」一大小聲對土也，阿萬說。

「一大，火車上的人，他……都面無表情……」土也小聲回著。

「我注意到了，椅子還都是……是舊式木椅。」一大低聲說。

「怎麼……會……這……這樣？」阿萬說，轉過身安慰小宇、曉玄。小宇、曉玄眼淚汪汪。

「我們去第二節車廂和第三節車廂間的聯結走道去，那邊空氣可能好些，走……」一大提了些包往後走。

大家就擠在靠近二、三節車廂聯結處的第二節車廂門邊。看著車外天色已大亮，火車速度快了些，冷風灌入，大家頗有寒意。

大家口上靜默，腦袋裡全都在胡思亂想。

十分鐘過去，土也打破沉默，「這車身掛著『開往雲霧』的鐵牌，往好處想，我們很快會到『雲霧』了。」苦笑兩聲。

「一大哥，火車司機……是個骷髏人，車上的人都不呼吸，嘎……」一大聽到小虎急喘的聲音，又欣慰又恐懼，不敢作聲，怕嚇到同學。

火車速度很快，窗外只閃過綠幽幽的景色，都是樹林、藤蔓和雜草之類的植物。

天色更亮了，一大看了眼車外，已出了樹林。

「一大哥，旁邊有另一列火車追上來了……」灰灰突叫起。

「啊？」一大抓緊門邊鐵把手，探頭外看。有一柴油列車平行開來，「土也，我是不是眼花，你來看！」

「哇，一大，有列火車在……旁邊……追？」土也也很懷疑。

「喂，等下，哇哈，那……是鐵哥！」一大見到那列火車上有紅雲聚散，鐵哥正在向他揮手。

「灰灰你飛過去跟那紅雲人說，叫他救『一大』和朋友們……」一大急說。

灰灰飛了去，很快飛了回。

「一大哥，紅雲人說，他就是要來救我們的，他說這是一列『幽靈火車』，他以前也救過不小心上了這列車的人，沒想到這次卻看到你在車上，我跟他說，共有五個人，五隻狗，兩隻鴿子，一隻壁虎，還有背包書包等物品。他說不久後兩列車會很靠近，他在那邊同樣的二、三節車廂聯結處的第二節車廂門邊接我們，狗先過去，背包再過去，人再過去。」

「眞他……，我們居然上了『幽靈火車』！」一大心中暗罵轉身跟大家說，「旁邊那一列火車來救我們了，那列車等一下會靠近，有人在那邊第二車廂門邊接我們，狗先過去，背包再過去，人再一個一個過去……」一大大聲說著，聽見小宇、曉玄兩人放聲大哭。

兩列火車很快就靠近並平行疾駛著，中間擠壓的風強大得不得了，朱鐵左手拉住門邊鐵把手，伸長

右手將狗一隻一隻接了過去，再接背包過去，然後，接了小宇，順利過去，曉玄正要過去，卻被強風吹起，飄在兩車間半空中，只有手臂被朱鐵抓住，大家嚇得尖叫，還好，列車開始上坡，車速稍微慢了些，曉玄平安的上了朱鐵那列火車。

「一大，要快，那列車上完坡，再下坡就會加速，然後就會……」朱鐵低沉有力的聲音傳入一大耳中。

一大大叫，「阿萬，快……」阿萬過去了。

「土也，快。」

「一大，你先。」

「他……，土也，快，來不及了……」土也也過去了。

「哇……他……，下坡了！」一大一念沒完，忽感到車身劇烈震動，探頭一看，見車頭砰地一下往右翻倒滑向前去，咔咔，車頭和第一節車廂斷了鉤，隨即車頭在一大眼前消失。

第一節車廂停頓了幾秒，往右傾斜，隨即向前翻滾而去，也消失了！

一大一嚇手一縮，才剛碰到朱鐵的手鬆開了，兩列車隨之迅速拉遠。

一大趕緊回頭，跨兩大步，從第二節車廂跳到第三節車廂，移到第三節車廂門口。「完了！」一大在門邊看著對面列車門口驚嚇的幾個好友和紅雲……飛快遠離了去，心中大呼不好。

「叫蚯蚯！」小虎在耳邊大叫。

「牠在冬眠！」一大一念閃過，但，不管三七二十一，大叫，「蚯蚯！呱呱！救我！」

同時他驚見第二節車廂和第三節車廂也斷了鉤，咔咔，咔咔，第二節車廂吭咚一聲平摔往前快速衝去，在鐵軌上刮出許多火花，很快的也消失了。

眼巴巴望著前面的車廂消失光光，強大寒風吹得腦子一片空白，忽地眼前一空，一大瞥見對面山林邊斷垂的一截鐵軌，驚叫一聲「斷崖！」

漫天雲霧湧上，一陣寒意襲來，一大抓不住門把，手一鬆，眼前一黑……

二十九、鬼巴掌

「嗯……嗯……」一大眼前漆黑一片，「眞他……，我……死……啦？」

「一大哥，我們在蚯蚯這。」小虎在耳邊說話。

「蚯蚯……在冬眠！我已……死了。」一大什麼都看不見。

「我蚯蚯和呱呱怎捨得你死嗎？哈，嘶～嘶～」

「眞是……蚯蚯？你沒……冬眠？」

「你嚇傻啦？一大哥，現在都春天了，還冬眠？我早起床了，你也快起床，起來抄《心經》，欠了那麼多篇想一走了之？哈……嘶～嘶～」

「哇哈，眞的是蚯蚯，喂，蚯蚯，你家有空裝個燈嘛，客人來了，有燈亮一下才有誠意嘛！」

「現在是黑夜，當然黑嘛，叫一條蛇在家裝燈？你眞被嚇傻啦？呱……」

「烏鴉呱呱？你也在？」

「你從半空往下掉，爬蟲類如何救你？當然是我飛禽類先空中伸出神爪抓住你，再到陸上交給超級

快車蚯蚯號，送你火速返校嘛！哈……，可惜你昏過去了，沒看到那精彩一瞬間，呱……」

「眞可惜，又沒法重播。但，我這到底是在哪呀？」

「在蚯蚯家……的門口！靠門口，空氣好些。」烏鴉回答。

「我找一下打火機，你們都是夜間班的，不瞭解我人類黑暗中跟瞎子沒兩樣。」摸出了打火機，打亮了，「我，他……，嗨呀，我眞還活著，蚯蚯、呱呱、小虎，你們都在……」

「別亂動，你……受了傷，嘶～」

「我……受了傷？在哪？」

「左臉，一大塊青紫，嘶～」

「左臉，青紫？哈，那是跟人打架打的，沒什麼。」一大笑笑。

「打架？喔，打你的人，他手一定很大又很瘦。」呱呱說。

「就是！對了，喂，我那些同學、狗狗、鴿子……都平安嗎？」

「平安，都在休息著，我們報告過梅老師了，待會兒你要沒事，我就送你回餐廳吃早飯，嘶～」

「吃早飯？哦，我是還沒吃早飯，咦，又好像吃了，這……」

「你昏睡了一天一夜，現在是救你回來的第二天清晨了！呱……」

「啊？」

「梅老師和梅師母來過，他們餵你湯藥，幫你加氣，梅老師說你只是受了驚嚇，沒事，他們待到昨天半夜才回去，看你昏睡著，就讓你繼續留在我這睡，沒叫醒你回宿舍，你身上的被子也是他們帶來的，我和呱呱輪流看著你。」

「喔，謝謝你們，還有梅老師和師母，我……」有眼淚流下，一大趕緊熄了打火機。

「可是你們怎會上了『幽靈火車』呢？」蚯蚯問。

「你也知道『幽靈火車』？」

「當然知道，我還聽說只要搭上『幽靈火車』，九成九的人啊……有去無回。」

「哇呀，恐怖！可是，那『幽靈火車』它是怎麼跑出來的？我們幾個在一名叫『天人』的火車站那裡過夜，第二天早上月台邊突然冒出一列火車！那鐵軌明明生鏽又長滿雜草，居然會出現一列火車，而且有人，不，有人影，還推我同學上車！我們只好全都跟上了車，還好後來朱鐵哥從另一列火車救了我的同學們，只有我來不及，後來就……」

「那是二十幾年前的事了，有列火車滿載旅客，在『天人車站』開出後不久就碰上了大地震，鐵軌突然變形彎曲斷裂，導致整列車斷裂翻滾掉落懸崖，有六十四名乘客往生。」

「哦？是哦？可憐……」

「是啊，那之後，天人車站就常會有人碰上靈異事件，於是不久後人們就把它給廢掉了，在平行處另架新軌，另設新站，新站名叫『楓露』。」

「『楓露』？」一大吃驚。

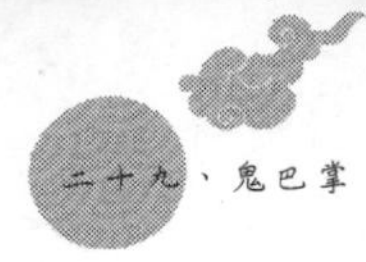

「是『楓露』，也就是『雲霧』的前一站，你去過？」

「沒，那裡是不是有間『楓露中學』？」

「有，我有印象。」烏鴉呱呱接口，「那學校裡的學生穿的制服跟我一樣，一身黑，呵呵，挺美挺帥的。」

「是啊，前陣子有天晚上，我在樹林裡和兩個身穿黑衣的少男少女碰上，還打了一架，他們兩個是兄妹，說是『楓露中學』學生，而且姓『崔』，他們還知道我的名字。黑暗中我看不到他們，靠小虎指揮才打回去的，還好我身上腿上穿了蚯蚯的衣服，他們踢我腿，沒事，打我肚子，居然彈了回去，還昏倒了……」

「呵呀，現在知道我那寶衣的厲害了吧，嘶～」蚯蚯高興。

「一大哥，如果你也有我的一套羽毛黑衣，那些個黑衣朋友在晚上九成看不見你……」烏鴉呱呱接著說，「我可以找何婆婆縫去，她手工很巧的。」

「先謝謝你，那一定也會是一件寶衣！」一大對呱呱說，「對了，那黑衣少男少女穿的是黑色短靴，看不出和一般短靴有什麼不同？朱鐵哥說黑衣人弄斷他腿用的是腳刀，『氣刀體』一致！他疏忽下盤，小腿才被腳刀一掃而斷。」

「喔，是『腳刀』，那我瞭解了。人類比較瞭解人類，我自己沒腳，只猜黑衣人的鞋子或腳上有什麼刀子或其他玄機，原來他們是把氣聚在腳側，成了『腳刀』，用來當武器，眞有一套，厲害，厲

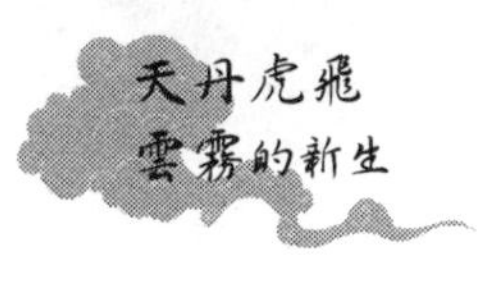

害，我沒腳，要練，也只能練『尾刀』了。」

「哈哈哈……」

見天微亮，一大說，「蚯蚯，呱呱，天亮了，我看我應該沒問題了，就麻煩您二位，誰送我一程回餐廳去，好不？」

「蚯蚯，來，猜拳，輸的送。」烏鴉嘴快。

「你那翅膀只能出『布』，我沒手，用我腦袋瓜也只能出個『石頭』，你穩贏不輸嘛！我送啦，反正我速度比你快。」

「哈呀，蚯蚯，我就奇怪，爲什麼我只要動點歪腦筋，你總能識破。」

「智慧～學著點，哈……」

「呱……」

一大很快來到餐廳，見大部分同學都入座了。

「嗨，土也、阿萬、曉玄，你們好！」一大坐下打招呼。

「……」六隻眼怔怔看著他。

「怎麼啦？各位同學，大家都好好的，不是該高興嗎？哈哈……」一大故意打哈哈。

但當和曉玄四目相對時，一大卻發現曉玄在流淚。

「曉玄，誰欺負你了？」一大急問。

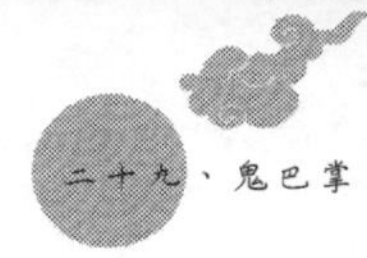

「一大，你去洗手間，洗洗手，洗洗臉。」土也推了他手臂一下。

「喔，是，洗手……洗臉。」一大起身去洗手間，有同學往他盯看，他懶得理會。洗臉時，抬頭看鏡子，「哇！」一大當場嚇一大跳，「這……混狂牛！咦？不對啊，狂牛他打的瘀青，都過了十多天了，怎麼可能……還……在……」

一大湊近鏡子看，「哇呀，不是狂牛打的那個，是誰？這，唉喲，像是……骷髏……手印？」一大突然間毛骨悚然，他想起小虎說的，「幽靈火車上的司機員是個『骷髏人』。」

「小虎，小虎，你在哪？」一大叫起。

「一大哥，我在這……」小虎爬上一大左肩。

「小虎，這……是個骷髏手印吧？」一大指左臉。

「是……是……應該……是。」

「你在說什麼啦？我問你，昨天，還是前天，那天早上，幽靈火車上的那個骷髏司機，他有……對我動手嗎？」

「好像……有，嗯，應該……有。」

「有還是沒有？」一大大了點聲。

「有！」

「……」

半晌，「我，他……，我……被鬼打了一巴掌，完蛋了，我是不是……快完蛋了？」一大愣看鏡中的自己，那手印清楚顯現出一張大大的手骨架子的形狀，一節一節分分明明，從左臉髮際往下直到下巴，細細、紫紫、黑黑、白白、腫腫……

一大回想蚯蚯及呱呱剛才說的話，還有土也、阿萬、曉玄的哀悽眼神，「他們應該知道這巴掌是怎麼回事，只是不願講或掩飾著……」他沒走回餐廳，而從後側小門獨自溜回寢室，洗了個澡，就躺上床去。

躺沒多久，見梅老師和梅師母走來，一大忙坐起，

「老師，師母，好……」

「席復天，來，先吃點東西。」梅老師指著師母正在書桌上擺放的早點。

一大渾渾噩噩移坐到書桌前，慢慢吃著早點。

「席復天，你現在感覺……怎麼樣？」梅老師在一旁問道。

一大抬頭，「還好……」卻看見師母背著他在拭淚。一大心一沉，胡亂將饅頭塞入口中，把豆漿一口氣喝了。

「謝謝老師，師母……我……吃……好了。」

「吃好了，來，盤腿坐床上。」梅老師說。

一大再移回坐到床上，仍渾渾噩噩，盤腿。梅老師盤腿坐在他背後，「吸氣，氣入丹田……吸……」

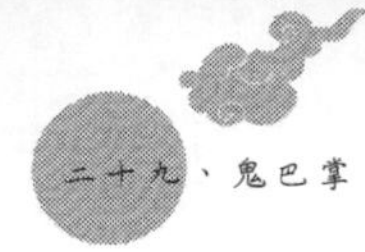

梅老師在背後說著。

一大照做，忽有一點暈眩，暗自嚇出一點冷汗。

「有點暈？」梅老師在背後問。

「嗯……」一大點頭。

「好，嗯，多休息，多打坐……」梅老師下床，「老師還有事，你和你師母說說話。」梅老師走了。

師母在床沿坐下，「復天，別害怕，這臉上的印子很快會消失的……」一大看看師母，師母眼眶泛紅。

「師母，別擔心，我沒害怕，只是，師母，對不起，我沒聽妳的話，去和以前同學打架，把臉都打得……留了個手印，師母，對不起。」

「哦？哦，打架？沒關係，哪個男生不打架的？呵，你把身體練好了，以後就……一定可以……打贏人家……」

「嗯，我……一定……會把身體練好。」

看見土也、阿萬、曉玄、小宇走進寢室來，師母起身將碗盤收了，「復天，你跟同學們聊，師母回去了。」

「謝謝師母，再見。」

曉玄、小宇眼裡含淚，土也、阿萬也默然不語。

一大只好自己開口，「喂，各位同學，有話就說嘛，不然我死不瞑目。」

曉玄、小宇一聽到「死」字，再也忍不住眼淚奔流而下。

土也靠近一大，「好吧，我來說，好讓你……死也瞑目。」嚥了下口水，說，「朱鐵哥說，我們全上了他的列車後，有一傢伙在第三節車廂門邊狠踹你腿，又猛打你胸肚，最後還刮了你一巴掌，到車廂滾下斷崖時，那傢伙更用力掰開你抓著鐵門把的手，讓你掉下去。我們原都以爲你死定了，難過極了，可是，回到學校，聽梅老師說你被救了，我們又高興極了，可是，可是，梅老師又說，要我們以後一定要對你好，給你吃好吃的，看好看的，玩好玩的，以感謝你爲我們做的一切……。老師說的話，曉玄說，很像她外婆去世前她外公說的話。今早看你臉上有一片……詭異手印，知道那是朱鐵哥說的，『有一傢伙打了你一巴掌』留下的印子，我們都沒看到那『傢伙』，但朱鐵哥看到了，他想跳過去救你，但來不及了……」

聽見曉玄、小宇在飲泣。一大心底半喜半哀，蚯蚯的衣服又幫了他一次，可能「那傢伙」感覺到打他腿和胸肚都打不倒他，才在臉上補打一巴掌的。

「各位同學，聽到沒，那傢伙踹我腿又猛打我胸肚，我一點傷都沒有，看……」邊說邊站起左右踢了兩腳，又捶捶自己胸肚，「但那死傢伙千不該萬不該，居然打我如此俊美的臉，還留下這鳥爪印。不怕，這小場面了，比起從前和我一起混的狂牛打我的那巴掌，這巴掌，不出一兩禮拜，必消，呵……。喂，你們記得，老師說的要聽，以後要對我好，給我吃好吃的，看好看的，玩好玩的，以

感謝我爲你們所做的一切。」一大假裝開心，心卻被一骷髏手揪著，痛！

曉玄、小宇半信半疑，至少不哭了。

「一……大，那……是……是鬼吧？」阿萬冒出一句，曉玄、小宇又嚇得想哭。

一大馬上回說，「我忘了問他，下次碰到我幫你問……」

大家才又嘻哈笑起。

「咦，你們兩個……理頭髮啦？哪裡理的？」一大忽指土也、阿萬的頭。

「還哪理？福利社啊！」土也好像不太爽。

「哦，哦，昨天……是星期六……理髮……福利社，嘿嘿……」一大避開他眼光。

「麥片也有去……」土也加上一句。

「麥片也有去？」一大一嚇。

「麥片……牠……唉……」土也低頭嘆氣。

「麥片牠……怎麼了？」一大急問。

「牠……還在……旋轉們裡轉著。」

「土也，你，他……，該死！」一大衝了出去。

「喂，今天是星期天！福利社沒有開！」土也在背後叫著。

一大停了腳步，轉回身，卻忽聽見群狗汪汪的跑來。一大朝汪汪聲看去，「哈，六隻……全都在，哇哈……麥片！來，抱抱……」麥片一縱撲跳上一大臂彎，嗯汪叫個不停，其他狗兒全在一大腳邊興奮叫鬧。

「土也，你混……」一大回頭找人，土也早已不見蹤影。

三十、小客人

開學兩禮拜過去了，一大臉上的巴掌是消了腫，留下的印子也變淡了。可是，他每天早上快天亮時和晚上快天黑時，身體就會很不舒服，但他並不以爲意。

這天正和土也、阿萬往餐廳走去吃晚飯，一大在餐廳門口突然痛苦的彎低身體，像是無法呼吸的樣子。阿萬扶著他，土也跑去找梅老師。梅老師不在餐廳，也不在廚房。

大廚白手看學生圍著，走來驅散，叫著，「怎麼回事？都回座位去，要吃晚飯了，還搞什麼……」一眼看見一大面色蒼白並極爲痛苦的表情，立即上前，雙手在圍巾上擦擦，便往一大頭頂按去。

一大臉色逐漸紅潤，幾分鐘後慢慢回復了正常。

「謝謝你，白伯伯……」一大向白手鞠躬。

「不客氣，一大，你怎麼……？」白手正要問，梅老師一旁走來說，「老白，要開飯了，你先忙去……」

「梅老師，他……他怎麼一身陰寒之氣啊？」白手忍不住問。

「待會兒再跟你說，你先忙去。」

「好，那……我去忙去……」白手回廚房去了。

梅老師向一大說，「去吃飯吧，吃完飯，到老師家去，師母不放心你。」

「好，謝謝老師。」

土也、阿萬扶一大走到餐桌，曉玄又淚眼相看。

「曉玄，別擔心了，剛剛大廚白伯伯一出手就把我給……嘿，弄好了。他還說，這毛病他見過，他知道怎麼治，小事，小事，來，吃飯，吃飯……」一大努力放鬆自己。

「一大，你剛才……像冰塊……一樣冰……冰。」阿萬說。

「沒有啊，我覺得挺熱的，土也，是不是？」一大向土也眨眼。

「喔，起初有點涼，後來熱……很熱……」土也順著他說話，「那大廚白伯伯，也是個……高手，看不出。」

「嗯，高手，眞的是……高手。」一大大口吃飯。

吃完飯，一大向梅老師家走去。

「小虎，待會在梅老師家要乖，可別亂跑。」一大叮嚀。

「喔。」

「小虎，我一直想問你，你怎麼看得到火車骷髏人？我就是因爲看不到，才被他又踢又捶又搧耳光，還不知道還手。」

「我看到的都是模糊影子，但偶而他會現出骷髏樣子，當火車快掉下去時，他出現在你面前，又踢又捶，自己卻反彈倒退了幾步，我以為是你還手了，最後火車要掉下斷崖時，他好像打了你一巴掌，都很模糊，看不太清楚。」

「欺人太甚，鬼東西！一定得討回來！」

「一大哥，你又看不見他，怎麼討回來？」

「你看得到影子就夠了，上回晚上你幫我打黑衣人小孩，不也勝利了，哼，鬼又如何，看我打得他滿地……撿骨頭！」

「你又威風了，一大哥，不像剛才……」

「我，嘿，對了，你剛說那鬼東西反彈又倒退幾步？那可能又是蚯蚯的衣服保護了我，看來，我得向蚯蚯再要些衣服，把頭臉也包起來……」

「哈哈，咳咳……嘎……」

「師母，妳好。」一大見師母在門口等他，忙問好。

「復天，你來啦？有沒有什麼不舒服的？有不舒服要說喔，梅老師最近很忙，你不舒服可直接來找師母，師母不忙，都會在家裡頭……」師母說了一串話才停了下，接著說，「復天，來，進來坐，別站著，來，來……」

一大脫鞋時，一眼瞥見兩雙小黑靴在玄關，腦袋瓜飛快閃過一些畫面，忙探頭向客廳看去，「啊？

崔……」一驚回頭，「師母，您……家裡有黑……有客人？」

「喔，是啊，是兩位小客人，他們說要來探望安慰一個生病的同學，那同學名叫席復天或席天復。狗狗們帶他們兩個見了梅老師，梅老師請他們在這和你碰面，這樣比較好，因爲……他們穿……黑衣。」黑衣兩字很小聲。

「嘻，有意思……」一大要跟師母進客廳前，忽又轉回頭，拿起兩雙小黑靴東看西看裡裡外外摸摸，才走入客廳。

「嗨，崔家兄妹，你們好！我是……席天復，哈，好久不見。」一大在兩人坐的長椅旁拉張椅子坐下。

「嗯。」

兩人雙眼亂轉，嘴巴嗚哩嗚嚕的動著。

「啊？」一大轉向師母，「師母，他們被定住啦？他們是我的朋友，我想……他們想跟我說話。」

師母走到兩兄妹身邊在背部碰了下，兩人隨即可說話，手腳也可動了。

「哇，師母，妳也……會？」一大頗爲驚訝。

「復天，你們聊，師母去弄點東西給這小兄妹吃……」師母笑笑走向屋後。

「席天復，你是不是被鬼火車上的鬼骨頭打了？這是很嚴重，很恐怖，很難過，很痛苦的事，如果不好好治療的話，好人活不過一個月，壞人活得長一點，我和我哥聽說後，就一直想辦法來找你，慰問你一下，不然，以後可能，恐怕就見不到你了，那就……哇……見……不……到……你……了。」

妹妹說了一堆，最後卻號啕大哭起。

師母急急走來，「怎麼啦？這……」

「師母，沒……沒什麼，她怕我活不過一個月，難過，難過，就哭了。」一大說。

「啊？」師母愣在當場。

「沒關係，師母，我很壞，她說壞人會活很久，放心，我會活下去……」

師母看了看三人，「哦，那，你們聊，我後面……爐火……」師母轉身再往屋後走去。

「崔丹少，別哭了，我真的很壞，保證活得過一個月，活不過，我頭給妳。」

「我叫崔少丹啦！妳頭給我，不就死了嗎？誰要你頭啊？」轉過身，「哥，席天復他有神經病，那種病算不算壞？」

「妹，那……難說。」

「喂，本人名叫席復天！妳再叫我席天復，可會把我叫壞了，我又可多活幾個月……」

「哈哈，嘻嘻……」妹妹破涕爲笑。

師母端出兩大碗熱湯麵，「小妹妹，妳一會兒哭一會兒笑，嚇著師母了，來，肚子一定餓了，趁熱吃。」

小兄妹也眞餓了，「謝謝梅師母。」兩人接過大碗，呼哩呼呼吃了起來。

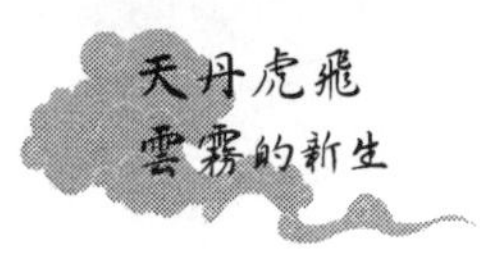

「師母，他叫崔少勇，她叫崔少丹……」一大介紹。

「我們是楓露中學一年級的學生，我們兩個是雙胞胎，我是哥哥……」崔少勇邊吃邊說。

「喔，好，好，那，你們繼續聊天吃麵，我去後面忙去……」師母往屋後走去。

「崔少勇、崔少丹，你們還眞有趣呵。」一大說。

「叫我小丹，叫我哥小勇，人家都這麼叫的。」崔少丹頭也沒抬吃著麵。

「喔，那叫我『一大』。」

「哇哈！」兩兄妹幾乎噴麵。

「哥，你看，他又發神經了……」

「小妹妹，妳才神經，『一大』爲『天』，是很偉大的意思，是由『天』字拆開而來的，沒常識。」

「好啦，一大，你繼續說，呼，眞好吃……」小勇吃著麵。

「你們好像對鬼火車，鬼骨頭那些……知道滿多的？」

「我們『楓露車站』是『天人車站』廢掉後新蓋的，我們學校離『天人車站』抄近路走十分鐘就到了，我和我妹和同學常去『天人車站』玩，鬼火車，鬼骨頭、鬼乘客……我們常看到，只要不靠近，井水河水……就不那個……」小勇興興奮奮。

「哥，是井水不犯河水！」

「哦，我……」

「哈，那，小勇，可是你們見過有人被鬼推上鬼火車，被鬼又踹又打的嗎？」

「有啊，這……嗯……」小勇欲言又止，繼續吃麵。

「是有一個附近村人莫名其妙上了鬼火車，受了傷逃回家，我跟哥跟同學有親眼見過……」小丹接著說。

「後來，那人……怎麼了？」

「也沒人看出他有什麼外傷，只說早晚不舒服，我媽說早晚是陰陽交換時刻，那人到時候就一定會不舒服，後來，一個月，一個月就……死了，才二十幾歲，男的……」小丹說。

「……」一大心揪了一下。

「那人是……好人。」小丹難過補上一句。

「妳怎麼知道？」

「我媽說的……」

「啊？」

「我媽說，『好人不長命，禍害三千年。』」

「哈哈……」一大大笑。

「妹，那是媽罵我們用的啦！」

「還有罵叔叔時也是。」

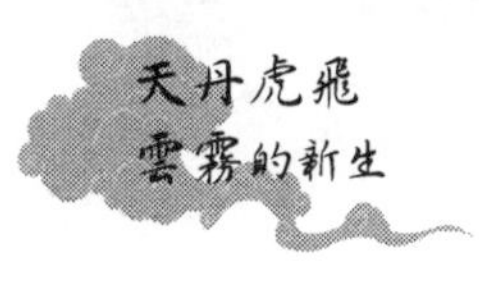

「你媽有意思，罵你們兄妹倆就算了，連罵你們叔叔也……」

「一大，我媽也常這樣罵我叔叔，眞的。嘿，你應該認識我叔叔的。」小丹說。

「我連自己叔叔都快不認識了，哪還會認識妳叔叔？」

「哈，你怎麼常神經神經的，連自己叔叔都說什麼快不認識？」小勇笑他。

「好，不說我叔叔，報上你叔叔大名來，讓我聽聽，說不定我還眞認識……」

「崔一海。」小勇回答。

「眞他……！不……不認識。」一大強自鎮定。

「哥，叔叔還說什麼天底下沒有人不認識他的，尤其是雲霧中學的人……」

「那妳回去跟他說，這裡就有個叫『一大』的人說不認識他，看他怎麼說？」小勇說。

「唉喲喂，反正我也活不了多久，何必惹你叔叔生氣嘛，算了，我得好好想想，死前要怎麼快樂地過，其他事不管了。」

「嗚……哇，哥，他……他……死……」小丹又哭了。

「喂，小勇，你也管一下你妹嘛，她說哭就哭，說笑就笑，會把人搞瘋的。」

「你跟我媽講的……一模一樣，我妹從小就這樣，你愛管你管，我可管不了。」小勇喝了口湯。

「誰要你們管，我這是感情豐富外加多愁善感，有什麼不好，哼！」小丹抹了下眼睛。

兩兄妹吃完麵，「這麵眞好吃！」小勇稱讚。

「我師母做什麼都好吃。」

「一大，那你太幸福了，像我媽做的飯菜麵就……嗯，不太好吃，我和我哥……三餐大多在學校餐廳吃。」小丹嘟嘴。

「我也是都在餐廳吃，偶而才吃到師母做的。」一大說。

「一大，你現在會不會早晚不舒服？」小勇問。

「嗯，會……」一大苦笑，「反正就這樣，無解了。」

「我媽有跟那受傷回來的人說，抄些《心經》迴向給那些鬼魂，可能可以救自己一命。」小丹說。

「抄些《心經》？妳媽說的？有用嗎？」一大忙問。

「我媽是老師，她懂得的道理可多了，應該有用吧，但那人沒聽。」小丹回說。

「幾篇？妳媽有沒有說要抄幾篇《心經》？」

「一百零捌篇。」小丹毫不遲疑。

「啊？喔。」

「要用毛筆抄。」小勇補上一句。

「喔。」一大心中五味雜陳，面對小勇、小丹兩張天真的臉孔，他只有笑臉陪著。

「一大，如果你不會寫毛筆字，我和我哥可以幫你，我們會背《心經》，也常用毛筆抄《心經》的。」

小丹說。

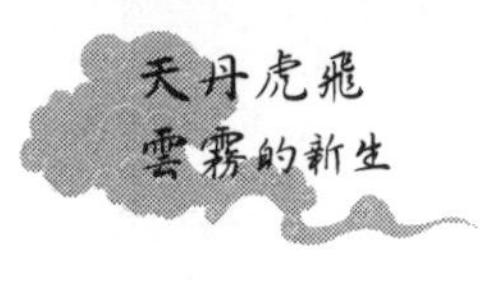

「啊？哦，謝謝，我會寫毛筆字，也常抄《心經》。」一大說著又問，「可是，爲什麼你們要抄《心經》，還用毛筆抄？」

「修身養性啊！」小勇很順地回答。

「啊？喔，是，是，我……也是。」一大只覺這世界巧合的事還眞不少，轉念問，「你們學校有教練氣打坐嗎？」

「練氣打坐？當然有，內功是每天必練，之外，還得練外功，手腳都練，尤其是腳上功夫，喝，氣刀體一致，腳刀一掃，碗口粗的木頭就『唰！』斷了。」小勇右腳抬了一下。

「好小子，厲害！」一大豎大拇指稱讚小勇。

「才不厲害，上次踢你，我哥回去還說他腳痛，哼。」小丹回著。

「妹，別說我，有人還被一大給打昏了呢，是誰啊？」小勇不甘示弱。

「哈哈，我……只是運氣，運氣好，你們的功力都很厲害，我常打架，只不過是比較會打架而已。」一大打哈哈。

「下次找我叔叔和你比一下，他超愛打架的，我叔叔、大伯內外功都超厲害，我和我妹太小，功力至少差他們一百倍。」小勇搖搖頭。

「別……別……，我剛說了，我活不了多久，別去惹你叔叔，我只想快樂地過日子，哈……」一大心有恐懼，臉上裝笑，轉個話題，「對了，你們學生穿全身黑是爲什麼？」

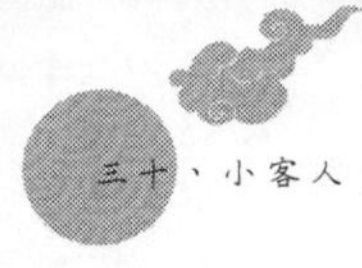

「紀念我爸。」小勇回答。

「紀念你爸？」

「是我叔叔他們決定的，我媽在我爸失蹤或死了那時，什麼事都不想管，後來她看了學生全穿黑衣，很反對，說搞得學校像個黑社會，可是，一下子也沒法子改回去了。」

「喔，那你們上回……又為什麼找我打架呢？」

「我跟我妹本就喜歡到處探險……」小勇語帶神祕，「而且，我們聽叔伯說過，懸賞一百個金龜子給打傷『席復天』的人……」

「或，一千個金龜子給打死『席復天』的人，一萬個金龜子給活捉『席復天』的人……」小丹補上。

「金龜子？那多沒誠意啊，不會叫你們去樹上抓，簡單明瞭，幹嘛還費力打我、捉我，神經病！」

「是真正黃金做的金龜子啦！」小丹提高了音量。

「啊？黃金！」一大心中一驚，隨之笑笑假裝放鬆，「喂，你們看……嗯，這樣好不好，我反正超缺錢，你們把我捉回去，然後，呃，分一半黃金金龜子給我，但不能打死我，我死了，分我黃金就用不到了，活捉我更好，分得更多！」

「呵，我就跟哥說，你根本不是『席復天』！」小丹一本正經，「那真正的『席復天』，一定是嚴嚴肅肅的，不可能像你這樣神神經經的，哼，同名同姓的，不算！」

「小氣死了，你們不會假裝捉到『席復天』哦，把金龜子騙來再說嘛，我都快死了，要幹……就得快！」

「哥，你說呢？他快……死……了……啦。」小丹又抹眼淚。

「不好啦，妹，弄個假貨回去，媽媽會罵我們，叔叔也會怪我們，媽媽和叔叔一定又會吵架，不好啦。」

「好，好，算了，就當我沒說，不過聽起來，你媽你叔似乎不太滿意對方哦？」一大說。

「何只不太滿意，我媽說我爸的失蹤或死掉跟『席復天』沒關係，我叔卻咬定我爸的失蹤或死掉是『席復天』他爸媽幹的！兩人常為這事大吵！兩人水跟火……那個……」小勇說。

「水火不容！」小丹追上一句。

「崔媽媽英明，是聖人，聖人在上，受弟子，學生，徒兒一拜……」一大向天合掌。

「又神經，哥，他怎麼可能是『席復天』嘛？」小丹笑。

「我是『席天復』！」一大回著。

「哈哈哈……」三人大笑。

「哦，對了，晚上你們怎麼回去？」

「划火車。」小丹說。

「什麼？」

「一大，」小勇壓低聲音說，「我們自己造了一台木板火車，很輕，可擠上五、六個人，可柴油推進，也可用手划，到目的地後搬下鐵軌藏在林中，沒別人知道。我和我妹半年來順著舊的伐木鐵路，哈，整個沿線大小站，全玩遍了。」

「酷！你兩兄妹簡直……酷爆了……全都玩遍了？」一大也壓低聲音說，「但有兩個站……你們一定沒玩過。」

「笑話，我們連『天人』都去過，還有哪個站我們沒去過？」小勇揮揮手。

「『時空邊界』！」

「……」兩兄妹愣住。

「我說『時空邊界』！」

「不行，不行，去那邊的沒人能回來，包括我爸……」小勇搖手。

「我就去過，還回來了，你說你爸去了沒回來？」

「你去過？還回來？那你厲害！我爸就是去了那裡沒能再回來，是聽我媽說的，我媽再三交待，不准我們去那邊玩……」小丹說。

「哦，那暫且不說『時空邊界』，下回……有機會，我去楓露中學找你們玩好了。」

「好啊，你要來先寫信通知一下，我們划火車來接你。」小丹說。

「好極了，但，寫信？怎麼寄？」

「跟你們一樣啊！」

「什麼一樣？」

「寫上『楓露中學一年一班崔少丹收，或一年二班崔少勇收』，我們就可在電腦上收信了。」小勇說。

「啊？」一大驚奇的表情看著小勇。

「以後到楓露中學找我，有些地方要通關密語，你報我的學號 11001，大多地方都可通過。」小丹說。

「啊？」一大猛然站起，再徐徐坐下。

「我的學號是 12001……」小勇說。

「啊？」一大又驚訝。

「你一定覺得奇怪，對不對？我跟你說，我在你們學校裡，我報學號 11001，大多地方也都可通過，有意思吧。」小丹得意。

「在我學校裡，我的學號就是 11001，一年一班。」一大說。

「啊？」兩兄妹同表驚訝。

「那不就是說，我們兩校學生可互相在兩校暢通無阻？」小丹搶先說。

「說的也是，哇，那……」一大想到，「對了，我們學校有些重要的地方，要報學號，報名字，有時還加上小拇指印，你們呢？」

「哈，一樣，我們也是……」小勇更驚奇了。

「哇，那……我們不就是兄弟學校了？」

「啊？」小勇，小丹一臉問號。

一大腦袋瓜裡閃過許多記憶畫面，這學校裡似乎常見一些黑衣人出現，「這……可能有關聯……」

一大見師母走來。

師母笑笑說，「呵，看來你們聊得挺開心的，不過時間晚了，你們兩兄妹得回去了，要不要師母叫車送你們……」

「梅師母，謝謝，妳做的麵眞好吃，我跟妹……自己回去，沒問題的。」

「那，復天，你送他們一下，天黑，找麥片陪著，我拿一支手電筒給你帶上。」

「好，師母，我送送他們。」

兩兄妹向梅師母又鞠躬又謝謝的，梅師母滿臉都是笑容，很開心的樣子。

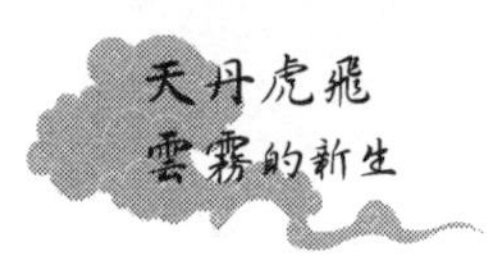

三十一、潭中二老

一大雖只每天早晚不舒服，其他時間有點虛弱外，跟正常人也沒兩樣，但只要想到早晚發作的那種痛苦，也別想其他時間心情會好到哪裡去。

梅老師早上都到禪房陪他打坐，在他背後幫他調息加氣，師母的補品每天晚上送來宿舍給他補身，連白伯伯也特別熬了一些補血補氣的湯品給他喝。

好同學土也、阿萬、曉玄、小宇還是像往常一樣跟一大玩玩鬧鬧。但大家都有心事，看向一大的眼神，總有說不出的異樣感覺，那感覺裡，摻有同情、可惜、無奈、無解、甚至手足無措。小小年紀，誰也不願也不敢隨便碰觸到「好友可能快死了」的那種恐懼。

抄寫《心經》似乎是一大唯一能平復自己思緒的方法，他就每天下午晚上沒課時，埋頭伏案抄寫《心經》。

星期六下午，一大想去找蚯蚯說說話。順手拿了幾篇抄好的《心經》放在身上，到了蚯蚯家，卻發現蚯蚯不在，往樹頂看，也沒呱呱的影子，心情頓時低落到了谷底。

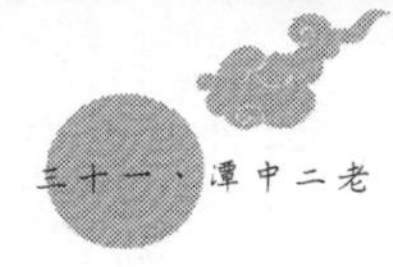

一大漫無目的在附近晃走，走到樹林邊緣外，往那近乎垂直下切的險坡下望，看著坡壁上的雜草亂葉，心中更是難過，下方那瀑布連結著的兩個圓潭倒是平平靜靜，亮如鏡面。

「復天……」背後有人叫。

一大猛回頭，「梅……老師？」

但，一大隨即發現有異，那神韻不對，想仔細看又看不太清楚，「不是……」一大滿臉驚嚇，「你……不是梅老師！」

眼前此人和梅老師相似，雖穿一樣的衣服，但身上有一股強大陰冷氣團籠罩著，讓面對面的一大，感到原本就陰冷的身體直打哆嗦，一大立即想到了飛飛和奶瓶那動畫……

一大兩腿不由自主後退，似乎快要跌落險坡，那人不管，伸出左腳往他左腿一個側踢。「呼！」一大左腿有被重物猛烈撞擊之感覺，整個身子向右滑動一公尺遠才止住，一大心中大為震驚，但又暗自慶幸是橫移，沒往後掉下去。

那人遲疑，頓了一下，再一步上前用右手往一大胸前一抓一拉，沒抓牢也沒拉住，又遲疑了一下。那人似乎不再有耐性，大喝一聲，「死！」反手重重向一大胸部一擊，「啪！」一大胸前一緊，瞬間彈飛出去，往後跌落。一大驚慌得在半空中手腳亂舞，張口大叫，「蚯蚯！」眼角隨即瞄到一閃灰褐影子飛快竄來，但又瞄到那人立即轉向，用右手指向灰褐影子，再用勁往前一頂，灰褐影子被拋到半空，瞬間僵直，隨之跌落。

一人一蛇，噗通，噗通……掉入潭中。

一大悶哼了一聲，「冷！」便失去了知覺。

悠悠忽忽，似睡似醒，似死似活，一大卻聽見一老人家在說話，「小朋友，你的老師沒警告過你？『擅入雙潭，有去無還！』」

「我已……死了，小命……早就有……去無還了。」一大迷迷糊糊應著。

「哈，哈，小朋友，這麼悲觀啊？」

一大睜眼，「啊？我還沒死？」見自己躺在一張大木板床上，蓋著大被子。眼前床沿坐著一位白髮老先生，床邊三步遠的搖椅上，坐著一位白髮老太太。

「小朋友，叫什麼名字？叫什麼外號？讀什麼學校？讀幾年幾班？校長叫什麼名字？……」老人慢條斯理地問著。

一大只感疲累，無力回應。

「不說？我說，你叫席復天，外號一大，讀雲霧中學一年一班，校長是柳葉。你小腦袋瓜想什麼，我全念得出……」

「哇？」一大一驚霍地坐起，見身上光溜溜的，又立刻鑽回被子裡，「老爺爺，您是神仙還是閻王啊？」一大看見自己的衣褲晾在床腳一橫杆上。

「我是『一大』。」老人笑了笑。

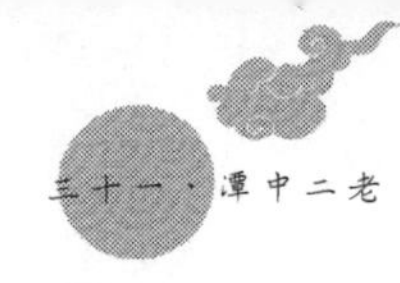

一大才覺奇怪，居然聽見那搖椅上的老太太大吼一聲，「我才是『一大』。」

「妳是『一小』！」老人回過頭去也大吼一聲。

「你才是『一小』！」老太太大吼回來。

「轟隆隆……」一串巨雷響，爆炸般轟向一大耳朵。

「爺爺，奶奶，哇，小點聲，你們誰愛當『一大』就當『一大』，我沒說我愛當『一大』啊！」一大耳內嗡嗡作響。

兩位老人家靜默了一下，老太太說，「老頭子，你不許救他，我們可是發過誓的。」

「嘿，老太婆，那妳幹嘛從潭裡拉他上來？」

「老龜拉他上來的，又不是我。」

「那條蛇呢？」

「老龜拉牠去……救了。」

「老太婆啊，妳不會是要說……我們連隻烏龜都不如吧？」

「你，老頭子，你……拐彎罵人啊？」

「好了，老太婆，不救就不救，等他有力氣下床，就讓他自己回去吧。」

「那還差不多，如果這是個女孩，我還會考慮救她一救。男的，哼，沒一個好東西，不救！」

「老太婆，妳……」

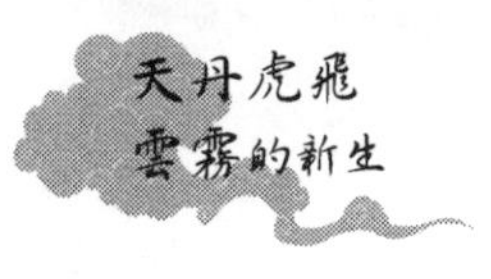

老太太閉目養神，不再說話。

一大四下看看，這房間不大，就一張大木床，兩張搖椅，一張小桌，兩個凳子。

老先生看了眼一大，搖搖頭，起身往外走。老太太也起身，走出房間去。

一大沒法可想，只好坐起身，將床腳橫杆上的衣褲取過，衣褲仍是濕的。不管了，穿吧！但才套上內褲，就又痛苦的弓起身子，無法呼吸。又冷又餓又虛弱，一大只覺昏暈，「咚」一聲，從床上摔落到地板上。

老先生聽到聲音，走進房間，見一大趴在地上，推了推他，沒反應，「喂，小朋友，小朋友……」

「……」

「眞是的，不救你都不行！」老先生喃喃自語。抓起一大的左腳，找他腳心，伸出手指按去……「啊？這……」老先生向外頭大叫，「老太婆，妳快進來！」

老太太慢慢走來，「幹嘛呀，老頭子，你還眞救他？我們可是發過誓的！」

「別嚕嗦了，妳看他……他這腳……」

老太太彎下身看，「啊！」叫了一聲，「他……他……，快救啊，你……還等什麼？」

「翻過他身子，快！」

兩老人家把一大翻過身正面朝上。

「這孩子怎？唉呀，面色這般蒼白，還一臉痛苦？」老太太看一大的臉，「不是單純被打落水的，

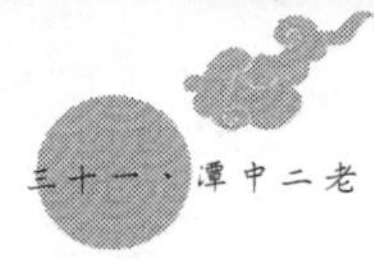

老頭子，你快救呀！」

老先生已脫了鞋襪，用雙腳緊抵住一大雙腳，腳心對腳心。老太太則拉過一條小被，幫一大蓋住身體和雙腿，再盤坐在他頭側，以雙手按住他頭頂，兩老一致閉目，吐納運氣。

半個鐘頭過去，一大睜眼，虛弱的說，「爺爺，奶奶，謝謝……」接著又昏了過去。

「去……去弄碗熱湯熱粥什麼的，這孩子沒了陽氣，房間弄個炭火爐，弄暖和點，我抵住他腳，救……」老先生急急說著，大顆大顆的汗冒得額臉全是。

老太太起身往外屋走去。

又過了十幾分鐘，一大醒了，老先生脫了一大的濕內褲，把他連推帶滾弄回床上，蓋上大被子。

老太太端了湯進來，「來，孩子，先喝點湯，燙，慢慢喝，鍋子裡下了素麵，待會兒吃了就有力氣了。」又出去提來一生好火的小炭爐，放在近床處的地上。

一大努力坐起，老先生拿了床小被，披在他身上。

「謝謝爺爺，奶奶……」一大虛弱地說。

兩老就靜靜的坐在搖椅上，看一大喝湯，喝完，老太太去盛了麵進來，一大又再吃麵，連吃了三碗才停。

「謝謝爺爺奶奶，可是，你們眞的……不須要……費力氣……救我，我反正……會死……」一大說。

「人啊都會死，別怕，有緣嘛，我們會想辦法救你的……」老先生笑笑，「你臉上中了一掌『白骨

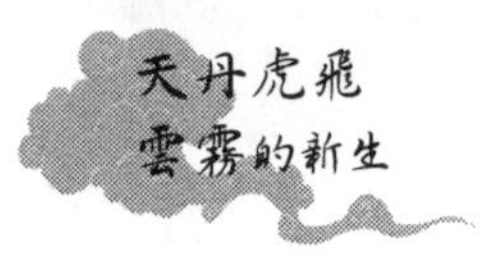

追魂』，身體非常虛弱，我會告訴你的校長，你得在我這好好休養一陣子。」

「孩子，你是坐上鬼火車，被那老鬼打啦？」老太太親切地問。

「是的，奶奶。」

「嗯……」

「孩子，我看到你有《心經》放在身上，都弄濕了，我幫你掛起晾著了，是你自己抄的？」老先生問。

「是，我常抄《心經》，嗯，修身養性用的。」

「呵呵，除了自己修身養性外，還幫蛇、雞、松鼠、同學……抄了，一併修身養性？」老先生笑笑看著一大。

「嘿，爺爺……您都知道嘛！」

「哈，我看你抄寫好的《心經》已經不只一百零八篇了。」老先生說。

「應該……不只了，我沒仔細算……」

「好，爺爺奶奶會幫你，幫你開壇作法，到時你將《心經》誠心誠意念上一百零八遍，好迴向給鬼火車那個老鬼和六十四個乘客。說來，那個老鬼算是老朋友了，當年，我們夫婦常坐他開的火車，也都認識的，他活著時也是個練氣之人，我們還一起打坐的，沒想到一場大地震，唉，我想，他會給我們兩老面子而放下的。」

「嗯……」一大似懂非懂。

「還有啊，你們小朋友功力不足，以後最好不要去不熟的場所或陰森之處打坐，免得招來其他空間的朋友，也許你們和他們之間也都沒惡意，只是陰陽兩隔，人鬼殊途，小小玩笑，小小疏忽，就會產生彼此誤會，甚至造成互相傷害，你明白嗎？」老先生說了些道理。

「明白，謝謝爺爺……」一大似乎明白。

老太太問，「那，剛才在潭頂，那壞東西幹嘛又踢你打你，還連一條蛇都不放過？」

「那人是誰？爲什麼踢我打我？我眞不清楚，他們好像是一個黑……一個集團，一直都在找我麻煩……」

「還好，你身上腿上裹了蛇蛻，不然啊，腿都不知斷成幾截了，更可能小命都報銷了。那蛇和你是好朋友？」老先生笑笑。

「那蛇叫『蚯蚯』，是好同學也是好朋友，蛇蛻是牠送我防身用的。蚯蚯來救我時，潭頂那人遠遠定住了牠，害牠也掉下水了，牠還好吧？」

「那蛇沒事，定身術沒啥大不了，這水潭裡的老龜都會解。」老太太說。

「喔。」突想到一事，「唉呀，我褲口袋裡原來有隻壁虎，你們有沒有看到？」

「你說小虎啊，牠好得很，在屋外玩著呢。」老太太說。

「喔，你們……知道牠叫『小虎』？」

「哈，這深林寒潭的，難得見到人影，我們兩個老傢伙，除了拌嘴，就只有跟蟲魚鳥獸說話了。」老先生說。

「孩子，你父母叫什麼名字？有幾個兄弟姊妹？」老太太問。

「我爸叫席林風，森林的林，風雨的風，我媽叫絲雨，就是絲絲小雨，那兩字，我沒有兄弟姊妹……」

「喔……」老太太想了想，看看老先生，兩人搖頭又點頭，接著問，「那你外號怎會叫『一大』的？」

「是我名字裡的『天』拆開成『一大』的。」一大看看兩老，「奶奶，爺爺，您們好像對『一大』，『一小』，不……太喜歡？」

「哈，我們兩夫婦，從小認識時就打打鬧鬧，誰也不服誰，他要做大哥，我要做大姐，沒人要做小弟小妹的，吵了幾十年，每次爲了爭誰是『一大』，誰是『一小』，都會大呼小叫，吼來吼去，氣人嘛！照理說，男人讓女人，天經地義，我家這老頭子，就偏不讓，好，不讓就不讓，那我也不讓。」老太太臉都脹紅了。

「老太婆，別誤導小孩，分明是妳的功夫不如我，功夫好的人做大哥，理所當然嘛，哪有什麼讓不讓的問題？」老先生反駁。

「好啦，別在孩子面前吵，老不修……」老太太轉向一大，「那，你父母現在……住哪？好不好？」

「我爸媽死了……兩年多了。」

「啊？」兩老有著訝異神色。

「你爸媽死了？兩年多了？」老太太問。

「對，兩年多前，同一天，就……一起不見了。」

「那你不就成了孤兒了？」老先生接問。

「算是，後來，我……住到叔嬸家去，讀完小學就來雲霧中學報到了。」

「哦，好，好。」兩老點頭。

「爺爺奶奶，您們姓什麼？」

「姓什麼？多少年來都沒人問我們姓什麼了，好像……記不得了。」老先生笑了笑，「算了，你就叫我們爺爺、奶奶吧，我們聽你叫爺爺、奶奶，就很開心啦。」

「好，那，一大爺爺，一大奶奶，謝謝你們。」

「哈，你叫我們一大爺爺，一大奶奶？」老太太笑說，想想，「嘿，小傢伙，你這好像也解決了我們兩老幾十年的問題了，讓咱兩人地位平等，我們是你『一大』的爺爺和奶奶。」轉向老先生，「老頭子，以後叫你一大爺爺，可以吧？」

「嘿，不錯，這一來，咱倆都不吃虧了呵，可以，當然可以！哈……好……好……」

兩老都如釋重負地笑了。

「那，一大，你睡下吧，好好休息，在一大爺爺，一大奶奶這，你放心，不會有事的。明早，陰陽交會時刻，我們再來幫你加氣，把你體內陰寒之氣逼出來。」一大奶奶說著，起身往外走，一大爺

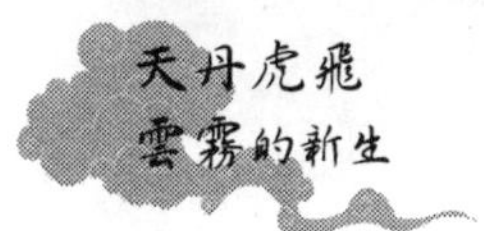

爺也起身，關了燈，走了出去。

「一大爺爺，一大奶奶，晚安。」

「好，好，晚安。」

三十二、開壇作法

土也、阿萬、曉玄、小宇不見一大出現在餐廳吃晚餐，急得到處找，還叫狗狗們幫著找。

晚飯前，梅老師吹哨子，先宣佈一事：

「一年一班 11001 席復天同學，因身體不適，請假休養一段時間。期間，狗兒 11001 由一班同學 11005 高文祥代為照顧。以上，宣佈完畢。」

梅老師宣佈完，接著喊「開動！」

土也、阿萬、曉玄聽了，呆坐椅上，小宇跑過來，抱著曉玄就哭。

「下午就沒看到他，完了，一大……完了，他會埋在哪裡？」土也臉色發白。

「一……大……他真……死……死掉……了哦？」阿萬結結巴巴。

「應該是，梅老師沒說送什麼醫院？也沒說在哪裡休養？一大可能真的那個了，唉。」土也哀嘆。

小宇，曉玄聽了，哭得更加傷心。

隔了一會兒，土也和阿萬咬耳說話，兩人快快吃了飯便走出了餐廳。小宇，曉玄根本吃不下，也早

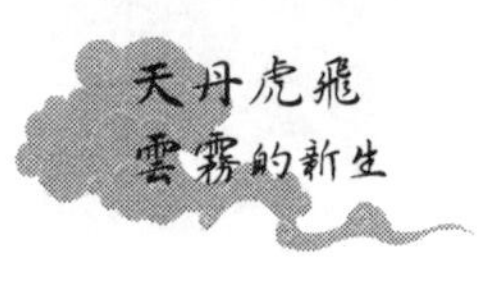

早回宿舍去了。

土也和阿萬找了一支手電筒，就直奔雲霧車站而去。兩人跑得飛快，很快就看到了雲霧車站月台上的燈光。

跳上月台，「朱鐵哥……朱鐵哥……」兩人叫喊著。

朱鐵從月台邊小屋探頭，「喔，是你們兩個，來，進來。」

兩人進屋，小屋有一張大床，一張大桌，一張大椅，把小空間擠滿了。朱鐵坐椅子，兩人坐床沿。

「我還正要去找你們……」朱鐵說。

「哦，朱鐵哥，我們主要是來問你，一大，他是不是……死了？」土也直接問。

「你們……聽到了什麼？」

「哦，梅老師晚飯前宣佈一事：『席復天同學因身體不適，請假休養一段時間。』我們整個下午都沒看到一大，帶狗到處找，也一樣找不到。」

「哦，下午，我有朋友在樹林子邊的深潭頂上見到一大和梅老師說話，之後，不知發生什麼事？一大被梅老師給推下水潭去了。」

「梅老師？」

「別急，那梅老師，應該不是你們學校裡的梅老師，另有其人。我這腿，就是被那自稱也姓梅的傢伙給踢斷的，那傢伙一身陰寒之氣，他原就和手下一直在打聽一大的行蹤，所以不可能是你們學校

的梅老師。這下慘了，他之前被幽靈人打了，傷還沒好又掉下那深潭，想必凶多吉少，唉。」

「哇，那……那不……死……死定了！」阿萬難過。

「別急，我會繼續找朋友去查，有消息我會設法通知你們。」

「那好，謝謝你了，朱鐵哥，那我跟阿萬……就先回學校裡去了。」

兩人往回快跑，回到了學校，看見小宇、曉玄站在宿舍外，「曉玄、小宇，你們怎在這？」土也看曉玄、小宇在哭，「我和阿萬剛去找了朱鐵哥，他說一大沒事，在一祕密地方靜養，很快會回到學校。所以，妳們……嗯，放心啦。」

曉玄、小宇聽了，總算安了點心，抹抹眼淚回寢室去了。

第二天一早，潭邊小屋裡的一大被惡夢驚醒，隨之又痛苦地在床上打滾呻吟，無法呼吸。一大爺爺，一大奶奶進了他房間，爬上大木板床，讓一大蓋著大被子。一大爺爺依然用雙腳緊貼一大雙腳，一大奶奶則一樣盤腿以雙手貼住一大頭頂，兩老閉目運氣。

大約一個鐘頭，兩老才停止運氣。

「你躺著，我去給你弄吃的，一大爺爺會去採些草藥來……」一大奶奶向一大說。

「一大……爺爺、一大……奶奶，謝謝。」一大仍沒氣沒力。

兩老走了出去。

一大躺著，發覺身上汗水猛飆，把被子都弄濕了一大塊，「這麼多汗，大概……太虛了，大概……

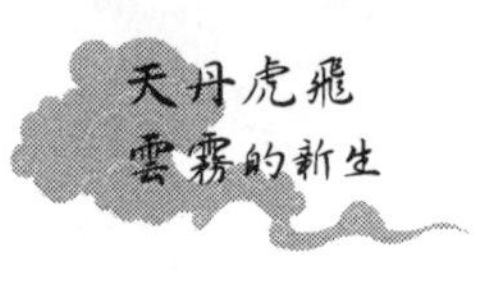

死定了。」又在胡思亂想。

「一大哥，別胡思亂想了，心要安人要靜，身體復原才會快。」

一大聽見一沙啞聲音緩緩地傳來，轉頭看了下，沒人，轉個身，腦子又想東想西。

「一大哥，多想無益，看我，每天在水中游來游去，心情愉快，身體健康，多好。」那沙啞聲音又緩緩傳來。

一大索性坐起，轉頭到處看，還探頭往地下看。

「哇呀，你……那麼大？」一大看見地上有隻烏龜。

「大？不然你和蚯蚯蛇同時落水，是誰在水裡揹一個，拉一個，把你們給救回來的？」

「哇哇，原來是你……這隻大……烏龜呀？神龜在上，請受……弟子，學生，徒……兒一拜，感謝神龜……救命之恩。」一大沒力氣，只向烏龜合了合掌。

「人類說我是斑龜，我練氣多年加上潭靈龜傑，才長得如此大隻的。蚯蚯蛇說一大哥是好人，幽默重情義，看來不假。」

「嗨呀，蚯蚯……就愛說笑！我……不是好人，但正在努力改好，蚯蚯呢？牠……在哪？牠好嗎？」

「別擔心蚯蚯，牠可是條氣功高蛇，小小定身術定不了牠多久，我幫牠解了定，牠先回家去了。牠要我轉告你，好好在此安心養病，牠說那潭頂打你之人，不是梅揚老師。」

「謝謝你，我會……在此安心養病，那人不是梅老師，我也看出來了，但他長得像……，講話聲也

像，穿的也像……」

一大奶奶進來，送早點給一大吃。

「『水水』，你也在呵？你看一大，他是不是好了點？」一大奶奶見到大龜，便跟牠說話。

「『美女』呵，一大看來是好點了，不過體內寒氣得快點逼出來，久了成了寒毒，就不妙了。」

「當然，我跟我家『俊男』早晚都在幫他……」轉向一大，「一大，來，吃早點。」

「謝謝一大奶奶。」接過早點吃起。

「一大，這大龜，可是位氣功大師喔，我們認識很久了，我們叫牠『水水』。牠叫你爺爺奶奶『俊男』和『美女』，你爺爺奶奶當年年輕貌美，叫『俊男』和『美女』也沒錯，不像現在，老嘍，牠叫習慣了，就這麼樣叫著了。」一大奶奶坐到搖椅上去。

「美女，一大，那我回潭裡去啦，魚蝦蟹蚌等小徒們都在等著我陪牠們練氣哩，走了，再見。」水水轉身爬了出去。

一大聽在耳裡，只覺神奇有趣。

吃完早點後沒多久，一大爺爺採了些草藥回來，走進房間，「一大，你可以起床正常活動，我給你熬些草藥，按時服用，扶正祛邪，幾天後，你有點元氣，我再開壇作法。這裡有些我的衣服，比較大件，你把褲腳袖子捲了裹在身上，到附近逛逛走走，小虎對周圍環境已很清楚了，有牠在，你不會迷路。」爺爺遞過一些衣服後走了出去。

「謝謝一大爺爺。」一大接過衣服，往身上裹裹纏繞，就準備下床走出房間。

「小虎，你……在哪裡？」

「在這，一大哥，抬頭看。」

「呵，你爬……得那麼……高，幹嘛呀？」

「我不會游泳，爬高一點，安全。」小虎在門口上方高處回著。

「不會……游泳就爬高？小虎，你實在是……有夠誇張。」一大一腳跨出了房門，「哇呀，這房子……在……水上？」

「知道了吧，嘎……」

一大這才發現，出了門口有寬約三公尺的走道往左右聯結其他屋子，而走道旁有與他肩膀同高的木板護欄圍著，護欄外就是潭水。

「小虎，來，到我肩上……」一大叫小虎，「這裡有什麼好玩的？」

「就只有水，沒什麼好玩，一大哥，你要是會游泳，那就可和烏龜水水去水裡玩。」

「我？現在不行啦，小虎，等我的……身體好些再說吧。」

一大見這水上浮著的有三間竹木打造的小屋，他住的是中間那間，小屋用竹竿、木板做的棧板聯結著岸上的樹林邊緣，小屋屋簷垂下串串珠珠的綠色藤蔓植物。抬頭上看，水面距潭頂還眞是高，少說一百公尺！「嘖嘖……」咋了咋舌，一大往岸邊走過去。

「呱哈，一大哥，還活著呀？眞高興又見到你。」

一大忽聽到一熟悉的聲音，抬頭看見面前樹枝上棲著呱呱，意外又開心，「哇，是呱呱，你……怎麼會來？」

「我聽明頂呱呱，昨天就來過啦，替一大爺爺傳話給梅老師說明你的狀況，還幫你請了假，又揹了蚯蚯回家，可忙死我了。」

「哦，辛苦你了，那，我同學……土也、阿萬、小宇、曉玄還有狗狗都好嗎？」

「還好，他們昨天帶了狗狗到處找你，還找了朱鐵哥問，以爲你死了。我待會兒會去朱鐵哥那，把你的情形跟他說，他會轉告你同學的，放心啦。」

「哦，那，好，謝謝你了。」

「那沒事我忙去了，再見。」呱呱飛走了。

聽見一大爺爺在叫，一大轉頭循聲來到離岸邊最遠的小屋，進了門，見一大爺爺在一書桌前，「來，一大，以後，你就住這房，在這讀書、寫字、抄《心經》，後面有打坐間和床舖，外頭走動之外沒事就多打坐，爺爺奶奶會盡量陪你打坐，等你丹田陽氣充滿，陰邪就會慢慢地排掉，懂吧。來，這裡筆墨紙硯都有，坐下讀書、寫字、抄經都好，把心先靜下來，那頭還熬著藥，爺爺去看著。」爺爺起身摸摸他頭，走了出去。

一大在書桌前坐下，見左側書架上有許多佛書、醫書、藥書、氣功書等，隨手拿了本氣功書，心定

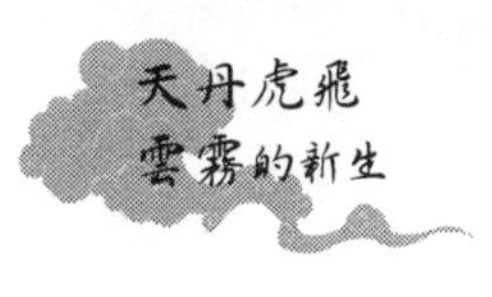

不下，胡亂翻了下書，「咦？小指印？」他在最後一頁看見兩個紅色小指印。

再抽出一本中藥書，翻到最後一頁，又看見兩個紅色小指印。一大翻翻書想想事，沒想出什麼具體結果，便舖平了紙，磨好墨，開始抄寫《心經》。

日子就在打坐、抄經、看書、喝草藥中度過了一個多星期。一大感覺到身體似乎沒有變得更糟，早晚痛苦發作的狀況也沒再更加惡化，但發作的陰影仍讓他日夜擔心。

這天早上，吃完早飯，爺爺對一大說，「今後，我讓烏龜水水來陪你練氣，你可跟牠學『龜息法』，學會了，呼吸若有似無，就像是動物冬眠一般，那可是氣功中的上乘功夫，對你身體健康會有幫助。」

「是，謝謝一大爺爺。」

一大心中雖不明白，只聯想到蚯蚯冬眠乙事，但反正對身體好，就跟著烏龜水水練了。

練了「龜息法」，一大很是驚訝，只覺打坐時的氣息平平順順，呼吸彷彿若有似無，甚至感覺不到自己在呼吸。

又過了一星期，這天，一大奶奶在晚飯過後約兩個鐘頭走來跟一大說，「你爺爺正在準備開壇作法，要找我們的陰間老朋友過來聊聊，待會你就跟著奶奶，坐在奶奶身旁，只管調勻自己氣息，奶奶和你一起念《心經》，不管看到什麼樣的景象，聽到什麼樣的怪聲，你都別怕別理，陰陽兩界還都是有道理可講的。」

一大好奇多於害怕，便點頭，安靜地跟奶奶出去，走到土岸上，併坐在奶奶身旁凳子上。

仰望天空，清清朗朗，一輪明月映照得潭水波光漾漾，非常美麗。對面的樹林，黑漆一片，樹間光影在月光下參參差差的，也錯落得別有一番景致。

一張小桌鋪著素布，上面放了幾盤素果，旁有兩支素燭燃著。一大爺爺身穿灰袍，合掌四下拜拜後，便燃了香，念念有詞起來。奶奶和一大坐著，一起小聲念起了《心經》。

沒多久，樹林裡先傳來嘈嘈雜雜的聲響，繼而刮起了大風，摻雜著呼嘯的聲音，引得一大探頭往樹林看，但口裡念的《心經》可沒停。

一大忽覺天地暗了起，抬頭看，只見一片烏雲掩上了月亮，心中暗暗地驚訝，剛才，天空可是連一點雲都沒有的。

「啊！」一大低聲叫了下，他看見林中有一像穿火車司機服的人影在躲躲閃閃，周圍另有許多影子在晃動，他小回頭看了眼坐在身旁的奶奶，奶奶仍雙目微閉在念著《心經》。

爺爺念念有詞，過了一個多鐘頭，樹林裡的聲響沒了，刮的風也停了，天地又漸漸明亮了，一大仰頭，一輪明月又當空照亮了潭水和樹林。

爺爺將香插在香爐裡，回頭示意奶奶及一大也點了香，上下四方拜一拜，再燒了些金銀紙錢後，三人回屋去了。

第二天早上，一大睡到日上三竿，「小懶蟲，起床嘍，要吃中飯了。」一大迷迷糊糊聽到水水在說話。

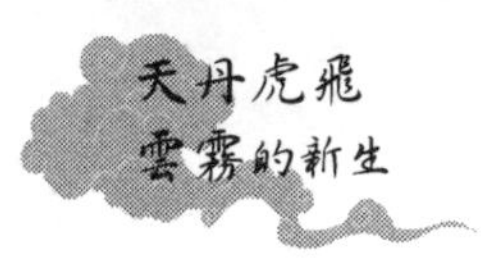

一大睜眼，「哇呀！啊！呀！」跳了起來，「今天早上沒……沒發作！水水，我……這是眞的嗎？」淚眼汪汪。

「看來是呵，一大哥，你沒事了，恭喜！」

一大跳下床，找到奶奶，又抱又哭，見到爺爺更是當場跪了下地，不斷喊著，「謝謝爺爺，謝謝奶奶。」

「你還要好好調養一陣子才會完全復原，我那老朋友，嘿，說是誤會一場，願意放下啦。他原諒你年紀小，不懂事。以後，打坐最好還是要跟著老師，別隨便在陌生或陰森之地打坐，更別開玩笑吵鬧，可要記得喔。」一大爺爺疼惜地扶他起來。

「看來你昨晚睡得很好，睡得好身體就復原得快，這樣爺爺奶奶也放心了。」一大奶奶接著說。

「謝謝爺爺，謝謝奶奶。」一大不斷說著。

「好了，去外頭走走玩玩，過一會兒就要吃中飯了。」奶奶說，「讓水水帶你去玩也可以，可是，這一兩天可不能去潛水。」

「潛水？」一大眼睛一亮。

三十三、地脈通道

接下來的日子，一大又開心了。和水水打完坐，一大就坐在水水背上去潭裡逍遙去了。頭幾天，水水不讓他碰水，就在近岸邊的水面上慢慢游動，一大則乖乖在殼背上或坐或站，隨著小波晃動，享受山光水色及大病初癒後的歡欣喜樂。

五、六天後，一大的心就不安分了。早上吃了飯，和水水在岸邊淺水玩，「水水，你這麼巨大的一隻神龜，怎老在這淺水邊游泳呢？你不難過，我都替你難過……」

「一大哥，你開什麼玩笑，我大海大洋的……哪沒去過？這還不是爲了你，怕你下了水不小心再驚擾到了什麼鬼怪，又弄個陰陽怪病上身，那你爺爺奶奶可是會責怪我的，搞不好還『揁龜』，打我幾棍子，呵……」

「我爺爺奶奶？嗨呀，他們倆對你的潛水絕技，那可是讚不絕口，讚佩不已，讚美有加，說要我跟你好好學你的上乘氣功『龜息法』，爲的也就是要用來跟你搭配，好施展人龜一體潛水絕技的……」

「一大哥，你口才是很優秀，你的聰明才智，連智慧蛇虬虬都稱讚，但你可知水水龜的智慧可是虬

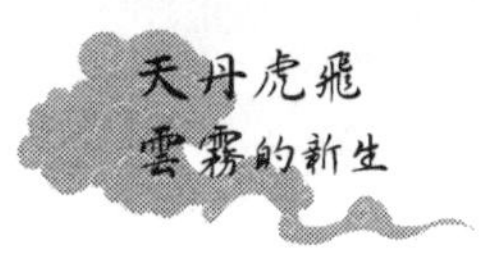

蚚蛇的百倍？」

「水水，你總是小看自己，你何只百倍，是萬倍！」

「啊？呵呵，何以見得？」

「你一次救了一條智慧百倍的蛇，還加上一個智慧百倍的人，百倍乘百倍，萬倍有多！那平凡蛇，這普通人，怎能跟你智慧萬倍多的大神龜比？大海大洋，你說來就來，說去就去，這宇宙天地之間，除了神龜你，沒有其他鳥獸蟲魚或人類能做得到你的萬分之一！我打心底佩服你，崇拜你，你是百年千年萬年都難得一見的大神龜！」

「哇哈哈，哇哈哈……」水水突然大笑不止，居然笑到潭水起浪，興奮至極，隨即一撲，上了浪頭，再一滑，又順著浪忽地下潛，唰！一聲，就下潛了幾十公尺。耳邊水聲嘩嘩，一大施龜息法俯趴在水水背上，一路下潛，感覺那速度之快，絕不輸地上的過山刀蚚蚚！

「咦，沒水？」一大悄悄睜眼，「水水，這……水路怎沒水？」

「哈哈，憑我水水的超水波速度，水，哪跟得上？何況我周身的氣，圓成了個大氣泡可把水隔開，哪還有水靠得近？你問小虎，牠連咳都沒咳一聲，嗆都沒嗆到吧！」

「沒……嗆到，有……嚇到，嘎～」小虎抖聲回著。

「我身體和衣服也一點都沒濕，太神奇了。但是，水水，你這樣快速衝下，是不是太激動啦？」

「我老龜修行多年，一向心如止水，從沒聽人講過如此好聽的話，當然激動啦！哇哈哈……」水水超開心。

隔了一會，水水說，「快到了。」

「快到哪裡？」一大注意到水水的速度緩下來了。

「我家。」水水彎了兩彎，游進一水底岩洞中，隨之停趴在一片白沙地上。

「一大哥，小虎，下來吧。」

小虎又在暈頭轉向，「哎，嘎……嘎……」低聲喃喃。

一大跨下水水的殼背，一眼看去，「水底宮殿！」眼前一派晶瑩剔透，波光粼粼，寬大無比，石拱門、石岩洞、石板桌、石頭凳、石鐘乳、白沙地，全是潔白淨色，在波光映照下，閃動著湛藍和翠綠光點，煞是美麗好看。一些蚌類、螃蟹在地上移動慢走，一些小魚、蝦子在周圍水中迴游著。

「這是我家，我不在時，水都會湧進來，我回來時，氣充室內，又把水隔在外頭，我和水族師兄姐們打坐時，水會湧上又排出，很好玩的。」

「我真是大開眼界了。」

「下次你再講些好聽的話，我一高興，載你們到處玩，甚至去大海玩，那，才叫大開眼界哩。」

「大海？好呀，水水，我沒多少長處，但講好聽的話，一流！」

「哈……好……」

「這裡……通得到大海嗎？」

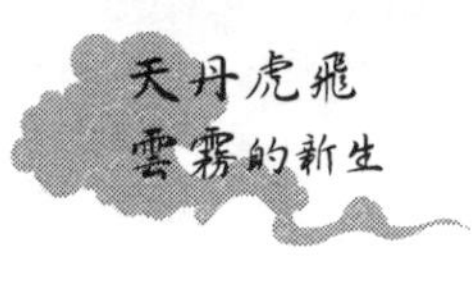

「當然，海納百川，這潭水是活水，順流往下，匯溪成河，匯河成川，匯川成江，江入大海，浩浩蕩蕩。聽起來，遙不可及，但我水水一呼一吸間，片刻就到了大海。」

「讚啊！我又認識一個有智慧的高手朋友了。」

「其實，我平常都在淡水待著，去大海時，我就用龜息法圈氣罩住，避開海水。」

「厲害！」

「說起智慧，我另外還知道有一條祕密通道，通到一間圖書館，我常鼓勵我們水族小輩要多讀聖賢書，好開智慧。」

「圖書館？這水底有圖書館？」

「那有什麼？水底通到地底的圖書館啊！」

「地底圖書館？嘿，我們雲霧中學也有一個……地底圖書館……」一大忽打住，「等一下，水水，那地底圖書館……，長得什麼樣子？」

「哦，我游一段水路，再上到一片沙坡，有一黑漆漆的長走道，走道的左右牆上，有打開的書本圖案排列著……」

「啊？不會吧？你說的……怎麼跟雲霧中學的地底圖書館很像。」一大覺得水水像在說他學校裡的地底圖書館，「那，你怎麼進圖書館去讀書的？」

「順水道進去，我們或躺或趴在走道細沙上或淺水中，施展龜息法，愛看什麼書就看什麼書，一頁一頁，就在眼前翻著，不用直接進圖書館……」水水頓了一下，「但走道裡面有些地方，龜息法也派不上用場……」

「什麼地方？」

「那一長列書本圖案的牆後面，那些打開的書本圖案，一邊印了人的手掌印，一邊是空白的，我可以感應到牆後有東西，但我的功力穿不透那些牆，看不出到底是什麼東西。」

「哦，聽起來，你去的和我去的地底圖書館，應該是同一地方。地上有細沙、牆上有書本圖案、有打開的書本、還有書本上的掌印，那，難道地底圖書館有通道可進入這水潭？哇，那也……太、神、奇了！」

「也許是哦，還有，那些牆後面的東西，有人很有興趣，但進不去，是幾個……穿黑衣的人。」

「啊？黑衣人？」

「你認識？」

「我？哦，黑衣人啊，他們想要宰掉我，那天在潭頂把我和蚯蚯打下水的，可能就是黑衣人的頭子。」

「喔？那是爲了什麼？」

「我也不知道。」

「嗯，那我沒事到那裡再觀察觀察黑衣人的動靜。」

「哈，蚯蚯好像也這麼說過，有意思。」

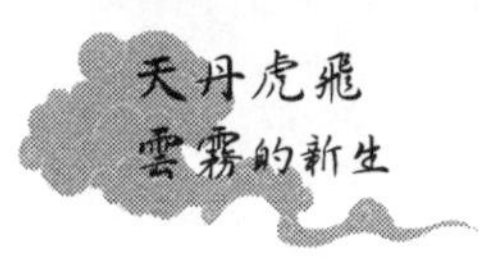

「眞的？哪天我在黑漆漆的走道裡若碰到蚯蚯，那不把牠嚇到全身僵硬定住才怪，呵……」

「哈哈哈……」

說說笑笑，一人一龜好不開心。

「嘿，我聽見你一大爺爺在叫你了，我們該回去了。」

「這麼遠，還隔著潭水，你聽得見我爺爺在叫我？」

「那有什麼？你爺爺奶奶都聽得見我們剛才講的話呢！」

「哇，高手！」一大讚嘆，「啊，這讓我想到，我剛進雲霧中學時，我同學在說『一大一小』時，卻聽見轟隆隆的一串像打大雷般的聲音打來，把我們嚇了一大跳。那『一大一小』，我現在知道是怎麼回事了，爺爺奶奶他們為了誰當大，誰不當小，吵了好幾十年了，他們吵架的聲音就跟打大雷沒兩樣！隔那麼遠都聽得見，高手啊。」

「這次要是沒你爺爺奶奶救你，那你可就……眞的死定了。」

「我知道，我非常感謝他們，也非常感謝你，水水。」

「不客氣，好了，我們走吧。」

「小虎，你在哪裡？要走了。」

「在這裡，我可不敢走遠，我又不會游泳。」

「哈，走了。」

跨上水水的背，一大還在想要怎麼向爺爺奶奶說潛水之事，已聽到水水說，「到了。」

「喔，那麼快。」一大已看到爺爺奶奶在木屋前招手了。

「一大爺爺，一大奶奶，你們好，我好想你們。」一大一步跳上木棧板，抱住爺爺，奶奶跳著。

「呵呵，好，好，玩得痛快吧？去洗洗手臉，準備吃中飯了。」奶奶笑呵呵。

「男孩子，就是要有冒險犯難的精神，嗯，好，很好！」爺爺拍拍一大肩膀。

出乎意料，爺爺奶奶沒一點責備他的意思。

吃飯時，爺爺對一大說，「你在這都一個月了，身體狀況恢復得很好，這兩天該回學校裡上課了，再不回去，功課可就跟不上了。」

「『這兩天』？」一大逮到空隙，「呵，還好不是今天，還有兩天。」

「今天星期五，最晚星期天你就得回去，好趕上星期一的課。」爺爺又說。

「喔。」一大直覺無憂無慮的好日子要結束了。

接下來的兩天，一大沒出去玩，就整天陪著爺爺，奶奶做飯，熬藥，聊天……

星期天傍晚，早早吃了晚飯，天還亮著，晚霞浮雲映照著潭水，一片平和靜謐景象。

「你回學校後，會不會回來看爺爺跟奶奶？」一大奶奶問一大。

「當然會，爺爺奶奶放心，我以後只要沒事，就隨時回來。」

「太好了。」奶奶很欣慰。

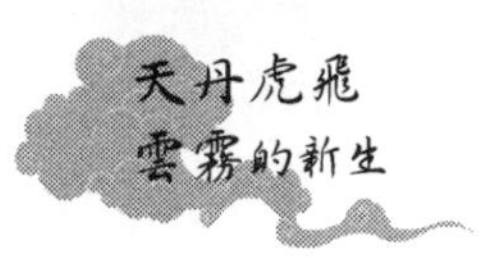

「好，來，一大，那，你跟我來。」爺爺起身往外走，一大跟上。

爺爺走到岸上樹林中，在一棵高大的柏樹下停住。

「來，一大，你站這裡。」爺爺指著身旁地上。

一大往前兩步在爺爺身邊站住，低頭看，發現腳下是一塊佈有螺旋紋的地，直徑大約有兩三公尺。

「好，你站定了。」爺爺右手抓住他左手說。

一大照做，隨即感覺腳下土地在動，心中慌了一下，左手更加緊握爺爺右手。

「到了。」

「這……是？」眼前完全是另一個場景，一大說不出話，卻聽見「咯咯……咯咯……」聲傳來。

「是咯咯，大公雞？」

大公雞就在五步遠外，正側頭看著一大，「一大哥，好久不見了，你？你這？咦？你們怎突然出現？」

有著一頭疑問。

「咯咯，這是我爺爺。」

「哦，一大爺爺，您好，我叫『咯咯』。」

「好，你好，咯咯，你早上念了兩遍《心經》呵，很好，阿彌陀佛。」

「哦，一大爺爺，您知道？呵，謝謝，阿彌陀佛。」大公雞蹦跳起，很開心。

「咯咯，這是什麼地方？」一大問。

「這裡離我家雞舍大約五百公尺，左前方直走便是菜園子。」

「喔，那，我知道了，謝謝你，咯咯。」

「一大哥，你陪你爺爺散步，我回去了。」

「好，再見。」

「一大爺爺，一大哥，再見。」大公雞走了。

「一大，你低頭看……」爺爺說。

一大低頭，發現腳下也是一塊有螺旋紋的地，直徑也大約有兩三公尺。

「爺爺，這……？」

「這是個快速往返你學校和爺爺奶奶住處的地脈通道，以後你到這螺紋地，或在其他地方見到螺紋地，就一樣，想著或念著『雙潭』，你就會很快又見著爺爺奶奶了。」爺爺用手摸著一大的頭，笑了笑。

「高，爺爺，謝謝您。」真是高手！一大沒說出來。

「這只有你可以用，其他人若牽住你的手也可以一道通過……」爺爺想了下，「以後想回學校，就想著學校或念聲『雲霧中學』，就可以了。好，你回學校吧，爺爺也要回家去了。」

一大鬆開爺爺的手站到螺紋圈外，「爺爺，再見了，也請幫我向一大奶奶和水水說再見」。

爺爺笑笑，在一大面前倏地消失了。

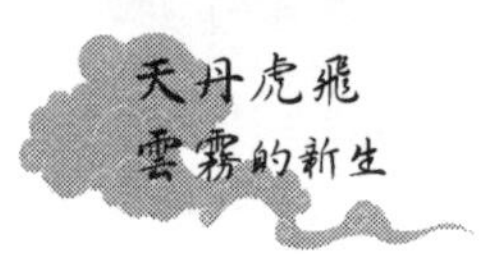

一大熱淚盈眶，站住，久久不捨離去。

一陣狗吠聲傳來，一大回頭看，沒看到狗，卻聽到空中傳來一陰冷喊叫聲，「好小子，還沒死！」

「啊！梅……」居然又碰到假梅老師，一大暗叫不好，趕緊一步跳回到螺紋圈內。

一大還沒來得及說「雙潭」，那人左腳已一步踩進了圈子，一大和那人再度面對面，近在咫尺，那人這次穿連帽黑斗篷，全身黑衣鞋……。那人二話不說伸手直取一大咽喉，一大本能抬手去擋，但那人卻突然收手，猛的低頭下看，

「啊？地脈！」

一大見那人相當驚惶，正覺奇怪，那人臉上有東西瞬間融化垮落下來。

「是……假面皮？」

一張黑黝瘦削的臉露出了大半，那人乾脆把黑斗篷帽用力拂到腦後，再兩手一抓，把假面皮撕扯了下來，一大看那人一直在注意自己的左腳，心中很是疑惑，再看，「啊？他……左腳黏住了！」狗聲靠近，一大看見麥片帶頭衝來，大叫，「麥片，全都別過來！」狗群立即停在外圍，只露牙吠叫。

那人中等年紀，有著黑黝瘦削的長臉，細眼粗眉，黑亮短髮，齜著牙咧著嘴，臉上汗珠狂滴。只見那人將右腳抬高向右拉遠，避開螺紋圈，猛向支地的左腳掃踢而去。

「別……」一大以為他要踢斷左腳自救，慌忙搖手阻止。

「唰！」一聲，那人一蹦彈開，跳到圈外，接著迅速跑了開去，狗群立刻瘋狂追去，很快的那人和狗群全都消失了。

一大彎下腰，這才看清楚，有一片鞋底膠皮留在地上，撿起看，「哇，削得這麼平！好傢伙，腳刀果然厲害！」

自己很是疑惑，從螺紋圈內走出，又再走進，「我……呵，沒事！」心想一定是一大爺爺動的手腳，「哈，眞是高手！」

天色已暗，狗群吠叫聲又轉了回來，一大站在螺紋圈內以求自保。但還沒看清楚，也來不及阻止，一群狗狗在麥片帶頭下全跑進了圈內，繞著一大開心的嗯嗯汪汪亂叫。

「天啊，麥片，等一下……」一大彎腰，抱起麥片，「哈，好小子，我還以爲你們的腳全會被黏住，還好，也沒事！」

想到剛才那張又黑又長的馬臉，「麥片，剛才那……黑……馬面呢？」

「他跑了，不見了。」

「你看得到他了？」

「一下看得到，一下看不到。」

一大走出圈子，「好狗，氣功進步了。不管那黑馬面了，裝神弄鬼，還貼假面皮裝梅老師！他左腳沒鞋底還跑，保證刺得他滿腳流血喊痛！麥片，回去，餵你們吃飯，洗澡去……」

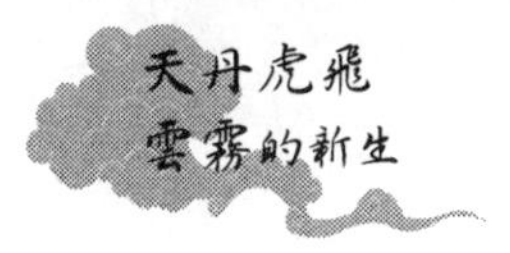

「謝謝你，一大哥，汪汪……」

「只看到你們六隻，檸檬，栗子的傷還沒好啊？」

「可以走，但要跑就吃力了。」

「哦。看，那黑馬面的腳刀，果然厲害！」

看手上拿著的一片膠皮鞋底，「麥片，要不要聞一下，記住黑馬面的味道。」

「不用，臭死了。」

「哇，你可是警犬！怎嫌臭？」

「那人的味道，我們全都記牢了啦！這臭鞋底，聞了搞不好還中毒呢，就不聞了吧。」

「中毒？哈，有可能，黑馬面看上去就一身陰毒樣，好，好，不聞，走，我們回去。」

三十四、飛飛回家

一大在狗舍餵狗狗吃飯，幫狗狗洗澡，耳邊忽有小翅猛拍聲傳來，抬頭一看，脫口叫出，「飛飛！」眼前有幾隻螢火蟲正在飛上飛下。

「一大哥，嘻嘻，你還記得飛飛哦？」小翅又猛拍。

一大愣了下，「螢火蟲呵，你最好改個名字，『飛飛』這名字有人用了，嗯，有……其他螢火蟲用了。」

「一大哥，螢火蟲都叫『飛飛』的！你叫我怎麼改？」

「是嗎？」一大想了想，「喔，那……就不用改了，可是，螢火蟲怎麼又出現了？你又怎麼知道叫我『一大哥』？」

「這時候，早生的螢火蟲都已出現了，叫你『一大哥』，是『飛飛』告訴我的，哦，我是說，每一隻『飛飛』都知道你叫『一大哥』的。」

「哦，是嗎？」

「對啊。」

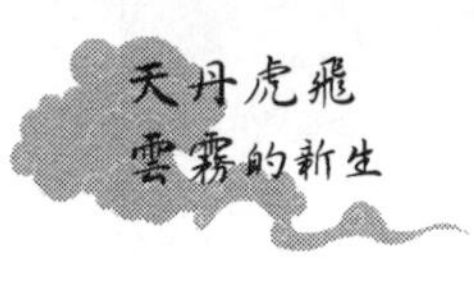

「你是『飛飛』，那……你記不記得，嗯……去年你怎麼……怎麼那個的？」

「你說往生？」

「嗯，是……」

「秋水仙中毒啊！」

「我，天啊！等一下，那……你認不認識『小虎』？」

「小虎？你是說學號 14023 的壁小虎？」

「哇，你是人是鬼？不，你是眞蟲還是鬼蟲？」

「唉喲，一大哥，我眞的是飛飛，學號 13018 的螢飛飛！」

「媽呀！稍等，你老實講，你有沒有戴『假面皮』？」

「『假面皮』是黑衣人假裝梅老師才戴的，我幹嘛戴？」

「我，喂，小虎，小虎，來，出來一下，有……一個老朋友找你。」

「嘎嘎，一大哥，你就當他是飛飛，你就當飛飛離開後又回來了，你就當飛飛往生後，輪迴來和你再續前世之緣。你又沒損失，幹嘛大驚小怪的？」小虎從口袋探頭。

「小虎，你怎麼能說出那麼多高深的道理？」一大嚇了一跳。

「我天天跟你上課，我都有很專心在聽老師講課。」

「是嘛！老師有說這些哦？那，那，我是該好好上課了。」

「好了啦，一大哥，帶我回家吧。」飛飛趴到小虎頭上。

「回家？」

「玻璃奶瓶啊！」

「哦，是，是，玻璃奶瓶，玻璃奶瓶，媽呀！這……」

「席復天，你回來啦！」背後有熟悉的聲音傳來。

一大猛回頭，黑暗之中有一點光線勾出那人輪廓，「好你個……黑馬面，陰魂不散啊？」右手一揮大叫，「麥片，上！」

麥片沒動，所有的狗狗也沒動，一大立即明白並馬上改口，「喔，不對，啊！是眞的……梅老師。」走上前去，「對……對不起，梅老師，對不起，那……有一個黑衣人冒充您。」

「冒充我的人，之前把你打下深潭，今天還誤踩地脈，融化了假面皮，自己踢斷鞋底跑掉了。」

「高……，嗯，梅老師，您……都……知道？」

「嗯，方曉玄現在在老師家，你去看看她，順便看看師母。」

「曉玄？她在老師家？」一大心怦怦跳，立即跑了去，「曉玄在老師家？不會發生什麼事吧？」一大記得曉玄說過，她從小就體弱多病。

衝到老師宿舍，「師母，我是席復天……」到梅老師家門口，一大敲門。

「噓……」師母很快走來應門，示意小聲，「復天，看來你已恢復健康了，很好。方曉玄在房裡，

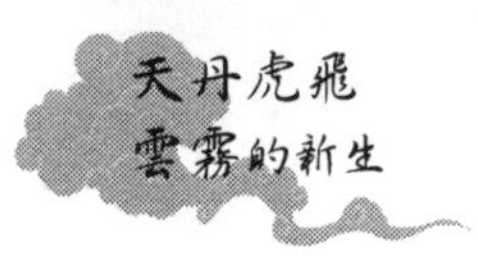

夏心宇在陪她，你去看看吧。」

順師母手指方向，一大進了他曾和梅老師打坐救飛飛的小房間，房內只開了一盞小夜燈，很暗，曉玄躺在小床上，小宇坐在床邊。

「小宇。」一大躡手躡腳進房，在小宇耳邊小聲叫了下。

「啊！一大？哇，你，是人是鬼？」小宇見了一大，摀口小聲叫著。

「鬼！」一大蹲下來往床上看。

「那你是人。」

「爲什麼？」

「一大是人才會騙人。」

「如果眞是鬼呢？」

「一大會說：『我不是人！』」

「小宇，妳！我……」想吼又不敢大聲，「噓，小聲，曉玄，她怎樣了？」指指床上。

「聽不到你的確實消息，又看不到你眞正的人，曉玄和我……每天都以淚洗面，她把身體都哭壞了，我的健康也大受影響，唉，可憐的曉玄。」小宇掩面啜泣。

一大四下看看，想起和梅老師救飛飛的情景，現在，同一個房間，居然是曉玄躺在這裡，昏暗中，悲從中來，眼淚流下，偷偷抬手拭淚。

「你哭啦？如果是我躺在那，你會不會哭？」小宇湊近一大。

「妳躺在那，我會哭……得很爽！」

「哈哈哈……」小宇大笑，但那哈哈大笑聲，不只小宇一人在笑……

「祝你生日快樂……」有人唱歌，一大回頭，見土也、阿萬捧著一個大圓奶油蛋糕進房間，還有，曉玄跟在一旁。

一大傻住片刻，隨回頭把床上被子掀起，一手摸去，只有兩個直擺著的枕頭。

一大站起，「土也、阿萬、曉玄……你們，這……？」一大迷惑。

「一大，祝你生日快樂。」土也把點著一根蠟燭的蛋糕靠近一大的臉。

「好傢伙，原來唬我……，可我生日又不是今天。」一大笑了笑。

師母走來說，「復天，好同學們的一番心意，知道你今天會回來，特別要我幫忙趕做了一個蛋糕幫你慶生，說是爲了慶祝你生還。」

一大聽了，深深感動，有淚流下，「原來是這樣，是，嘿，曉玄，妳沒事，沒事就好。小宇聰明，演得眞好。土也、阿萬，你們蛋糕也……捧得很好，謝謝你們大家，謝謝師母，還有謝謝……梅老師，我……」一大向大家一再鞠躬，還能再見到大家，眞的恍如隔世。

「去客廳坐……」師母說。大家全到了客廳圍著蛋糕坐下，大家忙向一大問東問西。

「唉，太玄了，那天下午，我在樹林那頭被一冒充梅老師的人推下深潭，遇見一對老夫婦，他們救

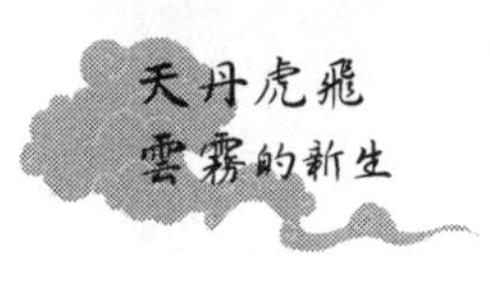

了我，陪我打坐，給我加氣，熬草藥給我喝，還和那『幽靈火車』的鬼說話，那鬼才同意放過我，然後我早晚痛苦的狀況才消失，再繼續喝草藥，打坐，調養一些日子，身體才好些……」

「回來就好，吹蠟燭，許個願吧。」曉玄在一旁說。

一大閉眼，雙手合十，大聲說，「我願……嗯，大家身體健康，我們永遠在一起不分開。」

「好，好……」大家鼓掌，唱起了「生日快樂」歌。

土也把小刀遞給一大，一大將蛋糕切了分給大家吃。一大想起去年他叔叔和他在公園，一起吃一個小發糕慶祝他十二歲生日的情景，又有些難過。

師母說：「復天，那對老夫婦，對你很好吧？」

「師母，那不是一個很好能說完的，那簡直是一百萬個很好！他們倆對我眞的太好了。」一大的情緒好轉了些。

一大感覺到師母在沉思什麼……「師母，妳對我更是一千萬個很好！」一大趕緊補上一句。

「馬屁精席復天。」小宇笑他。

「哈哈哈……」大家都笑了。

晚上熄燈後，躺在床上，一大心中有著從未有過的幸福感，想到一大爺爺、一大奶奶、梅老師、師母、白伯伯、何婆婆……幾位師長、長輩都對他非常照顧，還有好同學曉玄、小宇、土也、阿萬……和他關係親密有如兄弟姐妹，好友如蚯蚯、呱呱、松松、水水、小虎、狗狗……會隨時出現幫他或

就在身邊，呵，太幸福了！

「啊！飛飛？飛飛……你在哪？」一大突想到飛飛，跳起床，往玻璃奶瓶看去，

「哈，飛飛，你回到家了！我，也……回到家了。」

一大起身，坐在書桌前看兩個玻璃奶瓶，大飛飛靜靜待在右邊玻璃瓶底，飛飛則在左邊玻璃瓶爬上爬下。

「飛飛，旁邊玻璃瓶的手作飛飛，是我同學小宇做了送我的，做得還不錯吧。」

「很不錯，那是爲了懷念我而做的吧？」飛飛趴到瓶口。

「嗯，那時……因爲你……往生了，我很難過，小宇就……」

「一大哥，生老病死，本是生命的過程，請用平常心對待。我們螢火蟲的成蟲，如以人類算法，只有二十天到兩個月的壽命，說長也好，說短也好，那就是我們的一生。但我們讓生命發亮發光，沒有虛度此生。我在你口袋中玩耍，吸你的氣，那是會讓我活得比較久。但，緣起緣滅，都是輪迴，活在當下，才是重要。」

「飛飛，你怎麼變得這麼有智慧？有些我……聽不太懂。『活在當下』四個字，在玻璃瓶底我看過，也是不懂。」

「我的智慧，自累世因緣中悟得。你常抄寫《心經》，那也是智慧。『活在當下』是一種修行，就是要把握現在，過去的已過去，未來的還未來，只有把握現在，才能了悟生命。」

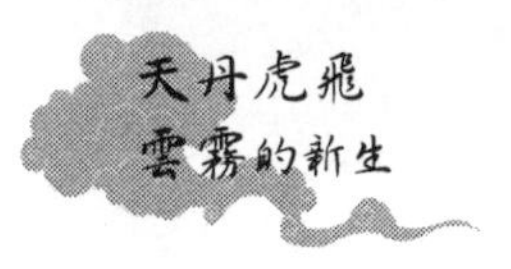

「喔，是不是像我前陣子都快死……往生了，現在，活過來了，我就覺得我的好同學、好師長和好朋友都好重要，想要好好把握和珍惜，是這道理吧？」

「是呵，其實從日常生活中去體會一些道理，也就是一種『活在當下』的修行。」

「謝謝你，飛飛，我大概……懂得一些了。以後，我再多讀一些書，那應可以懂更多。」

「沒錯，書讀多了，智慧開了，你就可學會『放下』。放下後，飛飛的往生，你就不會再哭泣不捨，因為，隔一年的春天或夏天，飛飛還會回來的，就像是蚯蚯冬眠，一大哥會等牠春天回來一樣。」

「飛飛，高！這部分我聽得懂。我爺爺也讓一個把我打傷的鬼『放下』，後來，我身體才能夠變好。」

「嗯，應該是吧。好了，一大哥，晚了，你該休息了，明天見了。」

「明天見。」

那晚，一大睡得好香好甜。

三十五、黑羽毛衣

恢復正常的作息，打坐、上課、抄寫《心經》，一大開始喜歡上課和讀書了。他覺得這世界有太多東西值得學習，值得探討，從老師教的，從書本看的，是可以學到很多。

天氣慢慢熱了，制服換成了夏季短袖服裝。一大細心將蚯蚯的蛇蛻穿在襪子裡，後來覺得襪子不夠長，還特別在福利社花五十塊錢，買了兩雙長襪穿上，胸肚上仍貼身放著兩片蛇蛻，不怕一萬，只怕萬一。

星期五，晚飯過後，幾人餵狗，幫狗洗澡。一大見狗舍柵欄上已貼了厚厚的幾疊心經，心想孫子三人眞的有照梅老師所說的抄錄《心經》給狗狗表示道歉之意，至少，很有誠意！

土也、阿萬說天氣熱，想多玩一下水，曉玄、小宇、一大就一道往宿舍走回去。一大一個人回到男生宿舍，看見他床上有一牛皮紙包著的東西，拿起，很輕，拆開來看，黑黑一糰，正抖開，掉下了一紙條，一大看紙條，上有些字：

「呱呱出品何婆手作一大專用」

一大頓了下，「喔！」想到了，「是黑羽毛衣？哈，羽毛是烏鴉呱呱身上生產的，衣服是何婆婆手工製作的，整件黑羽毛衣是給我專用的，謝謝呱呱和何婆婆。」雙手捧著黑羽毛衣向窗外拱了拱手。抖開黑羽毛衣，在身上比了比。那是件連帽外衣，全用黑色羽毛做成，作工精細，是在一匹似絲的透明薄膜上將黑羽毛一瓣一瓣貼好縫牢而成的外衣，輕柔得幾乎沒有重量。

一大往外看，天色已黑，沒看見土也、阿萬的影子。便將黑羽衣塞入了書包，往樹林中走去。在樹林密處，一大取出黑羽衣穿上，便在小徑上玩玩、走走、跑跑、跳跳……

一大發覺穿上黑羽衣後，走起來腳步輕盈，跑起來跨一步有原來的三、五步遠，跳起來可有一個人高，很是驚喜。頑皮心起，還試了試能不能飛，便爬上樹、站上大石頭，張開雙臂，猛力上下拍翅，往下一跳……，在摔了幾個狗吃屎後，放棄了，確定，不能飛！

忽然一陣狗聲狂吠，一大回頭一條狗正飛身撲上，他匆忙倒退閃躲，再一看大叫，「麥片！你幹嘛撲我？」

麥片愣在當場，蹲在地上歪頭看著一大，一大發覺可以清楚的看到麥片，便左右上下看，「可以夜視？」眼前樹木、草葉、石頭、小徑……全看得到。

「麥片，來，我是一大哥。」

麥片搖搖尾巴嗯嗯走了過來，「麥片，這衣服是烏鴉呱呱的黑羽毛做的，認不出我了呀？」

「哦，一大哥，我聞不太出你的味道，又看不太清楚你的臉，還以爲是黑衣人呢。」

「哈，聞不太出我的味道？看不太清楚我的臉？嗯，這衣服，有意思，跟你說，穿上它我還能在黑暗中看見東西！」

「哦，那很好哦。我回去時得通知其他狗狗，以後巡邏時若遇上一個身穿黑羽毛衣的人，別急著撲上去。」

「哈，好……好，那，你忙去吧。」

麥片離開，繼續巡邏去。

一大往回走，才走沒幾分鐘，一大看見四周圍有許多影子在晃動，定睛看，「哇，我不會也看得到陰間的東西吧？」

突有一穿舊式火車司機服裝的人在他面前出現，「眞看得到？」一大念著，心中有些害怕，停下了腳步，發覺眼前看到的影像是黑白的，還滿清晰的。

「一大哥，是那個骷髏人。」小虎探頭說了聲，很快又溜回了口袋去，一大更確定他看得到陰間的東西。

「一大，非常謝謝你，我姓叢，叫叢林。」司機員在一大面前鞠了一躬。

一大一驚，往後退了一步，「別……叢先生，您？」

「我是你爺爺奶奶的朋友，以前開火車的。」

「天啊！你眞的是那……『天人車站』的鬼？哦，是……陰間朋友，那……我該稱呼您……叢爺爺。」

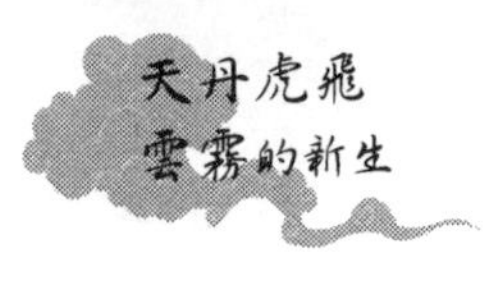

一大看眼前這人五十歲上下，身高約一七五公分，比自己略高，長相乾瘦，右臉有條長疤，自耳下斜到嘴角。

「一大，別客氣，也別害怕，我和一些朋友一起來……，特別要謝謝你。」

「叢爺爺，爲……爲什麼……要謝我？」想到這人看起來五十歲上下，但又想到，那應是他二十幾年前死時的年紀。

「你又抄又寫又念《心經》，迴向給我和朋友們，讓我們……好過了許多。」

「喔，那，叢爺爺，我看這樣好了，我再多抄寫些《心經》一百零八篇，用毛筆，然後，再念了迴向給您和您的朋友們，不知那會不會更好？」一大以爲叢爺爺聽了會快點離去。

沒想到叢爺爺忽地跪下，一大嚇了一大跳，慌忙要扶他，卻觸摸不著他，不知怎麼辦，便也「咚！」跪了下去。

叢爺爺站起，一大才又跟著站起。

叢爺爺說，「一大，謝謝你，你是好孩子。你爺爺奶奶有你可眞幸福，不像我，唉，孤魂野鬼一個……」

「叢爺爺，我……」一大不知怎麼接話。

「上回打了你，很抱歉，因爲你們在車站裡大聲玩笑吵鬧後又打坐練氣，引了我們出現，大夥一時氣憤，才把你們給弄上火車，想給你們點教訓，都是誤會，請原諒，對不起。」

「叢爺爺，沒關係啦，是我不對。我常胡鬧，還喜歡跟人打架，也常受傷，不過，我上次看不見您，

所以被您打得很慘，要是我看得見您，那可就……，哦，不，我也……也不會還手，我很尊敬老人家的。」

「哈，我還覺得奇怪，你今天看得到我，原來你穿了烏鴉呱呱的衣服。」

「您看得出來？」

「那當然，連你身上穿了蚯蚯的蛇蛻我也知道。」

「啊？」

「哈，沒事！叢爺爺我活著時也練氣打坐的，現在也都沒中斷，我除了內功，外功方面可也練就了一身功夫……」

「外功？」

「手刀、腳刀之類。」

「手刀、腳刀？」一大一聽，精神一振。

「是呵，氣刀體一致，手刀一劈，腳刀一掃，碗口粗的木頭就……唰！斷了。」

「好熟的詞，好像在哪聽過？叢爺爺，您，當年教過徒弟嗎？」

「教過，不成材，一半都沒學好。」

「一半？」

「只學了腳刀，還學了個半吊子！」

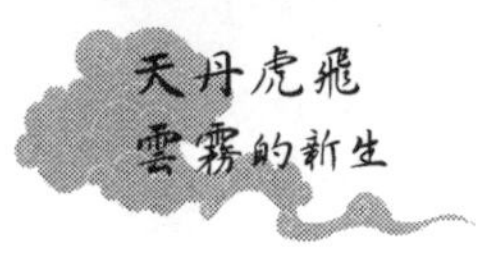

「哦？」

「一大，你的內功，有學校老師、你父母、爺爺、奶奶和水水教你，足夠了。為了謝謝你，我也想教你功夫，特別是外功，就是手刀、腳刀……」

「啊？」一大心中大大震動。

「怎麼？你以為鬼不能教人啊？人將來往生，也要變鬼的。」

「叢爺爺，不是，我不是那意思。」

「那你不想防黑衣人？」

「您都知道？您是人是鬼？」

「鬼！」

「叢爺爺，不，我不是那意思……」

「哈，沒事！你爺爺、奶奶不也什麼都知道嗎？」

「喔，是，高……」一大又想叫高手！

「一大，因為你叫了我『叢爺爺』，我很開心，就像你爺爺奶奶聽你叫他們爺爺奶奶那般開心，我教了你，我便在陽世就有了個孫徒兒，那我這孤魂野鬼就心滿意足了……」叢爺爺面有期待。

「好，那，我……我練，謝謝叢爺爺。」一大聽了叢爺爺的一番感性話語，便答應了。

「好，那，你跪下磕頭三響，拜師！」叢爺爺說。

一大便跪了下地，向叢爺爺磕了三個響頭。

「哇哈，我叢林死了那麼多年，今天居然有了個陽世孫徒兒，有緣，有緣。」

一大起身，「叢爺爺，以後麻煩您了，謝謝您，希望我不會讓你失望。」

「哈，一大，能讓你爺爺奶奶他們兩個老頑固那樣開心，你必有特別之處。你的內功有點底子，不會讓叢爺爺失望的。這樣好了，下星期一開始，你除了假日休息外，星期一到五每天晚飯過後，到這裡來，我把功夫一樣一樣教給你，好不？」

「好，謝謝叢爺爺。」

「但有一點，我必須提醒你，學了我的功夫，只能當自衛防身用，絕不可以去做傷天害理之事，不能傷人害物，更不能殺人殺生。」

「叢爺爺，我會打架胡鬧，至於傷天害理那些事，絕不會！」

「哈哈哈，好，一大，那，再見。」

「叢爺爺，再見。」

一大再看，已沒了叢爺爺影子，再朝四周圍看去，原先的許多黑影也全沒了。

一大慢慢向宿舍方向走，還回頭看了幾回，只覺碰上了一件不可思議的事，脫了黑羽衣，塞回書包。

回到宿舍，看見土也、阿萬兩人坐在阿萬的床上在說話。

「你們……在幹嘛？」

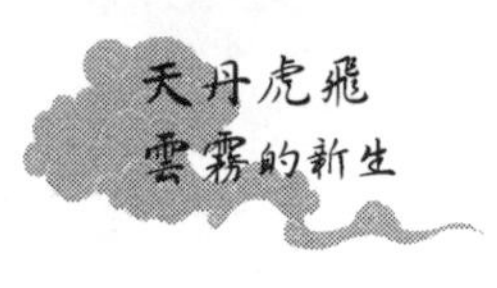

「一大，你回來啦？」土也招呼。

「是啊，體力不是很好，我想以後吃完晚飯，就去運動練體力……」一大將書包掛在自己床頭，坐在自己床上。

「一大，我剛在餐廳電腦螢幕看到有我的信，我就先看了內容。是以前一起混的一個朋友寫來的，意思是說，你叔叔嬸嬸欠下了上千萬的賭債，新房子被我朋友的老大收回去了，你叔嬸現在只能窩在你山上的小屋裡。你叔嬸還說，他們兩個欠的錢，去找席復天討。」土也說。

「哇，我叔嬸……他們瘋啦？他們欠的錢，叫人家向我討？」

「我朋友的老大說，誰把你叔嬸欠的錢討回的話，可以分一半賞金。誰抓到席復天，也可先拿五百萬賞金。」土也繼續說。

「喔，所以你們兩個剛才是在討論，如何把我交出去？」

「沒……」阿萬忙搖手。

土也卻嘻皮笑臉，「五百萬吔，給我八輩子也賺不到，跟你打個商量，把你交出去，拿到五百萬，我們三個均分，你也賺到，我跟阿萬也有好日子過。」

「好主意，就這麼辦。」一大毫不遲疑，爽快答應。

「一……大，你……瘋啦？」阿萬睜大眼。

「阿萬、土也，我覺得……這計劃很可行！我這窮光蛋居然值五百萬塊錢？」一大想到小勇和小丹

說過的黃金金龜子。

「好了啦，我這是好心警告你，我會收到這種內容的信，別人也一定會收到。你自己得小心防範，我跟阿萬兩個，你放心，不會出賣你的啦，哈……」土也笑笑。

「我知道，你們是我最好的朋友，怎麼會出賣我！唉，說來，我還眞衰到爆，有這種叔嬸！」

「也有你的信，要不要去看一下，在餐廳那的螢幕就可看到內容。」土也加了句。

「哦，有我的信？還不到十點，那我去看看……」一大跑了出去，心裡只想到是叔嬸寫的信。

在餐廳，打開電腦，在螢幕上他的信件後方用小拇指按了下，信件隨即展開：

「一大，恭喜你活著逃出『魔掌』，這星期天我們要開『勇丹號』自製火車去玩，你想去的話，下午一點半在你學校裡的花圃邊碰面，我們最晚等到 2:00，你若遲到，自行快跑追上。小勇/小丹。」

「哇哈，是小勇和小丹！這兩個小傢伙，哈，實在太有趣了！」

一大登出後關了電腦，走回宿舍，有著滿心期待的歡欣，但突又冷靜下，「嘿，這信不會是假的吧？」心中有疑問，「管他的，星期天下午去看看不就知道了。」

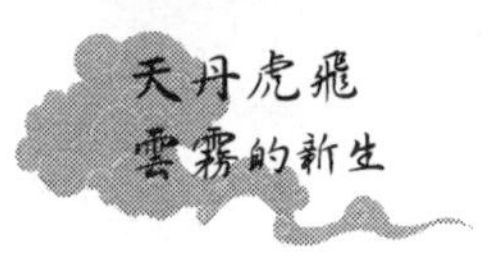

三十六、梅老師遇梅老師

星期天中午，吃過午飯，一大就向土也、阿萬、曉玄說要去練身體，提早離桌，出了餐廳便朝花圃跑去。一大想早一點到花圃附近，好先觀察一下四面八方的動靜。小勇和小丹選在花圃和一大見面，不得不讓一大和地底圖書館在花房的出口作聯想。花房的出口，地底圖書館，應該都和黑衣人的出現有著某種關係。

一大到了花圃邊，找了一居高臨下視野好又隱蔽性高的小坡，在坡上趴下，小心四下張望。十幾分鐘後，一大看見小勇和小丹在另一頭灌木叢中也低身左右張望，雙方相距約四、五十公尺。一大正想起身叫小勇和小丹，忽聽到……

「一大哥，等一下，嘶……」

一大回頭，「蚯蚯？」

「噓，呱呱也在，在右邊的高樹頂上。」

一大向右邊一棵大樹樹頂看，看不見，呱呱動了下翅膀，一大才看到牠。

「看前方，左邊草叢。」蚯蚯說。

「啊？」有兩個大人隱身在小勇和小丹左後方約二、三十公尺遠處，穿淺綠色衣帽趴在綠草叢中，不注意的話看不到。

有狗叫聲遠遠傳來，一大神經頓時緊繃，隨即看到梅老師在小勇和小丹藏身處右方約四、五十公尺處走近，後面跟了兩隻狗，「蚯蚯，那是眞的梅老師？」

「是眞的，還有狗，看，那假的也出現了。」

一大再看，花房邊上走出一人，遠遠看，還眞像梅老師。那人也穿著梅老師常穿的灰衫灰褲，朝著梅老師走去。

「他們……認識？」一大驚訝，看不清花房邊走出之人的長相，但想那人九成九是黑馬面！

梅老師和那人似乎在爭執。

幾分鐘後，那人朝小勇和小丹方向及穿淺綠衣兩人的方向大叫了聲，「你們全都出來……」

穿淺綠衣的兩人先站了起來，小勇和小丹沒動，但花房邊又走出兩人，也是穿淺綠衣，四人分別站定，等於是包圍住了小勇和小丹。

一大不由自主出了身冷汗！

那人等了會兒，便朝小勇和小丹藏身處走去，一手一個，把兩人抓提了起來。小勇和小丹奮力掙扎抵抗，那人鬆手，小勇和小丹掙脫往後方快速跑了，那人及穿淺綠衣的四人沒追上去。

接下來，那人又和梅老師說了些話，便揮了下手，和穿淺綠衣的四人一起走了。

梅老師四下看了看，帶著兩隻狗也走了。

呱呱飛了過來……

「一大哥，那兩個小朋友是你朋友？」呱呱問，「他們很氣那人，他們叫那人『大伯』。」

「是啊，他們是崔少勇，崔少丹兩個雙胞兄妹，我好像有說過，前陣子有個晚上，我在樹林裡和兩個身穿黑衣的少男女打架，就是他們，跟我算是不打不相識的朋友，今天本約了我要出去玩的。可是他們有一個叔叔叫崔一海，又有一個老要致我於死地的『大伯』，這……」

「哦，梅老師和那『大伯』吵，說小孩子交朋友，大人不該多管，也不要暗地裡跟蹤小孩，還去幹些傷害他們朋友的事！還有要那『大伯』別老假扮『梅老師』的樣子……」呱呱說。

「喔，原來是這樣，嘿，如果兩個梅老師打起來，不知誰厲害？」一大說。

「哎唷，誰看過老師互相打架啦？頂多就吵上兩句，對吧？呼，這天氣越來越熱了，一大哥，我送你的衣服如何？冬暖夏涼！比蚯蚯的衣服好用吧？哈……」呱呱興奮。

「你送的衣服外穿，蚯蚯送的衣服內穿，各有長處，兩位都是我一大的恩人，感恩不盡。我只有多抄寫《心經》，才能報答兩位的大恩大德了。」

「哈，好。對了，一大哥，前兩天你爺爺奶奶要我看見到你時問你好，要你注意身體，多吃、多喝、多鍛鍊。」呱呱又說。

「爺爺奶奶？嘿，正好今天下午沒事，我去看他們去。」

「我送你！」蚳蚳、呱呱異口同聲。

「哎唷，兩位……一大眞感激不盡。」

「蚳蚳，陸上我輸你，可是空中，拜託哦，你得有翅膀才成，不然……我翅膀租你！」呱呱逗蚳蚳。

「好小子，好啦，你送，我回家眠去，兩位再見了。」蚳蚳走了。

一大跨上烏鴉背，

「呱呱，我問你，穿你送的衣服，我能不能飛起來？」一大問。

「不能，你得有翅膀才成，要不，我翅膀租你？」呱呱笑著飛起，「可是，你是人類，比較重，我看你一次得租個三、四對翅膀才成。」

「哈哈，好你個呱呱。」

落地後，一大說，「謝謝你，呱呱，稍晚我可以自己回學校，你先回去吧。」

呱呱說好，便飛走了。

一大看見爺爺奶奶高興到快瘋了，抱著兩老久久不放。

「爺爺奶奶，你們好嗎？」

「嗨呀，一大，好久不見了，想死奶奶了。」奶奶笑著抹眼睛。

「哪有好久不見？老太婆，才沒過幾天嘛！」爺爺一旁笑著。

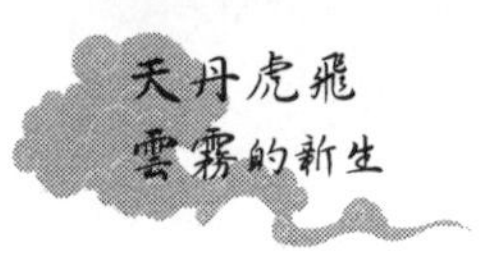

「你還說，就是因爲天天只看見你一個人，才覺得好久不見一大了。」

「嘿妳，好，好，隨妳說。」

「一大，要回來幾天，奶奶去準備一些好吃的。」

「一大他要上課，回來幾個鐘頭就很多了，不信？你問他。」

「老頭子，你……」

「爺爺奶奶，反正我只要一得空就回來，別管時間長短嘛。」

「好，就當自己家，隨時可以回來。」奶奶笑著。

「一定，一定。」

「對了，一大，你拜了叢林那老鬼爲師啦？」爺爺問。

「是啊，叢爺爺他滿可憐的，我拜他爲師父，他以後就不會再是孤魂野鬼了。」

「喔，你心地善良，叢林那老朋友，是可憐，你跟他多學點功夫也不壞，見了他，代我們向他問好。」

爺爺若有所思。

「一大，你除了小虎，還帶了飛飛來呵，這飛飛，滿有智慧的。」奶奶突問道。

「是吔，奶奶，飛飛很有智慧，他講了一些話，但我不是很懂，以後我要多讀書，才能懂得更多。」

「對，要多讀書，將來才能成大器。」奶奶拍拍一大的頭。

「水水呢？」一大問。

「呵，小虎帶了飛飛去找水水載他們遊潭去了。」奶奶笑答。

「哇，兩個小傢伙，居然，我……」一大脫了上衣短褲鞋襪和蛇蛻，只穿條小內褲就衝了出去，「水水，你在哪裡？」

嘩！一陣水花飛濺，水水自水中竄出，「在這！」

一大噗通跳入水中，游去跨在水水背上，小虎帶了飛飛爬到一大肩上。水水就「唰」地下潛，又「咻」地衝上，逗得一大、小虎、飛飛嘻嘻哈哈，開心極了，玩到太陽西斜，水水回到岸邊，一大去躺在木棧上休息，小虎就帶飛飛隨處逛看去。

「一大哥，跟你們一起玩耍真開心，你哪天有多點時間或是有假期，我們就可以去海裡玩去。」水水靠近說。

「我都要上課，還有抄寫《心經》，明天晚上開始，還要練功，好像不太有空。」

「對了，你們不是有暑假嗎？暑假去……」

「哈……」一大興奮坐起，「水水，高呵！暑假可長了，我又無家可歸。」

「無家可歸？這就是你家呀！」

「哇哈，對呀，那我跟學校報告，我家搬了，搬到潭邊的『俊男美女』家。但，姓什麼呢？嘿，就姓『水』好了！我跟學校報告，我家搬到『潭邊的水俊男家』了。那我整個暑假就可以在這裡住，在這裡玩了。」一大眼睛發亮。

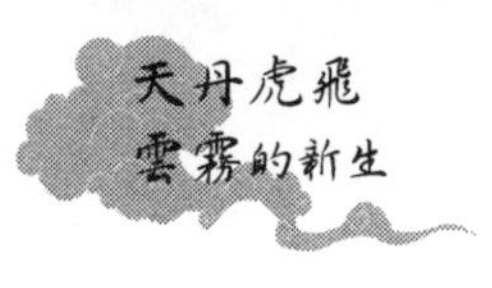

爺爺走來問，「一大，奶奶問你要在這裡吃晚飯嗎？」

「哦，都要吃晚飯啦？爺爺，我沒請假，我回學校吃。」

「好，那穿衣服去。」

一大不管身上小內褲還濕，匆忙穿回蛇蛻、上衣、短褲、鞋襪，然後向爺爺、奶奶告辭，

「爺爺、奶奶，我暑假可以住在這裡嗎？」

「當然，當然可以，這還用問？」奶奶滿臉高興。

「不只暑假，其他任何時間，你都可以來住，來玩，這就是你家！呵……」爺爺也笑得開心。

「好，謝謝爺爺、奶奶，那我回去了，再見。」

一大走出房門叫了小虎、飛飛，再轉向水水說了再見，便去岸上找到那棵柏樹，站入螺紋地脈，說，

「雲霧中學」。一睜眼，已出現在學校雞舍附近，看清楚方向，朝餐廳走去。

「一大哥，你會『土遁』呵？」飛飛拍翅。

「什麼？哦，你說剛剛這樣從快速通道出來叫『土遁』？我不清楚，是上次爺爺帶我走過，我照著做的。」

「你爺爺、奶奶，都是有智慧的高人。」

「那當然了，我看飛飛你也是一樣，小虎和我要加油了。」

「一大哥，我上課都有注意聽，智慧可能已比你高了。」小虎說。

「嘿，你不加我油反漏我油！好，好，就我一個人需要加油，我……加油。」加快了腳步。

離餐廳沒多遠，竟然看到梅老師在門口站著，一大心想反正躲不了，便走近說了聲，「梅老師好。」

「席復天，以後崔少勇，崔少丹找你，可考慮將信件寫給梅老師收，寄給梅老師信箱的信件有全程加密，其他人看不到，老師收了實體信，便原封不動的交給你，這樣……懂嗎？」

「是，我懂。」心底猶疑，可口上沒遲疑。

「還有，你一個月沒上課，必須補課。兩個方式：一、星期一到星期五，每天下午兩點到四點；二、暑假期間你留校補課，每天早上十點到十二點……」

「一！」一大立刻回答。

「哦，對，你暑假期間要陪你爺爺奶奶。」

「啊？」一大嚇一跳。

「好，那就從明天開始，星期一到星期五，每天下午兩點到四點，在梅老師家補課。」

「啊？」一大又嚇一跳。

「不是我教你，是各科老師教，梅師母幫你複習。」

「喔，謝謝梅老師，還有……梅師母，還有各位老師。」暗地裡舒了口氣。

「好了，去洗洗手面，準備吃晚飯了。」

「是。」

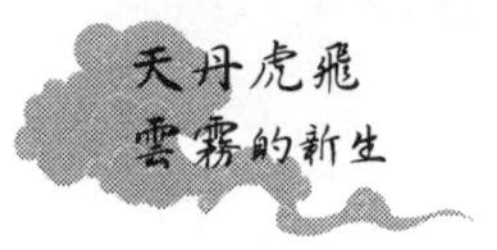

一大走開，忍不住回頭再看看梅老師，這世界上發生的事，梅老師似乎沒一樣不知道的！

還在回頭看，冷不防撞上一人，一轉頭，是孫成荒！

只見孫子看了一大一眼，詭異地拉了下嘴角似笑非笑便走了，一大直想衝上問他笑什麼？但看梅老師走近，嘿，算了！

三十七、孫子斷腿

接下來的日子可充實了，從一早起床到晚上上床，一大每天忙個不停，尤其是補課，老師和一大一對一上課，讓一大連偷打呵欠的機會都沒有，緊接著梅師母幫著複習，心情上是可鬆懈一點，但到晚飯前都得將心思全用在讀書上。

吃過晚飯，叢爺爺教功夫的態度更是一絲不苟，不管一動一靜一點一滴，都要求得徹徹底底。一大可從沒遇過如此嚴厲的老師，因爲一大從沒看過叢爺爺在教功夫時露出一丁點笑容，而且，叢爺爺還規定，在他教功夫時，一大只能叫他「師父」。

一大每天連睡覺都會想著凝神貫注，將氣導引到手，到腳，想著氣刀體一致，手刀一劈，腳刀一掃！當然也一定會想到叢爺爺那右臉上明顯的的傷疤，自耳下斜到嘴角上，一副不怒而威的表情。

又十幾天後，吃過了晚飯，一大照例揹了書包，放入黑羽衣，往樹林裡走去，到了平日練功處，一大穿上了黑羽衣，等叢爺爺來。沒幾分鐘，一大只覺有幾個彪形大漢靠近，頓然緊張起來，但再仔細看，幾個壯漢都穿著舊式衣衫，還有些破舊。一大直覺他們是陰間朋友，共有四個。但仔細看，

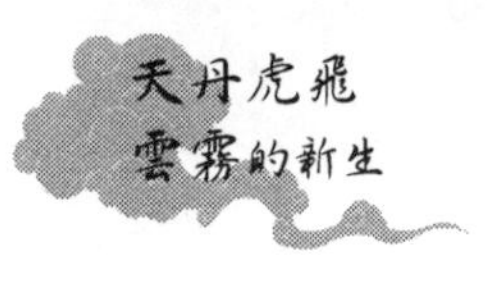

又不是全然黑白的，心中不太肯定是人是鬼。

「各位大哥，大爺，我是叢林爺爺的孫徒席復天，我在等……」話沒說完，有一隻腳踢了過來……，一大忙閃，「等一下，各位大哥，大爺，我是叢林爺爺的孫徒，別打，我，這樣好了，我再多抄些《心經》，迴向給各位。」

又有一隻腳踢了過來……，一大只得閃躲，偶而用手用腳擋一下，沒一會兒，四個人竟一起攻擊一大，一大來不及閃躲，手腳都被打到、踢到，只覺手腳痛痲難當，四人越打越狠，一大被追打得一路退走。

忍了許久，一大只好還手，凝神聚氣導引到手到腳，想著氣刀體一致，手刀連劈，腳刀連掃！一大打得興起，全身發熱，和那四人打得算是互有勝負。

約過了半個鐘頭，那四人慢慢停下，再分別走了。一大愣了會兒，全身摸摸，沒什麼受傷。

「很好，很好……」叢爺爺突然出現。

「師父？您好。」

「一大，剛才那四人，是師父的活人朋友，不是陰間朋友，師父特別找他們來試你的功夫，好，不錯！」

「師父，我？」

「才十幾天，你能領悟到這地步，師父很開心，嗯，你是塊好材料。特別是你學了我的功夫，沒有

傷人害物，沒有殺人殺生的意念，即使還手也都點到為止，很好，師父會再教你更高深的功夫。」

「哦，謝謝師父。」

叢爺爺「喝！」一聲，又擺開勢子，繼續教起。

練完功，告別了叢爺爺，一大脫了黑羽衣放入書包，拖著疲憊的腳步朝宿舍走去。突然，有東西自頭蓋下，一大大驚，「布袋？」但另一念閃過，「又是叢爺爺的朋友！」便擺開架勢，準備抵抗。但那些人拉緊布袋後就一輪拳打腳踢，毫不留情，一大心覺有異，便手揮腳踢全來，亂打一通。一大偶被一兩腳踢得小腿痛痳，摔倒在地，但他又馬上爬起。頭上布袋又窄又厚，一大一面手揮腳踢，一面去拉扯布袋，半天也脫不下來。

「呼！」

後腦杓被重物猛擊了下，一大頓時昏了過去。

似有濕濕的東西在臉上滑動，一大睜眼，「好亮！」

「嗯，嗯，麥……片？」一大發覺是麥片在舔他的臉，自己躺在地上，旁有幾個人影，拿著手電筒在說話。

「席復天，醒啦？」

一大聽見梅老師的聲音。

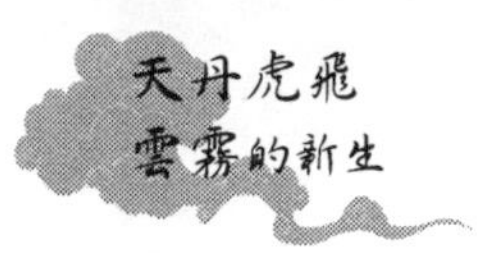

「我……唔……」一大迷迷糊糊。

「席復天，我是吳警員，醒了就好，梅老師說你沒事，所以，待會兒想請跟我回警局一趟。」一個制服警員蹲下向一大說。

「啊？我……警局？」

「孫成荒同學的腿被人踢斷了，我們要帶你回局裡問事情的經過。」

「啊？」一大一臉迷惑。

「席復天，沒關係，你身體狀況沒問題，就去局裡把事情說明白也好。」梅老師一旁說。

「梅老師，有人蓋我布袋，還拳打腳踢……我……」

「老師都知道，你把你知道的向警員說，不會有事的，來，起來，老師陪你去。」一大起來，跟著梅老師和兩個警員走向林子外停著的警車。

在山下警察局裡，一大詳細說著事情經過，「有人蓋我布袋，還對我拳打腳踢，打到我昏了過去，我根本不知道對方是誰？」

「你晚上還去樹林裡幹什麼？」吳警員問。

「體力差，去運動鍛鍊身體。」

「孫成荒、周士洪、李新宙三個同學說蓋布袋是和你鬧著玩的，你卻兇狠地對他們施以暴力，還踢斷了孫成荒的小腿，是不是這樣？」

「他們三個？警察叔叔，我可沒那麼厲害，我前陣子生了場大病，虛弱得要命，現在叫我踢斷一隻壁虎的腿我都做不到……」感覺到褲口袋中小虎動了幾下。

「那你書包中這件黑色的羽毛衣，是幹什麼用的？你不會夏天還穿羽毛衣吧？」

「我最近身體比較虛弱，每天都把這衣服放在書包裡，看天氣一有變化，我就會穿上它。」

「席復天，你小學五、六年級的記錄可是不太好看，你上了中學，還和孫成荒、周士洪、李新宙三個同學打過架，你說的這些話我們都會一一仔細查證。」

「我以前是很壞，這我承認，但上了中學後，我就下了決心要改好。如果孫成荒他們幾個不惹我，我絕不會去惹他們的。」

「好，你剛才昏倒在地，也需要休息，那，回學校去吧。警方如果有需要會再聯絡梅老師，請你和警方配合。」

做完筆錄，吳警員開車送梅老師和一大回校。

回到學校都半夜了。警車走了，梅老師在宿舍門口問一大，「你被蓋布袋後，除了幾個人對你拳打腳踢外，你有沒有感覺其他不尋常的事？」

「我感覺有一兩腳踢得特別重，也格外痛，還害我摔倒……」

「嗯，除了孫成荒三人外，小虎、飛飛有看到另外一個人影……」梅老師沉思一下，「好，老師知道了，你休息去吧。」

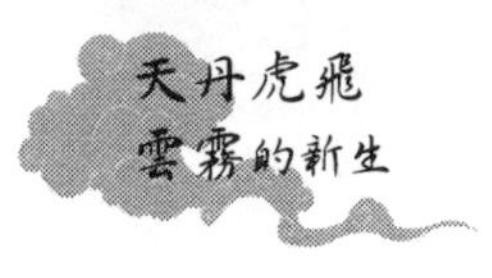

第二天，「席復天踢斷了孫成荒的腿」已全校皆知。

一早，一大和幾個好同學聚在菜園，邊採菜邊說話，土也、阿萬、曉玄、小宇當然相信一大所說的。土也懷疑，「那個孫子，他八成知道你值五百萬的事，蓋你布袋是要出賣你好去領賞！」土也把收到朋友的信及抓了一大可去領五百萬塊賞金的事也向曉玄、小宇說了。

「孫子真太壞了，那種黑心錢也敢要？活該斷腿！哼……」小宇氣呼呼罵人。

「一大，踢斷孫子腿的，我看就是黑衣人，他們一直沒辦法弄死你或抓到你，昨晚就順便踢斷孫子腿，再嫁禍給你。何況，以前檸檬和栗子的腿也都是他們踢斷的，至於打昏你的，有可能是黑衣人，也有可能是孫子他們三個其中的一個。你問問看小虎、飛飛，牠們有沒有看到？」曉玄說。

「曉玄分析得有理。但我問過小虎、飛飛，牠們說打昏我的，不確定是誰，因爲當時太混亂了。牠們甚至還懷疑可能布袋裡太黑了，問我是不是自己害怕到嚇昏了的。」

「哈哈哈……」

褲口袋中又動了幾下。

晚飯過後，一大仍照往常一樣，揹了書包到樹林裡練功。走到平常練功的地方，一大穿上了黑羽衣，等叢爺爺來。

此時看見一根肩般高碗口粗的樹枝直直插立在土中，「哈，師父考我？這碗口粗的木頭……」走上前，上下看看，又摸摸那粗枝，再左右看看，叢爺爺還沒來。

一大運氣，右腳抬起，喝，氣刀體一致，腳刀一掃，粗枝就唰地應聲而斷，上頭一截掉落地面。

再四下看看，叢爺爺還沒出現。

又，喝！再腳刀一掃，粗枝剩下的一截也唰地斷了。

「一大哥，別問為什麼……」忽聽見飛飛在耳邊說話，「你現在別往任何方向看，拿起地上書包，儘快離開這裡。」

一大甚為不解，但心知飛飛會這麼說，一定有用意，立刻照做，跑離了樹林，一直到了宿舍門口才停。

飛飛又在耳邊說，「剛剛的話是叢爺爺要我說的，他說，明天如果有人問起今晚踢斷粗樹枝之事，你只說『不知道』三個字就好。」

「啊？」一大恍然大悟，「那粗枝不是師父立的！」

「還有，叢爺爺要我跟你說，這一陣子別到樹林練功，你自行複習，下一步怎麼做？他會再通知你。」

「喔。」一大知道了。

第二天早上，九點剛過，一大在教室裡正要坐下上中醫課。

教中醫的全老師一進教室就說，「席復天同學，你現在到資訊教室去找梅老師報到。」

「喔，是。」席復天站了起來。鄰座的土也問他發生什麼事，他只聳了聳肩，便往外走去。

一大走進資訊教室，看見教室內有梅老師、吳警員，還有另兩個警員。

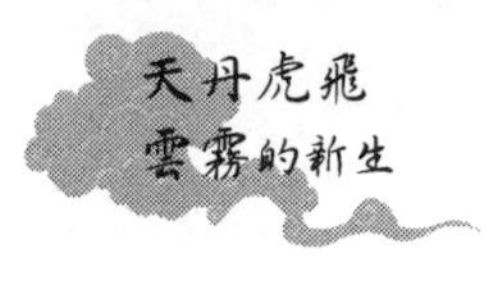

一大心中七上八下，叫了聲，「梅老師。」

「好，席復天，你坐下。」梅老師說，並轉向吳警員，「吳警員，請開始吧。」

吳警員朝另兩個警員點點頭，兩個警員便一個弄電腦，一個拿了支指示筆站到螢幕前。

螢幕上顯示出樹林及小空地上立著的粗枝，一大看了，心怦怦跳。

「席復天同學，這兩位是我們局裡資訊科同仁，站著的是丁警員，坐著的是江警員，今天請你來，是想再釐清一些事情，你不用害怕，看了影片，只要據實回答即可。」

一大點點頭。影片播放，只見粗枝上頭一截忽然斷了掉落地面，隔一會兒，粗枝剩下的一截也斷了，掉落地面。

「小江，人呢？你不是說有拍到？」吳警員向坐著的江警員問道。

「這，吳學長，你和阿丁都有看到的啊！」江警員一副難以置信表情。

「席同學，這影片播放的你知道是什麼嗎？」吳警員問一大。

「不知道。」

「不知道？我們看到的是，一穿著黑色羽毛衣的人，用右腳接連兩腳將那粗粗的樹枝踢斷兩截。」

轉向江警員，「小江，電腦有沒有問題？要不要換台電腦試試看？」

「學長，跟電腦沒關係，我是用攝影機聯結電腦，播放到電腦螢幕上的，現在，連我的攝影機視框中也看不到人了。」

「席復天同學，照螢幕上影片顯示的時間，你昨晚 7:52 分時，有穿著黑色羽毛衣到這現場嗎？」吳警員再問一大。

「不知道。」

「同一時間，你有用腳將那粗樹枝踢斷嗎？」吳警員三問一大。

「不知道。」

「吳警員，等一下，這播放的影片，沒有任何人出現其中，你這樣問我的學生，是否恰當？」梅老師說話。

「梅老師，我們假設，若席復天同學有能力用腳將那粗樹枝踢斷兩截，那他就有能力踢斷人腿。」吳警員回應。

「他……」一大聽了，原來如此，心中暗罵。

「吳警員，假設不能當證據，是吧？」梅老師說。

吳警員去和另兩個警員小聲交談，之後，走向梅老師，「梅老師，不好意思，我們可否請您和席同學一起，到樹林裡的小空地的粗樹枝處查看。」

「沒問題，我們就走一趟，去看看。」梅老師回答。

一大跟著梅老師及三位警員走出資訊教室，穿過操場朝樹林走去，約十來分鐘，到了樹林內小空地。

「我們已將現場拉上了封鎖線，防止任何人未經許可進入。」吳警員拉高黃色封鎖線讓大家通過。

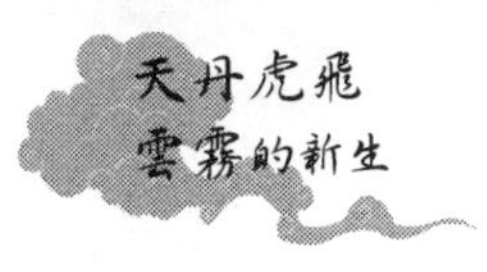

「啊？」江警員叫了一聲，指向那粗樹枝。

「啊？大家別動。」吳警員立刻也發現了異狀，「小江，阿丁，過去看地上有沒有什麼鞋印或腳印等……」

那粗粗的樹枝還直挺挺插在土中，遠遠看上去，沒有斷！

小江，阿丁彎下腰仔細看地上，慢慢向那粗樹枝移動，其他人在距離十幾步遠的地方站定看著。

「學長，沒有發現任何鞋印或腳印。」小江回頭向吳警員喊道。

「喔，那，你去碰碰那樹枝，要小心一點。」吳警員喊回去。

小江去碰了碰那粗樹枝，又搖了搖，一臉不可思議，再回頭向吳警員喊，「學長，樹枝……沒有斷！」

吳警員一聽，立刻大步走過去，又碰又搖那粗樹枝，臉靠近粗樹枝仔細上下瞧看，一張臉脹得通紅。

隔了幾分鐘，吳警員走向梅老師，「梅老師，那……孫成荒的腿斷了是事實，如果是人為的，那是重傷害罪。我們警方本著毋枉毋縱的精神，必須查證到底。可是，現在，梅老師，非常抱歉，您和席同學……請回吧，我們會再……再查證。」

梅老師說，「麻煩你們了，再見。」

梅老師帶著一大走去。

三十八、松鼠信差

孫成荒，周士洪，李新宙三人坦承在夜間蓋席復天布袋並毆打席復天。周士洪，李新宙一再說是應孫成荒之邀打了席復天，原因很單純，就是不爽席復天。孫成荒也說，打席復天沒特別原因，就是對他不爽。三人全都堅不承認有拿東西打席復天頭部，或故意打昏他。三人也不確定孫成荒的腿到底是席復天踢斷的，還是其他原因弄斷的。

校方公佈：

「查 12004 孫成荒同學，蓋布袋並毆打 11001 席復天同學，記大過一支；12003 周士洪同學及 12002 李新宙同學兩人，參與毆打席復天同學，各記小過兩支。孫成荒同學受傷等相關案情，由警方偵辦中。」

星期四，一大向梅老師說想隔天下午去醫院探望孫成荒。梅老師同意，並另請梅師母帶了水果，還又請了曉玄、小宇也一起前往。隔天下午，梅老師安排了汽車，五人便下山到醫院去探望孫成荒。孫成荒看幾人來病房看他，並不理會一大，只隨口應著梅老師、梅師母的問候話。一大靠近病床，

「孫成荒，請你相信，你的小腿不是我踢斷的，我今天來……是慰問你，希望你早日康復。」

「哼！」一聲，孫成荒別過臉去，不理一大。

小宇走上，「孫成荒，請你搞清楚，是你們去打席復天的，我都知道原因，你就是為了那五……」

「小宇！」孫成荒一驚，立刻制止小宇講下去，「嘿，小宇，沒的事，沒事，別……那……」

曉玄接說，「孫成荒，我也請你別隨便找席復天的麻煩，席復天他只想養好身體不想惹事，我跟小宇都清楚你的計劃，如果你……」

孫成荒急忙坐起，「好好好，方曉玄，我……以後不再隨便找，嗯，人家……的麻煩，這樣，可以了吧？」

大家靜默了半晌，梅老師說，「那，好吧，孫成荒，你休息，我們回學校去了。」

五人上了車，一路無話，回到了學校。

一大回男生宿舍，忽看見前方有一松鼠快速跑過，心情頓時開朗了一點。看那松鼠衝上山坡，瞬間爬上一棵松樹，一大眼睛追著看，那松鼠趴在枝上，朝向一大張開右爪，向他招起手來，一大便走上山坡，站在那棵松樹下往上看。

「一大哥，是我，『松松』。」

「啊？」一大愣了一下，「是『松松』？我可沒在理髮廳以外的地方見過你耶，你好像又長大了些，最近好嗎？」

「我很好，謝謝你，我除了星期六在理髮廳外，其他時間都到處跑的。雖不像呱呱能飛那麼高，但我飛簷走壁的功夫可也是一流的，嘻……」

「好極了，那你現在準備去哪啊？」

「噓，一大哥，我是專程來找你的。」

「找我？」

松松順樹幹溜下，「一大哥，張開雙手接住我。」

「喔。」一大張開了雙手，松松跳到了一大手上。

「假裝和我玩，然後，在我毛鬆鬆的尾巴中摸出一張小紙條，握在手中，到沒人的地方再看。」

一大不再說話，逗著松松玩。摸到了小紙條，握在手中。

玩了一會兒，松松說，「如要回信或寄信給小丹姐，你到這棵松樹下坐著看書就好，我們家族鼠口眾多，眼線也多，三分鐘左右我就會出現，替你『限時專送』。如要寄『平信』，可在星期六到理髮廳交給我。」

「哈……」一大忍不住笑了出來。

沒多久，松松走了。

一大走到僻靜處看小紙條：

「梅師來楓露找大伯，要大伯賠孫 xx 斷腿醫藥費，大吵，毋出面，大伯才願賠。自己小心。請@

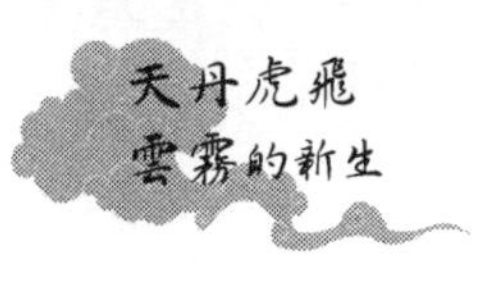

帶信安全 XD ㄉ」

「哈哈……」一大邊看邊笑，「這個小丹，眞鬼靈精。這麼說，孫子斷腿眞是她大伯弄的，梅老師還到楓露中學要她大伯賠醫藥費。@是小鼠，代表小松鼠『松松』，請松松帶信安全！笑臉後加個紅色的ㄉ，就是『丹』！哈哈，小丹，眞有一套，找松松傳信是比電腦安全，那就不用寄給梅老師轉交了。」

一大想著，「梅老師早看出踢斷孫子小腿的是小丹的大伯，孫子夠衰，被人利用沒得到好處，反連腿都被弄斷了。」

晚飯後，一大匆匆忙忙餵了麥片並幫牠洗了澡。

飛飛向一大說，「叢爺爺說，今晚恢復練功，但地點改在操場，比較空曠。」

「改在操場？喔，曉得，謝謝飛飛。」

回宿舍，揹了放了黑羽衣的書包往操場走，到操場後，一大穿上了黑羽衣，叢爺爺隨之來到。

「哈，一大，幾天不見，好不好啊？」叢爺爺笑著招呼。

「師父，還好，謝謝。」

「你怎有氣無力的？來，扎馬步，先扎半個鐘頭，收心。」

「是！」一大扎起馬步。

「他們在林子裡架了紅外線數位攝影機，我有所顧慮，便移來這裡練，這裡地方空曠，攝影機也不

好架。嘿，被你踢斷了的那根粗枝，師父換上了另一支，相似度九成九，保證他們看不出來，四周圍甚至連腳印都找不到一個，你見過鬼有腳印的嗎？哈！」

「嗯？」一大沒法多說話。

「那攝影機也被師父動了手腳，所以畫面上的你就消失了，一般人不容易辦到，對鬼來說，『鬼遮眼』嘛！嘿，雕蟲小技，容易，太容易了。」

「嗯？」

「要搞這種活人看不出的把戲，還眞只有我這老鬼出馬才能做得到，有時，當鬼還挺不錯的，你說是吧？」

「嗯？」

「那姓孫的同學斷了腿，是別人踢的，跟你沒關係，算那姓孫的倒楣，誰叫他跑樹林裡去蓋你布袋。」

「嗯？」

叢爺爺又說了一堆好好練功，身體才會健康的話。

一大手腿痠麻，不敢亂動。

「半個鐘頭了吧，嘿呀，看我都忘了，好，停，活動一下手腳。」

「呼……」一大累得一身大汗。

休息了一會兒，一大才又繼續練，叢爺爺再一步步耐心教起。

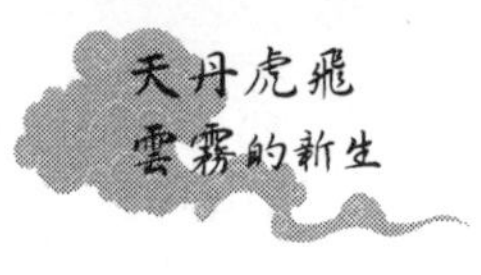

星期六下午，一大寫了張小紙條，「ㄉ，知了，大伯壞人，妳母好人，孫子衰人。上次約坐板車，大伯破壞，改天再去，謝謝。請@帶信，很安全！^_^1＋」

「笑臉後的『1＋』代表『一大』，小丹應看得懂。」走去理髮廳將小紙條交給了松松，松松正在轉著燈筒。

「松松，你是怎麼認識小丹的？」一大問，將小紙條放入牠尾巴裡，另拿了幾篇《心經》給牠。

「我小時候頑皮，到水塘裡玩水差點溺死，小丹姐和小勇哥救了我，我們從那時起就成了好朋友了。」

「哦，原來如此呵。」

「一大哥，要不要帶口信？」

「口信？」

「對啊，我可以用口說給小丹姐聽啊！」

「啊？小丹和你可以對話？」

「可以。」

「那她幹嘛還用寫的傳紙條給我？」

「小丹姐說她寫的比說的好。」

「哈，你跟小丹說她寫的和說的一樣好……爛！」

「收到。」

「收到什麼？」

「你剛說的口信，我會跟小丹姐說，一字不漏。」

「喂，松……」

旋轉門走出何婆婆：「一大，我就說聽到你的聲音，來，進來坐，你頭髮長了，也該理髮了。」

「何婆婆，您好，好久沒向您問好了，嗯，那我就順便理個髮。」一大隨何婆婆進了旋轉門。

「婆婆，現在進旋轉門不用報學號啦？」轉過門，一大站著回看旋轉門。

聽見八哥在耳後叫起，「歡迎光臨」。

一大回了句：「謝謝你，八哥，歡迎光臨。」

何婆婆接著說：「改了，是呱呱改的，只要是頭髮長的同學，直接進旋轉門，不用報學號。而且在進旋轉門的同時，一轉過門，頭髮就一併理好，剪下的頭髮就同步被機器吸了去處理掉了，接下來，我只再小修一下，就好啦！」

一大一聽，馬上伸手摸頭，「哇，媽呀！」頭上只剩大平頭了，「婆婆，這……這怎麼這麼厲害！呱呱眞是聰明頂呱呱！」

「牠呀，是聰明，只是這次聰明反被聰明誤，牠改了程式後，就自己先轉過門去了！」

「？」

「所以，你這陣子見不著牠了，牠說如果你問起，就要我說牠『夏眠』去了，三個月後再見。」

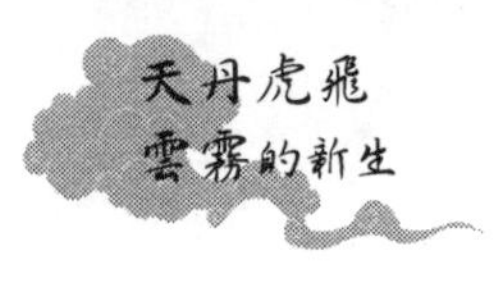

「哇，哈哈哈，哈哈哈……」一大笑到腰都快斷了，「婆婆，還好，還好呱呱沒請您先進來，哈……呵，可有趣了。」

「是呵，最後，牠又改了程式，改成只適用於人類男同學，其他女生以及貓狗、禽畜，則全不適用，

「哦，哈哈……，眞太有趣了。」

「對了，你穿上那件黑羽衣走起路來可腳步加快，跑起來可跨大步，跳起來可跳得很高，在黑暗中，你還可以看清楚東西，但別人看不清楚你。雖不能飛，但若從很高的地方不小心跌下，手張開還是可以滑翔落地，不至於摔傷……」

「是哦，除了從很高的地方跌下沒試過外，其他……都試過了，這衣服眞太棒了！」一大停了下，

「婆婆，穿上它，還可看見陰間朋友！」

「哦，我原先沒說，是怕嚇著你。」

「沒關係的，我不怕。」

「那好。」

兩隻小燕子銜了條小毛巾給一大擦臉。「小燕子，謝謝你們。」一大開心接過。

「好吧，你按一下小指，五十塊，回去沖個澡把頭也洗了。」

「喔，好，謝謝婆婆。」

一大在「掃描感應器」上按了小指印，扣了五十塊。

一大起身，八哥叫起，「歡迎光臨」。

「八哥，客人要走時，應該說，『謝謝光臨』。」一大向八哥說。

「我改。」八哥說。

一大就回去再坐下，再起一次身。

「歡迎光臨」，八哥依然沒改，叫著同樣的詞。

「有意思，不改比較好，比較有趣！」一大笑笑。

走出理髮廳，聽到松松說，「一大哥，再見。」

一大停了一下腳步，想到好像有什麼事要向松松說，但想不起了，「哦，松松，再見。」

一大走向宿舍，飛飛在小虎頭上，小虎爬到一大肩上，說，「一大哥，剛才你去理髮廳和何婆婆聊天時，我和飛飛去逛福利社……」

「很好啊，有沒有買什麼東西？」

「沒有買東西，可是有聽到一件事。」

「嘿，小虎，別讓梅老師逮著你，又偷聽人家講話。」

「是周士洪，李新宙他們講的大聲，又不是我特別去偷聽的。」

「他們兩個？他們說什麼？」一大停下腳步。

「他們說，有一個高人去幫孫成荒接上了斷骨，孫成荒很快就可復原出院了。」

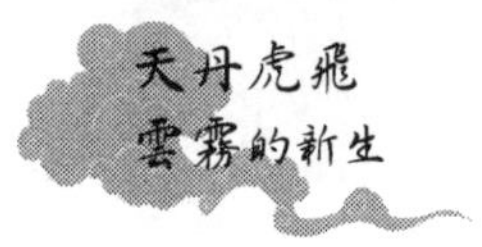

「高人？你有聽到那高人叫什麼名字？」

「沒。」

「好傢伙，得查查。」

「幹嘛？」

「以後我們要是誰被踢斷了腿，也可以拜託那高人接骨啊。」

「天！」小虎飛飛異口同聲。

「叫我？」

經過餐廳，看見公佈欄中有一新公佈事項：

「查 12004 孫成荒同學日前之腿傷乃校外人士所爲，全案目前由警方偵辦中。」

三十九、瓶中又見未來

幾天後的晚上，一大在睡前抄了幾篇《心經》。熄燈後，還沒什麼睡意，便把大飛飛從右邊奶瓶中取出，按亮了它的螢光燈，再放回瓶中看著它一閃一閃。飛飛從左邊奶瓶飛來，「一大哥，土也、阿萬早都夢周公去了，你還不想睡？」

「嗯，還不想。」

「我去右邊奶瓶裡玩玩。」飛飛說了便飛到右邊奶瓶裡去了。

一大支著下顎盯看兩隻螢火蟲有節奏地閃著螢光，心情頗感平靜安祥。忽然，一道強光在瓶中閃了一下，「噢！」一大本能地側臉閃躲。

「飛飛，剛才那是閃電嗎？」

「我沒看見⋯⋯」

飛飛還沒講完，一大就驚聲一叫，「小心火！樹要倒了！」停了下，「哦，是動畫！」

一大看見一棵獨立的大樹在黑暗之中被閃電打到，熊熊火光在樹榦及枝葉上燒起，大樹很快傾斜並倒在地上，迸出大片火星。一個高大的黑影在火光前出現，手上現出一把匕首，隨著火光閃著寒光，黑影突衝向前方，「啊！」一大忽然看到了自己，「匕首……是刺向我！」

一大立刻跳開，並同時起腳，向那人手中匕首踢去，匕首飛了出去。那人愣了一下，一大看到他身穿暗灰色寬鬆衣褲，有著一張方形臉，平頭頂上有著短短灰白頭髮，右下巴有顆黑痣，痣上有灰毛，一對犀利三角眼在灰白眉毛下閃映著火光……。那人臉一沉，雙腳連環踢向一大，一大被踢中，往後摔飛在地，那人隨即跳起飛撲而至……

「完了，我死定了！」一大看那人飛撲踢下的兇狠態式非同小可，但，那人忽從半空中摔下，又馬上奮力爬起，在地上又踩又踢了一陣，停住，左右看看，一臉疑惑。

一大看不到自己在哪，咦，自己怎突然不見了？

接下來，那人撿起了匕首，在一片燒得半焦的樹幹殘片上用力劃，看上去，是一些字，不是很清楚，斷斷續續……

「一……一……人……一……夕……七……」

但沒多久，那人突然雙膝一軟，跪趴在地上……

「啊？」一大看得正入神，影像忽地沒了。

一大回神，看飛飛正從瓶口爬出，飛回左邊的瓶子。一大想問牠，算了，牠一定會說不知道，就跟以前一樣。

一大把大飛飛從右邊瓶中取出，關掉它的螢光燈，再放回瓶中。

躺回床上，一大想著剛才的畫面，久久無法入睡。突一驚坐起，「那幾個字合起來……是『一大死』或『天死』！那，他是要我……死？」一身冷汗。

一夜沒睡好，公雞一啼一大便起床，漱洗一下便往菜園走去，沿路他特別注意周圍的樹木，尤其是獨立的大樹。

麥片跑來，「一大哥，你這麼早起來，要去哪？」

「沒睡好，我先到處走走，再去菜園。」一大蹲下抱抱牠，再繼續走。

「對了，一大哥，上次你怕我們狗狗踩到的圓圈土地，昨晚有兩個黑衣人在附近蹲著看，不知道在看什麼？聽到我們叫，他們就走了。」

「哦？有黑衣人在觀察那地脈？」一大覺得事有蹊蹺，便朝地脈方向走。

走過菜園，看見公雞咯咯，「咯咯早，一早就要啼叫，辛苦了。」

「一大哥，麥片，你們早。」咯咯興奮地大力鼓翅，「一大哥，灰灰剛才有事要找你，叫我看到你時跟你說一聲。」

「哦？知道了。」一大問麥片，「麥片，你知道灰灰找我幹嘛？」

「不……」麥片還沒回完話，便聽到了拍翅聲，「汪，灰灰來了。」

灰灰落在一大右肩，「一大哥，我正要找你，你和麥片跟我來一下……」便往前飛去。

一大和麥片快跑跟去，跑過菜園，雞舍，「不會也是去地脈那吧？」一大心想。

灰灰在前面大樹繞了一圈飛回，再落在一大右肩上，「那棵大樹，看到沒？」

「看到啦，那大樹有什麼問題？」一大問。

「有黑衣人爬上那大樹弄鐵線……」

「弄鐵線？走，去看看……」一大快跑前去，還沒到大樹，一大忽然停住。

「地脈！」一大低頭看了下，再抬頭，「大樹在地脈旁？以前沒注意到。」那棵大樹樹幹距地脈最外圈約有十步遠。

一大在樹下繞了一圈，「這樹的樹身背後和樹枝有一半已是焦黃，幾乎快成枯木了。嘿，不會是有閃電打到過吧？那麼……巧？」想到玻璃瓶中的影像。

「他們弄鐵線，從上面樹枝往下垂落，來，你看……」灰灰飛往前面。

一大走到地脈邊，上下看，「哇，這……」從上面樹枝垂下一根細鐵線，落到地脈圈圈上，弄成圓圈，不注意很難看到，「嘿，這不是細鐵線，是鋼絲！這……是個圈套！他們是想在我進出地脈時抓住我？眞會想……」一大往後退了一步。

「唰！」一大瞬間頭下腳上凌空飛起，被拉吊上了不遠的另一棵大樹。一大頭昏眼花，還沒搞清楚怎麼回事，就有一堆大大小小石塊自上方腳處往頭身滾落砸下，一大哇哇大叫，趕緊雙手抱住頭臉。

灰灰看了，要麥片守著，自己快飛去找救兵。

一大看那地脈距自己倒栽的腦袋約五、六公尺，便閉目聚神意想雙潭及爺爺奶奶，口念：「雙潭、深潭、水潭……」看能不能脫困，隔了會，沒用！心中急急苦思對策……

地脈忽有人出現，一看，是一大爺爺！

「爺爺！我在上面……」一大大叫。

「呵呀，我說奇怪，一大早就有人在我家門口半空中晃來晃去，原來是你啊，一大，別那麼頑皮，下來吧！」

「我沒法下……」

一大話還沒說完，便掉入了爺爺張開的手臂之中。

「一大，以後要機靈點，眞的圈套不會在你看得到的地方出現，呵……」爺爺隨手扯掉幾條鋼絲丟在一旁，看看一大的頭臉身腿，「沒事，那，你上課去吧，爺爺走了。」

一大踏出地脈，看著爺爺消失。

「一大哥，那是你爺爺？他怎麼冒出來的？」麥片問道。

「哦，下次我帶你走一趟，你就知道了。」

「麥片，那叫『土遁』，知道嗎？」飛飛插上一嘴。

「唔汪……」麥片更迷糊了。

一大似覺在作夢，「爺爺來過？鋼絲那麼緊又不易斷，他怎麼把我弄下來的？呼，爺爺，高……高……

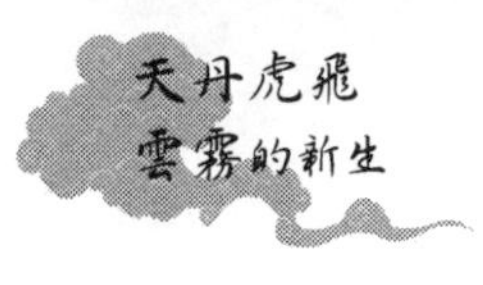

高……眞高！」

灰灰回來，說土也、阿萬馬上就到，時間太早，不方便找梅老師，只好找土也、阿萬，溝通了半天，他們倆也不知發生何事，只好跟來。

「謝謝你，灰灰。」

等了一下，見土也、阿萬跑來，氣喘吁吁，「一大，那鴿子在床邊一直咕嚕咕嚕，不知說什麼，我看你不在床上，猜是你有事，便和阿萬跟著牠跑了來。」

「謝謝你們……」一大和土也、阿萬往回走向菜園，「我是在想，如果我設下一些鋼絲圈套，那樣就可能捉得到黑衣人。」

「你……這麼……早來，爲了……這個？」阿萬不爽。

「我看你是……眞有……毛病。」土也向著一大打了個呵欠。

「沒，沒有啦，走……」一大邊說邊仍注意看著沿路樹木，尤其是獨立的大樹。

「土也，你的錶……幾點了？」一大停住。

「五點半……幹嘛？」

「你們先去菜園，我去……尿個尿，樹林那邊。」

「你眞……有毛病……」土也笑他。

一大揮揮手，便快速跑向蚯蚯家，蚯蚯正要出門去菜園。

「蚯蚯、蚯蚯……」一大急喘，「我要問樹爺爺一件事。」

「哦？那……你問……」蚯蚯好奇地看著他。

「樹爺爺，您好。」一大抬頭大聲叫。

「呵，是一大小朋友，你好呵。」樹爺爺向一大說話。

「樹爺爺，不久將來，會有一棵樹，一棵獨立的大樹，被閃電打到，大火燒了起來，您知不知道那是哪一棵樹？」

「呵呵，一大小朋友，你看到啦？呵，是有一棵松樹跟我說，最近有人用腳刀聚氣，在他身上試功夫，把他樹榦樹枝劃出了不少傷痕，氣足時打上去，還會冒火光，像閃電。」

「啊？」一大愣住，喃喃地說，「腳刀聚氣？打來像閃電？有這種厲害功夫？我……」

「樹爺爺，那，您知不知道，那是哪一棵樹？」蚯蚯覺得有問題，便幫一大再問一次。

「蚯蚯，天機不可洩露，未來之事，我不便多說。只……這樣說好了，一大小朋友剛去過。」

「啊？就是……」一大想到剛去看過的，那焦黃快成枯木的大松樹。

一大頹然坐在地上，隨後向蚯蚯說了玻璃奶瓶裡看到的「未來之事」，和剛才被鋼絲圈套倒吊，還好住水潭的一大爺爺在地脈那即時出現救了他之事說了。

「看來，這人功力嚇人，我想想看如何處理，你最近最好就別靠近那松樹和地脈附近，避免危險。」

「喔，好，那走，我們現在去菜園吧。」

晚上練功時，一大心不在焉，叢爺爺說，「你要專心練功，跟著師父做。別老想那下巴有痣，痣上有毛的傢伙。」

「啊？喔，是，對不起，師父。」一大回神，不用多說，師父一定知道他腦袋瓜裡在想什麼。

「現在，你把黑色羽毛衣脫掉，練功時不穿黑色羽毛衣。」

「那，我不就看不見師父您了？」

「師父正是要你看不見我，要你練如何和鬼、和影子打架的功夫，一絲風、一點聲、一掌來、一腳去，就算看不見，你也都要在極短時間內反應或閃躲。」

「是，師父。」

一大覺得有趣，但，練了約半個鐘頭，挫折死了，連師父還在不在都搞不清楚，還聽風聽聲？

「一大哥，下課了，叢爺爺說的。」飛飛在說話。

「喔。」一大悻悻揹了書包往宿舍走回。

一隻蝙蝠飛過，「一大奶奶快死了！」

一大一聽，嚇一跳。「飛飛，你有沒有聽到？剛才誰在說話？說什麼……『一大奶奶快死了』？」

「嗯，是蝙蝠說的，不過，已經這麼晚了，我可……不相信。」

「可是……」

「一大哥，明天再說吧。」

又一隻蝙蝠飛過，「一大奶奶快死了！」

「飛飛、小虎，你們先回去。我找蚯蚯商量去。」

飛飛、小虎沒來得及回話，一大已快跑了去。

蚯蚯勸一大，「明天再去吧，蝙蝠說的話不知道是眞是假，你早上才看到過一大爺爺的，他不像家中有事吧？」

「像！他匆匆忙忙趕了回去！」一大越想越覺得像，「呱呱又不在，我沒法飛過去，如果一定要去，就得照一大爺爺教的走地脈過去。」

「地脈？我在地脈那附近收集了一些鋼絲，有五十公尺長，這樣好了，我在遠處看著你，鋼絲這頭的套環我用口含住，那頭你套在腳上，進入地脈時你拿掉，回來時，一出地脈你就再套上，如有人在這當口對你不利，我拉你就跑，就可逃掉了，最好別碰上那下巴有痣的厲害角色，說眞的……我也不想靠近。」

「好，那，就這樣吧，很晚了，走吧！」

一人一蛇，套著鋼絲兩頭，跑向地脈。一大順利踏上地脈入口，也立即到了一大爺爺奶奶家，但，發現爺爺奶奶好端端地在門口迎了上來。

「爺爺奶奶，不好意思，我……我……聽說奶奶……」

「好孫子，人家說奶奶有事，你那麼晚也跑來，眞有孝心呵，今晚住家裡吧？」奶奶開心。

「老太婆，妳讓一大回學校裡去，他沒請假，不好住家裡的。」爺爺轉向一大，「你快回去吧，還四、五十分鐘……就晚點名，爺爺奶奶也要睡了。」

「那，爺爺奶奶，晚安，我走了。」轉身跑向林中地脈。

出了學校地脈，一大正在想套鋼絲環的事。

「啪啦！」背後一道閃光打來，被炙熱的火氣猛一衝擊，一大隨即跌趴在地。

一大翻轉過身，立刻站起，看見大樹的樹幹及樹枝上燃起熊熊火光，接著大樹倒下迸出大片火星。

一個高大的黑影出現，手握匕首，衝向一大，一大立即跳開並隨之起腳，向那人手中匕首踢去，踢中了匕首，匕首飛了出去。

火光下清晰可見，就是他，那人一張方形臉，右下巴有顆黑痣，痣上有毛，三角眼中閃映著火光……。

那人雙腳飛踢一大，一大眼睛忽被爆裂的火星迸到，才一眨眼功夫，就被踢得往後飛摔在地，痛得唉唉叫。那人隨即又跳起飛撲而至……

「死了！」一大睜眼看那人快撲踢到自己身上，正在想自己死定了，忽地自己身體被一股很大的力量一下給拉走了。同時，那人從半空中「啪！」一聲，摔了下地……。一大發現自己躺在涼涼土地上，周圍漆黑，和那人相距約有二十步遠。

一大再看，那人努力爬起，在地上又踩又踢，又左看右看，不見一大，便撿起了匕首，在一片燒得半焦的樹幹殘片上狠狠劃起。可是過了沒一會兒，那人卻雙膝一軟，跪趴在地。一大想爬起去看清

楚狀況……

「咚！」「嘶～」

蚯蚯已竄來，揹了一大火速往宿舍奔去。在宿舍邊放下一大，「一大哥，你快回宿舍去，要晚點名了。我回去剛剛那邊看是怎麼回事，再跟你說，再見了。」

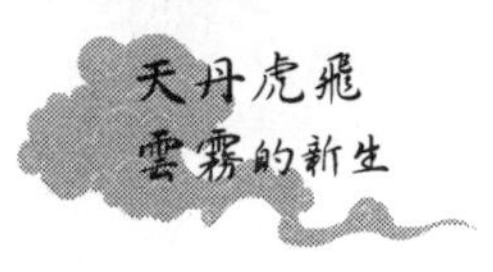

四十、叢爺爺的重罰

一星期後某天下午，補課完，梅師母向一大問道，「師母想問你一件事，你把知道的說給師母聽，好不？」

「師母，沒問題，只要是我知道的，一定全說給師母聽。」

「約一星期前，有一晚上九點左右，你有沒有……和一個人打架？」

「一個人？打架？什麼人？」

「嗯，那個人……方方的國字臉，這邊有顆黑痣，痣上有毛……」師母指著自己右下巴。

「閃電人！師母，妳說的那個人，他那天晚上在雞舍那頭……要殺我，他功夫好厲害！踢一棵樹都會踢出閃電，把樹都燒著倒下了。」

「哦，你碰上……那個人，是在一星期前的一個晚上？他還要殺你？」

「對，他手上有小刀，直往我刺，我回腳踢他，但只踢掉他的小刀而已。他把我踢到趴地，我以爲我死定了，可是……可是……」

「可是……怎麼了？」

「那個人撲向我時，卻從半空中摔了下地，我最後看到他是跪趴在地。同一時間，同學虵虵蛇救了我載我回到了宿舍，後來，那個人怎麼樣，我就不知道了。」

「哦……」師母沉思了一下，「那個人，現在……雙腿不能動，躺在床上……」

「啊？不會吧，師母，那個人功夫有多厲害妳是沒看到，怎麼可能雙腿不能動？我原先還在想，是不是我爺爺救了我。」

「不是你爺爺，是你師父。」

「啊？我師父？妳是說……叢爺爺？」

「嗯，那個人兩條腿上都有明顯的印子，像……骷髏手印……」

「哇！原來是……叢爺爺出的手。」一大心中又驚又喜。

「對方並沒報警，但警方今天得知此事後，已開始調查偵辦。中午梅老師回來時要我先問問你整個事情的經過，警方又在懷疑那個人……是你踢傷的。」

「我？」

「上次孫成荒斷腿之事，警方一直沒忘記你。這次，雖也沒證據，但得知你有一天晚點名前才匆匆回到宿舍，而事情發生又是那天晚上九點多，地點……還在本校校內。」

「師母，那個人功夫那麼厲害，我哪有那本事去踢傷他？」

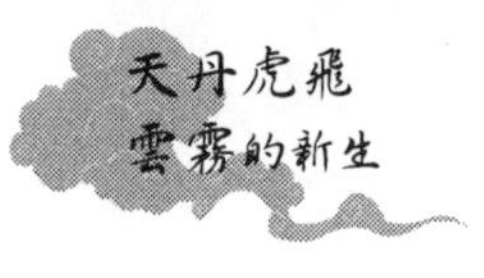

「師母和梅老師知道，但警方可不會懂那個人功夫有多厲害，更不會懂那個人被打傷……竟然還是個『鬼』弄的……」

「喔，所以警察就又找上了我。」一大洩了氣。

「嗯，師母和梅老師是想請你去問問你師父，看能不能放過那個人，不然那個人可能性命難保。」

「啊？師母，你們認識……那個人？想救他？」

「不管認不認識，畢竟那也是一條人命。人命關天，我們只要遇上了，不管是好人壞人，敵人友人，都會想去救。」

「是……」一大心情雖然很複雜，但也瞭解師母和梅老師都是好心人，「師母，放心，我一見到師父就向他說這事。」

「好。」

晚飯後，一大揹了書包，內放黑羽衣，走到大操場去練功。

一大拿出黑羽衣穿上，要看清楚叢爺爺好和他說話，穿衣時忽笑出，「哈，師父，高呀，那天晚上您就叫我不用穿黑羽衣，原來您早算到要出手幫我教訓那個人，還不想我看得到您。高呀，高，高……」

「嘿，一大，你都知道啦？」背後傳來叢爺爺聲音。

一大轉身面向叢爺爺，「師父，您來了，謝謝師父，您救了我，我……」

「師父幫你，天經地義，那傢伙不知死活，我原只想教訓他一下，沒想到他爬起來還在樹片上刻一些字，我一看是『一大死』。好，那我可就不客氣了，就在他兩條小腿上各打上一掌，留下手印當作紀念，哈……」

「喔，那，師父，他會不會死？」

「當然會！『白骨追魂』，嘿，你知道那滋味的。」

「嗯……是……」那滋味，當然知道！

「那傢伙該死，你不可以替他求情，知道不？」

「喔……」腦袋瓜想什麼，師父都看得到，可還是得說，「這……師父，我……我師母說……那個人畢竟也是一條人命，不管是好人壞人都要……盡力……去救。」

「師父知道你心地好，就怕你來替那傢伙求情，你學校裡的老師，也都是些正直善良的人，這事……，嗯，師父就再想想。」

「喔……」

「有一點你得明白，一大，師父教訓那傢伙，不單只是爲了你這事。」

「師父，還爲別的事？」

「嗯，算了，今天不說了，練功吧！」

練完功，一大脫掉黑羽衣，走回宿舍。

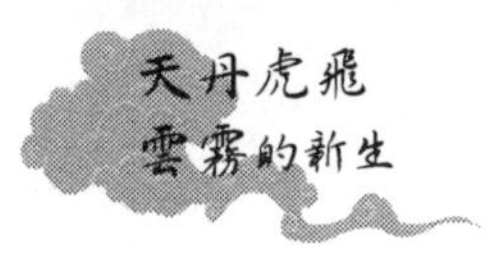

「一大哥，師母在宿舍門口。」飛飛說。

「哦，謝謝你，飛飛。」一大跑上前去。

師母見到一大即問，「復天，你……師父怎麼說？」

「哦？師母，這……師父只說他會再想想。」

「就這樣？」師母喃喃，「哦，知道了，就這樣吧。」

一大怔怔看師母背影在黑夜中離去。

「一大哥，你不覺得師母在難過嗎？嘎……」小虎探頭說。

「好像是吧，師母是好心人，我被『鬼』打那時，她也是這樣難過的！」

隔天下午補課時，梅師母說，「復天，師母要謝謝你。」

「師母，不客氣，爲什麼……要謝謝我？」

「那姓秦的，就是在雞舍那想要……用刀傷害你的人，有救了。你師父願意放過他了，只是，唉……」

師母才高興一下又難過了。

「師母，只是怎麼了？」

「你師父願放他一條生路，但要他受一年的身心痛苦折磨，每天早晚發病時得跪拜四方，誠心誠意反省懺悔，還要用毛筆抄錄《心經》，一千零八十遍，如有違背，神鬼難救！」

一大睜大了眼，「啊？我師父是不是……對我太好，罰那姓秦的這麼重！我去求我師父罰他輕一點。」

「不用了，復天，這樣已經很好了，謝謝你師父。」

「喔。」一大也不知該說什麼，心想，「痛苦一年？抄《心經》一千零八十遍？媽呀！」暗自吐舌。

晚上，一大照常去練功，師父一看到他就先說了，「以後練功就練功，不可再提那姓秦的事，知道不？」

「知道，師父。」腦袋瓜想什麼，都躲不過師父的雙眼。

練功時，一大照師父指示，有時脫掉黑羽衣，有時穿上黑羽衣，眞正開始學習聽聲及聽風辨位的功夫。

小休時，師父語重心長說，「一大，打一開始，我就說過，學我的功夫，只能當自衛防身用，不可傷天害理，不能傷人害物，更不能殺人殺生，記得不？」

「師父，記得！」

「你絕對要記得，不可以忘記。」師父停了下，「好，一般人練功，說氣刀體一致，是沒錯，但眞正高手，所謂手刀、腳刀，不是用手腳直接砍踢對手。而是用『氣刀』，練『氣』成刀。只接近，再一掃，即能傷人害物！師父準備了一些薄紙，以後你就懸起這些薄紙，練習用『氣刀』劃破這些薄紙。如有人找你麻煩，你就用氣刀，只劃破他衣褲鞋襪，點到即止，那對手就會害怕，知難而退，不敢再惹你，這樣，知不知道？」

「知道，師父。」

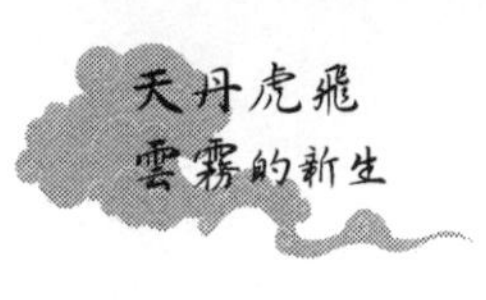

師父用兩根枯枝插地，中間綁上一線掛懸起幾張薄紙，教一大分別用手用腳在不碰觸的情況下，以氣刀劃破紙張。

練功後，師父說，「基本功法，師父大多教給你了，一大，好好練習，久了自然功成。至於暑假期間，你住你爺爺奶奶家，他們倆會在適當時間指點你，師父就不陪你了。」

「啊？」一大不明白。

「哦，你爺爺奶奶跟我是老朋友了，但他們倆陽氣太重，嘿，陰陽兩隔，我不方便和他們靠得太近太久。我也還有我的功課要修，暑假之前，你有什麼問題，可儘量發問。」

「哦，是。」一大點了點頭。

回到宿舍，土也跟一大說，「一大，你叔叔嬸嬸下星期三要來學校。」

「啊？他們來學校？幹嘛？」一大大驚。

「我朋友給我的信上只簡單的這樣寫。」

「討……錢，我看……八成是……來要……錢。」阿萬一旁猜著。

「慘了，我……」一大頓時魂不守舍。

「你躲起來，看他們能怎樣？」土也建議。

「也對，但，我沒做錯什麼事，我要是躲起來，不就奇怪了。」

「對啊，一大……又沒做……錯事。」阿萬同意。

「哦，那就別躲，不理他們就是了。」土也跟說。

「眞是的，今晚……我啊，別想好好睡了。」一大突想到一事，「喂，我這陣子忙，你們有幫我餵狗和洗澡吧？」

「有啦，小事一件。」土也回他。

「謝啦，那我洗澡去了。」一大說了便走出寢室。

一走出寢室，一隻松鼠跑到一大腳前。

「是松松？」一大蹲下身。

「是呵，一大哥，有你口信。」松松說。

「小丹的？」

「不，是呱呱，烏鴉呱呱的。」

「天呀，呱呱？哈哈……」一大想到呱呱毛髮被剃，去「夏眠」，就很想笑。

「口信一，『一大哥，不許笑。』」松松說。

「哦，好，我不笑。」一大忍住。

「口信二，『一大哥，你叔嬸送你吃的東西，不能吃。』」

「啊？」

「好了，我走了。一大哥，晚安。」松松跑去。

「哦，晚安，再見。」

一大愣了許久，才去洗澡。

四十一、叔嬸送發糕

星期三中午，同學們下課要去餐廳吃午飯。一個二班同學來叫一大，說梅老師要他去教師辦公室。

一大猜是叔嬸來了，考慮著去或不去，土也、阿萬、曉玄、小宇都來打氣，勸他別想太多，去見叔叔嬸嬸。

「你叔叔嬸嬸不敢對你怎麼樣的，去啦，別怕。」土也推他。

「要不，我們全都陪你去。」小宇說。

「不用，你們去餐廳吃飯，我很快就來。」

一大獨自走向教師辦公室。

在辦公室門口猶豫了一下，聽見梅老師叫，「席復天，進來。」一大才走進辦公室，「梅老師好。」

叔叔見一大走來，便站起身，嬸嬸視而不見。

「叔叔，嬸嬸。」一大向叔嬸鞠躬。

「嗨，復天，你氣色好極了。住校生活規律，很好。我跟你嬸嬸今天來，主要是要跟你說，暑假……

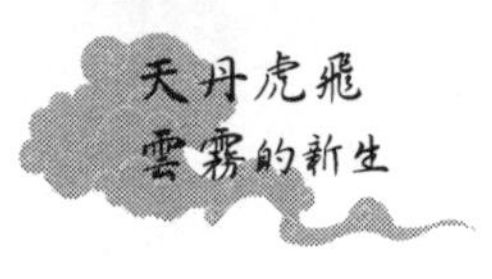

一定要回家住，我跟你嬸嬸很念著你。」叔叔一臉堆笑。

「我？回家？回哪個家？」一大沒好氣。

「哪個家？唷，你這孩子，你自己的山上小屋，都不記得啦？」叔叔堆著笑臉說著。

「那是叔叔嬸嬸的家，不是我的家。」

「你個死……小鬼，說的是什麼鬼話，那是你爸媽留給你的屋子，叔叔嬸嬸只不過是……幫著你……打掃整理的呀！」一旁嬸嬸扯高嗓子叫起。

「林太太，別心急，我會勸席復天回家過暑假的，別急，別急……」梅老師打圓場。

「不知好歹的東西！哼，我們走，別在這浪費時間。」嬸嬸站起身，氣沖沖走出了辦公室。

梅老師、一大、叔叔跟了出來。

操場邊有部又大又長的黑色轎車開了來，一個穿黑西服戴墨鏡的司機下車，開了後車門，嬸嬸坐上了後座。

「叔叔……有送吃的東西給你，祝你……生日……」叔叔低聲向一大說話。

「死鬼，走了啦！」嬸嬸大吼。

叔叔匆匆上了車。

戴墨鏡的司機臨上車前朝一大看了一眼，嘴角陰森地拉動一下，墨鏡遮住司機大半的臉，一大看不出他的長相，想要跨上一步看，旁邊的梅老師拉住他，轎車隨之絕塵而去。

「梅老師，我……」一大想說明一些事。

「老師清楚，你去餐廳吃飯。」

「是。」一大離去。

飛飛突在耳邊叫著，「一大哥，快，土也、阿萬臉色發白抱著肚子，被張龍老師送到衛生所去了。」

「啊？」

一大快跑去餐廳，猛然想到叔嬸有送吃的東西，自己沒看到，「糟了！不會是……」

一大衝入餐廳，餐廳裡一片亂哄哄，所有同學已停止用餐。

曉玄、小宇緊靠一起，嚇得直流淚。

「曉玄、小宇，妳們怎麼了？」一大坐到餐桌椅上。

曉玄說，「有一穿黑衣戴墨鏡的男子，在教室那手拿一盒發糕，向班上同學說是席復天的叔叔帶來的，請同學幫忙帶路到你寢室，放在你書桌上。後來土也、阿萬看到，拆開一人吃了一個，還帶了兩個來餐廳，要給我和小宇吃。我們都還沒吃，他們倆就臉色發白直喊肚子痛……」

「完了！」一大頹然，心想，「我叔嬸也太可惡了！呱呱警告過我別吃，卻沒想到是土也、阿萬吃了。」

梅老師匆匆走來，手上拿了盒發糕，把桌上的兩個也小心放回盒內，「你們還有誰吃過這發糕的？」往四面八方看了看，大家搖頭。

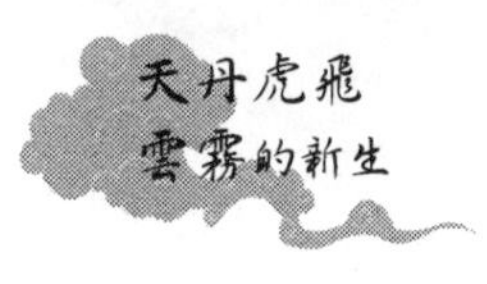

「席復天，來，跟老師來。」梅老師走出餐廳，張龍老師開了汽車過來。梅老師在車旁問一大，「你叔叔帶這盒發糕來，是直接交給你的？」梅老師問。

「不是，方曉玄說，是那黑衣司機要同學帶路到我寢室，放在我書桌上的，陳永地、萬木黃看到，一人吃了一個，還帶了兩個到餐廳。」

「哦，我現在去衛生所，把陳永地、萬木黃轉送山下醫院，不知他們吃下的發糕裡面有什麼？衛生所沒檢驗設備，必須到大醫院詳細檢查。這盒發糕，我一併帶上。你檢查一下你的寢室，書桌及床鋪，看有沒有掉了什麼東西。」

「是。」

梅老師上車，車開走了。

曉玄、小宇在餐廳門口和一大說話，

小宇對一大說，「你叔嬸還眞想置你於死地啊？」

「唉，我……」

曉玄問一大，「梅老師他怎麼說？」

「他要把土也、阿萬轉送山下醫院做詳細檢查。」

「我覺得你叔嬸他們在學校裡動不了你，就想把你弄到醫院，再在醫院動你，那比較容易。」曉玄說。

「曉玄說的對，只是害到了土也、阿萬，不知道他們是不是中毒，和以前飛飛一樣……會死……」

一大懊喪地說著。

「哇……」曉玄、小宇一聽，哇地哭起。

「好了，曉玄、小宇，別哭了，我要回寢室，檢查一下有沒有掉東西，那黑衣司機到過我寢室。」

說完便跑回寢室。

一大檢查了書桌及床鋪裡外，沒發現有東西遺失，心安了些。

隔了會，「一大，一大。」小宇在寢室外叫。

一大出來，見曉玄、小宇在門口，曉玄說，「白伯伯新煮了麵給同學們吃，你也來吃一點。」

「好，我沒發現有東西遺失，去吃麵吧，餓死了。」

一大跟了兩人回餐廳去吃麵。

下午照常到梅老師家補課，四點多，上完課，梅師母說，「復天，照衛生所的說法以及我簡單地檢驗，那發糕裡應該不是秋……，哦，應該不是有毒的東西，我們猜測是瀉藥，我剛和梅老師通過電話，醫院醫師初步研判也是這樣。所以，你同學應該沒事，放心。」

「哦，好，那就好，師母，謝謝。」

「你叔嬸……對你還眞過分！」

「他們賭博輸了錢，特別找人來向我討錢。」

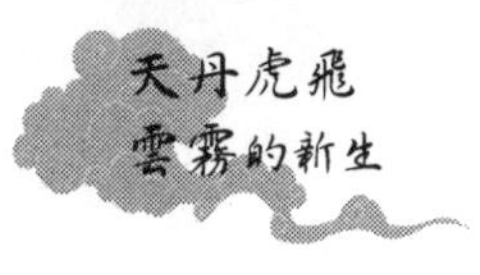

「哦？」

「方曉玄猜他們是想把我弄到醫院，在那裡對我下手比較容易……」

「是有可能，學校裡是安全得多。我會向梅老師說，加強保護你的安全……」

「師母，別擔心，我不會有事的。」

「喔，自己還是要小心。」

出了門，見門口蹲著麥片，「麥片？你怎麼在這？」

「一大哥，呱呱跟蚯蚯說，蚯蚯跟我說，蚯蚯要我跟你說，嗯……」

一大聽了，覺得是祕密，「麥片，來……」抱起麥片，到僻靜的狗舍旁。

「麥片你說，呱呱跟蚯蚯有什麼事？」

「滿奇怪的，呱呱說牠在天人車站看見有好幾張《心經》貼在牆上……」

「哈，那隻平頭呱呱，頭被修理，腦也被修理啦？天人車站看見《心經》？很好呀，人看了，增智慧，鬼看了，心平靜！我師父就……」一大頓了下，「咦？麥片，上次我們在天人車站，我沒看見牆上貼有《心經》，你有看見嗎？」

「沒有，而且，現在那些貼在牆上的《心經》，呱呱說，是你的筆跡。」

「什麼？我的筆跡？」一大很驚訝，立刻想到孫子曾拿了他抄的《心經》去影印的事。

「麥片，來，你跟我回寢室一下。」一大往宿舍走。

回到寢室，一大輕輕打開抽屜，把麥片抱上書桌，「你聞聞這抽屜和這一疊我抄的《心經》，除了我的味道外，有沒有其他人的味道？」

麥片低頭往抽屜和《心經》紙張聞嗅，抬起頭，「有，抽屜邊和《心經》紙張上有另一人的味道，是拿發糕盒那人的味道。」

「啊？你知道……那拿發糕盒的人？」

「梅老師有把發糕盒給我們狗狗聞過，我記得那個味道。」

「梅老師，高！麥片，你也……高！」一大豎起大姆指，把麥片抱下地。坐在床沿想了會，「麥片，走，回你家去，我幫狗狗洗澡和弄吃的，土也、阿萬不在，我得多照顧你們。」

晚上練功時，叢爺爺對一大說，「我在你爺爺家見過你抄寫的《心經》，是用行書體寫的，現在像你這樣寫毛筆字的孩子少之又少。可是，你有沒有見過有人和你寫一樣行書毛筆字的，或是有人模仿你毛筆字筆跡的？」

「沒見過，師父，小時候我爸爸寫行書毛筆字，但寫得比我好多了，他死了都兩年多了。最近……是見過有人拿了我抄的《心經》去影印的，影印的副本跟我的正本幾乎一模一樣，連我都差點看不出是影印的。」

「影印的？喔，現在技術那麼進步啦？」

「師父，怎麼了？」

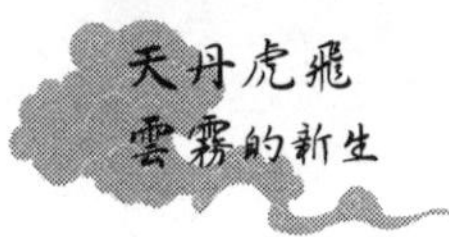

「騙鬼？臭小子！」叢爺爺雙手叉腰抬頭罵道。

四十二、地下保險櫃

星期六，土也、阿萬中午過後回到學校。醫院證實兩人是吃下了瀉藥，還好分量不多，在醫院住了兩天，沒事，可以出院。張龍老師和梅老師便接兩人返校，同時把孫子也接了回來。

土也、阿萬明顯瘦了一圈，宿舍裡，一大面對兩人只有拼命說「對不起」的份。

阿萬倒開心，「一直想減肥，終於成功了。」

「唉，怪自己貪吃。」土也苦笑，「一大，你要是覺得對不起，那，好，你幫我按摩一下穴位，就足三里、天樞，ok?」

「好傢伙，足三里、天樞，止瀉，健胃，整腸，你上課有在聽嘛，但，你可以自己按啊。」

「我現在沒力氣按嘛。」

「好，好，來，躺著。」

土也躺上一大床上，一大就在他兩膝蓋外膝眼下三寸處的「足三里穴」按按揉揉，再在肚臍兩側二寸處的「天樞穴」按按揉揉。

阿萬也蹭了來，擠躺在土也身邊，「我也要。」

一大便也幫阿萬在「足三里穴」和「天樞穴」按揉。

土也對一大說，「孫子也回來了，我跟阿萬住的病房就在他病房斜對面，我跟阿萬看見一白髮老先生，每天晚上八點左右都會去看孫子。」

「哦，爺爺看孫子，很正常呵。」一大笑笑。

「是沒錯，但那老先生穿了一身黑色絲綢功夫裝，黑色功夫鞋，腰背挺直，臉色紅潤，我們覺得他是個有功夫的人，也許還跟那些黑衣人有關。」

「功夫……還……很……高的樣子。」阿萬加上一句。

「哦，怎麼說？」一大好奇。

「我……瞄到他……幫幫……孫子……在背後……加氣。」阿萬又說。

「正常啊，我們也常有長輩在背後加氣的嘛！何況穿一身黑的人多得很，老人家趕潮流也不一定。」

一大回著，但想了想，「不過，小虎有跟我說過，牠聽到過周士洪，李新宙他們聊天，說是有一個高人去幫孫子接上斷骨，也許……，嘿，管他的，你們平安回來那才重要，別管那什麼孫子不孫子的。」

一大幫兩人在穴位上各按摩了幾分鐘，「好了，手瘦了，下次再按吧，我再加按中脘，內關……」

「好，好。」兩人兩臉滿足，回自己的床休息去。

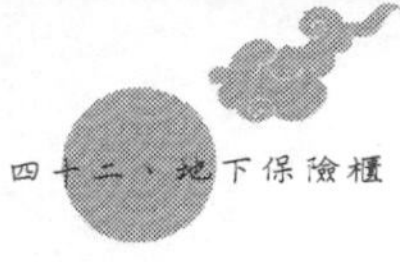

星期一，上午第一、二堂課是天文地理課。尹老師進教室後便說，「各位同學，現在起立，跟老師到圖書館上課。」

一大一聽心中震了一下，看看左右的土也、阿萬，兩人也一副驚訝表情。全班同學跟著尹老師走向圖書館，一大、曉玄、土也、阿萬四人走在一塊，跟在隊伍最後面。

來到圖書館，經過幾列人高的書架，尹老師帶領同學穿過第五、六號兩書架中間的走道，快到走道盡頭時，尹老師停下腳步，回頭說，「各位同學，請一一報上學號及姓名，分別穿過這道鐵門。」

「鐵門？」一大踮腳看，本能小聲驚叫道，「喂，曉玄、土也、阿萬，這裡居然有鐵門？」

四人互相交換著訝異的眼神。

「噓，先看看鐵門後是什麼。」曉玄小聲說。

一大往褲口袋摸，「小虎，你學號是 14023，全名叫壁小虎。飛飛，你學號是 13018，全名叫螢飛飛。還記得吧？」

「記得。」小虎和飛飛異口同聲。

同學們一一過了鐵門，一大讓小虎和飛飛先過，自己墊後。過了鐵門，有日光燈管照亮一房間，房間前方另有一鐵柵門。

「那是昇降機，一次可容納六至七人，等一下老師帶著同學們分批搭乘。昇降機往下，停住後，按開鐵柵門，在底下空地等大家到齊。」老師指向鐵柵門。

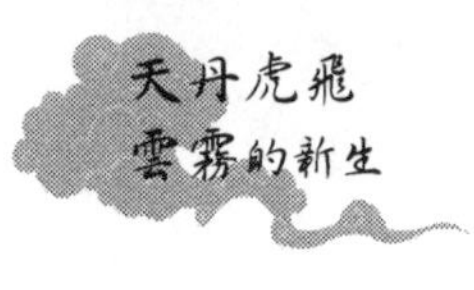

老師及六位同學進入昇降機，按了箭頭往下的鈕。尹老師上上下下幾次，一大幾人是最後一批，「各位同學，我們正在往地底通道下降中。」老師說。

昇降機輕微震了下，停了，鐵柵門開啓，大家走出昇降機，頂上有燈光亮著。尹老師走到所有同學前面，「好，各位同學，報數……」

報數完，尹老師指向前方通道……

「待會進入前方通道時，小心腳下台階，走台階時，儘量靠台階中央走，可感應頭頂上的燈光亮起，來，跟著老師走。」尹老師走在最前面打開手電筒領路，台階一路往下。

「這通道是我們以前走的那條嗎？」一大問小虎。

「不太像，這通道窄一點。」小虎回答。

前面隊伍停了，腳下是片平坦沙地，頂上有六支日光燈亮著。尹老師面向同學們，「各位同學，我們目前位置是在圖書館地下的集合室，這集合室裡通風及燈光都很充足，不會影響健康，但如有同學身體不舒服，請立刻向老師說。」

「地……下……滿……深的！」阿萬吐舌。

「這裡往前的走道兩側牆上，有打開的書本和手掌圖案，是按學號順序排列下去的，今天來此，是讓各位同學一一確認自身學號及姓名，以後同學來此，可開啓牆壁及使用牆壁後方之保險櫃存放個人重要物品。現在，各位同學先想好一『通關密語』，以四個數目字或四個中文字爲限，也可數字

文字混雜組成。等下先將右手掌貼上牆上手掌圖案好輸入個人小拇指資訊，再以小拇指在打開的書本空白處寫下自己的『通關密語』。一經設定即永遠有效，以後也可視需要自行變更。有問題的請舉手。」老師向同學們看了幾個來回，「好，現在有三分鐘時間給各位同學想好『通關密語』，不要告訴他人或和他人討論。」

一大心中的某些疑問似乎在此得到了一些解答，但讓一個中學生弄這麼一個神祕保險櫃，有什麼用意呢？

「奇怪，在地下弄個保險櫃，你們會有東西要藏嗎？」曉玄小聲問。

「沒有。」一大立即搖頭。

土也、阿萬也一樣，搖頭。

「管他的，待會兒再看吧！你們別忘了，黑衣人可對這地底……有很大興趣呢！也許眞有什麼寶物。」一大說後，再想了想，「算了，趕快想『通關密語』吧！」

過了幾分鐘，老師叫，「學號 11001 席復天，跟老師來。」

一大跟老師走進前方走道，走到排列書本及手掌的圖案處，在最前面的的圖案處停下。

「席復天，這手電筒給你拿去照亮，你將右手掌貼上牆上的手掌圖案以輸入你的小拇指資訊。」老師將手電筒交給一大。

一大接過手電筒，一一照做。見到打開的書本圖案上顯示出：「學號 11001 席復天雲霧中學學生」

字樣，心中暗自驚訝。

「好，老師會走開去，你在書本空白處用右小拇指寫你的『通關密語』。設定完成後，將右手掌再一次貼上牆上的手掌圖案，再在書本空白處用右小拇指寫你的『通關密語』，保險櫃即會開啓。檢測無誤便關上保險櫃門，再回到剛才集合室。」

老師走開了，一大用右小拇指寫四個中文字，設定好後，將右手掌再貼上牆上的手掌圖案，再在書本圖案上用右小拇指寫下剛才設定好的「通關密語」一次。一片石板牆「喀」一聲彈開，眼前有一保險櫃出現。一大拉開櫃上把手，見到內部爲一高寬深各約五、六十公分，四面由鋼板製作的櫃子。一大仔細上下看看，沒有東西，就關了保險櫃門，石板牆自動闔上，一大走回集合室。同學們都看向一大，一大兩手伸伸，五指抓抓，表示什麼都沒有。

老師隨之叫：「11002 陳永地。」

「有！」土也跟上老師，進入通道。

三十二個同學陸續完成了設定，尹老師集合了大家，點完名，便往原路走回。回到教室，已是第二堂課快結束了。大家坐下，尹老師說，「因爲各位同學來校即滿一年了，學校依傳統讓同學們擁有一個完全屬於自己的保險櫃。保險櫃設定完成，同學今後即可收藏自己的私人重要或珍貴物品，並可隨時存取。」

聽見下課鈴聲，老師說：「好，下課。」便離開了。

「那地下保險櫃滿玄的，你看有什麼東東可收藏啊？」土也湊上一大身旁。阿萬也靠了上來。

「東東沒，西西也沒，只是土也、阿萬，剛才小虎跟我說，今早走的通道不像是我們以前走的那條。你們想，出入口和通道都不一樣，這地底下不知還有多少通道……」一大說。

一大講完，心想，「那可以存放我抄好的《心經》，就不會沒事被人偷了，也許蛇蛻、黑羽毛衣也可……」下午補完課，師母說，「復天，在雞舍那……想用刀傷害你的……那個姓秦的人，有麻煩了」。

「啊？什麼麻煩？」

「你師父原要他用毛筆抄錄心經一千零八十篇，現在……加倍了，兩千一百六十篇。」

「哈，師母，我……就知道。」

「你知道？」

「哦，我猜的，上次那帶我叔叔發糕到我寢室的黑衣司機，很可能在我抽屜偷了一張我抄好的《心經》，之後，很可能轉交給了姓秦的，再之後，很可能那姓秦的偷懶，拿了去影印，並拿影印本騙我師父。偏偏我師父見過我的筆跡，這一來，我師父當然會生氣再加罰那姓秦的了。」

「喔。」

「兩千一百六十篇，一年內抄完？姓秦的，他，嘿，麻煩大了。」

「喔。」

見師母的臉上似乎難過了一下，一大馬上說，「師母，您是好心人。可是上學期，二班孫成荒他們

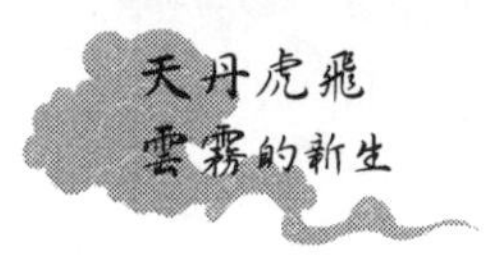

三個沒照顧好狗狗，梅老師要他們抄《心經》向狗狗道歉，他們三個不自己好好抄，反用我抄好的《心經》去影印，被梅老師發現，也是罰他們抄兩倍哩。」

「嗯，只是，唉，算了，沒事。一再犯錯的人，是該受雙倍罰。」看看一大，問，「復天，最近上課還跟得上吧？」

「跟得上……」突想到，「師母，今天早上有新鮮事，就是尹老師帶我們去圖書館的地下保險櫃，去設定自己的保險櫃。我們也沒什麼可存的，怎麼會用到地下保險櫃呢？」

「哦，說起地下保險櫃，那是先人開挖地下時設置的，最早他們在洞內打坐練功，但在山下工作賺來的黃金銀兩沒地方放，就在牆中安裝了保險櫃好收放貴重物品。人最多時，據說約有五百人在洞內出入。以前只用小拇指和通關密語來確認身份，這幾年學校才加了電腦科技在裡面。學生在第一學年末去設定，現在可能用不上，以後，會用得上。」

「喔，五百人出入？那地下通道一定又多又複雜。」

「應該是，你可……有空去探一探險，怕的話，帶上狗狗。」

「是，是……」一大暗自興奮。

「你剛提到的孫成荒，他也要來補課。」師母突冒出一句。

「啊？」一大吃了一驚，本能往門口看去。

「他……晚上來。」

「哦。」

「復天，同學之間，『冤家宜解不宜結』，曉得吧？」

「曉得，曉得，可是……是他……」一大不知如何說。

「好了，要吃晚飯了，你先回去吧。」

「喔。」一大起身，「師母，再見。」

一大邊走邊想，「那地下通道，一定又長又遠又多岔道又超神祕。」快到宿舍時，繞了下路，到小坡上一棵松樹下坐著看書。沒幾分鐘松松出現了，「一大哥，找我限時專送嗎？」。

「哇，松松，你來得可真快呀！」

「呵，我們家鼠口多眼線多，一大哥，寄信還是口信？」

「口信，給小丹的：『好久沒你們兄妹消息，你們好嗎？我日子無聊，勇丹號最近會出動嗎？經過時，找我搭個便車，暑假有什麼計劃？』」

「收到，一大哥，再見。」

「多待一會兒嘛！」

「不了，限時專送耶！」松松掉轉頭，瞬間消失了。

「一大，吃飯了。」

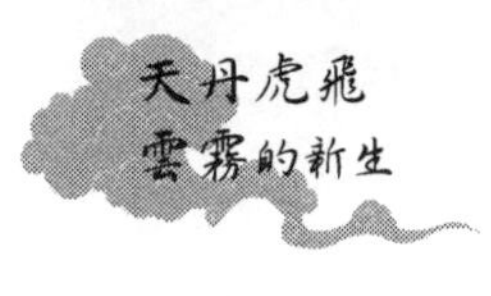

一大聽見土也在叫他，往坡下望去，土也、阿萬、曉玄、小宇在向他揮手。一大衝下山坡和四人會合往餐廳走去，餐廳門口有同學在看公告欄。

土也說，「這公告我看過了，我說給你們聽比較快。就是，你們知道的，還剩不到一個月就放暑假了。公告說，本學期結束前，舉辦全校學生露營活動！時間，六月八號到十號，就下星期一到星期三，地點，附近山中營地。穿運動服，帶上兩天份內衣。煮飯，燒菜，全部自己來。女生兩人一帳篷，男生三人一帳篷，自行安排好，再將名單交給梅老師。」

「哇，刺激，那，梅老師會不會一起去露營？」一大問。

「你跟他住同一帳篷的話，他一定去。」土也笑著。

「你才跟他住同一帳篷！」一大毫不猶豫。

「哈哈……」大夥笑起。

「曉玄，我和妳一個帳篷。」小宇向曉玄說。

「好呀。」曉玄開心回答。

「喂，一大、阿萬，我們三個一個帳篷。」土也說。

「當然好。」一大說。

「梅老師來了。」小虎的聲音傳來。

「喂，梅老師來了，走了，進去吃飯。」一大推拉著大家走進餐廳。

四十三、露營會新同學

接下來，大家除上課時間之外就忙著露營的事，安排好了住同一帳篷的同學，再向何婆婆申請帳篷及鍋碗瓢盆等，一一編好號碼，到下星期一早上就好分別抬上車前去露營。

白伯伯準備好大簍子，米裝好了。接下來幾天早晨，同學採菜的份量增加分裝在大簍子裡，到時再抬上車即一切妥當。

星期六，一大在福利社閒逛，無意中看到一支老舊的手電筒，筒身顏色竟是半邊黑半邊白，覺得有趣，按下開關，亮亮熄熄，功能還很好，便扣一百塊錢買下。

回寢室，把手電筒放入書包，看了下書包，裡面已放有黑羽衣、打火機和兩套內衣褲。

星期一的早上，一大看見有三輛巴士駛來，是準備接同學的。

吃過早點，大家著運動服，在張龍老師指揮下，把帳篷、鍋碗瓢盆及裝米菜的簍子等分別搬上了三輛車。

一號車坐一班同學、二號車坐二班同學。

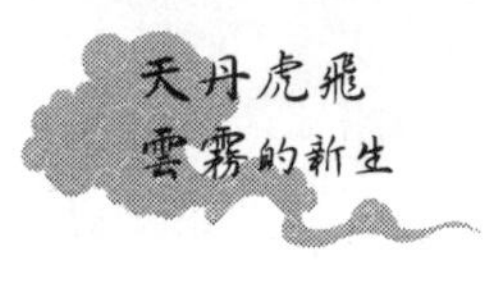

「最後面……那三……號車……沒……沒人坐？」阿萬在踏上一號車時回頭看了眼。

「除了一、二班，別忘了還有三、四班。」土也說。

「土也，三班是鳥雀昆蟲，四班是爬蟲動物，他們每天都在露營，不太可能跟我們去吧。」一大也朝三號車看。

「嗯，也對。只有人類才露營。」

一大低頭看見小虎、飛飛趴在書包上，「小虎、飛飛，你們是跟我一道的，所以也一道去露營。」

「嘻嘻……嘎嘎……」

「狗狗也上來了。」曉玄彎身抱起了栗子。

土也的狗飛刀，阿萬的狗豆豆都上了車。麥片也嗯嗯竄到一大身邊，「麥片，你們也去哦？」一大抱起了麥片。

「我們跟去保護同學。」

「喔，是，好狗。謝謝啦，但，我沒帶狗食。」

「有啦，何婆婆和白伯伯有放在簍子裡了。」

「喔，是嘛，他們可真細心。」

「一大哥，三號車有坐人，是……無形的。」麥片低聲說。

一大聽了又回頭看，只見梅老師和張龍老師剛上了三號車。

「麥片，你還眞幽默，當心梅老師罰你，你不會跪，就罰你半蹲。」

「唔汪……」

「開車了，麥片，別亂跑了。」

三輛巴士緩慢開著，在山路盤旋了約半小時後，轉入一小路，小路兩旁盡是參天大樹，再開約二十分鐘，眼前豁然開朗，巴士駛入了一處寬廣平坦的青草地。

「哇，好大好漂亮的營地。」曉玄叫起。

同學們都伸長了脖子看向車外，三輛巴士就停在大片草地邊緣的樹林旁。

張龍老師在草地上用大聲公指揮起同學們紮營，大家興興奮奮，你一嘴我一舌，架起帳篷。二十幾頂大大小小的帳篷陸續架好，錯落在一大片青青草地上。

張龍老師說，「老師右手邊約五十公尺處有洗手台及衛浴間，同學可使用洗手台洗米、洗菜、洗鍋碗瓢盆等。同學加司機加老師，一共七十人。待會兒同學自行生火，煮飯，燒菜，按學號順序十個人編成炊事一組，11001 到 11010 一組，11011 到 11020 一組，依此類推。一班的 11031、11032，二班的 12031、12032 等四位同學和司機及老師一組，如有問題，隨時來找老師。好，開始動作。」

同學們興高彩烈地動了起來。

曉玄、小宇走來一大的帳篷處和一大、阿萬、土也坐在草地上說話。

「加一加，六十九個人啊，張老師怎麼說七十人？」曉玄在問。

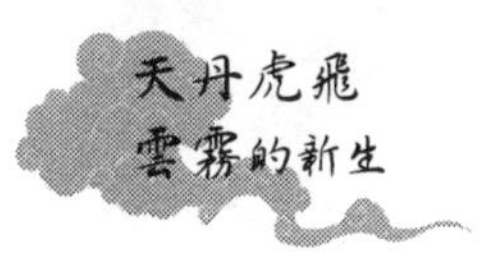

「嘿，確是……六十……九個……人。」阿萬算算。

「那一個是……鬼，嘿嘿嘿……」小宇故意嚇人。

「少嚇人啦，光天化日之下，哪有鬼？」土也說。

「天人車站，你忘啦？」小宇回說。

「喔。」土也沒忘。

「張老師不至於算錯吧？」一大說，「喂，管他的，要去洗米、洗菜、洗鍋碗瓢盆了。弄不好，到中午時中飯都沒得吃，先生個火燒點開水喝。」

一大走到一旁蹲下和麥片說話，「麥片，你之前說三號車有坐人，是無形的，是什麼樣子的……人？」

「哦，一大哥，是跟你、土也一般年紀的男孩，樣子模糊，應該是個……幽靈。」

「幽靈？只他一個？」

「嗯。」

「喔。」

中午，一大這組由曉玄主廚煮飯燒菜，小宇就在曉玄邊上幫忙，不回自己那一組去。一切都滿順利，大家一致稱讚曉玄廚藝精湛。

「我們要好好保護曉玄，她是我們的廚神，可不能讓別組給搶跑了。」小宇邊吃邊說。

「以後誰要是娶了曉玄當老婆，那一定會是最最幸福的人。」一大加上一句。

「一定……是。」阿萬忙點頭。

「那還用說？」土也也豎大拇指。

其他同學也都一邊吃一邊讚不絕口。

「喂，同學，我可先說，以後誰要是娶了曉玄當老婆，得把我也一起娶回去，不然，我到哪去吃這麼美味的飯菜啊？」小宇說。

「哇，那不娶了。」一大立即回應。

「咻。」小宇一腳踢向一大的小腿。

一大小腿「呼」一閃，小宇沒踢到。

「嘿，閃得眞快！」小宇叫道。

大家看了哈哈大笑。

「好，好，小宇，娶，一起娶，別生氣，別生氣。」一大有點不確定，剛才站得那麼近，怎麼會閃過小宇那一踢。

梅老師和張老師一組一組地參觀，並嚐一嚐各組的飯菜，來到一大這組，梅老師和張老師也嚐了一嚐飯菜。

「嗯，不錯，這組是哪位同學做飯炒菜的？」梅老師讚賞。

「方曉玄。」大家異口同聲。

梅老師走向曉玄，「哦，方曉玄啊，妳做的飯菜都很好吃。那，梅老師這後面幾餐就來這吃好了，呵……」

「梅老師，歡迎。」曉玄高興。

一大聽了梅老師後面幾餐都來，心中有苦，和土也四目相對苦笑。

午飯後，洗乾淨了鍋碗瓢盆。聽見張老師用大聲公宣佈：「明晚的營火晚會，每一組準備兩個節目，唱歌、跳舞、變魔術……都可以。除了營火晚會和做飯吃飯大家要參加外，其他時間，都可以自由活動，狗狗們會注意同學的安全。」

「哇，太爽了。」一大往草地一躺，看著藍天白雲，心情好極了。曉玄、小宇、土也、阿萬也或坐或躺，幾人在草地上聊天。微風輕輕的吹著，陽光暖烘烘照著。聊著，聊著，曉玄、小宇說睏，回帳篷去睡了。阿萬、土也也睏，在草地上就呼呼大睡起來了。

一大半醒半睡間，聽見飛飛說，「一大哥，有個同學說要和你聊聊。」

「嗯，我睏死了，等我睡醒……再說。」在草地上翻過身去。

「是……陰間同學。」

過了十秒，一大睜眼，霍地坐起，「飛飛，飛飛，你剛才說什麼？」

「有個陰間同學，名叫羊立農，綿羊的『羊』，在你右方巴士那邊的樹林中等你。」

「啊？有……陰間同學，姓羊？」一大完全醒了，看身旁阿萬、土也在熟睡中，小聲叫，「麥片，麥片。」

麥片走來，一大說，「麥片，跟我來。」停了下，先轉回帳篷拿了書包揹上。

一人一狗往約百公尺外停了巴士那邊的樹林走去。進入樹林三十幾公尺，太陽已照不進來，四周圍陰陰暗暗的，麥片突停下來，歪著頭嗯嗯兩聲。

一大也停下，取出黑羽衣穿上。

「咦？你？」一大隨即看見面前站著一年紀和自己相仿，黑白影像的瘦弱男孩，但身上衣服竟和自己穿的一樣，是「雲霧中學」的運動服。

「不好意思，席復天，打擾你睡午覺，我叫羊立農，綿羊的『羊』，立正的『立』，農夫的『農』。」男孩臉上有著歉意。

「喔，我從不睡午覺的，剛才……是他們都睡我才睡的，你，是……我們學校的？」一大指他身上的衣服。

「下學期開始才是，梅老師讓我二年級開始入學上課，他讓我參加這次露營先認識一下同學，尤其是你。」

「尤其是我？梅老師說的？」

「對啊，梅老師說，只有你不怕我。」

「梅老師眞瞭解我，我天不怕，地不怕，人……更不怕，幹嘛怕你？」

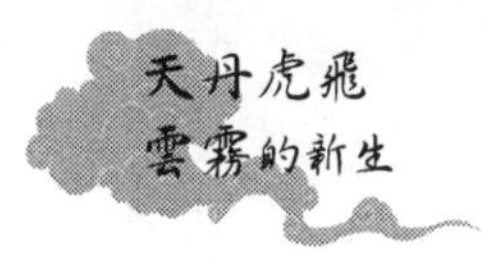

「我不是人。」

「欸，你不能講你不是人。」

「那講什麼？」

「你要講你是『鬼』。」

「哇哈，席復天，你眞的不怕鬼耶！太勇了！」

「哈，我師父就……，哦，我師父他說『人將來往生，也要變鬼的』，鬼，哪有什麼好怕的。」

「梅老師還說，你是好同學，不但看得到我，會和我說話，還會抄《心經》送我。」

「哎……唷唷，其實，我……得穿上這黑羽衣才看得清楚你才可以和你說話，至於送你《心經》，這……」

「不方便送？那我等一下跟梅老師說。」

「欸，別……，好，好，我……送……送……」

「一百零八篇，毛筆字。」

「好，曉得了，那是梅老師的老規矩了。」一大又看看羊立農，「那，你，是怎麼死……嗯，往生的？」

「跟人打群架，意外……死掉的。」

「打群架？那不是意外，那是意內，你不去，不就不會死了！」

「爲了朋友，重情重義嘛。」

「重情重義？那種朋友，把你害死，不交也罷！」

「你不懂啦，朋友之間，生死相交，兩肋插刀，那……才夠義氣！」

「喂，你說我不懂？你去探聽一下，我席復天，我……」停了一下，「嘿，算了，等一下，你死時幾歲？」

「十一。」

「十一！才小六？」

「對啊，多神氣呵！他們誇我夠種、夠勇、夠兄弟，替他們擋刀擋棍擋子彈！」

一大聽了火冒三丈直想打他，再想想，算了，「那，你死了，你爸媽一定痛苦難過死了。」

「哪會？我爸媽在我十歲時就死了，那之後，我才開始和朋友混在一起，每天打打殺殺，常被抓到警察局，派出所……，一點都沒在怕。」

「啊？你……」一大睜大雙眼看著羊立農。

「但我死後，沒有一個朋友來看我，我又氣又恨，到處飄來飄去，很孤單，很難過，也很後悔，但，來不及了。還好，前陣子遇到了梅老師，他指引我在這學校插班二年級，繼續上學讀書。」

「喔，那，羊立農，你以後叫我『一大』好了，好同學們都這樣叫我的，那是『天』字拆開的……」

「哦，好，『一大』，那你叫我『羊皮』吧，皮球的『皮』。」

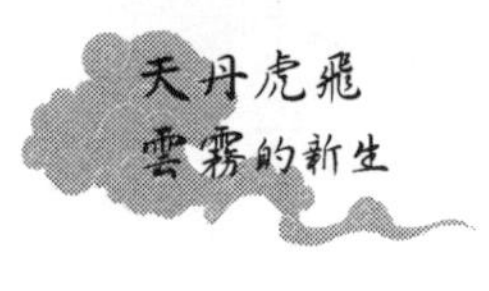

「喔，『羊皮』，說來，我跟你的遭遇幾乎一樣，我爸媽在我十歲時死了，然後我就去和朋友混，每天也打打殺殺，也常被抓到警察局。只是……我現在是活人，你卻死了，這……」

「是哦？梅老師說，『鬼』也可好好修行改過向善的。只是我沒有形體，沒辦法抄《心經》，只好求你幫忙，我若常念《心經》，梅老師說，對心和靈都好……」

「放心，羊皮，這點小事，我一定幫你。對了，你平常住在哪裡？」

「學校圖書館地下……」

「啊？你是說，我們學校的圖書館地下？」

「沒錯……我住在那裡快一年了。」

「那……你死了幾年了？」

「一年多。」

「喔，你要是還活著，我們年紀差不多，你現在就跟我一樣在上中學了。」

「是啊。」

「那……你怎麼進出地下通道？」

「飄啊。」

「哈，是，是，你是鬼，不用報學號姓名就可飄進飄出了。」

「我從小吃素、打坐、練氣，飄得又輕又快。」

「你……從小吃素、打坐、練氣？」一大很是吃驚。

「不然，梅老師說我還沒資格上雲霧中學呢！」

「呵，也對。」

「梅老師在圖書館看到我在讀書，又看出我原就有在練氣，才特別建議我繼續上學的。」

「是哦。」

「一大，我得回梅老師那去了，怕他……找我。」

「哦，好，以後，你要找我，可以跟螢火蟲飛飛說，我就來。」

「好，謝謝你，一大，很高興認識你。」羊皮拿起一片姑婆芋大葉子遮陽，走出樹林去了。

一大脫下黑羽衣，愣在原地，心中有很酸的感覺。

四十四、可愛的小丹

梅老師真的來一大這組吃晚飯，一大、阿萬、土也三人耗子見了貓，誰也不敢胡亂說笑，靜靜的吃喝著曉玄做的好飯好菜。吃完飯，小宇忍不住作弄一大，「席復天，你不是說有事要問梅老師嗎？」

「啊？什麼？我沒……沒……」一大全身冒汗，瞥見阿萬、土也在偷笑，心中一把火。

梅老師倒笑了笑，「呵，夏心宇聰明，知道席復天有事要和我談。老師先謝謝你們這一組，特別是方曉玄，招待老師吃了頓可口飯菜。老師和席復天說話去，你們繼續聊。」

梅老師轉向一大小聲說，「你揹上書包，跟老師來。」

「喔。」一大進帳篷提了書包跟老師走去。背後隱約傳來一陣甫獲自由的低聲歡呼，一大絕沒聽錯，恨得耳癢癢。

一大跟梅老師走到樹林邊，老師說，「席復天，你穿上黑羽毛衣。」

一大穿上黑羽衣。

「好，眼前這是羊立農，你們下午已見過聊過，席復天，下學期，老師把羊立農插入你們二年一班，由你負責照顧他，平常可由飛飛、小虎、麥片互傳信息，必要時你可穿上黑羽毛衣和羊立農直接說話溝通，有沒有問題？」

「沒有。」

「好，那，羊立農，席復天以後會照顧你，有什麼不能解決的問題，再向老師我反應。」

「是，謝謝老師。」

「你們聊聊，老師先回帳篷去。」梅老師走了。

「呼……」一大大大地呼了一口氣，坐到草地上，「羊皮，坐吧。」

羊皮也坐下，「一大，你不是天不怕地不怕，人不怕鬼也不怕，怎麼會怕梅老師？」

「你……，唉，小孩不懂事，哦，小鬼不懂事，梅老師他有多厲害你知不知道？我幹了什麼，我想幹什麼，沒一樣他不知道的。遠遠地喊一聲『跪下』，我就唉，全自動，咚，跪下了。若他沒喊『起來』，那我，說眞的，不怕你笑，就算兩個膝蓋頭在地上磨爛了，也甭想起來……」

「哇哈哈，好笑，好笑。」

「才不好笑，以後你就知道。」一大頓了下，「剛才梅老師說的飛飛是螢火蟲，你知道的，小虎是壁虎，麥片是狗狗……，他們可都是我最好的朋友，以後讓你認識，那……」

「嘩！」

好大一聲，一大嚇了一大跳，還沒搞清楚，左小腿已被狠踢了一腳。

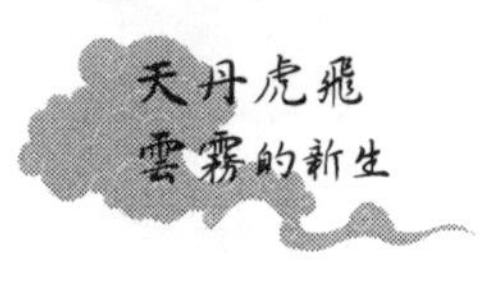

「他……，你……，誰啊？」一大罵不出，抬頭看。

「眞的是一大，還是我妹耳朵好，呵……」那人站著笑說。

「你？啊！是小勇！哈，小丹呢？小勇，坐……」

小勇一屁股坐下，「你穿的這件什麼鳥衣服啊？看都看不清楚你，小丹說聽聲音是你，我才過來的。」

一大回頭找羊皮，羊皮不見了。便把黑羽衣脫了，放入書包，又問，「小丹呢？」

「你怎麼還在問小丹？小丹對你很是不爽，她不想見你。」

「小丹對我很不爽？爲什麼？」一大兩眼大睜。

「你叫松松傳的口信說『小丹寫的和說的一樣好……爛！』小丹氣死了，不想再理你了。」

「哇，是嗎？嗯，好像……是有那麼一回事，完了，我……我那麼愚蠢？」

「松松的傳話，嘿，一字一句清清楚楚，小丹百分之百相信牠。」

「那……你指點一下，我……該怎麼辦？才能讓小丹再理我？」

「有一招，以前我用過。但我不曉得你敢不敢、願不願、想不想……照著做？」

「什麼敢不敢、願不願、想不想呵，我一大能伸能屈！你敢說，我就敢做！」

「我以前……把小丹氣哭後，我媽就叫我面向小丹跪下，說十遍『對不起』。小丹，她……就會笑了。嘿，算啦，算啦，一大，不好啦！你怎麼可能去做那種……低聲下氣的丟臉事？我是他哥，那樣做不算丟臉，你……嘿，不一樣。」

「嗯，是……丟臉，可是，不做，小丹她……」

「管她的，有那種刁蠻妹妹，我都嫌累，一大，你啊，趁機乾脆就別理小丹了，省得以後麻煩。」

「嗯，是，可是，是我的錯，那，有沒有其他方法，可以讓小丹她心情好些？」

「沒了，只這一招，百試百靈。」

「小丹她……在哪？」

「就那邊樹林子裡。」

一大霍地站起，朝樹林子咚地跪下，「崔少丹，我席復天說錯話，向妳說『對不起』，『對……』背後突有人大力一推，一大差點趴個狗吃屎，回頭一看，大吃一驚，「小……丹！」

「『男兒膝下有黃金』，一大，你還眞跪啊？哼……」月光下，只見小丹兩手叉腰，高嘟著嘴。

「是你哥他……」一大指著小勇。

「好了啦，妹，看人家一大多有誠意，別氣了！」小勇打圓場。

「可是，一大，你說什麼『小丹寫的和說的一樣好……爛！』，那，你叫我怎敢再寫信給你或和你說話嘛？」小丹坐了下來，嘴還嘟著。

「我本來要說『小丹寫的和說的一樣好，爛的那些是我一大寫的和說的。』松松沒聽完後半句就跑了，我也很無辜。」

「哈哈，唷唷……」小勇一聽，笑到歪倒。

「好你個一大，真會硬拗！討厭……」小丹假捶一大，「好，原諒你了，把背給我。」

「什麼？」

「背轉過來給我靠。」小丹自己把背部朝向一大。

「喔。」一大搞懂了，把背轉個方向，讓小丹的背靠上來。

「呼，休息一下，可把姑娘我累死了。」

「哇哈，一大，祝你幸福，小丹以前累了就只會靠在我的背上。」

「哥，噓，安靜，看，天上的星星，一閃一閃的，好美！」小丹和一大背靠背，小丹手指天上星星，開心地說。

是呵，仰望星月，背倚小丹，一大頓覺沉浸在一種超級靜謐甜美的幸福感動之中。

「一大，」小勇低聲說，「我們是划『勇丹號』來的，這營地剛好在你們學校和我們學校的中間，我們下午沒課，就早早出來了。」

「嗯……」

「一大，你注意到沒，我們夏季服是白短袖上衣，黑短褲，不穿黑上衣了。白短袖上衣，好看多了吧。」小勇繼續低聲說。

「嗯……」

「我媽堅持，夏季不再穿黑上衣了，她說老穿黑衣，一群學生走過眼前，活像西索米，哭喪隊伍一樣，搞得一個學校烏七八黑的。」

「嗯……」

「一大，如果……我要天上的星星，你會不會替我摘下？」

忽聽見小丹說話。「會！」一大毫不遲疑，手掌伸過，「喏，一閃一閃的，美吧？」

手掌上閃著螢光的是飛飛。

「哇呀，一大，你好羅曼蒂克呵！」小丹伸手接過飛飛。

「喂，兩位，當我是透明人哦！」小勇抗議。

「哈哈……嘻嘻……」一大、小丹笑。

「我介紹一下，這螢火蟲『飛飛』是我的好朋友，晚上一閃一閃的，只要看著牠，我的心情就會超好。」一大說。

「哦，叫『飛飛』啊，嗯，好好聽的名字。」小丹兩眼盯看手掌上的飛飛。

「小丹姐，妳好可愛，又好漂亮。」飛飛說。

「啊？謝謝飛飛，你一閃一閃的，就像天上的星星在眨著眼睛……」

「哇，小丹，妳會和飛飛說話？」一大很是驚訝。

「那沒什麼，松松和我妹不也是互相說話溝通的？」小勇說。

「哦，對耶，那，小勇，你會不會？」一大問。

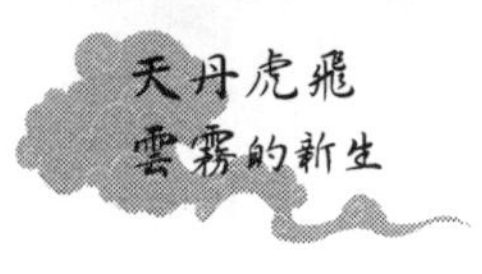

「不會，我媽說……我還沒開竅。」

「對了，一大，剛才你在說話的對象，是個鬼吧？」小丹問。

「啊？妳看得到？」一大轉過身面對小丹。

「只模糊的影子……」

「哦，是梅老師介紹的，我和他聊了聊，可憐，十一歲就死了，只是聊聊，我也是偶爾可看到他一點影子，得靠飛飛傳話。」一大沒說黑羽衣的事。

「厲害，你和鬼都能聊天。」小丹說。

「妳才厲害，能和動物昆蟲說話，又能看見鬼影，又感情豐富，又多愁善感，又可愛伶俐，又……什麼都知道，我懷疑，嘿，妳……是人是鬼？」

「我不是人！」小丹故意裝個鬼臉。

「哇，妳……知……」一大真嚇了一跳，轉向小勇，「小勇，我剛剛應該聽你的話。」

「哪句話？」小勇丈二金剛。

「就那句，『一大，趁機乾脆就別理小丹了，省得以後麻煩。』」

話才說完，卻聽見小丹嗚嗚哇……哭了起來。

一大，小勇兩人慌了，忙好言安撫小丹。

小丹把臉埋在兩膝間，抽抽搭搭，「我就……知道，你……們都……不喜……歡我。」

「哥喜歡小丹，哥沒說不喜歡小丹嘛。剛剛那句話，是一大胡說的……」小勇邊安慰小丹，邊附耳一大。

「喔，我喜歡小丹，我沒說不喜歡小丹嘛。剛剛那句話，是我一大胡說的……」一大會意照小勇說的說。

小丹抬起頭，淚流兩行，卻「嘻」一聲說，「一大，男子漢大丈夫，說話算話！」

「啊？」一大愣住。

小丹轉向小勇說，「哥，晚了，我們該回家了。」站起身。

小勇也愣了下，「喔，妹，好，好，回家。」

「飛飛，乖，回家去嘍。」小丹對飛飛溫柔地說。

小勇拍拍一大肩膀，「喂，走了，再見。」

看著小勇、小丹的背影在黑暗中往樹林子走去，一大只覺失魂落魄。

小虎爬到一大左肩上，「一大哥，該回帳篷了。」

「哦……」一大回神，提了書包，再看一眼小勇、小丹的背影，「奇怪，他們兩兄妹怎會穿白上衣，不穿黑衣了？」

「小勇哥剛才有說，你沒聽到？」飛飛拍翅。

「小勇有說？」

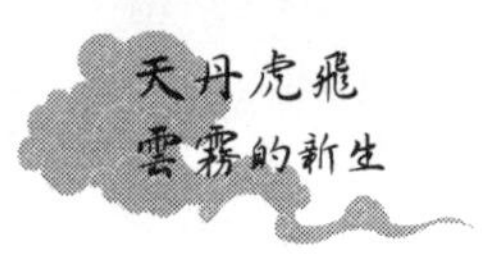

「他媽媽叫他們改穿白上衣的。」

「是嘛？」

「一大哥，你偏心，小丹姐說要天上的星星，你就聽到了，還把我當星星送給了她。」飛飛說。

「飛飛，你一閃一閃亮晶晶，把你當天上星星，你該高興嘛。而且，小丹那麼可愛，我讓你有機會親近她，你也該歡喜嘛。」

「也是，小丹姐好可愛，我好喜歡她。嗯，天丹，天丹，眞不錯。」

「『天丹』？」一大不明白。

「就你和小丹姐啊，小丹姐已深入一大哥心中了。」

「謝謝飛飛，你眞會想。『天丹』，嗯，眞好。」頓了下，「可是，小虎和飛飛你們也早在我心中了。」

「梅老師之前叫我們三個『天虎飛飛』，現在小丹姐加入，我們四個可改叫『天丹虎飛』啊。」

「『天丹虎飛』，嘿，好。」又想到，「可是還有土也、阿萬、曉玄他們……，算了，太長了，以後再說。」

「先『天丹虎飛』代表嘛。」

「好，飛飛，你眞有一套，我眞想向你下跪。」

「嘻。」

在一大左肩上的小虎說，「又想跪？一大哥，『男兒膝下有黃金』，你不是最怕下跪，可你剛才怎麼

那麼自動說跪就跪，還向小丹姐說一串的『對不起』？」

一大正要回應，飛飛搶說，「小虎，你不懂，當一大哥面對一顆夜明珠發亮時，他早就忘記膝下有黃金閃光了。」

「哇，飛飛，你神智慧！我一定要拜你爲師，你太瞭解我了，比梅老師還……」一大停下四下張望了下，「喂，眞的很晚了，回去吧。」邊說邊向帳篷快步走去。

第二天，同學們忙著在四周圍撿拾枯木斷枝，在一塊空地上柴堆架起營火。其他時間，就忙著討論晚會的表演節目。

小宇因小學時有過主持學生晚會的經驗，前一晚由梅老師指定做營火晚會的主持人。晚飯前，一大由土也口中得知此事後，走向小宇說，「小宇，憑妳的聰明和反應，晚會由妳主持，眞太好了。」

「嘻，一大，謝謝你。」小宇吐吐舌頭，「這次晚會很特別，不用事先準備。梅老師是說，不給同學們壓力，就這一天多，任何能想到的，想唱、想跳、想鬧都可以，今晚，大家放鬆心情，盡情歡樂，才是重點。」

「是，是，梅老師太瞭解同學了。」

背後卻傳來梅老師的聲音，「呵，席復天，謝謝你，老師覺得你也很瞭解梅老師。」

一大一驚回頭，「梅老師，您好，我……」

曉玄在炒菜鍋旁喊道，「梅老師好，我們準備好要開飯了。」

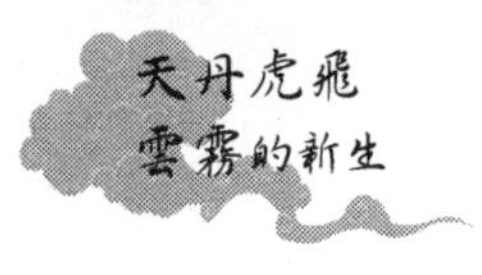

「哦，是嘛，老師只是走過來看看，我今晚忙些，不在這吃晚飯，你們吃，待會兒就晚會上見了。」梅老師走了去。

一大看著梅老師背影暗自讚說，「嘖，高……」

晚會上，小宇主持晚會，反應迅速，幽默風趣，全場熱鬧滾滾，歡笑不斷。同學圍坐草地，看同學在營火前說學逗唱，好快樂。

曉玄對一大、土也、阿萬說，「小宇好棒，好令人羨慕，我要有她一半的活潑機智，就好了。」

「曉玄，妳會做飯做菜，小宇還羨慕著妳哩。」土也說。

「我選……會做……飯……做菜的，肚子重……要。」阿萬說。

「兩個都娶回家，最完美！」一大賊笑嘻嘻。

「討厭。」曉玄一把推倒一大。

「哈哈哈……」

晚會終了，張老師還搬出音響大放音樂，讓同學們蹦蹦跳跳個夠，同學們簡直快樂到瘋狂。一大忽覺有人在身邊故意推撞了他一下，回頭看，竟是孫成荒！

孫成荒隨之一個箭步跳開，一大從人影交錯中看去，只見孫子停下腳步，雙腿交互上下跳了幾回，然後右手拍拍腿，再朝腿豎起大拇指，再朝一大看。土也靠上一大，音樂聲太大，兩人說話聽不到，便一起走出了人群。

「孫子剛剛想幹嘛？」土也問。

「不曉得，看來好像是……向我炫耀他的腿完全好了，可以亂蹦亂跳了。」

「他……，又想打架啊？」

「搞不清楚，但他的腿恢復得還真快。狗狗、朱鐵哥都花了幾個月才能跑跳。嗯，看起來好像真的有高人在幫他！」

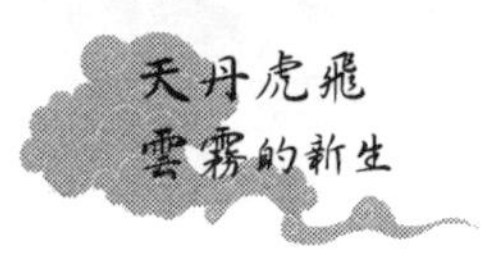

四十五、保險箱存金幣

第一學年結束的前一天，每位同學都收到一封信，那是一封只能在資訊室電腦上收取的實體信。

「一大，去資訊室收一封實體信，每個人都有，剛才你不在，我、阿萬、曉玄、小宇都已經收了。」土也在第二節上課時見一大進教室，小聲跟一大說。

「是什麼東西？還每個人都有？」

「祕密，下課時去收，收了打開看你就知道了。」土也神祕兮兮。

一大往阿萬、曉玄分別看去，兩人不約而同手拿一信封，向著他揮揮，表情很幸福的樣子。

上課了，這堂是尹老師的天文地理課。

尹老師一上講台就提醒說，「各位同學，今天是學期結束前的最後上課日了，今天務必記得去收一封實體信，我剛看了下，本班還有三、四位同學沒去收，下課時記得去收。」

一大很是好奇，卻也只好等下課了。這陣子想著同學們又要分開回家去，一大心中很是鬱悶。雖然可和爺爺奶奶住在一起過暑假是很好，可是能跟同學在一塊會更好。同學們都安排好了搭火車回家，只有他是走路，不同的是這次是走回爺爺奶奶家。狗狗們要跟著負責照顧的同學回家，狗食方面，學校預計每二十天寄一包到同學家，或同學回校我何婆婆領用亦可。

一下課，一大第一個跑出教室，衝往資訊室。打開電腦，「有兩封？」一大迅速看了下，一封的寄信人是「雲霧中學校長柳葉」，另一封的寄信人是「楓露中學崔少丹」。

一大按了小拇指，先收小丹的信：「一大，告訴我你的住址，交木頭的公公帶回，ㄏㄏ，暑假去找你。XD ㄉ」

「哈，好你個小丹，『木頭的公公』，『松松』！」

再收校長的信，一個信封落下，一大打開，內有信紙及一個金光閃閃的硬幣。一大細看硬幣，直徑約兩公分，厚度和一般零錢硬幣相仿。信紙上列印著字：

「席復天同學，

一年來，因同學們的努力，本校在農事耕種、魚牧養殖之自給自足計劃上甚具成效。經扣除日常開銷後，校方幸有款項結餘。

你用功讀書且為本校全心付出一己之力，校方特贈與金幣乙枚，以資感謝及獎勵。此金幣正面為金龜子，背面為你個人的小指印，故此金幣為世界獨一無二者。

為避免金幣遺失，校長建議將其存放於你個人專屬之地下保險櫃，並將之視為個人祕密，勿洩露與他人知曉。爾後，若對雲霧中學續有特殊卓越貢獻者，校方將另行不定期贈予金幣獎勵。

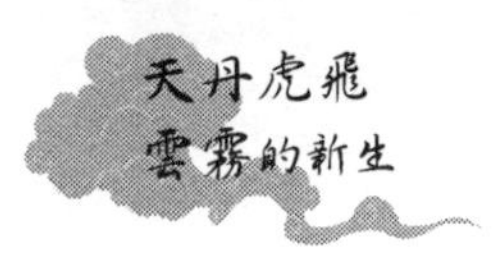

雲霧中學校長
柳葉」

「是個金幣？」一大心中有興奮，也有惶惑，收好兩封信，關了電腦，快快走回教室。

回到教室，向土也、阿萬、曉玄分別揮了揮信封，笑了笑，便貼身收好。

上課時，一大心中老想著金幣上的金龜子浮雕圖案，想起小丹說的黃金金龜子，想著金幣背面是自己的小拇指印。但他並無法確定收到這個金幣所代表的意義，只是有一種感覺很確定，黃金應是很貴重的東西，至於有多貴重，無從理解。

下午，土也、阿萬在忙著打包衣物。一大獨自拿了小半張紙，畫了雲霧中學、樹林、花圃、兩個水潭相關位置並附註名稱，再用箭頭標示水潭小屋，附註，「我住處，沒住址。」，務必小心：「擅入雙潭，有去無還。」

摺好紙張，去到樹下坐等松松，松松來了，一大將小條紙放進松松尾巴。

「一大哥，再見。」松松一蹦，跑走了，一大頗感失落，自言自語，「唉，好煩，去找蚯蚯，或去找朱鐵哥，或還有誰？就聊聊天也好。」

「一大哥，可以去找羊皮。」小虎探頭。

「我覺得去找小丹姐比較好。」趴在小虎頭上的飛飛說。

「飛飛，小丹的學校我沒去過，去找羊皮可能比較方便，我順便到地下保險櫃放個東西。」一大說著，「嗯，去找羊皮好了。」

一大回寢室，拿過書包，把手電筒、黑羽衣，幾張抄好的《心經》放入書包。還摸了摸褲袋，確認信封在，信封裡圓圓的金幣也在。向土也、阿萬說去運動，便離開寢室，到狗舍找了麥片，一起往圖書館走去。

「麥片，我們去圖書館地下找『羊皮』，羊皮就是前幾天露營你看到的那個無形的男孩，他十一歲就死了。梅老師要我幫忙照顧他，我去送他些我抄好的《心經》，也許可讓他好過點……」一大邊走邊說。

「圖書館地下？一大哥，我們狗狗都還沒去過，不知是什麼樣子。」麥片說。

「哦，你去看了就曉得了。梅師母還提過，我如去圖書館地下探險，一定要找你陪著，她才放心。」

「唔汪……」

進了圖書館，一大直接穿過五、六號書架間的走道，報上學號及姓名，小虎、飛飛及一大自己分別穿過了鐵門，麥片是警犬，免報學號及姓名，直接走入。

一大打開手電筒，進入昇降機，下降，走過集合室，進入通道，走台階的中央部分往下，頭頂上的燈光感應亮起。最後，在走道牆上找到自己的學號及手掌圖案。一大將手掌貼上手掌圖案輸入小拇指資訊，再以小拇指在打開的書本圖案上寫上了自己的四個中文字的「通關密語」。

石板牆彈開，保險櫃出現眼前。一大拉開櫃上把手，將內裝信紙連金幣的信封平穩地放入櫃裡。再

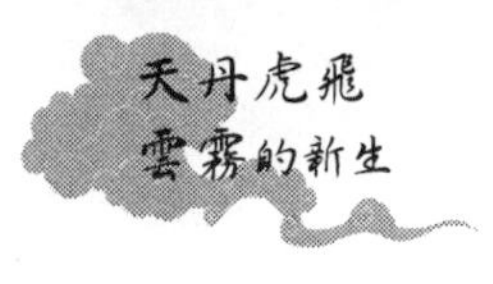

看兩眼確認無誤，關了保險櫃門，石板牆自動闔上。回到集合室，正在想如何找羊皮，一大忽聽見麥片低聲嗯嗯唔汪。飛飛、小虎發出了「啊！」的一聲。

一大很快穿上黑羽衣，隨即看到了羊皮，同時，也看見羊皮身邊有兩個黑白影像的彪形鬼漢，打著赤膊，只穿短褲，架住了羊皮的雙手。

「喂，你們是誰？放開羊立農！」一大看此情景，先大吼壯聲勢。

「好小子，看得到我們？」一大看不出是哪個人在說話，兩個鬼漢嘴巴都沒動，都面無表情。

「一大，你……快走，別管我。」羊皮顫抖抖說。

「笑話，羊皮，我偏不走。」一大大聲回他。

一鬼漢放下羊皮，直飄向一大，出拳就打。一大一閃，那鬼漢一拳打空，回身再打，仍打不到一大，幾拳落空，另一鬼漢也衝了上來，兩邊拳聲呼呼，直往一大頭身猛攻，一大只閃躲，並不回手。麥片汪汪大叫，但咬不著兩個鬼漢。兩個鬼漢見老打不著一大，便退了回去，再一左一右架起羊皮，將他按趴在地。

「你們到底要幹嘛？不要欺負小孩，放了羊皮。如果不放，我若還手，兩位大概連魂都找不回來！」僵持了幾秒，才有聲音，「小子，把《心經》給我們，我們就放了羊皮。」

「笑話，我抄的《心經》是要送給羊皮的，你們憑什麼要？」

「臭小子，你搞清楚，這地下全歸我們『鬼王』管，你惹火了他，你就死定了！羊皮更是死不完兜著走！」

「我……你……他……」一大罵又罵不出。

羊皮顫抖，「一大，你把《心經》……先給他們……讓他們……放了我，我再……跟你慢慢說，拜託了。」

一大想了想，「好吧……」，便從書包中拿出幾張抄好的《心經》，說，「吶，一共六張，你們拿去。」

「放在地上。」

一大將心經緩緩放在地上。

「呼」，一陣陰風吹起，幾張《心經》立刻飄飛而起，直往漆黑坑道飛去，再看，兩個鬼漢也消失了。

一大去扶羊皮，但碰觸不著，羊皮自行站了起。

一大用手電筒照他，大叫，「哇，誰幹的？這……」只見羊皮的手臂腿上有著一塊塊的黑紫瘀傷。

羊皮搖搖頭。

「羊皮，你不用怕，我報告梅老師去！」

「是……這裡的『鬼王』。」羊皮一副虛弱表情，「他叫我去害人，我不肯，他就找其他鬼打我。」

「該死的鬼東西……」

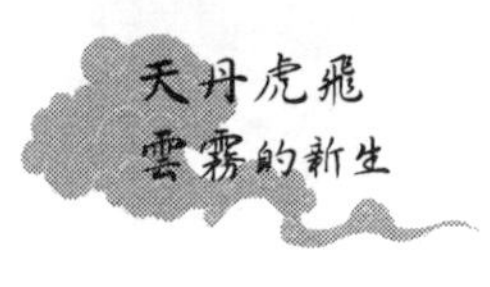

「不怪他，怪我自己，鬼王說我當人時壞事幹盡，連刀砍槍殺都不怕，做了鬼反而怕東怕西，是擺明了不給他面子。」

「你年紀小，他們應該愛護你，居然打你？」

「唉，我又沒地方可去，只有待在這陰暗角落……」

「暑假一過，就來上課，別理他們。」

「鬼王說，我沒幫他辦事，他不會讓我去上課，還有，也不准我和你交往。」

「哇，氣死我了，敢搶我的《心經》，還不准你和我交往！好，好，我……」回過頭想了想，「小虎、飛飛、麥片，你們有沒有想到可找誰來幫我忙的？」

「找柳校長」，「找梅老師」，「找朱鐵哥」，「找一大爺爺，奶奶」，「找叢林爺爺」大家七嘴八舌大聲說起。

一大附耳羊皮小聲問，「羊皮，鬼王住哪間房？我們這樣大聲講話，他聽不聽得見？」

「鬼王住十二層樓，就算他聽不見，也有大小鬼聽得見，會馬上傳話給他。」羊皮小聲回。

「十二層樓？那好，噓，我們等一下。」

十秒鐘不到，兩個鬼漢又忽地出現了，「小子，你們剛才說的，鬼王都知道了。鬼王說，這人鬼兩界，他什麼都不怕，要拼命，他奉陪！」

「很好，那你叫鬼王別走，我馬上回來。」一大說完話轉身就走。

「等一下，鬼王另外有說，你小子抄寫的《心經》他要定了，但六張不夠，他要一百零八張！」

「鬼話一則，他以為他誰啊？還指明要一百零八張？我抄寫的《心經》都是送給好朋友的，而且已經排到三年後了，等的人多到爆，別妄想，我走了。」一大又要走。

「欸，小英雄，別走……」兩鬼漢忽地飄到一大面前且隨即跪了下去。

一大嚇一跳，停下腳步，「這……什麼鬼把戲？」

「噓，小英雄，拜託了，一百零八張，你若不答應，就是我兄弟倆辦事不力，會……會……會被鬼王剝皮油炸的，唉喲，小英雄，拜託……」兩鬼漢居然矮了一截，低聲下氣。

「你們有點出息好不好，這麼高大強壯，『男兒膝下有黃金』，知不知道？」

「黃金，你怎知道？」兩鬼漢異口同聲，卻仍不見張口。

「ㄉ……」一大腦中閃過小丹的可愛俏皮模樣。

「小英雄，不瞞你說，我兄弟倆剛才連打你都打不到，回去已經被鬼王剝皮油炸……一部分了，小英雄，求求你，千萬答應我們倆，一百零八張。」

「哇哇哇，鬼話連篇加三篇，你們看來好好的，居然敢說被剝皮油炸了？我可沒聞到一絲『油炸鬼』的味道啊！」

兩人互看一下，同時把背朝向一大。

「哇呀！」一大看兩人的背，黑中帶焦還噗噗冒泡，「等一下，這不是自導自演的『苦肉計』吧？

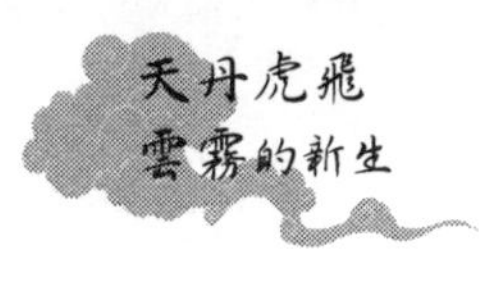

我從前……也用過這招。」

「小英雄，就算自導自演？也不用油炸這麼一大片吧！」

「嗯，也對。」一大轉向羊皮，「羊皮，你覺得呢？你說可以，我就考慮……」

兩鬼漢一聽，立刻飄跪到羊皮面前求去。

羊皮說，「你可不可以把原要抄給我的《心經》先給他們，好先向鬼王交差，鬼王就不會再油炸他們，鬼王也許……也會對我好一點。」

「哦，羊皮心腸好，我考慮……」再轉向兩鬼漢說，「你們兩人在鬼王身邊擔任什麼職位？」

「左右護法。」

「貼身保鏢！好，你們以後順便也做羊皮的左右護法，保護羊皮。同意，我就抄《心經》給你們交差，不同意，就算了。」

「好，好，同意，同意！」兩鬼漢忙點頭。

「羊皮要是今後身上有一根羊毛不見，一點羊皮瘀青，我立即停交《心經》。」

「好，好。」

「一百零二張！扣掉六張已交的。」

「好，好。」

「因為我放暑假了，有空才能送來，反正……大概就三個月交完，插隊才有這麼好的事，不然得等三年！你們得謝謝羊皮！」

兩鬼漢忙說，「謝謝羊皮，謝謝小英雄。」

「好，那，我們……走了。」

出了圖書館，大家向來路走回。一大說，「我們剛才把柳校長，梅老師，朱鐵哥，我爺爺，我奶奶，甚至叢爺爺，全都搬出來了，鬼王居然不露面！是他太厲害？還是他太白目？」

「是厲害」，「是白目」，「是詭計」，……大家各有各的看法。

「不對，我們忘了把水水龜、蚯蚯蛇、呱呱烏鴉也搬出來，那樣，鬼王才可能會露面……」一大說。

「哇哈哈哈……」

「麥片，我帶你先去洗澡，洗完澡去吃晚飯，吃完晚飯早點休息，明早我們就要去爺爺奶奶家過暑假了。」

「暑假你不回叔嬸家或你的小屋去啦？」麥片問。

「應該不會，我叔嬸的心肝被賭鬼抓走了，可悲！最後搞到輸光光，什麼都沒有了。」

「賭鬼，鬼王，都是鬼，誰厲害？」麥片又問。

「賭鬼厲害！」一大停步，「對呀，我剛怎忘了把我叔嬸搬出來，鬼王一聽到我那賭鬼叔嬸，一定會嚇得死了又死，死不完還想再死。」

「哈哈哈……」

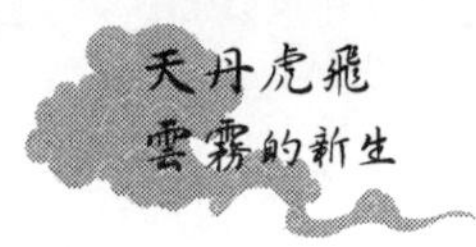

「汪！」

麥片回頭大叫一聲，一大順聲回頭看，也「哇！」了一聲。只見一個超大的骷髏頭飄浮半空，遮住了整個圖書館，兩眼窟窿直直盯著他們看，「走！我們走！」一大快快轉身大步離去。

四十六、暑假開始

暑假第一天，早飯吃過，一大和好同學們依依不捨道別。

放假前，好同學們就一直商量怎麼去彼此家玩。只有一大，說不清地址，講不明住處，又畫不出要怎麼走的路線。

一大想到爺爺說過「擅入雙潭，有去無還」的話語，不方便向好同學多說，只好找詞搪塞，「老人家救了我，還讓我去過暑假，我不太好給老人家添麻煩。」

但最後一大還是想出了一個辦法，他要麥片跟狗狗們說，「暑假期間，如要找一大哥，就到雞舍旁的地脈那汪汪叫，一大哥就會出現。」

一大記得那次被鋼絲吊到地脈旁的樹上，爺爺能看得到他，還走出地脈救他的事。

「土也、阿萬、曉玄、小宇，你們的狗狗知道怎麼找到我，也可在雞舍邊叫警鴿灰灰或米米牠們飛下水潭來找我。」

看著好同學們往火車站方向走去，一大情緒起伏。去向梅師母道別，師母送了一些素包、饅頭給他帶上，並送他出門。

「謝謝師母，再見。」

「再見。」

一大回寢室，拿了書包，把饅頭、素包、手電筒、膠帶、黑羽衣，狗食、打火機及抄好的《心經》，一一放進書包。

看看書桌上的玻璃奶瓶，「飛飛，我看住得近，書包也裝不太下，玻璃奶瓶就不帶了。爺爺家有山有水有草有樹，你可以愛住哪就住哪，想飛回來住也可以。」

「好呀，沒問題。」飛飛回答。

「那，走吧。」揹了書包，走出宿舍，「麥片、飛飛、小虎，跟上哦。」

「呵呵，一大小朋友，放暑假啦。」大樹爺爺笑呵呵。

經過蚯蚯家，一大先仰頭問候大樹爺爺好。

「是啊，樹爺爺，祝你身體健康，心情愉快。」

「呵呵，好。」

蚯蚯從樹洞探頭，「嗨，一大哥，我就知道你一定會經過這裡的。」

「當然啦，蚯蚯，我一定會來找你的。時間過得好快，來這學校都一年了。」

「可不是嘛。」

一大拿出幾張抄好的《心經》，「來，我進去再幫你貼上這幾張，多出的幾張，你再送給別人。」

「感恩啊，來，請進。」蚯蚯讓開洞口，「一大哥，最近你抄的《心經》很搶手呵。」

「嘿，是呵，也算是做功德嘛。」一大拿出手電筒打亮，用膠帶在樹壁上貼了幾張《心經》。

「咦，你的手電筒，有黑白兩色？我看看。」

「好。」一大將手電筒靠近蚯蚯。

蚯蚯盯看了一會兒，「你用你的小拇指去按鈕，把光朝我身上照。」

「幹嘛？」一大雖問，但還是照做。

一大用小指按一下鈕，把光朝蚯蚯身上照去。蚯蚯在洞內上下左右快速遊走，那光說也奇怪就跟著牠跑，好像那光是黏著牠身體一般，「看到沒，我動，你不動，那光還是會跟著我跑，直到你對著我用小拇指再按一次鈕，那光才會滅掉，才會離開我的身體。好，現在你再用小拇指按一次鈕。」

一大照做，那蚯蚯身上的亮光隨即沒了。

「這麼神奇？我原先是用大拇指按的。」

「鬼王沒現身，搞不好這是原因之一。」

「鬼王？你知道？」

「我地頭蛇耶！昨天我就在那地底下穿梭來去，如果你叫救命，我就會衝上去載你飛快逃走。」

「呵呀，謝謝你。不過，這手電筒，只是我花了一百塊錢在福利社買的，我看很普通啊。」

「黑白兩色，有如太極。普通人按鈕，或你用大拇指去按，它就是普通手電筒。可是，你若用你的小拇指去按，亮光就會跟著目標跑，你若不對著目標按第二次，亮光不會消失，至少會持續亮上個把月。捉賊人、捉壞人、捉惡鬼……好用得很，一照到，就算目標跑、躲、閃、避，亮光也還是跟著目標物一路亮到底。」

「是嗎？」

「舉凡人事時地物，遇上了就都是緣分。物品也會賣有緣人，這太極手電筒賣給了你，配上你的小拇指所發出的氣，你按了就會有意想不到的功用，和一般手電筒大大不同。」

「你懂得眞多啊，高！」

「呵呵，智慧。」

「哈，是……是……智慧。」

「待會兒回去，代我問候你爺爺奶奶，還有水水龜，謝啦！」

「當然，當然，蚯蚯，你沒事的話，來找我和水水聊聊玩玩嘛。」

「好呀，我有時也會想測試一下，是直接跳下水去快，還是路上飆去快？」

「哈，你反正都是第一快！」

「過獎。」

告別了蚯蚯，再往雞舍去，分向公雞咯咯、警鴿灰灰、米米說了再見。另外跟灰灰、米米說，如果

好同學來找他，就麻煩飛一趟到下面水潭通知一聲。

一大走到地脈，看見那棵被閃電腳刀踢倒的大樹倒在一旁，又看見那片「一一人一夕七」半焦黑木片，想到姓秦的當時要置他於死地，還好師父救了他，師父還要姓秦的抄《心經》兩千一百六十篇的事。

一大心情複雜，想著在雲霧中學一年，發生許多離奇事情，有不少人要傷害他，但也有許多人愛護他，心中還是滿溫暖的。

一大踏進地脈，「麥片，這跟學校裡的鐵門或出入口不一樣，來，我抱你，飛飛、小虎準備了。」

麥片跳上一大臂彎，一大念想爺爺奶奶家，說，「雙潭」。

才幾秒，一大睜開眼睛說，「到了。」放麥片下地。

麥片傻傻的看著四面八方，嗯嗯唔唔的。

「麥片，我們是要去一大爺爺奶奶家，一大哥用『土遁』帶我們來，走的是捷徑，別奇怪。」飛飛趴在小虎頭上說。

「一大哥，這招厲害。」麥片仍搞不太清楚。

「是爺爺教我的，爺爺才厲害。上次你看到過的，連黑馬面那種高手，腳都還會被地脈黏住。我看這裡面學問大了，其實，我跟你也差不多，不太了解其中奧妙。」一大說。

一大踏出地脈，「咦，怎有火把？」只見地脈輪外圍了一圈火把，數了數，「十三？有十三支火把？」

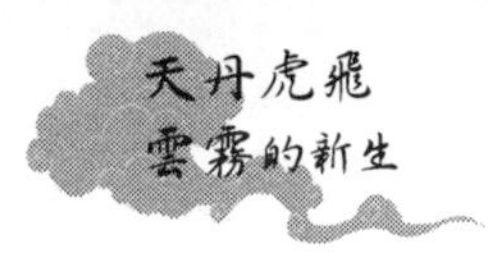

正在數，火把突然燃了起來。「啊？」把一大嚇了一跳，再一抬頭，「哇呀！是不是走錯路了？這……」

眼前有看見水潭，但沒有看見小屋，也沒有看見爺爺奶奶，一大傻住。

「小虎、飛飛，我們走錯路了嗎？」

「不知道」，「不確定」小虎、飛飛回著。

「一大爺爺、一大奶奶、水水。」一大往水潭方向大叫。

一沙啞聲傳來，「呵呵，是一大哥回來啦？」

「是水水的聲音！」一大往水潭邊跑去。

「一大哥，你好。」水水沿著岸邊游向一大。

「哎唷，水水，我還以爲走錯路了，怎麼……怎麼……小屋、爺爺、奶奶，全不見了？」

「一大爺爺、一大奶奶出門去了，他們有交待，讓我帶你們去另一個離這不遠的地方，他們回來時，我們再過來，來，你們都上我背。」水水說。

「喔，那，好。」一大抱起麥片，跨上水水的背，「麥片，這大龜是『水水』，是爺爺奶奶的老朋友，也是我的好朋友。」

「水水，你好，我是麥片，你不會要潛水吧？若要潛水，那我得先大吸一口氣才行。」麥片小心問道。

聽見小虎、飛飛在笑。

水水笑回，「呵呵，這回不潛水，浮水而已。」

水水浮游了出去。

不久，到了一密林水草遮蔽之處，水水在林草間穿游而過，又隔了會，說，「一大哥，到了。」

「水水，這是哪裡？這麼隱密。」一大前後左右上下看。

「等一下跟你說，來，從這土坡走上去。」水水靠岸，讓一大先走上去，「一大哥，等我一下，我帶路。唷，離了水，我就走得慢了。」

「不急，慢慢來。」一大放下麥片，慢慢走著。走約三十來步，見到有幾間架高小屋，隱立在密林之中。

走近看，是三間竹木編造的小屋，屋背左右皆有濃密的樹林，再旁，則是小山環抱，小山是直削的岩壁，岩壁上有少許雜草橫生，陽光下，風來樹動，搖曳生姿，小屋在密林下隱隱約約，寧寧靜靜。

「這是個潭中小島，你爺爺奶奶之前大多時間都在此屋居住，過著與世隔絕的生活，直到和你結上緣，才在潭邊小屋那裡多待上一些時間。」

「喔。」

「你進屋休息，你爺爺奶奶熱了些包子、饅頭在蒸籠裡，你餓的話可吃點。」

「謝謝，你知道爺爺奶奶什麼時候回來？」

「大約傍晚。」

「喔。」

「麥片、小虎、飛飛，想不想去玩？」水水突問。

「想呀。」一片歡呼。

「欸，水水，你怎不問我？」一大也想去。

「你，看看書，抄抄《心經》，打打坐，練練腳刀，都好，反正暑假長，時間多得很，多的是機會玩。記得大海嗎？好好休息，我們才有體力去大海遊玩呵！」

「哈，大海！」一大眼亮了下，「好，好，那你們先去玩，我，嗯，看書去。」

中午，胡亂吃過一些包子、饅頭，然後，在小屋內四處看看，隨手拿了幾本書架上的書看，又看到每本書的書底都印有小拇指印。

清風徐徐吹來，看著，看著，一大猛打呵欠，便隨意躺在木床上睡著了。

「好小子，敢唬我！送本王《心經》也敢送假的。你別以爲躲在這水中島裡，本王治不了你！」

一大迷糊中看見一青面獠牙，眼似窟窿，肌肉鋼硬，光頭粗眉的黑面巨漢，在他面前張著血盆大口哇喇哇喇吼叫著。

「你……誰啊？」

「鬼中之王！」

「鬼中之王？喔，是管羊皮的那個鬼王，你憑什麼說我送你的《心經》是假的？」

「用毛筆寫行書？現在哪個小孩還會？更何況蛇洞、雞窩、狗舍、甚至天人車站，本王都看過這筆跡！」

「你不會用你的鬼頭鬼腦多想一想啊？那些地方的《心經》本來就都是我寫的！」

「你如何證明是你寫的？」

「不用證明，因為我不會再寫給你了。」

「你敢？」

「我還沒什麼不敢的！」

「本王把羊皮給剝了油炸！」

「你敢？」

「本王還沒什麼不敢的！」

「啊！」一大驚跳而起，看看四周圍，「呼！是夢？」

坐在床上想著剛才一人一鬼吵架的夢境，一顆心怦怦直跳。想靜下心來，便在書桌抽屜中找了毛筆墨硯，鋪了紙張，抄寫起《心經》來。

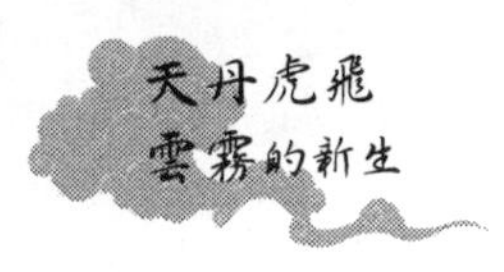

四十七、生日快樂

不覺中天色已暗，一大沒看見有電燈，但桌上、儿上都見有燃燒過的半截蠟燭。找出打火機，將書桌上的蠟燭點燃起。

「一大哥，汪……」麥片竄到了一大腳下。

「哈，麥片，你們回來啦。」

「水水要我來叫你，你爺爺奶奶回來了，我們現在就過去。」

「是哦，走，喂，等一下，我拿書包，拿手電筒，吹熄蠟燭。」

跑向岸邊，「咦，水水，這是？」

「是竹筏，你跟麥片跳上去吧，小虎、飛飛他們已上去了，我牽著繩，拉你們走。」水水回著。

「竹筏，好呵。」一大、麥片跳上竹筏，一大在竹筏上坐下，小虎爬上一大肩膀，飛飛趴在小虎頭上，麥片趴在一大腳邊。

水水前腳拉住竹筏前頭綁著的麻繩套環，緩緩游動前行。

「你們去哪玩了？」一大問大家。

「水水家，還有樹林裡。」麥片說，「水水好厲害，沒讓我們嗆到水。」

「哈，麥片，水水可是了不起的功夫龜呀，才不會讓你們嗆到水哩。」一大笑笑。

「呵呵，你們若像一大哥學會『龜息法』的話，自己就能在水中來去自如了。」水水回頭說。

夕陽下，滿天的彩霞，映著波平如鏡的潭水，竹筏靜靜的前行著。好一番景色，美麗又悠閒。

在朦朧暮色中，一大先遠遠地看見岸上燃著的火把，再近些，看清楚了小屋，還有爺爺奶奶，他們在小屋前揮手。

「爺爺奶奶，你們好！」一大站起大聲叫喊。

「呵，一大，來，要開飯了。」爺爺的聲音傳來。

「一大，奶奶好想你喔。」也聽見奶奶的聲音了。

很快地，上了小屋，一大抱著爺爺奶奶，又蹦又跳，開心極了。

「一大，來，幫個忙，把圓桌推到前面岸邊架起，我們在露天下吃晚飯。」爺爺拉著一大的手。

「爺爺，我來弄就好。」

一大把圓桌推到岸邊，架了起來，拿了三張椅子放在桌邊。

「再拿一張椅子過去。」奶奶對一大說。

「啊？喔。」一大想問是不是有客人，想想又沒問。

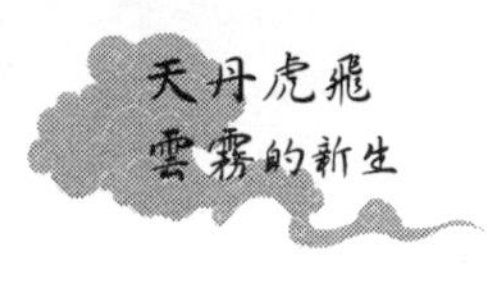

爺爺奶奶準備了許多素菜、素麵、素餅，陸陸續續端上了桌。

「好了，一大，我們先坐下吧。」奶奶招呼著。

爺爺奶奶和一大圍了圓桌坐下，爺爺在圓桌中央點燃兩支蠟燭。

「謝謝爺爺奶奶，這麼多菜，我……」一大好感動。

「呵，小菜而已。」奶奶說著，回頭朝小屋喊，「水水，來吃飯囉。」

一大有些驚訝，「叫水水來吃飯？」也轉頭向小屋看去。

見一些小火光在地上移動，「嘻，水水在幹嘛？」

慢慢地水水靠近了，「哎喲，水水，你在背上點蠟燭玩呵？」一大笑起，再仔細看，「那是什麼啊？」

「一大，祝你生日快樂！」爺爺奶奶同時說話。

「啊？」一大瞬間明白了，隨即，「哇……」的一聲大哭了起來。

「一大哥，祝你生日快樂！」水水爬近，「麻煩你接過我背上的生日蛋糕。」

一大哭得唏哩嘩啦，把水水背上插了蠟燭的生日蛋糕捧起，放到桌上。

「一大哥，生日快樂！」

「一大哥，生日快樂！嘶嘶~」

一大在喜極而泣的哭聲中分別聽到麥片、小虎、飛飛的祝賀。

一大止住了哭，「蚯蚯？哇，你，你怎麼來的？」

「靠我揹牠飛來的，這樣最快啦，一大哥，生日快樂！呱呱。」

「哇，呱呱，是呱呱，你在哪？」一大滿臉是淚，到處找烏鴉呱呱。

「在樹上，黑暗中啦，一大哥，等我頭毛完全長好了再露面，呱呱。」

「好，好，謝謝你，呱呱。」

「來，一大，舉杯，以茶當酒，生日快樂！」爺爺奶奶舉起茶杯。

一大站起，「咚」，跪下地，舉杯，「爺爺奶奶，謝謝您們，孫兒敬您們，嗚……」又哭了起。

「一大，也向你師父叢爺爺敬一杯。」爺爺說。

「啊？叢爺爺？他在哪？」

「旁邊空椅子上。」

「喔。」一大轉而跪向空椅子，舉杯，「師父叢爺爺，孫徒兒敬您。」

「呵呵呵，好，好，兩位老友，你們倆好福氣。一大，生日快樂呵！師父得先走了。」

聽著飛飛轉述叢爺爺的話，一大感動，「師父叢爺爺，謝謝，再見。」

「哈哈，好，好。爺爺奶奶今天都很高興，一大，吃飯吧。」奶奶笑呵呵。

一大吃著飯，眼眶裡的淚水可一直沒乾過。

旁邊不遠的地脈輪外，那一圈火把，一共十三支，一直熊熊燃著。十三歲的生日，一大可是連作夢都想不到，會在這麼樣的一個又驚又喜又感動的情況下度過。

爺爺邊吃邊說，「公雞咯咯有一家子要照顧，沒辦法來，但他準備了許多新鮮雞蛋找人做了這生日蛋糕送你。警鴿灰灰、米米說他們在執勤，走不開。」

「沒關係的，爺爺，謝謝您，可是這些……」一大想問一些問題。

「一大，生日快樂！」突然兩個毛茸茸的動物跳上空椅子說話。

「松……？哦，不是……」一大看是兩隻大松鼠。。

「嘻，一大，我們是松爸、松媽。」

「哇，松爸、松媽，你們好，謝謝你們來。」

「是我們要謝謝你才對，你抄寫《心經》送給我們，我們一直沒機會向你道謝呢。」

「別客氣了，松爸、松媽，松松呢？」

「松松啊，忙著收信送信，他晚點會趕到。」

「太好了。」

奶奶接說，「一大，這有一張生日賀卡，是朱鐵交給麥片的，你看看。」

一大接過卡片，就著燭光看，

「一大同學，一大小友，

祝你生日快樂，日日快樂，年年快樂。

土也、阿萬、曉玄、小宇、朱鐵同賀」

「啊！是……」又淚眼汪汪起來，「是土也、阿萬、曉玄、小宇、朱鐵……，好同學，好朋友。」

「朱鐵跟麥片說，你同學都坐火車回家了，怕你傷感難過，不好提你生日之事，才在卡片上簽了名轉來的。」奶奶說。

「喔，我知道了，小虎、飛飛、麥片，你們忙了一天，原來是幫著爺爺奶奶辦這些事，哈，謝謝你們瞞我，也謝謝你們的好意。」

「唔汪汪。」麥片回應。

「不用客氣，一大哥，你往右上方看，飛飛在那裡。」小虎回他。

一大抬頭，「哇呀，是飛飛和牠的同伴們。」

好多好多螢火蟲，打出了「生日快樂」的字幕，一閃一閃亮在半空，一大的眼淚又不聽使喚，直往下掉。

「咚」，一個毛茸茸的東西跳上一大膝腿，「一大哥，限時專送。」

「唷，這可是松松了！」一大在牠尾巴摸出小紙條，靠近燭光看，

「滴兒一大，祝你暑假非常快樂 VeryHaaaaaapyXD ㄉ」

「哈，小丹，妳還眞是俏皮可愛，謝謝妳。」一大說著，又轉問，「松松，小丹她好嗎？」

「小丹姐說，一大問的話，就說好，一大不問的話，就說不好。」松松回答。

「哈哈哈，好個小丹。」

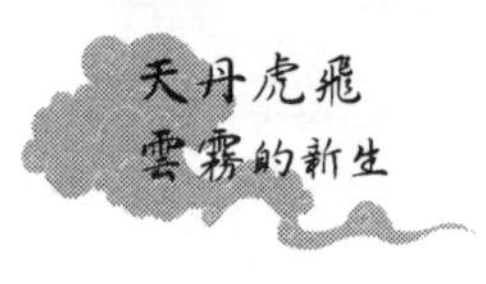

「一大，來，吹蠟燭，十三歲了，小壽星許個願吧。」奶奶說。

「我願爺爺奶奶長命百歲。」一大說。

「傻小子，不是要替爺爺奶奶許願，是要替你自己許願。」爺爺笑笑。

「我很平安了，我只願爺爺奶奶長命百歲。」一大說的還是一樣。

「好，好，那，你切蛋糕，分給大家吃。」爺爺說。

一大把蛋糕切了，先分給爺爺奶奶，在叢爺爺位子桌上也放一塊，「啊，麥片，我去拿你的食物，對不起，都忘了。」一大匆匆去拿書包內的狗食回來，餵完麥片，「待會兒再幫你洗澡。」

「不用啦，我跳進潭水游幾下，就洗好了。」

「喔，也好。」

回到座位，一大吃了一口蛋糕，突叫道，「梅師母！」

「怎麼了？」爺爺問。

「爺爺奶奶，這蛋糕，是梅師母做的，不會錯，這味道和樣式，我記得。」一大剛乾的眼又濕了。

「那你開學返校時，要記得謝謝人家呵。」爺爺說。

「嗯，是。」

吃完飯，一大幫著把碗盤收拾好，洗乾淨，和爺爺奶奶坐在桌邊聊天，

「爺爺奶奶在這隱居多年，這水潭四周圍，從沒像今晚這麼熱鬧過。」爺爺喝口茶說道。

「沒吵到爺爺奶奶吧？」

「呵，沒有，沒有。只不過，我們已不習慣和『人』打交道，所以今晚的來賓，也沒有請任何人來。」

爺爺接著說。

「嗯。」

「除非萬不得已，爺爺奶奶不會離開這水潭，即使有要事外出，也不會在外過夜或長時間不回來，瞭解嗎？」

「嗯。」

「但是，你不是隱居之人，你有很多好同學，好朋友，不至於一整個暑假沒有同學或朋友來找你玩，或研討功課，對吧？」

「嗯。」

「所以，爺爺奶奶把潭中島上的小屋整理乾淨，由你自行居住，或是找同學、朋友來陪你玩或住。那存有乾糧，屋子周邊還種了些菜，你都可簡單弄了吃。你要想來爺爺奶奶的船屋，就可划了竹筏或找水水幫你過來。這樣，你覺得好不好？」

「爺爺您太好了，爺爺奶奶，謝謝您們，我還眞怕吵到你們哩。」

「沒事，但你住在島上，也別荒廢練功、抄經、讀書，你師父叢爺爺要我盯緊你練功，除了外功要加強，內功也一樣要加強，爺爺奶奶會看著你，有時也會陪你打坐。」

「是，謝謝爺爺奶奶。」

「好，這件事就這麼樣了，另外，那個，你和『鬼王』的事……」

「『鬼王』？」一大一驚，「哦，我忘了，爺爺，您都看得到。」

「呵，這樣子，我算好了，五天後，你讓水水和蚯蚯在早上八、九點間，天地陽氣初旺之時陪著你去……」

爺爺講了過程和細節，教一大如何面對鬼王，把事情做個圓滿處理，以免同學羊皮在地下的日子難過。水水和蚯蚯也一旁聽著。爺爺講得頭頭是道，一大聽得瞠目結舌。

講完，爺爺喝起茶，一派輕鬆愉悅。

奶奶接著說，「一大，我們如果不在，有外人來，會看不見船屋的。」

「對啊，奶奶，我來時，就沒看見小屋，也沒看見爺爺奶奶，嚇了一大跳。以爲走錯路了，但明明水潭就在。小虎、飛飛也不知道是怎麼回事，我只好大聲叫爺爺奶奶和水水，還好，水水出現了。」

「是你爺爺使了『障眼法』，讓那明明在眼前的東西，就，嘿，消失不見了，呵呵。」奶奶笑呵呵。

「高！」

「呵，要過與世隔絕的生活，還得懂得要些小花招，不然一堆生人出現，還以爲這是觀光勝地叫咱兩老幫他們撐船遊潭哩！」爺爺笑說。

「哈哈……」

四十八、鬼王面前寫《心經》

一大住在潭中小島上快活無比，小虎、飛飛、麥片也樂得享受著無拘無束，四周全是潭水的美妙生活，小島呈不規則形狀，看來長寬約各有二、三百公尺。

五天後的早上，陽光剛滲入密林，麥片就跑來叫，「一大哥，水水說，你吃好早點，就要出發了。」

「我吃好了，麥片，你吃好了沒？」

「好了。」

「小虎、飛飛，我們要走了。」一大邊叫著邊再檢查一下書包裡的東西，「黑羽衣、毛筆、紙墨硯、打火機、一壺水。」

手電筒、膠帶不帶，放在書桌上。

一大跟著麥片來到小島水岸邊，「水水，早。」

「一大哥，早。」水水回答。

一大、麥片跳上了竹筏。

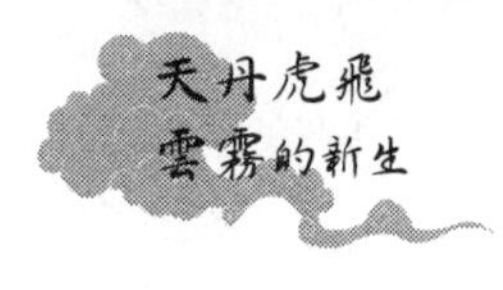

水水拉竹筏游出，沒多久，一大看了到爺爺奶奶的屋子，但沒看到爺爺奶奶，不好去打擾爺爺奶奶，逕往土岸靠去。

一大上岸，抱起水水往地脈走去，在地脈中，另一手牽了麥片前腳，念了「雲霧中學」。

瞬間到了學校，見蚯蚯已在等著了。

蚯蚯揹起水水，「一大哥，我先送水水到圖書館，待會兒回來接你。」

「麥片，你跑得快，先跟去。」一大邊說邊快步向前走去，麥片快跑了去。

沒多久，蚯蚯回來，再揹起一大，風聲呼呼，很快就到了圖書館門口，等了一會，麥片也到了。

「好，大家都到了，走。」一大再抱起水水，往圖書館裡走。

到了書架間的鐵門入口處，「你們等我一下。」一大轉身走去。

再回來時，一大手上多了一張小儿，一把小椅，「啊，糟了！水水，你沒學號，進不去！」

「安啦，來，蚯蚯揹著我，我用『龜息法』，這鐵門測不到我的呼吸，阻擋不了我。」水水老神在在。

「是嗎？那好，其他的一個一個報上學號及姓名，先過，我墊後。」一大說。

蚯蚯揹著水水，報上蚯蚯學號及姓名，咻，順利過了。一大見了，暗自讚嘆。

大夥過了鐵門，搭昇降機往下，出了昇降機，進入通道，靠台階中央走，頭頂上的燈光感應陸續亮起。台階一路往下，到了集合室，六支日光燈在頂上亮著。

一大擺放好小儿和小椅，穿上黑羽衣，將毛筆、紙墨硯放在小儿上，然後，端坐小椅上，打開水壺，滴些水到硯台上，磨墨，鋪紙。

「水水，請你到我左邊，蚚蚚，請你到我右邊。」一大說，「麥片，你就近蹲坐，大家意守丹田，待會兒，不管看到什麼奇異景象情況，你們都別理會，靜靜的打坐就好。」

一大守丹，聚精會神寫起《心經》。

水水在一大左腳邊，蚚蚚在一大右腳邊。

忽地，羊皮出現了，「一大，小心！鬼王不相信那些《心經》是你抄寫的，他說要給你好看，他還叫其他鬼打我，嗚……」

一大不動聲色，仍專心寫著《心經》。

忽地，兩個鬼漢「左右護法」出現了，「臭小子，你還敢來啊，那些《心經》根本不是你抄寫的，你活得不耐煩了！」

一大仍不予理會。

左右護法靠近，「小子，你在幹嘛？」

沒回應。

「啊？這小子他在寫《心經》。」一護法向另一護法說，「喂，你快去報告大王，快！」

沒幾秒，「嘩啦！」好大一聲，一巨漢出現。

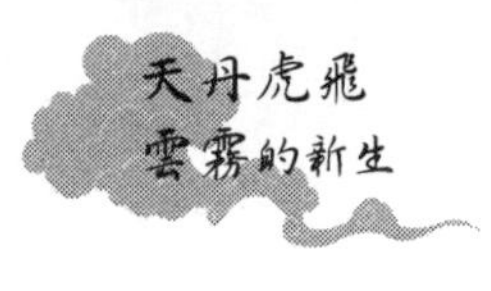

一大用眼餘光瞄了下，跟他夢中所見之「鬼王」一個樣，青面獠牙，眼似窟窿，肌肉鋼硬，光頭粗眉，身形足足有左右護法的兩倍高大。

「左右護法，詳細報來，什麼狀況？」鬼王仰著頭大聲說話。

「報告大王，那小子坐在椅上，正在小桌前用毛筆抄寫著《心經》。」護法答道。

「左右護法，可看仔細了，那小子現在抄寫《心經》的筆跡，是否和原先那六張一模一樣？」

「報告大王，一模一樣。」

「那小子可是一個人來的？」

「報告大王，一個人……還有……還有……」

「啪！啪！」鬼王在兩鬼肩背各狠拍一下，「吞吞吐吐的，幹啥嘛？」

「還有一隻龜在他左腳邊，一隻蛇在他右腳邊。」

「啊？龜！蛇！」鬼王立刻彎下腰往一大靠近，隨之回頭問羊皮，「羊皮，你叫他什麼？」

「一大。」

「一大爲『天』！左龜！右蛇！龜蛇二將！」鬼王大爲吃驚，「本王、本鬼、本小鬼、不，本小卒仔有眼無珠！」鬼王忽地噗咚一聲跪倒在地，形體從左右護法的兩倍大，突縮小到一般大，左右護法愣了下，也隨之跪下。

一大寫好一張《心經》，起身，將《心經》放在鬼王跟前，再將筆墨硯收好，放入書包。揹了書包，拿起儿椅，從頭到尾未發一語，轉身離開。

蚯蚯揹起水水，和麥片一起跟上一大。

回到圖書館，一大將儿椅歸位，脫了黑羽衣，大夥一同走出了圖書館，外頭陽光耀眼，一起站到了陽光下。

「呼！」一大大呼一口氣，「呵呀，我爺爺眞高啊！神機……那個……」

「神機妙算！」蚯蚯接口，「一大哥，我先送水水到地脈那，待會兒再回來接你。」

「好，好，」一大轉過頭，「麥片，你也先走。」

很快，大夥再次聚在地脈邊上。

「等我一下。」一大跑開，去找公雞咯咯。

公雞見了一大很興奮，「一大哥，我昨天忙，補說一句，祝你生日快樂！」

「哈，咯咯，你太客氣了。謝謝你準備了雞蛋，還找梅師母幫我做了好吃的生日蛋糕。」

「哦，你知道啦？梅師母還要我保密哩。」

「哈，謝謝啦，那我走了。再見。」

蚯蚯要回家去，和大家告別，先走了。

一大踏進了地脈，一手抱起水水，另一手牽起麥片，很快，又回到爺爺奶奶家了。

爺爺奶奶留一大吃中飯。

「爺爺，您實在是神仙，算準了鬼王會低頭。」吃飯時，一大稱讚爺爺。

「那鬼王很希望你能抄寫《心經》供他多念，好提昇自己的靈識，但又多疑怕被欺騙。現在，他親眼見到你用毛筆寫下的字跡，相信你了。他會放下，羊皮也會好過，這事也算歡喜圓滿了。」

「那鬼王說什麼龜蛇二將？又說自己有眼無珠，跪了下去，身體還縮小了，我心中可眞害怕。」

「古有玄天上帝收伏了龜與蛇的神話，後來人們稱那龜與蛇爲『龜蛇二將』。而你剛好有一龜一蛇好朋友，呵，如此，也算是天意吧。」

「哦？」

「鬼王跪下又身體縮小，表示不再高傲。他兩眼是兩個窟窿，是以前做錯事，意外沒了眼珠，靠靈識在看東西，有緣遇到，我們能幫的就儘可能幫他吧。」

「喔，原來如此，我答應他的《心經》，會照樣抄寫送去，希望能幫他。」

「嗯，那好。」爺爺說著，轉了話題，「你吃過飯，休息一下，爺爺要檢驗你的功夫。」

「啊？是。」一大略緊張了一下。

「別緊張，練功的主要目的是爲了強身自衛，再精進些也可醫人救命。功練不好沒關係，但是，心一定要練好。」

「是。爺爺，您功夫那麼好，除了救我，您有沒有救過其他人？」一大小心問。

奶奶搶說，「當然有，你爺爺不但救人，各種動物，昆蟲，連蛇他都救過。」

「蛇？蚰蚰說過，以前被一個不知名的高人救了一命，不會是爺爺吧？」

「忘了，有些小事，不值一記。」爺爺說。

奶奶說，「救一條蛇，那沒什麼，是小事。可是，後來你爺爺奶奶爲了救人卻被人告，那就眞痛心了！之後，我們就發誓不再多管閒事，不再救人，隱居起來，任何人都不見。」

「唉，老太婆，別提那些事，小孩不懂。」

「一大又不是外人。」

「可是爺爺奶奶，你們發誓不再救人後，怎又救了我？」

「呵呵，有緣，碰上有緣人，爺爺奶奶還是會救的。」奶奶笑說。

爺爺接著說，「一大，很多事以後再慢慢說給你聽，現在去休息一下，待會兒，爺爺就看看你的功夫練得如何了。」

下午，爺爺一樣一樣指點一大的功夫，當看到一大用手刀腳刀的刀氣劃破紙張時，說，「看來，你師父叢爺爺修得不錯，是個心地善良的的鬼，練功就是要這樣，不傷人害命，點到即止。唉，那個秦威啊，就是練功練到心偏了，你叢爺爺才會下重手教訓他。」

「秦威？姓秦的？爺爺，您知道叢爺爺教訓姓秦的事？」

「呵呵，你叢爺爺告訴我的。那個秦威啊，自作自受，他可是當年叢爺爺幾個徒弟中甚得叢爺爺偏愛的。但叢爺爺過世後，秦威仗著一身功夫組織幫派，盡幹些黑心可惡勾當。叢爺爺本認爲人鬼殊

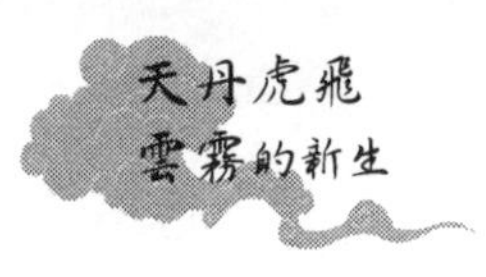

途，就算知道秦威的惡性重大，也不想管他。偏偏，你後來成了叢爺爺的孫徒，而那秦威居然向你痛下殺手，叢爺爺一怒之下，才出手懲罰秦威。」

「喔，原來……」一大明白了，「可是，爺爺，那罰……罰得……很重耶！」

「你叢爺爺說那是清理自家門戶，那懲罰不算重。叢爺爺說，秦威他欺師滅祖，說自己從沒拜師學武過，宣稱他的功夫全是自創自修而來，還自稱什麼『天下無敵腳』，打家劫舍，欺壓善良。嘿，眞是壞透了，連爺爺我都想去教訓他！」

「喔。」

「人外有人，天外有天，一大，你得牢記在心。調皮搗蛋打架玩鬧沒大關係，但如果仗勢欺人，殺人越貨，夜路走多了還眞是會遇到鬼的。」

「是。」

「好，來，你現在施『龜息法』，爺爺瞧瞧。」

「好。」

過了一會兒，「好，起來。」一大聽到爺爺輕聲叫他，「不錯，好，我會跟水水說，你可以跟牠去大海裡玩了。但，麥片較重，水水揹不了那麼遠，就讓牠留下來陪爺爺奶奶。大海有其危險性，跟這水潭大不相同。你懂龜息法，又有水水在，所以沒問題，見識過大風大浪後，你會更懂得惜緣、惜福、謙虛、禮讓、寬恕……」

「喔，謝謝爺爺。」一大聽清楚了，另問了句，「爺爺，您去過大海嗎？」

「當然嘍，我和你奶奶，三山五嶽，五湖四海，千山萬水，全都去過了。」

「厲害，我要學爺爺奶奶。」

「呵呵，好，好。」

「爺爺，那我回島上去了，我得多抄些《心經》。」

「那好，去吧。」

「爺爺，再見。」

找奶奶說了再見，一大便帶麥片、小虎、飛飛要回島上去，岸邊沒找到水水，便自行划了竹筏走了。

回到島屋，書桌上竟有一張紙，紙上居然是鬼王圖像，一大嚇一跳，四面上下找看。

「小虎、飛飛，你們有沒有看到什麼人？」

「嘎，沒有。飛飛出去了。」小虎回答。

一大坐在書桌前，看著鬼王圖像，青面獠牙，兩眼處就只兩個窟窿，還眞嚇人，「誰搞這種惡作劇啊？」旋又想，「不可能，這島，誰上得來呀？」

「一大哥，一大哥，……」聽見飛飛急急飛來叫道。

「飛飛，不急，慢慢說。」

「那鬼王，叫我去說……」

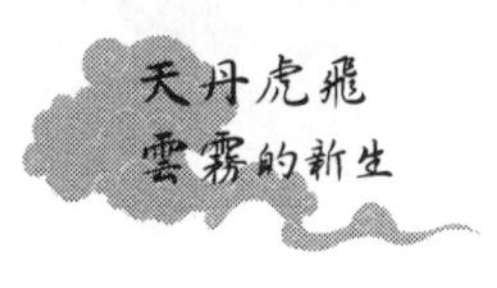

「鬼王？叫你去說？說什麼？」一大很是驚訝。

「他說，拜託你好心，用毛筆沾墨汁，幫他在這圖像的兩個窟窿處畫上兩個眼珠。那樣，他感恩不盡，以後，他就再也不會有眼無珠了。這裡陽氣太盛，他沒辦法親自來這久待請求你，只好找我傳話。」

「哇呀？這……」一大一時不知如何是好。

想了一會兒，想到爺爺說的，「鬼王兩眼是兩個窟窿，意外沒了眼珠，有緣遇到，我們能幫的就儘可能幫他……」

「好，飛飛，來，你去跟鬼王說，我可以幫他畫上兩個眼珠。但，他要答應改掉他的壞脾氣，別動不動就打鬼還將鬼剝皮油炸。」

「好。」飛飛飛走，沒多久，飛回來，「一大哥，他答應了，他非常謝謝你願意幫他忙。」

「那好。」便磨了墨，用毛筆在兩個窟窿中央畫上兩個圓黑的眼珠。

「嗯，畫好了，我改天送去。」一大正想著，那紙卻自行飄飛了起，往門口飄去，飄呀飄，最後消失在林梢天際。

「一大哥，他很高興，連翻了好幾個筋斗，大笑著走了。」

「喔，知道了，謝謝你，飛飛。」

一大望天，若有所思。

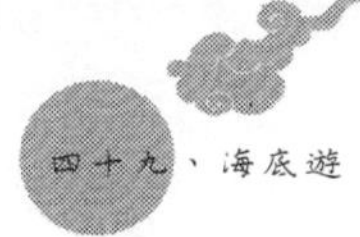

四十九、海底遊

一大住在潭中島的小屋中，抄寫《心經》，練功，打坐，過著單純平靜的日子，還抽空回校去送了幾張《心經》給蚯蚯，鬼王的左右護法等。

這天風和日麗，水水很早就來床邊小聲問，「一大哥，今天天氣很好，無風無浪，要不要去大海玩？」

「好啊！」一大翻身跳起。

「那你準備一下，揹上書包，我看，帶黑羽衣、一壺水、手電筒、一些乾糧就夠了，簡單一點。」

「還眞剛好，我昨天才回校送了《心經》給蚯蚯和左右護法轉交鬼王。有見到羊皮，他過得比以前好，還會笑了。耶，今天我可放心去玩啦！」

「噓，麥片不能去，別太大聲，怕他聽了會難過。」

「喔，我跟麥片說過了，他會留下來陪爺爺奶奶，沒問題的。」

「哦，那好，你先吃飯，收好東西，一個鐘頭後，我們岸邊竹筏處見，送了麥片去你爺爺奶奶那，我們就出發。」

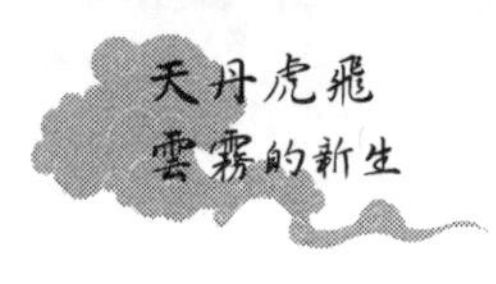

吃完早飯，一大穿上運動衣、短褲及鞋襪，小腿及胸前鋪上一些蛇蛻。檢查書包，裡面已放了黑羽衣、打火機、幾張抄寫好的《心經》，加入一壺水、手電筒、一些饅頭、餅干和蘿蔔乾、筍乾。餵好狗，把剩下的狗食帶上，要交給爺爺奶奶餵麥片用。

「好，麥片、小虎、飛飛，走了。麥片去爺爺奶奶那，小虎、飛飛和我跟著水水出海去。」

大家上了竹筏，到爺爺奶奶處，說了說話，爺爺跟一大說，「你把左掌打開，用右手食指沾點開水，在左掌上畫個『王』字，然後，再在『王』字外畫個圓圈。這樣，一路上，遇風風停，遇浪浪平。」

一大照做。麥片及狗食留下，小虎、飛飛進了一大褲口袋裡，一大坐上水水的背，向爺爺奶奶和麥片揮手道別。

水水先沿著潭水岸邊，浮水慢慢游著，一段路後，水水說，「一大哥，聽見嘩啦啦的水聲沒，我們快要到瀑布了。你穿上黑羽衣，多一層保障，抓緊我的背殼，施展『龜息法』。」

一大很快穿上了黑羽衣，雙手抓緊了水水的背殼。

「嘿，水水，你知道這黑羽衣的功用啊？」

「哦，是你爺爺奶奶告訴我的。」

「爺爺奶奶？高！」

一大施展起了龜息法。

「好，小心，下瀑布了。」水水大喊。

忽地一下，一大瞬間從高空墜下，身旁水花飛濺，還沒看清楚，「唰」一聲，水水已飛快地潛入了另一深水之中。

一個急下，又一個急上，冒出了水面。水水的手腳再猛划兩下，沒多久，說，「我們已在河水當中了。」

「河水？那麼快！」只見河岸近處沙洲綿延，有鷺鷥輕鬆漫步其上，夜鷺、翠鳥靜靜地棲在石頭及枯枝上。離岸遠些則見山巒起伏，山色翠綠，迤邐不絕，「哇，好美的風景。」

經過了一些淺灣、急流、峽谷，水水在一片平坦沙岸邊停下，「身上沒弄濕吧？一大哥，你在這上岸休息方便一下，前面很快就要到出海口了。」

「身上沒濕，謝謝你，水水，這一路看著美好風景，真是非常開心。我上岸去一下，很快就回來。」

小虎、飛飛爬出口袋喘著氣，昏昏沉沉的。

幾分鐘後，一大回來，跨上了水水背。

「一大哥，剛才上岸時，我好像看到一個影子。」小虎說。

「什麼影子？」一大問。

「好像是『鬼王』。」

「『鬼王』？小虎，你沒看錯吧？」一大懷疑，「飛飛，你有沒有看到？」

「沒注意。」飛飛拍翅回答。

「小虎，出來玩放輕鬆，別疑神疑鬼。」一大嘴上在說，但還是回頭四面八方看了一圈。

水水說，「前面就是出海口。海水是鹹的，待會兒我用龜息法圈成一個氣罩，那樣我們全罩在裡面，好擋開海水。」

「好，知道。你常來大海玩嗎？」一大問。

「一年兩三次吧，剛開始，還是你爺爺拉我來的，我一隻淡水龜，第一次見到大海時，還嚇得我手腳僵硬，你爺爺提醒我運起『龜息法』，全身放鬆，呼吸若有似無，我才順利玩下去。後來，就喜歡上了大海，碰上天氣好，我就來玩上一趟，散散心。」

「我爺爺拉你來的？眞高！」

河道漸漸變寬，接著有小浪滾來，再一會，波浪變得越高也越大，水水跟著浪頭忽而漂高，忽而滑低。一大哇喇哇喇叫，又興奮又刺激。

忽然，一大眼前一寬，「哇，是大海！」

一眼望去，是無邊無際的大海，眞個藍天連著碧海，碧海映著藍天，海天一片湛藍，那顏色，眞是，哇哈，美到冒泡。

「水水，你的速度還眞快，這麼快就來到大海了。」

「是呵，一大哥，我潛深一點，好避開大波大浪，還有大太陽。」

「好。」

「唰！」水水快速下潛。

一群魚在一大面前不疾不徐游過，珊瑚礁間有更多大大小小的魚兒游進游出，一大看得眼花撩亂，

「哇呀，水水，這海裡有這麼多各式各樣各色的魚啊？」

「呵，這還不算多，前面更多，大海水族，豐富多彩，你慢慢欣賞。」

「水師父，您好！」

聲音由下方傳來。水水循聲看去，「哦，是小章魚，都長那麼大啦？」

「師父教得好，徒弟打坐練氣，生活正常，身心愉快，所以長得也快。」那章魚在海底礁石邊，舞動著好多觸手。

「很好，哦，師父今天帶了朋友來玩，回見了。」水水繼續往前游。

「水水，你在海裡也教了徒弟啊？」一大好奇。

「不多，有緣遇上教了幾個。」

「『緣』這字，最近常聽到，水水，爲什麼有緣才教，有緣才救，有緣才什麼什麼的？」

「佛家說的『緣』，與前世、今生、輪迴、因果有密切關係。有緣，今生會結爲夫妻，會成爲父母子女，兄弟姐妹，同學朋友，無緣，對面走過也不相識，也不互相理會。」

「喔，所以，我和水水、小虎、飛飛做朋友是有緣，爺爺奶奶救我，也是因爲有緣。」

「是呵。」

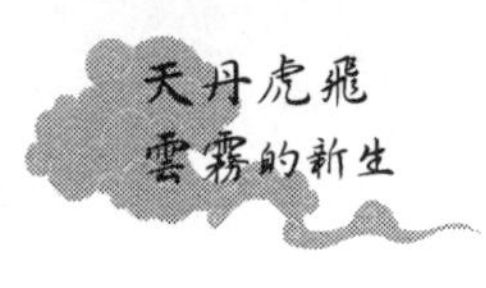

「哇，鯊魚！」一大驚訝指向前方，「牠游過來了！」

「別緊張，牠也是我的徒弟，『灰面』。」

「水師父，好久不見，您好！」鯊魚粗著嗓門哇啦說話。

「灰面，你好啊，你的傷好了沒？」

「好了十之八九了，謝謝師父。師父去哪？灰面護送你們。」

「別客氣，不過，有你在的話更好，我們，嗯，去哪？我還在想……」

水水先介紹了一大、小虎、飛飛與鯊魚「灰面」認識。

「灰面，你長得又壯又大又威猛呵。」一大向鯊魚打招呼。

「一大哥，我是面惡心善，先天面惡沒法改變，就只好在後天修心向善了。」

「呵，你說的還滿有道理的。」一大笑笑。

灰面就在一旁緊緊跟著，活像個巨無霸保鏢。

「對了，灰面，那沉船地方，你最近有沒有去過？」水水似乎想到一特別地點。

「沉船那啊，我最近沒去，要不，師父，我們一起去看看？」

「嘿，好主意，就去看看吧！」

水水轉對一大說，「那是一艘大貨船，約半個世紀前遇到颱風翻覆沉沒的。大前年，我經過附近一次，沒靠近去看。去年，和灰面聊到沉船，他說好像有人在打撈沉船的什麼東東。今天我們去看看，

也許碰上什麼新鮮好玩的事也不一定，你看如何？」

「嘿，好啊。」一大興奮回著。

「師父，到沉船那，有一條捷徑可走，只是要穿過黑暗海溝，不穿過海溝的話，得多花兩三倍時間繞遠路，您看呢？」

「嗯，黑暗海溝，海溝……黑色漩渦……這……」水水似在遲疑。

「水水，什麼黑暗海溝？黑色漩渦？很恐怖嗎？」一大小心地問。

「我和你爺爺十幾年前去過海溝一次，連他進去後都哇哇大叫，大喊麻煩了！我怕你會……害怕！」

「害怕？我長這麼大，還不知道什麼叫『害怕』。水水，我爺爺他老人家都去過了，如果我這少年仔沒去，那可就遜斃了！」

「嗯，那……黑色……漩渦……這……嗯……」水水還在遲疑。

「水水，你曾陪我爺爺勇闖三山五嶽，五湖四海，千山萬水，這世界上若沒有你神龜幫忙，我爺爺他空有一身超級功夫，恐怕也沒辦法順利完成他偉大的神奇的不可能的超級任務。現在爺爺年紀大了，他一定希望他孫兒我也能勇闖三山五嶽，五湖四海，千山萬水，但，沒你神龜的幫忙，我一個小傢伙，怎麼有辦法順利完成我偉大的神奇的不可能的超級任務嘛？」

「哇哈哈，又……又聽……」水水突然有如脫韁野馬竄出百公尺遠，但又緊急煞車，回頭小聲說，「一大哥，你怎麼有那麼多好聽的話可說呀，要不是我怕我徒兒灰面看了笑話，我現在早就一忽兒衝進黑色漩渦啦，呀呼！」水水超興奮。

「哈，水水，你太過興奮了。」

水水大聲說，「灰面，好，我們就走捷徑，管他黑漩渦白漩渦，師父我從沒把它放在眼裡，我們走！」

「哎喲喂呀！可得抓緊了！」小虎、飛飛在口袋中動了兩下。

「好，師父，走！」只見灰面一個帥氣的側身翻滾，「咻！」砲彈般射了出去，僅留下背後幾個小氣泡。

水水也快得很，隨之飛快飆出，跟了上去。

一大看到兩串飛箭般的氣泡在大海中一前一後飛出，「哇哈，這種，這種場面，太精彩，太刺激了！全世界全宇宙全天下，沒其他人看得到，哈，哈，哇呀，太神了！」一大雙眼大睜，抓緊背殼，水聲嘩嘩啦在耳際唰過。

突然，眼前一黑，「啊？我……昏……」一大昏了下，大驚一呼，四下看去，才一瞬，竟連一絲絲天光都沒了。

「一大哥，抓緊了，現在昏假的，馬上就昏真……」水水話沒說完，一大只覺突如其然被一巨大無比的力量迅速下拉。

旋、旋、旋……，轉、轉、轉……，超級快速旋、轉、下墜，下墜，無止境的下墜……下墜……，一大旋得四肢都分了散，轉得五臟都離了位，灰面更早就不知被旋到哪去了。

一大大叫，「啊！痲……痲……煩……了！」連自己聽自己的聲音都斷斷續續，顫顫抖抖的。

「一大哥，快，伸出……左手，張開……手掌，快！」水水大喊。

一大聽見水水的大喊聲，卻費了好大力氣，才伸出了左手，再努力張開手掌。黑暗之中，只有旋轉，下墜……

好一會兒，「咦，閃……閃……光？」一大好像看到一絲光線，但頭昏眼花，連自己都不相信是眞的。

「南無觀世音菩薩，感恩……」水水在念。

旋轉慢了，下墜緩了。

「呼，出來了。」水水說。

「嗯……」

「一大哥，還好嗎？看見天光沒，我們出了黑色漩渦了，順著黑暗海溝的潮流，再漂上一會兒……」

水水沒聽見背上有動靜，又問，「一大哥，你還好嗎？」

「嗯……嗯……這漩渦……厲害……眞昏……」一大昏暈的趴在水水背上。

「師父，找到你們了，呵，順這潮流往前，很快就到沉船處了。」灰面粗粗的聲音傳來。

「好，知道了。」順著潮流往前游了一段，水水轉向一大，「一大哥，我先浮上海面，去透透氣再說。」

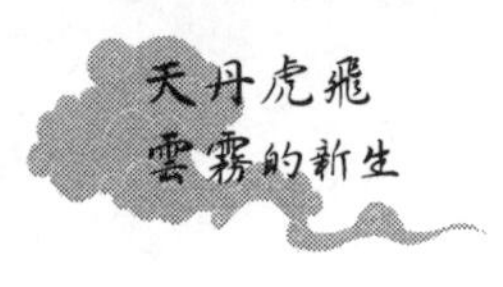

「嗯……嗯……」

快要浮上海面時，忽有兩艘快艇在頭上疾駛而過，激噴出大量水花波浪，害水水一大差點兒因劇烈晃動到翻滾出去。

「他……，大海上還飆船？開……那麼快……」一大強打起精神罵了兩句。

「那是警艇，可能是警察在追歹徒或辦案吧。」

「喔，追歹徒追到大海上來了，警察眞辛苦！」

水水浮上海面，一大大呼一口氣，「哇，重見天日，好棒。小虎、飛飛，嘿，你們還好吧？」往口袋內摸著，「哈，兩個小傢伙都昏死了，我給你們加點氣。」

「師父，兩艘警艇在沉船上方停住了，警艇上有警察換穿潛水衣跳下水去，不知要幹嘛？」灰面在一旁說。

「灰面，你是鯊魚，你靠近去看看，他們不會奇怪。一大哥是人，離遠一點較好，我和他在這邊等你消息。」水水說。

「好。」灰面游走了。

「哇，水水，那是鬼王？看到沒？在前面，我沒看錯吧？」一大懷疑自己的眼睛。

「是他，沒錯。」

話沒說完，「呵，一大，來這散心呵。」鬼王已來到一大面前。

「『鬼大王』？你好，你沒在家念經，跑這來，有事嗎？」一大笑笑。

「一大，我念了經才出來的，一路上想當你保鏢，保護你一路平安，好回報你送我《心經》，還又送我兩顆眼珠子。感恩啊！」鬼王鞠躬。

「『鬼大王』，您太客氣了。那只是小事，那兩顆眼珠，好用嗎？」一大看鬼王有了眼珠。

「好用！好用！眞太感恩了。」頓了下，「一路上，見你有龜將軍，鯊勇士保護，我非常放心，好像沒有小鬼我可以服務的地方了，嘿……」

「還是謝謝您，『鬼大王』，您那麼威風凜凜，別叫自己『小鬼』嘛，請你還是自稱『鬼大王』，才合您身分地位！」

「呵，好，好，哦，對了，我剛剛碰上前面沉船處死了一個人，我順便把他的魂帶走，吶，就這個，看來他是中了船上的機關。」右手一抬高，居然提了一個「人」，不，「魂」。

「唉喲。」一大嚇了一跳，但，「咦，等下，這是……啊！是『斷鼻』？」

「你認識？」

「見過，在學校裡的圖書館地下看過，是黑衣人裡面的一個。」

「正是，他之前沒事就在本大王地盤那鬼鬼祟祟爲非作歹，今天，本大王就來個拘魂歸案！」

「是，是……」一大驚訝得說不出話。

「那，一大，本大王就先回去了，改天再聊，再見。」

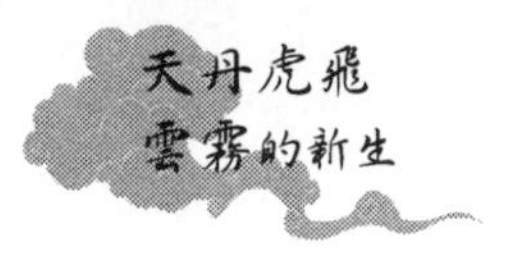

「好，再見。」

鬼大王忽一下就消失不見了。

「小心！」水水突大叫一聲，隨即一個側翻。

只見兩支東西穿水射來，一大也本能一閃，兩支東西從身旁「咻」、「咻」飛過。

「魚槍鏢！」水水又大叫一聲。

一大看見不遠處有幾人穿著潛水衣，戴著潛水鏡，手舉魚槍，正迅速游近。

「我們走。」水水已快速掉頭。

一大回頭瞄了一眼來人，有四、五個，「咦？」一大似乎看到什麼，又再多看了一眼。

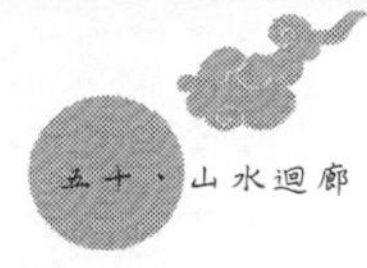

五十、山水迴廊

水水加速擺脫追兵，沒想到面前又有一支魚槍鏢「咻！」飛來。一看，前方又出現了兩個潛水人向水水和一大攻擊。

「他們人多，一大哥，抓好了。」水水隨即往海水下方直線下潛。

見有一巨大灰影「唰！」衝向後面追來的那幾個潛水人，潛水人立即慌張閃躲。

「哈，是灰面回來了！」水水回頭看了下。

灰面很快調頭追上水水，「師父，他們人數不少，警察在搬救兵捉他們，我們得找地方先避一下。」

「去哪？」

「『山水迴廊』比較近。」

「啊？」水水遲疑一下，但回頭一看，又一支魚槍鏢射來，「好，就去『山水迴廊』。」灰面、水水立刻加速，又像兩發砲彈般飛射出去。

高速轉過幾個大小彎，一大再回頭看，已看不見任何追兵。

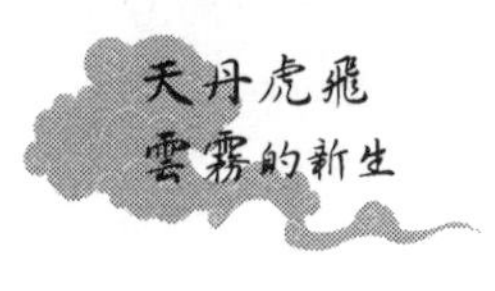

水水緩緩地放慢速度，「一大哥，在這前面的洞裡休息一下吧。」

「哦，好。」

眼前是座白灰色的山，左右長得見不到盡頭，高度約十幾、二十公尺，在山巒高低起伏之間，見有幾個拱形的洞口在側邊大小排列著。

「一大哥，我們進這洞口去。」水水往前游進了一個洞口，然後停趴在一乾乾的白沙地上。一大下了水水的背，雙腳踏在柔軟的白沙之上。

「這洞裡沒水？呵，水水，是你弄的呀？把水都排出去啦？」

「不是我弄的，這水中山本身就有強大氣場，將洞裡的水給排了出去。」

「喔，是嘛？厲害！」抬起頭往上看，「哇，灰面在上面游著！神奇啊！上面有水，下面沒水，外面又全是水。」

「坐下休息一下吧，吃點乾糧，塡塡肚子。」

「好主意。」一大低下頭叫，「喂，小虎、飛飛，起床了。」

小虎、飛飛跌跌撞撞走出口袋，一副手腳無力模樣。

「哈，又昏又餓了吧。我弄點饅頭、餅干屑，來，吃一點。」一大放了饅頭、餅干屑在書包面上讓小虎、飛飛去吃。

「水水，要不要也吃一點？」

「不用，我十天半個月不吃東西都沒問題的。」

「高！水水。你們叫這裡『山水迴廊』？」一大吃了口饅頭。

「對啊，有山有水，洞裡還有迴廊，主要是有乾地可讓你人類休息。」

「眞好。」

灰面在上面說，「師父，我看那些人是在偷貨船上的什麼寶物，因爲人員船艇不少，引起了警方注意。」

「有一個人死在沉船裡，你有看到嗎？」水水抬頭問。

「有，看上去，像是船的底艙中有機關，那個人不小心碰觸到，被重物擠壓死了，同夥拉了半天才把屍體拉出來。」

「年代那麼久，機關還靈哦？」一大說。

「要是高手弄的，百年都管用。」水水回著。

「裡面藏了什麼樣的寶物呢？」一大問。

「你爺爺說，黃金、白銀、珠寶，都有。」

「我爺爺？他看到的？」

「感應到的。」

「高！」

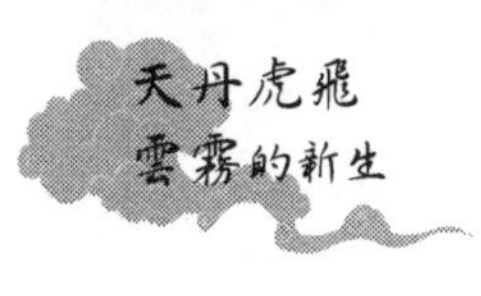

「你爺爺說金銀財寶都是身外之物，他一點興趣都沒有，那才叫高。不然，憑他的功夫，想拿多少就可拿多少。」

「喔，是。」

「但也有人，給他再多的金銀財寶也不夠。」

「我叔嬸就是，欸，等一下。」一大猛然想到一事，「小虎、飛飛，你們雖頭昏昏腦鈍鈍，但剛才鬼王出現，你們有沒看到？」

「有啊。」小虎、飛飛一齊點頭。

「我早說鬼王有跟來，你還不信。」小虎還加了句。

「哈，好，小虎，你高！對不起了。」一大趴下身近近看著小虎、飛飛，「你們都是有著好眼力的高手，請問一下，鬼王消失後就有兩支魚槍鏢射來，並且有幾個穿著潛水衣戴著潛水鏡的人游近我們，你們倆有看到什麼熟面孔嗎？」

「姓崔的獨眼龍！」飛飛答。

「還有你叔！」小虎答。

「哇哈！」一大一跳而起，「高手，小虎、飛飛，你們倆眞是高手！哈哈。」

水水看了奇怪，問，「一大哥，什麼事那麼高興？」

「也不是高興啦，只是剛才從那些人的潛水鏡看進去，我就看到有一個獨眼龍，那獨眼龍姓崔，他和手下一直要追殺我。另一個是我叔叔，看眼睛就知是他！他欠了一屁股賭債，居然叫人家向我討！看來，他和姓崔的黑衣幫走得很近。小虎、飛飛也認出了獨眼龍和我叔叔，我才高興的。」

「原來如此，是你親叔叔？」

「不是親的，他啊，想要我的小命。」

「師父，一大哥，躲進迴廊，快，他們追來了。」

聽到灰面在上面叫。

「小虎、飛飛進口袋，快。」一大大喊。

「咻」一支魚槍鏢射來，偏了，射在沙上。

一大看見有兩人上了沙地，和他相隔二、三十步左右。兩人穿著潛水衣戴著潛水鏡，濕淋淋的，腳上有蛙鞋不方便走跑，正彎下腰要脫鞋。

一大一眼瞄到書包裡的太極手電筒，立刻拿了對準其中一人，用小拇指按了下鈕，一道光射出，罩上那人的頭臉上半身。那人看有光罩住，大感奇怪，慌亂查看，一不小心，雙腳互絆，往後一仰又跌回水中，另一人隨之轉身去扶他。

一大揹了書包，抱起水水，掉頭就往迴廊裡跑。

跑了許久，一大覺察出有什麼不對勁，停下腳步。

「前五步，右十二步，前十六步，左十二步，右十八……」水水在念著。

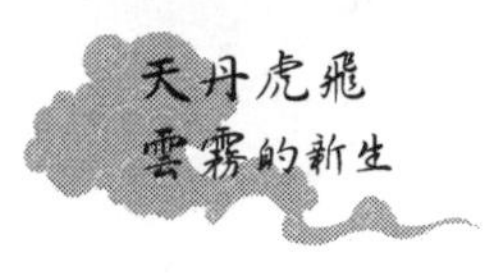

「水水，你在幹嘛？」一大問。

「啊！完了，被你打斷了，我在算你剛跑進來的腳步數，全亂了，慘了，出不去了。」水水洩了氣。

「出不去？爲什麼？」

「我也不知道爲什麼？」

一大抬頭往上看，「灰面不見了？」

一大放下水水，發現自己在一寬高各約十公尺的白色拱形通道內，上方是藍色海水，下方是白色細沙，左右是結晶石類的白中透藍牆壁。

「我跟你爺爺來過一次，他在洞口就說這裡面通道的佈陣非常了不起，任何人或生物，進得來出不去。」水水越說越小聲。

「啊？那我爺爺有進來嗎？」

「有。」

「那他怎麼出去的？」

「像我剛才那樣，算腳步，最後，再一步一步倒走出去。」

「哇，那，水水，你，眞的記不得我剛才的腳步？」

「一大哥，是你在跑，又跑那麼快，我拼命記，最後，還被你給打斷了。」

「啊，那不……慘了？」一大前後走了幾步看了看，原先的腳印都被細沙覆蓋，不是亂了就是消失了。發現岔路還眞多，不敢再走，頹然坐地，「小虎、飛飛，快幫幫忙，想想看怎麼出去。」

「好。」小虎、飛飛一跑一飛前後查看去了。

「往好處想，追兵追不上我們了。」一大喃喃自語。

「我看，我們靜下打坐試試。」水水提議。

「喔，好。」一大便盤腿吐納起。

「找不到出口。」飛飛先回來。

「好像每條路都是一樣，出不去。」小虎回來說。

「嗯，知道了，謝謝飛飛、小虎，這裡面氣場強，我打個坐。」一大吐納起。

約半個鐘頭後，水水說話，「一大哥，收功，我們往前走。」

一大收了功，正想問，聽見水水說「噓……」便不再說話。一大打手勢叫小虎、飛飛進口袋，揹了書包，抱起水水，看水水手指方向而往前、或轉左、或轉右，一路走去。

走過了好幾個一模一樣的走道，一大只覺得自己一直在原地踏步，心中暗自驚奇與不解。

「一大哥，停，面對牆，他要和你說話。」水水說。

「『他』？誰？」

「牆裡面的人。」

「啊？」一大往牆看，「沒……有……人……啊？」貼牆面看，又退幾步看。

「咦？」見幾個臉大的黑字在牆面顯示出來，「擅入此廊，拿命來償。」

「爺爺？哈，老套，又來了？」一大一看笑了出來，聯想到一大爺爺說的「擅入雙潭，有去無還」。

「喀！」一大的喉頭瞬間被一骨瘦如柴的手掐住，「誰是你爺爺？說！」

定神一看，是從牆裡伸出的手，接下來，從牆裡走出一個身穿白衣白褲白鞋的高瘦老人。

「唔……」一大說不出話。

瘦老人鬆了手，「說！」

「咳……咳……，水……俊……男。」一大邊咳邊說，臉都漲紅了。

「不認識。」

「他……來過。」

「來過？」

「又……走了。」

「又走了？」

「嗯。」一大點頭。

「呵呵，小朋友，飯可以亂吃，話不可以亂說。你說『水俊男』，你爺爺，來過？又走了？而我居然不曉得？你說，他怎麼來，又怎麼走的？」

「簡單，他算腳步進來，再一步一步倒走出去。」

「高啊！」瘦老人突然轉身面壁捶打，「高人！這麼簡單，天呀！我卻花了整整十年才悟得！」

瘦老人轉向一大，睜大雙眼，「現在外面世界已變成這個樣子啦？養螢火蟲、養壁虎、養烏龜當寵物，還穿烏鴉毛衣？」

「不是寵物，他們都是我的好朋友，還有烏鴉也是，這是牠送我的衣服。」

「小朋友，叫什麼名字？叫什麼外號？讀什麼學校？讀幾年幾班？校長叫什麼名字？」瘦老人問。

一大只感奇怪，爺爺初見他時不也這樣問，考慮著要不要回應。

「小朋友，不說？那，我說，你叫席復天，外號一大，讀雲霧中學，一年一班，校長是柳葉。你小腦袋瓜想什麼，我全念得出來。」

一大大為震驚，「爺爺？」

「你碰到老人家就叫爺爺？是不是？」

「不然咧，叫你孫子？」

「哈哈，哈哈，好你個小子，我都忘了有多少日子沒笑了，好，我就看你怎麼出去？」

「跟您學就好啦。」

「跟我學？學什麼？」

「不出去。」

「不出去？我這是『跳出三界』，我根本用不著出去。」

「『跳出三界』？『時空邊界』？」

「你知道『時空邊界』？」瘦老人睜大眼看一大。

「當然，我去過。」

「你去過？你一個小傢伙，去過『時空邊界』？去過，還回得來？」瘦老人面有疑問。

「所以呀，老爺爺，我看，你是不敢出去，不是不要出去。」

「我？」

「這邊待五十年，一出去就變兩三百年！」

「你，果眞去過『時空邊界』，還知道時間差！」

「相信了吧！」

「唉，罷了，我初來此迴廊，原是想『跳出三界』，結果，一進來就出不去了，只靠飲一點泉水，吃一些海草過日子，打坐練氣，待了十來年才找到了出去的方法。出去回到老家，竟發現家鄉都已過了三、四十年了，家人、朋友、親人……全不在了，我才又回來。就這麼樣，我加一加，好像在此過了五十多年了。」

「這樣啊？那，您這些年有見過其他人或動物進來這裡嗎？」

「我倒是沒見過，也許有像你爺爺那樣的高人，來了，走了，或功夫不高的，來了，死了，死在哪個角落也不一定。」

「那，我叫你『大海爺爺』好了，大海爺爺，您要不要吃些饅頭、餅干？」一大翻書包，「哦，我另送您一篇我抄的《心經》，好不好？」

「哈哈哈，一大小朋友，你心地善良，我早看到你書包裡的好東西了，沒想到，你要送我？哈，好，我，大海爺爺就收下你抄的《心經》，其他的，免了，我已多年不食人間煙火了。」

「喔，好。」一大遞上了一篇《心經》。

「一大小朋友，你有氣功底子，小小年紀，不簡單，還有你身邊的烏龜朋友也很不簡單。這樣好了，大海爺爺知道你們是被人追殺才誤入此洞的，大海爺爺教你們出去的方法。」

「您都知道？還要教我們出去的方法？大海爺爺，您再考慮一下，反正我暑假還長，您若須要人陪的話，我可留下來陪您。」

「哈哈哈，一大小朋友，免了，免了，你腦袋瓜想的是土也、阿萬、曉玄、小宇，還有小勇、小丹、爺爺、奶奶這些字眼，可沒有大海爺爺我。呵，回去吧！你不屬於這裡，以後，若有緣，我們會再見面的。」

「大海爺爺，您高！」一大比了個大拇指讚了句。

「來，不囉唆了。除了算腳步進來一步一步倒走出去外，還可用打坐運氣方式，到氣滿丹田後，你的打坐方向會自動轉到一個定向。你就收功，起身，不用眼看前方有無阻擋，就一步一步走，穿牆過水都沒問題，此迴廊的氣場會引導你的氣，領著你的身，一步一步走出去。」

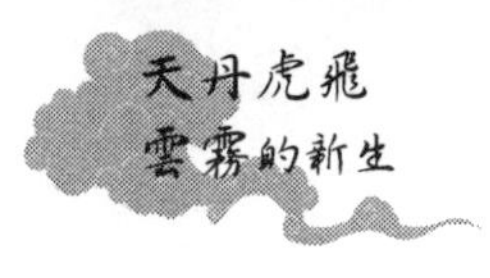

「大海爺爺，您……」話沒說完，一大已身不由己的坐下地，盤起腿，水水爬到他身邊來。

大海爺爺盤腿坐在一大身後，雙手貼在一大背上運氣，一大很快就氣充丹田，周身烘暖，身體自動轉著，轉到一個方向定住。之後，再身不由己的收功，起身，揹好書包，抱起水水，一步一步往前走去，穿牆過水，毫無阻攔。

等到感覺海水在面前時，聽見灰面的聲音在叫「師父，一大哥，你們怎去了那麼久？」。一大醒轉，「哇，水水，剛才……不是夢吧？」往上看，灰面在上方游動，看自己站的地方即是先前的洞口休息處。

「不是夢，快上我背，走了。」水水說。

「好，小虎、飛飛，走了。」一大說。

水水游回大海，和灰面會合。

「師父，一大哥，都看過了幾個太陽月亮，你們不見了幾天，急死我了。」灰面說。

「哈，別擔心，和人說話，耽擱了。」水水笑笑，「走，我們去沉船那看看去。」

一大心想，「我們不見了幾天？海裡有『山水迴廊』，山中有『時空邊界』？是大海爺爺好心，救了我們。」一大有些感傷，「謝謝大海爺爺，有緣再見了。」望空合掌拜了拜。

五十一、沉船櫃子

來到沉船處，一大看見有很多彩色魚兒在沉船內外悠遊自在地游來游去，讓陰森森的沉船船骸有了點生氣。但感覺水水沿著鏽黑損壞的船邊游了好久，卻都還沒看到船頭船尾，一大忍不住說，「這貨船像海底城一樣，好大。」

「呵，連灰面那砲彈速度，都得花上許多時間繞這船一圈，可見它有多大。」水水回著。

「沒再看到那群追殺我們的人和警察。」

「一大哥，那已是幾天前的事了。」

「喔，哈，對啊！」

「師父，一大哥，前面可下到船的底艙，我就是在那裡看到那個……被重物壓死的那個人的。」灰面說。

「那，我們也去看看，不過可得小心，裡頭有機關，別碰任何東西。」水水說。

水水跟灰面輕盈地在船骸間穿梭游著。

隔了會，灰面說，「就在那裡。」

水水、一大順著灰面鼻尖指的方向看去，看到一個外表積滿厚重泥灰及鐵鏽的巨大方形櫃子，隨著船身傾斜在底艙。

「那個被重物壓死的人，就是拿鐵撬撬這櫃子，結果，被後方一圓形像齒輪的東西滾來壓住，就死了。」灰面說，「咦，那齒輪，哇，又退回原來的位置了，看，在你們背後的斜上方。」

水水、一大往背後看。一大看到遠遠的斜上方位置，模模糊糊的是有個圓形物體高高懸著。

水水往高處游，距離櫃子和圓形物體遠些，灰面在後面跟著。

「我靜一下，感應一下那櫃子。」水水靜止的漂浮在海水中。

幾分鐘後，「嗯，櫃子裡有些金銀財寶，櫃子的門上有一個手掌形狀的東西。」水水緩緩地說。

「手掌？像我學校圖書館地下通道的手掌嗎？」一大好奇。

「類似。」

「有人設定了『通關密碼』？」一大猜測。

「嗯，也許是。走，去別處逛逛。那些個潛水人，頭殼壞去，不自量力，自尋死路。只有你爺爺頭殼才是好的，他對金銀財寶毫無興趣。」

「呵，是，我爺爺，高，我對金銀財寶也毫無興趣，走吧。」一大笑說。

「好，那，我們走。」水水轉身，正要游走，「唰！」一聲，迅雷不及掩耳，一股強力漩渦忽地捲

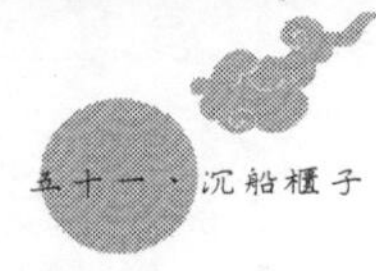

來，一大手沒來得及抓緊水水，整個人被漩渦往後猛吸了去。

水水大驚，「一大哥！」馬上掉頭火速追趕，灰面也立即跟上。

漩渦逕往方形櫃子方向飛快捲去，瞬息間，一大就消失了蹤影，漩渦也沒了。

水水和灰面在附近尋了好幾圈，找不到一大，焦急萬分。

正在想著下一步怎麼辦？水水殼背忽地一沉。

「哇，一大哥，你回來啦！」水水驚訝叫道。

「嗯，好暈……」一大一副昏頭昏腦模樣，趴在水水背上。

「你趴好，我浮出海面。」水水說了，隨即往海面游去，灰面也跟了來。

浮到海面上，一大比較不暈了。

「剛才發生什麼事？」

「我……我剛才……被……被『手掌』捉去了。」

「『手掌』？」水水、灰面同表驚訝。

「我有看見……一個凹進鐵櫃門的『手掌』印。」

「哦？」

「有一聲音說，『來此之人不是用手對著門上手掌比畫或亂按，就是用蠻力拿鐵撬猛撬或捶打。目的都是為了想弄開鐵櫃拿取寶物，惹火老子，老子就發功讓上頭的鐵輪滾下，壓他個稀巴爛。』

「哦，這樣啊，我剛才就感應到那個手掌有強大氣場，不好靠近，你對金銀財寶也沒興趣，我就想乾脆早點離開好些。」水水說，「沒想到你被漩渦捲了去，可是，那手掌爲什麼要捉你去？」

「他說我對金銀財寶沒興趣又是單純的小孩，所以，他信得過我，才捉了我去。」

「目的呢？」

「要我幫忙，可是，他出了個大難題。」

「什麼大難題？」

「等等，我先找一下。」一大往口袋摸，卻見小虎用口輕咬了一個像銅板的東西出來交給一大，一大一看，叫道，「哇，眞的有？」

「那是什麼？」水水、灰面異口同問。

「那聲音說在我口袋放了一個金幣。」

「金幣？送你？」灰面問。

「不是……」一大看了金幣的正反兩面，「哇！」看到金幣的一面是金龜子，一面是指印。

「怎麼了？」水水問。

「哦，他要我找到金幣上印了這指印的人。」

「哇哈。」灰面先笑了出來。

「一大哥，他開什麼玩笑，這不是大海撈針嗎？」水水搖頭，又頓住，「等一下，他，有沒有說如果你找到的話，會怎樣？找不到的話，又會怎樣？」

「水水果然有智慧。」一大說，「他說，沒急迫時間限制，反正都過了那麼多年了，他不在乎再等一些日子。若找到此小拇指印之人，把那人帶來或帶那人的小拇指來，即可開啓鐵櫃，那他就可『解定』重獲自由，至於那鐵櫃內的寶物，可以隨我拿取。若找不到的話，只要一日找不到，我便會一日良心不安！他說他看得到我有『良心』。」

「哇哈哈。」灰面大笑，翻了幾滾。

「哇，這傢伙是高手中的高手，有智慧！簡直是有智慧到宇宙無敵！」水水讚嘆。

「哎喲，水水，你才有智慧，你說，我該怎麼辦？」

「以他的功力，他大可威脅你，叫你幾個星期、幾個月內完成使命，並在你身體中設定期限，恐嚇你期限到了你會死會傷。沒想到，他用此一奇招。」水水想了一想，又說，「人外有人，天外有天，這招眞的很高！一大哥，『良心』難昧，除非……」

「除非什麼？」

「把『良心』殺了，變得沒『良心』！」

「哇哈。」灰面又大笑。

「好笑，但我……笑不出來。」一大苦惱。

「看吧，你果眞有『良心』！」

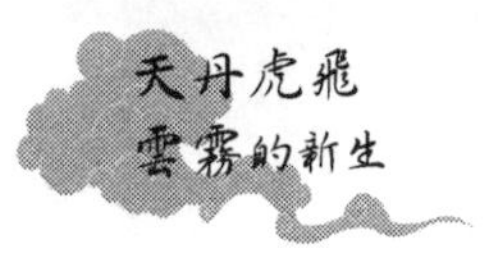

「是哦？」

「回去後，再找你爺爺奶奶、蚯蚯、呱呱、同學、師長，甚至鬼王、師父問問，集眾家智慧，再多研究。」

「嗯。」

「那，我們出來滿久，該回你爺爺奶奶家了。」

「嗯。」

「你和小虎、飛飛先吃點東西再走吧。」

「嗯。」

「師父，難得來大海，回去前，順道去道場再指導弟子們練練氣，可以嗎？」灰面請求。

「好，沒問題，一大哥也可順便去參觀參觀。」

「我，當然，當然，好。」一大啃了口饅頭，也餵著小虎、飛飛吃點碎屑。

休息過後，水水、灰面游起。灰面先走，水水放慢速度，「回程不經過黑色漩渦了，這一路會比來時平順。」

「對了，水水，來時經過黑漩渦時，你怎知道叫我伸出左手？」

「你爺爺也教過我，我的左手也畫了王字加圈圈，遇風風停，遇浪浪平。」

「是喔？哈，爺爺高啊！」

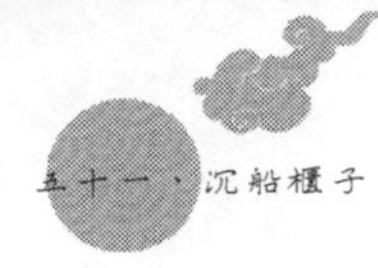

「道場在前面，快到了。」水水說。

忽然出現兩條鯊魚迎面衝來，灰面在牠們後面緊追並大叫，「師父，攔住他們！」

水水右手掌一指，其中一條鯊魚立即定住，往海床落下，另一條則加速逃脫。

灰面游向水水，「師父，『海底』被那兩條大白鯊給破壞了。」

「哦？我先去看一下『海底』，等下再回來找大白鯊問話。」

灰面、水水加速，不久便進入一礁石築起的拱形大門，裡面別有一番天地，海床全是白色細沙，上有青綠的水草、紅白的珊瑚及灰石堆疊的小山，其中有一大圓球形的無水空間，圓球外即是湛藍的海水。

當水水轉過一座大礁石後，眼前卻出現了水草被壓倒扯斷，礁石破碎歪倒的景象，海床上還有好多死屍，一些螃蟹、好幾條魚都被吃咬得支離破碎。

一大四下看看，似沒見到一隻活的魚蝦蟹蚌。

水水看了眼前景象，很是難過，沒說一句話。

一條章魚觸手從一礁石洞中伸出，再探出頭來，「啊，是師父，師父回來了，大家可出來了！」

魚蝦蟹蚌，好多，全從礁石洞、灰石縫中跑了出來，此起彼落叫著「師父」打招呼。

「小章魚，請你安撫一下大家，整理一下環境，師父出去一下，很快回來。」水水說，轉向灰面，「灰面，你跟我來。」

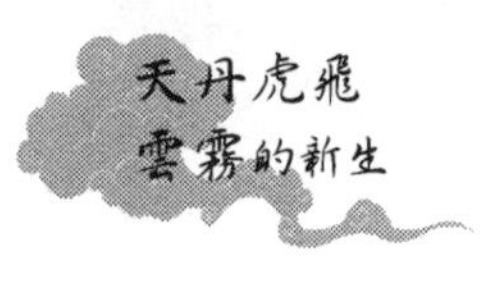

來到大白鯊跌落的海床處，水水上前問，「你們這樣子破壞他人居所，損害他人性命，不好吧。」

「唔……」大白鯊鼻息哼哼。

「你就在這多想想，如果想通了，你會自行解定，想不通，那，你就等我一兩個月後再回來時才幫你解定。」

「……」大白鯊拍著尾巴，說不出話。

「好，我們走。這大白鯊如有急事，牠知道如何找我的。」

說完，水水游走，灰面跟著。

回到道場，水水在球形的無水處放下一大，「呼，那大白鯊三番兩次來搞破壞，還好我們的『海底禪房』築基良好，承受得住。湊巧牠今天碰上了我，教訓牠一下也好。」

「水水，你不幫牠解定，牠會不會死？」

「不會，那是心理戰。那大白鯊個性一直就不好，我如果剛才幫牠解定，牠可能馬上吃了我。其實，不管他想得通想不通，七天後都會自行解定。七天內，牠若受不了，牠會傳訊息給灰面，拜託灰面找我解定，那就好說了。鯊魚自由慣了，別說七天，我有把握，不出三天，牠就會叫同夥去找灰面求救了。」

「呵，水水的智慧，真高！」

灰面一旁說，「鯊魚類裡面，大白鯊攻擊性最強，最兇猛，我是皺唇鯊，跟牠們個性不同。」

「哈，是，灰面是個性比較好的那種。」水水笑說。

「水水，這裡，你們叫做『海底禪房』哦？」一大好奇。

「是啊，師兄弟師姊妹大家一齊打造完成的，這裡氣場好，打坐練氣挺合適的。這圓球裡，氣最充足，水排開成一無水空間。一大哥，你有興趣就在這打個坐，我去和徒弟們說說話。」

「好啊，你忙，我去打個坐。」

打了一會兒坐，一大忽感周圍氣場混亂，感覺奇怪。

飛飛來說，「一大哥，我剛和小虎感應到氣場大亂，看見一隻小蝦匆匆忙忙逃跑，我們聽見牠說：『大白鯊要打進來了！』」

「大白鯊？」一大轉身大叫，「水水、灰面。」

沒聽到回音。

「糟了，水水、灰面八成出去和大白鯊對上了，我……」忙在書包中翻找，「太極手電筒，嗯，算是一個武器吧？」

想了想，「不知來了幾條大白鯊？大白鯊怕不怕光？不管了，小虎、飛飛來，跟我去幫水水。」

小虎、飛飛鑽進口袋，一大揹上書包，自行施展龜息法游入海水中。游出道場大門，果然看見水水、灰面和一隻大白鯊相隔約二、三十公尺遠，正對峙著。

「只有一隻，還好。」一大暗自慶幸。

大白鯊面目猙獰吼叫，「你用妖術綁了我兄弟，馬上給我放了牠。」

「……」水水沒說話。

「看我搗爛你的巢穴，殺你個片甲不留！」

「……」水水仍沒說話。

「你敢作不敢當，只是隻縮頭烏龜！」

「……」

忽然上方有一灰白光影快閃了一下，一大抬頭，驚見還有另一隻大白鯊居高臨下在繞大圈。說時遲，那時快，上方的大白鯊突然向水水俯衝而下，一大立刻動作，將手電筒對準了牠，用小拇指按下鈕。那大白鯊突被亮光罩住，一陣慌張，亂撲亂扭，奔逃而去。

同一時間，一大忽感左小腿一震，有點酸麻，還搞不清楚發生什麼事，見到那隻和水水對峙的大白鯊已全身僵硬，往下落去。

更令一大驚訝的是，大白鯊往下落，鯊肚邊還躲了個穿潛水衣之人，也跟著往下落，那人手上還抓著一把魚槍。

「啊！我小腿，剛才……是被魚槍鏢射到了！」一大忽地明白，忙查看小腿。

「呵，一大哥，謝謝。」水水游來，「你的小腿，沒事吧？」

「好像被魚槍鏢擦過，沒事，還好有蚯蚯的蛇蛻護住。那傢伙，居然躲在鯊魚肚邊，可惡！」

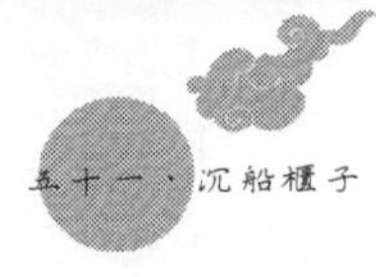

「看來，是有人類指使大白鯊的。還好你即時出手，先擺平了上面那一隻大白鯊，我原先還在考慮一出手要先定住哪一隻呢！」

灰面游來，「師父，你定住的第一隻大白鯊拜託我來請你原諒牠，並放了牠。」

「呵，還不出一天，牠就找灰面求救了。好，一大哥，上我背，我們去看看。」便往那定住的大白鯊游去。

水水看出第一隻大白鯊頗有歉意，解開了牠。大白鯊連連道謝，並請求以後能作為道場護衛以為回報。

「很好，我知道是有人類指使你們，我不會計較，但我也要請你幫個忙，去勸勸你兄弟，別再搔擾我們道場。」水水說。

大白鯊同意，跟了水水、灰面來到另一隻大白鯊和潛水人一起被定住落到的海床。

「我得先將這人解定，怕他缺氧。」水水說著，將那人解了定。

一大透過潛水鏡看那人臉，小聲叫飛飛，「飛飛，你幫我確定一下，這傢伙是不是『疤眼』？」

「沒錯，就是他。」飛飛回答。

「喔。」轉頭向水水說，「水水，他雖射了我一魚槍鏢，但也沒傷到我，算了，就放他走吧。」

水水點頭，一大揮手叫那人走，那人慌張游去。

另一邊，似乎灰面和兩條大白鯊談得不錯，灰面來向水水說，「師父，牠們白鯊與我們道場本也沒

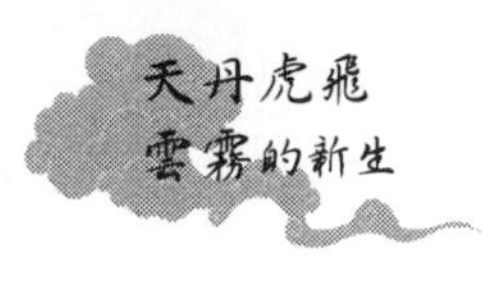

恩怨，牠們認爲是被人利用了，那些人說，要是可以毀掉我們道場，他們便讓大白鯊據地稱王。」

一大過去說，「你們大白鯊本就是海中的大王之王，你們卻聽那些人說什麼毀掉道場可以稱王？完全是胡說八道嘛！道場的魚蝦蟹蚌都靜靜的在修行，也沒招惹到你們。我建議你們沒事也可進道場去學學打坐練氣，修身養性，那比起搞破壞要好得多。」

灰面游來說，「一大哥，那條被亮光罩住的大白鯊，受到了不小的驚嚇，想過來求你放過牠，熄滅亮光。」

「喔，沒問題，讓牠過來吧。」一大想，讓牠們三條大白鯊自己談，或許更好些，轉向水水說，「水水，就讓牠們三條白鯊自己去想想吧。」

「好，那，一大哥，我們先回『海底』去看看，看過後，若沒事，我們就準備回潭中去了。」

那條被亮光罩住的大白鯊來了，一大拿手電筒對著牠，用小拇指按了鈕，牠頭身上的亮光隨即消失了，大白鯊連翻幾滾，很是高興。

水水、一大、灰面離開，回「海底道場」去。

在道場四處看了看，一切安好，之後，水水、一大就準備回深潭去了。

臨走，水水說，「一大哥，方便留兩張你抄寫的《心經》在圓球道場裡嗎？這樣，我的徒弟們打坐時或靜修時也可念念。」

「喔，很好啊，那，我進圓球道場放兩張《心經》在裡頭。」

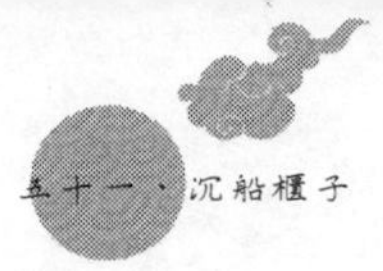

弄妥後，水水、一大便向灰面、章魚、道場的魚蝦蟹蚌告辭，游向大門。

「噢，三條大白鯊。」水水停下，「看來沒惡意，沒事。」

一大見那三條大白鯊在大門外遠處一字排開，點頭搖尾，「哈，水水，我看你下次回來，會多了三條大白鯊徒弟哦。」一大笑說。

「阿彌陀佛。」水水一個大側轉，快速游去。

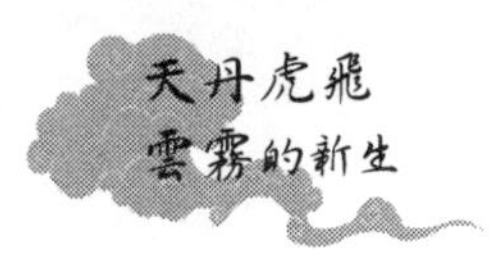

五十二、席復天殺人

回到深潭已是夜晚時分，水水和一大靠近爺爺奶奶屋子時，見屋內沒有燈火，「我看爺爺奶奶睡了，水水，你送我到岸邊竹筏那，我划竹筏回潭中島，明早再過來看爺爺奶奶。」

到了岸邊竹筏處，麥片嗯嗯搖尾走來，「哇，麥片，這麼晚，你還在這裡？」一大抱起麥片。

小虎、飛飛出了口袋，向麥片打招呼。

飛飛在黑夜中一閃一閃亮起，「眞好啊，回到家了。」

一大呼了一口氣，「小虎、飛飛、麥片，我們划竹筏回潭中島，明天再過來看爺爺奶奶。」

「一大哥，那你們回去，我就在這休息好了，再見。」水水說。

「好，我們回去了，水水，謝謝你，明天見。」小虎、飛飛、麥片上了竹筏，一大划著竹筏向潭中島而去。

一覺睡到近午，一大起床後揹了書包匆匆划著竹筏向爺爺奶奶屋子而去，小虎、飛飛、麥片跟著。

「爺爺奶奶，您們好。」竹筏還未靠近，一大就向站在小屋旁的爺爺奶奶打起招呼。

「呵呵，好，好。」兩老笑呵呵迎著一大。

一大一步跳上小屋。

「好玩吧？」爺爺摸摸一大的頭。

「好玩，好玩，驚險、刺激，太好玩了。」

「準備吃中飯，一大，洗洗手面去。」奶奶說。

「吃中飯，好，哦，我先餵麥片。」找了狗食，餵好麥片，「哦，狗食快吃完了，我得找何婆婆再要些。」

飯桌上，一大大口吃飯，「好餓。」

爺爺說，「一大，昨天有警察來。」

「警察？來這？」一大驚訝。

「三個警察，就在土岸邊東看西看的，呵，但他們看不見爺爺奶奶和這屋子。」

「障眼法？嘻。」

「是障眼法，可是爺爺奶奶聽得見他們說的話。」

「哦？」一大仍大口吃飯。

「他們說……『席復天殺了人。』」

「咳！」一大一口飯差點噴出，「我，什麼？」

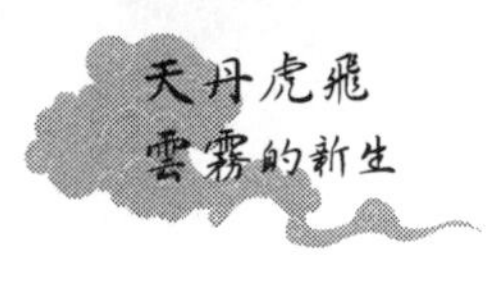

「他們說『席復天殺了人！殺了他叔叔。』」爺爺繼續說。

「我……殺了……我叔叔？」一大放下碗筷，傻傻看著爺爺奶奶。

「別緊張，一定是誤會，我跟你爺爺昨天出去查這事去了。」奶奶要一大放輕鬆。

「啊？」

「我們去找叢林，你師父，去幫忙查，他查比較方便。」

「喔，那我知道了。對了，爺爺，我一共出去了幾天？」一大問道。

「到昨天……一共八天。」

「八天？哇，那山水迴廊，海裡和這裡還眞有時間差。爺爺奶奶，我眞的沒有殺任何人，更沒有……殺我叔叔。」

「呵，別擔心，早上我和水水說過話，爺爺奶奶當然相信你。只是，又不知哪個傢伙想要整你寃枉，這，爺爺奶奶會查清楚。」爺爺拍拍一大肩膀。

「哦，有一個叫斷鼻的，是黑衣人裡面的一個，之前就一直找我麻煩，他被海底沉船的鐵櫃機關壓死了，鬼王還提了他的『魂』讓我看了一眼。」

「哦，那些警察有說，死者被擠壓得不成人形，看不出樣貌，還連指紋都採不到。報案人只在電話裡說他在某處海灘散步，發現了那屍體，警方前往查看，紙條上有：『殺死林志新……席復天』等字。」

「厲害，這樣整我，我有看見我叔叔跟一些人搞在一起，還用魚槍鏢射我。他們大概是想要打開沉船的鐵櫃拿金銀財寶，可是爲什麼把死人推到我身上說是我殺的，還說死的人是我叔叔？」

「不急，等你師父查了回來，我們再研究。」奶奶安慰一大。

「對了，爺爺奶奶，你們幫我看看這金幣。」一大從口袋拿出一金幣，將遇上海底沉船鐵櫃上那個手掌之經過說了。

爺爺接過，「是金龜子。」

「爺爺，您知道金龜子？」

「這上面有隻金龜子嘛，另一面，哦，嗯……」

爺爺將金幣遞給奶奶，奶奶看看摸摸，沒說什麼。

爺爺接著說，「一大，聽水水大概說過這金幣的事，但光靠小指印找人可不容易呵，爺爺奶奶會想想，看怎麼幫你。」

「唉，那隻手掌說我有『良心』，一日找不到這個小指印的人，我就會一日良心不安。」一大嘆口氣。

奶奶聽了，呵呵笑起，「所以說嘛，那隻手掌會找你，可就不會找你爺爺。」

「我？嘿，你這老太婆，又拐彎罵我！」

「呵呵，一大，多吃點飯，吃飽了才有力氣去理那些事。」奶奶把金幣還給一大。

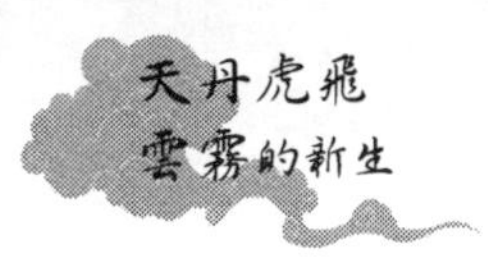

一大埋頭繼續大口吃飯。

「對了，一大，前幾天，還有你同學來找你。」爺爺說。

「我同學？來這找我？」

「他們在土岸上說話，應該是一對小兄妹，他們也看不到我們和屋子。」奶奶接著說。

「哇哈，八成是小勇、小丹，太厲害了，居然找得到這裡。」

「是你學校裡的同學？」奶奶問。

「不是，是另一學校的，他們倆兄妹是雙胞胎。」

「哦？」

「沒關係，以後有機會再找他們玩，下午我先回學校去，去幫麥片多拿些狗食。」

「好，那，你吃了飯就去吧。回來後，在這等你師父，我們好研究下一步怎麼做。」爺爺叮嚀。

「好。」

吃過飯，小虎、飛飛在口袋裡，一大揹好書包，抱了麥片，一步跳上土岸，站上地脈。

忽地到了學校，心想先到附近向蚯蚯打個招呼。放下麥片，就往蚯蚯家跑去。

「樹爺爺，您好。」照例仰頭向大樹爺爺問好。

「一大小朋友，你好。」樹爺爺呵呵地說。

「一大哥，快進來。」蚯蚯探頭急急地說。

一大急閃進洞，「幹嘛？那麼緊張？」

「學校裡有警察要抓你，說你是殺人嫌犯。」蚯蚯小聲說，看看洞口外的麥片，「噓，麥片牠可是警犬。」

「麥片，哦，牠相信我的，我沒殺人！」

「我也相信你，但警察要抓你，那是事實，你甘願被抓，把剩下的一個月暑假浪費在拘留所？」

「當然不。」

「你今天來學校……要幹嘛？」

「找何婆婆，幫麥片拿狗食。」

「哎喲，叫麥片自己去就好了，你書包，吶，把東西全拿出來，縮短揹帶，套在麥片頭上。何婆婆聽得懂麥片的話，把狗食放進書包就帶回來啦。」

「蚯蚯，我有時還眞想偷點你的智慧用用，眞高！」

「偷？警察又要抓你了！」

「哈，好你個蚯蚯！」

一大把書包裡的東西拿出，縮短揹帶，走出洞口，叫，「麥片，來，去找何婆婆裝狗食，不要裝太多怕重，裝好你再回來。」將書包揹帶套在麥片頭上。

麥片點點頭，轉身跑去。

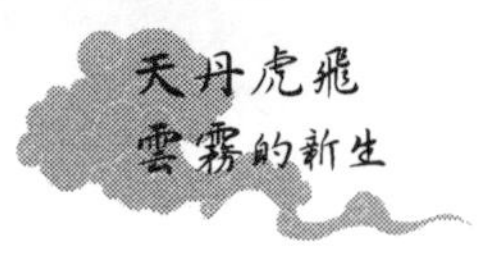

蚯蚯看了書包裡拿出的東西，有黑羽衣，手電筒及《心經》，「你的手電筒最近有用小拇指按過？」

「我的媽呀，我大海裡發生的事，你也知道？」

「哈哈，不是我，是呱呱，牠說牠在空中飛，看見地上有一奇怪的人，居然頭臉上半身罩著燈光，牠跟我聊起，哇哈，差點沒把我給笑昏了，我就想到九成是你弄的。」

「哦，那人呢？」一大忙問。

「住進山下醫院了，人罩著燈光，那可是怪病。」

「哈哈，誰叫他用魚槍鏢射我！」

「魚槍鏢射你？莫怪你還了他一個『光罩』，呵。」

「呱呱在哪？」

「神出鬼沒。」

「蚯蚯，幫個忙，碰到呱呱時，拜託牠查一查那住院的傢伙叫什麼名字。」

「好。」

「謝謝，那，這幾張《心經》也送你。」一大看書包裡拿出的東西，有三張《心經》，順手送了蚯蚯。

「感恩呵。」

「對了，蚯蚯，幫我看看……這金幣。」

一大從口袋拿出金幣，把海底沉船及鐵櫃「手掌」的事說給蚯蚯聽。

「哇，靠這小拇指印找人？太難為你了吧！嗯，你把小拇指印那面再靠近我一點。」

「好。」一大的手移近了些。

「沉船沉了有半世紀之久，那這留下小指印之人，恐怕不老也死了。也許，那『手掌』配這指印是沉船多年後，有高人為了去鎖住鐵櫃，才弄上去的。又也許，沉船之前就有高人為了去鎖住鐵櫃而設定『手掌』的，鐵櫃中除了金銀財寶，還有一個被關在裡頭的惡人、魔頭、鬼怪……，你若開了鐵櫃，那魔頭就，咻，跑出來了！」

「哇，眞是精彩到爆，每次聽你分析事情就是天大樂趣！太爽了。」

「哈，客氣。」

「只是，那『手掌』說看得到我有『良心』。若一日找不到那指印之人，我就一日良心不安。」

「『良心』，是自己對自己負責任，別太在意別人。」

一大聽見洞外有「嗯……唔汪……」的聲音。

「好像麥片回來了。」一大起身要出洞去。

「等一下，你別急，我出去看看。」蚯蚯叫住一大。

隔了會兒，蚯蚯回來，「有麻煩，是麥片回來了，牠拿到了狗食。但牠偷偷跟我說，有兩個警察跟蹤牠，牠不方便過來，怕洩露你的行蹤。」

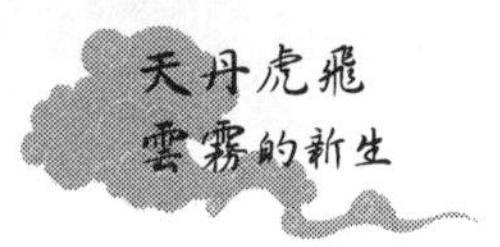

「好狗呵。」

「我跟麥片說了，叫牠去地脈那等你，我揹你高速飆去，然後，你抱起牠就……嘿，瞬間消失。」

「太帥了，謝謝你。」

「別客氣了，你穿上黑羽衣，他們看不清楚你，拿好手電筒，走。」

一大穿好黑羽衣，手電筒放入口袋，上了蚯蚯背。

眞的超級快，咻，就到了地脈，一大迅速抱起麥片，一抬頭，見不遠處兩個像便衣警察的人自草叢中跳起，直奔他來。

一大緊張，心慌了下……「*%$&#@」

五十三、楓露中學

「嘩啦嘩……」一出地脈竟聽見水聲，一大立刻施展「龜息法」，將麥片和自己包在氣場中。大水隨之迎頭灌下，還好氣場隔開了水。

「媽呀，怎麼回事？麥片，我剛才說了什麼？」

「我沒聽清楚。」麥片回說。

「一大哥，你剛才念了『楓露中學』。」飛飛在耳邊說話。

「啊？我念了『楓露中學』？我瘋啦？小虎，是這樣嗎？」

「一大哥，你沒瘋，你是慌，你剛才念的確實是『楓露中學』。」小虎回答。

「『楓露中學』？這，也有地脈？在水下？天啊！」

「一大哥，有鱷魚！」飛飛大叫。

「鱷魚？哇，這是鱷魚池？」一大努力踮腳，「嘿，還好，水只到下巴。」把頭仰高到水面上，四面望去，池塘有操場般大，見有兩條鱷魚遠遠地向他游來。

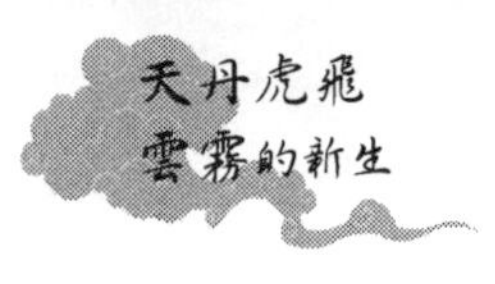

一大低下身在水中四面看去，沒看到別的鱷魚，似乎就只剛才那兩條游來的鱷魚。一大將麥片舉起放在肩頭，把書包取過，揹帶放長，自己揹了。叫小虎和飛飛趴上他頭頂。往鱷魚游來的反方向走。池底有泥巴，腳下又滑又黏的，走不快，「完了！」一大暗叫，抓了手電筒在手。

「小丹姐來了，在上面。」飛飛大叫。

「小丹？」一大往上看，「哇！」刺眼陽光下，小丹居然凌空跨步而來，他看得目瞪口呆。

「一大，抓住。」小丹拋過一堆像繩子的東西。

一大忙伸手抓住，「繩梯！」他這才發現池塘上方約五公尺高處橫直拉架了幾道鋼纜，繩梯扣在鋼纜上。

見一大抓好繩梯，小丹大叫，「哥，轉！快！」

「咕嘟！」一聲，一大、麥片等全被拉上了半空。回看下方池塘，兩隻鱷魚已游到腳下，張口騰空大咬。

「哇，好險！」一大腿軟了一下。

「一大，快拉鋼纜旁的繩子，滑到岸上去。」小丹又叫。

一大拉了一旁的繩子，滑到了岸上，小勇在岸上接著，「哈，一大，歡迎光臨楓露中學！」

一大、麥片下了地，一大笑笑，「哈哈，小勇，感謝如此盛大的迎接。」

小丹隨後也滑來岸上，「一大，刺激吧！咦，你……會土遁？玄了！」

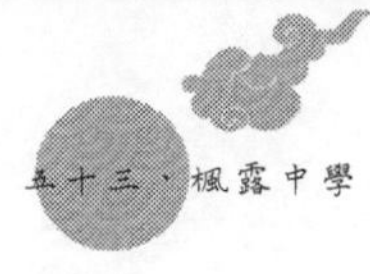

見小丹白上衣黑短褲，頭髮短短，小臉紅紅，嬌喘微微的可愛模樣，一大竟愣得一時不知要說什麼好。

聽見小虎、飛飛叫著，「小丹姐好。」還有麥片的嗯嗯汪聲一大才回神，「小丹妳好，我剛那是『水遁』。」

「水……？嘿，別動！」小丹叫了一聲。

一大順小丹眼神回頭往背後望去，「狼狗！」

一隻大狼狗朝他們方向快速奔來，麥片立即對那隻狼狗汪汪大叫起。

「別動……別動……」小勇、小丹嘴裡一邊念著，一邊走向那狼狗。

「『彈簧』，乖，來，過來。」小丹說著，拍撫那狼狗，那狼狗隨之溫馴地靠在小丹腿邊，「來，這是一大哥和狗狗『麥片』，還有小虎、飛飛，都是我們的好朋友，你跟其他狗狗講，以後見了我們的好朋友，不可以沒禮貌哦。」

「小丹姐，知道了，汪……」那狼狗回答。

「他叫『彈簧』，是我們學校裡的警衛犬，我的好朋友。」小丹向一大說。

「哦，『彈簧』，你好。」一大向狼狗搖搖手打招呼。

「一大哥，你好，汪……」

「一大，你把那件烏衣脫了吧，烏七八黑的，要不是我哥認得你穿烏衣的樣子，我還真看不出是你，

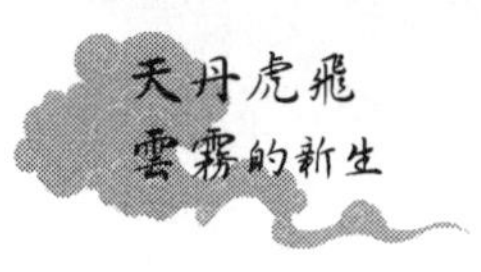

你要成了鱷魚點心，那我可不管。」小丹嘟嘴念著。

「喔。」一大脫了黑羽衣，「還好有這鳥衣，身上沒濕，鱷魚老兄也看不清楚我是人是鬼，花太多時間考慮到底要不要吃這道點心，我這才活下來了。」將黑羽衣和手電筒塞進書包，向小丹做了個鬼臉。

「討厭鬼！」一腳狠踢一大小腿。

三人三秒靜默，小丹隨即右手摀嘴一臉歉意。

「小丹，妳會功夫，還亂踢人？」小勇責備她。

「斷了！」一大頹然坐地。

「哇……對不起，我不是故意的。」小丹眼淚狂落。

「快，扶一大去醫務室。」小勇急叫。

一大突跳起，「哈，免了，斷了……一根頭髮而已，沒眞踢到腿啦，哈……」

兩兄妹愣住。

隔了幾秒小丹才回神，手指一大說，「臭一大，你給本姑娘記住。」

小勇看了，趕緊說，「好了，好了，我們離這水塘遠一點，妹，回樹屋那去，好不？」。

「好啊！走。」小丹俏皮一笑，抹去臉上殘淚。

大太陽下，三人兩狗，走向不遠的樹林。

樹林裡，見有兩棵粗大的枯木中間懸空掛架著一間小木屋，離地約五、六公尺高，順著枯木有繩梯垂下。

「這小木屋是我和我妹一釘一鎚打造的，我先上。」小勇爬上了繩梯，沒兩下就鑽進了木屋，「一大，你上，對了，彈簧，麥片上不來，就讓牠們在下面玩吧。」

一大也很快進了木屋。

「一大，拉我一把。」小丹在木屋口叫。

一大趕緊探身拉她進了木屋，小丹進屋，「一大，我是女生，你上來後，要回頭幫我，下次記得。」

「喔，下……次……記得。」一大向小勇吐了下舌

「嘻，一大，這木屋，可愛吧？」小丹笑笑。

「是，可愛。」

「給我。」

「什麼？」

「背。」

「啊？喔。」一大把背靠上小丹的背。

「哥，有沒有水，渴死了。」

「有。」小勇倒了三杯水，三人喝了，「一大，這水清涼吧，是前面山裡的山泉水。」

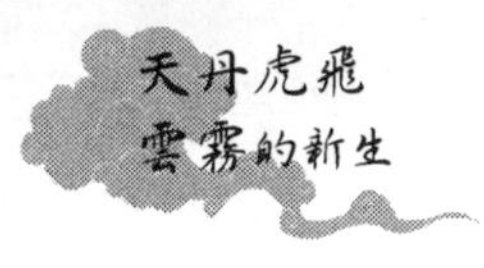

「清涼，清涼，太棒了。」

「從這可看到池塘的動靜，一清二楚，我們剛才就在這看到你，趕去救你的。」小丹說。

「大恩大德，來生再報！」一大笑說。

「今生報！」小丹手肘頂了下一大的背。

「好好好，今生報，今生報。」

「怎麼報？」

「……」

「小丹，別逗一大了，人家第一次來我們這耶。」小勇說。

「嘻，好啦，那，哥，晚飯怎麼辦？」

「回家吃啊。」

「一大呢？」

「跟我們一起回家吃啊。」

「太好了，嘻，我就是這麼想的。」

「兩位稍等，我還是『水遁』回去，不要去麻煩崔媽媽了。」

「臭一大，我跟我哥幾天前千辛萬苦才找到深潭，卻找不到你。你心腸還不錯，知道過來找我們，但就這麼走，你有沒有良心啊？我不管啦，嗚……」小丹把臉埋在兩膝間啜泣起。

「小勇，這……」一大向小勇求救。

「小丹，好，一大會跟我們回家吃晚飯。」小勇向一大擠眉弄眼。

「我要聽一大自己說。」小丹還把臉埋在兩膝間。

「小丹，好，我跟你們回家吃晚飯。」一大只好跟著說。

「耶，好，嘻，一大去我們家吃晚飯。可是，一大，可別嫌我媽做的飯菜不好吃哦。」小丹抬起臉，回頭向著一大，臉上還有淚痕，卻又嘻嘻哈哈說話。

「好啦，嘿，我問你們，那池裡幹嘛養鱷魚？嚇死人，就兩隻嗎？」

「跟『土遁』有關啊。」小丹搶說。

「跟『土遁』有關？」

「對啊，記得我六、七歲時，有次和我爸，就在現在的池子那，一個有圓圈的地上玩躲貓貓，木頭人，忽然間，我不見了。」

「啊？」

「我爸急壞了，就回想我最後說的話到處找，居然兩天後在一美麗的山林中找到我，那山林中有各種野生水果可摘來吃，餓不死人，我倒還想多玩幾天。我爸媽說，找到我的地方距這裡可有十幾公里遠哩。」

「哇，『人小鬼大』的典故原來從妳這來的！」

「討厭，嘿，後來，我好奇，又去玩，我爸媽生氣，就用水淹了那圓圈地，但我還是去水裡照玩，我爸媽火大，乾脆養了兩隻鱷魚在池裡阻止我玩。他們說，一個女孩子玩『土遁』，太不像話，嘻……」

「小丹，妳爸媽有你，眞辛苦啊！」

「才不，我爸媽有我，眞幸福呵！」

「哈……」一大轉向小勇，「小勇，那你有沒有玩？」

「我照小丹說的去做，但沒成功過。」

「我……是最近才會的，但搞不清楚怎麼回事。」一大說。

「一大，最近我跟我哥在池塘上空架了鋼纜和繩子，哪天趁鱷魚打瞌睡，我就再去玩。」

「哇，原來如此呵。」一大想了想，「對了，下次去圓圈地妳抓妳哥的手帶他，你們會一起消失和出現。」

「眞的假的？」兄妹都懷疑。

「看我帶麥片出現，就知啦。」

「當我是麥片？」小勇鼻子哼哼。

「不，彈簧！」

「哈哈哈……」三人笑成一堆。

微風輕吹，林中小樹屋嘻嘻哈哈聲此起彼落，好開心的一個夏日午後。

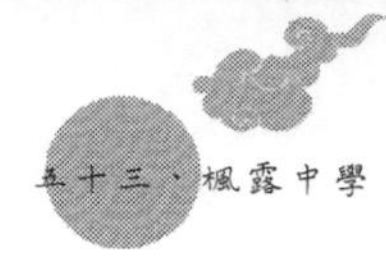

小丹叫飛飛趴在她手掌上，低聲聊天，小虎則滿屋牆上屋頂遊玩著。

「一大，剛才我妹踢你的腿，還痛不痛？」小勇問。

「痛？蚊子叮一樣，沒事。」一大笑笑。

「喂，我好像沒踢到吧，哥，一大他裝的，你也信？」小丹說。

「不是，妹，我看妳是腳刀功夫缺乏練習，沒勁了。」

「沒勁？那哥，你把腿伸來，讓我踢踢看，斷了可不負責！」

「叫一大給你踢嘛。」

「喂，找木頭踢嘛，你們把我腿踢斷了，待會兒沒『腿』見崔媽媽，不好吧。」一大搖手。

「哈哈哈……」

「一大哥，麥片說樹林外有兩個黑衣人朝這走來，麥片先躲到草叢去了。」小虎在一大耳邊說。

「汪汪……」狼狗叫聲傳來。

「有人。」小勇從縫隙看出，「是叔叔的朋友，兩個。」

「討厭，又是叔叔的朋友，哥，別理他們。」小丹說著突又想到，「啊，麥片在……？」

「放心，麥片早躲起來了。」一大笑說。

「哇，你訓練得好。」小丹說。

「麥片是警犬，看見黑衣人就特別……」一大打住，「嘿，還好你們都不穿一身黑的了。」

「那臭麥片之前還咬過我呢！」小勇回頭說了句。

「那時，我們……第一次碰面，還打了一架！麥片牠當然幫我嘛！好了啦，不打不相識嘛！」一大說。

「嗯，是啊，就像昨天的事一樣，時間過得還眞快，暑假完，就升二年級了。」小丹幽幽說著。

「那兩個……在摸彈簧的頭，往這邊看了。」小勇透過縫隙外看。

小丹站起在窗口探頭，小勇跟進站起，一大則躲在縫隙看。

「哦，是小勇、小丹啊。」底下那較矮的人說話。

「你們有沒有看到什麼陌生人啊？」較高的人問。

「鬼……算不算？」小丹回著。

「鬼？算！」較矮的人說話。

「有兩個……大白天……穿黑衣的鬼……」小丹說。

「在哪？」較矮的人問。

「啪！」好大一聲，「白痴啊，走了啦！」較高的人吼向較矮的人。

小勇、小丹摀嘴蹲下，笑到臉紅脖子粗，一大也笑。

隔了好一會小丹才止住笑，「叔叔就愛交一些怪裡怪氣的朋友，看了就討厭，還說什麼他們自願來學校巡邏，我媽說不用，他們還照來。」

「你們的……親戚……叔伯姨嬸，都住在學校裡哦？」一大問。

「我媽才不答應，說他們又不是老師，他們住在學校外不遠的地方。」小勇說。

「傍晚了，我們回家吃晚飯去吧。」小丹說。

「好，一大，走。」小勇先下去了。

「嗯，小丹，下去……是妳先……還是我先？」一大揹好書包。

「你先，可是你要在下面接我。」

「喔。」

接住了小丹下到地面，小丹開心的去追彈簧玩去了。

一大見麥片出現跟上來，「麥片，餓不餓，等下再給你弄吃的，現在我們去小勇、小丹家。」

「好，剛才那兩個黑衣人，有到過我們學校，那味道，我記得。」麥片說。

「哦？」一大轉向小勇，「小勇，剛才那兩人，一高一矮，二十多歲吧？」

「嗯，高的叫『駝鳥』，矮的叫『瓜頭』，二十四、五吧，每天就只跟著我叔叔混，聽說他們才從大海探險回來。」

「大海？」一大心中一震，「大海……有什麼好探險的？」

「金銀珠寶啊！我叔叔特愛金銀珠寶的……」小勇左右望望，小聲說，「探什麼屁險，哼，還把一個姓呂，外號『塌鼻』的命給賠上了，唉，聽說壓爛到……連認都認不出個人樣來。」

「還死了人啊？」一大心中有數。

「嗯，死了一個，另外還有一個姓林的得了怪病，住院去了。」小勇停下，「一大，你看，前面是操場，左後方那一排是教室，教室後是老師宿舍，我家就在宿舍裡。右後方是餐廳，學生宿舍……」

「哦……」

小丹喘呼呼跑來，「一大，我們家快到了，站好，我看看。」掏出手帕，「別動，臉上擦擦，衣服……運動服，還算乾淨，鞋，媽呀，剛沒注意……這泥巴，哥，你從後門溜回家，拿雙乾淨的鞋，來借一大，快……」

「喔。」小勇跑了去。

沒多久，小勇回來，拿了雙乾淨布鞋，「來，一大，這雙穿久了，比較大些，你應該穿得下。」

一大脫下泥巴鞋，往地上拍拍塞入書包，換了小勇的鞋。

「嗯，可以了，走吧。」小丹滿意，「一大，我媽她如果第一眼喜歡你，那你以後再髒再亂她還是喜歡你，第一眼特重要，嗯，乾淨了一點，看，好多了。」

「小丹，你帶一大回家相親哦？」小勇搖搖頭。

「嘻，你管。」

「是……滿奇怪的。」一大說。

「不會啦，走。」小丹一臉開心樣。

五十四、見到崔媽媽

「媽……媽……」一進門，小丹就大叫。

「來了，別叫了，剛才你們誰回來過？我睡得迷迷糊糊的，哦？有同學來？」

「崔媽媽，您好。」一大一鞠躬。

「你是？」

「媽，他是席天復。」小丹搶說。

「妹，席復天啦！」

「崔媽媽，您好，我叫席復天。」一大又一鞠躬。

只見崔媽媽愣在三人面前，嘴巴抖著，眼中有淚光一閃。

「媽，妳……不舒服啊？」

「復……天……坐……」崔媽媽揮手又搖手，轉身在客廳的單人沙發椅上坐下。

三人脫了鞋，上了地板，坐在三人座長沙發上。小勇、小丹、一大依次坐下，小勇最靠近母親，一

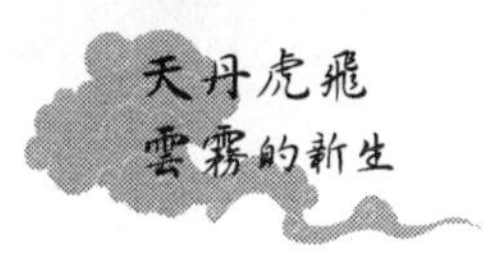

大離最遠。

崔媽媽一直盯著一大看，還起身走到靠近一大的另一張雙人沙發坐下。

「像……像……」崔媽媽喃喃說著。

小丹忍不住，站起來去坐在媽媽身邊，「媽，妳怎麼了啦，妳說像……像什麼？」

「哦，這同學……同學……相……相貌……堂堂。」

「嘻，一大，我媽第一眼就喜歡你。」小丹黏貼在母親身上。

「小丹，妳叫他『一大』？」

「是他的『天』字拆開就是『一大』，是他叫我們這樣叫他的。」

「喔，你……今年多大了？」崔媽媽轉向一大。

「崔媽媽，我十三歲，要升二年級。」

「沒錯，和小勇、小丹同年……同年……」崔媽媽一面說，一面仍盯著一大看。

一大看崔媽媽，穿著簡單樸素，米長褲，白上衣，氣質高雅，小丹長得像媽媽，但多了可愛俏皮。

房間擺設整齊潔淨，讓一大想起了梅師母的家。

「媽，妳別一直盯著一大看，他都不知道該怎麼辦了。」小勇說。

「喔，喔，那，復天，晚飯在這吃，你想吃什麼？崔媽媽去弄，都是素菜，可以嗎？」

「崔媽媽，謝謝您，我也吃素，您弄什麼，我就吃什麼，麻煩您，不好意思。」

「那，復天，你坐，我去廚房弄晚飯。」起身走向屋後，走了幾步還又回頭再看一大一眼。

「哥，媽怎麼了？」小丹回坐小勇、一大中間，小聲問。

「不知。」小勇聳肩。

「一大哥，『獨眼龍』帶了兩個人朝這裡來了。」飛飛來一大耳邊說。

一大還沒說話，見小丹已霍地起身往廚房走去。

很快的小丹和崔媽媽一起走了出來，崔媽媽說，「小勇，你帶復天去你房間，你叔叔朝這裡來了，媽去門外看看。」

「好。」小勇拉了一大往房內走，一起坐在床沿上。

門外隨之有聲音傳來，「二嫂，妳好啊，我們在巡邏，順道來這看看，二嫂這裡有沒有什麼事可讓一海效勞的啊？」

「沒有。」

「二嫂，我弟兄說，下午看見小勇、小丹和一個好像穿黑鳥毛衣的陌生男孩說話，一海覺得有必要來二嫂家看看。」

「一海，我說過，你沒事不可以踏進我家一步，你不記得啦？」

「記得，記得，二嫂的話，一海啊，每一字、每一句都記得清清楚楚。可是，今天這事，不算『沒事』，是『有事』，所以啊，一海必須『有事』踏進二嫂的家查看。」

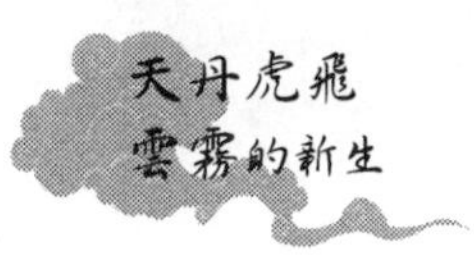

「啪！」好清脆的一巴掌。

「二嫂，妳……打我？」

「打你算客氣的，你敢再前進一步，我一次打趴你們三個！你信不信？」

「二嫂，我……信，我當然信啦！可是，妳不能這麼樣包庇那姓席的小鬼！」

「是我包庇？還是你找碴！你心裡想什麼，我會不知道？哼！」

「席復天，你給我滾出來！」崔一海突朝屋裡大吼。

「崔一海，你叫什麼叫！」崔媽媽制止他。

一大聽見兩人爲了他越吵越大聲，向小勇比手勢自己要出去，小勇拉住他，猛搖手阻止。

「二嫂，我這麼說吧，這屋子外頭還有我很多弟兄，妳功夫再高，一次也打不了十幾二十個年輕漢子，妳把那姓席的交出來，我保證不會爲難妳。」

「你恐嚇也要看對象，十幾二十個年輕漢子我看不見，因爲我一出手，眼底下就只你一個！先斃掉你，到時，看你有沒有臉去見你二哥！」

「很好，很……好，那，駝鳥、瓜頭，去叫弟兄們都過來。」

「一海，你混蛋！」

一大要衝出去，被一巨大的力量一把推回床上。

接著聽見有人跑近慌張大叫，「霸子，快，快！弟兄們，被……被……人……」

幾響重重跑步聲跑遠，門外一下子安靜了。

小勇、一大衝往門口，看看沒人，兩人立即穿鞋跑出門外，看見有其他老師自屋內探頭外看。操場邊上有些人影，小勇、一大跑上前。月光下，見小丹愣站著，前面地上躺了好多人，嗯嗯唉唉的呻吟著，黑衣黑褲破碎地掛在身腿上或散在地上，崔媽媽在人堆中彎下腰查看那些人。

崔媽媽走了回來，「小勇、小丹、復天，來，我們回家吃飯。」

「媽，那些人……？」小勇問。

「死不了，別理他們。」

小勇拉小丹，「剛剛叔他們三個呢？」

「跑啦！」

小丹拉過一大，「一大，你功夫那麼高強，也不早說？」

「我？」

「你剛才穿了鳥衣，前後不過兩分鐘，那些人全趴下了，真厲害啊，哪天教我。」小丹興奮地說。

「我？穿了鳥衣？小丹，妳……」一大搞不清楚。

「小丹，一大跟我一直在我房間，沒離開過啊！」小勇說。

「哇，那更厲害，一大用分身穿鳥衣去打那些人！」小丹繼續興奮的說。

崔媽媽回頭，「小丹，那人不是復天，走了，回家吃飯。」

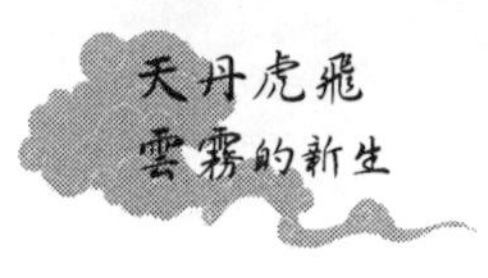

三人安靜了。

麥片、彈簧跑來，一大見了，「嘿，麥片，你剛才躲起來啦？」

「一大哥，彈簧跟我說，我如果追咬黑衣人的話，牠不知道要不要幫我，牠跟黑衣人都熟啊，所以我們就躲開了。」

「哦，也對。好吧，我弄食物給你們吃，別再跑開了。」

飯桌上，小勇、小丹又嘻嘻哈哈。

「一大，怎麼樣，我媽的功夫高吧，嘻，我那個叔叔偏就自不量力，哼。」小丹說。

「我沒看到。」

「沒看到？沒看到也有聽到吧？」小丹又說。

「我……」

「小丹，你別逗復天了。媽那點功夫，只夠治你叔叔，多幾個來，我就沒辦法了。」轉向一大，「復天，你有內功底子，加練些外功防身也很重要。」

「是。」一大回著。

「媽，妳別被他唬了，我跟哥兩個打他一個都打不過，哼。」小丹嘟嘴。

「沒，沒，我是常打架，有打架底子，不小心才……才那個……」一大忙解釋。

「小丹，妳跟妳哥兩個是自己學藝不精。一個女孩子家，沒事找人打架，打輸了，還好意思說？」

崔媽媽雖在罵人，但還笑笑的。

「崔媽媽，我們是互相學習……學習功夫，不是真打。」一大打圓場。

「嗯，不錯，復天，你會替別人著想。那，你在雲霧中學過得好不好？快不快樂？有沒有人欺負你？有沒有遇到什麼困難？跟崔媽媽說。」

「哇，媽，妳幹嘛這麼關心一大呀？」小丹又嘟嘴。

「媽也關心你們呀，只是順便也關心你們的朋友嘛！」

「謝謝崔媽媽，我過得很好，很快樂，沒有人欺負我，也沒有遇到困難。」一大回答。

「梅老師他，對你兇不兇？」

「梅……老師？呃，他……對我……很好，只是……有時我和……同學……打架，他罰我……跪，那也……也是……是為我好。」一提梅老師，一大就不自覺結結巴巴。

「哇哈，罰跪，那多丟臉啊？」小丹笑一大。

「哪會？跪的又不只我一個。妳不知道，梅老師功夫有多厲害，遠遠地叫聲『跪』，我半秒都等不及，咚，就跪下了，而且，他不叫『起來』，我就真的一直跪著，起都起不來！」一大說得活靈活現

「哈哈哈……」崔媽媽和小勇、小丹都笑到噴飯。

「你一定是太皮了，梅老師才特別照顧你，那，梅師母呢？她對你好不好？」崔媽媽問。

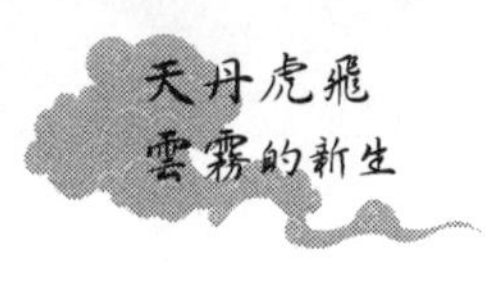

「梅師母？崔媽媽，我跟你說，梅師母她對我簡直是沒話可說，世界一等一的好，小勇、小丹見過的，梅師母，眞的……是好、好、好人。」

「哦，小勇、小丹見過梅師母？」崔媽媽看向小勇、小丹。

「嗯……嗯……，我跟哥去找一大，被警衛犬帶去梅老師家，是……見過梅師母，她還……煮麵給我們吃，麵……很好吃。」小丹小心翼翼地說。

「你們兩個只知道頑皮，見過梅師母也不跟媽說一聲，媽以後若是見到人家，媽也要謝謝人家，才不會失禮嘛。」

三人靜了下來，各有所思。

崔媽媽問一大，「復天，今天晚了，你晚上就別回去，住在這裡，好不？」

「耶，好！」小丹高舉雙手。

「小丹，女孩子要像女孩子，媽沒問妳。」崔媽媽轉向一大，「復天，好不？」

「我……」一大爲難。

「對了，你怎麼來的？」

沒人答話，崔媽媽將三人都看了一遍。

「崔媽媽意思是說，你沒交通工具，怎麼來的，又怎麼回去？」崔媽媽再問。

「土……」

一大才說一個字，就感覺小腿被小丹碰了下。

「土方法，用腳走。」

「那得走多久呵？」崔媽媽話鋒一轉，「嘿，『土遁』又不是什麼壞事，怎麼，不能說？」

「崔媽媽，您？」一大心中有一「高」字沒說。

「崔媽媽不『高』，只是，我這對兒女，可不『低』唷。」「高」「低」兩字加重了語氣。

「哎喲，媽，人家是怕一大說了『土遁』惹妳生氣，那可不好。」小丹撒嬌。

「復天是男孩子，會土遁，很好啊！妳一個女孩子玩土遁，那媽才不高興的嘛。」

「媽，妳偏心。」小丹不高興。

「復天，你怎麼會『土遁』的？」崔媽媽沒理小丹。

「我搞不清楚怎麼會的，一個老爺爺……帶著……教我的。」一大說。

「哦，那，復天，你以後常來這玩嘛，用『土遁』，一會兒就到了。」

「啊？我……」

「崔媽媽可以把地脈上的水塘弄乾，把鱷魚弄走，那樣，你想來就來，想回就回，好不？」

「嗚哇，媽……喜歡一大，不……喜歡我了。」小丹哇哇哭了起。

崔媽媽起身，摟住小丹，「小丹，誰說媽不喜歡妳了，妳跟妳哥都是媽的寶貝，好，不哭了，妳不希望復天常來啊？」

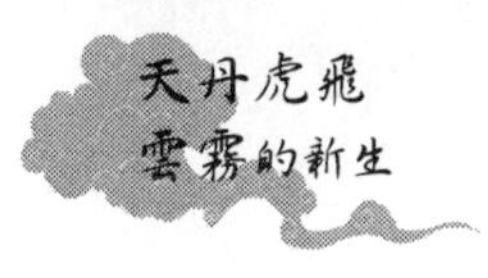

「希……望……啊。」小丹淚眼汪汪。

「那就好啦，不哭了，復天會笑妳的。」

「媽，一大不會笑妹的，他早習慣了妹一下哭，一下笑的模樣。」小勇插嘴。

「哥，你討厭。」

「哈，看來，你們兄妹認識復天很久了吧？現在才請他來家裡玩？眞是的。」

三人接不上話，又安靜了下來。

一大在想，崔媽媽看上去只是個有氣質的老師，兩個小孩的媽媽，但她看得出人家腦袋想的事，比起爺爺、師父、甚至大海爺爺，都不輸，而且似乎不怕「獨眼龍」，還打「獨眼龍」巴掌！眞是不得了，了不得！悄悄地看一眼崔媽媽，崔媽媽卻正在看他，「復天，待會兒崔媽媽就去收拾一間小房，你就住下來。」

「喔，嗯。」一大只好點點頭，「謝謝崔媽媽。」

吃完飯，收拾好碗筷，崔媽媽弄了水果，和一大、小勇、小丹坐在客廳聊天，嘻嘻哈哈的，一大感覺很溫暖，好有家的味道。

晚了，崔媽媽說，「大家去小勇房間打坐，媽陪你們。」

「媽，今天放假好不好，我好累。」小丹打呵欠。

「剛才聊天妳怎不說累？打坐去。」

「喔。」

三人去小勇房間，盤起腿打坐，崔媽媽在背後看著，偶而伸手幫三人調調氣。

打完坐，小勇拿套乾淨睡衣給一大換，分別去洗了澡。

崔媽媽催兒女去睡了，拉了一大到門外說話，「復天，叢林是你什麼人？」崔媽媽直接了當問。

「啊？他……是我的……師父。」反正瞞不過，一大就直說。

「別騙我，說實話，你身上有他的功夫。」

「崔媽媽，叢爺爺眞的是我師父。」

「看你腦袋裡想的是沒騙我，可是……叢林死時，你都還沒出生呢！」

「叢爺爺，是……我坐上他的幽靈火車……」一大將他如何被叢爺爺的鬼手打傷，如何被一對老爺爺奶奶救了並作法向叢爺爺說了對不起，後來卻被叢爺爺收作孫徒之事大概說了。

「這麼回事啊，難怪……」崔媽媽壓低聲音說，「晚飯前把崔一海那些弟兄全打趴在地的……是你的師父……叢爺爺。」

「啊？我師父？」一大大爲驚訝。

「看來，你師父是不想看到他們傷害你，只下了輕手，小小教訓了他們一下。」

「哦？是……」一大搞不清楚，努力回想今晚發生的事。

「晚了，睡覺去吧！」崔媽媽說，「對了，復天，有些大人之間的事情，嗯，你還小，不懂的話，聽聽就好，別太理會，好好讀書，身體健康才最重要。」

「喔。」

五十五、還我清白

晚上躺在床上，一大腦袋瓜想著，「還是回校向梅老師報告一下才對。」

早上吃過早點，一大說要回雲霧中學，崔媽媽留他不住，便說：「好，復天，崔媽媽開車送你。」

「崔媽媽，不用啦。」一大搖手。

小丹立即說，「媽，這小事，交給我和哥送就好了啦。」

「瘋丫頭，妳又想找機會出去玩，對不對？」

「猜對了，媽，反正在家也沒事嘛。」

「好，好，去吧。」

三人收拾一下，出了門，小丹說，「哥，我們開『勇丹號』送一大。」

「喔，好啊。」小勇回答。

三人往宿舍後方山林走，兩兄妹不時回頭四下看看。

「幹嘛老回頭看？」一大隨口問。

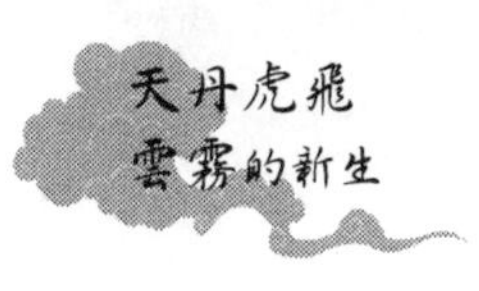

「哎喲，怕人跟蹤嘛！這都不懂。」小丹回他。

「妳媽妳叔都不是普通人，他們根本不用跟蹤就知道你們在幹什麼了。」

「才不會呢？他們發現不到的，你不知道那有多隱密呵。」小丹自信滿滿。

「哇！小丹，慘了，被發現了。」前面小勇停住。

「哎喲！」小丹也跟著停住。

只見麥片站在眼前一堆枯枝殘葉上，正哈舌搖尾，見三人來到，嗯嗯汪叫著。

「麥片，你站那幹嘛？」一大奇怪。

「哎喲，一大，就是這裡啦。」小丹去拉扯枯枝，小勇也上前幫忙。

「哇，這麼隱密！」一大看到露出的車板一角。

「麥片都找得到，哪算隱密啊？」小丹悻悻然。

「麥片？麥片不算啦，牠是警犬！」一大想辦法安慰。

「嘻，對耶，哥，麥片不算！」小丹開心了些。

小勇已弄乾淨了車板上覆蓋的枝葉，「一大，幫忙，推一下。」

一大看到一長方形厚木板，巧妙的架在四個小鐵輪上，車板前方有一小發動機，上方掛了個小燈。往前推，一大發現輪下有一細鐵軌，大致清除了一下鐵軌上的雜草枯葉，推了十幾公尺後，順了，車自行下滑了去，「小丹，上車！」小勇叫。

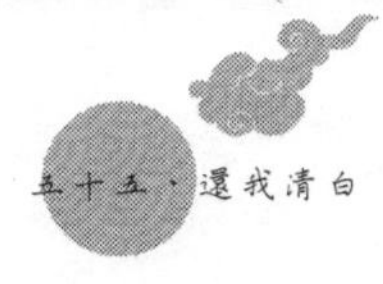

一大抓緊小丹的手幫她上車，和小勇多推一下車，再分別跳上車，麥片也上來了。三人一狗坐在車板上，下坡多，就讓車自動跑去，過快時，在車後方的小勇就拉一拉車尾的木把手，那是減速用的煞車桿。

「嘩……，舒服呵。」小丹迎風高喊。

沿路穿過密密的樹林及濃濃的山霧，「勇丹號」就在伐木鐵軌上喀喀咔咔，一路轉山繞水前行著。

「一大，你急著是要回你學校去嗎？」小勇問。

「你們兄妹可眞會想啊！太棒了！」一大大聲說。

「對啊！可能又要罰跪了。」

「啊？你又打架啦？」小丹急問。

「哈，這次沒打架，更嚴重，殺了人了。」一大笑笑。

「吱……吱……咔……」小勇猛拉刹車，車速慢下，停了。

「一大，你殺了人？」小勇很驚訝。

「沒啦！人家亂講的。」一大搖搖手。

「我陪你去，是誰冤枉你？」小丹一副挺身而出樣子。

「小丹，謝謝妳，不用了，我可以解釋，不會有事的，放心。」

「哦，那，你就快點回去吧，我……」小丹欲言又止，車又動了。

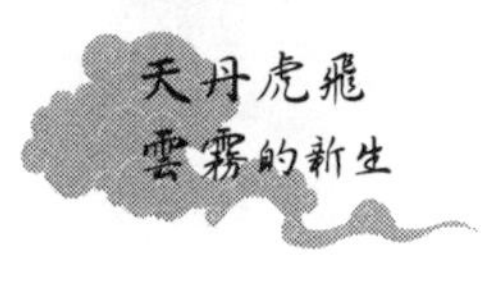

沒多久，「到了，一大，等一下下車，你往左去，先會看到花圃，再往前走大概半小時多，就看到你們餐廳了。」小勇說著，煞住車。

「非常感謝你們，我罰完跪，再去找你們玩，再見了。」一大跳下車，麥片跟上。

一大向小勇、小丹揮手，看車走遠才跑向學校。

飛飛在一大耳邊說：「一大哥，我和小虎有話跟你說。」

「哦？」一大放慢腳步。

「昨晚叢爺爺說，他在找你要跟你說，醫院那個身上有光罩著的人是你叔叔，但你叔叔戴了人皮面具，假冒自己叫『呂東』。」

「『呂東』？姓呂，是斷鼻，場鼻？喔，是他們兩個，叔叔和呂東交換身份，要來害我？還說什麼……我殺了我叔叔？」一大停下步子，「飛飛，你昨晚怎沒說？」

「小丹姐和崔媽媽都聽得懂我說的話，我憋到現在才敢說。」

「呵呀，聰明！」想了想，「還好，還好，太極手電筒救了我。」

「還有，叢爺爺找到你時，聽見有人大喊：『席復天，你給我滾出來！』他便要出去教訓那人，也就是崔一海。但怕有人看得到他認出他來，便借了你的烏鴉衣穿了，把操場上的黑衣人全先打倒，再回來找那崔一海，卻被崔一海給溜了。叢爺爺說，這樣也好，崔一海那幫人可能還會以爲是你對他弟兄動的手，有一陣子不敢找你麻煩了。」

「原來是這麼一回事，哈，叢爺爺英明，謝謝叢爺爺！」一大上下四方合掌拜了拜。

「之後……」

「還有？」

「之後，我跟小虎，坐著麥片……去跟蹤崔一海。」

「哇，厲害，麥片知道崔一海住哪裡？」

「彈簧有跟牠說。」

「哇，更厲害，」轉向麥片，「麥片，你和彈簧都成了麻吉啦？」

「唔汪。」

「到了崔一海住處，我會閃光，麥片體形大，不方便靠近，所以小虎就上了。」

「哇，小虎？」一大找到了小虎，放上左手掌，「小虎，你說，那崔一海有沒有……感到非常後悔對付我？」

「沒有，還更兇狠！嘎嘎。」

「啊？夠……種！」

「他對一個叫『駝鳥』，一個叫『瓜頭』的手下說，要不惜一切代價幹掉『席復天』，不計一切後果幹掉二嫂，先拿下『楓露』，再拿下『雲霧』！」

「幹掉我和崔媽媽？可是，先拿下『楓露』，再拿下『雲霧』？是指……這兩間中學嗎？他想幹什

麼？當校長？老師？還是班長？」

「嘻嘻，他沒說，不過有說，那姓席的穿了一身黑羽毛，似乎刀槍不入，還打傷他們一票弟兄，得請高人來除掉他。」

「高人？不怕，高人來時，我就說他們看錯了，那穿黑羽毛的根本就不是人，是隻烏鴉，哈哈哈……」

「哈哈哈……呱呱呱……」

哈哈聲中有呱呱聲，大家靜了下來。

「一大哥，好久不見啦！呱……」

「媽呀，是呱呱！」一大抬頭找，「哈哈，眞的是呱呱，我以爲你還在哪個角落裡繼續眠著呢！」

烏鴉呱呱棲在頭上不遠的松枝上，「一大哥，我不在你就栽我贓哦？」

「哈，沒錯，這樣他們才找不到我呀！」

「好傢伙，八成是穿了我的衣服，你變更聰明了。」

「嘻，正是。呱呱，你頭髮長好啦？」

「長好了，你看清楚，本鴉呱呱……有沒有越來越帥了？」

「哈哈，有，帥帥頂呱呱！」

「好聽，贈送你一個情報，那個罩著燈光的病人，名叫『呂東』……」

「喔，呱呱，你夏眠太久啦，你這情報，我已經知道了！」

「哇，是哪個烏鴉嘴先跟你說的！壞我呱呱名聲。」

「好你個呱呱，幽默！」

「過獎！」

「呱呱，你的飛功沒夏眠吧？搭個便機如何？」

「試試就知！飛哪？」

「宿舍，我要去找梅老師。」

「短程而已，來……」呱呱已飛落地上。

一大叫麥片先去宿舍，麥片跑了去。

一大上了呱呱背，「我加上書包、手電筒、羽毛衣，會不會過重？」

「還好，反正一分鐘就到了。」

很快到了宿舍，一大往梅老師家走去，準備找梅老師及梅師母報告有關叔叔及斷鼻及黑衣人整他之事。

快到梅老師家門口，一大正低頭想要怎麼向梅老師說，冷不防竄出兩個警察，一左一右架住了一大。

一大立即大喊，「梅老師，梅師母，梅老師，梅師母……」

梅老師及梅師母聞聲跑出門口，「席復天？」

兩人看見一大在門口，還看見兩個警察架住了他，有喜又有驚。

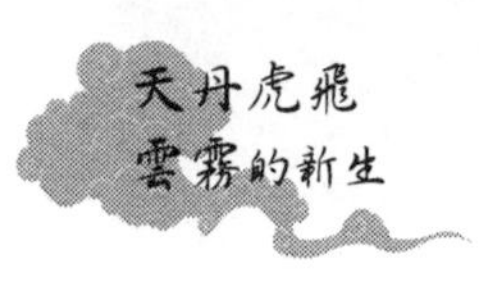

梅老師走上前，「哦，是吳警員、江警員你們兩位。」

「梅老師，你好。」吳警員說，「我們前幾天談過的，席復天同學涉及他叔叔，嗯，那件案子，我們在這先知會梅老師，再帶他回局裡說明。」

「吳警員，我希望我學生在去貴局說明前，我跟他先談談，可以嗎？」

「可以，但，梅老師，職責所在，我們必須在場。」

「好，那請就近在舍下坐坐。」梅老師指著他家。

「好，打擾了。」

進了客廳，「席復天，跪下！」梅老師叫了一聲，一大隨之「咚！」跪在地板上。

梅師母和兩名警員見狀，滿是驚訝神情。一大早有心理準備，跪就跪，梅老師這幾天找不到他，肯定心煩氣燥。

「席復天，老師叫你跪下，不是因你涉及你叔叔的那什麼未經證實之事。而是因你看到警察還溜，不面對事情做說明，那行爲是不對的，懂吧？」梅老師說。

「懂。」

「梅老師，別生氣，那天的警察是穿便衣，也許席同學認不出來，也許他並不很清楚發生了什麼事，讓我們跟他說，好吧？」

「好，吳警員，麻煩你了。」

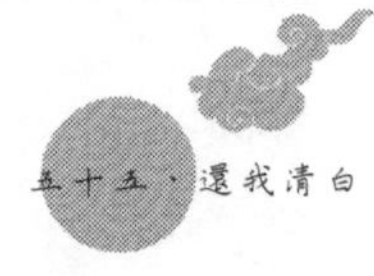

「好，上星期，因為有人電話報案說在一海灘散步時發現一具屍體。警方前往查看，有紙條寫著：『殺死林志新……席復天』字眼。因死者被嚴重擠壓，看不出容貌，連指紋都採不到。警方隨後收到一張在水中拍的照片，沒照清楚人，但運動褲上前半的『11001 席』清晰可見。」吳警員將照片遞給一大。

一大看了照片，心想，「他們居然還海底拍照？厲……害！」將照片還給吳警員。

「席復天，你可以回應。」梅老師說。

「我有去海裡玩，是穿著運動褲，可是這……」一大搖搖頭，腦袋只想著那個躺在醫院，身上有光罩叫『呂東』的人，那人竟是戴了人皮面具的叔叔假冒的。

隔了一會兒，梅老師說，「吳警員，這樣好了，我想麻煩一位載我跟席復天到山下醫院去一趟。」

「山下醫院？梅老師，你？」吳警員不明白。

一大同樣不明白。

「吳警員，是這樣子的，因為反正要去警察局作筆錄，而醫院就在警察局旁幾十公尺遠處，我剛想到了一位此案的關鍵人物，他就住在山下醫院。如果兩位有興趣，就一同去看看，不會耽擱幾分鐘的。」梅老師說。

「哦，關鍵人物？我們當然有興趣，就一同去看看，反正順道。」吳警員同意了。

一大看看梅老師，心中有底，腦袋想的，梅老師看到了。

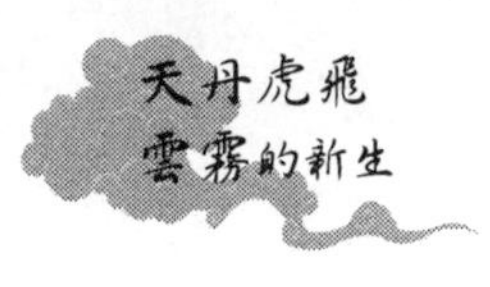

「兩位稍坐，我換件衣服。」梅老師走進房裡。

一大轉向梅師母說，「師母，對不起，我都沒來看您，我要謝謝師母送我的生日蛋糕，還有，我沒做什麼傷害人的事。」

師母拍拍他頭，「復天，祝你生日快樂，師母相信你不會做傷害人的事，等一下向警方說明就沒事了。」

梅老師走了出來，「席復天，起來。」

一大站起身來，跟著吳警員、江警員，梅老師上了停在約百公尺外樹林邊的警車，吳警員開車，梅老師坐他旁邊，江警員、一大坐後座。

一大看著窗外，山路往下，心情也往下。

飛飛來一大耳邊說，「一大哥，梅老師說，你到了醫院後，要這樣……這樣……」

一大聽了，心情頓時好了許多。

到了醫院，梅老師在服務台查住院病人名單，帶著三人上了六樓，走向一間單人病房。

在病房門口，梅老師向警察說，「兩位，我和你們在門口稍候，這人是此案的關鍵人物，你們警察突然出現會嚇到他，讓席復天去和他說話，我們在這聽。」

兩警面有難色。

「這樓層又高又沒後門，還怕席復天跑啦？這樣好了，若有任何閃失，我梅某負全部責任。」

「這……好吧。」吳警員點了頭。

「席復天，開門，你進去。」梅老師對一大說。

一大推開門，走進病房，見病床上躺著一人，像在閉目養神，又像是睡著了，那人臉身罩著一圈光，

一大只覺好笑。看床頭病人卡上寫著姓名：「呂東」。

一大走到病床旁，「叔叔，叔叔……」又推又喊。

那人惺忪睜眼，霍地坐起，大叫，「復天，唉喲，是你，復天，對不起，是叔叔對不起你，他們指使我害你，那不是我的本意。你知道叔叔一向膽小，怎會去害你嘛？」猛一醒覺，立即改口，「喂，小朋友，你，找誰啊？」

「好了啦，叔叔，你的事，我都知道了。」

叔叔很猶疑，「你……認得出我？」

「你就算改了姓改了名，可改不了聲音吧，你是我叔叔，林志新。」

「你眞認得出？」叔叔停了下，「唉，好吧，復天，老實說，我是你叔叔，你找人救救我，這怪病，醫生說，沒法醫啊！」

「我找了高人，你的病……可醫。」

「眞的？復天啊！都是……他們出的餿主意，那『塌鼻子呂東』被海底沉船的機關給壓死了，我得了這怪病，我怕死了，吵著非住院不可。他們爲了要害你，就搞了這一石兩鳥把戲，把我和呂東交

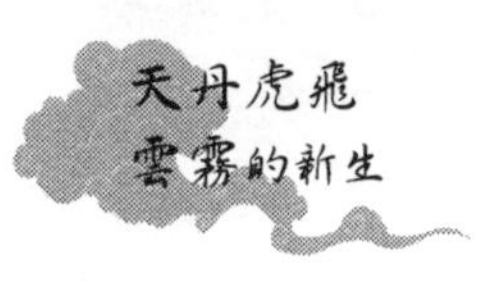

換，說是你殺了叔叔！唉，可苦了我呀！」叔叔說得涕泗縱橫，伸手往臉上又抹又扯，把人皮面具給拉破了一角。

梅老師和兩位警察出現在床前，叔叔抬眼一看，嚇了一跳，「復天，這……這……咦，是梅老師？還有警察？復天，復天，你說的高人呢？」

「高人剛來過，沒現身讓叔叔看見。」一大說著，偷偷地拿出手電筒，對準叔叔用小拇指按了一下鈕。

「咦，這……這……哇……哈。」叔叔摸著臉身，光罩沒了，興奮的笑起，「高人啊，謝謝，謝謝，謝天謝地。」合掌四下拜拜。

吳警員幫「呂東」辦好出院手續，再五人一起到警察局去作筆錄。

叔叔因臉身的光罩沒了，很是高興，把人皮面具給扯了乾淨，回復了「林志新」的身份。但面對警察，他否認去過大海，否認用魚槍鏢射人，說不知那光罩怎來的，也不知剛說過的指使者的「他們」指的是誰，對警方的詢問，叔叔一概避重就輕，實問虛答。

一大問他之前送的發糕，害同學吃了瀉肚子之事，他推說應是一大的嬸嬸買到了發霉或污染的食材，做壞了發糕，他天地良心眞的不知情。

看叔叔又是那以往熟悉的一臉無辜無奈、唉聲嘆氣的可憐樣，還老伸出五指發誓，說絕對不會做出任何傷害自己好姪子的事情。一大心情很是複雜。

「叔叔，我從小尊敬你，也感謝你對我的照顧。只希望叔叔別再在我身上動錢的腦筋，我沒錢也沒本事幫你還欠人家的錢。」

「復天啊，是誰那麼白目去找你要錢啊？別人不知道你，你叔叔我從小看你長大，你跟我一樣，都是身無分文的窮光蛋，找你要錢？叔叔我沒那麼蠢吧。」

東扯西扯，警察該問的也問完了，叔叔離開了警局，吳警員派人開車送一大、梅老師上山回校。

回到梅老師家門口，已下午三點多了。

梅老師問，「席復天，那手電筒是福利社買的？」

「哦？是。」不用瞞，梅老師什麼事都知道。

「好，物盡其用，你進去和你師母說說話，老師去校內巡一下。」

「謝謝梅老師，謝謝。」一大恭敬地一鞠躬。

「嗯。」梅老師笑笑，轉身走了開去。

五十六、好同學遭綁

回到潭中小島，一大每天安安靜靜打坐、讀書、抄經，過著規律的生活。三餐，自己煮飯，再蒸煮些園中採摘來的瓜類蔬菜等食物，也吃得飽足愉快。

幾天後的一個早上，小虎在一大起床時跟他說，「一大哥，飛飛牠……往生了。」

「啊？」一大聽了，頹然坐在椅上，半晌才問，「飛飛牠……在哪？」

「不知道，昨晚，牠朝西飛了去。」

「喔。」一大起身肅穆合掌，面西三拜，「飛飛，一大哥抄幾篇《心經》念給你聽，一路好……飛，再見了。」

一大坐下，抄寫《心經》，心情漸漸平靜了下來。

近午時分，一大揹上書包，看一眼，黑羽衣、手電筒在裡頭，裝一壺水，再加幾張《心經》放入，划了竹筏，帶上麥片和小虎去爺爺奶奶家。

奶奶見了一大，摸摸他頭，「飛飛明年還會回來的，別難過了。」

「謝謝奶奶。」

一大心中明白，不用說話，爺爺奶奶就知道他腦袋想什麼。

「一大，吃了中飯就去學校裡看看，有幾個同學在找你了。」爺爺朝一大笑笑。

「是嗎？爺爺您看到的一共有幾個？」一大心情一振。

「呵，兩男孩兩女孩，還有四條狗。」

「哇哈，是土也、阿萬、曉玄、小宇他們。」一大大爲開心。

「爺爺奶奶，我可以帶他們到小島上住嗎？」

「當然可以。」爺爺奶奶齊說。

土也他們人多，一大想，不好從地脈進出，便問了爺爺走路出入雙潭的路線，還叫麥片和小虎幫著記。

爺爺說，「不過，你們得自己在那裡住，爺爺奶奶就不陪你們了，島上菜園子的蔬菜瓜果，五、六個人吃上一個月都夠，米麵也都不缺，你和幾個同學好好玩吧。」

「好，知道，謝謝爺爺奶奶。」

吃過中飯，一大帶著麥片和小虎跑向地脈，到了地脈旁，一大停下腳步，「麥片、小虎，爺爺說的是那條小路嗎？」

「對呀，地脈右邊，上坡的小路。」麥片回答。

「要走一個多鐘頭，嗯，其實也不算太遠。」一大想著。

「一大哥，今天不走地脈啦？」小虎來問。

「我在想，先熟悉一下這條小路也好，不然，回程人多，要是那時候迷了路，不就慘了。」

「那，一大哥，你決定吧。」麥片說。

「嗯，三個人決定，猜拳，少數服從多數。」

「拜託哦，一大哥，我和小虎了不起出個布和石頭，出不了剪刀。」

「那簡單，改用喊的，來，剪刀石頭布，一、二、三……」

「剪刀」！「石頭」！「石頭」！

一大喊「剪刀」，麥片和小虎都喊「石頭」。

「好，少數服從多數，用走的，走。」一大邁步前行。

一大順著地脈右手邊那條上坡小路走去，麥片在前方十幾公尺外跑跑嗅嗅。

走了二十幾分鐘，小虎向一大說，「一大哥，我怎麼覺得剛才那猜拳，好像有問題。」

「有什麼問題？」

「說不上來，如果飛飛在，我就可以問牠了。」

「唉，飛飛都，唉……」一大搖頭嘆息。

麥片跑回，「一大哥，前面有一個人。」

「哦？」一大走上前去，見一老樵夫站在路旁，「老爺爺，您好，您砍柴啊？」

「呵，小朋友，是啊，可重的很！」老樵夫一頭白髮加白鬍，笑笑看著一大。

「重？」一大看老樵夫肩上，只不過挑了一根小枯枝，「老爺爺，交給我，我幫你挑。」

「謝謝你呵。」老樵夫將小枯枝放在地上。

「老爺爺，喝水嗎？」一大將水壺遞上。

老樵夫接過，喝了兩口，還給一大。一大將水壺放回書包，彎腰去拿那小枯枝，「咦？」拿不起。

一大更彎下腰更低下頭，又拿又推又提，「哇，邪門，就一根小枯枝，我居然拿不動？」

滿頭大汗的一大很不好意思，抬起頭要說對不起，「咦，老爺爺？」

老樵夫不見了。

「麥片、小虎，老爺爺呢？」

「就……就……消失了。」麥片應著。

「一下子就不見了。」小虎說。

「哈哈，小朋友，很好，你還是很有『良心』，我還以爲你的『良心』沒了！」一個聲音遠遠地傳來，渾厚有力。

「啊？」一大驚出一身冷汗。下意識地把手伸入口袋，金幣，在！四面八方再看，老樵夫，不在！

小虎說，「老爺爺只有右邊一隻手。」

「媽呀，是……海底沉船……那隻手……的主人？他……找來了？」一大回想老爺爺穿的是長袖衣，沒注意到他只有一隻手，愣在原地想了許久，才繼續走去。

「咦，小鐵軌，這裡有伐木鐵軌經過？」一大看見小鐵軌，想到小勇、小丹來雙潭找過他，「嗯，厲害，厲害，這樣也能找到我！」

一大加快腳步跑了起來，到了學校便直接跑到宿舍，但，宿舍沒人。

「麥片，幫幫忙，去找找你的狗狗同伴們。」

麥片跑了去。

等了幾分鐘，麥片回來，「我聞味道，土也他們和狗狗是往圖書館去，但我沒看到任何人或狗。」

「沒看到？」

「我聞，他們應是進了地下通道，是從往保險櫃方向的那個入口進去的。」

「哇，他們幹嘛？發財啦？把錢存入保險櫃？走，找他們去。」

一大快跑前去，到了圖書館，一大、小虎在入口報了學號、姓名，和麥片一起下到地下，很快就到了前往保險櫃的通道，通道燈光隨腳步亮起。

遠處有狗的嗯嗯唔汪聲音傳來，一大高興要大步跑去，麥片突跳上咬住他書包揹帶，「麥……」一大回頭要說牠，卻見麥片趴地，一大趕緊也趴了下。

「咻！」有東西射到壁上。

「靠邊。」小虎小聲說，一大隨即挪到壁邊，通道燈光隨即熄滅，四周圍陷入一片漆黑。

「飛刀打密碼說，四人四狗被黑衣人綁起來了。」麥片小聲說。

「啊？」

「是看到你留的字條，你叫他們來這裡的。」

「啊？」

「假的。」

「好傢伙。」

一大伸手在書包內摸索，取出黑羽衣穿上，也拿出了手電筒。

小虎在一大耳邊小聲說，「我去那邊瞄過了，黑衣人有四個，三個認識，是疤眼、駝鳥和瓜頭，兩人手上有魚槍。狗狗被繩網纏住，土也幾個人被蒙了眼，手被反綁。」

「他……，氣死我也，這……」靜下想了下，「我找左右護法。」

取出兩張《心經》平放在手掌上，沒兩秒，紙張輕輕飄飛而去。

左右護法忽地出現了，「一大小英雄，謝謝你的《心經》，大王要我們問你，那四個黑衣人綁了你的同學和狗狗，要不要我們出面幫你擺平他們。」

「謝謝大王，謝謝兩位大護法，有你們幫忙就太好了，可是……他們手上有魚槍！」一大故意小聲說。

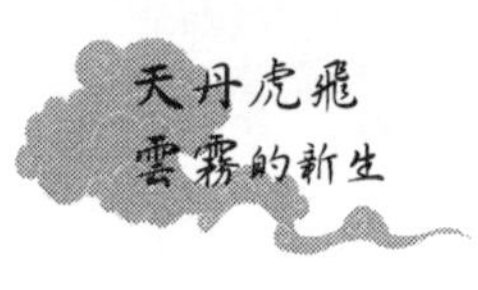

只見兩護法瞬間伸長了手臂，呼，各自取回了一支魚槍，「是不是這兩支小玩意？」再兩手一折，斷了，往地上一扔。

「哇，眞他……鬼功蓋世！大王眞是鬼中鬼，王中王，掌管高山加大海，陰界有聲名，陽界知大名。又有你們兩位大護法貼身保護，打擊惡人，保護好人。我一大簡直是佩服到五體投地，一言難盡，無話可說……」

「呵呵……」

聽見通道那邊有哇喇嗯呀幾聲悶響，以及狗狗嗯嗯汪汪的叫聲傳來。

忽一下，鬼王出現在一大面前，「哈呀，一大，很高興再見到你。你可眞會說好聽的話呀！本大王一聽，爽，飛奔而來親自處理那幾個壞蛋，別怕，大王我念了你抄寫的《心經》，心地善良了許多，那幾個傢伙竟敢在我的地盤上欺負你的同學，本大王剛才只小小懲罰了他們一下。」

「大王，感恩不盡，感恩不盡。」

「好，接下來的事就交給你了，我們走了，再見。」鬼王和兩護法隨即消失了。一大脫了黑羽衣，用大拇指按開手電筒，往前方走去。

見到四個黑衣人被繩網網住，狗狗在一旁盯著，土也等四人仍被蒙了眼手反綁著。麥片汪汪衝上，和狗狗們嗯嗯汪汪。一大快速將同學們全鬆了綁，取下了蒙眼布。

曉玄、小宇看到一大放聲大哭，土也、阿萬轉過頭就往那些黑衣人踹，「剛剛踹我們，現在還你們！」

踹得黑衣人唉唉討饒。

「土也、阿萬，我們走了，放他們在這等死！」一大說。

「姓席的，你放了我們，不然我們在這穩死的。」有人喊。

「你們不該死嗎？」土也又踹上一腳。

「我們走。」一大催道。

五人五狗轉身走了，通道又回復了一片漆黑。

才沒走多遠，狗狗唔唔汪汪的叫起，一大心想，「難道……還有埋伏？」卻聽到麥片說，「是梅老師。」

「梅……梅老師？這……」一大腦筋瞬間打結。

有手電筒光線閃來，梅老師、張龍老師來到了眼前。

土也、阿萬、曉玄、小宇全都傻了眼。

「你們幾個，還有狗狗，跟老師來。」梅老師輕描淡寫地說。

途中，張龍老師順手撿起地上兩支斷了的魚槍，所有人和狗又回到那四個黑衣人被繩網網住的現場。

「張老師，麻煩你把這四人綁好，帶他們到圖書館，然後打電話通知警方來一趟。」梅老師說。

回到圖書館，四個黑衣人各坐一椅，背對背圍成一圈，張龍老師和狗狗一旁看住他們。

梅老師把一大、土也、阿萬、曉玄、小宇帶到另一邊，分坐在閱覽桌旁椅上。

「方曉玄，妳先說。」梅老師說。

「我們四個到宿舍等席復天，看到席復天留的紙條叫我們去地下保險櫃處碰面……」

「老師，那紙條不是我留的。」一大搶說。

「讓方曉玄說。」梅老師抬手制止一大。

「我們四個跟狗狗去了，狗狗進入通道後，先被網網住，那四人用射魚的槍對著我們，不准我們動，又蒙起我們眼睛、反綁我們雙手……」曉玄繼續說

「後來呢？」

「席復天帶了麥片找我們，後來的事，我……我……我沒看到。」曉玄說。

「紙條在哪？」

「在這……」土也從褲口袋摸出一紙條放在桌上，「啊！字不見了。」土也慌慌兩面翻看，同學們看了個個驚訝。

「來，交給老師。」梅老師伸手接過，看了看，握在手中，「那，夏心宇，妳……有沒有補充的？」

「我覺得，一定是席復天和麥片打倒了那四個壞人，太神勇了，轉眼就把他們一網打盡了！」小宇講得興奮。

「妳有親眼看到？」

「我？沒有……」

「萬木黃，你呢？」

「他們……有……用腳踢……踢我，好……痛。」

「陳永地呢？」

「我也被他們踢了好幾腳，我要是沒被綁住，那，哼……」

「好了，老師清楚了，你們坐著，等警察來。」梅老師說完往張龍老師那走去。

一大起立向同學們鞠躬，「對不起，是我害了你們，那紙條真不是我留的。」

「算了，你及時趕來救了我們，我們應該謝謝你。」曉玄說。

「一大，你到底有什麼神功，能把那四個壞人給網了起來？佩服，佩服。」小宇讚道。

「呵，沒……」一大苦笑。

土也附耳一大，「梅老師是有千里眼還是順風耳？我們剛要閃就被他堵到，太神了。」

「你剛剛講的，他都聽得見。」一大小聲回著。

「啊？」

「一大，你……該……踹他們……幾……幾腳的，他們……一直說要……宰……宰了……你。」阿萬湊來說。

「我才從警察局回來，再一踹，不又得進去了？」一大想說叔叔那事，一看，四個同學八隻眼全盯向他，閉了嘴。

「喂，你是不是又幹了什麼轟動武林的大事？」土也很想知道。

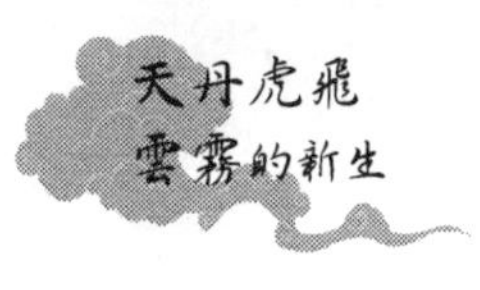

一大見曉玄似要開口數落他，立刻說，「沒有啦！後來，警察說……是誤會……全是誤會，沒事，嘿嘿……」

有警察來到，共四位，有穿制服的吳警員、江警員和另兩名便衣。警察將老師、同學、黑衣人聚在一張大桌，大致問了事情經過。

梅老師在桌面將紙條展開遞給吳警員，紙條上的字清晰可見，同學們及黑衣人看了，驚訝之色全寫在臉上。

「土也、阿萬、曉玄、小宇，我在圖書館地下保險櫃那等你們，有新鮮事，快來。一大」吳警員念了內容。

張龍老師把兩支斷了的魚槍也放在桌面上，移向吳警員，看見斷到零散的魚槍，黑衣人臉上的驚訝之色已轉到恐懼之色。

吳警員說：「梅老師，我個人是覺得……，就算你們兩位老師加在一起用力，這魚槍……也難斷成這樣吧？」

「吳警員，我和張老師平日沒事就喜歡練功強健體魄，這不是難事。」取過一截斷剩不到二十公分長的金屬魚槍槍管，用左右手的拇食指捏夾兩端，輕輕一折，「啪！」槍管應聲斷成兩截。

一大驚了下，偷瞄了眼黑衣人，偷笑，「連黑衣都嚇白了！嘻。」

「呵，是，是，我在貴校碰上的案子，有些還真滿玄的，對我來說也是難得的經驗。」吳警員笑笑

站起，欠欠身，「好，那我們走了，這四人我們帶回局裡。」

見四位員警將四個黑衣人帶走，分上了兩部警車，絕塵而去。

一大以為梅老師要訓話，結果出乎意料，「好了，沒事了，你們去玩吧。警方若要再問事情，老師會聯絡你們。」梅老師說完，便和張龍老師一起走了。

「剛才在地底，眞是梅老師和張老師救了我們嗎？我懷疑。」土也念著。

「你可以去問梅老師啊！」小宇說。

「問梅老師？我頭殼壞啦！」土也猛搖手。

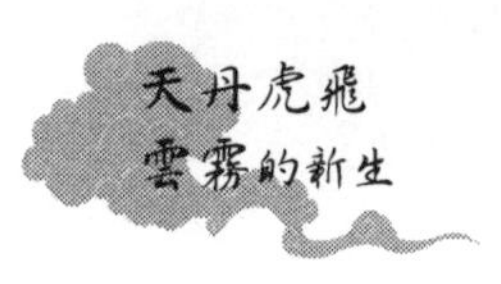

五十七、資訊室的手掌印

出了圖書館，一大說，「同學，反正你們都來學校了，離開學還有半個多月，就跟我去潭中小島住吧，老人家都不在，吃的住的也都沒問題。」

「哦，那好，可是怎麼去？」曉玄問。

「我們人多還有狗多，就走路去，差不多一個多小時可到。」

「那，我們先回寢室拿東西。」小宇說。

「土也、阿萬，你們呢？」一大問。

「當然去，我住哪都一樣。」土也回答。

「我……也是，但，要先幫……狗……拿食……物。」阿萬說。

「那，我們就分頭回寢室拿東西，幫狗狗拿食物，半小時後餐廳門口碰面。」一大說。

大家走去，一大站了一會兒，回頭望看教室那頭，「資訊室門開著？」便轉身跑向資訊室，麥片跟著。

一大進入資訊室，打開其中一台電腦。先檢視信件，有一封……

「水乾鱷滾，歡迎再來。XD ㄉ」

「哈，是小丹。崔媽媽動作還眞快，地脈出口的水沒了。」

一大摸出口袋裡的金幣，將有小拇指印的一面掃瞄到電腦裡，列印了三張紙，收入書包。

想找個「感應器」感應一下金幣上的小拇指印。抬頭四處看去，心想，「資訊室這麼大，一海票電子機器設備，不知有沒有『小指掃描感應器』？要問小虎，小虎在福利社接觸過。」

「小虎，小虎。」

「一大哥，什麼事？」

「你個小靈活腳又快，幫我找找這資訊室裡有沒有『小指掃描感應器』？」

「好。」小虎跑了去，一大自己也在找。

幾分鐘後小虎回來，「一大哥，跟我來一下。」

「喔。」一大跟小虎跑去。

跑到靠資訊室角落處，一大突然找不著小虎，「小虎，你在哪？」

「開手電筒，我在你右手邊黑房間裡，嘎嘎。」

「右手邊黑房間裡？小虎，你也太喜歡往黑暗地方跑了。」

「外面沒有看到，但這黑房間有看到一個，我在黑房中一樣看得很清楚。」

「哈，夜間班的。」一大開了手電筒，走入右手邊黑房間裡，那房間又窄又小又有灰塵霉味，左右兩邊有鐵架靠牆陳列，堆放著許多老舊的大大小小電子機器及設備，麥片在一旁跟著。

「一大哥，這裡……」小虎黑暗中叫道。

「哦？」一大看到了，但，仔細看，那是台報廢的感應器，「小虎，這不能用，又沒插電，已經報廢了。」

「汪汪汪……」突聽見麥片大叫，一大念頭一閃，迅速拿出黑羽衣穿上。看清楚了，這窄小房間，其實比較像是條狹長走道。

「你看到什麼？」一大彎腰問麥片。

「那邊的門上閃了一下光。」

一大望向狹長走道盡頭，似乎是有一扇門，小心走了過去，「小虎，你在哪？」

那門忽閃了一下光，紅光，一大看到了。

走到門前站住，看是鐵門，有左右兩扇。一大看見門上有兩個凹進鐵門的「手掌印」，左右各一。

正遲疑，一大卻驚見小虎卡在兩扇門的中間縫裡，進退不得。

一大試著推拉兩扇門，門動也不動，「小虎，你弄斷尾巴！」

「斷……了，還……是……出……不來。」小虎似被擠壓得很緊，用力才出得了聲。

一大試著報學號、姓名，沒用，門沒開，叫麥片通過，也過不了。

一大試著用右手掌對著右邊凹進鐵門的「手掌印」，大力推了一下，門依然沒開。

用口咬住手電筒，左右手掌對著鐵門的左右「手掌印」貼了上去，再用力一推，門忽地大開，人也順著勢一步跨出，「哇！」一大驚聲大叫，「懸崖！」

一大的手緊抓門板將腳往回挪，麥片在後咬住書包拉他，一大再瞄一下，「懸崖……下面，哇……是大海！」

小虎已鑽出門縫，跳到一大肩上。

一大好不容易踏回實地，轉身拔腿就跑，麥片緊跟而上。

衝回資訊室，驚魂甫定，一大突然倒立，頭下腳上，用手掌撐著地面行走。

「一大哥，別害怕成這樣嘛。」小虎在耳邊說。

「啊，我沒害怕，是這雙手，自己要……在地面……走路……奇了？」

正在驚惶，忽又頭上腳下，雙腳立地，恢復了正常。

愣了好一會兒，一大脫了黑羽衣，說，「不管了，去餐廳，快。」

一大跑到餐廳，上氣不接下氣，見土也等四人四狗已在等候。

「對……不起，呼，遲……到……了。」一大喘噓噓。

「沒有啊，剛好半小時。」小宇說。

「哦？那……好，好，我們走吧。」一大嘴巴說著，眼睛卻盯看著雙手。

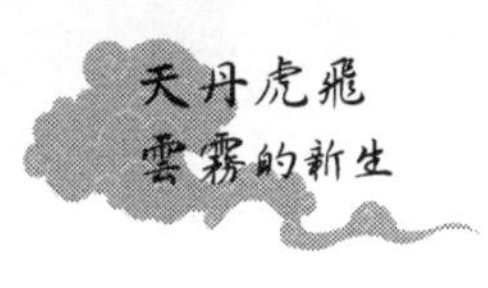

「你手怎麼了？」曉玄來關切。

「我剛才……在資訊室，小虎被門縫夾住，我要救牠，報學號和姓名，都打不開門，只好試用雙手對著鐵門的兩個手掌印貼上去，門是開了，但，我卻突然倒立，頭下腳上，用『兩手』走路。」

「哈哈哈……」大家聽了大笑。

「喂喂，同學，有點同情心，好不好！」一大有怨。

「為什麼總會有一堆神鬼怪異事找上你？」土也笑一大。

「人人愛我，神鬼愛我！」

「臭美！踢你……」小宇又作勢要踢一大。

「哈哈哈……」

說說笑笑，五個人五條狗，快快樂樂地走在夕陽下。

走著，走著，進入山林小徑。一大問，「你們暑假期間都做些什麼？」

「在家玩電腦，玩線上遊戲，逛街……」小宇先說。

「我在家，嗯，做家事比較多。」曉玄說。

「我……吃……睡。」阿萬說。

「我？還在想，好像……沒做什麼。」土也一副還在想的模樣。

「我，做島主，抄《心經》、爬山、游泳、日光浴、燒飯、做菜……，嗨呀，說有多充實就有多充實。」一大一副滿足樣。

「一大，你命好，有這麼快樂的日子可過！」小宇羨慕的口氣。

「我呀，呵，命好之外，還有『良心』！」

「有『良心』？」小宇不明白。

「善良的一顆心啦……」一大正說著，昏暗之中似見前方遠處有人影閃過。

「麥片，前面……是不是有人？」一大取出手電筒亮起，往前方照去。

「沒看到有人。」麥片回答。

一大心中突然一震，「啊！是……砍柴的老爺爺？」左右看看，所站之地還正是中午遇見老樵夫的地方。

「同學，天快黑了，我們走快一點。」一大催促起。

大家加快了腳步，到了潭邊，一大沒看到爺爺奶奶的屋子，而且天黑了，大家也看不到什麼潭水景色，一大分兩趟將同學及狗狗用竹筏送到潭中島上。

點燃蠟燭，小屋熒熒亮起，同學們驚喜之情全顯在臉上，放下行囊，餵了狗狗，便開始弄晚飯吃。

曉玄掌廚，其他人幫忙。

吃完飯，收拾好桌椅。在小屋中聊天聊地，直到深夜，男女分房去睡了。

「飛飛呢？沒見牠一閃一閃亮晶晶。」黑暗中，躺在一大身旁的土也問。

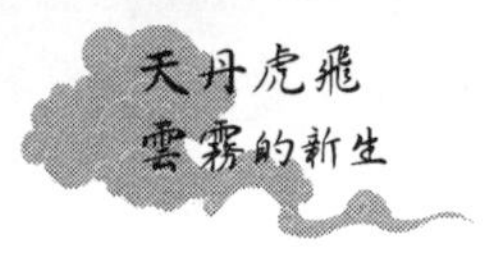

「死了。」

「死啦，喔，螢火蟲……壽命不長。」

「嗯。」

「出去逛逛？」

「這麼晚，去哪逛？」

「坐竹筏去遊潭。」

「好，那，阿萬呢？」

「和周公聊得正爽，聽打呼聲就知，別叫他了。」

「哈，我們走。」

一大揹了書包，加裝了一壺水，叫狗狗們好好看家，只帶上麥片。

一大和土也、麥片上了竹筏划出小島，讓竹筏在小島和爺爺奶奶屋子間的潭面上漂浮，兩人仰望夜空，月明星稀，身心很是舒暢。

「呼，一年級新生的美好日子就這麼結束了。」土也大呼一口氣。

「是結束了，但讓我有種重獲新生的感覺。」

「重獲新生？嗯，是啊，我也有同感。」

「在雲霧這一年算沒白過。」

「嗯，不過有人託我找你回去。」

「回哪去？」

「你知道的。」

「喔，免了。」

「吃喝玩樂，食衣住行，大哥大統包，你不心動？」

「你會想回去？」

「有時會想，但回到雲霧後，又不想了。」

「那就好啦，雲霧很不錯的。」

「可惜，一千萬飛了。」

「一千萬？是錢……錢？」

「不然便便哦？」

忽然間，大約百公尺外的潭面有水花濺起，繼而聽見「咚咚……咚咚……」聲。

「趴下。」有沙啞聲傳來。

「水……」一大聽出是水水的聲音，立刻低聲叫，「土也，趴下！」兩人伏趴在竹筏上，麥片跟進趴下。

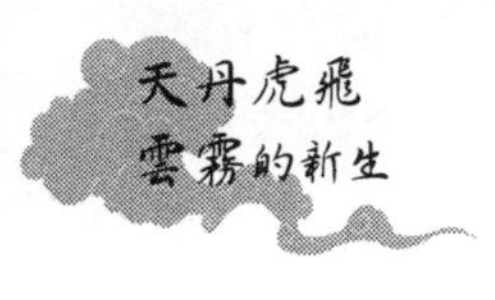

月光下，遠望那水花濺處似有兩條人影，飄飄忽忽，你來我往，……

約一刻鐘後，一條人影消失，隔會兒，另一條人影也消失了，水潭恢復了平靜。

一大趴著，靠竹筏邊小聲問，「水水，那是兩個人嗎？」

沒有回應。水水已離開了。

一大轉身問土也，「剛才那是兩個人在水面打鬥？」

「不確定。」

「這山中高人多，要學好東西在這裡學。」

「若兩人眞的是在水面交手，那就太高了。」

「嗯，高！」

「高到不知是人是鬼。」

「嘿，說到鬼，下個新學期我們會有一個新同學來，是鬼。」

「鬼？」土也大了聲。

「噓，小聲。他叫羊立農，外號『羊皮』。」

「酷！」

「梅老師叫我照顧他，飛飛還有小虎可以幫我和他傳話。」

「啊？」

「土也，那個『羊皮』和你我一樣年紀，他活著的時候，打殺鬥狠，結果被人給殺死了。到了地下，被惡鬼海扁欺負，沒有其他鬼幫他，很可憐，他很後悔當年只會耍狠不會多想。兩個月前，梅老師遇上他，安排他來我們班上繼續讀書。」

「眞的假的？別唬我。」

「開學時，我介紹他和你認識，你就知道。」

「知道？我又看不到，小虎傳話，我也聽不懂。」

「那你去問梅老師啊。」

「我頭殼壞去哦？」土也搖手。

「哈，土也，基本上，我對吃喝玩樂，打打殺殺，還有金銀財寶，都沒有興趣，也不想像『羊皮』那樣，弄到小命沒了，做鬼還那麼悲慘。」

「好啦，在雲霧，有你們幾個好同學眞的不賴，我不會回去混了！」

「你們有家，不知道沒家的滋味，我在雲霧這裡，很有家的感覺，我應該……會在這裡念完三年。」

「好，好，我陪你！呵……」

第二天早上，水水來小島，叫麥片告訴一大有空去爺爺那。

吃完早點，土也、阿萬、曉玄、小宇在島上逛看，只覺到處新鮮稀奇，看著藍天映著潭水，美不勝收，心情甚好。

一大說出去一下，揹了書包和麥片、小虎划了竹筏去看爺爺奶奶。

「一大，來啦，來，坐下，把兩隻手給我看看。」爺爺看到一大就忙要看他雙手。

一大伸出雙手，一頭霧水，讓爺爺翻上翻下看，「呵呵，那頭老臭驢，我以爲是什麼了不起的功夫呢？」

「爺爺，怎麼了，我的手？」

「有個姓盧的老傢伙，深更半夜跑來找一個叫『一大』的烏鴉，說牠拿走了他的手又沒跟他說聲謝，說什麼未告而取謂之『偷』，他要那叫『一大』的烏鴉把手還給他。」

「啊？」

「他偷入我雙潭，我質問他，一言不合，動起手來，打了一陣，才發現他是我小時候的玩伴！你說這世界多小呵！」

「小時候的玩伴？那，爺爺，我的手，怎麼辦？」

「他用障眼法弄了個門在那，印上了『手掌』，好吸收天地正氣。沒想到，碰上一隻叫『一大』的烏鴉，身上有陰陽怪氣，將雙手貼上他的手掌印後，把他的什麼『手上的正氣』給吸走了，哈喲……」

「障眼法？哦，所以……門外的懸崖大海也都是假的？我穿了烏鴉呱呱的黑羽衣，他把我當成眞烏鴉，吸走了他『手上的正氣』？我碰了門上的『手掌印』後，我還頭下腳上，突然倒立用兩手走路哩。」

「哈哈，有趣，有趣，一大，那老臭驢和你有緣。這麼樣，你抽空再去一趟，向那扇門的『手掌印』磕三個響頭，就說：『謝謝盧爺爺，謝謝盧師父』，我想，他也就不會跟你計較了。」

「好，那……我待會兒就去，嗯，爺爺，你昨晚和盧爺爺……站在水上打架呀？太厲害了！」

「哈哈，小傢伙，那麼遠，天又黑，你哪看得到？我們是站在竹筏上。」

「是竹筏呵！那，爺爺，我去跟奶奶打聲招呼，之後，就去向盧爺爺磕頭。」

「好，好。」

一大去廚房跟奶奶說了說話，便和麥片、小虎直奔地脈，瞬間到了學校，再跑向資訊室。

進入資訊室，一大卻找不到他昨天到過的黑暗房間或走道，甚至連扇相似的門都找不到。麥片、小虎也一樣，找不到。

「障眼法？」一大心中懷疑著。

想了下，便穿上了黑羽衣，才一穿上，馬上倒立，頭下腳上，用兩手走路。

「盧爺爺，盧師父，我是『一大』席復天。今天特地來向您磕頭並向您說謝謝的。昨天不好意思，冒犯到您，我不是故意的，請您原諒。」

一個圓臉突出現在一大面前，也是倒立的，「你是名叫『一大』的烏鴉？」

「我是人，名叫席復天，外號『一大』。」

「你是人，幹嘛裝烏鴉？」

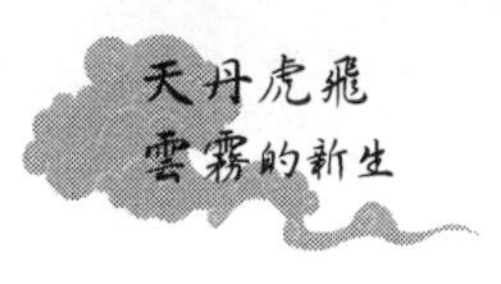

「我沒裝烏鴉，只是穿了烏鴉羽毛做的外衣。」

「障眼法？」圓臉後退，「起來。」

一大隨之雙手離地，翻了一圈，雙腳著地，回復了站立。

看到眼前有位矮胖圓臉的老先生站著，一大咚地跪下，磕三個響頭，說「謝謝盧爺爺，謝謝盧師父。」

「別跟我磕頭，你偷的是『正手氣脈』，你去跟門上的『手掌』磕頭。」

「可是，盧爺爺，我剛才找不到那房間，也找不到那扇門。」

「心誠則靈，阿彌陀佛。」老先生笑笑，雙手合十，「你來了，磕了頭也謝過我，就表示你心誠了，來，跟我來。」

一大跟著，一會兒就到了那房間，再走到底，也見到了那扇鐵門。

一大「咚」地跪下，對著門及門上的「手掌」磕了三個響頭，說，「謝謝盧爺爺，謝謝『手掌』師父，我是席復天，外號『一大』。今天特地來向您磕頭道謝和道歉，昨天我不是故意冒犯的，請您原諒。」

門上的『手掌』乍現紅光，同時，一大的手掌有熱燙的感覺，他本能抬手看，見手上也有紅光閃了下。

「很好，一大，這本『正手氣脈』就交給你，師父我多年研習的手上功夫都在裡面。師父老了，有個傳人，也算是了了心願，師父我信得過你爺爺，以後有空，來找盧爺爺聊聊，練練功夫。」盧爺爺扶一大起身，交給他一小本子。

「謝謝盧爺爺。」

「站立看加上倒立看，從不同角度看世界，更可看出其中的眞假虛實。」

「哦？是。」一大似乎懂，「盧爺爺，那以後我怎麼找您？」

「這幾座大山之內，只要你倒立在地，用手拍地三響，盧爺爺就來。呵呵，再見。」盧爺爺說完，便隱入了「手掌」鐵門，消失了。

一大將「正手氣脈」本子收到書包中，回身走出狹窄的房間，「好像作夢，還倒立說話，還向『手掌』磕頭，奇……奇……」念著念著，走出了資訊室。

五十八、倒立走路

一大快速回到潭中島，四條狗飛奔來迎，正覺開心，卻聽「栗子」說，「一大哥，小宇姐溺水了。」

「啊？」一大大爲驚嚇。

「但被一隻烏龜救了。」栗子補說。

一大跑向小屋，見土也、阿萬、曉玄坐在小宇床沿，「小宇，妳怎麼了？」一大俯身看望。

「她……沒事了。」水水的沙啞聲傳來。

「一大，你去哪裡了？小宇差一點就沉下水去了，還好那隻大烏龜救了她。」曉玄流著淚，嚇壞了。

「我去探望老人家，對不起。」又轉向小宇，「小宇，小宇……」

「小宇剛才有醒過來，吃了東西，應沒事了。」土也跟一大說。

一大蹲到地上：「水水，床上那女同學小宇，你看怎麼樣？」

「別擔心，她只受了驚嚇，沒溺水也沒受傷，我救她起來後，先揹她去給你奶奶看過了，奶奶她說沒事，讓她休息一會兒，吃點東西就好了。」

「喔，那，我就放心了。」

起身回頭，見土也、阿萬、曉玄，連小宇都坐起在看他和水水說話。

一大搔搔頭「哦，嘿，這烏龜……叫水水，牠說小宇沒事，休息一下，吃點東西就好了。」

「你……和烏……龜……也……說話？」阿萬睜大眼。

「那有什麼？大龜水水是我的好朋友，我們常說話聊天的。」

小宇問一大，「那你問水水，我剛才有沒有嗆到水？有沒有昏過去？」

水水回了話，一大轉述道：「小宇，我管理這水潭，不會讓一大哥的好朋友在這裡嗆水或溺水的，妳是嚇到昏了，但我請了高人幫妳把過脈、調了息才送妳回來的，你吃點東西，休息一下，就全好了。」

小宇聽了，又驚又喜：「謝謝你，水水！」

土也、阿萬、曉玄則滿臉驚訝。

水水又說話，一大轉述道，「你們都有氣功底子，我可教你們『龜息法』，以後，不管游泳、潛水、落水……，都不用怕會嗆水或溺水了。」

四人小小騷動起，一大說：

「水水是氣功高手，牠說的是眞的，『龜息法』很好用的，想練的人舉手。」

四個人全都舉了手。

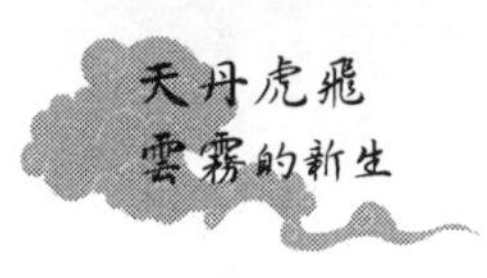

「一大，你呢？」曉玄問。

「我？哈，上次被鬼打巴掌，又被假梅老師踢下這水潭時，水水救了我後就已經教會我龜息法了。」

「喔，那麼好的功夫，一個人躲起來偷練哦？」土也說。

「喂，代價是被鬼打被人踢，換你，你幹不幹？」

「不幹！」土也毫不遲疑。

換來一陣哈哈大笑。

一大問小宇怎麼落水的？

「我以為水很淺，在岸邊一腳踩空，水一下就淹到肩膀了，其他……就記不得了。」小宇說。

「我們以為她很會游泳，越漂越遠到看不見，嚇死人了，還好很快又漂回來了，原來……是水水揹著她。」曉玄餘悸猶存。

「喔，沒事了，你們吃過中飯沒？」一大問。

「吃過了，有留飯菜給你，去吃吧。」土也說。

「好，那，反正閒閒沒事，就讓水水教你們龜息法，我邊吃邊翻譯水水的話，你們聽了就會懂。」

一大去取過飯菜來，坐在一旁，邊吃邊看邊說明。

接下來的日子，水水成了大家的最愛。練習龜息法外，每個人不是拜託水水拉竹筏遊潭，就是拜託水水陪著游泳、潛水。

有水水在，水上水下一切安心！

一大看同學們玩著，自己就去抄寫《心經》，也研讀盧爺爺的本子，想多了解「手掌功」。

一天早上，看同學們都玩水去了，一大想練練「手掌功」，就拿了本子，看第一式「虛天實地」，才念完口訣，就倒立了起，一大覺得神奇，就用手當腳走路，似乎很順利也很自然，再試試穿上黑羽衣倒立走路，更覺輕盈快速。

倒立在地，一時興起，用手拍地三響。

「呼」，一張圓臉隨之倒著出現在一大面前。

「哇！」一大驚到差一點摔下地。

「一大，找我？」盧爺爺問。

「盧爺爺……」一大念了另一口訣就站直了身，隨口問，「盧爺爺，您，這潭水，您不用竹筏就過來啦？還這麼快？」

「竹筏？像你這年紀時我划過竹筏，但有幾十年沒見過竹筏了，連竹筏長什麼樣子都不記得了。」

「啊？」一大心底一震，只好將目光移向本子，「盧爺爺，這第一式，我倒立是爲了練手勁嗎？」

「算是，每天清晨或傍晚，空腹倒立，環島一圈，每隔一個月再加一圈，這是基本功，不穿烏鴉衣，紮紮實實練。臂肌、手勁、腕力、指扣……全練上，開學回校，就繞操場練，之後，我會再看狀況教你練第二式。」

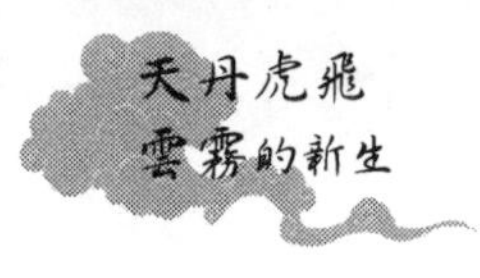

「啊？是，是。」

「找我就這事？」

「是。」

「一大，你若沒好好練，我會馬上知道，不許偷懶。」

「是。」

「我走了，再見。」

「盧爺爺，再見」

盧爺爺呼一下就不見了。

「高！沒划竹筏，速度超快，眞想問他是人是鬼？」一大念著，「這裡的高人和高鬼叫人練功，怎都像是半強迫的？叢爺爺，怕做孤魂野鬼，叫我拜他爲師，盧爺爺，說我偷他的手，也叫我拜他爲師，這，有夠玄。」

脫了黑羽衣，一大倒立用手行走，很想能夠完成環島一圈，但幾十公尺不到就停了下來，汗如雨下。

「繼續走！」一洪亮聲音轟然入耳。

「盧爺爺？」一大大驚，心中念叨：「眞他……是人是鬼？」

只好繼續倒立，繼續用手行走。斷斷續續地，還是環島走完了一圈。

回到屋裡，一大累到半死，癱軟在床。

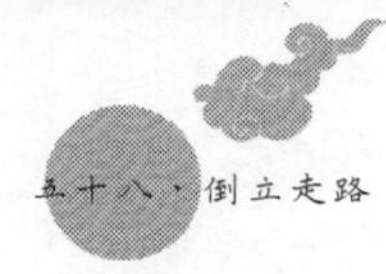

「以你的底子，明明做得到還偷懶，明早繼續。」

盧爺爺洪亮的聲音又轟然入耳。

「是，盧爺爺。」

一大昏頭昏腦，累到睡著了。

「吃飯了，大懶蟲！」一大聽見小宇在叫他，推他。

吃飯時，一大的手不停地抖，夾菜都夾不住，土也、阿萬看了直笑。

「你生病啦？」曉玄問一大。

「練倒立走路弄的。」一大苦笑。

大家聽了哈哈大笑。

「你還眞生病了，去叫水水給你把把脈。」小宇說。

「水水？」

「水水救過我，看來他比你聰明百倍，你看過烏龜會倒立走路，弄到手抖個不停的嗎？」小宇繼續說。

土也、阿萬大笑。

「小宇，別罵他，夠可憐的了。看他，抖到連菜都夾不住了。」曉玄說。

「各位同學，這手抖是一種練高等功夫的必經過程，別識別笑。嗯，你們想學的舉手！」一大苦中作樂，想找伴一起練。

看看，沒人舉手。

「說眞的，水水牠啊，在水底就常倒立走路，只是你們看不到而已，高手……不會輕易露出眞功夫的。」一大低頭吃飯，故意不看大家。

靜了一會，聽見土也問：「一大，你準備……每天都練嗎？」

「是啊，在這，每天清晨或傍晚，空腹倒立，環島一圈。開學後，在學校裡就繞著操場走。」

一大仍低頭吃飯。

「水水……眞的……在水……底，嗯，倒……立……走路？」阿萬問。

「麥片、麥片，請你找水水來一下。」一大叫麥片。

隔了會，麥片回來，「一大哥，水水在岸邊。」

「水水在岸邊，我去抱牠過來比較快。」一大放下碗筷跑去。

回到小屋，「水水，我的同學們不相信你可以用手走路，你可以示範一下嗎？」

「當然可以。」水水立刻頭一縮，用前頭兩手撐地行走了起來。

土也、阿萬、曉玄、小宇四人又驚又嘆，看得津津有味。

「這是在陸地上，水水走得比較慢。」一大邊說，邊偷瞧四位同學。

「練功夫強身，也不是壞事，一大，明天我跟你去練倒立走路。」土也舉起手。

「歡迎，那我手抖時也好有個伴，呵……」

「我……也參……一……手。」阿萬也舉手。

「好，明天早起。」一大說。

「我和曉玄……是女生，再想想看。」小宇猶豫。

「曉玄和妳的手太重要，可不能亂抖，不然菜炒到鍋外，米也洗不乾淨，別練，別練……」一大笑說。

「臭一大，下一餐不煮你的份。」小宇回一大。

「看我手抖的份上，姐姐妳就賞口飯吃吧……」一大裝可憐。

「哈哈……你……」

一大抱水水出小屋，小聲問：「水水，你練過『虛天實地』——用手走路的功夫？」

「沒有。」

「那你怎麼會？」

「你爺爺和盧爺爺那晚在水面過招，我看了一會兒就會啦。」

「哇！高！太……太……太厲害了。」

「小場面了，我看到的可是盧爺爺在水面用手走路。」

「啊？」一大愣住，「你是說盧爺爺用手撐住水面，倒立的走？」

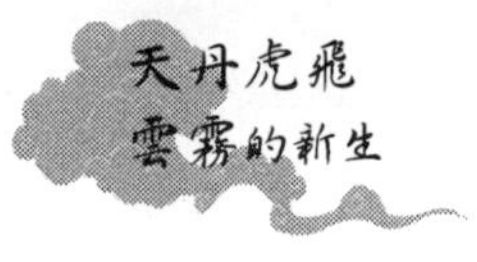

「還打架哩！呵呵……」

「厲害……厲害，哇他……！」將水水放入潭水中，一大腦袋瓜滿起了一堆神鬼奇幻的畫面。

「練好再跟你說。」水水臨走說了句。

「什麼？」

「待會我去練一下用手在水面倒立走路，練好後再跟你說。」

「啊？」

隔天吃早飯時，有三雙手在飯桌上抖著。

「阿萬，你確定放棄？不再練了？」土也問。

「確……定，太痛……苦了。」阿萬看著發抖的手。

「我……再陪一大練一天。」土也說。

「再一天？」一大奇怪。

「回學校後還叫我用手走路？我可不幹。」土也悻悻然。

「曉玄、小宇，陪我……」一大還想找伴練功。

一看，曉玄、小宇早就在猛搖手了。

「那我只好找水水了。」

「又要一隻水龜在陸地上走路？還倒立！」小宇責怪的語氣。

「改了，在水面上。」一大正經八百。

「哈哈……哈哈……」

國家圖書館出版品預行編目資料

天丹虎飛　雲霧的新生／黃文海著.　--初版.--
臺中市：白象文化事業有限公司，2022.01
面；　公分
ISBN 978-626-7056-21-9(平裝)

863.57　　110017117

天丹虎飛
雲霧的新生

作　　者　黃文海
校　　對　黃文海
發 行 人　張輝潭
出版發行　白象文化事業有限公司
412台中市大里區科技路1號8樓之2（台中軟體園區）
出版專線：（04）2496-5995　傳真：（04）2496-9901
401台中市東區和平街228巷44號（經銷部）
購書專線：（04）2220-8589　傳真：（04）2220-8505
專案主編　陳媁婷
出版編印　林榮威、陳逸儒、黃麗穎、水邊、陳媁婷、李婕
設計創意　張禮南、何佳諠
經銷推廣　李莉吟、莊博亞、劉育姍、李如玉
經紀企劃　張輝潭、徐錦淳、廖書湘、黃姿虹
營運管理　林金郎、曾千熏
印　　刷　百通科技股份有限公司
初版一刷　2022年01月
定　　價　480元